À SOMBRA do FLAMBOYANT

MICAELA VARA

TRADUÇÃO
Cristina Barcia

ubook UBK Publishing House

Publicado mediante acordo com Nova Casa Editorial, Espanha. Edição original do livro *La sombra del flamboyán*, publicada por Nova Casa Editorial.

COPIDESQUE Bia Seilhe
REVISÃO Thiago Braz e Mario Felix
PROJETO GRÁFICO E CAPA Guilherme Peres
IMAGEM DA CAPA cristianl/iStock Getty Images

Dados Internacionais de Catalogação na Publicação (CIP)
(Câmara Brasileira do Livro, SP, Brasil)

Vara, Micaela
À sombra do flamboyant / Micaela Vara ; tradução Cristina Bárcia. -- Rio de Janeiro : Ubook Editora, 2019.

Título original: La sombra del flamboyán.
ISBN 978-85-9556-058-1

1. Ficção espanhola I. Título.

19-27009 CDD-863

Índices para catálogo sistemático:
1. Ficção : Literatura espanhola 863

Maria Alice Ferreira - Bibliotecária - CRB-8/7964

Ubook Editora S.A
Av. das Américas, 500, Bloco 12, Salas 303/304,
Barra da Tijuca, Rio de Janeiro/RJ.
Cep.: 22.640-100
Tel.: (21) 3570-8150

I

A CARTA

O VOO FOI LONGO E CANSATIVO. A pequena Maria dormiu toda embrulhada em seu assento. Foi a única maneira de fazê-la não me perguntar de novo, como já havia feito tantas outras vezes desde que saímos de San Juan: "Quando a gente chega? Quando vou ver o papai?"

Para ela, era um sonho retornar a Porto da Cruz, brincar no jardim, correr entre as mais variadas flores e nadar na piscina a qualquer hora do dia naquele paraíso sem estações. Para mim era muito diferente. Eu tinha tomado a decisão de retornar à ilha, sem saber se estava ou não fazendo a coisa certa. Há sete meses, quando fui à Argentina, minha terra natal, tinha a intenção de nunca mais voltar a Tenerife. Mas essa carta me encheu de dúvidas.

Embora os últimos acontecimentos, que decidiram meu retorno, fossem desagradáveis, eu relia de maneira obsessiva cada palavra escrita, procurando nas entrelinhas algo que, mesmo não expressado ali, intuía que existisse.

Duvidava que uma pessoa pudesse mudar tanto em tão pouco tempo. Muita coisa aconteceu entre nós dois e tudo estava bem vívido na minha memória.

Olhei em volta. No avião quase todos dormiam. Eu deveria fazer o mesmo, mas não consegui. Tirei a carta da bolsa e, mais uma vez, a li:

Querida Valéria,

Escrevo essa carta para que fique um registro do que direi. Desde que vocês foram embora, minha vida mudou completamente. Enquanto estavam aqui, não pensava na importância da presença de vocês em minha vida. Preciso de vocês a meu lado, ouvir a risada de Maria, vê-la correr em minha direção quando eu chegar em casa e sentir seus pequenos braços em volta do meu pescoço. Preciso de você também. Reconheço que perdi quase cinco anos de felicidade. Nosso casamento começou de forma ilógica e não fizemos nada para mudar sua trajetória. Mas acho que não seria tarde demais para começar do zero. Acho que, se fizermos nossa parte, ainda poderemos ser muito felizes.

Talvez você pense que é impossível por causa de tudo que viu naquela noite. Para sua paz de espírito, direi que não sobrou nada daquilo. Tudo acabou, eu te amo e quero uma vida tranquila e feliz ao seu lado. Por favor, não duvide de mim, eu preciso de vocês duas. Sei que Maria deseja vir; ela me ama e ficará feliz em voltar. Se não fizer isso por você, faça por ela. Eu te mando as passagens. Não posso passar este verão sem vocês. Sara e Carlos chegam a Porto da Cruz em agosto. Agora eles vão para o Egito passar uns dias. Ela me pediu para transmitir a você grandes desejos de revê-la. Leia a carta para Maria, por favor.

Amo vocês e estou ansioso para o dia vinte de julho.

Dobrei a carta e a coloquei no envelope. Acomodei-me no assento e fechei os olhos, mas não consegui dormir. O barulho dos motores do avião era a única coisa que alterava o silêncio da noite. Olhei para Maria, que dormia tranquilamente...

Como tudo havia começado? Quando minha vida, até então quieta e monótona, foi arrastada para dentro daquela montanha-russa de paixões descontroladas?

Lembrei-me do dia em que saí da aula de pintura e encontrei Manolita SantaMaria. Era uma amiga de infância por quem tinha um grande carinho, além de compartilhar muitos hobbies, incluindo a pintura.

Não poderia imaginar que esse encontro mudaria o rumo da minha vida.

Manolita morava com a mãe e o padrasto muito perto da minha casa. Era alta e tinha um corpo bem proporcional. Seus olhos, de um azul tão claro que ressaltava ainda mais os cílios pretos, chamavam muita atenção. Quando sorria, mostrava seus dentes perfeitos e duas belas covinhas formadas em ambos os lados do rosto. Era uma pessoa de trato agradável e ganhava com muita facilidade a simpatia das pessoas. Gostava de pintar como eu, mas não ia, também, com regularidade assistir aulas ou a museus e exposições de outros pintores. Adorava seu pai, que havia morrido de uma forma estranha dois anos atrás, o que marcou sua vida. Entretanto, o golpe mais duro foi quando sua mãe anunciou que se casaria novamente.

— Ela não pensa em fazer isso! Se fizer uma coisa dessas, vou embora de casa... — disse para mim um dia enquanto lanchávamos.

Contudo, sua mãe se casou e ela não saiu de casa. No entanto, o ódio por aquele impostor ficou enraizado em seu coração, para sempre.

Ao contrário, tinha uma casa dita normal. Minha mãe era uma pessoa adorável que sabia como fazer sua família feliz, administrava sua casa com dignidade e se preocupava com os mínimos detalhes para que tudo funcionasse com perfeição. Extremamente submissa à vontade do marido a ponto de anular sua própria personalidade. Meu pai era um homem de uma retidão exagerada e não permitia que seus filhos cometessem o menor deslize, por isso não era íntimo de nenhum de nós. Quando minha mãe nos dizia: "Diga ao papai", alegávamos qualquer pretexto para não fazê-lo, por sempre temer sua incompreensão.

Naquela manhã, quando encontrei Manolita, estava pensando em como participaria da festa de aniversário de Ana Torres. Ela fazia dezesseis anos e queria comemorar em grande estilo. Não tanto quanto no ano anterior, porque a festa dos quinze anos de Ana seria lembrada em San Juan por muito tempo, pois sua família tinha uma ótima condição financeira. Não era uma grande amiga, mas sempre tivemos muito afeto uma pela outra.

— Espero que me deixem ir — disse para Manolita. — Mas nunca se sabe como meu pai reagirá. No ano passado, por causa do aniversário de quinze anos de Ana, já tive problemas e, se não fosse por causa da minha mãe, não teria ido.

Manolita me escutou em silêncio e depois de alguns minutos falou, com um largo sorriso:

— Já sei!

— Claro que sabe! Você conhece meu pai. É muito teimoso e não há quem o faça mudar de ideia! E, dessa vez, acho que não posso contar nem com a ajuda da mamãe.

— Mas olhe o que tenho aqui, quase me esqueço de te mostrar.

Pôs a mão no bolso e tirou um catálogo de obras de pintura, uma exposição do pintor López Leoviño, que seria inaugurada naquela noite, às oito.

— Como você não me contou? É meu pintor favorito! Tenho tanta vontade de conhecê-lo pessoalmente! Que maravilha!

— Está bem. Eu te disse que poderia me usar como desculpa. Já sabe: "Pai, vou em uma exposição." E como com essas coisas ele não implica... a exposição é uma festa de aniversário.

— Como é fácil falar! Mais tarde, ele descobre, de algum jeito, e nem quero pensar na reação dele.

— Bem, filha, você tem bastante medo dele, hein? Se eu sempre fizesse o que eles querem, minha vida seria um inferno. Mas faço o que quero sem perguntar a ninguém, porque, do contrário, eles sempre dirão que não... pelo costume.

— Bem, o fato é que podemos ver esta exposição, porque não quero perdê-la por nada no mundo. Tenho muita vontade de conhecer López Leoviño e talvez não tenha outra oportunidade.

— Um minuto! — disse minha amiga sinalizando com a mão para um táxi. — Quer dizer que você vai à exposição. Porque, no que me diz respeito, não penso em perder tempo com uma coisa dessas. Tenho outros planos para esta tarde. Além disso, a exposição ficará aberta por quinze dias. Podemos ir outra hora, não acha?

— Não, vou esta tarde — respondi resolutamente.

— Bem, então fique com o catálogo e divirta-se. Estou indo ao cinema... você sabe com quem?

— Sim, com o Eduardo... imagino.

— Pois imaginou errado. O lance com o Eduardo ficou pra trás, vou com o Jorge... suponho que você não se importará...

Fiquei pensativa antes de responder, lembrando o tempo em que eu saía com Jorge. Parecia sério e ia muito bem. Ele era atencioso e carinhoso comigo e eu me sentia muito bem em sua companhia. Pertencia a uma família rica de San Juan, viviam em um rancho dos sonhos, com todo o conforto e um modo de vida que não estava ao alcance de qualquer um. Eles tinham uma das melhores adegas da região e naquela casa não faltava nada. Portanto, quando começamos a namorar, meus pais, especialmente meu pai, não cabiam em si de tanta alegria. Já via a filha dele casada com um dos garotos mais desejados de San Juan e todos os seus planos giravam em torno do nosso casamento. Lembrei-me com tristeza de todas as censuras que recebi quando lhes disse que não havia mais nada entre nós. Depois, sem nem querer saber as razões do término, meu pai ficou quase um mês sem falar comigo. O pior é que quem poderia ser minha aliada, minha mãe, lhe dava razão. Quanto a mim, o que aconteceu com meus sentimentos e como eu suportava tudo aquilo, as censuras de meus pais e os comentários do povo... Sofri tudo em silêncio.

Eu havia colocado aquele garoto em um altar. Amava-o de verdade, com a pureza do verdadeiro amor. Envolvi meu casamento em uma auréola de fantasia onde tudo era belo e transparente. Onde nada poderia falhar... Por isso talvez todo o meu mundo veio abaixo como um castelo de cartas naquela tarde... Lembro perfeitamente. Havíamos ido ao cinema. Era um filme normal, daqueles que não deixam lembranças, mas não esquecerei jamais. Ao sair do cinema, entramos em um bar para tomar umas cervejas como sempre fizemos e então Jorge propôs que fôssemos para sua casa.

— Mas por quê? Talvez seus pais não gostem tanto da ideia.

Então Jorge se aproximou e, tomando minhas mãos entre as suas, respondeu:

— Essa é a boa notícia. Meus pais viajaram e ninguém nos incomodará. Temos direito a um pouco de intimidade, não acha?

Aproximou-se tanto que inconscientemente me afastei para não chamar a atenção. Não entendia o que estava acontecendo. Tudo havia sido tão lindo até aquele momento! Não, não podia ser, estava enganada.

— Mas, não entendo... Por que temos que ir pra sua casa? — perguntei, incrédula. —Está dizendo que vamos para lá porque seus pais não estão? — Ele confirmou com um movimento de cabeça. — Então você está me propondo...?

Eu não quis aceitar a realidade. Meu mundo desmoronava e não podia ficar impassível. Minha felicidade afundava e, como um náufrago, me agarrava a uma tábua para me manter à tona. Porém, Jorge não estava acostumado a negativas. Durante toda a vida foi o menino mimado que fazia tudo o que queria e agora não tinha o porquê ser diferente.

— Pois está bem claro — disse, chateado ao perceber minha estranheza. — Imagino que não seja preciso estudar muito para saber que um homem apaixonado deseja que sua namorada esteja disposta a demonstrar todo o seu amor.

Soltou uma risada que me pareceu uma bofetada na cara.

Não podia continuar com aquilo. Minha educação e minha moral não me deixavam seguir ouvindo e me levantei para sair. Ele se ergueu também e, me agarrando por um braço, falou em um tom muito alterado:

— Bem, não fique assim. Somos namorados e isso não tem a menor importância.

— Me esquece — disse, dando um forte puxão para me desvencilhar de suas mãos. — Se esse é todo o amor que sente por mim, pode guardá-lo, não o quero e não preciso dele. E agora, me deixe. Vou pra casa.

Sem dizer mais nada, coloquei o sobretudo. Ele voltou a me segurar pelo braço enquanto dizia em tom ameaçador:

— Pense bem no que está fazendo. Se partir agora nunca mais voltaremos a nos ver.

Dei meia-volta e parti. Esse foi o fim. Os dias seguintes foram horríveis. Eu o amava, mas não estava disposta a satisfazer seus desejos. Além do mais, pensava: "Se ele me amasse mesmo, não me teria feito uma proposta dessas e, se em um momento de desejo a fizesse, teria que compreender o porquê de minha resistência...". Mantive a esperança de que ele pensasse desse jeito. Por muito tempo, esperei um telefonema pedindo perdão. Isso nunca aconteceu. Depois de algum tempo, ouvi que o haviam visto com outra. Foi quando disse a meus pais que já não éramos nada, nem amigos, e, quando quis explicar as razões do término, os dois se negaram a me ouvir, alegando que independente do que fosse, com certeza eu era a culpada.

Para que dizer mais? Deixei o tempo passar e aquilo que foi um amor intenso, puro e desinteressado foi se transformando, primeiro em ódio, depois em indiferença. Chegou o dia em que eu não conseguia mais entender o porquê de ter me apaixonado por ele. Por isso, quando minha amiga me perguntou se eu me importava com o fato de ela sair com Jorge, surpreendi-me ao perceber até que ponto eu era indiferente. Com toda a sinceridade respondi:

— Não, claro que não. A gente terminou faz muito tempo.

— Você nunca me contou por que seu namoro acabou.

— Coisa minha — respondi de forma curta.

— Sim, foi o que você me disse. Mas, se fosse tão boa amiga como diz ser, me daria mais detalhes para que não acontecesse o mesmo comigo. Quero muito continuar com ele, entende?

Fiquei ali olhando para ela. Ao ver sua cara de súplica me vi no dever de lhe dar alguma explicação. Mesmo a conhecendo bem, não sabia até que ponto me compreenderia.

— Então, se quer saber a verdade, tenha cuidado porque cedo ou tarde ele vai querer te levar para a cama e...

Manolita não me deixou terminar.

— Ah! Era isso? Já me levou... E foi por isso que você o deixou?

Não soube o que dizer. Estava claro que éramos boas amigas, mas nossa maneira de pensar estava a mil anos luz de distância. Por isso, em vez de prosseguir com aquela conversa, preferi mudar de assunto.

— Bem, irei à exposição! Não sabe o quanto eu agradeço por me mostrar o catálogo, não ficaria sabendo se não fosse por você.

Despedimo-nos e, logo ao entrar em casa, mostrei o catálogo ao mesmo tempo que dizia o que faria naquela tarde.

Meu pai me olhou e comentou:

— Quando será que você pintará assim?

Sem dizer uma só palavra, tirei o catálogo de suas mãos e fui para o meu quarto. Doía-me o pouco caso que faziam de minha arte e que não me valorizassem, independente do que eu fizesse. Sabia que tinha muito o que aprender como pintora, mas também sabia que, por melhor que eu fosse, jamais seria o bastante para minha família.

O tempo mudou à tarde, parecia que começaria a chover. Corria um vento frio e não dava vontade de sair. Porém, me agasalhei bem, coloquei umas luvas e o cachecol e fui para a exposição de Pedro López Leoviño. Era sua primeira exposição em San Juan. Esse pintor galego adquiriu grande fama, principalmente por suas naturezas mortas e retratos. Nas aulas de pintura, davam-nos reproduções de seus quadros que todos copiávamos com entusiasmo. Era um sonho ver meu ídolo pessoalmente. A sala já estava cheia de gente quando cheguei. Mas a maioria estava ou falando com o pintor, ou conversando com uma taça nas mãos. Sei que isso é normal em dia de abertura, mas me incomodava demais. Sempre me parecera uma descortesia para com o artista. Por isso nunca ia no primeiro dia. Dessa vez, havia feito uma exceção pelo desejo de conhecer Leoviño.

Era um homem alto, bem-apessoado, de uns quarenta anos. Falava com todos com desenvoltura e simpatia. Tinha um sorriso fácil que mostrava uma dentadura branca contrastante com sua pele morena, olhos pretos, de olhar penetrante e zombeteiro.

Percorri a sala admirando sua obra e de vez em quando dirigia minha visão para onde ele estava, sempre recebendo palavras de admiração. Os preços das diferentes obras eram altos, mas ali havia pessoas ricas e grandes colecionadores que pagariam o que lhes fosse pedido para poder ter um quadro de Pedro López Leoviño.

Dei duas voltas no salão e lamentei por não ter dinheiro para poder adquirir alguma daquelas maravilhas. Eram quadros alegres e serenos.

Dava para perceber a sensibilidade de seu criador através deles. Um em especial chamou minha atenção — representava uma jovem que caminhava ao longo de uma praia, com os pés descalços. Tinha uma expressão de tristeza no rosto e um chapéu nas mãos. O vento lhe batia de frente e seu vestido esvoaçante se agarrava ao corpo enquanto seu cabelo balançava. O mar estava calmo, mas ao longe uma tempestade se formava. A julgar pela longa sombra dela formada sobre a areia e pelos tons alaranjados do céu, o passeio da jovem se dava ao entardecer. Fiquei admirando o quadro.

— Você é pintora? — perguntou alguém às minhas costas e, ao me virar, constatei com surpresa que era o próprio López. Respondi um pouco tímida:

— Apenas uma estudante de pintura e uma grande admiradora sua.

— Você me chamou a atenção por ter reparado nesse quadro, um dos meus favoritos e que, como pode ver, ainda não foi vendido. Há muitos críticos de arte e muitas pessoas entendidas no assunto aqui, mas só você teve tanto interesse nele. Por que não volta outro dia para que possamos conversar com mais calma sobre pintura? Hoje preciso atender a muita gente.

— Sim, sempre faço isso. Não costumo vir no dia da abertura porque não se consegue apreciar direito os quadros. Dessa vez abri uma exceção para conhecê-lo. Voltarei amanhã.

— Até amanhã então. — e me estendeu a mão.

Senti o toque forte e quente daquela mão e um arrepio correu pelas minhas costas. Quando cheguei em casa, não fiz o menor comentário nem dei nenhuma explicação. Também ninguém me perguntou nada.

Fui dormir cedo, mas pensei por um bom tempo no "amanhã". Sentia-me com sorte por ter um encontro com Leoviño, ainda mais por ter sido iniciativa dele. Dormi e sonhei: *estava em um escritório localizado em uma casa muito antiga, cheio de telas, pinturas bagunçadas, pincéis sem lavar, trapos, pó e sujeira por todos os cantos. A primeira impressão ao ver aquele caos foi decepcionante. Ele começou a pintar sem reparar na minha presença. Com pinceladas rápidas e precisas foi criando um mar. Umas pedras e uma moça com um chapéu na mão. Ela olhava para o pintor e ria. Ele se virou para mim e me perguntou o que fazia ali. Eu quis sair correndo, mas algo me impedia. Voltei a olhar para a jovem do quadro... já não estava rindo e lágrimas abundantes escorriam de seus olhos ao longo da tela, borrando a pintura. Formando no chão uma grande poça de tinta vermelha.*

Acordei por volta das oito, como de costume — e, também como de costume, fui até a janela. Tinha caído muita neve durante a noite. O mês de agosto chegava ao fim. Aquele inverno tinha sido muito cruel, com nevascas fortes e abundantes.

Depois de me arrumar e tomar o café, fui para a biblioteca onde trabalhava, no turno da manhã. O trabalho era simples e tranquilo, mas o salário era muito baixo. Ainda assim estava feliz — a maioria eram estudantes, que escolhiam um livro e em silêncio se retiravam para fazer suas consultas; em outras ocasiões os levavam para casa, e eu tinha que anotar em suas fichas. O tempo passava rápido… menos naquela manhã quando parecia que o relógio havia parado.

O frio era intenso quando saí para a rua. Subi o cachecol e a gola do casaco o quanto pude até o nariz. Caminhei com muito cuidado pelas calçadas geladas para não cair.

O clima em casa estava sempre agradável — meu pai era um homem friorento e a calefação funcionava a todo vapor. Havia *puchero* para comer. Nos meses frios, eu gostava tanto desse prato quanto do churrasco em tempos mais quentes, quando acendíamos a churrasqueira e armávamos a mesa grande no jardim. Era tradição na minha casa churrasco aos sábados e sempre vinha gente de fora, amigos ou familiares que faziam daqueles momentos pós-almoço divertidos e agradáveis. Minha mãe preparava uma deliciosa sobremesa, minhas irmãs e eu colocávamos a mesa e meu irmão ajudava papai na churrasqueira. Meu primo Luís, que gostava muito de minha irmã Lola, nunca faltava — para ela a festa não era a mesma sem ele. Via-se que era um romance sério, ainda que meus pais não achassem graça alguma por conta da consanguinidade. Todo mundo fazia elogios a minha irmã Delfina, que era a caçula, repetindo quão bonita estava — ela ficava sempre muito feliz com essas reuniões. Era a minha irmã favorita. Alta, magra, loira, de olhos azuis; alegre e extrovertida, sem dúvida a mais bonita da casa — e ela sabia bem disso, tanto que a coqueteria era o grande defeito que diminuía seus encantos.

Já Raúl e eu nunca nos demos muito bem. Ele era apenas três anos mais velho que eu, mas nossos mundos não tinham nada em comum. Já Lola, a mais velha, seguia sua vida e sempre me tratou como a irmã que nascera cinco anos depois dela e que, de vez em quando, usava seu batom ou sua sombra… Não sei por que isso a tirava do sério.

Naquele dia, ao chegar em casa me deparei com uma cena nada agradável: meu pai estava dando um belo sermão em Lola por causa do nosso primo, mas minha irmã, tão autoritária quanto ele, batia de frente: verdade seja dita, era a única que se atrevia a isso.

As últimas palavras que ouvi, antes de um forte bater de portas, foram: "Tenho vinte e sete anos e sei perfeitamente o que me convém. Então, não me dê ordens, porque farei o que quiser..."

É de se imaginar que depois daquilo meus pais estivessem alterados. Quando nos sentamos para comer, mantivemos um silêncio sepulcral. Criou-se uma atmosfera irrespirável na qual o único ruído que se podia ouvir era o da respiração furiosa do meu pai e a voz medrosa da minha mãe que, com a panela na mão, perguntava-nos se queríamos mais. Claro que a cadeira de Lola estava vazia. Quase esqueci do compromisso que tinha e do qual não pensava em dizer nada.

Arrumei-me lá pelas seis e, quando me despedi, meu pai, que estava lendo o jornal, tirou os óculos e me interpelou:

— Aonde você vai? Será que também fará o que lhe der vontade sem explicações?

— Vou novamente à exposição; havia muita gente ontem e não pude vê-la direito... — comentei com um fio de voz.

— Bem, mas já sabe que horas deve voltar — falou ele franzindo a testa e apontando para a porta da frente.

Era evidente que o caos se aproximava da minha casa. Fui embora sem ver minha irmã, que seguia trancada no quarto. Talvez tenha sido egoísmo de minha parte não querer participar de sua infelicidade, mas, naquele momento, meu pensamento estava fora de lá.

Fui para a rua com a sensação de ter me libertado de um peso enorme e apressei meu passo temendo que algo que me impedisse de ir. Era o fato mais importante que me acontecia em muito tempo e não queria nem imaginar outra coisa que não fosse a minha reunião com López Leoviño para conversar sobre pintura.

Quando cheguei, apenas duas pessoas contemplavam a exposição e López estava sentado em um banco, lendo um livro. Aproximei-me dele com medo de que já não se lembrasse de mim.

— Boa tarde — disse, receosa de interromper sua leitura.

— Oi, boa tarde! Está com frio? — perguntou em um tom jovial.

— Na verdade hoje está fazendo um dia terrível. Deve estar mais de trinta graus na sua terra, não?

— Sim, lá agora é verão. Veja, como tem pouca gente, falemos sobre o quadro.

Dizendo isso, ele pegou no meu braço e me conduziu até o final da sala onde estava *Entardecer na praia*.

— Ontem você ficou um bom tempo admirando esse quadro e eu gostaria que me dissesse o que vê nele.

— Estranhei o fato dessa jovem, tendo ao seu redor tudo para ser feliz, expressar tanta tristeza. Eu sou uma apaixonada pelo mar e se estivesse em seu lugar com uma praia só para mim, caminhando descalça, com um pôr do sol tão iluminado, teria motivo suficiente para estar alegre. Gostei também da tormenta que vem desde o mar e que talvez seja uma réplica da que a aflige... Sua própria tormenta interior que não é capaz de dissimular... Ou talvez possa se entristecer pelo fim do dia e ter que deixar de passear pela praia... Não sei, gosto de tudo nesse quadro. É possível criar uma novela só de contemplá-lo.

Olhei para Leoviño e me surpreendi ao ver o semblante sombrio em seu rosto. Depois de um silêncio embaraçoso, perguntou:

— E essa novela teria um final feliz ou não?

Estranhei sua pergunta, era como se estivesse realmente interessado na novela hipotética que poderia ser escrita ao contemplar o quadro. Depois de pensar um instante, respondi:

— Gosto mais dos finais felizes.

— Quem dera a vida fosse uma novela assim... Mas nunca é como acontece porque termina com a morte.

Naquele momento se aproximou uma senhora para cumprimentá-lo e fiquei feliz pela interrupção, pois pressenti que tinha chegado a um ponto delicado. Ele se desculpou e atendeu a recém-chegada, que o ocupou por um bom tempo. Retornando a mim, disse:

— Onde estávamos? Ah! Sim. Gostaria que você conhecesse meu estúdio e que posasse para mim. Tem um rosto muito bonito e expressivo... Com certeza, um retrato seu seria um sucesso.

Aquela proposta foi inesperada e interessante. O fato de ele querer me pintar era por demais satisfatório, além de fazer com que eu aprendesse a sua técnica. Sempre foi uma incógnita para mim, ao ficar diante de uma tela em branco, como um pintor famoso começaria a criar uma obra. Agora teria a oportunidade de vê-lo. Sem pensar duas vezes, daria minha resposta quando se aproximaram dois visitantes, o que interrompeu nossa conversa mais uma vez. Então, tive tempo de pensar melhor em tudo aquilo. Tinha que contar ao meu pai, ter sua permissão para chegar em casa mais tarde do que de costume, e me preparar para o seu modo de ver a coisas, sempre pelo lado ruim... Não seria possível. Demorou bastante para que ele retornasse, quando falei com toda franqueza qual era o problema. Ele pareceu muito surpreso.

— Você não é maior de idade? Não acredito que seu pai possa dizer algo a respeito, pois não tem nada de ruim em minha proposta. Além disso, não tem por que chegar tarde em casa. Eu, a partir de amanhã, e os demais dias, quero pintar algumas paisagens dessa terra antes de ir embora. Meu estúdio fica em um quarto que aluguei nessa mesma rua, não muito distante daqui. Enfim, eu gostaria que pensasse. Me dê seu número que ligarei amanhã.

Não poderia dar o número de telefone já que havia decidido não contar nada em casa. Quase atropelando suas palavras, disse um pouco embaraçada:

— A que horas venho amanhã?

— Mesma hora de hoje, ou antes, se puder. Esperarei no número quinze, térreo. Se tiver um vestido decotado de verão, traga-o. Não tema, porque o quarto possui uma boa calefação — comentou. Com um sorriso simpático, me estendeu a mão ao mesmo tempo que uma nova interrupção se aproximava de nós. Dessa vez, uma mãe com sua bela filha.

Não sei por que me incomodou o jeito familiar com que ela se aproximou do pintor. Quando ia embora, me virei para olhar, e as duas estavam falando com ele com muito entusiasmo.

Quando cheguei em casa, tudo estava muito silencioso: minha mãe na cozinha, preparando o jantar; meu pai, no salão, folheando um jornal esportivo; meu irmão ainda não havia chegado; Delfina em seu quarto, preparando-se para uma prova; e... onde estava Lola? Aproximei-me de seu quarto e bati devagar na porta. Como não tive resposta, resolvi chamar por ela.

— Lola, sou eu... Posso entrar?

— Entra — respondeu.

Lola não era tão bonita quanto Delfina — era mais baixa em estatura e um pouco mais gorda, de pele morena, lábios carnudos e dentes perfeitos; olhos pequenos que sabia maquilar muito bem e nariz um pouco grande. Era sensata, carinhosa e muito elegante; conseguia a amizade de todos, com os quais se relacionava com facilidade.

Estava deitada em sua cama no escuro e, quando fui acender a luz, disse:

— Não acenda, por favor. Deixe só a claridade da rua.

Aproximei-me dela e perguntei se não havia comido.

— Nem quero sair para jantar. Não penso em ver o tirano do nosso pai nunca mais. Amanhã, falarei com Luís e veremos que decisão tomar. O que posso dizer é que quando eu não estiver mais aqui, você tem que se fazer forte porque, se continuar assim, nunca terá sua própria vida. Lembre-se do que aconteceu com Jorge, que quando você decidiu terminar, todos reprovaram... Perguntaram alguma vez os seus motivos? Não, era melhor ofender e insultar do que ouvi-la... E você se calando como uma imbecil. Como me deu vontade de te sacudir para ver se você reagia e se defendia em vez de se calar... Mas não sou como você, por isso farei o que diz meu coração...

Estava tão nervosa que deixei que desabafasse, sem interrompê-la. Quando estava me acostumando com a escuridão, pude reparar em seu semblante. Seus olhos, sem maquiagem, avermelhados e inchados pelo choro pareciam ainda mais pequenos. A expressão do seu rosto era uma mistura de amargura, raiva e desprezo.

— Mas o que você fará? Se...

Não consegui terminar. Minha irmã tinha tomado uma decisão drástica e, ainda que não fosse sua confidente, agora compartilhava comigo os pensamentos acumulados na solidão do seu quarto, entre lágrimas e suspiros que ninguém se importou em escutar. Talvez por isso me confessou que pretendia sair de casa.

— Tanto faz que Luís queira ou não! — disse, em desespero.

Ficamos um bom tempo em silêncio e então, abraçando-a, apertei-a contra mim e a beijei uma e outra vez. Ela retribuiu o abraço, mas logo se afastou e disse:

— Não seja boba, minha irmãzinha, e não deixe que os demais governem sua vida. Toma suas decisões sem consultar a ninguém. A vida é sua e você não tem que dar explicações do que fizer com ela.

Nesse momento eu não soube o que responder. Fiquei calada pensando que já havia tomado uma decisão assim. Devia contar a ela?

— Olha — comentei para quebrar um pouco o gelo —, mamãe está na cozinha preparando o jantar. Trarei algo para você comer, deve estar com o estômago vazio e tão fraco que não terá forças para vencer esta batalha.

Saí e fui até a cozinha. Minha mãe havia feito empanadas de pimentão que todos gostavam muito e era o prato preferido de minha irmã. Aproximei-me dela e lhe pedi algumas para Lola. Enquanto preparava um prato, olhava-me e dizia:

— Fale com sua irmã. Esse casamento não pode se realizar. Nesse caso, estou com seu pai. Luís é um bom moço, mas veja o que aconteceu com Mariana... Também são primos e veja. Uma filha cega e um casal desfeito pela tristeza. Outros nascem com deficiência mental... Não sei como sua irmã pode ser tão inconsequente e não pensar nisso.

— Mas, mamãe, nem sempre acontece. Há muitos casos em que as crianças nascem sem deficiências e bonitos. Por que temos que pensar no pior?

— Se você gosta de verdade de Lola e deseja que ela seja feliz, deve convencê-la a desistir disso. Ela não nos ouve. Toma, leve as empanadas e fale com ela.

Peguei o prato e ali estava eu, no meio daquele dilema. Lola querendo ir embora e minha mãe me implorando para que falasse com ela e a fizesse voltar atrás. Eu concordava com eles — casamentos entre primos corriam um alto risco de descendência com problemas, mas duas coisas deviam ser levadas em conta: o tanto que estavam unidos desde pequenos e que nem sempre o pior acontecia. Somente uma coisa me preocupava: seria Lola capaz de vencer qualquer dificuldade por amor, ou esse amor crescia e se alimentava pela oposição contínua de nossos pais? Se por acaso fosse como eu mais temia, mais obsessão do que amor, que tipo de felicidade a esperava?

Voltei ao seu quarto com as empanadas fumegantes. Minha irmã deu um salto na cama ao vê-las.

— Oh! Que gostosas! São muitas. Coma também.

Ficamos em silêncio enquanto eu me acomodava ao seu lado. Eu contei os medos da nossa mãe, que também eram os meus, e meu receio de que não se amassem o suficiente. Lola me encarou e respondeu, muito séria:

— Para mim não existe outro homem na face da Terra. Tenho certeza do que quero, o que preciso e o que me fará feliz. Pode vir uma criança como a de Mariana, cega ou deficiente mental? Bem, o mundo não acabará. De qualquer forma, é um problema meu e sou eu quem o enfrentará. Se eu me caso com quem eles querem e o casamento vai mal, terei a ajuda deles? Provavelmente nem se lembrarão de que foram eles que elegeram o noivo e me dirão: "Filha, o casamento é para toda a vida, sossega e segue sem se queixar." Não, Valéria. Sei que estiveram pressionando você para que me fizesse desistir, mas estou decidida e nada nem ninguém me fará mudar de ideia. Amanhã falarei com Luís. Os tios também não estão muito a nosso favor, mas não nos reprimem como nossos pais. Decidiremos e resolveremos como pessoas adultas que somos.

Não tive oportunidade de lhe contar nada sobre mim nem sobre minhas visitas ao estúdio de Leoviño. A conversa já estava sobrecarregada de emoções. Outro dia falaríamos de irmã para irmã, como eu sempre quis — até então nunca havíamos feito confidências. Quando tive problemas, por que não falei com ela como tantas vezes depois? Eu teria gostado muito e seria um consolo poder desabafar minhas tristezas em seu ombro…

O jantar familiar transcorreu ainda mais tenso que o almoço. Ninguém falava, ninguém comentava o frio que fazia ou a nevasca que caía. Eu desejava me levantar da mesa e ir para o meu quarto, porque temia que meu pai me pedisse, como minha mãe, que intercedesse para fazer Lola desistir daquela "loucura", como diziam. Por sorte, naquele momento, eu não existia para ele.

Antes de ir para o meu quarto, entrei no quarto da minha irmã para lhe desejar bons sonhos e dizer que tudo ficaria bem. Ela me olhou com carinho e me disse com um piscar de olhos:

— Obrigada, irmã… por tudo.

Eu tinha vinte e dois anos e acabava de me encontrar com Lola. Nunca mais, passasse o que fosse, eu me separaria dela nem deixaria que aquela cumplicidade morresse.

Quando me vi sozinha no meu quarto comecei a pensar em mim mesma. Pensei em Pedro López, na forma em que me deu sua mão, nas duas possíveis clientes que chegaram ao final, em nosso encontro do dia seguinte no estúdio, nas tardes que seguiriam aquele primeiro encontro e o quanto poderia aprender com ele… Pouco a pouco, fui vencida pelo sono e adormeci com a lembrança de seu rosto simpático.

Meu despertador tocou às oito em ponto. Olhei pela janela para ver como estava o tempo. A neve do dia anterior brilhava debaixo dos raios de sol que começavam a nascer. Que bom! Um dia iluminado!

A manhã transcorreu de forma tranquila. Não vi minha irmã, pois ela tinha acordado ainda mais cedo do que eu e já tinha saído. Tive pouco trabalho na biblioteca. Na rua, as crianças jogavam bolas de neve umas nas outras e faziam bonecos.

Eu desejava que, ao chegar em casa, a situação tivesse se resolvido e que, dentro do possível, tudo se normalizasse, mas me equivoquei. Minha irmã e Luís se reuniram na pela manhã. Dispunham de meia hora em seu trabalho no banco para tomar café e ali, saboreando a xícara de um líquido cálido, resolveram se casar o mais rápido possível. Foram primeiro à casa dos meus tios, mais razoáveis que meus pais, para contar. Eles compreenderam e aceitaram.

Com meus pais não foi tão fácil. Apesar dos meus tios terem ligado para darem seu parecer sobre a questão, eles se negaram a ouvir. Meu tio não parecia nem irmão do meu pai. Era compreensivo, paciente com seus filhos e respeitoso e amável com sua mulher. Para seus filhos era um amigo com quem podiam falar e tanto Luís como Marga o adoravam. Tentou fazer com que meu pai visse que, ao se opor, somente traria desgostos e afastaria os dois. Porém, todos sabiam que, depois que meu pai adotava uma postura, não havia nada nem ninguém que o fizesse mudar de opinião.

Ao entrar pela porta, a primeira coisa que ouvi foi a voz do meu primo dizendo em tom desafiador:

— Está errado, meu querido tio. Não viemos lhe pedir permissão para nos casar porque, não sei se percebeu, não precisamos. Então, nem precisa dizer que não autoriza. Viemos aqui comunicar que nos casaremos o quanto antes porque não quero que minha futura esposa passe outro dia como o de ontem. Gostaria, para o bem de todos, que aceitasse esse matrimônio, mas se não o fizer é um problema seu.

— Jamais o aceitarei! — gritou meu pai, fora de si.

— Então, levo Lola comigo desde agora, para que esteja tranquila até que possamos nos casar. Viverá no apartamento. Digo isso caso seu coração paterno se comova e queira vê-la.

— Quando sair por essa porta, me esquecerei de sua existência! — Estas foram as últimas duras palavras do meu pai.

Deu meia-volta e se fechou no escritório. Ouvimos quando trancou a porta e eu, que tinha ficado calada em um canto sem que ninguém reparasse em mim, senti-me aliviada sem a sua presença.

— Faça a mala e vamos embora — ordenou Luís à minha irmã. A tensão pelo momento desagradável que havia passado estava refletida em seu rosto. Depois se dirigiu para mim e me dando um beijo disse:

— Queremos que seja nossa madrinha, aceita?

Fiquei surpresa. Até pouco tempo, minha irmã e eu éramos quase desconhecidas. Não compartilhávamos nada sobre nossas vidas, além dos nossos pais, irmãos e uma casa. Víamo-nos na hora das refeições. Desde o dia anterior tudo havia mudado. Ser sua madrinha de casamento era para mim algo maravilhoso, sentia-me valorizada — e eu não estava acostumada a isso. Sem pensar em seus prós e contras, aceitei. Minha irmã me abraçou e começou a chorar. Seu choro era comovente e a deixei desabafar. Por fim, Luís se aproximou e, tomando-a nos braços, disse:

— Anda, vá fazer a mala, Valéria pode ajudar. Não se preocupe, já verá que com o tempo tudo ficará bem.

Fomos montar a mala de Lola. Pegamos suas melhores roupas — minha irmã gostava de se vestir bem. Separou várias prendas e acessórios e me presenteou. Em uma gaveta de sua cômoda havia um álbum de fotos — eram do seu nascimento, dos seus primeiros passos. Em muitas delas estava com papai brincando no jardim. Ela o abriu e começou a chorar.

— Parece mentira que seja o mesmo pai que antes me adorava e que agora quer desgraçar minha vida. Mamãe me contou diversas vezes a alegria que foi o meu nascimento; o quanto ele brincava comigo mesmo que viesse cansado do trabalho; o muito que nos amávamos... O que aconteceu? Quando ele começou a se distanciar? Se soubesse quantas vezes eu quis correr para ele e me pendurar em seu pescoço, como fazia quando era pequena!

Aquela cena era dolorosa para mim, queria que terminasse de uma vez. Minha irmã sentia falta do que tinha perdido, mas, do que eu podia me queixar? Eu, que nunca tive esses carinhos, essas brincadeiras, essa relação? Desejava que minha irmã fosse embora de uma vez, pois precisava de paz e tranquilidade para pensar em mim mesma. Peguei o álbum meti-o na mala, fechei-a e disse:

— Vamos, acalme-se. Como disse Luís, tudo ficará bem.

A despedida da minha mãe foi um drama só. Não aceitava uma filha sua sair de casa daquela maneira.

Quando a porta da rua se abriu e se fechou de novo atrás da minha irmã chorosa e do meu primo, um suspiro de alívio saiu do fundo do meu coração. Alguém naquela casa tinha tomado uma decisão corajosa. Se eu soubesse aproveitar a oportunidade, aquele seria um bom momento para começar a ganhar independência. Estava decidida a defender o terreno conquistado por minha irmã.

Sentamos à mesa para o almoço. Todos encaravam o prato. Minha mãe, ainda chorosa, quase não conseguia comer — acontecia o mesmo comigo. Meu pai bebeu mais do que de costume, mas não disse uma palavra. Delfina, que chegou em casa depois da partida de Lola, foi a única que comentou alguma coisa, do sucesso em sua prova.

O almoço terminou e meu pai retornou à reclusão em seu escritório.

Pelas seis, fui para o estúdio de López Leoviño. Ninguém me perguntou onde iria. Era o início de uma nova vida. A essa hora, todos os dias, tomávamos o mate. Era como um ritual que não podia faltar. O curioso é que o tomávamos na cozinha, pois a empregada também bebia. Meus pais se sentavam ao redor da pequena mesa e nós e a empregada, de pé, passávamos o mate um ao outro, enquanto conversávamos sobre assuntos variados. Entretanto, hoje haveria duas faltas. A tradição de anos se quebrava.

Os últimos raios de sol se estendiam pelas ruas, onde a neve tinha se derretido em sua totalidade. O ar frio da geada noturna incipiente se apoderava da cidade de San Juan e os poucos transeuntes se abrigavam como podiam.

II

O RETRATO

Por volta das seis e meia, cheguei no portão do número quinze. Era amplo, na parte da frente havia os elevadores e a escada e, à direita, três degraus levavam à porta do estúdio. Toquei a campainha. Ouvi o ruído de um banquinho, uns passos e a porta se abriu. López vestia uma calça jeans e uma camisa cheia de manchas de pintura. Apesar da mudança, aquelas roupas lhe davam um aspecto interessante e engraçado. Entrei. O estúdio improvisado era um quarto não muito grande — de um lado havia umas telas, um cavalete e uma pequena mesa com uma cafeteira e um fogão elétrico. Ao fundo, um sofá estreito coberto com uma tela estampada e várias almofadas de cores diferentes. O centro da sala era ocupado por um cavalete maior que o anterior, onde repousava uma tela e, ao lado, uma mesinha com uma maleta, óleos e pincéis, e também os potes usuais de aguarrás, verniz etc. Havia uma calefação exagerada no quarto que era quase incômoda e a iluminação externa era escassa — existia apenas uma pequena janela. Fiquei surpresa de que aquele lugar pudesse ser usado como o estúdio de um pintor. Porém, havia dois focos de luz apagados em ambos os lados do quarto, orientados para o sofá.

— O que achou? Não consegui encontrar nada melhor em San Juan, mas como não ficarei muito tempo…

— Parece bom, e como o senhor disse, para pouco tempo é suficiente.

— Não me chame de senhor porque me faz parecer mais velho do que já sou. Veja, você tem que se sentar nesse divã, meio recostada para um lado, com as pernas flexionadas para o outro. Um braço apoiado ao longo do encosto. Trouxe o vestido que pedi?

Confirmei com um movimento de cabeça.

— Então coloque-o e, se estiver usando o sutiã, tire-o.

Olhei ao meu redor e, não vendo nenhum local apropriado para trocar de roupa, fiquei confusa e incomodada. Virei para ele para expor meu constrangimento.

— Creio que aceitei muito rápido em posar. Por isso, quero que saiba que nunca fui modelo e o fato de estar aqui agora é somente porque lhe admiro muito e porque me pareceu uma oportunidade de ver como se faz um retrato. Mas tenho que saber como posarei para decidir se me interessa ou não. E não tem lugar para eu trocar de roupa.

Ouviu-me em silêncio e, quanto mais nervosa eu ficava, mais fazia cara de zombeteiro. Ao final me disse:

— Terminou? Pois veja, senhorita. Não tenho a menor intenção de fazer um nu de sua pessoa. A única coisa que me interessa são seus olhos e a expressão de seu rosto e isso, acredito, qualquer um que a olhe na rua vê. Ou se veste como as mouras? Em relação a tirar o sutiã é porque a pintarei de meio corpo e não gosto de peitos presos; o peito de uma mulher foi feito para se mostrar livre e solto. Entendido? Além disso, já vi tantos modelos nus que não acredito que as argentinas tenham nada a mais que as outras mulheres do resto do mundo que possa provocar meu assombro. — De repente, sua voz mudou e se fez grave e desagradável. — Bom, já perdemos tempo demais. Posará ou não?

Era óbvio que não havíamos começado bem. Fez com que me sentisse mesquinha e estúpida por essa minha mania de ver sempre o lado ruim das coisas; esse medo de ser ridicularizada — eu estava errada. Teria me desculpado, mas algo em meu íntimo me impediu. Senti desejo de sair correndo daquele lugar, mas não o fiz. Olhei ao meu redor.

— Onde me troco? — perguntei, zangada.

Ele me apontou a porta que tinha atrás do sofá, que eu não tinha reparado antes.

— É um banheiro pequeno. Sinto não ter nada melhor para oferecer a vossa majestade, mas, como sabe, este é um estúdio provisório. — Seu tom era desagradável.

Entrei ali com o vestido na mão. Era um cômodo pequeno desajeitado e feio onde somente havia uma ducha, uma privada e uma pia. Atrás da porta estava pendurado um cabide onde coloquei minha roupa. O vestido que levei era um dos que minha irmã havia me dado. Ao colocá-lo sem o sutiã, meus peitos transpareciam tenuemente, e me arrependi de ter que posar para aquele pintor que zombava de mim a todo momento. Comecei a sentir desprezo por ele que, pouco antes, era meu ídolo.

Saí com os braços cruzados diante do peito para que ele não notasse a transparência, mas, pelo seu sorriso contido, me dei conta de que zombava de mim novamente. Se eu queria seguir adiante era preciso não dar importância a certas coisas.

— Como o senhor disse que eu tinha que ficar?

— Faça o favor, de uma vez por todas, de não me chamar de senhor. É tão difícil assim?

Não respondi, e ele continuou:

— Fique aqui. Esse vestido é ideal para o que eu quero, só terei que mudar a cor, mas isso é fácil... Um braço aqui, o outro apoiado no encosto. O corpo um pouco estendido... Assim, com as pernas flexionadas ao longo do sofá... Perfeito. O decote do vestido caindo naturalmente... O laço desamarrado... Que pena que não tenha o cabelo mais longo, mas isso também pode ser solucionado. Colocaremos esta almofada aqui e esta outra aqui. Olhe para mim... Assim... Acenderei as luzes... Vejamos...

Seguiu fazendo as modificações e, depois de ter encontrado a postura correta, acomodado as almofadas e dirigido os focos de luz, já havia passado uma hora. Pegou uma máquina fotográfica e tirou várias fotografias. Então, fez um close de meus olhos que, segundo ele, "tinham uma tonalidade curiosa".

Começou a pintar e, quando mal tinha dado umas pinceladas, soltou o pincel. Pareceu estar com raiva, sentou-se no banquinho, olhou-me uma e outra vez, foi para um dos lados do quarto onde tinha uma cafeteira elétrica, colocou água, ligou e começou a fazer um café. Eu o olhava perplexa, pensando no tempo que estávamos perdendo entre uma coisa e outra, mas não disse nada porque notava uma certa tensão em sua atitude. Foi ele quem quebrou o silêncio.

— Suponho que queira um café, não?

— Não tomo café.

— Ah, claro! Vocês tomam mate, mas não tenho.

— Não se preocupe, amanhã eu trago.

Agi de maneira mais informal e me pareceu que aquilo amolecera um pouco a tensão entre nós. Enquanto ele tomava o café, contou-me coisas muito interessantes da Espanha e me perguntava outras da Argentina.

Mas isso nos tomou outra meia hora e eu não poderia de maneira alguma chegar tarde em casa. Se surgisse outra interrupção, teríamos perdido a tarde. E o fiz ver isso. Ele me olhou, com aquele olhar penetrante e crítico que tanto me intimidava e disse incomodado:

— Enquanto você estiver tensa não poderemos fazer nada. Nesse momento, você é minha modelo, e a modelo de um pintor tem que confiar nele, se colocar na posição que ele pede, usar o vestido que ele indique e, o mais importante, estar tão relaxada como estaria em seu quarto quando ninguém a vê, pois não se deve posar com um monte de preconceitos. Fui claro?

— Sinto muito, mas hoje não tive um dia fácil. Creio que seria melhor eu ir e amanhã virei mais relaxada. Considere que é uma experiência nova para mim.

Não soube mais o que dizer e comecei a resumir o caos que havia se formado na minha casa com o problema da minha irmã. Ele me escutou em silêncio e ao final disse:

— Sim, melhor que vá, amanhã começaremos e tudo será diferente. Hoje quebramos o gelo. Já é um passo importante. Deixe o vestido porque não acredito que vá usá-lo na rua.

— Não, não mesmo. — Rimos. Levantei-me do sofá e troquei de roupa. Quando saí, ele segurava meu casaco. Ajudou-me a vesti-lo e, como se fosse uma menina pequena, também a abotoá-lo. Aquele gesto paternal contrastava com sua grosseria anterior e pensei que queria, de alguma forma, agradar a mim. Entretanto, eu sabia que a tarde havia sido perdida por minha culpa.

— Sinto muito — disse por fim. — Amanhã será melhor.

— Não se preocupe. Será bom para mim dar uma volta pela exposição. Até amanhã. — Ele se aproximou de mim e me deu um beijo na bochecha.

Quando saí, o ar frio me golpeou com violência no rosto. Eram quase oito horas. Meu toque de recolher se aproximava, tinha que apertar o passo. Já tinha faltado a hora do mate, não podia infringir outra regra no mesmo dia. Na minha rua iam na minha frente Manolita e Jorge. Não queria perder tempo com eles, mas caminhavam tão lentamente que não tive outro remédio a não ser passar ao lado deles e, ainda que tenha feito como se não os tivesse visto, chamaram-me e os cumprimentei.

— Olá! Não vi vocês — menti. — Que frio, não é?

— O que você esperava dessa época? A propósito, fomos à exposição de Leoviño. Que maravilha! Gostamos de todos os quadros. Que sucesso! Mal começou e já tem quase tudo vendido! Ele não estava. Você o conheceu?

— Sim, no primeiro dia. Depois nos falamos. Agora peço que me desculpem, mas já estou atrasada para chegar em casa e...

— Depois nos falamos. Seu pais e suas coisas... — interrompeu Jorge com sarcasmo.

Fui pensando no que diriam se souberem que tinha estado no estúdio de Leoviño, posando para ele. Contudo, estava decidida a não contar para Manolita. Isso porque ela tinha uma mente muito suja e jamais acreditaria que ali não havia mais nada além de um interesse meu em aprender e de Leoviño em fazer um bom retrato.

Cheguei em casa, entrei na sala e dei boa noite. Meu pai lia enquanto minha mãe fazia tricô do seu lado. A cena parecia muito familiar e tranquila depois do que havia acontecido. Mas, sim, era verdade. O mais estranho é que não me perguntaram de onde vinha nem o porquê de ter faltado ao mate das seis. Estranhamente, meu pai levantou a cabeça, tirou os óculos e, depois de dar boa noite, perguntou-me se fazia muito frio lá fora.

— Não, não muito. Logo começarão os dias bons — comentei enquanto ia para o meu quarto.

Fui logo para a cama. Tinha muitas coisas para pensar. Minha irmã, o estúdio de Leoviño, o que faria no dia seguinte. Sobre tudo isso. Tinha que confiar nele, relaxar. Nada significava para ele um vestido transparente já que estava acostumado a pintar nus. Como devo ter parecido ridícula! Decidi então que não o faria perder tempo nos próximos dias.

Comecei a ler um pouco na cama e logo adormeci. Tive um sono agitado, com pesadelos que me fizeram dar mil voltas. Pela manhã minha cama estava tão remexida que parecia que eu tinha travado uma batalha.

Tomei um banho e me olhei no espelho. As olheiras denunciavam aos quatro ventos minha noite ruim. Maquilei-me mais do que o costume, pois gostava de ter boa aparência na biblioteca e dissimulei como pude minha palidez.

A temperatura subiu bastante e dispensei o cachecol. Meu casaco de lontra selvagem me esquentava o suficiente.

Houve bastante movimento na biblioteca. Não descansei um minuto e tive pouco tempo para pensar. Na hora do café da manhã, saí com pressa porque queria ver minha irmã, sabia onde ela e Luís se encontravam. Quando cheguei no café não encontrei nenhum dos dois. Aquilo me preocupou e, quando já ia embora, minha irmã entrou.

— Oi, Lola, já estava preocupada com sua demora.

— Oi, irmãzinha. É que agora temos muitas coisas para arrumar. Sabia que por sermos primos temos que pedir uma autorização especial? Que estupidez! Parece que até o Estado mete o nariz onde não deve.

Estava reclamando, nervosa. Sentamos a uma mesa e esperamos Luís chegar, logo depois. Apesar de trabalharem no mesmo banco, não tinham se visto desde o dia anterior. Começaram a falar de todos os documentos que precisavam e eu os escutava em silêncio. Senti, não sei por que, que estavam nervosos. Falavam apressadamente e atropelavam as perguntas e as respostas como se fossem perder o último trem. Então, Luís, carinhoso, perguntou-lhe se tinha passado bem a noite e se havia estranhado a cama.

— Dormi muito bem — respondeu Lola.

Olhei para minha irmã — tinha olheiras profundas e estava muito pálida.

— Começarei, pouco a pouco, a decorar o apartamento. Valéria me ajudará, não é? — disse ela, dirigindo-se a mim.

— Com certeza. Como está sozinha, se quiser posso dormir alguns dias com você. Assim será mais fácil trabalhar no apartamento.

— Maravilha! Isso é telepatia. Eu já tinha pensado nisso, mas não pedi por não saber se gostaria.

Ofereci-me a ficar com ela por dois motivos: para ajudá-la e para não ter que me recolher no horário estipulado pelo meu pai. Era uma boa ideia para ela também, pois teria uma companhia para falar quando a solidão a fizesse pensar demais. O único problema era saber se meu pai deixaria.

Como estava terminando meu tempo de pausa do trabalho, despedi-me deles, que ainda ficaram mais uns minutos falando de suas coisas e fazendo mil e um projetos.

O sol apareceu. Tímido, mas que produzia um calorzinho agradável. Até a hora de fechar, tive bastante trabalho. Com o bom tempo, as pessoas se animam e saem mais. Teve um momento que a biblioteca ficou lotada. Três senhores na sala de leitura não iam embora e tive que lhes dizer que já era hora de fechar. Um deles, um velhinho de oitenta anos, não gostou muito. Depois de me olhar complacente e murmurar não sei o que de "os jovens de agora", colocou o casaco e se foi.

Seguia a paz em minha casa. Enquanto almoçávamos, meu pai comentou alguma coisa de política que não prestei atenção. Tive vontade de contar que havia estado com minha irmã, mas não pareceu oportuno. A briga ainda estava recente, apesar de o assunto ter que vir à tona mais cedo ou mais tarde. Quando terminamos, chamei minha mãe e lhe contei. Esperava que me perguntasse como nos encontramos, mas fez como se não me ouvisse.

— Ouviu, mamãe? — perguntei, chateada.

Virou-se para me olhar e notei algo a respeito de um de seus filhos em sua expressão que não acreditei que pudesse ver nela: indiferença.

— Sim, ouvi — respondeu, complacente, dando de ombros.

Dei meia-volta e fui para meu quarto. Naquele momento acabava de tomar uma decisão: viveria com minha irmã até que se casasse.

Sempre depois do almoço, costumava me jogar na cama e descansar um pouco. Não foi assim naquele dia. Liguei para minha irmã para avisar que moraria com ela. Ficou tão feliz porque, como me dissera, "não acreditava que eu seria capaz de tomar uma decisão tão rápido".

— Está consciente do problema que você criará, não?

Eu sabia, mas teria problemas em algum momento ao chegar tarde a primeira vez —o que certamente aconteceria por conta do quadro. Não podia interromper o pintor, no momento de sua maior inspiração, para voltar para casa. Comecei a preparar a mala com as coisas mais necessárias, pois iria somente "acompanhar a minha irmã até que se casasse".

Foi isso que disse aos meus pais — e para minha surpresa não reclamaram.

— Acho bom — foi o comentário de meu pai. — As pessoas falarão demais ao verem Luís entrando no apartamento, sabendo que estão ali sozinhos.

— E quem sabe você não é capaz de fazê-la recuperar o juízo — acrescentou minha mãe.

Eles não entendiam que a decisão tomada tanto por minha irmã quanto por meu primo era irrevogável. Peguei um táxi e fui embora com a sensação de alívio que a liberdade dá, e convencida de que faria bom uso dela. Fui morar com minha irmã sem a menor intenção de a fazer desistir de seu casamento — muito pelo contrário, admirava-a por sua decisão corajosa: queria algo que acreditava ser sua felicidade e tinha lutado por isso.

Cheguei pelas quatro da tarde. Lola acabara de terminar o almoço — ela saía às três do banco e o apartamento ficava um pouco distante. Ofereceu-me um café e aceitei, apesar de não ser muito fã de cafeína. O apartamento estava localizado no último andar de um prédio moderno bem no centro da cidade. A entrada era pequena, seguida de um corredor que dava em uma sala ampla. De ambos os lados dele estavam distribuídos três quartos e um pequeno banheiro. Dos quartos, um era muito grande — seria o do novo casal — e tinha uma suíte cujo acesso se dava por um guarda-roupa com grandes armários embutidos. Minha irmã me conduziu ao quarto que estava mais perto da entrada.

— Este é o teu — disse.

Ela dormia no outro. O casal não tinha nenhum móvel por enquanto. A cozinha ficava de um lado da sala. O apartamento dispunha de um pequeno escritório que, por vezes, servia de sala de jantar. Grandes janelões e o fato de ser o último andar resultava em uma grande claridade. Este apartamento onde Luís tinha colocado todas as suas economias era acolhedor — a decoração seria feita aos poucos. Se os acontecimentos não tivessem se precipitado, não pensariam em se casar tão rápido.

— O que acha?

Minha irmã queria saber minha opinião depois de ver o apartamento, apesar de perceber minha felicidade pelo brilho no seu olhar. Parecia que queria dizer "você gosta tanto quanto eu?".

— Gostei muito. É muito bonito e, quando estiver decorado e mobilhado, ficará maravilhoso, você verá. Só tem uma coisa ruim.

— Ah! Diga.

— Quando tiverem filhos, não terá muito espaço.

— Até lá já teremos economizado para outro maior — disse minha irmã, rindo.

Eu gostava de vê-la assim. Tinha um riso sincero e alegre que fazia duas covinhas muito engraçadas no rosto. Sentamos a uma pequena mesa que tinha no escritório, e ela foi fazer café. Em poucos minutos, a bebida com um aroma delicioso estava em nossas xícaras.

— Quer um bolinho? A partir de agora a casa é de nós duas. Não perguntarei mais se precisar disso ou aquilo. Você mesma fará o que tiver vontade e quando quiser. Como se estivesse na casa dos nossos pais e...

Não a deixei terminar.

— Oh! Não! Não me diga que terei a mesma liberdade que tenho na nossa casa para fazer o que quero. Se não tiver alguma mais, irei embora agora mesmo.

Rimos até chorar. Nós duas estávamos feridas. No caso, ela ainda mais do que eu. Abraçamo-nos.

— Não se preocupe — falei. — Você verá como nos daremos bem. Como não trabalharemos nesse sábado, podemos comprar algumas coisinhas para nossa comodidade. E pouco a pouco eu ajudo a decorar e mobilhar o apartamento e ficará ótimo. Mudando de assunto, você pode me dar um pouco de mate para esta tarde?

— Claro que sim. Tenho dois pacotes, pegue um.

Então, contei-lhe resumidamente sobre posar para Pedro López, sobre o mistério do quadro que eu gostava, *Entardecer na praia*, sobre o desejo de aprender vendo-o pintar, sobre meus melindres da primeira sessão — que estava me retratando com um dos seus vestidos etc. Ela me escutou em silêncio e disse, com uma cara de satisfação:

— Não entendo por que nunca fomos tão próximas. Creio que teria sido muito melhor para nós duas se tivesse acontecido de outra maneira. Precisávamos uma da outra e tivemos que esperar um monte de anos e passar por um momento quase trágico para nos dar conta disso. Mas agora que estamos juntas nos ajudaremos. Confio em você. Vou te dar uma cópia da chave para que tenha mais liberdade.

Foi buscar a chave e fiquei pensando se era realidade ou sonho. Voltar para casa a hora que quisesse! Isso era novo para mim e, sem saber por que, temia aquela liberdade recém-estreada. Tinha a sensação de não saber como utilizá-la corretamente. Disse à minha irmã quando regressou com a chave e o mate:

— Muito obrigada. Não acredito que chegue tarde nenhum dia. Mas de todos os modos me convém ter uma chave.

Pelas cinco e meia saí de casa. Lola ficaria vendo televisão até as sete, quando se encontraria com Luís. Agora meu caminho era um pouco mais longo até o estúdio de Pedro, mas eu estava tão feliz por estar com ela que não me importava em ter que caminhar um pouco mais. Quando estava quase chegando, alguém me chamou. Estremeci e, ao me virar, vi que era Ana Torres. Fiquei feliz em vê-la e, ao mesmo tempo, me incomodei com aquela distração.

— Oi, Ana! Não sabe o quanto senti por não poder ter ido ao seu aniversário.

— Manolita me disse que você foi à exposição de Leoviño. Mas se tivesse vindo depois ainda teria chegado a tempo, porque a festa foi até meia-noite. Adoraria que tivesse ido. A propósito, muito obrigada pelo presente.

Fiquei pensando até que ponto Manolita teria lhe contado coisas, pois quando começava a falar era muito imprudente — não por maldade e sim por ser infantil. Como não tinha muito tempo, despedi-me prometendo que a visitaria algum dia.

— Mas não demore — suplicou ela enquanto se afastava.

— Não, prometo. Talvez domingo que vem. Mas não posso dar certeza porque tenho que ir com minha irmã no sábado para comprar algumas pequenas coisas para o apartamento e talvez tenhamos trabalho para o domingo.

Atrasei o passo até que ela estivesse longe e entrei no portão de número quinze. Bati na porta do estúdio. Quando se abriu, apareceu uma mão com uma rosa, enquanto dizia uma voz:

— Amigos?

— Sim, amigos — respondi, rindo.

Posicionei-me no sofá com meu vestido semitransparente e fazendo a pose que já sabia. Quando ele ia começar a pintar, reparei em um espelho de pé que ele tinha colocado atrás de si.

— É para que veja como vou trabalhando o quadro. Assim ficará entretida enquanto posa — explicou-me enquanto preparava as tintas na paleta.

Começou manchando completamente a tela e fazendo um primeiro ensaio da minha figura para ver se estava bom.

— Os primeiros preparativos levam muito tempo — falou. — É raro que se acerte de primeira a posição definitiva e o enquadramento perfeito. Às vezes, perco tanto tempo nisso quanto para finalizar a obra. Digo tal para que não perca a paciência no segundo dia. Bom, poderíamos dizer no primeiro.

Continuava falando e dando pinceladas em um tom cinza, marcando a minha silhueta. Eu o escutava em silêncio porque compreendi que era necessário para ele falar — fazia-o de um modo mecânico como se para si mesmo. Por diversas vezes consertou minha postura, alguma marca do meu vestido ou o decote. Desabotoou os botões dele e descobriu-me um ombro. Depois, colocou uma almofada sobre meus joelhos e minha mão descansando sobre ela. Isto foi o fim dos preparativos. Começou o retrato.

— Está de parabéns, você é uma modelo perfeita. Mantenha essa expressão em seu rosto, entre travessa e inocente, e verá o que obteremos juntos.

Enchi-me de satisfação por ter encontrado tão rápido a posição e a expressão que ele queria, principalmente porque assim não perderíamos mais tempo. O fato de ir para o estúdio era incômodo e constrangedor para mim, as pessoas poderiam me ver entrando e saindo dali. San Juan é uma cidade pequena, onde todos se conhecem e, no momento em que menos se espera, poderia encontrar algum conhecido como aconteceu com Ana. No entanto, eu já tinha uma desculpa preparada caso isso ocorresse.

— Bom, chegou a hora do descanso — disse ele, deixando a paleta e os pincéis sobre a mesa. — Você deve estar cansada. Trouxe o mate?

Já havia se passado uma hora, mas, como me distraí vendo suas pinceladas, o tempo pareceu passar muito rápido. Tirei o mate da bolsa e me dispus a fazê-lo. Esquentei a água no pequeno fogão e lhe perguntei se tomaria mate ou café.

— Estou na Argentina. Hoje tomarei mate.

O mate era reconfortante, quentinho e fumegante. Passamos a cuia de um para o outro várias vezes. Perguntei se havia gostado.

— É um sabor novo para mim. Na verdade, parece-me um pouco estranho. Mas honrando a minha modelo improvisada o tomarei todos os dias. Nada de café! — disse rindo e afastando a cafeteira.

O resto do tempo transcorreu de forma mais lenta. Apesar de estar entretida com o espelho, posar para um pintor é um verdadeiro tédio.

— E não se pode fazer um retrato a partir de uma fotografia? — perguntei. — Quero dizer, uma vez que conseguiu a postura correta, tirar uma foto e pintar por ela e...

— E nada! — respondeu, incomodado. — Uma foto não tem vida, é só um reflexo pobre da realidade. Você sabia que o fato de tomar café, no caso, o mate, não é nada mais nada menos do que uma desculpa para conhecer mais a pessoa que se está pintando? Qualquer gesto seu, de dor se por acaso se queimar, de prazer saboreando a infusão, de satisfação após tomá-la são valores que guardo para poder dar mais vida ao quadro. Se eu ficasse somente com a expressão da modelo enquanto posa, conseguiria um retrato sem vida, sem nuances... Em uma palavra: fracasso.

Pelas nove da noite, já estávamos os dois cansados e decidimos continuar no dia seguinte.

— Hoje brigarão com você em casa, chegará um pouco tarde. Tenho um carro alugado, posso te levar, se quiser.

— Não, muito obrigada. Quero dar um passeio — menti. — Além disso, hoje não terei problemas. Vou para o apartamento da minha irmã.

— Ah! Não sabia.

De fato, não lhe contei porque não queria sair tarde. Estava acostumada a ter meu horário e não queria quebrar a tradição no primeiro dia. Além disso, Lola queria que eu chegasse para conversar.

Com bastante pressa, percorri a distância que me separava do apartamento e cheguei antes das dez.

Lola estava com uma forte dor de cabeça e sintomas de gripe. Dei-lhe o termômetro lamentando o fato de ter chegado tão tarde. Não quis comer.

— Comi alguma coisa com Luís por aí — disse-me, e deitou-se. Estava com um pouco de febre. Fiquei feliz por poder estar ali para cuidar dela. — Mas coma e, se não estiver cansada, conte-me como foi no estúdio — falou, enquanto se acomodava na cama.

Assim o fiz. Ainda que tivesse mais vontade de ficar em silêncio do que falar. Minha irmã dormiu. Apaguei a luz e saí devagar para não acordá-la.

Liguei a televisão, tirei os sapatos, apoiei as pernas no sofá, encostei-me para trás e abracei uma das almofadas. Sorri.

Quando despertei, entrei no quarto de Lola para ver como estava. Ainda dormia. Seu quarto era como o meu, virado para o leste, com uma luz do sol chegando até o leito pela sacada. Espreguiçou-se e levantou-se devagar. Ela sempre teve dificuldades em se alongar — já para mim era ao contrário. Perguntou-me a hora ao mesmo tempo que eu lhe perguntava como estava.

— Estou bem, mas fico feliz que hoje seja sexta, porque amanhã não terei que madrugar, nem depois de amanhã — dirigiu-se ao banheiro bocejando.

Preparei nosso café da manhã. O meu era leve: café com leite e duas torradas com manteiga. Lola começava os dias com um bom café da manhã que quase parecia um almoço: ovos escaldados, uma fatia de presunto, café com leite e biscoitos com geleia. Dizia que tinha se acostumado a fazer o dejejum assim no ano que esteve nos Estados Unidos estudando inglês.

Fomos cada uma para seu trabalho, em direções diferentes.

Nas sextas havia pouco trabalho na biblioteca. Entretive-me planejando um itinerário turístico de San Juan para mostrar a Pedro, porque ele havia me perguntado como poderia passar o tempo no fim de semana.

Fiz cópias da história dos lugares que acreditava serem os mais interessantes e de fácil acesso, assim como de um mapa de San Juan, e guardei tudo na bolsa.

Olhei ao meu redor e vi que não havia ninguém. Quando estava preparada para sair, fui detida por uma voz:

— Ei, ei! Não tenha tanta pressa. — Era meu irmão. Beijamo-nos e ele acrescentou:

— Quando passará lá em casa? Ontem à noite, falamos de sua ausência e queremos que venha, e conte como está Lola. Estão se dando bem? É engraçado porque vocês nunca foram muito chegadas. Além disso…

Não o deixei terminar.

— Veio me fazer uma visita ou me irritar com suas idiotices? — perguntei enquanto vestia o casaco.

— Bem, bem, não se irrite comigo que não é pra tanto.

Raúl tinha muitos defeitos, e nossa relação era sempre desagradável, mas ele tinha uma qualidade: jamais se irritava. Levava tudo com um sorriso simpático.

— Não estou irritada. Só perguntei por que você veio e quem te disse para vir.

— Então serei sincero. Vim de *motu proprio* porque estou morto de curiosidade. Disseram-me que te viram entrar em uma casa da rua Nove de julho e sair às nove da noite. O bar daquela rua é do meu amigo Francisco, e ele gosta tanto de você que fica atrás de todos os seus passos. Quando te vê, seus olhos te seguem, e não quer que você se perca, pois acha que um dia vocês ficarão juntos.

Notei como minhas bochechas se ruborizaram e não soube o que dizer. Raúl me olhava tão fixamente que tinha certeza de que percebia que eu escondia algo. Senti-me uma estúpida. Meu nervosismo acelerava assim como meu coração. Comecei a reagir e pensei que deveria enfrentar o mundo e qualquer comentário sobre minha conduta. Além do mais, não estava fazendo nada de errado, não tinha por que me esconder. Olhei meu irmão, que tinha um sorriso irônico vendo meu embaraço, e com altivez disse:

— Olha, diga a esse imbecil que, ainda que não existissem mais homens na face da Terra e eu estivesse louca pra ter um, jamais ficaria com ele. Eu saio e entro de onde me der vontade, a vida é minha e faço com ela o que quiser.

— Não precisa ficar corada por isso, não acha? — Ele estava bastante sério — Talvez seus passos também interessem aos nossos pais.

— Olha, Raúl, não tenho mais o que falar sobre o assunto. Se meus pais se interessam em saber sobre minha vida, perguntarão e eu direi. Mas não tenho que dar explicação alguma a nenhum amigo estúpido seu. Vou embora porque tenho que almoçar logo e ir novamente a Nove de julho — falei, nervosa. Beijei-lhe e saí.

O céu começou a ficar escuro e chegou até mim um cheiro de terra molhada. Sabia que se aproximava uma daquelas tormentas imprevisíveis de San Juan. Apressei o passo, mas não deu tempo de chegar em casa. Choveu com tanta força que me ensopou em um segundo. Pensei em Lola, que também pegaria uma bela chuva com seu resfriado...

— Meu Deus! Olhe para você! — Ela já estava em casa. — Troca logo essa roupa. Está encharcada!

— A chuva caiu quando estava perto de casa e olha como estou. Menos mal você ter chegado antes. Como está o resfriado?

— Estou bem. Tome um banho quentinho enquanto preparo a mesa.

— Sabe quem me procurou na biblioteca? — perguntei e contei sobre Raúl.

Lola achava que eu deveria ter dito o que fazia, sobre minha amizade com Leoviño e sobre o retrato. Talvez tivesse razão, mas preferi não contar para ele não pensar que tinha me agradado aquela história do amigo e que talvez estivesse lhe dando explicações.

Enquanto almoçávamos, perguntei a Lola o que faria pela tarde.

— Pensamos em ver uns móveis para a sala. Luís gostou de uns, mas, sabe como é, não confio muito em seu gosto, por isso quero ver também. Depois, iremos até Vallecito para que a Defunta Corrêa nos dê uma ajuda. Sim, pode rir se quiser, mas você sabe que acredito nela. Temos uma plaquinha com nosso pedido e colocaremos lá.

Fui para o estúdio mais cedo que nos outros dias. Quando passei na frente do bar de Francisco, olhei para dentro para ver se estava me espiando. Estava no balcão atendendo a uns clientes e não me viu. Creio que, naquele momento, não faria diferença para mim, pois contaria tudo aos meus pais.

No estúdio, Pedro estava dando umas pinceladas no retrato. Alegrou-se ao me ver mais cedo e disse que precisava acelerar, pois o tempo estava se esgotando. Já tinha data para ir embora, dia dez de setembro.

— Ontem vendi o último quadro. Então, temos que celebrar. Esta noite jantaremos em um restaurante perto do meu hotel e que tem uma comida muito boa.

— Mas não estou vestida para jantar — comentei olhando minha roupa. — Teria que passar em casa antes.

— Como quiser. Se sua irmã estiver, que venha também.

— Não, minha irmã estará com Luís na Defunta Corrêa.

— E o que é isso? — franziu a testa.

— É um santuário que temos aqui. Os habitantes de San Juan o dedicaram a Deolinda Corrêa, uma boa mulher que morreu quando andava pelas colinas que rodeiam a cidade procurando por seu marido, que foi para a guerra. Tinha um filho de poucos meses e se perdeu com ele nos braços pelos montes até que morreu de fome e de sede. Dois lavradores a encontraram quando estava morta a dois dias e a enterraram no mesmo lugar. O menino estava vivo e se alimentava do peito da mãe. Pouco tempo depois, o filho também morreu e o enterraram com ela. Nesse lugar agora existe um templo e as pessoas lhe fazem pedidos como se fosse uma santa milagrosa. Colocam uma placa agradecendo pelos favores recebidos ou fazendo algum pedido. Dizem também que a Defunta Corrêa se vinga de todos aqueles que não acreditam nela. Se quiser ir até lá, podemos no domingo. Haverá muita gente, mas tudo bem.

— Sim, parece-me uma visita interessante. Tenho a impressão de que, apesar de ser daqui, não acredita nos milagres dessa senhora.

— Acredito na história de que era uma boa mulher, piedosa e crente, que morreu por amor, que se entregava pelo bem alheio. Para mim, são grandes valores. Mas o que não acredito é nos milagres. Ainda menos no referente às vinganças. Como é que sendo tão boa pessoa se vingará de alguém?

— A curiosidade me consome. Quero ir lá. Que horas podemos ir no domingo? — indagou, decidido.

— Eu vou à missa de meio-dia na catedral. Se estiver bom pra você, podemos nos encontrar lá pela uma da tarde na Praça de Maio. Vallecito está a poucos quilômetros daqui.

— Melhor que nos encontremos meio-dia na catedral. Te acompanho na missa, apesar de não ser praticante nem crente. E agora, comecemos, pois o tempo corre enquanto falamos.

Pegando a paleta e os pincéis, apontou o sofá.

— Uma última coisa… — Tirei as cópias de minha bolsa. — Fiz cópias do mapa e dos lugares interessantes que podem ser visitados em San Juan. É uma pena que tenha que ir sem ter visto nada da cidade onde esteve por quinze dias…

Ao pegar as cópias, suas mãos agarraram as minhas em um tipo de carinho leve. Olhei em seus olhos e encontrei um olhar penetrante e intenso que me fez ruborizar. Baixei a vista e fui me trocar. Quando saí, ele estava de costas, fumando e olhando pela pequena janela.

— Quem dera nunca tivesse vindo à minha exposição. Não teria conhecido você e voltar para a Espanha seria mais fácil. Você é única. Nesses poucos dias que me faltam para ir embora ficaremos juntos o máximo de tempo possível para terminar minha obra.

Disse tudo isso sem se virar para me olhar, como se falasse consigo mesmo. Quando o fez, eu já havia me posicionado no sofá. Fiquei com um nó na garganta porque odeio despedidas. Olhou-me por um longo tempo como se fosse dizer algo, mas não disse. Pegou os pincéis e começou a pintar. E assim ficamos os dois… silenciosos. Era um silêncio estranho, como se alguma coisa houvesse mudado entre nós. Na hora do mate, sentou-se, parecia cansado. Disse isso a ele e sugeri continuar na segunda, mas voltou a repetir que tínhamos que continuar pelo pouco tempo que restava. Às oito, me lembrou sobre o jantar e demos por terminada a jornada. Enquanto ele recolhia as coisas, troquei de roupa e com um "até logo!" fui embora.

Enquanto caminhava para casa, lembrava-me de sua mão acariciando a minha, seu olhar, seu pessimismo diante da despedida inevitável. Foi então que me dei conta dos meus sentimentos. Não era o afeto de uma aluna por seu professor, nem a admiração pelo ídolo. Em tão pouco tempo, tudo isso se transformou em algo mais sério. Algo que não fazia sentido, mas estava em meu coração.

Mal cheguei em casa, senti vontade de ligar para ele e arrumar uma desculpa para não ir ao jantar. Não havia sentido em me apaixonar por uma pessoa que iria embora em breve e que talvez não voltaria a encontrar. Todavia, estava tão ansiosa por vê-lo novamente que não desisti.

Às nove horas, ele me esperava na rua. Tinha alugado um carro pequeno para se locomover enquanto estivesse na cidade e fomos nele. Eu estava usando um vestido azul-marinho que era o que me caía melhor, um colar de pedras falsas e um anel que meus pais me deram quando completei quinze anos. Era tudo o que eu tinha de melhor. Ele vinha com um traje cinza escuro, camisa branca e gravata cinza perolada com bolinhas vermelhas. Estava muito elegante. Não era um homem bonito, mas interessante. Alto, de ombros largos, pele morena, cabelo grisalho e com entradas profundas. Andava com passos largos e ligeiramente encurvado para a frente.

O restaurante, na Praça de Maio, perto do seu hotel, estava cheio. Ele almoçava ali muitos dias e tinha mesa reservada. O garçom nos conduziu até ela e nos entregou o menu. Como eu não me decidia, Pedro se ofereceu para me aconselhar. Adverti que estava sem apetite.

— Como? Não me diga que depois de tanto posar para este chato não está com fome? Olha, deixa o jejum para amanhã. Quando convido alguém, quero que coma com apetite. — Seguiu olhando o menu e acrescentou:

— Não podem faltar como entrada berinjelas em conserva. Depois, "Dourado especial com molho de marmelo". Dizem que vêm frescos todos os dias do Paraná... Suponho que seja verdade. O fato é que é muito bom. Depois...

— Não, não! Isso pra mim é o bastante — interrompi-o. — Meu jantar sempre é leve.

— Tudo bem, mas comerá uma bela sobremesa, não? E com certeza tomará um vinho da sua terra, que é delicioso.

— Os de Mendoza dizem que os seus são os melhores. Já sabe, a rivalidade das cidades vizinhas.

— Não sei como é o de Mendoza porque não o provei. Só sei que o de San Juan é extraordinário. Dá vontade de largar a pintura e me dedicar a promovê-lo na Espanha.

O jantar transcorria entre brincadeiras e risos. Parecia uma pessoa diferente do pintor que tinha conhecido até agora. Estava relaxado, desfrutava e brincava, quase sempre sobre minha pessoa. Lembrei-me do nosso primeiro dia no estúdio. Para mim foi uma noite inesquecível. Ele me chamou de "pequena provinciana". Ri de suas brincadeiras e mais de uma vez me esquivei de seus olhares comprometedores.

Ao terminar o jantar, que se prolongou até onze horas, propôs que déssemos um passeio, mas eu, contra meus desejos, disse que preferia ir para casa.

Chegamos ao portão do apartamento de Lola e ele esperou que eu entrasse. Virei-me para lhe dizer adeus e, segurando-me pela cintura, beijou-me. Foi um beijo rápido, sincero e familiar como o de um marido que está acostumado a se despedir da sua companheira.

— Até domingo, ao meio-dia, na catedral. — Minha voz saiu entrecortada.

— Sim. Que tenha sonhos felizes. Se amanhã não tiver nada pra fazer, ligue pra mim e venha me mostrar sua cidade. Prefiro vê-la com você. — E voltou a ficar sério.

Apesar de não ter programado o despertador nem ter pressa para me levantar, acordei muito cedo. Pensei uma e outra vez naquele beijo inesperado e naquele olhar penetrante.

Fui ao quarto de minha irmã, que estava acordada lendo. A sua felicidade aos domingos era: ler na cama.

— Quero falar com você — disse ao entrar.

— Conta, conta. — Ela fechou o livro e se sentou na cama apoiando as costas na almofada. — Você chegou bem tarde.

Contei a ela o que sentia e meus temores de que ele fosse embora e não voltasse a vê-lo, de me acostumar com sua companhia para depois ter que esquecê-lo como se não houvesse existido, do beijo de despedida. O desejo imperioso de voltar a ficar do seu lado.

Lola me escutou sem me interromper e disse, rindo:

— Irmãzinha, tudo isso não é outra coisa a não ser um grande amor. E estar apaixonada é a coisa mais bonita que pode acontecer. Não pense se ele vai ou fica. O amor ultrapassa fronteiras e, se os dois sentirem o mesmo, a distância não é um inconveniente. Eu, no seu lugar, mostraria-lhe a cidade. Fazemos compras outro dia.

— Não — respondi, resolvida —, faremos o que planejamos. Além disso, repito que não tenho certeza do que ele sente. Meu maior medo é de que ele se dê conta de que o amo e zombe de mim.

— Tem que deixar de lado tantos preconceitos. Nunca confiará em ninguém se sempre estiver pensando que se divertirão às suas custas. Anda, vamos tomar café, ficar bem bonitas e depois saímos. Veremos qual das duas ganha mais elogios. — Brincou. — Então, almoçamos com Luís. Disse que ele paga. E, se quer minha opinião, eu chamaria Pedro e marcaria com ele para esta tarde.

— Esta tarde organizarei uns arquivos da biblioteca. Ontem, teve muita gente e não deu tempo, por isso os trouxe para casa.

Minha irmã era muito metódica na hora de fazer compras. Ela tinha uns gostos muito específicos e quando perguntava "O que acha disso?", sabia de antemão que já tinha se decidido. Limitei-me então a aprovar tudo o que ela gostava e foi tranquilo. Além disso, não era para o seu apartamento que estávamos comprando? Era lógico seu gosto ser decisivo. Terminamos rápido. Ela havia marcado com Luís em uma cafeteira da Praça de Maio. O dia estava ensolarado e agradável, então nos sentamos do lado de fora, ao sol, e pedimos uns refrescos. Em pouco tempo, chegou nosso primo.

— Já acabaram? — perguntou ele, olhando para os pacotes que nos rodeavam. — Isso é pra que digam que as mulheres demoram quando fazem compras... — acrescentou com sua simpatia costumeira.

Nunca estranhei o fato de Lola ter se apaixonado por ele. Era uma boa pessoa, honesto e simpático. Nunca o vi irritado. Somente quando falou com meus pais, pois estava extremamente nervoso, mas também não era para menos.

— Oh! Que coincidência! Bom dia!

Aquela voz atrás de mim me fez estremecer. Notei o calor em meu rosto. Sabia que estava corando e fiquei com muita raiva. Virei-me para cumprimentá-lo e ele se abaixou para me dar um beijo na bochecha. Eu o apresentei aos dois.

Luís o cumprimentou efusivamente e o convidou a se sentar conosco. Assim o fez e, olhando para minha irmã, disse:

— Quando conheci Valéria, acreditei que não poderia existir uma mulher mais bonita em toda Argentina, mas agora que a conheci acho que deve ser de família. De onde vem? Do pai ou da mãe de vocês?

— Muito obrigada — respondeu Lola, lisonjeada. — Sempre nos disseram que somos muito parecidas com nossa avó materna. Valéria e eu somos as irmãs com o caráter mais parecido. A pequena é fisicamente lembra Valéria, e Raúl, nosso irmão... — riu —, é de outra raça.

A conversa foi variada e amena. O tempo pareceu correr. Luís o convidou para almoçar conosco e, ainda que eu desejasse que ele aceitasse, recusou amavelmente. Despediu-se e foi embora.

Almoçamos um assado em um lugar que Luís conhecia.

— Aqui é muito bom — disse.

Estava mesmo delicioso. De vez em quando, eles se acariciavam ou se olhavam como os dois apaixonados que eram, e eu me sentia deslocada e incomodada. Depois do almoço, queriam tomar um café na praça, mas recusei e pedi que me levassem para casa.

— Queria descansar um pouco — menti. Na verdade, queria ficar sozinha com meus pensamentos e os deixar a sós com seu amor.

A manhã de domingo amanheceu nublada, mas a temperatura era agradável. Precisava estar bonita, mas tinha poucas roupas legais. Não encontrava nada apropriado para vestir e recorri à minha irmã. Era uma sorte usarmos quase o mesmo número. Lola abriu seu armário e me disse para pegar o que quisesse. Agradeci muito a ela porque ali havia de tudo. Lembrei que há muito pouco tempo não deixava que eu tocasse em suas coisas. Que maravilha de mudança!

— Dê-me algo que você já não use. Não faz diferença pra mim, gosto de tudo.

— Vamos, não seja tola. Veja, esse rosa cairá muito bem, apesar de ser um pouco curto. Além disso, dá cor ao rosto, e você está precisando disso. Hoje está bem pálida, se maquie um pouco.

— Não. Pela manhã prefiro ir de cara lavada, usar colônia de banho e calçar sapatos simples. Esse é sofisticado demais... usarei em uma tarde qualquer.

Repassei os olhos pelos diferentes modelos. Por fim, decidi.

— Empresta este de bolinhas? Combinará bem com a bolsa e os sapatos de crocodilo.

— Sim, já disse, pegue o que quiser.

Era um vestido simples, mas alegre. Com fundo marrom bem claro e bolinhas em marrom escuro, ficava grudado no corpo até a cintura, o resto era plissado. As mangas iam até o cotovelo, o decote era canoa. Claro que ficava um pouco mais curto em mim pela diferença de estatura. Por sorte, mostrava só meus joelhos. Levei também o casaco marrom porque não confiava no tempo. Como acessório, o já conhecido colar de pérolas falsas. Lola me emprestou também uns anéis de ouro muito bonitos. Aceitei seu conselho e me maquiei levemente para dar uma cor à minha palidez. Olhei-me no espelho e gostei do que vi. Apresentei-me diante da minha irmã para saber o que achava. Limitou-se a assobiar.

Quando saí, os olhares masculinos, os elogios e o ranger dos calcanhares que viravam para me olhar foram contínuos. Tenho que confessar que me agradava "ir levantando poeira", como dizia Lola. Hoje, sobretudo, era importante estar bonita.

Cheguei na catedral cinco minutos antes da hora. Havia bastante gente lá dentro. Sentei-me em um banco e coloquei a bolsa do meu lado para guardar lugar para Pedro. Ele chegou no mesmo instante, aproximou-se e sussurrou em meu ouvido:

— Já faz uns minutos que venho atrás de você, mas quis ser caridoso com seus compatriotas e deixá-los olharem um pouco. Pobrezinhos! É tudo o que conseguirão enquanto eu estiver aqui. — Ele se afastou me olhando de cima abaixo e continuou:

— Mas você sabe o quão linda está? Minha filha! Olha como está hoje a "pequena provinciana"!

Senti-me lisonjeada e minha vaidade feminina fez com que eu acreditasse em tudo. Entrou o sacerdote e a missa começou. Nunca ouvi uma celebração com tanta satisfação e pouca devoção. O fato de saber que o homem que já era dono de meu coração estava comigo me enchia de orgulho. Pensei que poderia haver pessoas conhecidas que me veriam com ele e me deleitava ao imaginar os comentários posteriores. Quando o sacerdote deu a benção, percebi que não tinha prestado atenção em nenhuma parte da missa. Contudo, ele continuava ali. Isso era o mais importante.

Saímos e fomos em direção ao carro.

— Almoçamos primeiro e logo iremos ao templo... Como é mesmo?

— A Defunta Corrêa — respondi. — É melhor ir lá primeiro porque mais tarde enche. Aos domingos fica impossível. Então, se você concordar, em Caucete há um restaurante com comida típica. Não é elegante, mas cozinham bem. Já provou as empanadas de pimentão? — Ele fez que não. — E os chinchulines? — Também não os tinha provado. — Além disso, há um vinhozinho, da própria colheita do dono, que você gostará. Ele é uma pessoa encantadora, muito amigo dos meus pais e nos atenderá bem.

— Isso tudo já me abriu o apetite — disse enquanto abria para mim a porta do carro.

Ao passar por Caucete, paramos um instante no restaurante para reservar uma boa mesa. Tanto Bráulio como Encarna, sua esposa, ficaram muito contentes em me ver. Fiz as apresentações e lhes pedi que nos reservassem uma mesa.

— O melhor para minha princesa — falou Bráulio, carinhoso como sempre. Então dirigindo-se a Pedro:

— Cuide dela porque não há outra igual em San Juan. É a minha predileta… O que digo? Meu amor platônico!

— Veja. Como guardava isso em segredo! — interveio Encarna, rindo. — Eu acreditava que era a única.

Estavam sempre de bom humor. É verdade que tinham um carinho especial por mim. Eles não tinham filhos e, desde que nasci, dedicaram-me todo seu amor. Eu lhes correspondia com visitas constantes. Dormia em sua casa às vezes. Quando o terremoto devastou Caucete, o casal ficou, como tantas famílias, sem nada. Então ficaram por um bom tempo em nossa casa, até que aquele pequeno povoado começou a ressurgir dentre os escombros, desta vez com construções antissísmicas. Então fizeram o restaurante na parte baixa da casa.

No caminho para Vallecito, fui contando para Pedro a história da Defunta Corrêa:

— Chamava-se Maria Deolinda Corrêa. Em 1831, as tropas de Quiroga foram por todas as cidades da Argentina recrutando homens para a guerra. Juan Ignácio, o marido de Deolinda, estava muito doente, uma febre muito alta que não se sabia de onde vinha, mas o levaram junto com todos os homens de Caucete. Deolinda suplicou e pediu que o deixassem até que melhorasse, mas não obteve sucesso. O casal tinha um menino de poucos meses e, com a criança nos braços enquanto todos dormiam, saiu uma noite em direção às colinas por onde teriam levado seu marido. Adentrou-se por um terreno deserto, desconhecido, e se perdeu, mas continuou seu caminho, com seu bebê nos braços à procura do ser amado. Desfalecida, desidratada e sem forças, caiu no topo da colina onde está agora o santuário. Morreu ali implorando a Deus que salvasse seu marido e seu filho. Ao cabo de dois dias, uns lavradores passaram perto do local onde jazia morta. Um deles estava procurando por lenha para fazer fogo quando descobriu o cadáver da mãe e o menino vivo se alimentando do seu peito. Eles a enterraram ali mesmo e contaram a todos sobre o acontecido. Pegaram o menino, que também morreu dali a poucos dias. Agora me diga o que você acha.

— É uma bela história de amor — comentou ele. — Mas realizou algum milagre?

— Aí está a questão — respondi. — Segundo o que dizem, sim, mas de acordo com a Igreja não é uma santa.

Chegamos em Vallecito e, ao descer do carro, vi como Pedro ficou atônito olhando ao redor. Todo o vale estava cheio de paredes com placas de diferentes formas e tamanhos, onde as pessoas devotas da Defunta Corrêa pedem ou agradecem favores. Entretinha-se de vez em quando lendo algumas das dedicatórias. Havia várias de espanhóis. Então, subimos a escadaria que leva até o lugar do sepultamento. Sobre a tumba, a figura de uma mulher reclinada com um bebê mamando em seu peito, representando a cena de como fora encontrada.

— Debaixo, supõe-se que está o corpo da Defunta — expliquei pouco convencida.

— E todas essas garrafas de água, são para o quê? — perguntou, apontando para a enorme quantidade de recipientes que rodeavam a sepultura.

— Como morreu desidratada, acreditam que dessa forma cumprem o seu maior desejo antes de expirar: acalmar a sua sede.

Ele fez muitas fotos, de mim, do sepulcro, das paredes cheias de placas.

— Sabe de uma coisa? — falou, afinal. — Isso é impressionante. Nunca vi nada igual. Esse costume das dedicatórias é curioso. Ainda que você não acredite, colocarei uma. Já sabe o que nós galegos dizemos a respeito das meigas. Sabe o que são meigas?

Fiz que não.

— Meigas é como chamamos as bruxas na Galícia. Pois dizemos em minha terra: "Eu não creio nelas, mas existir existem." Vamos lá naquele lugar onde vi que vendem e gravam essas placas na hora.

Aproximamo-nos e ele pediu para gravar em uma: "Te pedimos que, aconteça o que acontecer, nosso amor seja eterno." Nós a colamos em um espaço que encontramos entre muitos outros e começamos a descer a escadaria de mãos dadas. Eu o presenteei com um livrinho sobre a vida de Deolinda, escrito por Villarroel, com o título de *Milagre de amor*.

Uma vez dentro do carro, segurou meu rosto entre suas mãos e me deu um beijo nos lábios.

— Te amo — falou com paixão.

Chegamos ao restaurante perto das três da tarde. Estávamos com fome. O menu consistiu em empanadas e assado. Ele me perguntou o que eram os *chinchulines*, mas eu disse que tinha que provar primeiro. Enquanto os saboreava, olhei-o esperando sua opinião.

— Gostou? — perguntei ao ver sua cara de satisfação.

— Muito — respondeu, enquanto os saboreava. — Mas qual o recheio?

— O recheio é natural, é feito do animal. É uma parte da tripa onde se armazena algumas digestões do ruminante, por isso saiba que, se os *chinchulines* estão bons, significa que o animal não bebeu água.

— Ah! Por isso queria que provasse antes, para que não tivesse nojo.

— Exatamente — respondi rindo.

Tanto Bráulio como Encarna ficaram esperando por nós. No fim, ficamos sozinhos porque todos os clientes haviam terminado e eles se sentaram conosco para tomar café. Perguntaram a Pedro o que tinha achado do santuário.

— Disse a Valéria que estou impressionado. Acredito que na Espanha não haja nenhuma santa com tantos devotos ou pelo menos que ajam dessa maneira. Tirei várias fotos para mostrá-las aos amigos espanhóis. Não acreditarão se eu apenas contar.

Então, falaram sobre os lugares que deveríamos visitar antes de Pedro ir embora. Pelas seis horas, despedimo-nos. Dentro do carro, disse:

— Aonde vamos agora? A noite acaba de começar.

— Se quiser podemos ir para o oeste para ver a Quebrada de Zonda. Ali há um autódromo. Ou podemos ir ao cassino, mesmo não sendo muito chegada. Não gosto de jogar e tenho tanta pena dessa gente viciada em jogos de azar que perdem tudo o que ganham durante o mês em uma noite. Conheço mais de um caso de suicídio por esse motivo. É uma pena.

— Tem razão. Eu também não gosto. Fui uma vez ao cassino de Madrid porque um grupo de pintores depois de uma reunião decidiu ir "para passar o tempo", disseram, e me dediquei a observar as caras de preocupação dos jogadores. Não havia nenhum alegre ou que estivesse se divertindo. Eram caras preocupadas, com os músculos faciais tensos e as mãos trêmulas. Acho que nenhum deles era feliz e que, ainda que ganhassem, aquilo era um veneno. Decidi ali mesmo que não voltaria jamais. Então, vamos ao autódromo.

Pegamos a direção rumo ao oeste e fui explicando pelo caminho a influência da Quebrada de Zonda na umidade da região.

— Imagina que, quando chega o vento zonda, a umidade baixa tanto que a população de San Juan demonstra essa sequidão com nervosismo, dores de cabeça, histeria... Nesses dias, os mais velhos, principalmente, têm todos os tipos de problema de saúde. Às vezes o zonda dura vários dias. Já chegamos. — Apontei com o dedo. — Vire à direita e estacione.

Lá do alto lhe mostrei todo o itinerário do autódromo. Não tinha ninguém treinando, então propus dar uma volta.

— Sim — respondeu. — Mas antes faremos uma foto nossa. Pedirei para aquele senhor que nos faça o favor de...

Vi como se afastava de mim para pedir ao único visitante além de nós. Deu-lhe as instruções necessárias e retornou, passou um braço sobre o meu ombro, juntou-me a ele e apoiou sua bochecha na minha cabeça. Teria ficado assim por toda minha vida, mas a foto foi rápida demais. Logo entramos no carro e adentramos no autódromo. Demos uma volta e quis dar a segunda.

— Espera um minuto — falou ele. — É que vi uma ponte e quero passar por debaixo outra vez.

Chegando perto da ponte, parou o carro, trouxe-me para junto dele e me beijou. Foi um beijo longo e apaixonado que não se parecia em nada aos anteriores. Eu o aceitei feliz e colaborei rodeando seu pescoço com meus braços. Quando nos separamos, nossos olhos expressavam ternura e emoção.

— Passei o dia todo esperando por esse momento. — E voltou a me beijar. Pôs o carro em movimento e perguntou aonde iríamos.

— Acho que já é tarde para irmos a outro lugar. O passeio turístico de hoje terminou.

— Mas ainda é cedo para nos despedirmos — protestou. — Por que não vamos ao estúdio e adiantamos o trabalho? Restam poucos dias e tenho que terminar no máximo na terça.

Achei que tudo estava se complicando demais naquela tarde e eu estava em uma nuvem. Uma nuvem de felicidade. Sabia que poderia concordar e fazer algo que me arrependeria depois. Assim, mesmo contra os meus desejos e determinada, disse:

— Os domingos são para descansar. Amanhã continuaremos o retrato. Quer que ligue para Lola e diga que vamos pra lá para lancharmos os quatro juntos?

Levou um tempo para responder e, no final, em um tom desagradável, respondeu:

— Tem medo de mim?

— Que besteira. Até parece que não fui antes ao estúdio. Só acho uma boa ideia estar com eles o resto da tarde.

— Tudo bem. Ligue para Lola.

Dei uma alegria à minha irmã porque eles também não tinham nada para fazer. Chegamos quase ao mesmo tempo que Luís. Lola e eu preparamos uns sanduíches enquanto eles colocavam a mesa. Pegamos um dos bons vinhos que eles ganharam de presente do banco no Natal e nos dispusemos a passar um resto de dia alegre. Minha irmã e meu primo estavam felizes, e eu invejava essa felicidade que alcançaria o seu ponto máximo quando unissem suas vidas para sempre. Contudo, o que acontecia comigo? Olhei para Pedro. Desde que chegamos não fazia mais do que falar com Luís ou elogiar minha irmã.

— Não se irrite, somente a vejo com o olhar de pintor — falou para Luís.

Por que fazia isso? Se o que queria era me deixar com ciúmes, não estava conseguindo, pois nunca sentiria de minha irmã, mas, se pretendia me irritar, conseguira. Não tinha me dirigido o olhar nem uma só vez e, quando os noivos se acariciavam, dizia:

— Isso é maravilhoso, querer e ser correspondido.

Eu fingia que tudo aquilo não me afetava, mas eu estava sofrendo como uma estúpida. Por fim, Lola, sem querer, uniu os pontos que fizeram saltar uma faísca, ao perguntar:

— Como vai o retrato?

Houve um silêncio embaraçoso que Pedro rompeu:

— Já está quase terminado. Estaria pronto amanhã se sua irmã não pensasse ser a chapeuzinho vermelho e me enxergasse como o lobo. Não é assim, Valéria?

Virou-se para me olhar, mas eu não o olhei nem respondi. Lola se deu conta de que tinha sido inoportuna e quebrou o silêncio.

— Bem, você é hábil, amanhã o terminará, ou depois de amanhã. Não se preocupe.

— Sim, mas gostaria que dissesse à sua irmã que não deve ser tão desconfiada. Passamos uma tarde maravilhosa e por escrúpulos estúpidos no final estragou tudo.

Notei que se criava um nó na minha garganta e não disse nada. Luís se colocou ao meu lado.

— Acontece o mesmo com todas as mulheres da família — disse. — São tão puritanas que chega a ser demais, mas são maravilhosas, carinhosas e doces quando as conhece melhor. Tenha paciência com minha priminha, é uma moça sensacional.

Olhei com agradecimento para Luís. Meus olhos estavam cheios de lágrimas. Pedro ficou me olhando, primeiro sério, logo começou a rir e, se aproximando de mim, me abraçou e me beijou a bochecha várias vezes enquanto dizia:

— Mas... Como pude me apaixonar por essa bobinha?

Todos riram, eu também. Guardo uma maravilhosa lembrança daquela tarde.

Na segunda-feira, sem saber por que, fui com pressa para o estúdio. Não pela possibilidade de encontrar alguém pelo caminho — isso passou a ser secundário para mim. Estava com pressa porque não sabia o que aconteceria. Faltavam somente três dias para que Pedro se fosse e o queria demais. Ao chegar, demos o beijo fraternal de sempre e logo nos pusemos ao trabalho. Chegou a hora do mate e fizemos o de costume.

— Está quase acabando — disse ele olhando para o retrato, mas percebi nostalgia em suas palavras. Então, sentando-se no banquinho enquanto eu esquentava a água e acrescentou:

— Amanhã tenho que desmontar a exposição. Estarei o dia todo na sala porque os compradores virão pegar seus quadros. Se quiser, pode me ajudar e talvez ganhe duas surpresas. Pelo menos, uma é certa.

— Estarei lá. Inclusive, irei pela manhã. Pedirei liberação na biblioteca e...

Não consegui continuar, pois comecei a chorar descontroladamente e o abracei. Somente nos restava o dia seguinte. Mantivemos aquele abraço apertado por um bom tempo — nenhum dos dois soube o que dizer porque sentíamos a mesma dor diante da despedida iminente. Por fim, Pedro rompeu o silêncio:

— Vamos nos proibir de dizer a palavra "adeus". É uma palavra que não deveria estar no dicionário. Diremos "até amanhã" ou "até logo". De acordo? Vamos, vamos! Tomemos nosso mate? Verá como o tempo passa rápido e, antes de que possamos nos dar conta, estaremos juntos outra vez.

Naquela tarde não houve brincadeiras nem alegria. Quando terminamos, Pedro me segurou pelos dois braços, aproximando-se de mim e me beijou apaixonadamente enquanto repetia uma e outra vez:

— Te amo, te amo que nem um louco.

Então suas mãos deslizaram por todo o meu corpo. Notei seu contato em meus ombros e por debaixo do vestido até meus seios, sem que eu me opusesse. Meu vestido caiu até a cintura enquanto seguíamos fundidos naquele beijo. Um turbilhão de emoções, desconhecidas até então, me envolvia. Percebi que o vestido caía aos meus pés e pouco a pouco fui me aproximando do sofá, mas aquele vórtice de paixão não me deixava pensar. Só tinha um desejo: lhe pertencer, amar e me deixar amar com todas as consequências. Passaram uns minutos, não sei quantos, em que somente escutava sua respiração e suas palavras de amor entrecortadas pelo desejo. Seu alento queimava e seus lábios me beijavam uma e outra vez. Fechei os olhos e me deixei arrastar por aquela corrente de amor impetuosa e doce. As palavras não saíam dos meus lábios porque um prazer imenso percorria todo o meu corpo. Pouco a pouco começamos a reagir. Abri os olhos. A testa dele estava cheia de gotinhas de suor. Permanecemos sem nos mover por um instante.

— Oh, Deus! — exclamou de repente. — Perdoe-me, minha vida. Não tenho direito de fazer isso.

Tive a sensação de que estava arrependido pelo que havia acontecido e isso me irritava porque eu não estava. Havia lhe entregado o que tinha até este momento guardado a sete chaves e o fiz por amor. Um sentimento tão grande como jamais senti em minha vida por ninguém.

Enquanto me vestia, um milhão de pensamentos rodeavam minha cabeça. Pensei em meus pais. No mau uso de tanta liberdade. Em minha irmã.

Não quis lhe dizer nada, não queria compartilhar minhas emoções nem mesmo com ela. Tinha que pensar em tudo o que acontecera sozinha. Deitei-me cedo e fiquei relembrando sem sentir arrependimento algum. Repassava a cena uma e outra vez. Escutava sua respiração entrecortada e suas fogosas palavras de amor...

Por fim, adormeci, mas tive pesadelos e um sonho agitado que me deixou exausta. Pela manhã estava abatida e pálida.

Quando cheguei ao local da exposição, muitos já haviam ido buscar seus quadros. Ao me ver, Pedro veio em minha direção, pegou minhas mãos entre as suas e me perguntou se estava bem.

— Sim, muito bem — respondi.

As paredes estavam tristemente meio vazias. Entre os quadros que ficavam pendurados estava o *Entardecer na praia* com uma placa que dizia “Reservado”.

Observou-me enquanto eu o olhava — foi assim que tudo começou.

— Esta era uma das surpresas — disse ele, apontando para o quadro. — Está reservado para você, é seu — e, antes que pudesse lhe agradecer, prosseguiu:

— Mas eu disse que lhe daria duas surpresas. E a outra é esta.

Tirou um envelope da Aerolíneas Argentinas e na passagem pude comprovar que tinha mudado a sua data de partida para dali quinze dias. De repente, tudo se iluminou para mim. Teríamos meio mês para estarmos juntos. Sorri e o abracei.

— Isso é o melhor que poderia me acontecer essa manhã — falei, emocionada. —Quanto ao quadro... Não posso aceitar. É muito caro. Você deveria tê-lo vendido.

— Olha, pensei em lhe dar seu retrato, mas decidi ficar com ele, para ter você sempre comigo. *Entardecer na praia* lhe pertence porque ninguém o examinou com tanto interesse quanto você.

Imaginava que aquele quadro tinha algum mistério, mas, se ele o entregava a mim, então não se importava em ficar sem ele. Logo, para que indagar mais?

Eu gostava de estar ali, acompanhando-o e ouvindo as felicitações das pessoas. Também vieram aquela mãe com sua filha que tanto me intrigaram no primeiro dia. Eu as via de uma forma tão diferente agora! Tinham comprado um quadro muito bonito. Era um campo com várias vacas pastando, com montanhas ao fundo. O céu tinha uns matizes roxos e em primeiro plano o vaqueiro descansava à sombra de uma árvore.

Por fim, chegou o último comprador: um senhor muito agradável que acreditou que fôssemos casados.

— Era o que eu mais queria — comentou Pedro, rindo, enquanto me puxava para junto dele.

Antes de sair, chamou a recepcionista que trabalhou na exposição e lhe deu uma boa gorjeta. Então, fomos ao banco depositar o dinheiro e os cheques das vendas. Por último, levou-me até o apartamento para deixar meu quadro. Ele me esperou na rua e, antes de pegar o elevador, beijei sua bochecha e disse:

— Muito obrigada. Estará sempre comigo para sonhar que tenho você por perto. Até que estejamos juntos outra vez.

Apertou com sua mão o meu braço enquanto abria a porta do elevador para mim. Minha irmã ainda não tinha chegado. Olhei o relógio, eram somente duas da tarde. Terminamos mais cedo do que o esperado. Desci novamente porque tínhamos que celebrar a venda de toda sua obra e os quinze dias que ainda desfrutaríamos juntos. Eu o encontrei falando com Lola.

— Me ajuda — pediu ao me ver. — Estou tentando convencer Lola a ligar para o Luís e irmos todos juntos almoçar.

— Sim, Lola, por favor. Seria maravilhoso — supliquei. — Chama o Luís ou o chamo eu. Além disso, tem algo que temos que celebrar. Pedro ficará até primeiro de outubro. Não é maravilhoso?

Lola estava inquieta desde ontem — parecia distante e não sabia o porquê. Tinha uma intuição muito aguçada e sabia que algo acontecia. Entretanto, ao me ver tão desejosa de ter sua companhia, não duvidou um só momento. Meu primo chegou em seguida.

Dessa vez foi Pedro quem escolheu o restaurante — um ao lado do seu hotel.

— Outra noite jantei aqui e me pareceu ser bom — explicou enquanto nos acomodávamos. — Espero que não me deixem em maus lençóis.

Chegou o garçom e pedimos pratos diferentes. De repente, vi entrar no salão uma jovem alta e bem vestida que chamou minha atenção. Estava acompanhada de uma senhora. Sentaram-se longe de nós e então me dei conta. Era Ana! A senhora era sua avó. Lembrei-me de que lhe devia uma visita e pareceu-me correto me aproximar delas e as cumprimentar antes que me vissem. Desculpei-me com meus acompanhantes e fui em direção à sua mesa.

— Ana! Que coincidência!

— Oi, Valéria! Como você está? Conhece minha avó?

— Prazer. A senhora sabe que sua neta a adora? — perguntei e a avó riu, satisfeita.

— Eu também a adoro. É minha neta predileta, o que não posso dizer na frente dos outros, mas você guardará o segredo.

Ana me convidou para sentar em sua mesa, mas eu disse que não estava sozinha. Ao mostrar a mesa onde estávamos, fiquei surpresa ao ver Pedro falando e eles o escutando muito sérios. Aquela conversa que mantinha Lola e Luís tão atentos era intrigante. Despedi-me de Ana e de sua avó e voltei para o meu lugar. Luís disse alguma coisa e interromperam a conversa. Notei algo estranho em suas caras, especialmente na de Lola. Não parava de encarar o prato. Pedro e Luís tinham se levantado quando cheguei e voltaram a se sentar sem dizer nada. Foi Luís quem quebrou o embaraçoso silêncio falando:

— Ana está bonita, não é?

Ninguém respondeu. Somente eu, que os observava procurando uma explicação para aquela mudança, respondi afirmativamente. Conforme o almoço foi avançando, os ânimos foram voltando ao normal. Logo vieram as brincadeiras da parte dos homens que não paravam de implicar conosco. Depois do almoço fomos ao nosso apartamento e conversamos até as sete. Então, saímos para dar uma volta pelo centro. Uma hora íamos andando como casais, outra vez íamos eu e Lola na frente seguidas pelos dois. Eu gostava daquilo porque parecíamos dois casais com uma vida feliz e tranquila. Terminamos a noite, outra vez, no apartamento, comendo uns petiscos com vinho de San Juan. Era quase meia-noite, quando Pedro e Luís se despediram de nós e se foram.

Quando ficamos sozinhas, eu ia perguntar a Lola sobre sua conversa misteriosa no restaurante, mas não foi necessário. Ela falou primeiro:

— Valéria, ouça. Gostaria que confiasse em mim o suficiente para me contar e desabafar. Sem você aqui, eu teria sofrido o dobro. Seja o que for, estou aqui para ajudar e compreender. Eu não sou o papai. A colaboração entre as mulheres é fácil, e ainda mais entre nós.

Baixei a vista porque não pude suportar o olhar da minha irmã. Estava claro que sabia de alguma coisa. Por fim, enfrentei o assunto corajosamente e, encarando-a de frente, perguntei:

— O que Pedro disse? Você sabe de tudo, não? Quando eu me levantei para cumprimentar Ana...

— Sim, quando você se levantou, perguntei a Pedro se teria acontecido algo que eu, como irmã mais velha, deveria saber e, com a maior sinceridade do mundo nos contou o que você deveria ter me contado quando chegou em casa ontem à noite. Teríamos conversado. Você precisava de mim, mas achou melhor se deitar, fingindo cansaço em vez de me dizer "Preciso conversar, irmã". Ele estava inconsolável por algo que nenhum dos dois havia planejado. "Não pense mal de mim. Eu a amo de verdade. Valéria é única. Quanto mais a conheço mais a amo. Estarão se perguntando por que conto tudo isso." Encarou-me, e havia uma grande tristeza em seus olhos. "Quando eu for embora, ela precisará muito de vocês. Sobretudo de você, Lola. Quero que a ajude e a compreenda, que não a censure em nada. Se tiver algo a dizer, alguma crítica a fazer, faça-a a mim." Então, você chegou e a conversa foi interrompida. Apesar de ser minha irmã mais nova, não sou ninguém para te criticar. Posso dizer uma coisa? Se não tivesse decidido ir embora de casa, a estas horas estaria grávida para que ninguém se opusesse ao nosso casamento. Uma mulher apaixonada defende seu amor de qualquer jeito e ninguém tem direito a se colocar no meio. Respeito você — falou, mudando para o lado racional e abandonando a parte emocional. — Quando deve vir tua menstruação?

— Na semana que vem ou no final dessa — respondi um pouco confusa. Era a parte racional da minha irmã que se colocava diante de toda a emoção. — Mas, Lola...

— Então, rezemos para que não haja problemas maiores — continuou dizendo sem levar em conta o que eu queria argumentar. — E que você não esqueça: sou sua irmã para o bom e para o ruim e sempre estarei ao seu lado.

Já não podia mais. O sermão de Lola estava fazendo estragos em meu estado de espírito e logo explodi em um choro incontrolado. Eu não tinha chorado desde o dia anterior e agora não havia mais necessidade de conter as lágrimas. Lola me abraçou e também começou a chorar. Porém, logo nos acalmamos, e aquele choro e aquela conversa, quase uma reprimenda, tranquilizou-me. Era como se toda minha culpa de repente tivesse sido transferida para minha irmã maior.

Minha menstruação era bem irregular, mas, dessa vez, veio no fim de semana. Contei para Lola para que ficasse tranquila.

Pedro e eu dedicamos os dias seguintes a passeios turísticos. Subimos ao Sino da Catedral e contemplamos uma panorâmica de San Juan enquanto eu lhe explicava que era uma cidade antissísmica.

— A cidade foi fundada em 1562 em um vale chamado Tucuna. Em janeiro de 1944 foi totalmente destruída por um terremoto. Por isso, quando foi reconstruída foi feita toda antissísmica. Se agora houvesse outro terremoto, Deus nos livre — falei olhando para o céu —, os prédios poderiam inclinar-se, mas não cairiam. Veja, naquela direção está a Defunta Corrêa e para lá a Quebrada de Zonda. Atrás daquelas casas está o apartamento de Luís e muito mais longe, atrás daquela casa escura do fundo, a dos meus pais. Perceba como vemos até o seu hotel.

No sino sempre venta muito e, enquanto lhe explicava tudo isto, ele estava atrás de mim, abraçando-me pela cintura.

— Para que não sinta frio — disse ele.

Também fomos a vários museus. Enquanto almoçávamos, em um daqueles dias inesquecíveis, perguntou-me se conhecia a obra do pintor Cesáreo Bernaldo Quirós.

— Sim, o conheço e tenho um catálogo dele em casa, de uma exposição que houve em Buenos Aires.

— Sim, porque ele nasceu em Buenos Aires, não?

— Não, nasceu em Entre Rios, e morreu em Buenos Aires. Por que pergunta?

— Quando foi inaugurada a sala onde fiz minha exposição, o dono, que conheci em Madrid, onde ele tem outra sala, e é meu amigo, propôs que a inaugurasse com minhas pinturas. Foi no ano passado. Aceitei, mas me ligou poucos dias depois me contando que sofreu pressões porque na mesma época queriam apresentar as obras de Quirós. Apesar de ele estar decidido a expor meus quadros, recusei porque não queria entrar na Argentina com o pé esquerdo. Por isso me alegro muito de ter tido um sucesso tão grande nessa sala. Se encontrar o catálogo, eu gostaria de ver as obras dele.

— Está na casa dos meus pais. Eu o busco amanhã. O quadro mais famoso da coleção de Quirós é o *Os gaúchos*. São trinta obras de tamanho grande que percorreram as melhores salas de meio mundo. Logo Quirós as doou à nação. Tem um retrato dos seus filhos em meu catálogo. Eu não gosto muito, mas também não me desagrada. Morreu em 1968, aos oitenta e nove anos, e pintou até o último momento.

Os dias passavam em uma velocidade vertiginosa. Víamo-nos pela manhã e pela tarde, almoçávamos juntos e pelas dez da noite me despedia no portão de casa. Contudo, quando eu ficava sozinha no elevador pensava se não tínhamos estado pouco tempo juntos — e tenho certeza que da mesma forma quer ele. Também tinha certeza de que a lembrança daquela tarde estava presente em cada olhar e em cada aproximação. Porém, não fizemos menção a ela. Às vezes, em algum canto afastado nos beijávamos com paixão. E, com muita frequência, abraçava-me delicadamente me apertando contra ele. Entretanto, isso era tudo.

No último domingo que estivemos juntos, fomos à missa como outras vezes, na catedral. Almoçamos em um restaurante ali perto e, ao sair, disse-lhe que tinha interesse em conhecer El Barreal.

— El Barreal? O que é isso? — perguntou franzindo a testa. — Bem, é melhor não me dizer, surpreenda-me. Diga-me o caminho.

Indiquei-lhe a direção e nos encaminhamos para lá. Ao ver a grande extensão de terra seca e plana, ficou olhando com estranheza e decepcionado. Diante de sua expressão, falei:

— Deixa eu explicar. — E, com sarcasmo, comecei:

— Veja o senhor: isto que está admirando é o Barreal de Calingasta. Não é nada mais nada menos que uma depressão tectônica também chamada de "bolsão", que se formou a partir de camadas do desgaste das montanhas circundantes. Como pode ver pelas rachaduras no chão, a umidade dessa região é nula. O senhor me perguntará: "O que há de especial aqui?" Pois, se o senhor olhar naquela direção, verá como se fossem carros com uma vela em cima... O senhor vê? Sim? Então me siga, por favor. — Peguei-o pelo braço e o conduzi até os carros de vela. — Os carros estão preparados, mas nenhum está andando. Sabe por quê? Porque funcionam somente com o vento, não com gasolina como o que trouxe o senhor até aqui. E agora não venta, verdade?

— Então, já podem esperar sentados os pobrezinhos — disse Pedro com uma careta zombeteira. — Nunca vi um dia com tão pouco vento em minha vida.

— O senhor se engana. Ou acha que nós argentinos somos idiotas? — Eu, imitando uma feiticeira, continuei:

— Um forte vento aparecerá por volta das seis horas da tarde, levantará as velas e todos os carros passarão a toda velocidade diante de um incrédulo pintor!

Quando parei nesse ponto, nós dois começamos a rir.

— Espero que isso seja verdade porque, se foi sua intenção zombar de mim, verá o que a espera... — Foi seu comentário enquanto agitava um braço, e acrescentou:

— Isso é verdade? Mas não há sinal de vento!

— Já verá. Por volta das seis, o vento soprará, os carros começarão a andar e...

— Sim, já sei. Passarão diante de mim.

— Não, agora é sério. O vento dura poucos minutos, meia hora ou no máximo uma hora inteira, e os condutores têm que calcular o tempo que durará para retornar com o vento, do contrário terão que empurrar o carro até o ponto de partida, e não são muito leves.

Às seis e meia, começou uma forte ventania e todos os carros começaram a andar, percorrendo os vários quilômetros de extensão do Barreal.

Mal tiveram tempo de retornar e o vento desapareceu. Eu, como conhecia aquilo, concentrei-me em Pedro observando com a boca aberta aquele espetáculo.

— Surpreendo-me mais a cada dia — disse por fim. — Isso é alucinante. Mas, de onde vem o vento?

— Vem da pré-Cordilheira e é causado, acho eu, por mudanças de temperatura. Se quiser, vamos até o final de carro. E verá que tem mais quilômetros do que parece.

Subimos no carro e lhe expliquei que ali as precipitações nunca chegaram a superar os quarenta e um milímetros anuais.

— Tem certeza?

Fiz que sim.

— Então como aquele lago se formou?

Olhei para onde indicava. Via-se ao longe montanhas que se refletiam em um lago extenso e tranquilo. Comecei a explicar, entusiasmada:

— Veja bem, o lago não existe, melhor dizendo, existe, mas sabe Deus onde. O que você está vendo é um reflexo. Aqui, por conta do calor, podemos ver muitas vezes esses fenômenos. Curioso, não é?

Após percorrermos vários quilômetros, parou o carro e se virou para mim.

— Passou a tarde toda rindo de mim, mas agora me aproveitarei. Comerei você, Chapeuzinho, porque sou o Loboooo! — Ele se lançou sobre mim e começou a me fazer cosquinhas. Ele mordia os meus braços, enquanto eu me defendia como podia. Logo acrescentou:

— Estranho seria se não me mostrasse algo extraordinário. Quando deixará de me surpreender? É uma ótima guia. O tempo ao seu lado fica curto. Te amo. Te amo.

Apoiou-se sobre mim e me beijou repetidas vezes. Novamente vi em seus olhos aquele desejo, e confesso que me agradou.

O céu estava desdobrando toda aquela gama de cores do entardecer, a brisa começava a refrescar o ambiente e deixamos que nossos corações ficassem mais e mais emaranhados. O que começou de uma maneira fria e distante havia se convertido em algo muito sério. Não concebia minha vida sem ele. Não podia pensar no que faria quando ele fosse embora. Já perto de San Juan, paramos o carro em um lugar alto onde se podia contemplar uma vista panorâmica da cidade. As luzes se acenderam e as estrelas brilhavam no céu. Pedro me olhou com doçura, como somente ele sabia fazer, e, pegando uma de minhas mãos, apertou-a com força entre as suas. Naquele mirante, com a cidade aos nossos pés, o céu repleto de estrelas e nossos corações cheios de amor, senti-me dona do mundo.

— Olha — disse ele, quebrando o silêncio. — Tenho uma exposição cedida em Buenos Aires dentro de seis meses. Quando me deram, pensei em renunciar porque acreditei que não gostaria de duas viagens à Argentina tão próximas, mas agora... Tudo é tão diferente! E seis meses passam voando. Por isso, é melhor pensar nisso ao invés de que não nos veremos por um tempo. O que te peço é que me ajude a ir. — Sua voz soava longe. — Não quero ver você triste. De acordo?

Encarou-me e então fui eu quem jogou os braços ao redor do seu pescoço, e enquanto o beijava na bochecha, dizia-lhe o tanto que significava para mim.

Já era tarde da noite quando decidimos ir para casa. As estrelas eram ocultadas por umas nuvens tênues. Fizemos um jantar leve pelo caminho, pois tínhamos almoçado bem e nenhum dos dois estava com muita fome. Chegamos no apartamento por volta das dez da noite. Pedro se despediu de mim no portão e esperou que eu entrasse no elevador.

Entrei no apartamento e Lola estava me esperando.

— Já jantou? — perguntou.

— Sim, não estávamos famintos, então comemos algo leve — respondi enquanto me sentava ao seu lado. Percebi que ela queria conversar e estava disposta a lhe dedicar o tempo necessário.

— Aonde foram hoje?

— Eu o levei a El Barreal. Ficou muito surpreso com os carros a vela, com o vento misterioso que os movimentava e ainda vimos uma miragem: um bonito lago que refletia à distância.

— Que legal! Ele gostou, não?

— Foi um dia maravilhoso, Lola. Não sei o que farei sem ele a partir do dia primeiro de outubro.

— Nada, meu amor, apenas esperar que retorne.

Ela respondeu com a maior naturalidade do mundo. Não se colocava em meu lugar! Ela tinha Luís ao seu lado todos os dias e faziam projetos de unir suas vidas. Contudo, Pedro e eu teríamos uma distância entre nós dois e, quanto a projetos, não tínhamos nenhum! Não falamos nada sobre casamento. Somente sabíamos que nos amávamos, nada mais. Disse tudo isso à minha irmã que, por fim, compreendeu.

— Gosta muito dele, não é? — perguntou, vendo meus olhos se encherem de lágrimas.

— Nunca acreditei que chegaria a amar alguém dessa maneira.

Os sábados para mim eram sempre os melhores dias da semana. E aquele sábado de setembro amanheceu ensolarado e caloroso. As veredas limpas de San Juan brilhavam sob o sol da primavera e os transeuntes procuravam pelas sombras de suas árvores para caminharem mais fresquinhos.

Coloquei um vestido de verão de manga curta. Tinha um grande decote atrás que quase chegava na cintura. Na frente havia umas pregas para esconder a ausência de sutiã. Era de listras azuis sobre um fundo branco, e um casaquinho azul-marinho de manga três-quartos completava o conjunto. Os sapatos e a bolsa também eram azuis. Sempre gostei de andar combinando e de me vestir com elegância, mas, saindo com Pedro, cuidava mais da minha aparência porque sabia que ele observava tudo o que eu usava. O que fiz em primeiro lugar foi ver meus pais. Haviam passado muitos dias desde que encontrara meu irmão e lhe disse que passaria em casa, pois imaginei que gostariam de me ver. De início, pensei em ir com Pedro, mas tinha medo de que papai cometesse alguma indiscrição. Lola também aconselhou que não o levasse:

— Já sabe como é papai. Por desgraça às vezes inapresentável. Seria uma pena que Pedro tivesse uma má impressão dele.

Nossa rua estava fresquinha porque tinha muitas árvores. No entanto, cheguei em casa com calor. Entrei pela porta que dá no pátio. Papai estava ali, sentado à sombra de uma acácia que ele tinha plantado para se projetar na churrasqueira. Viu-me.

— Oh! Que linda você está!

Aquilo era um bom começo. Meu pai nunca nos elogiava nem percebia o que vestíamos. Fiquei feliz por ele ter prestado atenção em mim.

— Oi, papai! — cumprimentei-o, dando-lhe um beijo.

— O que a traz aqui?

— Vim ver vocês. Como estão? Outro dia encontrei com Raúl e disse que viria. Onde está mamãe? — perguntei, correndo como se tivesse pressa.

— Lá dentro. Não se deu conta ainda de que está aqui.

Aquele olhar inquisidor do meu pai me deixava nervosa. Entrei em casa, que se mantinha fresquinha e acolhedora.

— Mamãe — chamei. — Onde você está?

— Filha! Valéria. Que bom que você veio! Ficará para almoçar conosco?

— Não, mamãe, não posso. É uma visita rápida, mas virei outro dia para almoçar.

Saímos as duas para o pátio, aonde meu pai seguia na mesma posição em que o tinha deixado. Voltou a levantar os olhos para mim e disse de supetão:

— Nos disseram que te viram com um homem mais velho.

— Depende do que chamam de mais velho. Tem quarenta e dois anos.

— A isso chamo de mais velho. Pelo menos para você.

Olhava-me desafiadoramente como se quisesse me intimidar, mas não sabia o quanto eu tinha mudado em tão pouco tempo. Sustentei seu olhar. Presumi que não havia acabado o seu interrogatório e decidi enfrentar o que viesse. Como a enxurrada de perguntas não chegava, comecei a falar. Minha mãe estava ali, sem dizer nada, como sempre quando seu marido falava.

— Estou apaixonada por ele — falei, afinal, esperando reações que demoraram a chegar. Meu pai se levantou e dirigiu-se até uma fonte que havia ao lado da churrasqueira para beber água, depois virou-se novamente para mim.

— Quem é?

— Um homem ao qual amo. É a única coisa que importa.

Aquilo era um verdadeiro desafio do qual não sabia como sairia. Era a primeira queda de braço que teria com meu pai e não tinha certeza se ganharia. Fui em casa para vê-los e lhes mostrar o quanto me importava com eles, mas já estava arrependida. Se pelo menos mamãe tivesse dito alguma coisa! Mas não, ela não abriria a boca.

— Desde quando?

Não sabia o que podia responder. Desde quando o amava ou desde quando eu fora tão imprudente? Atentei-me à primeira opção.

— Faz pouco tempo.

— E sobre projetos?

— Nosso amor é mútuo.

— É tudo?

— O suficiente.

— Você acredita nisso?

Aquilo era insuportável. Olhei para mamãe, que estava nervosa. Eu, por outro lado, estava tranquila, mas extremamente irritada. Nem um nem outro perguntaram por Lola. Será que se esqueceram que ela existia?

— Ah! — menti. — Lola viria comigo, mas não pôde na última hora. Voltaremos semana que vem.

Encarei os dois esperando por suas palavras. O momento era tenso. Meu pai falou primeiro e para minha surpresa, disse:

— Se vierem amanhã, faremos churrasco. Seus tios de San Luís virão com as crianças.

— E Luís? — perguntei, no cúmulo da ousadia.

— Luís também. Que venha — respondeu mamãe. Meu pai se calou. Para ele, já era o bastante.

— Acredito que viremos, falarei com Lola. Eu os apresentarei ao “senhor mais velho”. — Foi minha proposta enfatizando a frase e acrescentei:

— Vou no meu quarto pegar um catálogo de pintura que preciso.

Com o catálogo de Quirós na mão voltei para fora.

— Como está sua irmã?

A pergunta por fim saiu dos lábios do meu pai. Mamãe estava me olhando com expectativa.

— Muito bem. Ficará contente com o convite. Luís também. Formam um casal muito unido. Serão felizes se cada um se meter em seus assuntos e não interferirem na vida deles. Bem, já vou, já é tarde.

Despedi-me deles sem lembrar de perguntar por meus irmãos. Delfina estaria na aula de dança, como todos os sábados e meu irmão... Como saberia?!

Eram onze horas da manhã. Tinha que correr. Fazia calor e tirei o casaco. Pedro me esperava na rua desde às quinze para as onze. Tinha um papel na mão. Quando me aproximei, perguntou-me de onde eu vinha com tanto calor. Expliquei e lhe estendi o catálogo de Quirós.

— O que você acha? — Esperei sua resposta, que foi rápida.

— Não me desagrada em absoluto. Sim, gostei. — Logo reparou na minha roupa e, dando uma volta ao meu redor com cara complacente, sussurrou em meu ouvido enquanto me agarrava pelo braço para me acercar a ele:

— Você está uma delícia, criança. Estes são os vestidinhos que eu gosto.

— Mas que papel é esse na sua mão? — perguntei vendo que não o soltava.

— Veja o que seus compatriotas colocaram no para-brisas do carro.

Deu-me o papel e li "Veja se não coloca mais o freio de mão, otário". Soltei uma gargalhada e ele também riu. Então, expliquei que a cidade de San Juan era tão plana que não se fazia necessário colocar o freio de mão quando se estacionava o carro ao lado da calçada, e assim quem fosse estacionar, empurrava os demais para conseguir lugar. Naquele momento uma longa fila de carros sem motoristas começou a se mexer.

— Está vendo? — falei, mostrando um carro que tentava estacionar. — Aquele está conseguindo um espaço.

Ficou observando até o carro estacionar.

— Tudo bem, é um bom sistema. Não é aplicável na maioria das cidades do mundo, e é estranho que não tenha o mínimo de declive. O que temos planejado para hoje?

— Esta tarde, se você quiser, vamos ao apartamento do meu primo. Também irão uns amigos deles porque Lola e Luís estão celebrando o quinto aniversário de namoro. ela disse que gostaria que fôssemos. Além disso, eu a ajudaria nos preparativos da merenda.

— Preferia uma tarde para nós dois sozinhos, mas, se combinou com Lola, iremos.

— Ah! Amanhã meus pais nos convidaram para um churrasco porque meus tios que vivem em San Luís vêm.

— Ou seja, não nos veremos até a noite?

— Não, não! Convidaram a nós quatro. Estaremos juntos o dia todo. E depois, os quatro dias que nos restam, pedi a minha companheira da biblioteca para fazer o turno da manhã e ela aceitou.

— Maravilha. Agora, sentemos naquela cafeteria e bebamos algo. Hoje está muito quente. A que temperatura costuma chegar no verão?

— Em dezembro e janeiro chega aos quarenta, quarenta e cinco graus. Nesses dias, a população daqui anda sempre de carro. Durante o dia as ruas ficam desertas, todo mundo entocado em suas casas. Pela noite, quando começa a correr um pouco a brisa e já não está tão quente, vamos para rua!

A Praça de Maio estava cheia de gente e era difícil encontrar um lugar nas cafeterias. Tivemos sorte e nos sentamos em uma mesinha embaixo de um toldo. Pedimos um refresco e nos encaramos com as mãos entrelaçadas.

— Te amo — disse.

— No entanto, eu nada sinto por você. — Foi o seu comentário, piscando o olho para mim. — Meteu a mão no bolso e me entregou um pacotinho. — É para você — falou, com um sorriso triste.

Abri. De um cordão de ouro pendia um sininho ovalado, extremamente sonoro, com um rubi embutido em forma de coração. Era um pingente muito singular e delicado que me deixou de boca aberta.

— Que lindo, meu amor! É uma joia fora do comum. Por favor, coloque em mim.

Eu estava emocionada. Abaixei-me para ele e ele o colocou enquanto me dizia:

— Não quero que o tire nunca, assim todas as vezes que tropeçar e o sininho tocar, lembrará de mim.

— Acha de verdade que preciso de um sininho para me lembrar de você?

Ficamos sérios de repente. Pedro estava com um ar muito triste. Olhava-me como se pressentisse algo nefasto — assustava-me vê-lo assim. Eu acariciava o sininho com a mão ignorando naquele momento a importância que seu som teria no futuro. O início de uma vida nova e desconhecida, que me afastava de Pedro, estava traçado por aquele sino.

* * *

Um solavanco no ar fez o avião tremer. Abri os olhos.

Acho que eu era a única passageira acordada.

— Precisa de alguma coisa? — perguntou a aeromoça, que se aproximou de mim com voz doce. — Estamos entrando em uma zona de turbulência e por isso nos mexemos tanto. Quer uma almofada para ficar mais confortável?

— Não, muito obrigada, estou bem.

— Procure dormir um pouco. Ainda restam muitas horas de voo. — Foi a recomendação da amável aeromoça.

— Sim, conheço a viagem. É a terceira vez que a faço.

Sorriu para mim e se foi. Olhei para Maria, que dormia. Voltei ao passado com minhas lembranças.

Como transcorreu aquele dia? E o domingo na casa dos meus pais? E os quatro últimos dias antes de Pedro ir embora? Agora, depois de cinco anos, a lembrança daqueles dias deveria já ter se apagado, mas era curioso como eu lembrava de tudo. Parecia estar vivendo tudo outra vez nesse exato momento.

No sábado, com meu sininho posto, almoçamos em seu hotel. Tinha um ambiente fresquinho, muito agradável. Não tínhamos muito apetite. Fizemos planos de continuar em contato enquanto estivéssemos separados.

— Escreva para minha caixa de correio, cujo número te mandarei — falou ele, enquanto apertava minhas mãos entre as suas. — Porque como não paro muito em um mesmo lugar peço para que mandem minha correspondência para onde eu estiver. Eu enviarei minhas cartas para o apartamento, certo?

— Ficará muito tempo em Madrid? — perguntei.

Depois de pensar um pouco respondeu:

— Não, ficarei um dia em Madrid e no dia seguinte vou para a Galícia.

— Para sua terra.

— É. Quero pintar um pouco ali e descansar. É o que faço depois de cada exposição. E depois pintar para a próxima e assim por diante. Minha vida é assim!

— Tenho vontade de conhecer um pouco da Espanha. Temos muitos amigos aqui que foram e contaram maravilhas na volta. Sabia que meus tataravôs maternos vieram de lá? Pois sim, meu tataravô era sevilhano e minha avó, asturiana. Vieram para cá quase recém-casados e meu avô e seus irmãos nasceram em Mendoza. Meu avô se casou com uma nativa daqui e por isso estamos todos nessa cidade. Minha mãe já nasceu em San Juan. Meus pais, quando ainda só tinham a Lola, decidiram dar uma escapada até a Espanha, mas logo chegou Raúl, depois eu e Delfina. A coisa foi se complicando e não teve viagem.

— Você adorará conhecer minha terra, ainda que não tenha um barreal, nem carros a vela, nem Defunta Corrêa. Mas há outras coisas.

— Se tem uma pessoa que se chama Pedro López Leoviño, já é o suficiente para mim.

Apertou-me as mãos. Depois levantamos as taças e brindamos porque logo nos reuniríamos outra vez. "Seriam somente seis meses!"

À tarde nos divertimos muito no apartamento. Eu não conhecia os dois casais que vieram. Também trabalhavam no banco. Uma das moças, bem gordinha e corpulenta, não parava de rir — seu namorado era mais baixo que ela, sem graça e introvertido. Eles faziam um casal estranho e desigual. O outro casal era alto e bem-apessoado. Ela vestia uma saia tão curta que tinha que ficar puxando para baixo continuamente. Tinha se sentado em frente a Pedro e me irritava o fato de mostrar tanto as pernas.

Trouxeram para os noivos umas garrafas de champanhe francesa e uma caixa de bombons que, pouco a pouco, foi desaparecendo. Pedro deu a Lola um leque de marfim de presente e um ramo de flores.

— As rosas para competirem conosco em beleza e o leque para que se lembrasse de sua pátria — disse.

Depois do lanche, colocamos música e dançamos. Tangos e valsas, em sua maioria.

— Vocês não têm nenhum *paso doble*? — perguntou Pedro. — Quero ensinar Valéria a dançar.

Entretanto, não tínhamos nenhum. A festa terminou perto das duas horas da madrugada. Primeiro, foram os amigos do banco e depois Pedro e Luís. Quando ficamos sozinhas nos encaramos e olhamos para tudo o que tínhamos que arrumar.

— Fazemos agora ou deixamos para amanhã?

De comum acordo, deixamos tudo ali mesmo, onde estava, e nos deitamos.

Na casa dos meus pais, almoçava-se cedo, e Lola e eu queríamos ajudar a mamãe nos preparativos. Por isso, nos levantamos ao alvorecer para arrumar a bagunça da noite anterior e ir para a casa dos nossos pais. Fomos depois de comparecer à missa das dez horas. Pedro e Luís iriam mais tarde.

Quando chegamos em casa, fui atrás para que Lola entrasse primeiro. Queria que fosse bem recebida porque sabia que ela não desejava nada mais do que fazer as pazes com nossos pais. Passamos para o pátio, onde papai acendia o fogo. Lola se aproximou dele.

— Oi, papai! Como está?

Meu pai voltou a me olhar e, sem responder, estendeu-lhe os braços e a beijou na bochecha. Os olhos de Lola se encheram de lágrimas e uma delas, indiscreta, rolou por seu rosto. Meu pai passou o dedo pela lágrima enquanto dizia emocionado:

— Olhe a carne boa que comprei. Teremos um churrasco de primeira.

Papai e Lola sempre foram entendidos em carne e tinham uma espécie de desafio para ver quem comprava a melhor e por menor preço.

Travavam sérias discussões e nos pediam opiniões para ver se o churrasco de tal dia era melhor ou pior que o do outro dia. Tenho certeza que faltou para papai, nessa ocasião, a discussão costumeira.

Lola ficou olhando o pedaço de carne que ele lhe mostrava e respondeu:

— Sim, não está mal, mas nem se compara com a que eu comprava.

Olharam-se e riram. Tinham quebrado o gelo, graças a Deus.

Meus tios vieram quando o churrasco já estava no ponto, e Pedro e Luís haviam chegado meia hora antes. Apresentei Pedro e lhes disse quem era — o que agradou bastante meus pais. Luís se aproximou de mamãe e lhe deu um beijo, depois foi até "o osso duro de roer", como ele dizia, e lhe estendeu a mão, mas meu pai lhe deu um abraço demasiadamente afetuoso.

Meus primos de San Luís eram duas crianças altas, roliças e extremamente chatas, que não fizeram outra coisa a não ser incomodar o tempo todo. Eu não gostava muito deles — a educação deles deixava muito a desejar, eram muito soltos e irritantes, como moscas de outono. Se davam bem com Delfina porque eram da mesma idade e os tratava como eles tratavam os demais. Quando não davam bola para ela, ela aprontava com eles e ficava como se não tivesse acontecido nada.

Meus tios queriam voltar cedo para San Luís, mas, como ficamos muito tempo comendo a sobremesa, decidiram passar a noite ali.

— Pobres papai e mamãe.

Aquela tarde passou assim, nada me chamou a atenção. Sei que fomos os quatro ao cinema e que, por volta das dez da noite, demos um passeio antes de nos deitarmos.

Os últimos quatro dias desapareceram entre o desejo de querer deter o tempo e vê-lo passar velozmente.

Na quarta-feira, dia vinte e nove, Pedro pediu que eu usasse o vestido de linhas.

— É nosso último dia juntos e quero me lembrar de você assim.

Voltamos ao campanário pela manhã, para dar uma outra olhada em toda San Juan. Como sempre, ventava. Não havia ninguém e nos beijamos com paixão. Seu corpo se apertava contra o meu e sentia seu calor através do tecido leve do meu vestido enquanto suas mãos percorriam uma e outra vez minhas costas nuas. Compreendi que seria melhor descer. Ele aceitou.

Já na rua me lembrei do vestido que usava para posar e lhe perguntei por ele.

— Levarei-o. Ele tem o cheiro do seu perfume... Assim, terei você mais perto. — E depois de uma pausa acrescentou:

— Devolverei quando nos vermos de novo.

De tarde se despediu de Lola e Luís. Então, chegou a hora da nossa despedida, quase sem palavras. Quase estivemos a tarde toda com eles. Não tínhamos pressa de estar a sós porque assim parecia que o tempo andava mais devagar. Pelas oito da noite, saímos para dar nosso último passeio... "por enquanto", dissemos para nos animar.

Percorremos sem rumo várias ruas. Não me lembro por onde fomos, recordo apenas que terminamos no centro, perto do seu hotel.

— Ainda tenho que fazer as malas. Quer me ajudar?

Fiquei sem saber o que responder. Sabia o que aconteceria e Deus bem sabe o quanto eu o desejava com todas as minhas forças, mas, por outro lado, estava minha moral, os costumes de toda uma vida, o julgamento da minha irmã se repetisse minha atitude. "Oh, meu Deus! Tenho que resistir a esta tentação", pensei. Como se adivinhasse meus pensamentos, prosseguiu:

— Tem razão, melhor que não suba. Preciso de você demais nesses momentos e não me conformaria com uma despedida fraternal. A lembrança daquele dia feliz está sempre presente desde a hora em que nos despedimos até a hora que nos revemos. Você me fez o homem mais feliz do mundo. Voltarei assim que puder. E agora vamos! Levarei você para casa.

Não falamos nada. Caminhamos até o apartamento e, já no portão, despedimo-nos com um beijo — foi familiar, quase distante, como se nada houvesse entre nós. O encarei com estranheza e interrogação, e Pedro percebeu. Pegou-me pelos ombros e disse muito sério:

— Acredito, como você, que poderia ter sido mais apaixonado, mas ao que isso nos conduziria? A sofrer mais pelo que poderíamos ter ou não ter. Talvez para você o que aconteceu naquela tarde tenha sido apenas uma nova experiência, mas para mim foi algo muito diferente. Eu estava possuindo a mulher que ocupa meu coração, a que me faz sonhar toda noite, a que penso em todos os meus planos de futuro, a que...

Não pôde continuar ao ver que meus olhos se enchiam de lágrimas.

— Não, por favor, não quero que chore. Se algo me parte o coração é ver a mulher que amo chorando.

Abraçou-me e me beijou enquanto íamos até o elevador. Então, ali falou com um sorriso triste:

— Amanhã você vai para a biblioteca e, por volta de uma da tarde, mande um beijo para cima porque a essa hora estarei voando sobre San Juan. E diga: "Até amanhã" ou "Até logo".

Apertou o botão do elevador, fechou a porta e desapareceu da minha vista.

Ao entrar em casa, vi que Luís estava lá — coisa que estranhei.

— Vem minha priminha chorona — foi o seu cumprimento e me abraçou.

— Não fique assim, meu amor — disse Lola. — Antes que possa perceber, ele estará aqui de novo.

— Não se preocupem, passará. O tempo passa para o que é bom e para o que é ruim. Ah! E obrigada, Luís, por me esperar. Minha irmã é uma garota de sorte. Vocês merecem ser felizes.

Passei a noite em claro, sozinha com meus pensamentos contraditórios: "Por que não subi para o ajudar com as malas? Quem sabe quando nos veremos novamente? Não, fiz bem em me manter firme. Se já me entreguei uma vez porque me neguei na segunda? Se me ama compreenderá por que não aceitei. E se o perder?"

Não sei a que horas fui vencida pelo sono. Quando o despertador tocou, eu estava muito cansada. Não conseguiria cumprir minhas obrigações daquela manhã. Liguei para minha amiga e pedi que fizesse meu turno.

— Cubro todas as tardes que quiser semana que vem, mas hoje estou muito cansada... Por favor!

Tinha a grande sorte de ter tão boa amiga. Era filha única de uma viúva que tinha se sacrificado por ela para que tivesse uma carreira e uma posição na sociedade, mas não era boa estudante. No final, a pobre mulher se convenceu de que seria melhor encontrar um trabalho e ajudar financeiramente. Pouco tempo depois de deixar os estudos, encontrou este trabalho, simples e tranquilo. Mais tarde conheceu um bom garoto, de família abastada, que tinha uma das melhores adegas de San Juan. Já fazia um ano que estavam planejando o casamento e tudo dava a entender que seria no final do ano. Seu visual não era nada do outro mundo, mas seu valor como pessoa era extraordinário: doce, sempre risonha, gostava de ajudar todo mundo, e sempre procurando fazer o bem. Por isso, eu já sabia que me ajudaria.

Depois de ter conseguido a quarta licença para não ir ao trabalho, sentei-me na cama e fiquei um bom tempo sem saber o que fazer. Lola entrou e estranhou eu não ter ido trabalhar.

— Não tenho ânimo para ir. Começarei segunda-feira.

— Sinto não poder ficar com você, meu bem, mas verei se saio mais cedo.

— Não se preocupe, ficarei bem. Saia na hora normal.

Quando minha irmã se foi, eu já tinha tomado uma decisão. "Ele não tem nenhuma lembrança minha", pensei, "mas o que posso lhe dar? Ah! Isto."

Coloquei novamente o vestido de listras, sai e fui até uma joalheria próxima, comprei uma cuia de prata. Em uma loja, comprei a erva-mate. Também comprei um livro sobre San Juan. Com esses presentes, fui ao hotel onde Pedro partiria em breve. Cheguei às dez e meia e pedi ao recepcionista para avisá-lo que eu estava ali.

— Sr. López, uma senhorita deseja vê-lo.

Depois de uma pausa, ele estendeu o telefone para mim.

— Bom dia — cumprimentei e, sem deixar que me respondesse, continuei:

— Poderia descer um instante? Tenho algo que quero te dar.

— Não sei quem é você, senhorita. Logo, se tem algo para me dar, peço que o traga ao meu quarto. É o 204. — E desligou.

Tive que sorrir para dissimular diante do olhar inquisidor do recepcionista, enquanto lhe agradecia e lhe devolvia o fone. Estava nervosa e arrependida de estar ali. Não sabia como reagir e me achei descarada por fazer aquilo. Enquanto me dirigia ao elevador, estava convencida de que fazia algo errado, mas uma força difícil de controlar me empurrava para ele.

A porta do 204 se abriu no instante em que saía do elevador. Estendeu-me sua mão e me puxou para dentro. Sua vestimenta era uma bata de seda.

— Perdoe por me ver assim, mas não esperava visitas — disse sarcasticamente e acrescentou, mudando de tom:

— Obrigado por vir, minha vida. Isso foi telepatia. Estava pensando em você e desejando te ver desde que me levantei. Parece um sonho você estar aqui. Tenho que me beliscar pra ver se é verdade! E com o vestido de listras!

— Comprei uma cuia e erva-mate para que se lembre de mim, e assim tocará meu sino. Deixe no estúdio de pintura e tome o mate às seis. Este livro é sobre minha cidade, para que se lembre de todos os lugares que percorremos juntos.

Pedro não olhava para os presentes, mas para mim. Quando terminei de falar, já estava em seus braços e nossos lábios grudados em um beijo longo e apaixonado. Tirou minhas mãos do livro e do mate e me conduziu para a cama desfeita.

Somente ouvia suas palavras de amor misturadas com nossa respiração ofegante e o som do sininho que, oprimido entre os dois, era testemunha e vítima da nossa paixão. Quando retornamos à realidade e Pedro olhou o relógio, lembrei que teria que ir embora.

— Ainda temos tempo para tomar um banho juntos — disse, levantando-se. Ajudou-me e o segui até o banheiro.

Foi um banho entre beijos e palavras de amor que logo acabou. O tempo passava bem rápido. Vestimo-nos e me dirigi para a porta.

— Até amanhã! — disse com uma careta de sorriso para dissimular a angústia que sentia em meu coração.

— Sim, até amanhã! Meu amor, vejamos que rota turística preparará para mim.

Abraçamo-nos e assim nos aproximamos da porta. Eu a abri e, dirigia-me ao elevador, quando ele falou:

— Não, não quero ver você se afastando de mim. Fique em frente à porta e, enquanto eu não fechá-la, não vá. Quando eu voltar a San Juan, essa cena se repetirá. Ficarei no mesmo hotel, no mesmo quarto, e escutarei umas batidas na porta, abrirei-a e aí estará você com o vestido de listras. Será como se o tempo não tivesse passado.

Quão longe estávamos naquele momento de saber que aquela cena jamais se repetiria! Ele voltaria a San Juan, ao mesmo hotel, ao mesmo quarto e escutaria as batidas em sua porta. Ao abri-la, eu não estaria ali. Estaria minha irmã Lola.

* * *

Entrei na catedral. Não havia ninguém, o que me deixou grata. Eu me ajoelhei, tapei o rosto com as mãos e comecei a chorar. Não sei quantos minutos teriam passado quando uma voz ao meu lado me perguntou:

— Filha, o que você tem? Posso ajudar?

Era o padre Andrés. Ele me conhecia desde que nasci, batizou-nos. Levantei os olhos e o encarei através das lágrimas.

— Ninguém pode me ajudar, padre. Só eu posso solucionar meus problemas. Outro dia, quem sabe, queira falar com o senhor, mas hoje eu desejo ficar sozinha. Muito obrigada.

O padre me deu um tapinha nas costas e disse que, caso eu precisasse, ele estaria na sacristia.

Saí da igreja e fui ao campanário, pois precisava receber vento no rosto. Não podia me aventurar pelas ruas de San Juan com aqueles olhos inchados e correr o risco de encontrar algum conhecido.

Também não havia ninguém lá. O vento estava forte e frio como sempre, desanuviando um pouco minha cabeça. Via-se dali o hotel de Pedro, mas não quis olhar naquela direção. Fiquei ali até sentir frio. Pensei em ir para a casa dos meus pais porque Lola ainda estaria no banco, mas temia pelas perguntas de papai e fui para o apartamento. Estendi-me na cama e adormeci profundamente.

— Ei, meu amor, que cochilo hein? — Fui despertada pela voz de Lola. Senti-me recuperada e até mesmo tranquila. Deu-me um beijo. — Vamos! Arrume-se, Luís vem nos buscar para almoçar em algum lugar.

Eu sabia que aquele almoço era só para me animar e prometi a mim mesma que não lhes causaria mais problemas com os meus. Eles estavam economizando tudo o que podiam para o casamento e tomavam cuidado para não ter qualquer gasto fora do normal. Porém, teria que contar a Lola o que havia acontecido. Como lhe diria que havia caído duas vezes na tentação? "Contarei esta noite", pensei. Sentia-me intranquila e acusada por minha consciência porque daquela vez, indiretamente, eu havia procurado por aquilo.

Fomos almoçar em um restaurante nos arredores de San Juan. Fazia calor e nos sentamos na varanda, onde corria uma brisa muito agradável. Luís brincava e contava piadas para me distrair, mas eu desejava encontrar o momento oportuno para tirar o peso da minha consciência. Olhava para minha irmã e para o meu primo — estava refletida em seus rostos uma felicidade que para mim parecia impossível de existir. Então, pensei em nunca lhes dizer o que aconteceu. Com que direito eu atrapalharia a felicidade deles? Por outro lado, por que tenho que falar com alguém? É um problema meu e com o tempo tudo se arrumaria. Também não falarei com o padre Andrés. Tomei aquela decisão quando comíamos a sobremesa. Luís pediu um café, Lola e eu não quisemos. Depois, agradeci a eles com os olhos cheios de lágrimas:

— Não sabem o quanto agradeço pelo que estão fazendo por mim, mas não se preocupem. O tempo passa rápido e, em um piscar de olhos, ele estará de volta. Estes primeiros dias serão ruins, mas logo passará!

— Claro que sim, bobinha.

Os dias seguintes foram um pesadelo. Havia dias em que parecia impossível resistir a tanto sofrimento. O tempo passava e não recebia notícias dele. Então, começaram os medos e as suspeitas. "Por que não me escreve? Disse para mim que o faria assim que chegasse e que me mandaria o número da caixa de correios para onde deveria mandar as cartas, já que ele viajava muito..." Lembrei-me, não sei o motivo, da mãe e da filha que vira no primeiro dia da exposição e tive medo de que outras mães e outras filhas tivessem cruzado sua vida e o tirassem de mim.

Comecei a perder o apetite e a não querer me arrumar mais. Nada tinha graça, até os dias ensolarados da primavera eram tristes e escuros pra mim. Vi minha irmã tão preocupada que disse a ela:

— Lola, vou passar uns dias na casa dos nossos pais porque quero ficar com mamãe. Além disso, você anda tão preocupada comigo que não vive sua vida e não tenho direito de preocupá-la desse jeito. Uns dias com mamãe me deixarão como nova porque acho que mudar de ambiente me fará bem.

Disse tudo sem convencimento algum. Sabia que na casa dos meus pais não teria nem a dedicação nem as atenções que minha irmã tinha para comigo, mas de certa forma buscava por algo assim. Ninguém se preocuparia comigo, ninguém se interessaria pelo que estou passando-, ninguém me faria perguntas. E isso só aconteceria lá.

Preparei uma bolsa com o indispensável e fui. Lola também achou uma boa ideia, então deixou-me ir sem resistência.

Quando cheguei, minha mãe não estava. Fora fazer compras e isso me decepcionou. Contudo, estavam meu pai e meu irmão. As duas pessoas que menos tinha vontade de encontrar.

— Oi, irmã. Brigou com Lola? — Foi o cumprimento do meu irmão, que nem me dei o trabalho de responder.

— Mas o que faz aqui? Vem de visita ou ficará? — perguntou meu pai.

A ele eu respondi:

— Ficarei uns dias com vocês, para que não digam que só quero ficar com Lola. — Eu lhe dei um beijo e ele passou o braço por meus ombros. Porém, não vi em meu pai a menor alegria, então pensei que não ficaria ali por muito tempo.

— E mamãe?

— Foi fazer compras. Se soubesse, teria esperado por você para ajudá-la a escolher um vestido de verão. Você sabe que ela gosta da sua companhia.

— Sinto muito — disse, um pouco lisonjeada ao saber que ela precisava de mim, e acrescentei:

— Vou para o meu quarto. Tenho que procurar umas coisas. Ah, Lola manda muitos beijos. Virão sábado para almoçar.

Ainda que meu pai não tivesse perguntado por ela, eu sabia que seu coração ainda estava magoado e que desejava saber como estava, mas era teimoso e se fazia de durão. Eu não tive essa sorte — sempre fui somente a terceira dos filhos que devia ter nascido homem. Quando Delfina nasceu, ele sofreu uma nova desilusão, mas ela era simpática e extrovertida e logo o conquistou. Reconheço que não soube fazer bem as coisas e, cada vez mais, isolava-me, o que não ajudou muito a minha relação com o homem autoritário que era meu pai. Por isso, foi uma surpresa ouvi-lo dizer:

— Sentimos saudades, a casa parece vazia sem vocês duas.

Olhei para ele agradecida e acho que vi uma faísca de emoção em seus olhos. Eu me aproximei dele, abracei-o e, sem poder me conter, comecei a chorar. Precisava tanto de uns braços fortes para encontrar apoio e consolo!

— Filha! O que você tem? É pelo que seu irmão falou?

— Meu irmão, como sempre, não diz nada mais do que coisas estúpidas — comentei, indignada. — Lola foi e é um grande apoio para mim. Nos damos muito bem e sou feliz com ela. Eu só queria ver vocês.

Para que lhe daria explicações? Compreenderia o que eu sentia naquele instante por conta da ausência de Pedro? Provavelmente não.

Fui para o meu quarto e me ocupei arrumando-o um pouco. Recolhi a roupa de inverno e tirei a de verão. Tirei a manta de cima da cama e coloquei a colcha de crochê que tia Florência me dera de presente.

Tia Florência era irmã de mamãe, quinze anos mais velha que ela, solteirona. Quando minha avó morreu, ela ocupou-se de seus três irmãos e cuidou deles como uma verdadeira matriarca. Muitas vezes, minha mãe me contava como ela os havia educado e a preocupação que tinha em que tirassem boas notas na escola. O pior foi quando, um dia, mamãe lhe disse que tinha namorado, porque era muito jovem e inexperiente. Teve que lhe dar todas as explicações de quem era, em que trabalhava, quem era sua família, a fim de tranquilizá-la. O curioso foi que, com o decorrer do tempo, papai e tia Florência construíram uma relação maravilhosa. Nunca vi meu pai respeitar ninguém como a ela. O resto dos irmãos foram se casando, e terminou, como acontece com as solteironas, com uma casa enorme só para ela. Por isso, quando Lola nasceu, mamãe a chamou "para que a ajudasse".

— É que você, Florência, tem mais experiência com crianças do que eu.

Nem preciso dizer que no dia seguinte já estava instalada em casa, da qual não saiu até a sua morte. A casa dos meus avós foi vendida e todos os irmãos concordaram que o dinheiro fosse para Florência, que havia dedicado sua vida a eles. Um belo gesto de minha mãe e meus tios que sempre admirei. Conforme fomos crescendo, e éramos três mulheres, dedicou seu tempo a nos fazer colchas de crochê. Trabalho ao qual era muito aficionada. Tapetes, rendas... Todas conservamos seus trabalhos com carinho. Recordo, como se fosse hoje, do dia em que faleceu. Já se passaram oito anos e a vejo em seu leito de morte rodeada por nós. Nunca vi meu pai chorar de maneira tão inconsolável, enquanto dizia:

— Nada mais será igual.

Quando viu seu fim próximo, suas últimas palavras foram dirigidas a nós:

— Sejam sempre honrados e que vossa moral seja inabalável para que jamais tenham que se curvar, e possam olhar todos de cabeça erguida.

Entrou em coma e viveu mais uma hora.

Eu tenho em minha mesa de cabeceira uma foto com ela que fizemos na porta de casa. Olhei-a por um longo tempo e pensei com pesar que eu seria incapaz de dedicar minha vida à minha família. Seria possível que nunca tivesse se apaixonado? É curioso, mas nunca me ocorreu perguntar isso a mamãe.

Não consegui ficar mais resignada na casa dos meus pais, mas, por fingir que não estava acontecendo nada, cheguei a encontrar um falso consolo e, sem que me desse conta, percebi que estava ficando depressiva. Saía somente para o pátio de casa e passava o tempo lendo. Ia para biblioteca pelas manhãs — e essa era toda minha atividade fora do lar. Manolita me ligou um dia, pois ficou sabendo por mamãe que eu estava ali. Estranhei sua voz, soou-me triste, mas não dei importância.

— Verei você esta tarde, se não tiver planos — disse, emocionada.

Na hora pensei em dizer que não viesse e daria uma desculpa qualquer, mas não o fiz. Eu sabia que precisava me distrair um pouco e, como Manolita era tão animada, era a melhor pessoa para passar o tempo afastada dos meus pensamentos insistentes e recorrentes.

Chegou por volta das seis da tarde. Sentamo-nos no pátio, que estava recém-lavado e fresquinho. Ela estava mais magra e notavelmente mal arrumada. Nos abraçamos com carinho. Nossa amizade vinha desde a infância e sempre nos demos bem.

— Tinha muita vontade de te ver — falou ao entrar. — Desde que você se foi, tenho sentido mais sua falta do que poderia imaginar. Queria que voltasse. Ficará aqui?

— Por enquanto, sim — respondi com um sorriso. — Conte sobre você — pedi para que não me perguntasse.

— Então, estou como sempre, na verdade pior que antes. Não sei se sua mãe contou que o safado com quem minha mãe se casou agora deu para beber e, quando chega bêbado, a maltrata. Pode imaginar o que estou passando? Falei para minha mãe que o denunciaria e ela me proibiu. O que acha? Não sei o quanto suportarei, você me conhece. Qualquer dia cometo uma loucura.

Eu a conhecia muito bem e sabia que ela falava mais do que fazia. Com todos os seus defeitos, Manolita era um doce de pessoa, jamais seria capaz de se defender com violência e muito menos matar ninguém. Todavia, não compreendia por que aquela mulher não o denunciava. Tinha curiosidade em saber se continuava com Jorge, mas não queria perguntar. Continuou me contando coisas desagradáveis que aconteciam em sua casa e compreendi que ela estava passando por momentos piores do que eu. Por fim, abordou o tema que me intrigava.

— Pelo menos, Jorge e eu continuamos bem. Ele me anima e esqueço tudo nos momentos em que estamos juntos. Trata-me muito bem, embora eu saiba que ainda não esqueceu você e…

Aquela declaração me pegou de surpresa e não deixei que continuasse. Não era o momento e não me importava nem um pouco, nem mesmo acreditava que fosse verdade, por isso lhe disse com toda a sinceridade:

— Olha, Manolita, são águas passadas. Nem ele nem eu sentimos nada um pelo outro. Vivemos um romance, mas não estávamos destinados a ficar juntos. Você chegou e está demonstrado que é a pessoa certa... já estão há mais tempo juntos do que eu e ele.

— Você me conhece bem e sabe que não digo as coisas por dizer. Jorge amou muito você e, em certa ocasião, contou-me por que terminaram e o tempo que esteve esperando por um telefonema seu. Disse-me que estava arrependido de ter deixado o tempo passar sem ter falado com você. "Tudo teria se ajeitado se não fosse tão teimoso", disse. Então, quando apareci, começou a sair comigo porque era sua amiga, mas foi se apaixonando pouco a pouco.

— Está vendo, sua boba. Só é preciso olhar para saber que ambos estão muito apaixonados.

— Sim, mas sei que ele ainda gosta de você. Olha, Valéria, nem eu nem você somos idiotas. Isso é algo que se percebe.

— Vamos, deixemos esse assunto. No que diz respeito a mim já se passou um século. Estou apaixonada por outro homem. Sabe quem?

Não sei se foi para mudar de assunto, ou porque queria lembrar o meu amor por Pedro, ou para deixá-la tranquila em relação a Jorge. O caso é que comecei a lhe contar o que aconteceu desde que ela havia me dado aquele catálogo que mudaria minha vida. Falei do retrato, mas omiti até que ponto chegou a intensidade de nosso amor. Contei-lhe sobre a tristeza da despedida, mas não a minha entrega no seu quarto de hotel. Pouco a pouco, um acúmulo de sentimentos e a dor que sentia foi saindo da minha alma e concluí:

— Como pode compreender, não sabia até agora o que era amar de verdade, porque quando terminei com Jorge não sofri como estou sofrendo agora. Esperar seis meses para que retorne para sua próxima exposição me parece uma eternidade.

— E por que você não vai para Espanha? Eu, no seu lugar, não esperaria que ele viesse. Ao mesmo tempo, faria-lhe uma surpresa e lhe daria uma alegria.

Aquelas palavras se fixaram em minha mente como se tivessem sido gravadas em fogo. É isso, por que não vou para Espanha? Que loucura! Não, não posso. E o meu trabalho? Claro que podia pedir uma permissão sem remuneração. Tenho umas economias e... Não! Não posso pensar assim. É uma loucura. O que dirão em casa? E Lola?

Os dias passavam lentos e monótonos. O calor do final de outubro, com o ar seco que vinha com o *zonda*, fazia com que a temperatura subisse. Na maioria dos dias, eu não passava nada bem. Levantava-me cansada pelas manhãs e, conforme o dia avançava, meu mal-estar aumentava. Um dia, Lola me disse que estava incomodada por minha causa.

— Não se preocupe, verá como qualquer dia desses terá notícias dele. Você sabe que as cartas demoram muito pra chegar.

Entretanto, para mim, aquilo não era mais que "palavras vazias". Necessitava de uma carta dele. A que nunca chegava.

Estava sozinha no pátio de casa — era uma tarde quente e com muito vento, o ar estava seco e eu me sentia cansada e nervosa. Meus pais tinham ido visitar uns vizinhos que tiveram seu primeiro bebê depois de dez anos de casamento. Eles estavam imensamente felizes porque estavam arrumando os papéis para uma adoção quando ela sentiu um mal-estar que se traduziu na gravidez tão desejada. Tiveram uma menina linda, a qual deram o nome de Consolação. Eu estava pensando na facilidade de alguns em conseguir o que se supõe ser a felicidade, quando bateram na porta. Aquela batida era tão familiar que fiquei infinitamente feliz em ouvi-la e, sem nem abrir a porta, disse enquanto me aproximava:

— Lola! Que alegria!

Lola, com um sorriso maroto, meteu a mão no bolso e tirou uma carta, balançando-a no ar para que eu a visse bem. Finalmente!

Nem mesmo agradeci e comecei a ler enquanto ela entrava em casa.

— Como você não me convidará, tomarei uma cerveja por minha conta. Trago uma pra você?

Entretanto, eu não a ouvia. Abri o envelope nervosa e, além da carta, havia várias fotos que tiramos juntos.

Comecei pela carta:

Minha querida "pequena provinciana",

Mal nos separamos e já penso em voltar para ver você. Lembro-me de cada momento que passamos juntos e me recordo a todo instante tudo que conversamos e os bons momentos que passei ao seu lado. Eu me lembro da nossa triste e apaixonada despedida. Desejo voltar àquele quarto onde a vi pela última vez, escutar umas batidas tímidas na porta, abri-la e ter a imensidão do seu amor nos meus braços.

Vou para a Galícia descansar uns dias e espero que, ao voltar, tenha notícias suas nessa caixa de correio que envio. Ficarei somente quinze dias fora. É possível que passe uns dois meses em Madrid. Tenho muitas encomendas de retratos e gostaria de terminar alguns deles antes de preparar a próxima exposição.

Meu estúdio em Madrid não é como o improvisado em San Juan. Ele é grande e iluminado. Está no centro da grande cidade, perto da Praça Maior, e é um sótão de uma casa antiga. Nos dias em que chove, vejo a água escorrer pelos cristais inclinados sobre minha cabeça enquanto pinto. Há um sofá confortável, uma mesinha junto a um janelão para tomar o "mate", um banheiro e uma cozinha pequena. Ao fundo, uma porta estreita leva ao único mas espaçoso dormitório. Para chegar ao estúdio, passa-se por um grande salão onde recebo os clientes. À direita deste, tenho uma mesa de escritório onde minha bela secretária recebe os clientes, conversa com eles, convida-os para tomar café até que eu possa atendê-los. É muito competente, cuida de mim, preocupa-se com os mínimos detalhes. Eu gosto muito dela. É tão beijoqueira e já temos tantos anos juntos! Ah! Ia esquecendo de dizer que ela é minha mãe.

Sim, sim, isso mesmo que você leu. Depois de trocar infinitas vezes de secretária, minha mãe se ofereceu para o posto, mostrou-me seu currículo e foi admitida no mesmo instante.

Só tem um problema: está casada e não posso ficar com ela porque meu pai não permite.

Contudo, de vez em quando, é um pouco fofoqueira e pergunta muito. Assim que viu o seu retrato, começou a investigar para saber quem poderia ser a beleza argentina que pintei em San Juan.

Meu amor, amo você na distância e preciso de você mais do que imagina. Escreva-me logo, por favor.

Saudações amorosas à Lola e ao Luís.

Todo meu amor para você. Pedro.

Quando terminei de ler a carta, levantei os olhos e me dei conta de que Lola estava ali, olhando-me e sorrindo ao ver minha cara de felicidade. Estendeu para mim uma garrafa de cerveja fria e espumosa, e brindamos por nossa felicidade e por nossos respectivos amores. Então, li a carta para ela. Ela merecia. Tinha guardado tudo o que passou naquele dia em que nos despedimos para mim e lhe contei tudo de uma vez. Até lhe disse que não me arrependia de nada. Minha irmã me ouviu em silêncio. Quando terminei, abaixou a vista para a garrafa que tinha em suas mãos como se quisesse encontrar na espuma uma resposta correta ou um bom conselho. Olhou a carta que ainda estava entre as minhas mãos e me encarou. Eu desejava que me dissesse alguma coisa, fosse em favor ou contra, mas que rompesse aquele silêncio irritante.

— Olha, irmã, você e eu somos autênticas apaixonadas que oferecemos nossa vida e nosso amor à pessoa amada. Só que há uma diferença entre nós duas: enquanto você pegou o caminho mais fácil, vou pelo da abstinência. Qual das duas está certa? Não sei, mas, diante da dúvida, seguirei o meu caminho e você ainda que queira não poderá sair do seu.

Lola tinha razão. Eu revivia a paixão daqueles dois encontros muitas vezes e ansiava por não podê-los repetir. Tinha me metido em um labirinto que não sabia, nem queria e nem podia sair.

Olhamos juntas as fotos que vieram com a carta. Em uma delas, estávamos na Defunta Corrêa de mãos dadas, com a plaquinha que ele colocou entre nós. Fizemos planos juntas sobre nossos respectivos casamentos. O de Lola se aproximava com grande velocidade; o meu, ainda pairava no ar. Pedro e eu nunca havíamos falado de casamento, mas o mais importante naquele momento era que nos amávamos. Guardei as fotos e a carta, e, olhando para minha irmã, disse de repente, sem lhe dar tempo para raciocinar:

— Vou para a Espanha. Não aguento mais nossa separação. Pedirei licença na biblioteca por um ano, e creio que não haverá inconveniente para que guardem meu posto caso eu tenha que voltar. Já faz um tempo que Manolita quer trabalhar lá. Eu a recomendarei ao diretor. Ela e Jorge parecem estar muito bem, e ela precisa guardar umas economias para comprar suas coisas. Economizei minha vida toda. Tenho o suficiente para a passagem e a estadia na Espanha. Estando lá, encontrarei trabalho e se não o encontrar voltarei. Espero que me compreenda. Sei que terei que ouvir de tudo em casa. Quando estiver com Pedro a coisa mudará. Ele me ajudará a seguir em frente na Espanha até que nos casemos.

Minha irmã me escutou sem interromper. Abaixara a cabeça e olhava insistentemente o chão como se ali houvesse algo digno de sua atenção. Tomou o último gole de sua cerveja, levantou-se e balançando a garrafa, perguntou:

— Você quer outra? Pegarei algo pra comer na geladeira. O que temos?

Seu comportamento me deixou de mau humor. Contei que iria embora da Argentina e ela pensava em comer e beber cerveja. Eu a segui até a cozinha. Ela abriu a geladeira, tirou um embutido e umas empanadas que sobraram do dia anterior, uma cerveja e, como se não estivesse me vendo, voltou para o pátio. Eu a vi se sentar com a maior desenvoltura, também me sentei e por fim me encarou para dizer:

— Valéria. Sempre gostei das pessoas que tomam suas decisões com coragem. Tomei a minha decisão e encontrei em você apoio e compreensão. Gostaria de aconselhá-la com imparcialidade, compreender e ajudar, mas não posso. Isso porque tenho muito medo de que tenha que enfrentar um destino incerto sozinha e a insegurança proporcionada por um país desconhecido. — Ao ver que eu diria alguma coisa, levantou a mão para me fazer calar e prosseguiu:

— Sim, sei o que dirá: "Não estarei sozinha porque Pedro estará comigo." Pense na mãe dele, por exemplo. E se ela não gostar de você? Pelo que diz a carta, pode-se presumir uma união muito grande entre mãe e filho. Há mães possessivas que infernizam a vida de quem se aproxima dos seus filhos. Pode ser que ela seja assim. Pense que estarei longe, que estaremos todos, que você estará distante de todo o seu ambiente, de sua família...

As palavras de minha irmã perdiam-se no vento, seus conselhos e suas advertências morriam como aquela tarde mostrando o esplendor de um pôr do sol multicolorido. Olhei para cima. Uns passarinhos pousavam em uma árvore, talvez buscando refúgio para passar a noite. Então, olhei para ela:

— Deus está em todas as partes. Ele me ajudará — disse, acariciando suas mãos.

Minha decisão estava tomada.

III
VIAGEM À ESPANHA

Foi difícil contar aos meus pais. Eles já sabiam o que acontecia, mas preferiram fechar os olhos para a realidade e não se envolver com meus problemas. Assim, eu não contava minhas dores e seus sofrimentos seriam menores ou inexistentes. De noite, quando estávamos todos em casa, pedi que viessem até a sala porque queria dizer algo. A primeira a aparecer foi Delfina, porque a curiosidade era uma das suas características mais sobressalentes. Meu irmão apareceu com pouca vontade, perguntando com impertinência:

— O que você quer?

Meu pai já estava ali quando cheguei e minha mãe apareceu com uma interrogação nos olhos.

— Tomei uma decisão muito importante e, ainda que me digam para não fazer, não mudarei de ideia. Quero ir para a Espanha.

Esperei para ver suas reações, mas ninguém mexeu um músculo. Ainda que aquilo parecesse decepcionante, eu preferia assim. Facilitava as coisas para mim.

— Tenho umas economias, nunca saí da Argentina e tenho vontade de fazer uma viagem. Pensei na Espanha porque Pedro está lá e quero vê-lo novamente. O retorno depende de muitas coisas. Eu os manterei informados das minhas decisões. Quando estiver tudo arrumado e com as passagens, partirei! — conclui enfatizando a frase.

Ninguém falou nada, pareciam petrificados. Aquela atitude começou a me deixar nervosa e, antes de lhes dar tempo, gritei:

— Vocês não me ouviram? Vou para Espanha!

Meu pai foi o primeiro a falar e teria sido melhor se não tivesse feito. Levantou de seu assento e se dirigiu a mim com o maior dos desprezos:

— Que vergonha! Correr atrás de um homem! Nunca pensei que uma filha minha pudesse ir tão baixo. Não tenho nada a dizer. Somente que não volte a dizer que é minha filha. Já demos bastante o que falar com sua irmã e agora você.

Tinha o rosto vermelho e, ao falar, apertava os dentes como se quisesse me morder. Olhei para minha mãe que, como era de se esperar, seguia o que meu pai falava. E para Delfina e Raúl. Este me olhava como se acabasse de me conhecer e minha surpresa foi grande quando começou a falar:

— No entanto, acho que se ela tem vontade de viajar e é ela mesma que vai pagar, faz muito bem. Vai para a Espanha ver Pedro? Perfeito, parece mais lógico. Até agora, eu tinha a sensação de ter uma irmãzinha estúpida, mas essa decisão demonstra que tem coragem. — Ele me encarou e prosseguiu:

— Irmãzinha, quem dera eu tivesse trabalhado como você e tivesse minhas economias, pois assim não iria sozinha. Só digo que a invejo. Mantenha-nos informados da sua vida e se divirta o quanto puder. Você está em uma idade muito bonita para não desfrutá-la.

Meu pai foi até à porta, batendo-a muito forte depois de passar por ela. Minha mãe me dirigiu um olhar assassino enquanto dizia:

— Você vai matá-lo de desgosto. — E se foi também.

Meu irmão se aproximou dizendo:

— Não dê importância. Lola também "quase o matou" e, passado dois dias, parecia que nada tinha acontecido. Será igual. A única coisa que digo como irmão mais velho é que tenha sempre em conta sua formação moral e que nada lhe faça sair do caminho certo.

Notei calor em minhas bochechas e, para que Raúl não percebesse, abracei-o e beijei agradecendo por seu apoio.

No dia seguinte, fui falar com o diretor da biblioteca e expliquei minha decisão, pedindo licença por um ano, ao mesmo tempo que oferecia Manolita como substituta.

— Se você indica e é sua amiga, deve ser uma boa menina e competente. Traga-a amanhã para eu conhecê-la. Quando você vai?

— Não sei por que tenho que resolver uns detalhes e comprar as passagens, mas assim que minha amiga assumir me despedirei. Gostará dela. Trarei-a amanhã e, se aceitar, virá comigo a semana seguinte para que aprenda o trabalho.

— De todo modo, sentirei sua falta. Estou muito contente com seu comportamento impecável. Como despedida, darei um presente. Espere um momento.

Entrou em uma pequena sala que havia do lado do despacho, onde ficava o cofre e saiu com um envelope que me entregou. Era bastante volumoso.

— Isso é para que me mande um cartão-postal de lá e, com o que sobrar, compre algo para você. Mas não quero que o abra até que esteja na Espanha.

Agradeci sorridente e prometi enviar o cartão-postal.

Ao chegar em casa, liguei para Manolita para lhe dar a notícia. Não podia ver sua cara, mas imaginei a alegria que sentiria pelo trabalho, ainda que estranhasse e lamentasse minha ida.

Fui à casa dela às nove da manhã, achando que já estava me esperando. Enquanto eu tocava a campainha, ouvi uns gritos abafados e golpes secos. Distingui a voz da minha amiga que gritava: "Me deixe, seu desgraçado! Vou te matar!" O sangue me subiu e bati na porta com força enquanto gritava por ela. A luta continuava. Corri para a porta da garagem que quase sempre ficava aberta. Entrei e encontrei uma cena revoltante: seu padrasto, bêbado e com as calças arriadas, empurrava-a contra o carpete enquanto minha amiga se defendia com todas suas forças. Tinha que impedir aquilo, mas como? Eu não teria força para tirá-lo de cima dela, então esperei que seus movimentos aumentassem um pouco para lhe dar um chute em suas partes baixas. Eu o vi se retorcer de dor enquanto Manolita saía debaixo dele e, como uma louca, foi até a parede onde estavam penduradas as armas do seu pai, aficionado pela caça. Aconteceu tudo em décimos de segundos. Vi como ela apontava o cano da escopeta entre os olhos do padrasto enquanto dizia:

— Você vai morrer, seu desgraçado... Vai morrer igual a um porco...

Destravou a arma, e me lancei sobre ela no exato tempo de virar a arma para cima enquanto ouvia-se um disparo. A bala ricocheteou no telhado. O ruído do disparo lhe trouxe de volta para a realidade. Tinha o vestido rasgado, e braços e pernas, arranhados. Começou a chorar. Um choro histérico e assustado. Enquanto o padrasto intragável se agachava em um canto com medo, com as mãos aonde eu tinha chutado. Eu a levei ao seu quarto e comecei a limpá-la enquanto tirava outro vestido do armário. Entretanto, o que fazer agora? Não podia falar sobre aquilo na biblioteca. Ainda que minha amiga fosse a vítima, o acontecido geraria uma péssima imagem e talvez não conseguisse o emprego. O tempo passava e eu tinha que chegar na hora. Por outro lado, não a deixaria sozinha com aquele monstro. Expressei meus medos a Manolita.

— Dê-me um pouco de tempo. Logo me arrumo, coloco uns óculos escuros e vamos. Esse emprego pode ser a minha liberdade dessa casa maldita, não posso perdê-lo por nada nesse mundo.

Demorou apenas alguns segundos e partimos. Já na rua, começamos a nos acalmar. Tudo o que tinha acontecido parecia um pesadelo. Eu desejava que não esbarrássemos com nenhum conhecido. Creio que qualquer um se daria conta de que nosso aspecto não era normal. Mal falamos até chegar à biblioteca. Fomos diretamente até o sr. Enrique. Eu ainda não podia controlar meus nervos e admiro a serenidade que Manolita parecia ter. Estendeu a mão para o diretor, agradecendo pela oportunidade.

— Não o decepcionarei, prometo — disse e pude observar um tremor de emoção em sua voz.

O sr. Enrique era uma pessoa muito observadora. Nada lhe escapava, e procurei uma desculpa para ficar o menor tempo possível em sua presença. Olhou-me e, sem motivo, comecei a tremer.

— Não se preocupe, Valéria. Sua amiga será bem-recebida. Vejo que está nervosa, mas pode se tranquilizar. Conheço as pessoas e sei quando um empregado funcionará ou quando é uma mula. Sua amiga tem talento.

Com um sorriso largo, ele nos acompanhou até a porta do escritório e fomos para o meu posto de trabalho. Uma vez ali, comecei a lhe dar as primeiras instruções, mas ela não parecia muito concentrada. Olhava nervosa para o relógio, para a janela, para mim, e assentia como se escutasse com muita atenção. Contudo, eu sabia que, apesar do seu grande interesse pelo emprego, não era o momento nem o dia para se concentrar no que estávamos fazendo.

Por fim, fomos até a mesa e nos sentamos. Por sorte, tinha vindo pouca gente e a maioria estava entretida consultando algum livro. Então, falei sem rodeios:

— Você tem que fazer a denúncia antes de eu viajar. Sou sua única testemunha e, com sorte, colocamos aquele desgraçado na cadeia.

— De maneira alguma. Não quero que Jorge fique sabendo de nada. Além disso, poderia perder o emprego. Não! E você me prometa que não dirá uma só palavra a ninguém, nem mesmo para Lola.

— Mas não vê que esteve a ponto de matá-lo? O que quer? Ir para a cadeia por causa de um bêbado?

— Não se preocupe. Ele não voltará a colocar as mãos em mim. Se o fizer — apertou os dentes enquanto dizia —, atirarei nele! Além disso, assim que encontrar algum lugar barato para alugar, sairei de casa. — Então, com lágrimas nos olhos, acrescentou:

— Se meu pai estivesse vivo...

Uns clientes entraram nesse momento. Agradeci a interrupção porque não sabia o que dizer para minha pobre amiga, nem como consolá-la. Ela e o pai eram tão unidos, e se emocionava sempre que falava dele, das viagens que fez ao seu lado, das suas brincadeiras... Seu quarto estava cheio de fotografias e lembranças e tinha pendurado em seu peito um medalhão com sua foto.

Sugeri que dormisse na minha casa e ela aceitou de bom grado. Eu não sei se o fiz por Manolita ou por minha própria tranquilidade. Dormimos as duas no quarto de hóspedes, onde havia uma cama beliche. Antes que fôssemos vencidas pelo sono, conversamos sobre muitas coisas. Todavia, quando me perguntou sobre meus projetos, não soube o que dizer e mudei de assunto. Dormi mal, e o sono da minha amiga era tenso e alterado por pesadelos que a faziam falar em voz alta. Eu a ouvi dizer mais de uma vez "papai, papai".

Pela manhã, nós duas estávamos com as caras horríveis, mas fomos para a biblioteca e pouco a pouco fomos relaxando. Ela entrou de cabeça no trabalho e voltei a pensar na minha viagem.

Pela tarde, procuramos um lugar para ela ficar. Encontramos um quarto em uma casa ao lado da biblioteca. A dona era uma senhora de uns sessenta anos, viúva e sem família, e a acolheu carinhosamente. Cobrou um aluguel tão baixo que pensamos que a idosa precisava mais de uma companhia do que de dinheiro.

Eu a acompanhei até em casa para recolher suas coisas. Não havia ninguém. Deixou um bilhete frio para sua mãe, que terminava dizendo: "Algum dia, me dará razão e o colocará na cadeia, que é onde tem que estar."

Já tranquila quanto à acomodação de Manolita e o bom trabalho que desenvolvia na biblioteca, continuei com os preparativos da viagem.

Lola me acompanhava sempre que podia. A primeira coisa que fiz, uma vez comprada a passagem, foi escrever para Pedro, avisando sobre a minha chegada. Mandei a carta pelo correio expresso. Nela, dizia a data da minha chegada, o hotel em que estaria hospedada e, se por acaso eu chegasse antes que ele da Galícia, não me moveria dali até sua vinda.

— É uma pena ele não ter deixado um telefone para poder se comunicar mais rápido — comentou Lola.

— Nos correios, disseram que a carta demorará no máximo uma semana para chegar. Ela estará uns seis dias na minha frente. Não há com que se preocupar, ele estará me esperando dia treze de novembro.

Tinha que comprar umas roupas, mas em San Juan era um pouco difícil, pois todas as lojas já estavam com a coleção de verão e na Espanha era inverno e fazia muito frio. Encontrei em uma loja do centro uma roupa para a transição das estações muito bonita. Combinaria com o casaco de pele. Procurei entre o que eu tinha e encontrei algumas roupas que poderiam servir. Lola me deu um conjunto do qual gostava muito e me cabia como se fosse feito sob medida. Pouco a pouco, enchi minha mala. "Na Espanha, poderei comprar mais roupa", pensei.

No sábado anterior à minha partida, Lola e Luís vieram almoçar — e, estranhamente, não era churrasco. Também estávamos estranhos. Estávamos em família. Encontrei um ambiente mais acolhedor do que o normal ou pelo menos eu sentia assim. Pode ser que a experiência de Manolita me fizesse ver quão sortuda eu era com a família que tinha. Olhei com ternura para o meu pai e achei que ele percebera. Tínhamos o costume de brindar com o primeiro gole de vinho, água ou qualquer bebida. Quando brindamos naquele sábado, meu pai disse me encarando:

— Não desejo nada mais do que ver meus filhos felizes. Se por vezes sou duro é por temer que não saibam escolher o caminho certo. Brindo, então, pela felicidade de vocês.

Estava emocionado e nós também. Nunca poderia imaginar que aquela seria a última vez que brindaria com meu pai. Um câncer o levou em agosto do ano seguinte, durante minha estadia na Espanha. Foi enterrado enquanto a neve caía copiosamente sobre seu túmulo. "Parecia que o céu chorava", falou minha mãe anos depois.

Depois do almoço, perguntei a Lola e Luís se poderiam me levar à Defunta Corrêa.

— Mas como? Minha priminha incrédula quer ir ao santuário de Corrêa? — disse Luís rindo.

— Olha, Pedro dizia que os galegos não acreditam nas bruxas, mas dizem "que existir elas existem", ou algo assim.

Fomos e me aproximei da nossa plaquinha. "Pedimos que, aconteça o que acontecer, nosso amor seja eterno." Parecia que o via ao meu lado e que era mentira que dentro de uma semana estaria perto dele de novo. Lola e Luís, colocando as mãos na placa, disseram:

— Assim seja.

Depois fomos ver a placa deles. O desejo deles já se havia cumprido, pois pediram compreensão por parte dos familiares e tudo já estava normalizado. Faziam planos para o casamento diante dos pais e logo conseguiriam realizar seu sonho.

Os dias seguintes foram muito atarefados para mim. Minhas amigas fizeram um almoço de despedida. Separei tanto a roupa de inverno como a de verão. Deixei meu quarto organizado para caso fosse ocupado por algum dos meus irmãos. Delfina gostava mais dele do que o seu porque era mais alegre e tinha uma bonita varanda voltada para o pátio. Podia-se ver dali o começo da Cordilheira e as parreiras de um terreno vizinho. O que não pude levar deixei em uma parte do armário.

Passei os dois últimos dias na casa de Lola. Eles me levariam ao aeroporto e era mais lógico que fôssemos dali. A despedida dos meus pais foi mais difícil do que imaginava. Minha mãe se emocionou, mas o que mais me impactou foi a emoção do meu pai.

— Vocês deveriam ficar pequenos para sempre — disse com nostalgia. — Quando crescem, começam a voar do ninho e nós pais ficamos sozinhos. A sós com um monte de recordações. Peço que não se esqueça dos ensinamentos que recebeu. Que mantenha sua honestidade e que nunca ninguém lhe faça baixar a cabeça. Uma mulher apaixonada não sabe, às vezes, qual é o seu dever e o seu comportamento. Espero que você tenha isso sempre em mente. Agora, todos desejamos que retorne logo e que seja muito feliz. Escreva para nos dizer como está indo. Dou-lhe a minha benção.

A despedida inesperada do meu pai me fez ver como mudara em tão pouco tempo. Devíamos isso a Lola? Talvez eu também tenha colaborado? Não sei, mas era evidente que o autoritário e quase déspota de antes havia cedido espaço para um homem muito mais flexível e comunicativo. Deixamos o caminho mais fácil para Delfina.

No sábado, dia treze, levantamo-nos às sete da manhã. Luís chegou às oito. Apesar de o voo não sair antes das dez, estávamos todos um pouco nervosos. Tomamos café da manhã. O café e as torradas com manteiga quase não desceram. Luis me disse antes de ir:

— Não é necessário que eu diga que pode contar sempre com a gente. Sempre terá nossa ajuda e carinho. Conte-nos, ou só à sua irmã, o que acontecer. Apesar da distância, estaremos ao seu lado e ajudaremos como for.

Aquele dia ensolarado tornou-se escuro e triste para mim. Viajaria sozinha pela primeira vez na minha vida e era difícil partir. Sabia que me lembraria dos meus familiares enquanto estivesse voando, mas ao mesmo tempo pensaria em Pedro. Era ele o motivo daquela aventura. Quando eu chegasse em Madrid, talvez ele já tivesse voltado da Galícia e estivesse me esperando no aeroporto. Do contrário, teria que esperá-lo no hotel "Centro Norte".

A viagem para Buenos Aires passou rápido; peguei ali um táxi para o aeroporto internacional de Eceiza. Fazia um calor asfixiante na capital. Minha roupa não era a mais adequada para a temperatura argentina, mas para a de Madrid. Por isso, carregava o casaco de pele nos braços. Por fim, meu voo foi anunciado. Estava desejando entrar no avião como se isso me fizesse chegar antes. Serviram almoço e jantar no serviço de bordo, e depois os passageiros começaram a se acomodar para dormir. Era um voo de quase doze horas. Dava tempo para tudo. Contudo, não consigo dormir fora da minha cama. Pensava várias vezes como seria a surpresa de Pedro ao ler minha carta, se é que já não a havia lido. De repente, comecei a sentir um medo e a ter dúvidas que até então não haviam passado pela minha cabeça. E se ele não gostasse de eu ter tomado aquela decisão? Podia ter feito outros planos e teria que mudá-los por minha causa. O que eu estava fazendo pareceria um atrevimento para sua mãe? Se assim fosse, você me veria com maus olhos.

Peguei a revista de bordo e comecei a ler para dissipar aqueles pensamentos.

A mudança de horário foi algo que me desconcertou. O entardecer e o amanhecer não coincidiam com o horário do meu relógio. Voávamos contra o Sol e quase não houve noite. Havia umas quatro ou cinco horas a mais na Espanha do que em San Juan. Quando anunciaram a chegada a Barajas e a temperatura, comecei a tremer. Cinco graus centígrados abaixo de zero!

Já em terra, procurei ansiosa por Pedro no meio das pessoas, mas não o encontrei. Como eu temia, não tinha chegado da Galícia.

Eu tinha muita bagagem. Peguei um táxi e dei ao motorista o endereço do hotel. Não demoramos muito para chegar. Na recepção, perguntei se havia alguma mensagem. Entregaram-me um bilhete, "um senhor que tinha chamado por telefone". No bilhete, dizia que me esperava às sete horas na cafeteria do hotel. Tinha certeza de quem era a ligação e fiquei muito feliz: por alguma razão não pôde ir ao aeroporto, mas estava em

Madrid e dentro de poucas horas nos encontraríamos. Ninguém pode imaginar a alegria que eu senti naquele momento. Usava no pescoço o sininho que me presenteara em San Juan e o acariciei. Não o tirava nunca, nem mesmo para dormir.

O quarto do hotel era muito bom, dava para um jardim onde havia uma piscina. Era bastante silencioso e seria minha morada pelo tempo em que estivesse em Madrid, se Pedro não dispusesse de outra coisa. Tinha duas camas, um banheiro, uma sala alegre e uma cozinha americana. A varanda era grande e ensolarada com móveis de vime. Gostei e pensei que ficaria bem ali. A calefação estava forte e agradeci aquele calorzinho contrastando com o frio do lado de fora.

Guardei minha roupa no armário amplo, tomei um banho e me acomodei sobre a cama para descansar até a hora do encontro. Agradeci por ter tempo para dormir um pouco melhorar meu aspecto. Eram cinco da tarde. Pensei em San Juan: "A essa hora mamãe estará preparando o almoço... ou estarão todos sentados à mesa."

Apesar do cansaço, demorei muito a dormir. A mudança de horário me afetava. Por fim, o sono chegou e adormeci tão profundamente que só acordei às seis e meia. Tinha apenas meia hora para me arrumar! Vesti-me depressa e desci para a cafeteria sem me maquilar. Enquanto estava no elevador, perguntava-me se já teria chegado. Havia pouca gente na cafeteria e Pedro não estava lá. Sentei-me a uma mesa. Ao meu lado havia um senhor sozinho e na outra mesa uma jovem que parecia ser uma estudante repassando umas matérias. Um pouco mais afastado estava um casal de idosos que me olhava insistentemente. Ele comentou alguma coisa com a esposa, levantou-se e veio até a mim. Estranhei e a primeira coisa que pensei é que me confundiram com alguém.

— A senhora se chama Valéria? — perguntou, e diante da minha estranheza prosseguiu:

— Sou o pai de Pedro.

Primeiro, pensei que, como ele não pôde vir, seus pais me trariam algum recado. Eu o cumprimentei amavelmente e ele me pediu que fosse para sua mesa. Eu o acompanhei e cumprimentei a mãe dele. Estendi a mão com um sorriso, mas não havia a menor manifestação de afeto em seu rosto. Lembrei-me do que Lola disse: "Talvez seja uma mãe manipuladora." Assim como ele se mostrou afável desde um primeiro momento, ela também foi desagradável e distante. Sem mais, começou a falar dele.

— Talvez estranhe o fato de estarmos aqui no lugar do nosso filho, que era quem você esperava, não? — Afirmei com a cabeça e continuou:

— Começarei dizendo que não se parece em nada com a pessoa que eu gostaria de encontrar e muito a contragosto tenho que lhe dar más notícias. — Meu coração estava a ponto de explodir. — Pedro está com sua família, quero dizer, com sua esposa, na Galícia. Quando você lhe enviou a carta, um amigo que temos nos correios nos entregou caso fosse algo muito importante, em vez de depositá-la na caixa de correio que nosso filho abriu, ao que parece, para receber suas cartas. Já tínhamos estranhado o retrato que fez e ficamos alertas, porque, quando expõe, apenas pinta paisagens e se faz algum retrato é por encomenda, não para dá-lo a alguém.

Eu ficara muda e não compreendia o que diziam. A mãe não abria a boca, mas me olhava com desprezo. O pai de Pedro tomou um gole de café e, estranhando meu silêncio, interrogou:

— Você sabia que Pedro era casado?

— Não sabia e nem acredito — respondi, desafiadoramente em um ato de valentia, enquanto eu a olhava com o mesmo desprezo que ela a mim.

Então, como se meu olhar tivesse lhe dado corda, retrucou:

— Já imaginávamos, por essa razão provaremos.

Meteu a mão em uma bolsa grande que tinha ao seu lado e tirou um álbum de fotos, afastou minha xícara de café e o colocou diante de mim.

— Veja — falou ela. — Este álbum tem fotos desde oito anos atrás. As últimas foram tiradas um dia antes de Pedro ir para Argentina.

Abri aquele álbum com certa hesitação, já que jogaria por terra toda minha felicidade. Ainda não estava preparada para aquele golpe e minhas mãos tremiam. O pai de Pedro, muito mais carinhoso, apertou uma das minhas mãos enquanto dizia:

— Veja, querida, não ache que é fácil para fazermos o que estamos fazendo. — Seu olhar era sincero. Pareceu-me ver lástima em sua expressão. Ele prosseguiu:

— Mas entenda que isso não pode continuar. Ele se deixou levar por uma paixão sentenciada a acabar antes mesmo de começar. Tem uma esposa e nós somos daqueles que dizem que "aconteça o que acontecer" temos que seguir em frente.

Por um instante, lembrei-me daquelas palavras "aconteça o que acontecer". Foram as que Pedro havia colocado na plaquinha da Defunta

Corrêa. Por que não foi sincero comigo? Como podia ter me enganado daquela maneira? Tinha que odiar ele por tudo o que me tinha feito, mas não conseguia. No entanto, odiava seus pais que estavam me martirizando e me humilhando. Sobretudo a mãe. Abri o álbum: fotos do dia do casamento, da viagem de lua de mel demonstrando grande paixão. Ocupando toda uma página... Meu Deus! É ela! A jovem do *Entardecer na praia*, o quadro que me presenteou e ficou pendurado no salão de Lola! Entretanto, ela estava sorridente na foto. Era muito bonita. Segui folheando o álbum sem dizer uma palavra e me surpreendi quase ao final quando sua esposa aparecia em uma cadeira de rodas e no seu rosto a melancolia da moça que caminhava pela praia descalça.

— O que aconteceu? — perguntei.

A mãe dele ia responder, mas o pai se adiantou:

— Essa é uma dessas tragédias que costumam acontecer nos lares felizes para que recordemos que aqui não conseguimos alcançar a felicidade plena. Esperavam um filho. A felicidade e o amor reinavam entre eles. A notícia deixou meu filho muito feliz porque sempre adorou crianças. Pedro tinha que assistir a uma reunião de pintores que acontece todos os anos e termina com um jantar. Ela não estava muito bem e lhe disse que preferia ficar em casa, mas Pedro não ia a lugar algum sem ela, e insistiu que ela o acompanhasse. Parece que meu filho bebeu um pouco demais e não controlou o carro que derrapou em uma curva e saiu da estrada. Capotaram. Ela levou a pior parte e não só perdeu a criança como ficou incapacitada, em uma cadeira de rodas. Nosso filho não podia deixar de se sentir culpado e esteve muito tempo em depressão, da qual temíamos que não fosse capaz de sair. Ela tirou dele a culpa pelo acidente, pedindo que voltasse a ser o de sempre, que voltasse a pintar. Para animá-lo, pediu que fizesse um retrato seu. É possível que o tenha visto, pois o levou para a exposição na Argentina e parece que o vendeu lá.

— Por que ela não ficou com o retrato? — interrompi.

— Porque Pedro não queria. Na verdade, pintou seu rosto, mas tirou o corpo de uma foto antiga e inventou a paisagem. Meu filho dizia que aquele retrato era uma fraude e que um dia faria outro mais verdadeiro. Veja, menina, creio que compreenderá que seria injusto que vocês façam uma pessoa que já é bastante desgraçada mais infeliz ainda. Além disso, sei que Pedro jamais a deixaria.

— Nunca — interrompeu a mãe, que tinha permanecido muda todo o tempo escutando o marido e me encarando para ver minhas reações. — Nosso filho é um cavalheiro e não a abandonará por ninguém. Você não seria mais do que uma amante para que ele conseguisse sexo, que é o que sua mulher não pode dar.

Aquilo era demais e aquela mulher conseguiu me tirar do sério com suas palavras mordazes. Eu a enfrentei e lhe disse em um ataque de desprezo e raiva:

— Desde que me sentei nessa mesa não vi na senhora o menor gesto de humanidade. Não recebi de sua parte nada além de uma cara feia, críticas e insultos. Pois bem, em primeiro lugar, não penso em ir embora sem falar com Pedro antes. Em segundo lugar, não nasci para ser a amante de ninguém. Se Pedro e eu seguirmos juntos, será para ser sua esposa e não sua amante.

Disse tudo sem pensar, mas era exatamente o que eu sentia. Vi como aquela desagradável senhora começava a ficar vermelha de raiva. As veias do seu pescoço inchando. Entre dentes, ela disse:

— Pedro sabe que está aqui e sabe que estamos com você nesse momento. Era vergonhoso para ele lhe contar a verdade e por isso nos enviou. Mas quer que saiba que não há nada entre vocês dois. Por tanto não insista mais. Me entendeu, senhorita? Não permitiremos que ninguém perturbe a paz de um casal que sempre se amou e seguirá se amando.

O que estava acontecendo? Eu não poderia ter me apaixonado por uma pessoa tão covarde que não diria na minha cara o que acontecia. Até parecia que falávamos de uma pessoa desconhecida para mim. Não, não podia ser o Pedro que conheci em San Juan, por quem me apaixonei e pelo qual tinha feito uma viagem tão longa deixando minha cidade, minha gente. Não podia mais ficar ali. Meus olhos se encheram de lágrimas e só consegui dizer:

— Perdoem-me, estou indo.

Teria sido má sorte, minha apatia ou o destino que reservara para mim um calvário maior. O certo é que, ao me levantar, tropecei nas pernas de um garçom que passava atrás de mim naquele momento e perdi o equilíbrio batendo com a cabeça na mesa ao lado. Desmaiei, e, quando acordei, a primeira coisa que ouvi foi a sirene de uma ambulância que me levava para um hospital. Abri os olhos e ao meu lado ia o pai de Pedro sentado, olhando-me angustiado. Disse que levaram um grande susto.

Estava muito nervoso e não sabia o que dizer nem como pedir desculpas por sua esposa.

— Sinto muito, Valéria. Garanto que o que mais gostaria é que a relação de vocês fosse normal e que pudessem levar a cabo todos os seus planos, mas vocês não seriam felizes com as coisas como estão porque a sua felicidade seria construída sobre a infelicidade de uma pobre inválida. — Era a primeira vez que me tratava bem.

— Por favor, avise que já estou bem. Não tem motivo para me levar ao hospital. — Tentei me levantar, mas não consegui e voltei a me deitar na maca. Minha vista ficou turva por uns instantes e me assustei. Então, interroguei:

— Mas o que me aconteceu? Sei que tropecei em um garçom. Mas...

— Levou um forte golpe na cabeça. Terão que fazer uma tomografia e querem que fique em observação, pelo menos essa noite. Mas não estará sozinha. Eu a acompanharei até que fique bem.

— Oh! Meu Deus! — gemi, colocando as mãos na cabeça. Notei uma forte dor, e tudo estava girando. Sentia um mal-estar no estômago e náuseas.

Logo chegamos a “La Paz”. Levaram-me para a emergência e fizeram uma tomografia, como o pai de Pedro disse. Eu continuava enjoada e decidiram me manter internada até receber o resultado do exame. Perguntei a hora. Oito da noite! Minha preocupação era o fato de que não tinha ligado para casa para dizer que tinha chegado bem, e queria que me deixassem ir embora. Me levaram para um quarto mais luxuoso do que o do hotel, e avisei que não poderia pagar por aquilo. A enfermeira que estava me ajudando a tirar a roupa me informou, de modo muito amável, que “meu pai” tinha dado ordens que me dessem o melhor quarto para ficar o mais confortável possível. Não quis esclarecer que aquele senhor não era meu pai. Veio o médico de plantão e mandou que me dessem um calmante para que descansasse bem. Era muito atencioso e conversou um pouco comigo.

— Olha só, vir da Argentina para cair na Espanha! Quando voltar para casa contará coisas ruins daqui? Já vou dizendo que, quando sair, haverá coisas muito bonitas para ver. E até pode ser que encontre um namorado, se ainda não tiver um. Nós espanhóis somos muito apaixonantes e com essa cara tão bonita...

Dizia tudo de uma vez, como uma pessoa que sabe que tem que encorajar um paciente e acha que essa é uma maneira de conseguir. No entanto, já estava me cansando. Então, lembrei-me de que o pai de Pedro tinha vindo comigo e perguntei por ele.

— Nós o mandamos para casa porque não podia fazer nada aqui. Disse que voltará amanhã — falou a enfermeira que vinha com o médico. — Agora trarão o jantar e logo você descansará. Verá como amanhã já estará melhor.

Passei a noite muito inquieta. Ficava pensando em tudo que acontecera: o casamento de Pedro; o aspecto de sua mulher; a cadeira de rodas; o filho que perderam. Tudo aquilo destroçava meu coração, e mais ainda o fato de que o homem que mais amei em minha vida não fora capaz de me contar tudo, e que não tivesse evitado que nossa paixão chegasse ao ponto que chegou. Doía de tal forma as palavras "da bruxa", ditas com aquele desprezo, que eu somente seria uma "amante" para o seu filho. Como as coisas se enrolam! Via Pedro com duas personalidades completamente diferentes: um era o da Argentina, atento, carinhoso, detalhista, que brincava comigo e me beijava com paixão. Com quem eu tinha feito amor, pisando sobre todas as normas da moral aprendidas na minha casa. O outro era esse Pedro casado, escorregadio, que mandava os pais no seu lugar e se escondia, incapaz de falar com clareza e de me pedir perdão por ter feito de mim uma desgraçada.

Pouco a pouco o calmante que me deram começou a fazer efeito e adormeci.

Tive pesadelos a noite toda. Acordei às cinco horas com vontade de ir ao banheiro. Ao me levantar, tudo rodou. Toquei a campainha e uma enfermeira de meia idade e bastante fria se apresentou. Acompanhou-me ao banheiro e de novo até a cama. Antes de ir me perguntou se necessitava de algo.

— Sim, obrigada. Se for possível me trazer um copo de água... Estou com a boca seca.

Saiu sem dizer nada e logo retornou com o meu pedido. Eu bebi tudo em um gole só e pedi que deixasse outro na mesinha. Ela trouxe uma garrafa e a deixou ao meu alcance.

— De qualquer forma, se precisar beber, é melhor que nos peça, para não ficar tonta outra vez.

Desejou boa noite e se foi. Parecia que o sono voltava e comecei a pensar na idiota que eu tinha sido ao fazer aquela viagem. "Se tivesse ficado em casa, ainda estaria sonhando com o momento de voltar a me encontrar com Pedro. Não sentiria a tremenda solidão que estou sentindo, nem teria gastado parte das minhas economias para sofrer, nem teria essa amargura ao descobrir essa verdade inesperada. Em vez de estar em um hospital por causa de um acidente que podia ter me custado a vida, estaria em minha casa ou na casa de Lola rodeada dos meus e não como um cão abandonado."

O sono voltou e meus pensamentos se esfumaçaram. Eram oito da manhã quando outra enfermeira, bem mais simpática que a da noite, colocou o termômetro debaixo do meu braço e mediu minha pressão. Então, me trouxeram o café da manhã: café com leite, torradas, pãezinhos, manteiga e geleia. Comi tudo.

O médico de plantão voltou para me ver e disse que o dr. Ramos já viria e me diria quando eu teria alta. Perguntei pelos resultados da tomografia, mas não me respondeu. Só repetiu que eu teria que esperar pelo médico. Não gostei daquilo e comecei a achar que havia algo que ele não queria me dizer. Olhei com súplica para a enfermeira que vinha com ele, mas apenas obtive um sorriso simpático como resposta.

— Quando chega o doutor? — perguntei ao ver que minha única solução era esperar por ele.

— Por volta do meio-dia. Na verdade, não tem horário fixo. Às vezes, chega quase duas ou mais — falou a enfermeira enquanto acomodava a almofada para mim.

Eu estava desesperada porque ainda não tinha ligado para casa e estariam preocupados. Contudo, por outro lado, não sabia o que dizer. Ainda que quisesse mentir, notariam porque eu não sabia fazê-lo; assim que ouvisse a voz de Lola começaria a chorar e sairia toda a tristeza que guardava dentro de mim desde que soube da fraude que se convertera "meu grande amor".

Uma empregada da limpeza entrou no meu quarto e depois de me cumprimentar começou a limpar o banheiro e o chão. Eu estava com uma camisola verde, sentada em uma poltrona. Minha cabeça já não doía e nem sentia enjoo. Eu me agarrei na esperança de que o dr. Ramos me mandaria para casa. "Não tenho nenhuma lesão grave", disse a mim mesma. "Do contrário, eu me sentiria mal e estaria enjoada."

A senhora da limpeza, muito simpática e faladora, perguntou-me o que tinha e tive que explicar sobre o meu tropeço com o garçom. Então, a boa mulher me contou um caso que ela conhecia e que…

— Depois do golpe, um coágulo de sangue que os médicos não viram acabou com sua vida. E era bem jovem, assim como você. Por isso, digo que é melhor que investiguem bem, caso fique algo aí dentro — sentenciou enquanto apontava para a cabeça.

Chegaram duas enfermeiras para fazer a cama. Falaram comigo durante todo o tempo que durou o trabalho. Uma delas, a mais jovem, tinha família na Argentina e me falou de uma viagem que tinha feito fazia uns dois anos para ver a tia.

— Eu vi as Cataratas do Iguaçu. Impressionante! Fizemos não sei quantas fotos. Também visitamos Salto e Jujuy. Em Jujuy, minha tia me comprou uma boneca Coya[1] e a tenho desde então em meu quarto. Depois fomos para Buenos Aires e dali para Mar del Plata, que é onde vive minha tia. Tem um hotel muito bonito perto da praia. Foi maravilhoso. Assim que puder, voltarei outra vez. Você é de onde? — perguntou por fim.

Eu a deixei falar o tempo todo por duas razões. Primeiro, ela não fez pausa alguma. Segundo, gostava de ver a ilusão com que se recordava da sua estadia na Argentina.

— Eu sou de San Juan. A próxima vez que for, se quiser degustar um bom vinho, encontrará lá as melhores adegas — respondi relembrando o "moscato" da minha terra, que era o que eu mais gostava.

— E o que faz aqui? Veio passear com esse frio que está fazendo? Agora é verão na Argentina ou quase, não?

— Sim, faz calor. Estamos na primavera. Esse ano a primavera veio muito quente. — Deu-me um nó na garganta e não quis seguir, por sorte elas não perceberam.

— Vamos, Conchita! — interrompeu a outra enfermeira. — Porque você, quando começa a falar…

— Sim, vamos — e continuou ao se dirigir para a porta:

— Hoje estamos de plantão, então nos veremos de novo. Logo falaremos de sua terra, ainda tenho muitas coisas para contar. Conheci um argentino ali…

— Conchita!

— Ah! Sim. Logo falaremos — disse saindo com pressa.

Não tinha ânimo para rir, mas aquela menina conseguiu. Quando fiquei novamente sozinha, pensei no quanto eram afortunadas. Sairiam do trabalho. Chegariam às suas casas, esperadas por suas famílias; teriam um amor de verdade. Que inveja!

Era onze e quarenta e cinco quando soaram algumas batidas na porta e uma voz conhecida pediu permissão para entrar. Não desejava vê-lo de novo, mas ali estava. Tudo o que tinha para me dizer já me dissera ontem, então, o que queria? Voltava para me dar o golpe de misericórdia? Será que eu não podia ficar em paz e tranquila nem mesmo aqui? Eu o olhei de má vontade enquanto entrava e se aproximava de mim. Trazia um grande buquê de rosas vermelhas, sorria e, em vez de me estender a mão para me cumprimentar, deu-me um beijo na bochecha. Algo que me deixou confusa.

— Como você está? — disse e sem esperar minha resposta continuou:

— Se a saúde estiver de acordo com a fisionomia está maravilhosa. Diga, está melhor?

Não sei por que pareceu que estava extremamente envergonhado e sua voz tremia ao falar. Entregou-me as flores e agradeci. Houve um momento de silêncio. Teria dado qualquer coisa para não vê-lo novamente. Lembrava-me do que tinha acontecido no dia anterior e as palavras ofensivas da sua esposa. Ao fim, disse:

— Não sabia se estava fazendo o certo ou não ao vir, mas desejava saber como você estava. Sim, já sei, poderia ter ligado e teria dito. Mas minha consciência não me deixaria dormir e quero esclarecer algo que foi dito ontem e que não acredito que seja verdade. Minha esposa disse que Pedro estava ciente da sua chegada e que não quis vir. Não é verdade. Ele não sabe que está aqui. Teve que ficar mais uns dias na Galícia porque Clara tem depressões profundas de vez em quando e é preciso animá-la. Não resolvo nada com esta confissão, porque segue casado, e é certo que não a abandonará porque se sente culpado pelo que aconteceu. Ele encontrou você e, apesar de eu não conhecê-la muito bem, acho que é lógico que ele se apaixonasse e que sonhasse com algo impossível: tê-la ao seu lado para sempre. Digo impossível porque você não aceitaria viver à sombra e ser apontada com o dedo por todo mundo. Quando ele chegou na Espanha, suspeitamos que algo havia acontecido na Argentina por causa do comportamento dele. Pedro não tinha pressa para ir ao Pazo como das outras vezes, onde sua mulher o esperava. Estava sério e falava pouco. Foi a mãe dele, com esse sexto sentido que as mulheres têm, que percebeu que algo estava acontecendo. Então, nos ligaram dos correios porque havia chegado uma carta urgente: "Pode ser algo importante", disse-nos o funcionário. Minha esposa foi quem a abriu contra minha vontade e a lemos. O restante você já sabe. Minha consciência fica limpa com essa confissão. Não gosto de mentiras e critiquei minha esposa por ter sido tão dura. Mas nada mudou. Pedro ainda é casado. Sua mulher é uma aleijada infeliz, que precisa dele e o tem preso por um sentimento de culpa. Gostaria que compreendesse que, pelo bem de todos, você tem que desaparecer e que meu filho não pode saber nunca que você esteve aqui. É um pedido que faço. Você é jovem e encontrará o homem apropriado, com quem será muito feliz porque é encantadora e merece.

Dito isso e, diante do meu silêncio, continuou:

— Eu compreendo que tenha tido muitos gastos e quero reembolsar no que for possível. — Colocou a mão no bolso do casaco e tirou um cheque. — Peço que aceite esse cheque como um presente. É para que não leve da Espanha uma lembrança ruim.

Estendeu o cheque para mim e eu não sabia se o atirava na cara dele ou recusava cortesmente. Nunca na minha vida tive aquela quantia na minha conta corrente. O orgulho estava me pregando uma peça muito ruim e me senti tão ofendida que não pude dissimular a cara de nojo que a presença daquele "papelzinho" me causava. Eu o encarei. Ele tinha um sorriso que não sabia interpretar — parecia nobre, mas tendi a vê-lo como sarcástico, como se dissesse: "Isso basta?"

— Pela quantidade que me oferece dá para ver que, para o senhor, é de suma importância que eu vá embora sem ver seu filho. Então, peço que não me ofenda. Já me causaram muita dor. Não piore as coisas. Se penso em me retirar ou não, como o senhor disse, "desaparecer", o farei pela porta da frente, voluntariamente e sem cheques, mas, se decidir ficar e falar com Pedro, não há dinheiro no mundo que me faça desistir. Guarde seu cheque e diga à sua esposa que não sou das que se vendem.

— Está enganada. Minha esposa não tem nada a ver com isso.

— Me decepciona, então. Acreditei que você era uma pessoa melhor do que ela, mas vejo que os dois são iguais. E, por favor, já não quero falar mais sobre isso. Peço que vá embora. E quanto a "desaparecer" sem me encontrar com Pedro, é algo a se pensar. Mas a decisão será minha, não imposta por vocês.

Ele quis dizer algo, mas não deixei. Toquei a campainha e a enfermeira veio na mesma hora. Não mentia ao dizer que me sentia enjoada.

O pai de Pedro se levantou e ficou me olhando, mas baixei os olhos porque não queria que visse que estavam cheios de lágrimas. Com a vista baixa, contemplava as iniciais do lençol como se fosse algo de suma importância. Então, ouvi seus passos se afastarem na direção da porta e comecei a chorar desconsoladamente.

— Mas o que está acontecendo?

Vi um homem alto, bem-apessoado e que me olhava com um sorriso simpático. Aproximou-se de mim e colocou a mão em meu ombro, enquanto com o dorso da outra secava minhas lágrimas. Eu olhei para ele e tentei sorrir.

— Não está preocupada com a sua saúde, né? — perguntou o dr. Ramos e acrescentou:

— Porque graças a Deus você está bem. Os exames estão bem, não há nenhuma anomalia. Somente preciso repetir um exame que não tem nada a ver com o golpe. Você está sozinha aqui ou tem algum familiar a acompanhando?

— Estou sozinha e não tenho marido — respondi, e reparei em uma certa cumplicidade no olhar cruzado com a enfermeira que o acompanhava em suas visitas. — Qual exame tenho que repetir? Cheguei ontem e ainda não liguei para casa para dizer que estou bem. Gostaria de ir para o hotel.

O dr. Ramos fez sinal para que a enfermeira saísse e ela obedeceu de imediato. Quando ficamos sozinhos, aproximou-se de mim com uma cadeira e sentou-se. Pegou minhas duas mãos e me perguntou:

— Tem namorado, não? Na Argentina, suponho.

— Não, não tenho namorado. — Achei estranha aquela insistência sobre o assunto, — Diga-me, doutor, que exame é esse que precisa repetir?

— Um exame que não afeta a sua saúde. Na verdade, já fizemos, mas é provável que o resultado esteja errado, levando em conta o que me diz. Bom, talvez o repetiremos esta tarde. Eu virei vê-la e darei a alta por volta das seis horas. Enquanto isso, pode ligar daqui mesmo para sua família. Use esse telefone e, para que não fiquem assustados, não diga que está em um hospital.

Foi embora e em pouco tempo trouxeram o almoço. Quase não comi — os últimos acontecimentos tinham tirado meu apetite. Queria sair dali.

Não tinha mais o que fazer a não ser ficar até a tarde e esperar o resultado do exame misterioso. Liguei do quarto, como disse o doutor, sem dizer que estava internada. Lola ficou muito alegre, pois esperava minha ligação desde ontem. Contudo, sua alegria durou pouco quando lhe contei sobre Pedro e tudo o que havia acontecido. Perguntou-me quando voltaria para casa e tratou de me consolar.

— Venha o quanto antes. Não vale a pena esperar por ele. A situação é um problema dele e ele não tem direito de envolver você. Seus pais foram grossos e desagradáveis até o extremo, mas compreenda que eles têm razão. Que papel você teria na vida de um homem casado? Não, meu amor, nós nascemos para sermos respeitadas, não para fazer o papel de concubinas. Aqui há muitos rapazes honrados com quem poderá ser feliz e sem complicações. Não pense mais e volte. Todos esperamos de braços abertos.

As palavras de Lola não vinham em um bom momento, porque por mais que dissesse eu não a ouviria. Tinha que tomar a decisão por mim mesma, sem intervenções, nem mesmo a de minha irmã. Entretanto, para poder pensar claramente, tinha que sair daquele maldito quarto onde me sentia prisioneira por causa de um acidente estúpido. Precisava estar na rua, sozinha e revisando todo aquele imbróglio no qual me encontrava. Estava decidida a esperar pelo retorno de Pedro, mas aquela mulher seguiria interceptando minhas cartas? Se fosse assim, como me comunicaria com ele para que soubesse que estava na Espanha? "Bom", disse para mim mesma, "pensarei nisso quando sair daqui".

Depois de falar com minha irmã, parecia que via tudo mais claro. Esperaria o retorno de Pedro e, apesar do que todos achassem, eu o veria. Queria escutar de sua boca o que quisesse me dizer e ver que desculpas daria. O difícil seria me comunicar com ele já que seus pais interceptavam as cartas. Não tinha um número de telefone para ligar. Agora compreendia por que não me deu. Por outro lado, não sabia quando chegaria. Estava muito complicado, mas esperava consegui-lo.

A tarde madrilenha era bem cinza e desagradável. Os galhos das árvores se mexiam com o ar daquele frio de outono. Os poucos passarinhos que pulavam de galho em galho tinham a plumagem encolhida, com certeza para se abrigar melhor. Fiquei um bom tempo olhando pela janela deixando o tempo correr. Uma das enfermeiras entrou e me deixou uma revista.

— Eu já li — disse-me. Entretive-me lendo as uniões e separações de pessoas famosas e até certo ponto me senti como elas. Podiam fazer o que quisessem sem se preocupar com o que os outros diriam; como eram famosos, tudo era perdoado.

Havia muito movimento nos corredores de "La Paz" — era a hora da visita. Haveria algum familiar ou amigo com cada doente e em cada quarto, mas no meu não havia ninguém. Estava arrumada esperando que o doutor chegasse e me mandasse embora. Olhei pela janela mais uma vez. As pessoas se abrigavam pela rua. Ventava e não fazia calor. Olhei para o relógio. Já o tinha olhado um sem número de vezes e parecia que o tempo não passava. Era sete e meia em minha cidade, cinco horas a menos, então aqui eram duas e meia da tarde. Umas batidas na porta me assustaram e uma voz feminina disse:

— Posso entrar?

— Entre — respondi, olhando com curiosidade para ver quem era.

No limiar da porta, apareceu um rosto sorridente e agradável. Entrou, e atrás dela veio o dr. Ramos. Ele falou, enquanto sua esposa se dirigia a mim e me dava um beijo carinhoso na bochecha:

— Minha esposa, quando soube que tinha uma paciente argentina, quis vir conhecer você.

— É que tenho família por parte de pai na Argentina, em Mendoza. Segundo me disse meu marido, você é de San Juan. Fica muito perto da minha família.

Aquela visita foi extremamente agradável, a amabilidade com que me tratava e a ternura em seu rosto. Acreditei que viera para falar da Argentina, mas logo me dei conta que suas razões eram outras. Sempre lhe serei agradecida por seu interesse, sua compreensão e sua ajuda. O dr. Ramos falou:

— Bom, enquanto falam de suas coisas, visitarei os doentes. Daqui a pouco, eu volto, Sara.

Então, começou uma espécie de interrogatório dissimulado e educado, mas tenaz.

— Eu simpatizo muito com os argentinos. Fui várias vezes visitar meus familiares e sempre são tão carinhosos com os espanhóis que você acaba deixando lá a metade do seu coração. Veio fazer turismo?

— Mais ou menos. É uma longa história sem final. É provável que retorne em breve para minha terra.

— Por quê? A Espanha tem tantas coisas bonitas para se ver. Veio por quanto tempo? Por que vai embora tão cedo? Não pense que sou fofoqueira, é que te vejo tão triste e é tão jovem e tão bonita... Dá-me pena essa melancolia que vejo em sua carinha. Se tem algum problema, seja o que for, conte para mim, posso tentar ajudar.

Resisti a falar do meu problema porque não queria me lembrar dele. Então, pensei que se contasse para ela poderia me ajudar a entrar em contato com Pedro. Ela poderia se passar por uma cliente e o resto seria fácil. Comecei meu relato e resumi os últimos acontecimentos. Ela me escutava com atenção e vi como sua expressão mudava de repente quando disse:

— Não acha uma desgraça chegar até aqui, descobrir que ele é casado e não ter nem a oportunidade de vê-lo para que peça perdão por ter me enganado? Não creio que seja possível sofrer mais do que estou aqui sozinha. E ainda por cima caio, bato com a cabeça e preciso ficar internada.

Não me deixou terminar. Colocou sua mão sobre as minhas e me disse muito séria:

— Veja, querida, Deus nos dá tudo o que podemos suportar. Meu marido falou sobre uns exames que tinham que ser repetidos porque estavam errados. Mas não estavam. Repetiram e deram o mesmo resultado.

Não pude, nem por um instante, imaginar sobre que exames se tratava. Teria algo maligno que acabaria com a minha vida em pouco tempo? Comecei a tremer. Ela percebeu e disse:

— Não se assuste. É algo normal quando se tem relações com um homem. Você está grávida.

No primeiro momento, não compreendi o que estava dizendo. Estava ouvindo direito? Teria um bebê? De repente, senti um enjoo e minha vista turvou. O quarto rodava e um suor frio inundou meu corpo. Ela dava palmadinhas em minhas mãos e eu ouvia suas palavras tranquilizadoras, mas não conseguia reagir. Aquilo parecia uma brincadeira do destino. Sabia quando tinha sido: o dia da despedida. Os momentos inesquecíveis e efêmeros deixariam uma lembrança para sempre. Um bebê! Como me apresentaria na minha cidade grávida? Como minha família e meus pais receberiam aquela notícia? Por mais que o repetisse não conseguia me imaginar mãe. Sem pronunciar uma palavra encarei a sra. Ramos. Sua expressão era indefinida. Parecia acostumada em dar essas notícias e tinha integridade e paciência suficiente para esperar a reação de uma grávida. Então, pensando em minha família, comecei a chorar inconsolavelmente.

— Eu não posso voltar nessa condição — falei, angustiada. — Tenho que encontrar uma solução.

— Meu amor, somente há duas soluções: ou ter o bebê e enfrentar com coragem o que vier, ou abortar. Você quer matar seu filho por ser incapaz de desafiar o mundo e dizer: "Vou ter meu filho, custe o que custar?"

Aborto era uma palavra que não estava em meu dicionário. Nunca admiti as desculpas das mulheres que abortavam alegando que não podiam criar seus filhos. As casadas porque já tinham muitos filhos e as solteiras porque queriam apagar, desse modo, seu pecado. Eu teria o meu, disso estava certa, mas o difícil era como dizer isso em casa. Olhei para aquela mulher bondosa que tinha tanta paciência comigo. Percebi que estava ali, não para falar da Argentina, mas para me ajudar a absorver a notícia. Então, me disse que seu marido pedira a ela que fizesse exatamente aquilo. Tinha um olhar tão claro que falei sem mais rodeios:

— Meu filho nascerá. O aborto está descartado. Mas não posso ir para Argentina assim. A senhora não conhece meu pai. Me colocaria para fora de casa e eu morreria de vergonha. A única coisa que preciso é de um trabalho. Ficarei na Espanha até que meu filho nasça. E, pode ter certeza, que se eu tivesse optado por acabar com a vida do meu filho, teria decidido acabar com a minha também.

Aquelas palavras fizeram a sra. Ramos levantar do assento e nervosa se aproximou da janela. Olhou por um tempo para a rua. Quando se virou, seus olhos estavam cheios de lágrimas e com uma emoção que mal a deixava falar. Suas palavras soaram ferozes e seu rosto refletia uma tragédia. Tirou as forças necessárias para me dizer:

— Se está pensando em suicídio, é a maior das barbaridades! Não sei se conseguirei chegar até o final, mas vou contar algo que é o motivo pelo qual estou aqui contigo: eu tinha uma filha maravilhosa. Tanto eu como meu marido a adorávamos, mas ela cresceu e se apaixonou, como você, pelo homem errado. Ele não era casado, mas um mulherengo, e a queria enquanto não conseguiu os seus propósitos. Nós, que já conhecíamos seus antecedentes, tentamos preveni-la, mas mulheres apaixonadas não atendem a outras razões a não ser as do coração. Um dia, ela teve um enjoo, seu pai fez os exames e soubemos que estava grávida. Ficamos muito bravos com ela por ter chegado a isso e dissemos: "Já pode ir dizendo a esse sem-vergonha que cumpra com o seu dever, que se casem o quanto antes. É uma mancha que ficará em nossa família para sempre. Confiamos em você, demos sempre o que queria, como pode fazer uma coisa assim conosco?" Ela saiu para vê-lo. E ele deixou claro que não tinha a intenção de se casar. A tarde se passou e chegou a noite, e ela não voltava. Às onze horas, nos pareceu estranha a sua demora e, quando deu meia-noite, a polícia nos chamou para dizer que nossa filha estava morta. Tinha se suicidado tomando...

Não pôde continuar. Tapou o rosto com as mãos e começou a chorar. Agora era eu que precisava consolar a mulher. Compreendi que ela estava fazendo o que não fizeram com sua filha... talvez as palavras duras que disseram ficaram marcadas em brasa em seus corações e, mais de uma vez, tenham se sentido culpados por seu suicídio. Aproximei-me e a beijei no rosto ao mesmo tempo que dizia:

— Sinto muito por ter que relembrar algo tão triste por minha culpa. Mas se lhe servir de consolo direi que vocês não têm culpa pela decisão drástica e trágica da sua filha. Aquele homem que não quis assumir a responsabilidade e a abandonou quando mais precisava é quem tem. Ele é o único responsável por sua morte. Mas sou covarde demais para tomar uma decisão dessas. Vou me virar como puder, mas não creio que chegue a isso. Sua filha foi valente. Sra. Ramos, não sabe o quanto agradeço o que acaba de fazer por mim. Sempre me lembrarei da senhora e desse tempo que tão amavelmente me dedicou.

Vi como aquela mulher extraordinária reagia às minhas palavras. Enxugou suas lágrimas e, tirando um espelho do bolso, olhou-se e tratou de retocar a maquilagem para que não ficassem sinais de choro.

— Que meu marido não saiba que estive chorando. Quando me contou sobre seu caso, não sei o motivo, lembrei-me da minha filha. Você estava aqui sozinha e, mesmo não conhecendo sua história, Carlos me disse que não estava casada. Isso me alertou e me propus conversar com você. Agora, só me resta dizer uma última coisa: nós vivemos sozinhos, não temos mais filhos. Por que não fica conosco até que nasça seu filho? Não faltará nada em minha casa. E assim retornará a Argentina quando o bebê já tiver nascido e poderá dizer que se casou e que o casamento não deu certo. Como pode ver, imaginação não me falta — concluiu, sorrindo.

— Agradeço muito, mas não me sentiria bem sendo uma parasita. Quero trabalhar. Acharei algo para me manter por esse tempo. Por enquanto tenho dinheiro, mas acabará rápido. Se souber de algo que possa fazer.

— Sim, não se preocupe. Já procuraremos um trabalhinho, se isso a deixa mais tranquila. Mas, por hora, venha para nossa casa e de lá continuaremos procurando. Por favor, não diga que não. Ficarei mais tranquila com você lá. Não direi que será como uma filha, mas garanto que preencherá uma parte desse vazio. Meu marido está encantado com a ideia.

Não tive tempo para responder porque a porta se abriu e o dr. Ramos entrou. Eu estava um tanto confusa com a resolução da sra. Ramos, mas naquele momento já tinha carga demais sobre mim e o que mais precisava era de uma pessoa amiga que me desse ânimo e me ajudasse a assimilar minha gravidez. Deixei que ela falasse com ele e temi ver qualquer sinal de reprovação no rosto do doutor, quando o ouvi dizer sorridente:

— Parece uma ideia genial. Primeiro nos fará bem um pouco de ar fresco. Mas ela, o que acha?

Olhou-me então e, ainda que eu quisesse responder, a sra. Ramos não me deu opção e adiantou-se:

— Já está tudo acertado. Você vem e ficará o tempo que quiser. — E, olhando para seu marido, continuou: — Ela terá alta?

— Mas é claro. Está cheia de saúde, graças a Deus. Só a deixei mais tempo para poder refazer o exame de gravidez.

Ela me olhou emocionada e eu me perguntava o quanto custaria a mãe de Pedro me tratar do mesmo jeito que aquela mulher. Naquele momento, relembrei todas as críticas que ela me fizera e da chantagem do pai e pensei: "Se soubessem que tenho no meu ventre um neto seu, teriam agido da mesma forma?" Não tinha nada para levar, pois entrei ali com o que tinha vestido. A sra. Ramos perguntou ao marido pelo motorista.

— Ligue para o celular, ele está perto. Peça que leve vocês e depois venha me buscar. Ainda tenho muitas coisas para fazer.

Por fim, encontrei um momento para falar. Tudo me parecia tão precipitado que não conseguia encontrar as palavras certas. Tanta amabilidade e tanto carinho me parecia um sonho — carinho com o qual não estava acostumada, nem mesmo no seio da minha família. Olhei em seus olhos e disse:

— Não sei como agradecer por tudo o que querem fazer por mim. Vocês não me conhecem. Posso ser uma mala pesada na vida de vocês e amargurá-los com meus problemas.

Não pude continuar. O dr. Ramos se aproximou de mim, explicou-me muito sério o grande vazio que havia em sua casa desde a morte da sua única filha, e acrescentou:

— Minha mulher deve ter dito o que aconteceu. Quando lhe contei que tinha uma paciente muito jovem com o mesmo problema, Sara quis conhecê-la. Se vier agora conosco, fará muito bem a ela. Eu trabalho muito e ela fica quase todo o dia sozinha. Compreende que é você que nos fará um favor? Mas, se ter um trabalho a fará se sentir melhor, encontraremos algo. E, agora você me desculpará, porque os doentes me esperam. — Deu um beijo em cada uma e finalizou:

— Até a noite.

Saiu do quarto. Quando ficamos sozinhas, dirigi-me a ela:

— Dona Sara, toda minha roupa está no hotel Centro Norte e... — não me deixou terminar.

— Não volte a me chamar de dona, nem meu marido de senhor. Nossos nomes são Carlos e Sara, certo? — E, tirando um telefone do bolso, ligou para um número. — Jorge, pode me buscar em "La Paz"? Quanto tempo demorará? Bem, então já vamos descendo. Não, não. Ele ainda tem trabalho. Vou com uma amiga minha. Até mais. — Depois dirigiu-se para mim com voz autoritária:

— Vamos.

Saímos do hospital. Estava muito frio na rua, por isso levantei a gola do casaco até as orelhas. Lá nos esperava um bonito Mercedes. Quando Jorge nos viu, desceu do carro e, tirando a boina, nos saudou ao mesmo tempo que abria a porta:

— Boa noite, senhora. Que tempinho!

Então, me olhou com certa curiosidade. Quando me acomodei ao lado de Sara, ele fechou a porta e assumiu o volante.

— Para casa, senhora? — perguntou.

— Não, primeiro vamos ao hotel Centro Norte. Temos que recolher umas coisas da srta. Valéria.

Eu não conhecia Madrid, mas pelo pouco que demoramos para chegar imaginei que o hotel ficava perto de "La Paz". Sara mandou que Jorge me acompanhasse até o quarto para me ajudar com a bagagem. Demorei um pouco em colocar minha roupa na mala e as coisas de higiene em uma malinha de mão. Então, fui para o corredor onde o educado Jorge me esperava. Pegou minha bagagem e saímos. Na recepção, pedi a conta.

— Está tudo pago. Foi o senhor que esteve aqui ontem. E deixou isso para a senhora.

Entregou-me um envelope fechado. Guardei no bolso e fomos embora. Jorge já estava outra vez ao volante e, foi só eu entrar, que deu partida. Fomos pelo centro de Madrid, mas, apesar de me dizerem os nomes das ruas e praças, se tivesse que repetir o itinerário, ficaria perdida. Então, fomos a uma zona que segundo me disseram se chamava Puerta de Hierro, Porta de Ferro. Disso me lembro porque era onde viviam meus novos amigos. Com um controle remoto, Jorge abriu as portas de ferro fundido que davam acesso ao jardim. Tudo era novo para mim. Nenhuma de nossas amizades da Argentina vivia com tanto luxo, e me senti oprimida. Eu sabia que Sara me observava com o canto do olho, mas não me preocupava em dissimular meu espanto. Quando passamos pelo portão, virei-me para vê-lo se fechar atrás de nós. Então, percorremos um jardim arborizado e o carro, depois de rodear um pequeno lago, parou em frente a uma escada de mármore. Dois toques foram suficientes para que a porta dupla majestosa da entrada se abrisse. Um mordomo apareceu do outro lado, disposto a recolher nossos agasalhos e guardá-los. Jorge trouxe minha mala e a entregou ao mordomo. Ele olhou para Sara à espera de ordens.

— Diga a Nicoleta que prepare o quarto rosa para a srta. Valéria. — Depois me pegou pela mão e me disse algo de que nunca me esquecerei:

— Veja, querida, você acaba de chegar à sua casa. Percorra-a de um canto a outro. Peça o que precisar. Ah! Os empregados estão aqui para fazer o que pedir. Não fique acanhada em pedir. Já que ficará aqui, tem que se acostumar à vida de patrões e empregados. Acho que demorará um pouco para você se adaptar aos nossos costumes, mas é inteligente e aprenderá rápido. Nicoleta estará ao seu dispor. É de origem italiana, então, às vezes, custa um pouco compreender o espanhol, porque está aqui faz só um ano. Eu a conheci na casa de uma amiga que a cedeu, pois gostei dela. Ainda temos o mordomo que já conhece, Jorge; Rosário, que é filha de Petra, que foi babá minha e do meu irmão. Petra está agora com meu irmão em Tenerife. Eu a cedi para ele quando se casou, porque sua mulher não sabia fazer nada e Petra é um anjo. Eu gosto muito dela e sinto sua falta. De vez em quando a vemos. Gosto tanto dela que até aprendi a dizer "tata" antes que "mamãe". Custou para ela deixar a casa porque começou a trabalhar para os meus pais quando tinha quinze anos. Ah! Uma última coisa: quando entrar no quarto rosa, que será o seu, não comente diante de Nicoleta se gostou ou não. Os criados observam os patrões com olhos críticos, ainda que você acredite no contrário. Pouco a pouco, ensinarei as coisas para você. Isso é o mais fundamental. Respeite os criados, mas faça com que a respeitem.

Disse tudo de uma maneira rotineira, como se estivesse lendo um livro. Eu a escutei sem dizer nada, apesar de não concordar com algumas coisas. Compreendi com o tempo que ela tinha muita razão em tudo.

Ouvimos batidas fracas na porta do cômodo onde estávamos.

— Entre — disse Sara com autoridade.

Nicoleta apareceu para dizer com um sorriso tímido:

— O quarto da senhorita está pronto.

Nicoleta era muito jovem, não aparentava mais de dezessete anos. Era alta, loira e tinha um rosto gentil. Parecia não ter vontade própria e que qualquer um poderia manipulá-la com facilidade. Não levaria muito tempo para me convencer de que era justamente o contrário do que aparentava. Ninguém mandava em Nicoleta, e ela fazia sempre o que queria. Porém, tinha um truque: quando fazia alguma coisa malfeita por estar sem vontade de fazer melhor, ou quando não fazia o que lhe mandavam, usava como escudo sua carinha angelical enquanto pedia mil e uma desculpas por sua falta de atenção. Dizendo isso em um castelhano ruim para que todos pensassem: "A pobrezinha não entende bem…". Assim, era perdoada por tudo. Eu a tive bem perto todos os dias que permaneci naquela casa e pude comprovar seu comportamento. Um dia, dei a ela um vestido azul para passar. Precisava dele para usá-lo naquela tarde e avisei isso.

— Passe-o agora para que esteja à disposição porque não sei a que horas sairemos.

Chegou a hora. Iríamos ao museu do Prado e, quando fui procurar o vestido, não estava em meu armário. Chamei por ela. Subiu na hora com uma cara angelical e, quando ia começar com suas desculpas, interrompi-a secamente.

— Não! Suas desculpas não valem para mim. Não entende bem o nosso idioma, não é? Mas não há problema, de agora em diante falarei em italiano com você. Mas quando eu pedir uma coisa, faça no momento. Ok?

Achei-me estranha ouvindo a mim mesma falando daquela maneira, mas seguia os conselhos de Sara.

Ela baixou a cabeça e não disse nada. Foi a última vez que precisei chamar sua atenção. Depois, toda vez que lhe dizia alguma coisa, o fazia em italiano, idioma que aprendi com uma amiga veneziana que vivia em San Juan bem perto da casa dos meus pais. Nicoleta passou a ser uma empregada atenta e tinha longas conversas comigo sobre sua casa em Roma e sua família. Segundo me disse, enviaram-na para trabalhar na Espanha porque tinha uma tia monja que trabalhava em um sanatório de Madrid e seus pais queriam separá-la de um homem que, segundo ela dizia, era o amor da sua vida e não pensava em deixá-lo.

Durante o tempo em que fiquei em Madrid, dedicava minhas manhãs a caminhar pelo jardim ou a acompanhar minha protetora nas compras. Era uma diversão nova para mim. Sara tinha lugares específicos para comprar cada coisa. Comprava um artigo em uma loja e outro similar em outra, dizendo:

— Há mais variedades disso em outros lugares.

Sendo assim, ir às compras com ela era como percorrer o centro de Madrid em várias direções. Para facilitar nossos itinerários, tínhamos o fiel Jorge que nos esperava. Muitas vezes precisava dar voltas, porque não podia estacionar, até que saíssemos das lojas.

Era nas boutiques onde nos divertíamos mais. Sara tinha bom gosto e era elegante, mas exigente. Dava voltas e voltas, provava metade da loja até encontrar o que queria. Quando ela chegava, as atendentes chamavam a dona do lugar, porque ninguém melhor para fazer as bajulações, e a cliente merecia. A dona chegava com um sorriso amplo e começava o galanteio:

— Sra. Ramos! Como está? Que boa aparência! Emagreceu, não? Entre, por favor! E seu marido tão atarefado, não é? Vejamos, o que a traz por aqui?

Até chegar a esse "o que a traz por aqui", a sucessão de elogios e interrogações era ilimitada. Sara, que já sabia tudo aquilo de cor, não se incomodava em responder e passava a vista pela loja buscando o que precisava.

Passamos para uma salinha reservada para as clientes VIP e uma das atendentes, que servia de modelo improvisada, ia desfilando os trajes que Sara tinha separado previamente. Dessa segunda seleção, ficavam dois ou três que eram os únicos que ela provaria. Quase sempre queria que eu provasse algum, porque dizia que com o meu porte tudo me cairia bem, porém me sentia constrangida em aceitar todos os presentes que Sara queria me dar. Ela me considerava como uma filha adotada. No entanto, eu sabia que os dias em sua casa estavam contados, não porque eu não quisesse ficar ali — era mais uma questão de amor próprio. Queria encontrar um trabalho, continuar sendo sua amiga, acompanhá-la em suas compras, mas viver do meu trabalho. Na situação em que me encontrava me sentia um parasita. Apesar de recusar, sempre me presenteava com alguma coisa. Meu vestuário era o mais variado e elegante que já tive. Quando íamos às compras, nunca voltava sem algo para mim. As roupas de grávida iam se armazenando no meu armário sem que ainda precisasse delas. Minha gravidez ainda não se notava nem no físico nem nos problemas normais de uma gravidez. Perguntava-me se os exames não teriam sido trocados com os de outra paciente, mas uma coisa não deixava dúvidas: minha menstruação tinha desaparecido.

Sara fazia mil e um planos para quando o bebê nascesse. Olhava revistas de futuras mães e até comprou para mim um livro com o título *Meu filho*, para que eu começasse a inteirar sobre.

Os dias que passei ao seu lado foram uma festa. Seu caráter alegre, seu comportamento, seu jeito quase infantil apesar de seus quarenta anos, fazia com que me sentisse tão feliz ao seu lado que me preocupava com o que seria de mim quando tivesse que me afastar dela.

Quanto a Carlos, nunca conheci uma pessoa tão bondosa. Adorava sua esposa e todos os dias ao chegar se reunia com nós duas no salão familiar para que lhe contássemos o que tínhamos feito. Se tínhamos comprado algum "trapinho", como ele chamava os modelos exclusivos e muito caros, deveríamos vestir para ver como nos caía bem. Nunca perguntava o preço, gostava de tudo e desmanchava-se em elogios. Então, brincava dizendo que só usaríamos aqueles modelos quando saíssemos com ele, porque não queria brigar com toda Madrid quando nos olhassem demais.

Para nós sua chegada, às vezes onze da noite, era todo um acontecimento. Deixávamos o que estávamos fazendo e corríamos ao seu encontro para ouvi-lo dizer:

— Como estão minhas meninas?

Sara se pendurava em seu pescoço e o enchia de beijos, e se afasta para que eu o saudasse. Carlos sempre me beijava na testa. Sara me disse uma vez que era assim que cumprimentava a filha. Esta era outra das minhas preocupações: eu estava substituindo a filha que haviam perdido. Pouco a pouco via com pesar o dano que ia lhes causar quando fosse embora e isso era o que eu menos desejava.

Aqueles dias com Sara e aquelas tardes e noites com Carlos se tornaram os momentos mais felizes da minha vida. A lembrança de Pedro se desfocava em minha memória e a ideia de um dia revê-lo era um desejo que ficava para trás.

No salão, um dos lugares que eu mais gostava de toda a casa, tinha uma lareira que permanecia acesa durante todos os dias frios de inverno, desde às oito da manhã até que os patrões fossem dormir. Sara e eu tomávamos ali o que havia substituído meu mate familiar: café com leite e biscoitos. Depois, bem perto do fogo, muitas vezes sentadas no tapete, contávamos histórias sobre nossas famílias e de nossa infância nas casas de familiares. Eram tardes inesquecíveis e felizes, e o tempo passava rápido.

Pouco a pouco, através dessas conversas, fui conhecendo melhor a minha querida amiga. O palacete onde vivíamos havia pertencido aos seus tataravós maternos. Seu tataravô quando jovem havia ido para Cuba a pedido de um tio que não tinha filhos e queria lhe deixar toda sua fortuna. Lá, ele se casou com uma cubana muito rica, mas uma rara doença a manteve internada em um sanatório por muito tempo. Mal se reestabeleceu um pouco, pediu ao marido que a levasse para conhecer sua terra. Seu marido obedeceu pensando que seria a última coisa que poderia fazer por ela. Então, vieram para Espanha. Parece que o clima espanhol lhe fez tão bem que não voltou para Cuba. Compraram esse palacete e ficaram aqui. O tataravô de Sara foi vender o que tinha em Cuba e investiu em propriedades diferentes na Espanha. Segundo Sara, "era um grande negociante e tudo o que comprava se valorizava em pouco tempo". Dessa forma, sua fortuna ia sempre aumentando. Tiveram dois filhos — o mais velho, o bisavô de Sara, herdou, entre outras propriedades, a casa com todos os móveis. Parecia-se pouco com o pai e gastou grande parte da sua fortuna. Era um mulherengo e, apesar de ter se casado com uma mulher da alta sociedade madrilenha, filha única, muito educada e de grande beleza, o casamento fracassou depois que a avó de Sara nasceu. Ele foi para Cuba e formou uma nova família e os tataravós ficaram com sua nora em casa. Seu sogro, que gostava dela como se fosse sua filha, morreu e lhe deixou uma grande herança, que aumentou a que já tinha por parte dos pais. Assim, a família enriqueceu notavelmente depois que o gastador foi embora. O filho mais novo, que também se casou, só que com uma mulher de classe humilde, não teve descendentes e, portanto, tudo o que havia herdado do tataravô voltou para a casa.

— Você pode imaginar a vida dos meus tataravós e da minha bisavó — falava Sara. — De festa em festa, vivendo da renda do seu imenso capital, com propriedades em meia Madrid e com dezoito pessoas ao seu dispor.

— Dezoito! — repeti, espantada.

— Sim. — Ela estendeu a mão esquerda e começou a contar nos dedos enquanto enumerava os componentes daquela numerosa criadagem:

— Dois motoristas particulares que também eram mecânicos, dois jardineiros, o mordomo, a acompanhante da bisavó, o ajudante do tataravô, seu secretário, a datilógrafa, o administrador, quatro empregadas para arrumar a casa, a governanta, o porteiro e dois cachorros.

Seguiu me contando que sua bisavó voltou a se casar e teve seis filhos, contando a primeira a do casamento anterior: dois se tornaram religiosos; um morreu de uma epidemia de gripe; outro casou-se e teve dois filhos; o quinto era seu avô. O avô era muito inquieto e péssimo estudante. Não conseguiram fazê-lo seguir a carreira de engenheiro como queria sua mãe. Seu grande passatempo era viajar sem parar. Escrevia artigos sobre todas as viagens em um jornal de grande tiragem e seu nome e sua figura eram muito conhecidos na sociedade madrilenha da época. Em uma dessas viagens, conheceu uma brasileira, apaixonou-se perdidamente por ela e se casaram sem dizer nada aos seus pais. Quando voltou para casa, ele a apresentou como sua esposa e a mãe quase teve um infarto. Eles ocuparam a parte mais alta da casa, vivendo independentes do resto. A mãe lhes cedeu parte dos empregados e a brasileira quase não se deixava ver. Ele seguia viajando e sempre a levava junto, mas, quando ficou grávida, o médico recomendou uma vida mais tranquila para não correr o risco de abortar. Na primeira viagem, ficou bem sozinha, mas um dia pediu ao marido que a levasse ao Brasil para ficar com a família.

— Quero dar à luz na minha casa — disse.

Não voltou nunca mais. Parece que perdeu a criança no Carnaval, sambando. Pouco depois, o avô de Sara encontrava consolo nos braços de uma bailarina russa, que conhecera em Paris. Outra vez encheu sua mãe de tristeza, isso é, a bisavó de Sara. Tendo em conta que este era seu filho favorito, a pobre mulher sofreu muito até que ele amadureceu e se casou com uma jovem, doze anos mais nova que ele, pertencente à nobreza italiana. Não tiveram muita sorte como casal porque não havia como tirar os maus hábitos do avô, que continuava com suas traições. Desejava todas menos a que tinha em casa.

— A que está em casa está segura — argumentava.

A esposa, ciumenta por natureza, suportava um desgosto atrás do outro, e entre desgostos e reconciliações iam nascendo os filhos. Nasceram sete: quatro homens e três mulheres. A mãe de Sara era a primeira mulher depois de todos os filhos homens. Eles queriam tanto uma menina que sua avó, quer dizer, a bisavó de Sara, doou-lhe o palacete onde estávamos como presente de dezoito anos. A festa "da menina", como todos a chamavam, celebrou-se em um dos salões da mansão e toda a nobreza madrilenha foi convidada.

— Minha mãe estava divina — contava Sara, orgulhosa, enquanto olhava para o teto como se estivesse vendo a cena. — Entre os convidados, estava papai que, mesmo não sendo nobre e não tendo dinheiro, era conhecido por seus artigos em uma revista da sociedade. Foi curioso porque compareceu à festa como correspondente. Tinha que fazer uma matéria sobre o evento. Ao tirar fotos da minha mãe para a capa, ele a encarou e disse:

— Não acredito que seja o melhor trabalho de um fotógrafo, porque o sucesso de um está em melhorar a realidade, o que nesse caso é impossível. Já fotografei muitas jovens e posso lhe assegurar que nunca vi um rosto tão belo.

Sara comentou:

— Tenho que dizer que meu pai era muito bonito, alto, moreno e com uma expressão travessa no rosto. Ali começou o romance que os levaria até o altar um ano depois. Foi um casamento de amor verdadeiro. O interesse não interveio em momento algum.

A avó viveu com eles até a morte, continuou Sara.

— Conforme papai contava, foi sua maior aliada. Gostava tanto dele que parecia que era sua mãe em vez de sogra. E ele a apresentava aos amigos como sua "mami".

— A mansão é sua agora? — perguntei indiscretamente.

— Sim. Eu estava casada quando meus pais morreram e vivia na parte alta, onde meu avô viveu com a brasileira. Eles fizeram o testamento em vida e reuniram a mim e a meu irmão para ver nossas preferências Eu queria a mansão porque sou muito apegada às minhas raízes e meu irmão não se importou. José Luís foi compensado com dinheiro para que comprasse uma casa com terreno, que era o que ele queria. Pouco depois, foi para o Porto da Cruz em Tenerife, e transformou seu sonho em realidade. Quando formos lá você verá que o lugar é ideal para se viver. Ainda que seja uma construção moderna, é uma preciosidade. Foi construída entre duas ravinas com todos os tipos de pássaros se aninhando. Passamos todos os Natais com ele. Ah, o clima! Já disse ao meu irmão que nesse Natal iremos com mais uma pessoa.

— O quê? Está pensando em me levar para a casa do seu irmão que nem conheço? — perguntei, preocupada.

— Já está decidido. Não se preocupe. Lá não falta nada e a casa é enorme. Por isso, levou Petra e me deixou "órfã". Petra está na família há mais anos do que tenho eu de vida. Trocou nossas fraldas desde que nascemos até aprendermos a fazer xixi no local apropriado. Não sabe como chorava no dia em que mamãe morreu. "Minha menina! Minha menina!", dizia sem parar. A verdade é que mamãe deixou todos órfãos, física e emocionalmente. Era uma pessoa que dominava a casa. Não consegui preencher ainda o vazio que ficou depois de sua morte.

— Quanto tempo faz que morreu?

— Três anos. Acho que morreu de tristeza: não pôde superar a perda do seu companheiro. Papai morreu no ano anterior de forma inesperada. Um dia, vindo do escritório depois de trabalhar o dia inteiro em uma reportagem muito importante, disse que não se sentia muito bem. Deitou-se sem querer jantar porque dizia que a única coisa que precisava era descansar um pouco. Jantamos sem ele e mamãe subiu para o quarto para ver se desejava alguma coisa. Dormia tão profundamente que não quis acordá-lo. Quando ela acordou pela manhã, olhou-o e ele seguia dormindo. Sua respiração fazia um som estranho que alertou minha mãe. Colocou a mão em sua testa e ele estava tão frio que não lhe pareceu normal. Chamou o médico, um amigo da família, e lhe explicou o que estava acontecendo. Em menos de meia hora, ele estava vendo meu pai, que continuava adormecido. Mamãe já não olhava para ele, e sim para o médico e, pela expressão em seu rosto, percebeu que acontecia algo grave. Ele foi levado para a clínica e, sem acordar, faleceu dois dias depois. Mamãe não chorava. Ela estava como que ausente ao lado do caixão. Parecia não acreditar que seu marido estava morto e esperava que acordasse de uma hora para outra. Uma semana se passou e não havia derramado uma só lágrima. Estávamos assustados e acreditávamos que tinha perdido o juízo. Um dia, o amigo médico chegou e, sacudindo minha mãe, disse: "Mas você não percebe? Seu marido morreu. Me ouviu? Você ficou viúva." — Sara respirou fundo antes de seguir com suas tristes lembranças. — No princípio, pareceu-nos uma atitude cruel o que Enrique estava fazendo com nossa mãe, mas aquilo foi a solução para tirá-la daquele embotamento. Desatou a chorar e chorou e chorou tudo o que não havia até então. Logo, pouco a pouco, foi serenando, ainda que nunca tenha voltado a ser a mesma.

— Que pena!

— Sim, foi uma pena. Ainda mais sem saber a doença que levou meu pai ao túmulo, porque isso ficou gravado no coração da minha mãe: "Se eu tivesse me dado conta a tempo e chamado logo Enrique, talvez o tivéssemos salvo", repetia ela com uma insistência obsessiva. Acho que se sentia culpada em acreditar que estava dormindo quando na verdade já estava agonizando.

— Nunca souberam a causa da morte?

— Não. Fizeram a autópsia e não descobriram nada. Até hoje não sabemos o que aconteceu.

Um dia, estávamos entretidas em uma de nossas conversas, ao abrigo daquele fogo acolhedor da lareira que completava o calor da calefação, quando soou o telefone. Sara nunca atendia porque, como ela dizia, podia ser alguém com quem não desejava falar naquele momento. Uma das empregadas atendia e dizia: "Não sei se a senhora está em casa, espere um momento que verificarei. Se estiver, a quem anuncio, por favor?" Então, vinha tapando o telefone com as mãos e dizia quem era. Quando Sara não queria atender, fazia um movimento com a mão que a empregada entendia perfeitamente e dizia: "Sinto muito, ela não está em casa... Quer deixar algum recado?"

Aquele teatro todo me divertia eu ficava em silêncio para ver tudo sem perder um gesto de Sara. Porém, naquele dia a garota disse sem tapar o telefone:

— É o sr. José Luís.

A cara de Sara iluminou-se e quase lhe arrancou o telefone das mãos.

— Oi, irmão! O que me conta de bom? Por aqui estamos todos bem. Sim, já sabe, ele chega sempre mais tarde. Sim. Não, hoje não sairemos. Aqui faz muito frio. Eu também. Nos veremos em breve. Claro, está aqui comigo. É muito tímida e diz que não quer causar problemas porque não o conhece. Ha-ha! Foi o que eu disse. Como está a menina? Não me diga outra vez que ficou sem sua governanta. Sinto muito. Quando a gente chegar, ajudamos. Carlos talvez vá depois. Quero estar aí no calorzinho da ilha. Claro também e principalmente por te ver, ha-ha-ha! Beijos para ti e para Laura. Ah! Diga a Petra que levarei a sua menina.

Tinha a cara radiante e os olhos brilhavam de emoção quando desligou o telefone. Relembrei a pouca comunicação que tinha com Raúl e me emocionei ao ver aquela cumplicidade entre irmãos.

— Vocês se dão muito bem, não é? — perguntei com certa inveja.

— Muito. Desde pequeninos somos unha e carne. Não sabíamos que estávamos separados. Decidiram que meu irmão ia para a Inglaterra em um verão para aperfeiçoar seu inglês e, quando fiquei sabendo, chorei abraçada a ele. Não tinha como nos separarmos e, quando saiu com o carro que o levava para Barajas, fui correndo atrás até que o mordomo me agarrou e me trouxe de volta para casa.

Rimos imaginando a cena. Contudo, apesar do riso, duas lágrimas brilhavam nos olhos de Sara.

— E agora, já casados e cada um com sua vida, distantes, nos falamos quase todos os dias por telefone. Vou com frequência a Tenerife, ou ele vem aqui. Foi uma pena o que aconteceu com a esposa dele.

— O que aconteceu?

— Acho que contei que ele se casou com uma menina muito bonita, mas que não sabia fazer nada. Por isso levou Petra, para que a casa estivesse em ordem porque a esposa não servia nem para mandar nos empregados. Nunca me dei bem com ela. Gosto de pessoas com caráter, que saibam se colocar em seu lugar. Não vou com a cara de quem só sabe reclamar da sorte. Mas meu irmão estava muito apaixonado. Ela engravidou e passava o dia todo sentada ou deitada. O médico lhe recomendara que caminhasse pela praia, que fizesse natação, mas ela se queixava de passar mal e não dava ouvidos. Meu irmão mandou fazer uma piscina em casa para que lhe fosse mais cômodo nadar sem ter que se locomover até a praia. Nem assim! Chegou a hora do parto e veio o pior. Foi muito dolorido, longo e complicado. Resumindo: dois dias depois de dar à luz, teve uma complicação e faleceu. Meu irmão não queria olhar para a filha porque a considerava culpada pela morte de Candelária. Você não pode imaginar como sofri por ele. Foram anos muito tristes até que começou a sair da depressão. Quando parecia que começaria a se animar, soube que sua filha era autista. Ele, como falei, olhava pouco para ela, mas aquilo o pegou de surpresa. Desde então, paga quantias exageradas procurando uma pessoa que fique com a menina e lhe dê a educação que necessita, mas as que encontra duram pouco. Chegam pelo salário suculento, mas, quando conhecem Laura e veem como é complicada, vão embora.

— Sim, é uma pena — comentei, sincera. — Tanto para a menina como para o seu irmão. Por que não entram em uma associação para tentar se comunicar com pais que sofrem dos mesmos problemas?

— Nem é que meu irmão a odeie, mas a considera culpada pela morte da esposa e a única coisa que faz por ela é procurar por pessoas que consigam entendê-la e que se ocupem com ela da manhã até à noite.

— Pobre menina! Que culpa tem de que a mãe morreu no parto! Perdoe dizer, mas, se considera a menina culpada, ele também é por tê-la engravidado. Não acha?

— O que eu acho — respondeu Sara, que não gostou de minha observação — é que ninguém é culpado. As coisas são como devem ser e ninguém é culpado dos desígnios do destino. Candelária tinha que morrer naquela data e da forma como foi. Seu destino estava traçado. Tomara que meu irmão encontre logo alguém que tenha paciência com a pobre Laura e fique muito tempo com eles.

— Seu irmão já experimentou enfermeiras de algumas clínicas? Geralmente, são pessoas preparadas e com paciência, acostumadas a lidar com doentes e…

— É muito mais complicado que isso. Laura de vez em quando grita como uma possuída sem razão aparente. Se for dar um beijo nela ou fazer um carinho, agradece com um grito que nos deixa surdos. Se for lhe dar de comer, acontece a mesma coisa. Ainda bem que não são todos os dias… A maior parte do tempo está totalmente ausente, com o olhar perdido no infinito, estando e não ao mesmo tempo. Além disso, não anda porque não quer, pois não tem má-formação. Verá quando a conhecer! O motivo das governantas que aceitam o cargo irem embora é que chegam a um ponto que não sabem o que fazer e nos primeiros gritos de Laura se assustam e partem.

Nossa conversa ficou por aqui, pois a empregada anunciou uma nova ligação. Enquanto Sara falava ao telefone, fui para o quarto rosa, o meu. Da varanda, eu tinha uma bela vista do jardim e de um pequeno lago chamado de "lago dos nenúfares". Não havia nem nenúfares nem planta alguma naquele momento porque estava congelado. Um calafrio percorreu minha espinha. Que temperatura faria? Em San Juan, estaria perto de quarenta graus. San Juan! Tinha uns dias que não pensava em minha família. Como estariam os preparativos do casamento de Lola? E meus pais? Meus irmãos? Parecia que havia uma eternidade que havia saído de lá, e eram tão somente dois curtos meses. Olhei para o céu. Tinha uma coloração acinzentada. Nenhum pássaro o cruzava — os poucos que estavam abrigados nas árvores, com as penas eriçadas e procurando não morrer de frio. Eram seis da tarde, mas já não havia sol e estava escurecendo. Em San Juan, começariam a sesta e as ruas estariam desertas por causa do calor forte. Contudo, quando dormimos aqui, começa a vida na minha cidade. As pessoas encherão as ruas, campos e praças. Os bares estarão cheios e, em muitas casas, estarão preparando o churrasquinho. Senti um nó na garganta e uma enorme vontade de chorar. Não! Não! Tenho que me conter. Sara pensará que não estou à vontade aqui, o que estaria bem longe da realidade. Foi uma sorte que surgisse em meu caminho. Não podia nem sonhar em encontrar uma pessoa melhor.

No primeiro dia de dezembro, Carlos chegou em casa mais cedo do que o normal. Sara e eu tínhamos saído para fazer algumas compras para o Natal.

— Mesmo não estando em casa, gosto de ter tudo enfeitado — falou, e fomos comprar uma série de enfeites natalinos, alguns dos quais seriam para Tenerife. — Os que têm na ilha são muito sem graça, e há pouca variedade.

Percorremos lojas diferentes e voltamos para casa cheias de sacolas.

— Depois do dia da Imaculada Conceição, montaremos o presépio.

— Você o monta sempre nos primeiros dias de dezembro?

— Sim, sempre no dia seguinte ao da Imaculada Conceição. Porque quando nossa filha era pequena, era também o Dia das Mães. Ela e Carlos me preparavam uma surpresa. Eu os convidava para comer e, no dia seguinte, nós duas montávamos o presépio.

Minha amiga disse as últimas palavras com voz trêmula, sinal claro de que a ferida ainda estava aberta.

Como disse, Carlos chegou cedo. Estávamos em nosso lugar. O mesmo que deixaria em breve, da mesma forma que aquela casa esplêndida e seus moradores, que recordaria com nostalgia uma infinidade de vezes ao longo da minha vida. A lareira esquentava o espaço, o tapete era fofo, o café e os biscoitos apetitosos e as conversas interessantes. Eu poderia pedir mais?

— Onde estão minhas meninas? — A voz de Carlos soou alegre.

Sara ficou de pé em um pulo, enquanto dizia:

— Meu amor! Chegou cedo hoje!

Correu para os seus braços e eu a segui. Carlos trazia a pele fria. Tirou o agasalho e as luvas, que deixou sobre uma poltrona, esfregou as mãos e aproximou-se do fogo.

— Ah, danadas! Que bom que estão no calorzinho, hein? Se comportaram bem?

— Sim, sim — respondeu Sara rapidamente.

— Pois então veja o que tenho no bolso do casaco.

Sara saiu correndo e começou a procurar nos bolsos do casaco que o mordomo levava. Ouvi uma exclamação de alegria ao mesmo tempo que ela voltava ao salão com algo na mão. Eram as passagens de avião para Tenerife. Abriu nervosa o envelope, tirou as passagens e olhou a data:

— Não posso acreditar! — disse arregalando os olhos. — São para o sábado, dia quatro!

Lançou-se de novo aos braços do seu marido e o encheu de beijos. Então, virou-se para mim, que presenciava a cena calada e me disse:

— Viu, Valéria, que marido tenho? Vamos no próximo sábado! — Então, como se de repente lembrasse de algo ruim, olhou para Carlos e, com cara de decepção, falou enquanto se abanava com o envelope que continha as passagens:

— Não quero deixar você sozinho por tanto tempo. Esperaremos, como nos outros anos, para viajar juntos.

— Você não olhou direito. Eu também irei agora. — O rosto de Sara iluminou-se novamente. Carlos prosseguiu:

— Há um feriadão: dia cinco, domingo, dia seis, dia da Constituição Espanhola, e dia oito, dia da Imaculada Conceição. Volto no dia nove, trabalho até a véspera de Natal, e volto a Tenerife. De acordo? Nesse ano, o Natal cai no sábado. Se puder, voltarei na quarta, vinte e dois, ou quinta, vinte e três. Também não reparou na passagem de Rosário. Se não a levarmos, Petra não nos cumprimentará.

Foi assim que passei o Natal de 1993, o primeiro longe de casa e da minha família, em Porto da Cruz, com Sara e seus familiares. Claro que antes de partir, montamos o presépio correndo contra o tempo.

O voo foi tão curto que quase não me dei conta — apenas duas horas e meia. Levávamos pouca bagagem porque Sara me disse que fazia calor e não necessitávamos de roupa de frio.

— Somente um casaco para viagem; o resto das roupas, de verão — disse.

Eu não tinha muito problema, porque minha roupa já quase não me servia, estava apertada na cintura. Então, levei as roupas de gravidez que Sara tinha comprado. Faria mais de dois meses de gravidez e notava todos os dias as mudanças físicas que tentava em vão esconder. Quando estava com Sara, eu ficava entretida o suficiente para não pensar em mim mesma, mas, sem ela por perto, eu me olhava no espelho para ver as mudanças em meu corpo e ir me acostumando com a ideia da maternidade. Lembrava algumas vezes o momento em que começou a se formar um ser dentro de mim, a paixão com que foi concebido, e terminava pensando em Pedro. Não era possível que tivesse se esquecido de mim tão rápido. Teria procurado por mim? Seus pais teriam lhe contado que eu vim? Todavia, aqueles pensamentos me causavam dor e rapidamente os afastava.

Chegamos ao aeroporto de Los Rodeos lá pelas duas da tarde. Não nos deram almoço durante o voo.

Do ônibus que nos conduzia ao terminal de desembarque, Sara olhava impaciente para encontrar seu irmão. Não havia a menor dúvida de que se amavam muito. Por fim, começou a agitar os braços e um senhor de aspecto sério, que estava entre o público, lhe respondeu levantando um braço. No outro, trazia um ramo de rosas. Do seu lado, uma mulher gordinha de idade avançada jogava beijos. Não tive a menor dúvida de quem eram. Ouvi Rosário, que estava do meu lado, dizer "Mami". Nenhum deles era membro de minha família, mas me alegrei como se fossem.

José Luís, o irmão de Sara, cumprimentou-me com um beijo sem me olhar, desejando-me formalmente "uma estadia feliz na ilha". Petra e Rosário se fundiram em um abraço que parecia não terminar nunca. Então "a tata", como dizia Sara, veio até ela e as duas se abraçaram. Conhecendo a minha amiga e sua forma de se relacionar com os empregados, estranhei tanta familiaridade, mas não demorei a perceber que essa saudação era somente na intimidade. No trabalho, era a "sra. Sara" e seu marido, "o senhor". A mim começou a me chamar de "senhorita", nada mais. Depois de um tempo aprendeu meu nome e o acrescentou ao "senhorita".

Deixamos as bagagens para o motorista recolher, seguindo o que José Luís falou.

O dia estava chuvoso e em Los Rodeos fazia mais frio do que eu esperava, pelo que Sara havia me contado. Ela também subiu a gola do casaco dizendo:

— Los Rodeos, como sempre, ventando, muito frio e úmido.

Nos acomodamos em dois carros: um conduzido pelo motorista que foi ocupado por Rosário e Petra. No outro, conduzido por José Luís, ia Sara ao lado do seu irmão e, atrás, Carlos e eu. Sara não parou de falar durante a rápida meia hora de viagem. Ela estava feliz e não parava de rir. Já José Luís era de poucas palavras. Escutava e comentava o que a irmã dizia. Algumas vezes perguntava por algum conhecido comum ou lhes contava algo sobre a ilha. Carlos também entrava na conversa enquanto me mostrava alguma paisagem bonita como a que se vê do Porto da Cruz desde o alto da estrada. Indicou-me onde estava o Teide, que no dia de nossa chegada não quis se mostrar. Grandes nuvens pesadas cobriam o céu e o chuvisco do aeroporto ia tomando um aspecto de rajadas — mais tarde, se converteria em uma chuva torrencial. A água batia bruscamente contra o carro e quase não se via a rua; o para-brisas funcionava à toda velocidade e, ainda assim, não havia visibilidade. Um forte vento que acompanhava a intensa chuva balançava o carro. Eu pensava, sem dizer nada, na roupa de frio que deixamos em Madrid, mas confiava em Sara. "Ela saberá o suficiente sobre o clima daqui já que vem todos os anos na mesma época, mas, hoje não se pode dizer que acertou sobre a roupa."

Depois de passar pelo desvio para Tacoronte, já quase não chovia e um pouco mais adiante desligamos o para-brisas. Antes de chegar ao Porto, o sol tinha saído!

Acostumei-me logo com esses fenômenos de chuva torrencial seguido de um sol intenso, pois era assim a natureza caprichosa em Tenerife.

A autoestrada do norte, por onde circulávamos, era uma grande exibição de plantas florescendo: buganvílias, oleandros, hibiscos, bauhinias e uma variedade de palmeiras enfeitavam os aterros da costa. O Porto da Cruz me pareceu uma continuação de Orotava; comentei e me explicaram que antigamente não existia Porto da Cruz. Chamava-se Porto da Orotava. Ambas as vilas se estendiam por uma colina empinada que terminava no mar. O caminho até a vila de José Luís se fez em menos de uma hora. A propriedade estava situada entre dois barrancos: na parte mais alta se construiu a casa e dela partia uma grande extensão de jardins, piscina, pomar e bosques. O conjunto formava uma espécie de paraíso. Não tinha visto uma mansão mais bonita em toda minha vida.

Depois de atravessar o portão, o caminho se dividia em dois: um chegava até a porta de entrada da mansão e o outro levava aos aposentos dos empregados. Para este foi o carro que levava Petra e Rosário. Nós seguimos até a porta principal, onde fomos recebidos pelos empregados: mordomo, empregada, cozinheiro —, que também cuidava do pomar — e sua mulher que fazia de ajudante de cozinha, o motorista que cuidava do jardim ajudado por um jardineiro que vinha duas vezes por mês, e Petra que era a governanta. Quando havia alguém para ser tutora de Laura, não era considerada como empregada ainda que fosse assalariada, e dormia na parte dos convidados.

Entramos na casa. Todos os funcionários saudaram Carlos e Sara com entusiasmo. Senti que gostavam mais deles do que dos seus empregados de Madrid.

O corredor era imenso. Em seguida, vinha o salão e, ao fundo, a sala de jantar, iluminada por uma grande janela que dava para o jardim. Seguindo os conselhos de Sara, não quis demonstrar meu assombro pelas dimensões e o luxo que meus olhos captavam. Limitei-me a segui-la sem fazer comentários. Sara, como se percebesse de repente que eu estava ali, virou-se e disse:

— Vem. Essa casa é muito grande e você pode escolher o quarto. Eu mostro os disponíveis e você fica com o que mais gostar.

Ela me pegou pela mão e me levou escada acima até o andar superior, onde estavam os quartos. Achei exagerada a confiança que tomava, dado que seu irmão não estava conosco nesse momento e podia já ter decidido algo, mas ela atuava com toda a liberdade como se a casa fosse sua, e isso me fez ver o grau de carinho e confiança que havia entre eles. A escada conduzia a uma antessala com uma mesa de marchetaria no centro sobre um tapete redondo. Era rodeada por diversas portas que davam acesso aos diferentes quartos. Ia abrindo as portas e comentando:

— Este é o dormitório do meu irmão, com seu banheiro. Todos os quartos têm banheiro. Isso é algo que adoro nessa casa. Esta porta se comunica com o escritório. Vem! Precisa vê-lo! Para uma bibliotecária...

O quarto era sóbrio demais e não se destacava nada em particular: uma cama de casal, uma cômoda e duas mesinhas. Na parede, vários quadros modernistas que também não me chamaram a atenção, mas, quando atravessamos a porta do escritório, fiquei boquiaberta e meus olhos se arregalaram. Não pude articular uma só palavra: aquilo era o paraíso da leitura! Poderia se dizer que as paredes estavam decoradas com livros. José Luís atendia uma chamada telefônica que parecia ser confidencial até que disse:

— Sim, está aqui. Estou passando para ela.

Imaginei que fosse uma amiga em comum. Sara pegou o telefone e aproveitei para percorrer o olhar por aquela imensa livraria. Duas estantes ocupavam duas paredes, cheias de livros. No outro lado havia uma lareira, mera decoração, pois nunca era acesa, com duas cristaleiras laterais que guardavam livros antigos e lembranças de família: dois leques da bisavó; uma caixinha de rapé do tataravô; caixinhas de comprimidos de prata; moedas de Afonso XII; uns cavalinhos e soldados de chumbo. Na lareira, forrado de madeira, havia um espaço para um quadro, mas estava vazio. Na prateleira, ocupando o centro, um retrato, com moldura de prata, dos seus pais. A mesa do escritório era de linha moderna e o sofá de estilo inglês. Ao lado do janelão que dava para uma pequena varanda que servia como solário, havia um sofá confortável com uma mesa de centro e dois assentos — era o lugar de leitura. Todavia, minha atenção se concentrava na biblioteca. Repassei uma e outra vez aquelas estantes observando os volumes maravilhosos, conservados e cuidados perfeitamente. Tudo era limpo uma vez por ano pelo mordomo, já que ele era o mais cuidadoso. Enquanto Sara continuava em sua conversa telefônica, José Luís me observava e se aproximou de mim.

— Se gosta de leitura, pode levar o livro que quiser com a condição de que preste atenção onde está situado e o coloque no devido lugar. Sou muito meticuloso com os livros e apenas os empresto a pessoas que sabem cuidar deles. Há três coisas que um homem não empresta nunca: os livros, os discos e a mulher.

Não sei se ele quis fazer uma piada, porque sorriu, mas me desagradou a forma como falou. "Será que não sabe que estive entre os livros, limpando, cuidando e lendo sem ter perdido nem deteriorado nenhum deles?" Eu o olhei e respondi, para tranquilizá-lo:

— Não se preocupe. Sei cuidar de livros e sou meticulosa. Trabalhei em uma biblioteca na Argentina e o chefe estava muito feliz comigo. Agradeço ao senhor por me deixar ler enquanto estiver em sua casa e...

— Ei! Ei! O que é isso de senhor? Me chame de você para que eu me engane e pense ser mais jovem do que sou.

— Eduardo e Martina vêm amanhã para nos ver — disse Sara, que já havia deixado o telefone. — Tenho tanta vontade de vê-los. Me disse que engordou uns quilos. É verdade?

— Fala sempre a mesma coisa — respondeu José Luís. — Acho que é para que lhe digam que está bem de corpo e essas coisas... A verdade é que se não tivesse o marido que tem, qualquer outro a teria deixado.

— Você ainda não simpatiza com ela pelo que vejo — comentou Sara, decepcionada com a atitude do seu irmão. Depois, dirigindo-se a mim, voltou a falar:

— Bom, sigamos com a casa, apesar de você não decorar onde está cada cômodo... Não será tão fácil como minha casa. Essa é grande demais. Aqui está o meu quarto, talvez muito decorado, não? O mais bonito é o banheiro redondo... Adoro. Veja, estes são os aposentos de Laura: um salãozinho, seu banheiro e o dormitório. — Sara ficou triste enquanto seguia. — Todo decorado em branco e azul, as cores preferidas de Candelária. Nunca ficou sabendo que a filha não desfrutaria dele como ela sonhou. Se nega a andar, e subir essa escada com ela nos braços não é para todo mundo. Sigamos.

Ela se dirigiu à escada e estranhei que se esquecera de abrir duas portas cujos quartos não vimos. A escada conduzia ao sótão onde havia um dormitório de casal, um de solteiro, um banheiro e um salãozinho não muito grande. O teto em declive forrado de madeira, igual às paredes e janelas dos quartos, dava-lhe um aspecto acolhedor e atraente. A cama grande tinha uma colcha de crochê que, segundo Sara, fora feita por Petra. O lavabo, de mármore embutido, o prato da ducha e um jogo de toalete de porcelana branca e decorado à mão com flores davam um ar colorido e alegre.

— Quem dorme aqui? — interroguei.

— Aqui? Ninguém! Quem quer subir a escada, tendo o piso de baixo?

— Então, posso ficar aqui? — perguntei, entusiasmada.

— Claro que sim. Você gosta?

— Muito! — Não podia entender como ninguém queria aquele sótão acolhedor.

— Não quer ver a área dos convidados, pra ver se há algum de que goste mais?

Diante da minha negativa, Sara saiu para avisar que trouxessem minha bagagem. Esperei correndo a vista no que para eles era a pior parte da casa e para mim um sonho. Coloquei minha roupa no armário do quarto grande e minhas coisas de banho no banheiro. Reparei nas toalhas que tinham uma bela renda de crochê, provavelmente também obra de Petra. Saí para o pequeno salão iluminado por dois grandes janelões. Abaixo deles, havia um grande sofá, que convidava para o descanso. Aos lados do sofá, estavam duas mesinhas de madeira de pino com dois abajures e uma mesa larga. Mentalmente, via aquela mesa com vários livros e pensei que seria o cúmulo da felicidade. "E eu devia tudo a Sara!" O resto da mansão já não me interessava. Quero dizer, tinha vontade de percorrer o jardim, mas o faria no dia seguinte. Fui para a biblioteca e bati na porta.

— Entre. — José Luís tinha uma voz imperiosa que intimidava. Parecia antipático e frio até com a irmã. Desde o primeiro momento, deu-me a impressão de que ela colocava mais entusiasmo, mais carinho, mais ilusão e mais emoção naquele encontro que seu irmão. Sara muitas vezes se aproximava dele e o abraçava e beijava com paixão, enquanto seu irmão limitava-se a sorrir. Por isso, aquele "entre" me deu a sensação de que importunava.

— Perdoe-me se incomodo — disse exagerando a timidez. — Posso pegar um livro? Prometo ter cuidado.

— Sim, leve o que quiser, confio em você — ofereceu, com uma careta em forma de sorriso. — Não é preciso perguntar. Quando acabar de ler um, pegue outro e outro, os que você goste. Verá que há de todos os autores e para todos os gostos.

Foi o início de dias de leitura apaixonada naquela casa. Tudo foi maravilhoso, até que conheci Laura.

No domingo, dia cinco, nos preparamos parar ir à missa. Nos dias de missa, a família se dividia entre os que queriam ouvi-la e os que não; entre os primeiros, estavam Sara e Petra que, na verdade, era a que tinha ensinado os dois irmãos a rezar; José Luís e o motorista estavam entre os que esperavam tomando um aperitivo. Logo, Carlos e eu, os neutros, acompanhamos Sara. Durante o café da manhã de cada domingo ou feriados, os "bons" procuravam levar as "ovelhas negras" para o rebanho e se estabelecia um diálogo familiar divertido. Às vezes, Eduardo e Martina tomavam os dejejuns dominicais, e se dividiam para "ficar bem" com todos, como dizia Eduardo — ele ia para o aperitivo e Martina à missa.

Quando saíamos da capelinha de São Amaro, em La Paz, onde dom Manuel rezava a missa, um padre muito inteligente cujas homilias eram amenas e interessantes, íamos para o bar onde os "ateus" esperavam — como Sara os chamava —, e todos juntos, inclusive o motorista e Petra, tomávamos vermute. Petra tomava suco de tomate com sal e pimenta.

Do bar onde nos sentávamos, chamado Mirador de La Paz, desfrutávamos de uma boa vista da praia e dos lagos Martiánez.

Quando chegávamos em casa, trocávamos de roupa e almoçávamos. Depois quase todos cochilavam. Eu me sentava no sofá do "meu quarto" e começava a ler. Queria aproveitar o máximo de tempo possível para tal. Comecei com um prêmio Nobel de literatura — havia ali os prêmios Nobel desde 1901. Comecei por um contemporâneo: Camilo José Cela; ouvi muitas excentricidades sobre ele e tinha curiosidade de conhecer sua obra, apesar de Sara dizer que ele enrolava muito. Tinha o *Viaje a la Alcarria* em minhas mãos e até então dava razão a Sara. Mesmo tendo o costume de ler várias obras de um autor para fazer minha crítica pessoal, fui até o final. Para falar a verdade, custou-me terminá-lo. Depois li *Mazurca para dos muertos* e já não conseguia mais! Continuei com José Echegaray, que me entreteve duas tardes com *Mariana*; Jacinto Benavente, Juan Ramón Jiménez e Vicente Aleixandre estavam na minha lista de leitura, mas Laura cruzou meu caminho.

Maria se remexeu em seu assento e me arrancou das minhas lembranças. As luzes do avião estavam meio apagadas para que as pessoas dormissem, mas eu continuava sem conseguir. "Dormirei quando estivermos chegando", pensei. Acomodei Maria, cobri-a com o cobertor e mudei sua postura. Ela abriu um pouco os olhos, olhou-me e voltou a dormir. Fiquei contemplando seu rostinho. Ela tinha feições ternas e delicadas, os olhos escuros como os de Pedro e umas cílios longos e pretos. Pobrezinha! Quase não havia prestado atenção nela. Desde que nasceu, a "empreguei" para ajudar Laura. "Mostra isso para Laura. Mostra aquilo." Era a primeira palavra que ouvia assim que se levantava pelas manhãs. E se tentasse protestar, eu dizia: "Ela não pode." Laura, que já tinha quase cinco anos, aprendia depois de Maria. Começou a andar ao mesmo tempo que Maria. Disse "papai" quando ouviu Maria, que já começava a ler quando... Senti um nó na garganta e meus olhos encheram de lágrimas.

Quando vi Laura pela primeira vez? Ah, sim...

IV

A SOMBRA DO FLAMBOYANT

Na segunda-feira, seis de dezembro, dia da Constituição Espanhola, me levantei cedo. Queria dar uma volta pelo jardim e percorrê-lo antes que os demais acordassem. Coloquei um moletom que não apertava minha cintura e saí. Eram sete horas de uma manhã fresquinha: o sol começava a sair por trás da cordilheira que coroava a Orotava e coloria o vermelho das copas das árvores mais altas. Fui até a piscina, que na época estava coberta com uma abóbada de cristal, e entrei para ver a temperatura da água. "Não é muito grande, mas a temperatura é boa. Outro dia, tomarei um banho", disse para mim mesma. Sentei durante um tempo em umas poltronas de vime que havia ao redor da piscina e contemplei a cor azul da água. Depois de um tempo, apareceu um homem na porta. Devia ter uns cinquenta anos, era de baixa estatura, com a cara muito enrugada e as mãos calejadas pelo trabalho no campo.

— Bom dia, senhorita — saudou amavelmente.

— Bom dia. O senhor é o jardineiro?

— Sim, senhora. Mas durante o inverno só venho uma vez na semana. No verão, venho mais dias. Por isso não me viu até agora.

— Cheguei ontem. Gosto muito das plantas e quero visitar o jardim, há plantas que nunca vi.

— A senhorita gostará. A senhora, a que faleceu, tinha como passatempo a jardinagem. Ela me presenteou com uns livros de botânica muito interessantes. "As plantas", me dizia, "são como nós: precisam de carinho. Se lhes der carinho, elas respondem com flores; é a sua maneira de falar". — Com os braços abertos, mostrou o jardim e com a vista percorreu a fileira de hibiscos que se estendiam pelos dois lados da trilha que conduzia à piscina. Continuou:

— Pobrezinha, eu tinha grande estima por ela. No dia que faleceu precisava ver como minha mãe chorava. E agora sua menina!

Levantei-me e fui até a porta. O jardineiro continuou se oferecendo para me contar tudo o que quisesse saber. Havia um caminho em declive cercado por uma variedade de hibiscos que ia da piscina até a casa. Como ele seguia, ao que parecia, o mesmo caminho que eu, disse-lhe:

— Que ciclo as plantas seguem aqui? — Como fez cara de quem não entendeu, expliquei:

— Me refiro ao fato de que agora no inverno as plantas normalmente ficam sem flores nem folhas, descansando, letárgicas, para dizer de outra forma. Mas, em Tenerife, tanto em dezembro como em maio elas dão flores. Então, quando descansam? Não se cansam de "falar"?

José, que era como se chamava o jardineiro, começou a rir. Depois me explicou que Tenerife era um paraíso tropical.

— Não faz frio nem calor, as plantas não murcham, as pessoas não ficam irritadas facilmente porque somos tranquilos, os alimentos são bons e canários, papagaios, arraras e outras aves andam soltas pelas ravinas. Não deve ser assim o paraíso?

— Não sei — respondi rindo. — Nunca estive lá.

O gramado bem-cuidado foi interrompido por uma infinidade de parterres. Vi ao longe, na parte detrás da casa, uma árvore que me era muito familiar.

— Tem uma corticeira também! — comentei, relembrando a que tínhamos no pátio de casa. — Sabe, José, que essa é a flor argentina típica? Qual é a daqui?

— Em Tenerife é a estrelítzia. Veja, é esta aqui. É muito bonita, mas cresce devagar. A gente cansa de esperar até sair a primeira flor.

Viramos para a direita e pude ver uma careta de aborrecimento no rosto de José. Não podia imaginar o que eu poderia ter feito para que ele mudasse tão bruscamente, até que falou:

— Veja, devemos respeitar as pessoas, mas às vezes não dá. Tomás e Nati estão empenhados em colocar um pomar aqui, apesar de que rosais ficariam melhores! Tive que plantar alfeneiros para que não fosse visto lá da casa, mas ainda assim está feio. E é o que eu digo: para que existem os supermercados? Se todo mundo fizesse como eles, haveria muito mais desemprego. Mas cismam que não existem alfaces como as de sua horta, e que as cebolas, e os tomates... Eu me calo! Como não sou fixo da casa...

— Bom — quis animá-lo —, o jardim é grande. Há lugar para todos.

José tinha que ir para o outro lado e se despediu de mim.

— Tenho que cuidar das palmas. Já sabe, se precisar de algo... — e apontou com o dedo para o lugar onde trabalharia.

Segui meu passeio e cheguei até uma árvore de copa aberta que se assemelhava às que se veem nas reportagens de fauna africana. Dava uma sombra aberta, parecia um enorme guarda-sol. Era sem dúvida uma acácia, sendo uma leguminosa, sem flor. Suas folhas eram muito bonitas, com matizes de verde. Mais tarde, fiquei sabendo que se chamava "flamboyant", de nome científico "delonix regia", oriunda de Madagascar.

Aproximei-me do flamboyant e, sob sua sombra, estava Laura. Sentada em uma cadeira, com o olhar perdido à distância. Fui até ela, coloquei-me diante dela interceptando seu olhar, mas não havia o mínimo sinal de que havia me visto. Sentei-me ao seu lado, olhei-a muito de perto, peguei suas mãozinhas entre as minhas e lhe disse:

— Antes de ir embora, conseguirei fazer com que me olhe.

E mais, naquele momento acreditei que chegaríamos a ser boas amigas e me impus um desafio difícil: "Tentarei que fixe o olhar em alguma coisa concreta."

— Oi! Está tentando falar com a Laura?

— Sim, e acho que conseguiria se tivesse mais tempo — respondi, olhando para a pessoa que falava. Não a conhecia. Era uma mulher de uns trinta anos, bem-apessoada, esbelta, usando muita maquiagem e vestida com elegância.

Ficou olhando para mim com ar de desdém e me respondeu com sarcasmo:

— Pode ser que o fato de ser argentina te dê poderes que as espanholas não têm. Mas já aviso, para que não se iluda, que muita gente tentou antes que você viesse, sem conseguir. Não disseram o que é autismo? — perguntou insolente.

— Por hora não tenho a menor ideia. Quero dizer, sei que são crianças que de alguma forma criam um mundo à parte e vivem isoladas. Mas me informarei melhor e verei no pouco tempo em que estiver em Tenerife o que consigo.

— Chamo-me Laura, como a menina, e sou sua tia. Minha irmã disse que se fosse menina lhe daria meu nome quando ficou grávida. Além disso, sou sua madrinha de batismo. Venho todos os dias quando não tem governanta, o que é na maioria das vezes.

Estendeu-me a mão e eu a apertei sem muito entusiasmo. Não lhe disse meu nome porque me parecia que já sabia. Eu a achei antipática e desagradável desde o primeiro dia. Talvez eu tivesse parecido "inteligentinha" demais, achando que eu conseguiria em uns dias o que os demais não conseguiram em quatro anos. Contudo, a antipatia era óbvia e mútua. Antipatia, que longe de diminuir, foi crescendo com o passar dos dias.

Quando vi Sara, contei-lhe sobre meu encontro com esta pessoa e rindo me disse:

— Não lhe dê atenção. Eu creio que é a maior culpada pela saída das governantas. Está atrás de José Luís desde que a irmã morreu e não suporta que jovem alguma, e muito menos bonita, fique perto dele. Passa o dia todo rondando, com a desculpa de atender a menina, só para ver meu irmão. Vem pintada e arrumada como se fosse para uma festa, e José Luís finge que nem é com ele! Melhor, não a suporta. Já sabe como os homens são: basta que uma mulher vá atrás deles para que corram na direção oposta.

Rimos. Então, Sara perguntou por mim. Nada mudava seu caráter bondoso e eu agradecia por isso cada vez mais.

Na terça-feira, dia sete, olhei pela janela do meu quarto para o flamboyant. Sua copa era tão grande que não dava para ver se Laurinha estava à sua sombra ou não. Arrumei-me e fui tomar o café da manhã, que era totalmente informal. Conforme as pessoas acordavam, faziam o desjejum. Por isso, era bastante longo, começava comigo, que me levantava pelas oito da manhã e terminava com Sara, que aparecia às onze. Minha primeira visita era o jardim. Carlos havia me recomendado exercício e eu o obedecia, sobretudo porque era o que mais me agradava. Respirando o ar límpido matutino, dava várias voltas entre as flores. Algumas vezes ia até a horta de Tomás para ver se já havia pimentões ou se os tomates estavam maduros. Gostava de acompanhar o crescimento desses produtos. Nunca disse a José que desfrutava tanto a horta quanto as flores porque teria perdido sua amizade. Depois de concluir meu passeio, aproximava-me do flamboyant e me sentava ao lado de Laura. A cada dia levava para ela um objeto e o colocava diante de seus olhos, balançando-o para que o olhasse, mas aquele olhar perdido não mudava por nada. "Não posso me render", disse para mim mesma. "Pedirei informação a pais que tenham este problema. Tem que haver algum modo de fixar esse olhar." Tinha a convicção de que, uma vez que conseguisse estimular a menina com alguma coisa, teria ganhado a primeira batalha.

No início era como se fosse uma aposta para ganhar de sua tia antipática, mas logo se converteu em uma entrega total. Meus passeios se tornavam mais curtos porque desejava dedicar o maior tempo possível à menina. Destroçava-me o coração ver que não era uma tarefa nada fácil e entrei de cabeça em busca de informação sobre o autismo. Naquele dia, fui à biblioteca. José Luís estava sentado em sua mesa do escritório. Perguntei se havia livros de medicina ou psiquiatria na biblioteca. Pareceu intrigado. Levantou-se e me conduziu até a seção onde estava tudo que se referia à medicina.

— Aqui há de tudo. E, por incrível que pareça, tenho muitos títulos de medicina. Um amigo da família, médico, deixou-me sua biblioteca ao morrer. Há volumes muito interessantes, mas se me disser o que busca posso guiá-la melhor.

Eu preferia não lhe dizer que era para me informar sobre o autismo, mas não tive outro remédio.

— Acho que, se conseguir fazer Laura se interessar por algo, ela poderá ter grandes avanços. Dei aulas para meninos pequenos, mas nunca tropecei com casos especiais. Para ajudá-la temos que entrar no seu mundo primeiro. — Fiquei em silêncio ao perceber que me olhava com sarcasmo e retifiquei:

— É o que acho. E para isso tenho que me informar. Pena que tenho pouco tempo.

— Agradeço que se interesse tanto, mas se eu puder dar um conselho: desfrute o tempo que estiver na ilha, passeie com a Sara. Peça para ela levá-la aos lugares mais bonitos. Vá a praia, não perca tempo com Laura. — O sorriso zombeteiro havia se apagado do seu rosto. — Nasceu assim e não há o que fazer. Já teve muitas governantas que empregaram métodos de "resultados garantidos". Com Laura nenhum valeu.

— Mesmo assim, verei se encontro algo sobre autismo — respondi, determinada. No fundo me irritou o pouco interesse dele e tive pena da menina. Que tipo de pai era ele? Parecia impossível para mim que considerasse sua filha responsável pela morte de Candelária como Sara me tinha dito.

Comecei a procurar nas estantes que ele tinha me mostrado e vi vários volumes sobre medicina, mas alguns estavam em inglês — idioma que eu não dominava.

— Você se importa se eu ficar por aqui? — Apontei para o sofá embaixo da janela. — Não incomodarei. É para fazer algumas anotações.

— Sim, claro — aceitou amavelmente enquanto abria uma gaveta de sua mesa. — Aqui, algumas folhas e canetas.

Acomodei-me no sofá, pedi também um dicionário de inglês e fui olhando os diversos volumes para escolher o que mais me interessara. Havia muitos livros de medicina, mas não encontrava nada que se referisse ao autismo. Por fim encontrei dois: *Autismo: padres e hijos*, de De Myer, e *Autismo*, de Frith. Eu os peguei e os levei para a mesa, diante do sofá. Comecei a ler e a anotar coisas. Chegou a hora de almoçar e eu não tinha apetite. Estava tão compenetrada na leitura daqueles títulos que ficaria em jejum de boa vontade. Quando Sara subiu para me ver, avisei que José Luís já não estava ali. Em algum momento, saiu sem que eu percebesse.

— Como estão as leituras? — perguntou, solícita. — Agora tem que parar porque é hora do almoço e tem que estar forte para que seu bebê esteja.

Olhei para ela com ternura. Quase esqueci minha gravidez. Por sorte não tinha enjoos nem vômitos e, se não fosse a cintura, que já não era a mesma, não se notaria nada. Sentia-me muito bem. Sara estava muito entusiasmada com meu filho. Quase todos os dias trazia algo para ele: sapatinhos, casaquinho, babador. Tinha um "enxoval", como chamam, de príncipe da Espanha. "Será madrilenho", dizia Sara muitas vezes com orgulho. Estava convencida de que eu estaria sempre com ela e notava que se sentia feliz ao meu lado. Às vezes, temia ocupar o lugar que sua filha deixara vazio. Era muita responsabilidade e eu não queria nunca decepcioná-la. Levantei-me do sofá e, aproximando-me dela, dei-lhe um beijo.

— Encontrei artigos muito interessantes sobre o autismo. Seu irmão tem uma biblioteca dos sonhos. Eu seria feliz com a quarta parte... Continuarei de tarde. Vamos almoçar.

— Acredita mesmo que conseguirá algum avanço com a menina? — Ela segurou meu braço enquanto me perguntava.

— Apesar do pouco tempo que terei aqui, farei o que puder. Para isso preciso me informar. Sabia que há muitas associações em que pais trocam experiências? Se eu conseguir entrar em alguma delas, inclusive de Madrid, poderia ajudar perguntando a outros pais e comparar resultados. Se ela fixasse o olhar em algo concreto!

— Não sei se conseguirá ou não algum avanço com Laura, o que digo é que até agora ninguém teve tanto interesse.

Sara parecia feliz ao ver meu interesse pelo problema da sua sobrinha. E eu teria dado qualquer coisa para poder garantir um resultado positivo.

Fomos para a sala de jantar onde todos já estavam sentados à mesa e nos esperavam. Pedimos desculpas pela demora e nos sentamos também.

Iam fazer um passeio ao sul pela tarde, mas me desculpei para não ir. Como sabia que Sara não ia querer que ficasse, falei que estava um pouco indisposta e queria descansar.

— Irei outro dia. Se vocês não se importarem, prefiro ficar.

Sara me olhou para ver se dizia a verdade. Talvez tenha descoberto que queria seguir estudando os livros sobre o autismo, mas não disse nada. Todos se foram e voltei à biblioteca. Petra, na hora do café, subiu para me perguntar se queria algo. Nesse momento, estava lendo um artigo em inglês muito interessante e não queria perder tempo, então disse que não tomaria nada.

— A sra. Sara me pediu que a faça comer ainda que não queira.

— E o que fará, Petra, abrir minha a boca à força? — falei, rindo.

Para que a boa mulher ficasse tranquila, desci e comi uns biscoitos com o café. Olhei no relógio: 6h30. "Estarão logo de volta e não poderei continuar." Tomei a última gota de café e voltei para meus livros. Havia aprendido muitas coisas sobre o autismo, já sabia o que era e as diferentes maneiras de se manifestar, mas ainda me faltava o mais importante: saber como se conseguiam avanços com as crianças; como fazer com que abandonassem seu mundo isolado. Tinha que fazer com que Laura se interessasse por alguma coisa, que fixasse a visão nas coisas que a rodeavam e não somente naquele ponto longínquo que existia apenas para ela, que quisesse caminhar. Tantas coisas em tão pouco tempo!

Com a ajuda do dicionário, traduzi coisas importantes, por exemplo: a criança autista, além da atenção de um profissional, precisa da atenção da família porque cada caso é diferente e cada criança reage de uma maneira que somente a família percebe no dia a dia. Laura, nesse sentido, estava abandonada. Também aprendi que há grandes diferenças entre autismo e retardo mental, ainda que haja uma porcentagem de crianças autistas que também sofram disso. "Tomara que não seja o caso de Laura!" Outra coisa nova para mim foi saber da grande quantidade e variedade de fármacos que podem ser empregados para esses casos. Comprovei que Laura não tinha muitos dos sintomas relatados como normais nos autistas, no entanto, tinha outros que não estavam na lista. Concluí que cada caso tinha que ser tratado de uma maneira individualizada e essa era a minha tarefa! Ouvi o ruído do motor de um carro que se detinha na porta principal e imaginei que os viajantes já chegavam. Para que não soubessem que havia estado toda a tarde metida na biblioteca, desci para o jardim e comecei a passear. Ao mesmo tempo que o mordomo chegou para me anunciar:

— Os senhores de Campillo chegaram e querem saudá-la.

— Não disse que os donos da casa não estão?

— Sim, senhorita, mas me responderam que já sabiam e que gostariam de esperar por eles. Enquanto isso, querem conhecê-la.

Entrei no salão um pouco intrigada pelo estranho interesse em me conhecer e encontrei um casal, um pouco mais velho, que me recebeu com um largo sorriso. Eles vieram ao meu encontro e me cumprimentaram carinhosamente com um beijo.

— Então, você é a argentina de Sara? Somos Imaculada e Mário — disseram quase em dueto.

— Sim, sou eu. Por favor, sentem-se — respondi sorridente, enquanto lhes apontava o sofá.

— Não nos chame de senhores porque somos muito jovenzinhos, quase da sua idade — falou Mario acompanhando as palavras com uma risadinha.

Pareceram-me simpáticos à primeira vista, mas ultimamente havia me acostumado em não ter opinião formada sobre as pessoas que conhecia até lidar um pouco com elas. Se estivesse na minha casa, ofereceria algo a eles, um café, umas cervejas, mas não estava e por isso não disse nada. A conversa versou sobre a Argentina já que os dois haviam feito uma viagem pelo sul do meu país, e gostaram muito.

— Então chegamos a Bariloche. Fazia um frio espantoso, mas que cidade bonita! E que chocolate! — Mário passou a língua nos lábios ao pensar no doce. — O local ideal para um diabético! — Soltou outra risadinha. Era um homem de baixa estatura, muito queimado pelo sol e pelo mar, com uma risada estridente e quase contínua. Sua mulher ria das suas graças em um tom baixinho. Olhava para o seu marido com admiração e se calava quando ele começava a dizer algo. Parecia que a tinha dominada, mas, depois de observá-los melhor, percebi que formavam um casal cúmplice e feliz. Não tinham filhos, apesar de terem desejado quando jovens. No entanto, quando os amigos sugeriram que adotassem um, se negaram porque diziam que queriam um filho legítimo.

— Até quando ficará por aqui? — perguntou Imaculada.

— Creio que até depois do dia de Reis.

— Gosta de Porto da Cruz?

— Na verdade, vi um pouco do Porto e da ilha, mas gostei do pouco que vi. E o clima é ideal. As plantas são uma maravilha. Viveria aqui para sempre.

— Pois diga a Sara que fique aqui. Não sei o que ela faz em Madrid, com aquela poluição — Então, houve uma nova explosão de riso de Mário.

— Não demorarão, diga para ela para ver se a convence. O problema é que Carlos trabalha em Madrid. Não o deixaremos sozinho.

— Que venha "pra cá". Um especialista como ele terá mais pacientes do que poderá atender — Mário era do tipo de pessoa que tinha uma solução para tudo.

Soou uma campainha e Francisco atendeu a porta principal. O primeiro a entrar foi Carlos.

— Homem! — saudou, efusivamente. — Mas veja quem está aqui!

Eles se abraçaram e o mesmo fez Sara. Dava para perceber que tinham grande afeto uns pelos outros. José Luís entrou por último e beijou Imaculada.

— Valéria os tratou bem? — perguntou Sara, olhando-me com carinho.

— Oh! Sim. Conversamos sobre a Argentina, nossa última viagem — respondeu Imaculada e acrescentou:

— É muito simpática.

— Fiquem para jantar conosco — propôs José Luís.

A mesa estava mais animada porque Mário não fazia nada além do que contar piadas e rir com uma risada que se tornava contagiosa. Logo disseram que o motivo da sua visita era de convidá-los para festejar o dia da Imaculada Conceição.

— Vamos celebrá-lo no iate. Já temos tudo preparado: a missa será em Candelária; todo o resto no iate: o almoço, os beliches para a sesta, o jantar, o bailinho, a cava, a música e... os beliches para a noite. — Mário gargalhava.

— Está louco! — protestou José Luís. — Quatro beliches mais vocês! Sabe em que problema se mete? Iremos à missa, ao almoço e ao jantar, mas, para dormir, cada um para sua cama.

— Bom, veremos. Depois de beber não deixarei vocês voltarem dirigindo.

Minhas lembranças se foram para alguém que, por conduzir depois de beber, sofreu um acidente e deixou a mulher paraplégica. Fazia tempo que não queria pensar nele, mas hoje gostaria de tê-lo aqui. Por quê? Não sei. Talvez tivesse ficado um pouco sentimental ao pesquisar sobre o autismo. Talvez pensasse que a responsabilidade de ser mãe era importante demais para não poder compartilhar com o ser amado e pai do seu filho. Entretanto, ainda o amaria? Não queria pensar nele e, no entanto, me lembrava dele a cada instante. Algumas vezes, tropeçava e o sininho que levava no pescoço soava. "Quando soar o sininho é que estou me lembrando de você", havia-me dito. Muitas vezes me perguntei se estaria em Madrid ou na Galícia com sua esposa. Se eu não seria para ele mais do que uma lembrança de uma aventura ou se sentia falta de mim. Por sorte, havia encontrado uma fada protetora que me ajudava e me distraía, e não me restava muito tempo para pensar em nada. Dia a dia me unia mais e mais a ela. Tanto que não queria nem pensar em sair do seu lado, porém, cedo ou tarde teria que tomar uma decisão e planejar meu futuro e o de meu filho.

No dia da Imaculada Conceição, fomos todos à celebração. Mario Campillo era descendente de uma das famílias mais antigas e ricas de Orotava. Havia herdado uma casa antiga no centro da cidade que pude visitar em outra ocasião. Herdou também os móveis que estariam na festa de qualquer antiquário; os talheres de prata, que usavam no cotidiano, também eram dos seus antepassados. Casou-se já com idade avançada com Imaculada, muito mais jovem que ele. Filha de um ricaço do Vale de Guerra, tinha uma irmã gêmea e, segundo me contou Sara, Mário conheceu as duas e se casou com a que gostou mais.

— Mário herdou uma casa grande que custava muito mais do que ele ganhava para mantê-la. Procurava uma moça com dinheiro para se casar. Um dia, passeando pelo Vale de Guerra, viu saindo o dono de um dos bananais, com quem começou a falar. Era um homem simples, bondoso e amável, e Mário já era espirituoso. Logo ficaram amigos. Aquele homem o convidou para tomar um vinho em sua casa e conheceu a outra irmã. Começou a sair com ela. Naquela época, Imaculada estava na Inglaterra aprendendo inglês. Quando retornou, encontrou-se com a surpresa de que sua irmã gêmea tinha namorado e se casaria em breve. Mário conheceu Imaculada, mais inteligente, mais educada e um pouco mais bonita, então mudou de gêmea. Aquilo foi uma bomba e um desgosto para todos, mas eles não deram a menor importância e antes de um ano se casaram. Desde então, as duas irmãs não se falam. O novo casal comprou um apartamento a oeste, na Praia de São João, e um barco em Porto Santiago, porque encantava aos dois navegar. E aí estão — concluiu Sara. — Formam um casal feliz e cúmplice. O iate que possuem não é qualquer coisa. Verá amanhã. Gosta de navegar?

— Nunca tive a oportunidade, nem em iate nem sequer em um barquinho pequeno porque em San Juan não temos mar. — Rimos. — Mas acho que gostarei muito.

* * *

Levantei-me às oito da manhã, como sempre. O dia amanheceu um pouco nublado e, como conhecia pouco a região, pensei que perderíamos a festa. Entretanto, conforme as horas iam avançando, pelas dez horas o sol já brilhava com força.

Fui ao jardim e dei minhas voltas. As plantas estavam molhadas pelo orvalho da noite. Os passarinhos cantavam alegremente entre os galhos das árvores. Aproximei-me da horta. Os tomates ficavam vermelhos, ainda que lentamente por conta da estação. Porém, os pimentões que Nati plantou ainda eram muito pequenos. "Talvez ainda demore para que possamos prová-los", pensei.

Desde as nove, Laura já estava em sua cadeira debaixo do flamboyant. Petra estava ao seu lado tentando lhe dar o café. Eu a cumprimentei:

— Bom dia, Petra. Ela está com fome?

— Bom dia, senhorita. Hoje se levantou do "contra". Dormiu mal e, quando ela não dorme, eu não prego o olho.

— Ela dorme com você? — perguntei, com estranheza.

— Quando não tem governanta, sim. Mas quando tem dorme em um quarto de convidados com a senhorita ao lado em uma sala adjacente. É quando eu descanso.

A pobre Petra tinha cara de cansaço e umas olheiras profundas que demonstravam como tinha dormido mal à noite. Peguei a taça e a colher, sentei-me e disse para Petra que fosse tomar seu café.

— Eu me encarrego da menina. Vá tranquila. Vejamos se tenho sorte.

Aproximei-me de Laura e levei a colher à sua boca, toquei seus lábios e esperei que os abrisse. Nada! Não fez o menor movimento. Então, com uma mão lhe separei os lábios, enquanto aproximava a colher. Também não tive êxito porque os dentes estavam apertados. Coloquei um pouco de alimento entre os lábios para que o sabor doce do café a estimulasse. Ele escorreu por seu queixo sem que entrasse uma gota na boca dela.

Não tinha lido nos livros uma solução para aquele contratempo. O que fazer? Começava a me desesperar. O olhar ausente, a boca fechada, os dentes cerrados, sem apetite. "É muito mais difícil do que eu pensava!", pensei. Contudo, o que se faz agora? A menina não ficará sem comer o dia todo. Fui procurar Petra. Entrei na cozinha, onde todos os empregados estavam tomando café. Sentiram-se incomodados com minha presença, que havia sido uma intromissão inoportuna, e me desculpei.

— Não há maneira de lhe colocar um só bocado na boca. O que se pode fazer? — perguntei, desesperada.

— Nada! — Foi a resposta quase unânime de todos os serventes.

— Como, nada? Ficará o dia todo sem comer? Haverá um jeito de fazê-la comer, não?

— Se a senhora souber, diga — respondeu Yaiza, displicente, que tinha a tarefa de dar banho em Laura.

Saí dali sem dizer mais nada. Dava para perceber que todos desconsideravam a menina, incluindo o próprio pai. Contei para Sara, que também não deu muita importância.

— Não se preocupe tanto. Se não come hoje o fará amanhã. Laura está forte e bem alimentada. Acontece que alguns dias fica assim e não há como mudar isso. Hoje se nega a comer, amanhã gritará por qualquer coisa, depois de amanhã arranhará seu rosto. É uma pena, mas não há solução.

Minha decepção era tão grande que eu já não tinha vontade de ir à festa, mas fui. Sara levou um perfume para Imaculada e lhe mandou um grande buquê de rosas. Os homens levaram garrafas de vinho da colheita de 1985 — não entendo muito do assunto, mas pela reação de Mário deveria ser muito bom. Eu tinha comprado um lenço de seda natural. Como não conhecia muito bem os seus gostos, pedi informação a Sara.

— É pouco exigente em relação a roupa e acessórios. O que a faz feliz é a lembrança, é o carinho. Quando a conhecer melhor, verá que é uma pessoa encantadora da qual não se espera nem uma só atitude ruim.

O iate era majestoso e muito grande. Foi enfeitado com guirlandas, lamparinas e luzes coloridas. Quando chegamos, por volta das doze, já havia muita gente. Carlos e Sara iam saudando a todos e nunca se esqueciam de me apresentar. Isso ajudava a não me sentir deslocada entre as tantas pessoas desconhecidas e aquela explosão de luxo. Vestíamos trajes esportivos; como dizia Sara: "Levaremos algum complemento para a noite, mas durante o dia é uma festa em um porto, assim sendo, jeans e blusa!"

Vesti uma calça jeans branca que Sara me deu porque estava um pouquinho acima do peso que eu, ficava mais folgada na cintura. Peguei um blusão sem mangas florido. Achava que me favorecia e me sentia confortável. Sara estava muito bonita, com sua calça jeans branca e um suéter vermelho bem justo que realçava suas formas. Quando Carlos nos viu, não economizou nos elogios.

— Olá, minhas meninas! Isso é beleza e os demais são histórias! O que acha, José Luís?

Todavia, José Luís, com sua impassividade de sempre, limitava-se a sorrir.

Todas as mulheres da festa fizeram o mesmo. No iate estava tudo ótimo e teria sido um dia perfeito para mim se uma imprudência cometida por Sara não me fizesse passar por um mau momento. Não sei se os amigos que estavam ali sabiam ou não da minha gravidez. Eu preferia que não soubessem para evitar perguntas incômodas. Por isso, o incidente me incomodou tanto.

A festa estava transcorrendo com muita animação e todo mundo se divertia. Contudo, nas festas sempre há alguém que bebe demais. Um dos convidados não fazia outra coisa além de dançar comigo e, apesar de eu ter notado que estava um pouco "alegre", não lhe dei grande importância. Estava claro que gostava da minha companhia. Estava me ensinando um passo doble e, de repente, Sara se aproximou de nós e lhe disse com um tom azedo:

— Não a rodopie muito. Não vê que está grávida?

O rapaz virou uma estátua e olhou para o meu ventre. Logo se desculpou e se foi. Eu sentia um calor terrível em meu rosto e passei a maior vergonha da minha vida. Não por estar grávida nem pelo fato daquele rapazinho olhar para a minha barriga. Foi a forma com que Sara falou, tão desagradável. Seguiu o rapaz com o olhar até que estivesse longe e depois se virou para mim e, como se estivesse dando ordens a uma de suas criadas, disse:

— Imagino que esteja se divertindo muito. Escolheu o mais mulherengo da festa para se esquecer da sua gravidez.

Eu não podia acreditar que aquela que me criticava tão duramente era Sara, a mesma que outras vezes me tratara tão carinhosamente. Alguma coisa estava acontecendo, mas não sabia o quê. Sentei-me em uma poltrona e não me mexi no restante da noite. Ela veio até mim. Não tinha vontade de falar com ninguém nem que falassem comigo. Preferia deixar passar um tempo, mas Sara queria esclarecer a questão. Sentou-se ao meu lado e, colocando uma de minhas mãos entre as suas, disse:

— Posso ter parecido rude e mal-educada, e peço desculpas pela forma que falei com você sem que conhecesse meus motivos. Aquele imbecil é o culpado pelo que aconteceu à minha filha. Namoraram até que ela percebeu que era um conquistador e que não podia ver um rabo de saia. Quando terminaram, por despeito ela começou a sair com o homem que engravidou, que era um outro sem vergonha como já sabe, aconteceu o que aconteceu. Quando o vi atrás de você, não pude me conter. Sinto muito! Perdoe-me! Prometo que não voltarei a falar daquela maneira com você. Somente peço que não se irrite comigo. Te amo muito, muitíssimo. Sou feliz e Carlos também tendo você ao nosso lado.

Deixei que ela falasse e procurei ponderar tudo o que havia de bom entre nós para compensar o ocorrido. Passaram uns minutos de silêncio e ao fim virei-me para ela a encarei.

— Eu gostaria de fazê-la compreender que estou e sempre estarei agradecida por tudo o que fez por mim, mas isso não lhe dá o direito de me ridicularizar na frente de ninguém. Sou maior de idade para saber me defender dos "conquistadores", como você diz. Me fez passar por um momento extremamente desagradável. Estávamos brincando os dois, não era nada demais para que você reagisse daquela forma, nem para contar sobre minha gravidez. Mas não acredite que eu vá esquecer um só instante o muito que devo. Não estou chateada, só peço que isso jamais se repita. Eu também amo muito você.

Nós nos abraçamos, mas havia algo que já não era como antes. Fiquei com uma certa amargura que não conseguia eliminar. Não sei o que Sara estaria sentindo. Eu sentia um desejo louco de ir embora dali, sair correndo e não olhar para trás. O baile continuava e, por sorte, ninguém percebeu nada.

— Vamos com os outros — sugeriu Sara.

— Estou bem aqui. Gosto de sentir o vento do mar no rosto — respondi com um sorriso amargo. A verdade era que continuava muito contrariada.

Por volta da meia-noite, algumas pessoas começaram a partir. Mário queria que ficássemos para dormir no iate, mas José Luís se negou. Carlos tão pouco quis porque no dia seguinte teria que voltar para Madrid.

— Vejamos ver se Jesus e Pilar ligam. Estão agora em Madrid — disse Mário.

— Quando voltam? — perguntou José Luís.

— Dia dezoito, acho. Já sabe como são: sentem vontade de mudar o itinerário e vão para outro lugar.

O casal Pilar e Jesus estava dentro do seu rol de amigos íntimos. Poderia se dizer que eram como se fossem da família. Jesus, piloto de aviação, viajava constantemente. Quando podia, ele a levava e, ao regressarem, era ela a encarregada de contar as histórias da viagem.

Chegamos em casa perto das duas da madrugada. Eu me perguntava se Laura teria comido alguma coisa. Todos os funcionários estavam dormindo.

Eu havia perdido o sono e demorei a dormir, motivo pelo qual me levantei mais tarde que o de costume. Era o dia do jardineiro e me distraí conversando com ele sobre as plantas até que vi Petra, que tirava Laura da sua cadeira. Outra meta a ser alcançada. Por que não andava se não tinha nada nas pernas? Quantas dificuldades existem na hora de ensinar o que é o mundo e a vida para uma criança autista! Para tirá-la do seu mundo de isolamento, para poder se comunicar com ela! Contudo, eu tinha me proposto a conseguir alguma coisa positiva, ainda que parecesse muito difícil.

Um dia, chegou à casa o casal formado por Jesus González e Pilar. Carlos e ele tinham muitos assuntos em comum, apesar de suas profissões serem diferentes. Pilar era a típica mulher das ilhas Canárias, de olhos pretos e brilhantes, rosto moreno, cabelo preto como o azeviche e dentes muito brancos. Não era muito bonita, mas muito atraente. Vestia-se de forma moderna e elegante e usava joias bonitas. Quando apareceu na porta do salão, sua presença e simpatia me impactaram.

— Oi! Tinha muita vontade de te conhecer — disse assim que me viu, dando um forte abraço.

Pensei que seria fácil ser sua amiga de tanto que parecia ser extrovertida e simpática. Sara tinha grande apreço por ela. Também reparei na pouca simpatia que José Luís demonstrava por ela. Quando comentei com Sara, ela falou rindo que eles eram como o cão e o gato.

— Se ela diz branco, ele diz preto. Parece que um espera que o outro fale para contrariar. Nós já não nos importamos porque é sempre a mesma coisa. No entanto, meu irmão e Jesus se gostam. Eu gosto de Pilar como se fosse uma irmã que não tive. Quem dera morássemos mais perto.

Os dias passavam e eu dividia meu tempo entre a biblioteca e Laura. Petra já era velha demais para ter toda a paciência que era necessária e agradecia que eu me encarregasse da pequena.

— Que pena que tenha que ir, senhorita. Acho que, se não conseguir nada, é porque é impossível mesmo — disse-me ela um dia em que estava dando a merenda a Laura.

Cada vez que a pequena me mostrava uma nova faceta da sua complicada existência, subia para a biblioteca e procurava por soluções que, na maioria das vezes, não encontrava. Muitas vezes, José Luís estava ali escrevendo e me olhava ao entrar, como se minha presença o incomodasse. Uma vez ou outra, enquanto fazia as anotações e falava no telefone, parecia que falava com alguma "amiguinha", por conta do diálogo meloso.

Um dia, o telefone tocou — e, estranhamente, era para mim. Lola me ligava para me perguntar como eu estava. Lola era a única pessoa de San Juan que sabia meu endereço de Madrid e o telefone das duas casas, mas eu havia pedido que não o desse a ninguém. Estávamos sempre em contato e cada vez que nos ligávamos era uma choradeira. Sentia muito sua falta. A voz de Lola parecia triste e lhe perguntei se acontecera algo.

— Vão operar papai, por causa da próstata. Tinha descontrole da bexiga e parece que encontraram um tumor. Esperemos que seja benigno. Vão interná-lo amanhã e o operam na quarta.

— Como ele está? — perguntei, porque sabia que meu pai era um covarde quando se tratava de algum distúrbio em sua saúde.

— Não recebeu a notícia muito mal. Bom, ninguém fica feliz ao ouvir que tem que entrar em um centro cirúrgico. Mas sabe como é. Está se fazendo de forte. Acho que mamãe está pior.

— Dê aos dois um beijo muito forte da minha parte. E quanto a você? Há alguma novidade?

— Refere-se ao casamento? Não, ainda não marcamos a data, mas posso adiantar que será para o começo do próximo ano. Não se preocupe porque avisaremos assim que haja algo concreto. É uma pena que não possa estar aqui para esse dia e ser nossa madrinha como planejamos. De toda forma, talvez reserve uma surpresa para você. Bom, beijos, irmã, e até outro dia. Assim que papai sair da cirurgia, aviso como ele está.

— Eu ligarei. Quanto a essa surpresa, se for o que penso! Seria felicidade demais. Beijos e até quarta.

Pendurei o telefone e me virei de costas para que José Luís não me visse chorar. Segui com meus livros, mas, mesmo tentando ler, não conseguia porque as lágrimas não me deixavam ver as letras. Pensava em meu pai. "Que não seja grave. Meu Deus, e se não voltar a vê-lo com vida?" Quantas vezes desejava estar em casa! Por causa da minha cabeça ruim, estava submetida a um exílio voluntário, e meus sonhos de retornar à Argentina, cada vez mais distantes.

O escritório tinha uma porta lateral que dava para o solário. Também dava para o que era o gabinete de Candelária, onde despachava a correspondência e escrevia versos, seu passatempo. Em certa ocasião, Francisco me mostrou um dos seus versos, dedicados a ele — na verdade, não era muito bom, mas não revelei minha opinião. Ainda não havia visto o gabinete por dentro porque era uma das portas que Sara não abrira no nosso primeiro dia.

— Quando a senhora vivia — contou Petra —, os senhores iam ao solário e tomavam sol pelados, porque essa parte não se vê de lugar algum. A senhora tinha um bronzeado precioso, chamava a atenção.

Eu me perguntava se ele continuava com os mesmos costumes e temia que fosse por isso que lhe importunava a minha presença, mas Petra explicou:

— Não, não. Desde que ela morreu, essa varanda não foi mais usada. Nós a limpamos uma vez por semana, somente.

Olhei pela janela do escritório que fica acima do jardim. A copa formidável do flamboyant estava ocultando Laura. Desci e dei de cara com o jardineiro, que me chamou e me fez ver umas plantas que acabara de plantar.

— Gosta de maracujá? — perguntou, apontando com o dedo para uma pequena planta.

— O que é? Acho que nunca comi — respondi, intrigada.

— Olhe, vê esta planta? Ela se chama *passiflora edulis*, é procedente do Brasil. Dá uns frutos chamados maracujás, são muito saborosos e têm muitas vitaminas. Serão bons para Laura e... — apontando para o meu ventre — para o que venha.

— Mas, José, quando essa planta der frutos, Laura já será uma mocinha.

— Nada disso! Os frutos vêm logo. Ela cresce tão rápido que dentro de pouco tempo ocupará toda esta parede. Verá — repetiu convencido. — Olhe, venha que mostrarei como é a flor.

Levou-me para outra parte do jardim, onde uma espessa videira cobria uma parede.

— Uma planta é irmã da outra — explicou. — É a *passiflora caerulea*, mas seus frutos não se comem. Olha, olha, olha, que flor curiosa! Chama-se também "flor-da-paixão", sabe o que é?

Fiz que não.

— Passionaria, de paixão, porque sua flor tem os cravos e as coroas de espinho como os que martirizaram Jesus Cristo. Consegue vê-los? — Foi me mostrando com seus dedos grossos à medida que me explicava as partes da flor.

Percorrer o jardim com José era muito prazeroso. Ele gostava de contar coisas curiosas sobre as plantas que tinha sob a sua responsabilidade e me encantava ouvir as diferentes explicações porque era um verdadeiro expert em botânica. Às vezes, desfiava uma flor, como o havia feito com a flor-da-paixão, para ir me mostrando suas diferentes partes. Quando disse que as flores da buganvília eram preciosas, corrigiu-me na hora:

— Não, não! As flores são pequenas e insípidas. O que a senhora vê são brácteas florais, isto é, como folhas coloridas. Veja as flores como são. Sem graça!

Outro dia me levou até a corticeira. Não tinha se esquecido que era uma flor da minha terra e, mostrando para mim uma trepadeira junto à parede que terminara de plantar, disse:

— Gosta?

— Muito — respondi com sinceridade.

— É uma acantácea. Se chama *thumbergia grandiflora* e é oriunda da Índia, creio. É minha trepadeira predileta e quis colocá-la do lado da corticeira, que é sua árvore preferida, porque gosto muito da senhorita.

— Oh! Muito obrigada, José! — Ri satisfeita.

— Já viu a flor da banana? — Diante da minha negativa, continuou:

— Pois venha e lhe mostrarei.

Caminhamos por um dos corredores do jardim e muito perto da piscina havia duas bananeiras. Ele se meteu embaixo delas e procurou pela maior flor para que eu visse. Era grande e muito desajeitada. Estava ao fim da penca de bananas, que ainda eram pequenas.

— Dentro de mais um pouco terei que cortá-la e colocar as bananas abrigadas para amadurecerem. Verá que delícia! São cortadas da penca e comidas sem entrar nas geladeiras. Os produtos da horta devem ser comidos diretamente da planta que nos proporciona: as peras da pereira, as maçãs da macieira, as bananas da bananeira, os tomates do tomateiro.

— Tem um gosto melhor, não é? — interrompi para que não continuasse a conversa. Lembrei o quanto lhe irritava o pomar de Tomás e que não concordava com o que estava dizendo, mas não falei nada.

— Muito melhor! Onde vai parar! E agora aposto que não sabe como se chama esta?

— Um jacarandá — respondi rapidamente porque por sorte era uma árvore abundante na parte norte da Argentina. — Só que agora não tem sua bonita flor.

— Muito bem!

Rimos. José gostava de comprovar minha ignorância em questões de botânica e, quando acertava algo, celebrava como se estivesse ensinando a uma criança pequena.

Prosseguimos o passeio e senti um cheiro suave e agradável.

— Que planta é essa que cheira tão bem? — perguntei.

— Está sobre a sua cabeça. Seu nome científico é *plumaria valeria*, não lembro a que família pertence. Creio que é oriunda do México. Tem vários nomes vulgares: "flor de cebo", "jasmim das Antilhas". Mas aqui a chamamos "frangipani branco". Veja! — Agachou-se e pegou uma flor do chão — Cheire.

Aproximou-a do meu nariz e aspirei seu delicado odor. Admirei a beleza da flor, que parecia de cera. Comentei com José e ele me fez um pequeno ramalhete com várias delas.

— Duram muito tempo se colocadas na água. Agora cortarei algumas rosas e assim poderá deixar em uma jarra no seu quarto. Faço isso somente para a senhorita, porque as flores estão para serem apreciadas em sua planta e não para colocá-las em uma jarra. Não acha?

Os conhecimentos botânicos daquele homem me deixavam admirada, e me divertia com suas frases e sua maneira de pensar, como defendia o respeito para com as plantas. Sentia o mesmo pelos animais. Uma vez me mostrou um ninho de canários e me fez prometer que não o diria a ninguém:

— São uns selvagens, se ficarem sabendo, virão vê-lo uma e outra vez até que a mãe se cansa dos filhotes e os abandona. Os pobres passarinhos acabam morrendo de fome.

Também me mostrou uns pássaros "equilibristas" com as patas e asas azuis que bicavam as flores de uma "tecomaria". Quando mostrei para ele, me disse:

— São chapins-azuis, e não bicam as flores. Comem insetos e fazem muito bem porque limpam as plantas de parasitas. Eles vivem nos pinherais e ravinas. Estes vieram destas ravinas, sem dúvida. Costumam se criar entre março e julho. A fêmea coloca de três a cinco ovos e os choca por uns quatorze dias.

— Quantos dias chocam os canários? — perguntei, interessada.

— Nisto são parecidos aos chapins-azuis: uns quatorze dias e colocam de três a cinco ovos. Os ninhos também são parecidos. No ano passado, fiz um de madeira para eles, mas não gostaram e fizeram o próprio ao lado. Talvez os chapins-azuis o usem esse ano.

Diferenciava as aves não somente por seus cantos, mas também por seu voo e me fazia observar.

Tinha muita raiva dos falcões porque "enquanto estão aqui, não ouvimos o canto dos canários", dizia. "Os pobres se escondem para não serem engolidos por eles." Fez-me sair do jardim e caminhar até a ravina mais próxima para mostrar a variedade de ninhos.

Outra manhã, estávamos dando nosso "passeio botânico" e de repente agarrou com força o meu braço dizendo:

— Quieta, quieta! Não dê mais um passo!

— O que está acontecendo? — perguntei, assustada.

— Ali! Naquela pedra! Está vendo? Veja que beleza de lagarto. Esses bichos são majestosos!

Olhei para o seu rosto. Sentia-se tão orgulhoso, como se estivesse falando de um filho seu. O lagarto nos olhava com uma cabeça iridescente e a verdade é que tinha uma certa arrogância. José colocou a mão no bolso e tirou um pedaço de pão, que cortou em outros menores e foi jogando para o lagarto, que os comia com toda a calma, sem se assustar com nossa presença.

Cada canto do jardim tinha um nome dado por José. Esse que o lagarto estava se chamava "o solário dos lagartos". Onde estava Laura, "a sombra do flamboyant". O pomar de Tomás era "o verdureiro". Um longo corredor sombreado por plumerias, jasmins, madressilvas e outras trepadeiras era "o corredor dos perfumes". Chegamos no "cercado das laranjeiras". Foi me dizendo os nomes de todas as diferentes laranjas e tangerinas. Havia oito ou nove. Estranhei que três limoeiros estivessem tão afastados e comentei:

— Podia chamar de "cercado dos cítricos" e colocar os limoeiros aqui.

— Não! As laranjeiras e os limoeiros nunca podem estar juntos porque por baixo da terra suas raízes se casam e então as laranjas dão o fruto ácido.

Chegamos a uma curva do caminho onde havia uma caverna — uma pequena queda d'água descia da pedra que servia de teto; as paredes estavam cheias de musgo.

— Eu chamo aqui de "a caverna de Garoé". Sabe o que é o Garoé?

— Nunca ouvi esse nome — respondi, esperando sua explicação.

— Pois uns dizem que não existiu e outros que sim: parece que na Ilha de Ferro, na antiguidade, existia uma árvore chamada Garoé que de noite destilava água, que se armazenava em uma lagoa construída em sua base. Dela se abasteciam todos os habitantes da ilha. Então um cataclismo a destruiu.

— Está parecendo uma lenda — falei, incrédula.

— Não é tão raro que uma árvore dê água. Há árvores que deixam água em suas folhas e ramas. É a condensação da água na atmosfera.

— Que curioso! Ocorre atualmente?

— Sim, sim! Da sabina da Ilha de Ferro cai água abundante. Ocorrem coisas em nossas ilhas muito curiosas. E se falamos de lendas, então! Já ouviu falar de São Borondón?

— José, o senhor sempre me surpreende. Que santo é esse?

— Não é nenhum santo — respondeu, rindo da minha ignorância. — É uma ilha que aparece e desaparece.

— Pare, José! Está zombando de mim!

— Não! Por Deus, senhorita! Nunca zombaria da senhora! Os antigos dizem que existia uma ilha que aparecia e desaparecia por capricho. Eles a temiam porque a relacionavam com os espíritos. Dizem que fica entre La Palma, Hierro e Tenerife, creio. Algumas pessoas de agora também dizem que o viram. Ao lado da minha casa há um idoso que diz ter visto uma vez.

Não quis discutir a existência de São Borondón porque José parecia muito convencido. Além do mais, era uma crença misteriosa e curiosa. Seguimos nosso passeio.

Onde eu mais me divertia com José era na "Rosaleda". Cada rosa tinha um nome e cada roseira uma poda diferente. Era a zona mais extensa do jardim. A terra ao redor dela estava cavada e limpa de ervas. Nenhuma rosa estragada. Creio que era a zona predileta do jardineiro. Quando lhe disse isso, respondeu:

— Na verdade, no início era a que menos tinha vontade de cuidar por causa dos espinhos. Parecia que eu havia brigado com um gato cada vez que tinha que podar as roseiras. Foi a patroa que me fez gostar das roseiras: "São as plantas mais agradecidas", dizia. "Dão rosas todo o ano. Se colocá-las em uma jarra, elas duram muito mais que as outras flores. Se as presenteia, agradecem muito e, quando se cheira o seu perfume, não se pode comparar com nenhum outro. Sabe por que têm espinhos? Para se defender dos inimigos. Seja amigo delas e elas não te machucarão." A patroa era como a senhorita, gostava muito do jardim. Eu sinto muito a falta dela. Sabe qual era o seu lugar preferido? — Sem esperar minha resposta, prosseguiu:

— O sofá ao lado da piscina. Sentava-se ali com um livro e eu a observava muitas vezes quando não estava me vendo. Era um belo espetáculo sua figura refletida na água. Às vezes, olho para o lugar e parece que a estou vendo. Imagine. E já se passaram quatro anos!

Havia ficado sentimental. Eu não havia visto nenhuma fotografia dela. Somente o retrato que estava em cima da lareira do salão, pendurado na parede. Era muito bonita e elegante. Suas mãos descansavam sobre o colo e entre elas havia uma rosa. De olhar limpo e sereno, seu rosto expressava timidez. Quando vi o retrato pela primeira vez, relembrei as palavras de Sara: "Era pouquinha coisa. Teve que levar Petra porque não valia para mandar nos criados." Pobrezinha! O que teria feito com uma menina como a que trouxe ao mundo? Enquanto o jardineiro continuava percorrendo o jardim, eu fazia essas reflexões. De repente um grito estridente chegou até nós.

— O que foi? — perguntei, assustada.

— As ravinas falaram ontem à noite — falou José. — Um dia ruim para Laura!

— Como? O que quer dizer?

— Não ouviu ontem à noite o murmúrio das ravinas? Aqui dizemos que falam. Falam para os pescadores e lhes dizem se terão boa ou má pesca. Falam com os idosos, avisando-os que seus ossos doerão. E falam para Laura, que fica nervosa e grita por qualquer coisa, machuca a si mesma. Enfim! Uma pena!

— Mas por que dizem que falam? Como falam?

— O ar empurra o som do mar, que corre ao longo das ravinas e muge como uma vaca parindo. É um som triste e contínuo. Minha mãe tem pânico porque diz que quando as ravinas falam algum mal se aproxima. Já tinha ouvido um dia desses. Quando isso acontece, fica toda arrepiada.

Deixei o jardineiro com suas histórias e fui para perto de Laura. O dia estava nublado e não fazia falta a sombra do flamboyant, o que faltava era o sol. No entanto, Laura estava ali, no mesmo lugar de sempre. Tinha a carinha arranhada e a acariciei com ternura.

— Não seria melhor que a menina fosse para dentro? — perguntei a Yaiza, que estava ao seu lado. Sem esperar a sua resposta, coloquei o meu casaco nos bracinhos nus de Laura. — O dia se pôs mais fresco que o habitual e ela ficou muito fria.

Empurrei sua cadeira de rodas e a levei ao abrigo do salão de convidados. Apertei suas mãos, que estavam geladas. Pedi seu casaco e coloquei nela. Sentei-me ao seu lado e comecei a fazer todo tipo de ruídos para ver se algum lhe chamava a atenção. Depois, experimentei com objetos de cores vivas. Cantei-lhe uma canção argentina. Tudo era inútil! Laura só queria viver no seu mundo e não permitia que ninguém tivesse acesso a ele. Uma mosca varejeira entrou no salão e começou a zumbir ao nosso redor, tentou pousar em mim e, ao espantá-la, o sininho do meu pingente fez barulho. O pingente que Pedro me presenteou! Ouviu-se um som límpido e melodioso como sempre e… um milagre aconteceu! Ou era fruto de minha imaginação? “Laura o escutou! Sim, tenho certeza que algo havia mudado em seu olhar! Foi tão rápido!” Movi o sininho uma e outra vez. Pestanejei para não fixar tanto o olhar na menina. Ainda que não visse nada de especial em seu olhar, tinha certeza de que aquele som lhe interessava.

— Oh! Pedro! — disse a meia-voz. — Se este milagre for verdadeiro, estarei agradecida pelo seu presente pelo resto da minha vida.

Naquela hora, acabava de tomar uma decisão. O problema seria contar para Sara.

V

A PEQUENA LAURA

ERA MEIA-NOITE DE QUARTA-FEIRA quando liguei para Lola a fim de perguntar pelo nosso pai.

— Está bem. Foi uma cirurgia rápida. Já está no quarto com mamãe. Esta noite ficarei cuidando dele, e amanhã será o dia do Raúl. Não deixamos mamãe ficar porque ela está muito nervosa. É mais fraca do que eu pensava.

A voz de Lola parecia desdenhosa. Era uma pessoa que não suportava aquele tipo de atitude. Acostumada a defender sua vida com coragem, havia forjado uma integridade e uma vontade que eram fora do normal. Muitas vezes, imaginei o que teria feito no meu lugar. Talvez tivesse voltado para San Juan e desafiadoramente mostraria seu ventre volumoso passeando pela Praça de Maio. É possível que fizesse isso — nesse caso, eu também seria uma fraca para ela.

— Então, papai está animado? Quando o mandarão para casa?

— Sim, está muito bem. Falta a biópsia. Esperamos que não dê nada. Suponho que já possamos levá-lo para casa no fim de semana. Quer o telefone do hospital?

— Sim, só um minuto. — Peguei papel e uma caneta e voltei para o telefone. — Pode falar. Posso ligar a qualquer hora?

— Tem o fuso horário. Esta hora é boa. Eu estava indo pra lá quando o telefone tocou. Ele deve estar jantando agora.

Anotei o número de telefone, despedi-me de Lola cuja voz refletia tensão e cansaço. Perguntei a José Luís se poderia fazer outra ligação.

— Que pergunta! — respondeu. — Quantas precisar!

Liguei para o número que Lola me deu e a voz de mamãe parecia distante quando respondeu. Ao ouvir a minha, começou a chorar. Procurei acalmá-la para que não impressionasse papai, mas não houve jeito. Por fim, passou o telefone para ele, que, ao contrário do que eu pensava, estava tranquilo.

— Não se preocupe, filha. — Sua voz era doce e relaxada. — Tudo já passou, graças a Deus. Um pouco de incômodo agora e logo me mandarão para casa. Veja, há uma coisa boa: tenho apetite, então não morro dessa vez — brincou. — Agora acabaram de trazer o meu jantar. Sabe o que é? Um caldinho não identificado e um flan como "sobremesa". Falei que não morreria dessa vez? Mudei de opinião!

Fiquei feliz em escutar suas piadas e ri. Animei-o, apesar de achar que era minha mãe que precisava ser animada. Lola tinha razão. Era fraca!

José Luís e todos os outros, incluindo os empregados, perguntaram-me por ele e relevaram a importância da cirurgia para que não me preocupasse.

— Quase todos os homens passam por ela — foi o comentário de José Luís.

Aquela semana passou depressa. Laura parecia responder com mais atenção ao som do sininho e me propus a explorar aquilo assim que possível. Um dia, perguntei a José Luís se precisaria do chofer.

— É que tenho que ir a Santa Cruz para comprar umas coisas e, como não sei exatamente onde encontrá-las, seria bom ter a companhia do Pablo.

— Não, não me fará falta. Mas Sara pode acompanhá-la. Ela conhece bem a capital.

Eu não quis dizer para ele que preferia ir sozinha porque o que compraria era para Laura. Porém, tive que perguntar a Sara se ela queria ir comigo.

— Claro. Também tenho que fazer umas compras para o Natal.

Saímos logo porque queríamos voltar para casa na hora do almoço. Em Santa Cruz, nos separamos para cada uma comprar o que procurava e terminar o quanto antes. A cidade estava enfeitada e viam-se nas vitrines os toques próprios das festas que se aproximavam. Minhas compras, todas para a estimulação de Laura, consistiam em sinos de diversos sons e instrumentos musicais variados: uma gaita, castanholas, chocalho e um piano de brinquedo. Depois, comprei fitas coloridas e bolas natalinas. Quando terminei, esperei por Sara em uma varanda na Praça de Espanha. Não demorou muito e a vi chegar carregada de pacotes. Pablo esperava nossa ligação para nos buscar. Antes de ligar para ele, Sara se sentou ao meu lado e pediu uma cerveja para o garçom.

— Estou morrendo de sede. Fui a todas as perfumarias procurando um creme e não encontrei. Pedirei ao Carlos que me traga um de Madrid quando voltar para cá.

Terminei meu suco e Sara bebeu a cerveja com vontade. Pareceu um momento oportuno para lhe contar que tinha tomado uma decisão em relação a Laura e a mim, mas me custava muito abordar o assunto. Olhei distraidamente para umas pombas que bicavam os restos de comida pelo chão no meio das mesas e observei suas patas mutiladas devido, talvez, à sua familiaridade com os passantes que, sem querer, pisavam nelas ou as acertavam com as cadeiras ao se sentar. Por fim, decidi falar.

— Ouça, Sara. Espero que compreenda o que direi e que perceba que não penso somente em mim ao tomar essa decisão. — Eu a encarei e vi que seus olhos expressavam impaciência e interrogação. Continuei:

— Decidi que ficar aqui. Quero tentar ajudar Laura. Ela me dá muita pena e acho que, entre outras coisas, precisa de carinho. Não sei se conseguirei grandes avanços nem se a tirarei do isolamento, mas garanto que porei todo o meu esforço para que isso seja possível. E sempre falei que queria encontrar um trabalho e criar meu bebê com meu próprio esforço. Este trabalho é o melhor que posso encontrar e estou me afeiçoando a ela. Mas quero que saiba que, se em qualquer momento precisar de mim, seja por estar doente ou se sentir sozinha, levarei exatamente duas horas e meia para estar ao seu lado em Madrid. Além disso, o fato de você e José Luís serem irmãos facilita as coisas porque ele será compreensivo se tiver que me ausentar para ir até você.

Sara me deixou falar sem me interromper. Eu estudava seus gestos para ver como reagiria ao saber dos meus desejos, mas a expressão de seu rosto não me dizia nada. Quando terminei, ficou em silêncio por um tempo e então, medindo suas palavras, abordou o assunto de uma forma que demonstrava toda sua elegância:

— Minha querida, por mim teria você sempre ao meu lado, mas acho que não posso prendê-la. É verdade, você me disse que queria trabalhar. Reconheço que sou possessiva demais, mas, conforme disse, tudo fica em família e esse é o melhor trabalho que poderia ter encontrado. Fico muito mais tranquila sabendo que você está na casa do meu irmão, ainda que cuidar de Laura não seja um dos trabalhos mais fáceis. Agora, o que eu gostaria mesmo é que me deixe ser a madrinha do seu bebê. E, por favor, ligue para mim sempre que puder e me diga como está. E se, por acaso, chegar ao ponto de não aguentar mais e quiser largar tudo e voltar para casa, estaremos esperando você de braços abertos.

As palavras de Sara me emocionaram. Será possível que ela sinta mais falta de mim do que qualquer um de minha família? Assim, decidimos sobre nossa separação. Ligou para o motorista, que logo chegou. E durante o caminho me perguntou se eu já havia falado com seu irmão.

— Não. Queria que você soubesse antes de qualquer um.

— Tenho certeza que ele ficará muito feliz porque já se deu conta de suas atenções para com a menina. Outro dia me perguntava por que eu não arrumava alguém como você para cuidar de Laura. Veja, entrar na biblioteca como você entra, pegando e deixando livros... nenhum dos seus melhores amigos conseguiu isso até hoje. A biblioteca é limpa uma vez por ano e meu irmão só admite a colaboração de Francisco porque ele já lhe demonstrou que sabe cuidar deles.

Chegamos em casa por volta de uma da tarde, mas José Luís nos esperava pacientemente para o almoço.

— O que é isso? — interrogou, olhando para nossos pacotes — Compraram muitas coisas?!

— Puf! Não paramos de andar desde que saímos de casa! — respondeu Sara, enquanto se deixava cair em uma poltrona. — Bem, no final apenas nos sentamos para tomar uma cerveja. Depois mostro tudo.

— E você? — Ele me perguntou. — Comprou algo para você também?

— Na verdade, não — respondi. — Comprei umas coisinhas para ver se Laura gosta.

Estranhei porque era a primeira vez que se interessava por minhas coisas. Nunca ou quase nunca me perguntava nada, e quando eu passava ao seu lado, na maioria das vezes, nem percebia minha presença. Eu entrava na biblioteca e, ele estando ali, respondia meu cumprimento sem levantar a cabeça dos seus escritos. Eu o via apenas como um bom escritor e o irmão muito querido de Sara. Contudo, sabia que o carinho que Sara e Carlos demonstravam ter por mim não seria o mesmo nessa casa. Quando terminávamos nosso almoço, Sara abordou o assunto:

— Bom — disse se dirigindo a mim. — Você diz ou digo eu?

José Luís olhou primeiro para uma, depois a outra e para não estender mais o suspense comecei a falar:

— Sei que você precisa de uma governanta, eu preciso de trabalho e Laura precisa de alguém com paciência suficiente para cuidar dela sem desmaiar. Portanto, considero-me capacitada para o posto e, se me aceitar, farei o possível para cumprir com meus deveres.

— Não podia me fazer uma surpresa melhor. Vi você com Laura e, se ela não se desenvolver com você, é por ser de verdade um caso perdido. Mas, Sara — olhou para sua irmã —, o que diz?

— Sara — brincou ela — está acostumada com você roubando todas as pessoas das quais ela mais precisa. Primeiro foi Petra e agora minha melhor amiga. Mas, enfim, resigno-me. Tudo por Laura.

— Antes de terminar o assunto — acrescentei —, quero que lembrem que estou grávida e que, quando o bebê nascer, não poderei cumprir com minhas obrigações. Além disso, minha intenção é voltar para a Argentina, para junto de minha família. Não significa que será imediatamente, mas algum dia irei. No entanto, espero que até lá Laura já tenha se integrado ao nosso mundo.

— Eu também quero dizer algo — avisou José Luís. — De vez em quando, minha cunhada vem com a desculpa de ver a menina. Também se chama Laura. Você terá problema com ela porque todas as governantas se queixavam de suas intromissões. Dou autorização para que você trabalhe com toda liberdade. Se quiser mandá-la passear, fique à vontade. Não se deixe dominar por ela, caso contrário estará perdida e terminará indo embora como as outras.

— Não se preocupe. — Eu o tranquilizei. — Já a conheci e me pareceu desagradável. Mas agradeço seus conselhos.

Depois do almoço, sentia-me cansada e fui para o meu quarto. Fiquei descalça, joguei-me na cama e coloquei os pés para cima. Essa postura era muito relaxante. Já fazia dois dias que meus pés inchavam. Adormeci e, quando desci, fui diretamente para perto de Laura. Era cinco da tarde e a sombra do flamboyant mostrava-se alargada com a luz do sol oblíqua da estação. Tirei Laura debaixo da árvore e a levei para o sol. Estava coberta com uma manta fina — com certeza, Petra a agasalhou porque era uma mulher friorenta. Tirei a manta para que recebesse um pouco de sol nas pernas. Ao sair da sombra, fechou seus olhos claros tão sensíveis a luz. Eu a observei. Tinha uma expressão de inocência muito parecida com a do retrato de sua mãe. Agachei-me diante dela e, pela primeira vez, parecia que me olhava!

— A partir de agora — falei como se ela me entendesse —, você e eu estaremos sempre juntas. Se não quiser vir para o meu mundo, entrarei no seu. O que eu não consentirei é que continue assim. Pouco a pouco nos tornaremos boas amigas e a ensinarei a falar, a caminhar e a desfrutar a vida e essa casa maravilhosa, do jardim... Você verá como nos divertiremos. Mas preciso da sua colaboração. Entende?

Não, não entendeu, mas desde aquele dia eu lhe falava e lhe fazia perguntas que ficavam sem resposta. Na hora de comer, colocava entre suas mãos um dos sininhos que havia comprado em Santa Cruz e a cada colherada agarrava uma delas e fazia barulho com o ele. Não sabia se seria por acaso, mas não fechava a boca quando a colher se aproximava. Como só tinha uma leve resposta ao som do sininho, pensei em pendurar vários pelos galhos do flamboyant e os fazia soar com um palito. Depois, amarrei fitas coloridas nos sinos e ia colocando-os, alternadamente em sua mão, fazendo-os soar. Observei que havia alguns sons que a agradavam mais que outros. Com determinados sons, ela fechava os olhos e com outros não. Minha criatividade não tinha limites. Uma vez, o ar balançou os galhos da árvore e os sinos tocaram sozinhos. Suas mãos fizeram o movimento de agarrar alguma coisa. Outro pequeno avanço! Associava o som com as fitas que lhe colocava entre as mãos.

Meus dias se tornaram muito curtos. Laura e eu, eu e Laura. Chegou o momento de precisar tê-la perto de mim também pelas noites. Todavia, levá-la para cima nos braços não era possível. E depender sempre de alguém também não parecia ser o mais certo. Tinha que deixar meu quarto e escolher outro.

— Quero que Laura durma comigo — propus a José Luís. — Há uma sala no primeiro andar, na ala dos convidados, que seria ideal porque tem uma câmara adjunta onde ela poderia dormir. Ao mesmo tempo dá para o jardim e seria muito mais cômodo para levá-la para fora.

— Valéria — respondeu, quase irritado por interromper seu trabalho —, já disse que você não tem que me pedir autorização para nada. Faça o que achar melhor e mude quando quiser.

Apesar de seus modos rudes, deu-me a sensação de que estava muito feliz, não apenas porque alguém estava cuidando de Laura, mas também por não ter mais essa preocupação. Percebia-se que a morte da sua esposa durante o parto era o motivo daquela menina carregar uma culpa que ela não tinha. Cada vez que o pai a olhava, não podia pensar em outra coisa que não fosse em sua esposa morta e a felicidade perdida. Além disso, pelo retrato que estava pendurado no salão, mãe e filha parecidas. Os mesmos olhos azuis, as feições delicadas e a pele fina. Muitas vezes, perguntei-me se Laura seria autista de verdade ou somente uma menina abandonada desde o momento do seu nascimento. O certo é que, bem devagarinho, ia conseguindo avanços imperceptíveis para os demais. Para mim, que a observava com atenção, a menina respondia a alguns estímulos.

Naquela tarde, levei minhas coisas para o novo quarto e pedi que levassem para lá as roupas de Laura. Meu dormitório era amplo e alegre, com uma grande janela voltada para o jardim. O banheiro, com banheira de hidromassagem, era bem amplo e tinha alguns aparelhos de ginástica: bicicleta, esteira, uns pesos. A porta era de correr e envidraçada, dava para um pequeno salão que pedi para arrumar e se tornar o dormitório de Laura. Tinha grandes janelas para o jardim e estava ao lado do flamboyant. Os móveis eram modernos e muito bonitos. A decoração me agradou. As paredes eram salmão, a mesma cor do carpete. Havia uma mesa em um canto com uma coleção de carros em miniatura. O lustre era muito simples, como os apliques da parede. Sobre a cabeceira da cama, havia dois quadros de tema religioso. Na cômoda estava uma foto do casal, provavelmente lembrança de alguma viagem e, ao lado... o vaso mais horrível que já vi. Estranhei aquela peça em uma casa onde o bom gosto predominava e, apesar de ter vontade de mandar que o tirassem dali, deixei onde estava. Para dissimular um pouco seu efeito desastroso, coloquei uns copos-de-leite que peguei no jardim, aproveitando que o jardineiro não estava. O armário era imenso — quando terminei de colocar minha roupa, percebi que sobrava muito espaço. Na parte oposta tinha uma escrivaninha e uma poltrona. Também colocaram um telefone de comunicação direta com os empregados para que pedisse o que precisasse a qualquer momento. Agradeci muito porque a nova localização ficava um pouco separada do resto da casa. No dormitório de Laura, foi colocado um armário, uma cama, um sofá de três lugares e uma mesa de centro.

Naquela tarde, Yaiza veio na hora de dar banho e pôr Laura para dormir. Até ter meu filho, precisaria dela cada vez mais... Pouco a pouco me sentia mais e mais desajeitada. Yaiza colocou a menina na banheira e liguei a hidromassagem.

— Esta massagem lhe fará bem — falei para Laura. — Está o dia todo sentada. Amanhã veremos como fará um pouco de exercício.

— Não sei como, já que ela não anda.

— Pensarei em alguma coisa. — Vi o olhar de desdém de Yaiza.

Foi quando percebi que o modo de agir do seu pai fora apreendido pelos empregados e isso me pareceu uma crueldade. Eu tinha o propósito de mudar aquele costume de considerar Laura como um caso perdido. Todos passariam a acreditar que a fé move montanhas. Deviam admitir que conseguiríamos algo, que tiraríamos daquele ser impassível um acúmulo de sentimentos como o que há em todos nós. Por isso, ao invés de me irritar com Yaiza, disse:

— Yaiza, de hoje em diante, enquanto eu estiver nessa casa, a "srta. Laura" deixou de ser "a menina autista". Será respeitada como é: a filha do patrão e, portanto, a herdeira de tudo isso e, de certa forma, a que paga seu salário. Portanto, você e os demais me ajudarão a lhe ensinar tudo o que ninguém ensinou até hoje. Compreendido? Não quero que ninguém volte a me dizer que perco tempo porque ela não fará isto ou aquilo! Ela fará muitas coisas que ensinaremos!

Vi como a garota atrevida mudava de cor. Nunca mais tive que lhe chamar a atenção e desde aquele momento passou a ser uma grande colaboradora. Vinha pelas manhãs me ajudar a vestir Laura e pelas tardes, para banhá-la. Laura, ainda que tivesse apenas quatro anos, era grande e pesava bastante. A ajuda de Yaiza era muito bem-vinda.

Sara veio ver minha nova localização, acompanhada por José Luís. Quando lhes disse que gostara muito da decoração, meus olhos se detiveram no vaso, mas não fiz comentário algum. Foi José Luís quem perguntou:

— Gosta desse vaso também? — Vi como Sara o olhava com estranheza.

— Quando pedem que eu dê minha opinião sobre alguma coisa, costumo ser sincera. Mas meu pai me ensinou que "a sinceridade absoluta é irmã da má-educação".

— Quero "sinceridade absoluta" e não penso como seu pai.

José Luís era uma pessoa tão distante que, até quando pedia sinceridade, havia o receio de ser sincera. Pensei por um instante e optei pela sinceridade.

— Pois então direi que me parece de muito mau gosto. Não combina em nada com todo o resto. E eu o tiraria. Perdão —arrependi-me por ter sido tão sincera, mas já não tinha remédio e continuei:

— Você pediu por sinceridade.

— Sim. Vou te contar algo que você não sabe, nem Sara. Na nossa viagem de casamento — ele olhou para Sara antes de continuar —, minha mulher encontrou esse vaso e quis trazê-lo para casa. Eu deixei porque, no início, tinha uns péssimos gostos, era para chorar. Pouco a pouco, seu gosto foi melhorando e chegou uma hora em que me perguntou: "Mas como foi que me deixou comprar um vaso tão horrível?" Então, ela quis jogá-lo fora, mas não deixei porque era a prova da transformação que Candelária passara com os anos. Você, Sara, sempre acreditou que ela não havia mudado e que continuava sendo a jovem humilde do começo. Porém, quando morreu, era outra, muito diferente. A pena é que não teve tempo para demonstrar.

Sara ficou em silêncio. José Luís havia ficado muito sério e me senti muito mal por ter falado daquela maneira. Meu pai tinha razão. Fui mal-educada.

Antes de me deitar, liguei para casa, querendo saber do meu pai. Lola tinha más notícias: o resultado da biópsia tinha saído, e era um tumor maligno.

— Mas os médicos dizem que pode viver por vários anos, se ele fizer radioterapia. Disseram também que, como já tem idade, as células se reproduzem mais lentamente. A propósito, apenas eu e Raúl sabemos. Se ligar para casa, não diga nada.

A má notícia me angustiou, talvez, não tanto quanto deveria. A distância e meus próprios problemas, minha maternidade e Laura, haviam me isolado da minha casa e dos meus parentes. Enxergava a minha gente como algo de uma vida passada, como uma lembrança que quase me causava dor e, quando meus pensamentos chegavam até San Juan, a lembrança de Pedro voltava para descartá-la no mesmo instante. Minha vida havia tomado um rumo onde não havia mais lugar para ele, e não queria que ficasse nada mais do nosso romance além da criança que levava em meu ventre. Nem sempre conseguia. Às vezes, perguntava-me se o resto da minha vida estaria ligado a duas crianças, se teria que fazer um voto de castidade que não desejava. Tudo o que tivera até então foram os dois momentos de prazer com Pedro e aqueles dias inesquecíveis enquanto me pintava, e, ainda que minha mente quisesse esquecer, meu coração e meu corpo me recordavam a cada instante. Em muitas noites, na solidão do meu quarto, pensava naquele amor pelo homem menos apropriado; o mesmo que já tinha companheira e que zombou de mim me escondendo a verdade de sua situação. Então, antes de que a angústia tomasse conta de mim, levantava-me e saía para o jardim. O ar fresco me aliviava e o céu límpido das Ilhas Canárias me oferecia um firmamento iluminado. A Ursa Maior, a Menor, Órion, Touro, Cassiopeia... Observava as estrelas, mas não era o suficiente para acalmar minha necessidade.

Em uma dessas noites, fui passear por uma parte do jardim até então desconhecida. Um terreno inclinado que começava atrás da piscina e dava em um lago. No alto da pradaria, havia uma casa de pedra, muito pequena, rodeada de flores. Não a tinha visto em meus passeios anteriores. "Perguntarei amanhã a Yaiza."

Sentei-me no prado. Estava tão bom. O perfume de um jasmim próximo chegava até mim. Respirei profundamente e voltei para o meu quarto mais calma. Aproximei-me de Laura, que dormia placidamente. Eu a beijei e me deitei. O passeio tinha me feito bem e logo adormeci.

Amanheceu e havia muitos pássaros. Laura se remexeu na cama e eu a observei. Tinha uma expressão angelical enquanto dormia. Eu, muitas vezes, enquanto a observava dormindo, sonhava com que ao despertar me saudaria com um "Oi, Valéria!". Nunca perdi a esperança de que algum dia isso se tornasse realidade. Contudo, o despertar de Laura era muito diferente: com os olhos muito sonolentos, era um pedacinho de carne, sem movimento algum. Tínhamos que fazer tudo por ela sem que ajudasse em nada. Quando já estava vestida, nós a colocávamos em sua cadeira e a levávamos para o jardim. Ali, comia sem pedir, ficava à sombra ou ao sol, de acordo com meu capricho, pois não sabia se sentia frio ou calor, e se desligava olhando à distância. O som dos diferentes sinos pendurados pelo flamboyant às vezes fazia um efeito nela; em outras, não. "Se enquanto está dormindo se mexe na cama por que não se move quando está acordada?", pensei.

Tracei um plano para fazer com que ela soltasse as pernas e desse alguns passos. A piscina, ainda que não muito grande, era alegre, sempre muito limpa e bem-cuidada, e poderíamos climatizar a temperatura. Mergulharia Laura ali para ver se ela faria algum movimento.

Pedi ao mordomo que pusesse a temperatura da água a vinte e oito graus. Não queria que tivesse sensação de frio ao entrar. Depois, reduziríamos a temperatura. Chamei Yaiza e lhe pedi um maiô para a menina.

— Laura não tem maiô — respondeu.

— Não tem maiô? — perguntei, espantada. — Ninguém nunca a levou à piscina? Nunca tentaram ver se lhe agradava a água ou não?

Yaiza fez uma cara de boba, e fiquei perplexa. Uma piscina com todas as comodidades e Laura nunca havia se banhado nela.

— Comprarei agora mesmo um maiô.

Liguei para Sara. Estávamos um pouco afastadas naqueles últimos dias. Eu por estar me dedicando à menina e Sara porque tinha se dedicado a fazer visitas a amigos, que eram muitos. Contei a ela sobre minha intenção de ir ao Porto para comprar um maiô para a menina e ela se ofereceu para vir comigo. Fomos ao passeio Martiánez, onde há muitas lojas com artigos de praia. Comprei uma boia e o maiô de Laura, além de um para mim, de grávida. Sara me observava sem intervir enquanto eu comprava, até que saímos para a rua. Depois me olhou, segurou-me pelo braço e me disse com certa emoção:

— Que sorte tem meu irmão e que pouca tenho eu! Já é a segunda vez que ele me tira alguém que tenho ao meu lado. Apesar de me alegrar por ser pela menina. Sabe o que acho? — Sem esperar resposta, continuou:

— Que você conseguirá de Laura o que nenhum de nós poderíamos imaginar que fosse possível. Não sei até onde meu irmão é agradecido porque, você já percebeu, ele não se responsabiliza por nada: quem cuida da casa é Petra; você, da criança. Ele se dedica somente aos seus escritos e às suas viagens e nada mais lhe importa. Mas eu agradeço em nome dos dois. Até acho que foi Candelária que colocou você em nosso caminho para que cuidasse da sua filha.

— Não exagere — disse, rindo. — Foi sorte minha ter conhecido você, e também ter encontrado um trabalho digno e me sentir útil. Se não fosse seu apoio, talvez estivesse nos braços de um homem que teria me transformado em uma mera amante.

Chegamos em casa e eu desejava levar Laura para a piscina. Era quase hora do almoço e disse a Sara que não esperassem por mim.

Vesti o maiô e fui para a piscina levando a futura nadadora. O maiô que lhe comprei estava um pouco grande, mas não importava.

Entrei na piscina. A água estava quente demais para um banho prolongado, mas o nosso não seria longo demais. Com a ajuda de Yaiza, levei Laura para a água com as boias nos braços. Eu a peguei pelos braços e fomos para onde a água chegava no peito. Ali, eu fazia menos esforço em segurar aquele pequeno corpo. Encarei-a. Seus olhos continuavam inexpressivos, mas parecia estar gostando. Movimentei suas mãos e pernas para lhe mostrar o que teria que fazer para nadar. Ficamos assim por uns quinze minutos. Depois, desinflei um pouco as boias. Ela ficou insegura porque afundou um pouco, e sua expressão mudou. Alguma coisa estava funcionando. Não fez movimentos, mas notou a diferença entre flutuar e não flutuar. Voltei a encher de ar a boia e a desinflei novamente. Dessa vez, agarrei suas mãos para ver se faria pressão nas minhas para se segurar. Porém não. Olhei no relógio. Já havia passado meia hora. Era o suficiente para a primeira vez. Novamente recorri a Yaiza, que estava observando da beirada, para tirar a menina e a abrigar com a toalha. Depois, dei-lhe o almoço. Pareceu-me ter mais apetite porque abria a boca antes de encostar a colher nos lábios. Eu estava satisfeita com o experimento e quase não me lembrei que eu também deveria almoçar. Fui para a sala de jantar e Sara e seu irmão me esperavam.

— Mas por que não almoçaram? — perguntei, um pouco exasperada pela minha demora.

— Estávamos observando você, Valéria — falou José Luís. — No primeiro dia aqui, disse-nos que não sabia o que era autismo. Todas as governantas que passaram por essa casa sabiam, segundo elas, muito sobre o problema. Quando iam embora, Laura estava como sempre. Nenhuma se entregou como você. Tenho certeza que Laura sairá do seu estado de isolamento. Não sei até que ponto, mas alguma coisa acontecerá. E, Valéria, se precisar comprar algo para Laura, faça-o sem olhar o preço e depois me dê a conta. Até agora não me passou nada.

Aquelas palavras vindas de uma pessoa tão pouco comunicativa me surpreenderam e encorajaram. Já sabia que conseguiria algo com Laura — a surpresa foi saber que ele também achava aquilo.

No dia vinte e três, pela manhã, Carlos voltaria de Madrid. Eu lhe tinha muito carinho e sentia sua falta. Quando Sara me perguntou se queria acompanhá-la ao aeroporto para recebê-lo, senti muito por dizer não. Porém, não queria interromper os banhos de Laura porque notava que fazia muito bem a ela, e que estava gostando mais dia após dia. Seus olhos azuis se viravam de uma forma lenta e quase imperceptível, mais expressivos. O avanço, ainda que leve, era evidente. Sua lentidão era consequência de não ter tido o mínimo de estímulo nos seus primeiros quatro anos de vida. Todos se limitavam a vesti-la, dar-lhe de comer e colocá-la à sombra do flamboyant. Por isso, ficavam nos observando no começo como se estivessem vendo um programa de televisão, enquanto fazíamos os exercícios.

Um dia, enquanto descansava depois do banho, vi José com suas rosas. Quase tinha me esquecido da pequena casa de pedra que havia visto na pradaria ao norte. Eu me aproximei dele e, antes que dissesse algo, ele comentou que havia ouvido sobre os avanços de Laura e me felicitava por eles. Aquilo me agradou porque notava que meus esforços e os progressos da menina, quase imperceptíveis, não passavam despercebidos.

— Queria lhe perguntar. Eu vi uma casa pequena nessa parte. — Apontei para a trilha que conduzia para a colina verde. — Quem a ocupa?

— Ah! A casinha de Laura? — Diante da minha surpresa, continuou:

— Sim, era um armazém de víveres: vinho, carne de porco, bebidas. Os antigos donos dessa propriedade a usavam para isso. Quando os patrões fizeram a reforma, arrumaram ela para o bebê que estavam esperando. "Para que ela recebesse seus amigos quando fosse maior", disse a patroa. Pobrezinha! Mas nunca foi usada, nem creio que seja.

— Podemos entrar nela? — Eu já havia pensado em usar aquela casinha.

— Suponho que sim. Talvez esteja aberta. Se não estiver, Petra tem a chave.

Queria ver aquela casa porque tinha o propósito de colocar ali uma pequena academia — reunia todas as condições necessárias. José me acompanhou até lá e empurrou a porta. Estava trancada.

— Me espere aqui, vou chamar Petra. — Desceu a trilha e se encaminhou para as dependências de serviço.

Reparei que a casa tinha dois andares. O térreo era o lugar mais adequado para a academia. O de cima, a qual se tinha acesso por uma escada de pedra, ficaria reservado, esperando que Laura caminhasse — se um dia chegasse a andar.

Petra veio com a chave. No primeiro andar, havia um grande salão, uma cozinha americana e uma pia. No segundo, que também se tinha acesso por uma escada em caracol, tinha dois dormitórios — um muito grande com banheiro e outro menor.

— Bem —dirigi-me a Petra —, deixe a chave comigo, eu a guardarei.

Petra e José foram cada um para o seu lado e segui fazendo planos, que logo comunicaria a José Luís. O salão tinha poucos móveis, mas atrapalhavam o que eu pensava em fazer.

Fui ao escritório onde José Luís estava trabalhando. Estava, segundo me contara Sara, escrevendo uma novela romântica. Eu gostava da sua literatura — tinha lido vários livros seus que estavam na biblioteca. Era um grande sucesso de público e crítica. Viajava muito e guardava das suas viagens uma infinidade de anotações, fotos, vídeos e todo o material que pudesse lhe servir para uma próxima novela. Aquilo tudo valorizava seus escritos, nos quais somente os personagens eram ficção.

— Entre — disse ao ouvir umas batidas na porta.

— Perdoe-me roubar um pouco do seu tempo — exagerei no protocolo. — Mas é que preciso da casinha de pedra para fazer uma academia para Laura e…

— Mas não sei quantas vezes terei que dizer que não precisa me consultar. — Sua voz soava crítica. — Ponha o que quiser, faça o que achar mais conveniente e gaste o dinheiro que for preciso. Só precisa me dizer o quanto custou. Melhor dizendo, nem isso.

Foi até a cofre, abriu-o e tirou um talão de cheques. Assinou vários em branco e me entregou.

— Pronto, assim não terá que me pedir mais nada.

— Não! Por favor! — recusei, incomodada. — Isso não está certo. Eu digo quanto custará cada aparelho e você autoriza.

— E que diferença faz se eu autorizar agora? Pronto, está autorizado!

Voltou a me dar os cheques e colocou-os em minha mão, fechando-a sobre eles. "O que quiser, e acima de tudo que me deixe escrever em paz."

Disse Sara mais tarde quando lhe contei o acontecido:

— Quando escreve, não atende a ninguém, nem sequer a mim. É mais cômodo que faça o que quiser. Ele se encarrega dos gastos e segue com os livros. Entende?

Entendi em parte. Eu me queixava do meu pai porque o considerava pouco comunicativo com os filhos, mas se comparado com aquele homem… Uma coisa me preocupava. Desejava que o pai olhasse de vez em quando para a filha, porque me parecia que facilitaria sua integração ao mundo, e não via nenhuma intenção da sua parte, em assumir a mínima responsabilidade. Pagava-me um salário muito alto para que me ocupasse de tudo. Ele se abstinha de tomar parte em qualquer coisa.

A montagem da academia foi mais difícil do que eu imaginava. Precisava de uns aparelhos que não eram os normais e tinha que desenhar e depois mandar para alguém que interpretasse meus desejos. Por sorte, contei com a ajuda de Sara e Carlos. Ela conhecia a ilha e sabia onde encontrar pessoas especializadas em um ou outro trabalho. Carlos me ajudou a economizar espaço e a pensar nos aparelhos mais convenientes para o que eu queria fazer.

— Preciso de duas barras paralelas, em primeiro lugar. Penderão delas duas correias extensoras costuradas a uma lona para ensinar Laura a andar. Primeiro, seus pés mal tocarão o chão. Eu a deslocarei ao longo das barras movimentando suas pernas como se andasse. Pouco a pouco, darei mais extensão às correias até que se apoie totalmente no chão. Acho que isso seria muito mais simples se eu a segurasse pelos braços, mas em pouco tempo isso será impossível para mim e não quero começar um exercício e desistir sem realizações positivas.

— As correias e tudo o que seja de corda, não há problema — disse Sara. — Há um sapateiro na Orotava que pode fazer. A lona, peça a Petra. As barras também não são problema. Eu me encarrego de pedir, é só me dizer o tamanho que quer.

— Sim, darei as medidas. Também preciso de um colchonete, uma cama de massagem e…

— Não acha que já tem bastante com o "andador"? — disse Carlos. — Considere que também precisa pensar em você. Você está grávida e ficará sem jeito. Se carregar Laura, pode vir a prejudicar sua gravidez.

— Não se preocupe. Prometo que cuidarei de mim e não arriscarei a vida do meu bebê.

Em um tempo recorde, estava o "andador", como Carlos chamava as barras, pronto. Começamos os exercícios com Laura. Como eles haviam colaborado com a montagem, também ajudavam nos exercícios e viam como eu que fazíamos progressos ainda que de um modo bem lento.

Claro que alguns dias podiam ser considerados perdidos, quando parecíamos caminhar para trás. Outros, em compensação, enchiam-nos de esperanças.

Um dia, quando havíamos baixado um pouquinho as correias, coloquei debaixo dos pés de Laura um tapete que Carlos deslizava para trás. O tapete tropeçava na ponta de seus pés, e eu a ensinava a levantá-los e a baixá-los para dar os passos. Primeiro um, depois o outro. Cansados e sem ver resultados, sentamo-nos no chão, olhando os pés inertes da menina.

— Veja! — gritamos juntos.

Os dedos dos pés de Laura se moviam para cima. Aqueles momentos nos encheram de alegria e todo o esforço realizado nos parecia maravilhoso. Entretanto, aqueles dias "perdidos" voltavam. Nada se adiantava e até parecia que atrasava o avanço anterior.

Chegaram as festas natalinas e com elas as ceias ou os almoços com amigos, os convites em casa, as felicitações. Quando um convite era feito a eles, eu me desculpava por não ir, mas quando recebiam visitas em casa não tinha como não estar presente. Em uma dessas ceias na casa de José Luís, vieram os mais íntimos: Mário e Imaculada, Jesus e Pilar, e Laura, a cunhada antipática. Vieram jantar porque os irmãos Olivera sabiam que a menina estava dormindo e que eu poderia estar com eles. Os dois casais eram muito agradáveis e creio que também gostavam de mim, por isso me preparei para passar uma noite divertida.

Vesti uma roupa folgada, como Sara me aconselhou — e ela me emprestou um colar de bijuteria fina que combinava muito bem. Olhei-me no espelho. Estava com um bronzeado que me favorecia. Entrei na sala de jantar exterior onde um drinque e Mário, o brincalhão, soltou um assovio de admiração para mim seguido de uma de suas gargalhadas. Todos me olharam. Fiquei constrangida.

— Nossa! — disse Jesus, galante. — Como Tenerife te faz bem!

Os demais também me elogiaram. Todos menos Laura, que me olhava de esguelha com cara crítica.

Laura era a nota desagradável naquela reunião. E isso não era só minha opinião — percebi que ninguém gostava dela.

— A convidamos por compromisso — falou Sara —, mas não teremos mais que suportá-la em todas as festas.

Desde o primeiro momento me dei muito bem com Pilar. Era desenvolta e natural, com uma simpatia encantadora e muito conversadora. Tinha um vasto conhecimento cultural da qual não fazia alarde, e gostava de pintura. Conversamos muito sobre um dos meus assuntos preferidos. Ela, por sua vez, mostrou um grande carinho por mim e isso fez com que nos aproximássemos mais. Pensei ter sorte de encontrar uma substituta da minha querida Sara em Tenerife.

— Agradeço sua amabilidade — disse olhando um por um. — Como pretendem que não me sinta bem em Tenerife com pessoas tão atenciosas?

O jantar transcorreu em um clima de cordialidade e simpatia. Eles brincavam uns com os outros e muitas vezes me incluíam. Eu estava tendo uma noite deliciosa. Precisava daquela distração para me afastar, por algumas horas, do problema da pequena. Tudo acontecia perfeitamente até que Mário perguntou a Pilar o que fazer em Madrid.

— Eu, quando vou para essa grande cidade, não sei o que fazer — confessou Mário. — Me aborreço e no dia seguinte digo a Ima para irmos embora, não é, querida?

— Meu filho — foi o comentário de Pilar —, para mim faltam dias para ver tudo o que quero. Vamos ao teatro, ao cinema, às compras, ao museu do Prado. Dessa vez vimos uma exposição de pintura maravilhosa de um galego que vendeu todos os seus quadros no primeiro dia. Como se chamava?

Eu comecei a tremer — ainda bem que ninguém reparava em mim. Quando a ouvi dizer "Ah, sim, Leoviño", caiu a taça que tinha na mão, derramando o vinho sobre a toalha. Olhei para todos. Ninguém reparou. Ninguém com exceção de Sara. Seus olhos me observavam e não pude sustentar seu olhar.

— Não se preocupe, isso é sinal de felicidade — disse, enquanto estavam todos interessados nas explicações de Pilar.

— Sua pintura me empolgou. Falei com ele e lhe dei meu endereço para que me mande um catálogo quando fizer outra exposição. Veremos se chego a tempo de comprar um quadro. Segundo parece não vende no estúdio. Há de se comprar quando ele expõe.

O incidente passou despercebido a todos, mas Sara seguia me observando. Nunca lhe confessei quem era o pai do meu filho nem ela tinha perguntado. Se agora suspeitasse de algo, eu diria a verdade. Ela não merecia nada diferente daquilo e, além do mais, sei que guardaria meu segredo como ninguém.

Desculpei-me e fui ao jardim. Todos acharam natural que eu precisasse de um pouco de ar. Sara me seguiu com o olhar até a porta. Do lado fora, respirei fundo. O que estava acontecendo? Não posso afastar da minha mente o fato de que Pedro expunha em Madrid. Poderia vê-lo se quisesse, mas era essa a minha vontade?

Parecia-me que havia passado uma eternidade desde que chegamos em Tenerife. Além disso, tinha a pequena Laura. Podia ajudá-la e me comprometi com aquilo. Aqui, eu tinha um emprego digno e bem remunerado. Vivia em uma casa onde não me faltava nada. Era apreciada e respeitada por todos. Porém, também vinham aquelas noites não dormidas. De passeios pelo jardim até o sono me vencer. Aqueles dias vazios ansiando e desejando algo ao que havia renunciado voluntariamente. Poderia viver o resto da minha vida com a lembrança de um amor efêmero? Se fosse à procura de Pedro, aqueles momentos de amor não me faltariam, mas a que preço? Viveria marginalizada, apontada com o dedo pelas mesmas pessoas que agora me respeitavam. Tudo isso supondo que Pedro ainda se lembrasse do nosso amor. E se me recusasse ao ver minha gravidez? Para ele, minha presença suporia um compromisso e podia não estar preparado.

Ouvi uns passos atrás de mim e não precisei me virar para saber quem era.

— O que está acontecendo, meu bem? — perguntou Sara solícita.

— Você sabe, não é? — falei, enquanto me virava para ela.

— Não exatamente. A taça não caiu porque você tropeçou, como os outros pensaram. Você ficou nervosa e Pilar estava falando de uma exposição de pintura de um pintor galego. Imagino que o pai do nosso bebê seja...

— Sim, Pedro Leoviño — confessei com sinceridade sem a deixar terminar. — Esteve em San Juan expondo sua obra. Vou te contar.

— Não! Não quero saber os detalhes e o que acabou de me confessar não sairá daqui. Mas o que quero saber é o que está pensando em fazer agora que sabe onde ele está e pode ir se encontrar com ele.

— Fique tranquila. Continuará tudo como está. Seguirei ao lado de Laura, que precisa de mim, terei meu filho, cuidarei dos dois e... — Percorri o jardim em penumbra com a vista, as árvores, as flores, o céu estrelado, o mar ao longe. — O destino determinará meu caminho. Nunca esquecerei os momentos que passei ao lado desse homem e o quanto o amei, mas... — fiquei um bom tempo em silêncio, porque me custava dizer — ...o considero parte do meu passado.

Sara pareceu se tranquilizar. A noite estava morna, mas senti um calafrio. Ela me abraçou e me levou para dentro do animado salão outra vez. A noite tinha perdido seu encanto para mim. Carlos se aproximou.

— Está sentindo algo?

Fiz que não.

— Está mais do que desculpada se quiser se retirar.

— Pois estava com vontade de fazer exatamente isso, mas não quero ser indelicada com esses amigos tão carinhosos.

— Não se preocupe — e dirigindo-se aos demais:

— Senhores, o doutor aqui está ordenando que minha paciente, Valéria, se retire para descansar. Laura a faz trabalhar demais.

Despedi-me de todos e fui para a cama. Na escuridão do meu quarto, continuava uma luta interior. As lembranças daqueles dias maravilhosos que passei ao lado de Pedro não queriam sair da minha mente. As brincadeiras em Calingasta, a visita à Defunta Corrêa, os passeios pela "Zonda" e o retrato. O que teria feito com ele? O teria em seu estúdio como havia dito que ficaria, para que se lembrasse de mim? Acariciei o sininho, mas não o fiz soar. Chegava até mim o resplendor das luzes do jardim da porta aberta que dava para o quarto de Laura. Vivia em uma casa muito bonita e tinha um quarto amplo e cômodo como nunca antes. Naquela casa eu estava bem e podia fazer um grande trabalho humanitário com a menina. "Tenho que dormir para trabalhar bem com Laura!"

Na última semana de dezembro, Laura estava intranquila e não me afastava um só instante dela. Parecia que os passos que tínhamos dado para a frente tivessem desaparecido de repente. O jardineiro tinha me dito mais uma vez "que as ravinas haviam falado", mas eu não ouvi nada. Só sentia pena pelo retrocesso da menina.

Toda a família tinha o costume de passar a última noite do ano fora de casa. Jantavam e logo avançavam a festa até ao amanhecer. Eu me desculpei e não fui. Não queria deixar Laura. Deram-me um monte de soluções para que os acompanhasse: "Petra ou Yaiza fica com ela. Além disso, Laura depois que dorme não acorda a noite toda." Contudo eu estava decidida e fiquei em casa. Na verdade, não era só pela menina; eu também não queria ir. Precisava ficar sozinha e pensar. Nunca gostei de despedidas — ainda mais de um ano que sempre leva 365 dias de vida, com as lembranças, momentos bons e ruins e até vidas de amigos e familiares. Sempre fico triste no último dia do ano. E com mais motivos, já que estava longe da minha casa e dos meus familiares.

Sara estava belíssima em um vestido longo de seda cinza pérola com lantejoulas prateadas. Tinha um grande decote que deixava seus ombros rechonchudos descobertos. Não usava colar, mas uns brincos longos de brilhantes, combinando com uma pulseira. Compunha o conjunto com um xale de renda preto e sapatos de couro da mesma cor. Eu fiquei a admirando e ela me disse o muito que sentia por eu não ir.

— Fico com o coração apertado de deixar você sozinha no Ano-Novo — disse enquanto eu os acompanhava até a porta.

— Não se preocupe. Escreverei para minha família e descansarei. Divirta-se — falei. — Divirtam-se. Ah! Quando soarem as doze badaladas, brindem por mim, certo?

Eu os vi sair e ouvi o ruído do motor da Mercedes se afastar para o portão de saída. José Luís dirigia. O mordomo esperava que eu entrasse para fechar a porta.

— Francisco, pode se retirar, eu a fecharei. Quero ficar um tempo aqui fora.

Desci a escada até o jardim. Debaixo dos degraus da porta principal havia um canto que eu gostava muito. Eu o chamava de "Canto Azul", seguindo os costumes de José, porque tinha ali um sofá, uma poltrona e uma mesa de ferro pintados de azul e almofadas de flores azuis e brancas. Ficava debaixo da escada e de uma figueira, ao lado de uma tumbérgia-azul — o lugar ideal para se isolar de tudo e de todos. De dia, estava protegido dos fortes raios solares e à noite, mergulhado na escuridão, oferecia um firmamento escuro onde luziam uma grande quantidade de estrelas. Tornava-se íntimo e acolhedor. Eu me refugiava muitas vezes ali enquanto Laura descansava. Sentei-me no sofá e olhei para cima. Um céu sem nuvens, cheio de estrelas e uma lua crescente que iluminavam a abóbada celestial. Por que vemos estrelas tão brilhantes em Tenerife? Dizem que cada ser humano tem uma estrela que marca seu destino. Qual seria a minha? Uma estrela cadente traçou uma linha no céu. Diz o ditado: "Se fizer um pedido, ele se realizará." "O que peço? Que Laura avance sem retrocessos, Laura, Laura! Estou muito dependente dela."

— Srta. Valéria, vai esfriar!

A voz de Petra me tirou dos meus pensamentos. Ela trazia um xale para mim. É verdade que estava sentindo frio. Ainda que a noite fosse cálida àquela hora, o arzinho refrescava.

— Obrigada, Petra — disse, colocando o xale em mim. — Já ia entrar. Tem razão, fiquei um pouco fria.

— Veja, como é uma noite especial, senhorita, gostaríamos de saber se quer tomar uma taça de champanhe conosco para brindar o novo ano.

— Sim, brindaremos ao ano novo.

Isso era exatamente o que eu menos gostava naquela festa, mas como diria não depois de um convite tão amável? Um pouco antes da meia-noite fui para os aposentos dos empregados. Na mesa central, havia bandejas com doces natalinos, garrafas de "Codorniu" e umas taças preparadas.

Quando entrei, todos se levantaram, acomodaram-me no melhor lugar e parecia que a festa havia terminado para eles porque estavam tensos. Não estavam acostumados a receber patrões ou convidados e o fato de eu estar ali os coibia um pouco, apesar de eles mesmos terem me convidado. Sua conversa animada terminara e seu comportamento impecável "nos domínios dos patrões" se tornava tímido e desajeitado nos seus. Pareceu-me que deveria intervir para que tudo voltasse a normalidade.

— Perdoem-me, mas quero esclarecer uma coisa: quando entrei por essa porta não entrei como a srta. Valéria, e sim como uma amiga que vem se despedir desse ano com vocês. Eu gostaria que se comportassem normalmente, conversando, rindo, cantando, como estavam fazendo antes de eu chegar, certo?

— Certo — responderam todos ao mesmo tempo.

Todavia, não foi assim. É possível que as brincadeiras fossem algo fora de tom e as piadas também. Nesse caso, era melhor mesmo que ficassem calados. Por fim, soaram as doze badaladas. Comemos as doze uvas e levantamos as taças para brindar. Conversei um pouco com eles, pedi licença e, alegando cansaço, saí. Francisco me acompanhou e me disse que, se precisasse de algo, era só chamar. Mal saí e os risos soaram como antes de eu chegar.

No meu quarto, olhei para Laura, que dormia. Dei-lhe um beijo como sempre: "Que tenha felizes sonhos, minha querida, e que sua vida mude nesse ano que começou. Ah! Ia esquecendo de dizer que trarei uma amiguinha ou amiguinho para brincar."

Eu me deitei e dormi logo em seguida.

Carlos e Sara resolveram partir no dia três de janeiro. Era algo que eu já deveria ter assimilado, mas, quando chegou o momento de nos despedirmos, comecei a chorar como uma criança. Não eram uns amigos que partiam — era algo muito mais importante em minha vida. De repente senti-me órfã e sozinha. Não imaginava o vazio que me dominaria diante da ideia da ida deles. Olhei para Laura. Seria ela a causa da minha fraqueza? Talvez pela primeira vez me desse conta do esforço sobre-humano que era tentar tirar alguma coisa daquela menina. Estava sem forças e meu ânimo fraquejava. As lágrimas não me deixavam ver. Se tivesse tido mais serenidade e pensado menos no meu próprio egoísmo, teria me dado conta de que Laura estava me olhando. Pela primeira vez, havia dirigido o olhar determinado para um ponto.

— Vamos, meu bem. Ficar aqui ou vir é algo que deve escolher voluntariamente. Mas o que ninguém quer é vê-la triste. Quer ir para Madrid?

Sara, naquele momento, não queria que fosse com ela de forma alguma, porque achava que meu encontro com Pedro seria bem provável. Contudo, apesar daquilo, deu-me a opção de escolher para não me ver chorando.

— Fico, não ligue pra mim — disse limpando as lágrimas. — Sou uma chorona. Dentro de uns dias já nem me lembrarei de vocês — brinquei.

Partiram e fiquei ali com uma menina que tomava todo o meu tempo, com sua tia que de vez em quando vinha perturbar minha tranquilidade, e seu pai, que vivia sua vida sem se ocupar de ninguém que não fosse ele mesmo. Viajava constantemente e quando estava em casa se trancava no escritório, escrevendo. Jamais olhava para a filha nem se interessava pelos seus progressos. Se estava funcionando ou não, isso era coisa minha, para isso estava me pagando. Quando estava em casa, eu tinha que almoçar e jantar com ele. Era o costume que desenvolvera com outras governantas. Ele se incomodava em comer sozinho. No entanto, eu não me sentia à vontade e muitas vezes me desculpava, alegando estar indisposta. O que eu não suportava era que não se interessasse pela própria filha. Eu estava convencida de que alguma manifestação de carinho de sua parte poderia ter um efeito positivo em Laura.

Entretanto, por sorte, depois que Carlos e Sara partiram, nem tudo naquela casa era desagradável. Tinha a amizade e companhia de Pilar que era quase uma substituta de Sara.

Ela vinha com bastante frequência, apesar de ela e José Luís estarem sempre discutindo. Muitas vezes eu me sentia angustiada e temia que um dia fosse embora e não voltasse, mas sempre o fazia.

Sua conversa era muito animada e dominava tantos e tão variados assuntos que o tempo passava sem eu sentir. Quase sempre vinha pela tarde. Sentávamos no Canto Azul ou ao lado da menina à sombra do flamboyant. Vinha algumas vezes pelas manhãs e nos encontrava na piscina. Vestia um maiô e tomava banho conosco. Então, ajudava-me com os exercícios de Laura.

Aqueles banhos e os exercícios na água me faziam muito bem. Estava no meu quarto mês de gravidez e minha barriga crescia. Por sorte, os avanços de Laura eram contínuos e já tínhamos muitos dias sem os temidos retrocessos. Eu tinha pegado o costume de falar muito com ela quando tomávamos banho, quando lhe dava comida ou fazia os exercícios para fortalecer as pernas. Creio que era isso o que, de algum modo, a aproximava de mim. Reparei com estupor que me seguia com o olhar por todas as partes e, mesmo que não falasse nada, havia um entendimento entre nós duas. A última meta que me propus era fazer a menina rir ou ao menos sorrir. Coloquei uns sininhos nos tornozelos dela para que a animasse a dar alguns passos. Movia-lhe os pés para que escutasse o som e parecia gostar daquela nova tática. No entanto, suas pernas ainda estavam muito débeis. As sessões na academia se duplicaram. As correias do andador tinham se alargado e já apoiava bastante os pés no chão, mas não tinha forças para se manter e logo se sentava, ficando pendurada pela lona. Os avanços eram mais notáveis na piscina — comprei uns bonecos flutuantes e fazia com que ela fosse de um para outro, e assim percorria a piscina movimentando pernas e braços, mas sempre empurrada por mim. Observei sua predileção mais por uns bonecos do que por outros e esses eu lançava o mais longe possível para que fizesse mais esforço para chegar neles. O curioso era que, quando os alcançava, não queria agarrá-los e eu tinha que dá-los para ela.

Um dia estávamos brincando assim e chegou a antipática tia Laura. Era muito custoso para mim chamar aquela mulher pelo mesmo nome da menina… Pouco a pouco a pequena ia entrando em meu coração e estava claro que não aconteceria o mesmo com a outra Laura. Por isso, quando eu falava dela dizia "tia de Laura", ou se estivesse falando com José Luís, "sua cunhada". Em um dia específico, ela se aproximou da piscina e, depois de nos observar por um tempo, afastou-se. "Estúpida", pensei. Não nos cumprimentou quando chegou nem se despediu na saída. Contudo, fez o que quase sempre fazia. Foi dizer ao cunhado que eu estava forçando demais a menina. Porém, José Luís não lhe dava a mínima atenção. Ele disse a ela que Laura estava avançando muito e que confiava em mim plenamente.

Eu me sentia feliz dedicando meus dias a essas brincadeiras com a pequena e cheguei a esquecer de mim mesma e da minha gravidez. Só lembrava porque meus movimentos ficavam cada vez mais limitados.

Sara me ligava com muita frequência e falava para eu me cuidar. Aquelas conversas com minha amiga me fortaleciam e me faziam mais humana e paciente. Pilar também se preocupava com minha gravidez mais que eu mesma. Sara teria pedido que cuidasse de mim? De qualquer forma, estava sendo muito bem cuidada por elas. Um dia, Pilar apontando para minha barriga, disse:

— Não tem curiosidade pra saber se é menino ou menina? Por que não faz um ultrassom? Seria bom se você fosse acompanhada por um ginecologista para que ele possa fazer seu parto quando chegar a hora.

— Sim, não tinha pensado nisso. Mas não conheço ninguém aqui. Recomenda alguém?

— Falarei com o meu e assim que marcar uma consulta lhe passo a data.

Pilar tinha razão. Fui na consulta e, ao fazer minha ficha, descobri um problema que parecia sem solução. Tinha que voltar para minha pátria em breve, porque o tempo do "visto de turista", que era o que eu poderia ficar na Espanha, chegava ao fim.

Quando contei isso a José Luís, ele começou os trâmites para evitar minha deportação, mas o problema era muito complicado para ser resolvido em tão pouco tempo. Ninguém, até então, tinha pensado nisso e era tarde demais.

— Tem que voltar para a Argentina e de lá o senhor pode solicitar que ela volte — foi a solução que deram a José Luís.

Entretanto, eu não estava disposta a deixar Laura agora que tinha conseguido avanços importantes. Era uma pena que retrocedesse e perdesse tudo que havia aprendido com tanto esforço. Também não queria me apresentar grávida para minha família. Meu bebê, que segundo o ginecologista era uma menina, tinha que nascer na Espanha. Mário Campillo e Jesus Gonzáles contataram todos os amigos, mas foi inútil. Carlos e Sara, de Madrid, também tentaram resolver. Foram na embaixada argentina, onde expuseram o caso da menina autista que eu estava cuidando. Depois de mexer com a sensibilidade do embaixador, este disse que tinha duas soluções: voltar para a Argentina e, depois de passar um tempo, ser convocada com um contrato de trabalho ou me casar e adquirir a nacionalidade espanhola.

— Ou seja, a única solução se quiser ficar é me casando? Mas isso é impossível — Eu estava assustada e desesperada.

Estávamos José Luís, Pilar, Jesus e eu no salão da casa. Procurávamos pesar os prós e contras das opções. Na verdade, havia se reduzido a uma opção: tinha que encontrar um homem que quisesse se prestar a um casamento falso em troca de dinheiro. Mas quem?

— O dinheiro não é problema, mas essas coisas nem sempre acabam bem — disse José Luís.

— Tem razão — respondeu Pilar. — Às vezes, o marido comprado quer ainda mais dinheiro, ou compartilhar a cama com a mulher, e se faz necessário entrar na justiça. E as coisas se complicam.

Houve um silêncio, que Pilar interrompeu:

— Deixemos isso para amanhã. Talvez haja uma solução. Esta noite falarei com Sara para ver o que acha. Me pediu que a mantivesse informada. — Dirigindo-se a mim, continuou:

— Não se preocupe. Tudo se ajeitará de um jeito ou de outro e não terá que voltar para a Argentina. Até porque você fará muita falta aqui. Laurinha não pode correr o risco de retroceder. Não é, José Luís?

Olhei para Luís e estranhei sua preocupação. Então, olhei para Pilar. Parecia tão segura de si mesma! "Ela vai ajeitar tudo."

José Luís os acompanhou até o carro como fazia sempre, mas demorou bem mais do que o normal ao se despedir. Parecia que estavam discutindo. "Normal", pensei. Pilar deve ter dito alguma coisa que desagradou José Luís e ele respondia irritado, enquanto Jesus se calava. "Como sempre. Será que nem sequer hoje chegarão a um acordo para buscar uma solução?"

VI
CONTRATO NUPCIAL

Apesar de todas as preocupações, dormi muito bem. Tinha tanta confiança em Pilar que estava certa dos seus dotes de persuasão. "Se ela disse que encontraria uma solução, com certeza conseguiria."

Laura despertou inquieta pela manhã e se negou a comer quando Yaiza quis lhe dar o café da manhã. Fazia tempo que aquilo não acontecia e seu comportamento me chamou a atenção: era como se tivesse um mau pressentimento e temesse ficar sem mim. Aproximei-me dela, fiz um carinho e lhe dei um beijo, dizendo:

— Não se preocupe, meu bem. Eu e você nunca nos separaremos. Eu prometo, tá? Agora tem que tomar o café para ficar forte e fazer bem seus exercícios.

Sentei-me ao seu lado e comecei a lhe dar os biscoitos com café. Comeu tudo. Esse detalhe me fez tomar uma decisão importante para a menina: "Se eu tiver que ir. levarei Laura comigo."

— Yaiza! — chamei. — Vista o maiô em Laura que eu já venho.

Esperava pela ligação de Pilar para que me desse boas notícias, mas, ao ver que demorava, pensei que não tinha encontrado solução para o meu problema. Teria que partir. Subi ao escritório onde sabia que José Luís estava e abordei o assunto diretamente:

— Escute, andei pensando. Como Pilar não ligou, acho que a única solução será voltar para a Argentina. Laura avançou bastante naqueles dias e não deve interromper os exercícios porque poderá ser mais difícil recomeçar o trabalho. E acho que ela se afeiçoou a mim tanto quanto eu a ela. — Eu respirei fundo para continuar enquanto ele me olhava. — Gostaria de levá-la comigo. Lá poderei cuidar dela, e quando puder voltarei com uma nova Laura. Pense que...

— Não continue — disse sem me deixar terminar.

Seria possível que não me permitiria levá-la comigo? Eu fui a única que conseguiu avanços notáveis e quem lhe dava tanto carinho.

— Mas compreenda que... — insisti, mas minhas palavras foram interrompidas novamente.

— Não continue. Deixe-me falar. — Voltou a me dizer no mesmo tom seco que empregava sempre. — Pilar ligou e Sara também. Falaram comigo. Ao que parece a solução está em minhas mãos, e nas suas, claro. Elas querem que nos casemos para que você não tenha que ir embora. Elas acham ser a melhor solução. Mas teremos que pensar. Me beneficio de que você fique porque estou muito feliz de ver o quanto minha filha é bem atendida. Claro que não estou apaixonado por você e nem você por mim. O que você tiraria de bom disso? Um sobrenome para sua filha. Assim que nascer, eu a reconhecerei como minha. Em relação à nossa vida comum... Creio que cada um será livre para viver com total independência. Nosso casamento será um... "contrato nupcial", poderíamos chamá-lo assim. Depois que passar algum tempo e você conseguir a cidadania espanhola, pediremos a separação e tudo ficará como agora. Em nenhum caso, interferiremos um na vida do outro, quero que isto fique bem claro. Ah! Óbvio que se qualquer um dos dois se apaixonar por outra pessoa, a separação será imediata para que o apaixonado possa viver com a pessoa amada. Está claro?

— Claríssimo — respondi, com a mesma secura com a que ele falava comigo. — Mas tenho que pensar. Apesar de seguir cada um com sua vida, é uma decisão delicada e eu gostaria de consultar minha irmã Lola. De toda forma, se eu decidir partir, poderia levar Laura comigo?

— Isso também é para mim uma decisão delicada e também gostaria de pensar. Portanto, amanhã voltaremos a conversar. De acordo?

Tive a sensação de que lhe havia despertado um grande amor pela menina, pois quando cheguei naquela casa ele nem a olhava. Por que esse "teria que pensar"? Eu já tinha aceitado a ideia de voltar para a Argentina, porque não via outra solução, mas nunca pensei que poria resistência a que eu levasse Laura. Pensei até que seria um descanso para ele.

Sara ligou pela tarde e tentou de todos os meios me convencer para que não desperdiçasse a oportunidade:

— Além disso, sua filha terá um lar, um pai e um sobrenome.

Nisso tinha razão. Era uma boa razão pela qual eu nem deveria parar e pensar. Meu casamento de "mentirinha" com aquele homem pelo qual não sentia simpatia alguma tinha mais vantagens para mim do que para ele.

Assim que terminei de falar com Sara, Pilar ligou e usou quase as mesmas palavras que a amiga, o que me fez pensar que teriam conversado entre elas e as duas com José Luís. Quando desliguei o telefone, minha decisão estava tomada, mas queria falar antes com a minha irmã.

Liguei para ela e, depois de perguntar por papai, que já estava recuperado, expus os últimos acontecimentos e a solução proposta. Não se ouvia nada do outro lado do telefone. O silêncio era absoluto, tanto que por mais de uma vez tive que perguntar: "Lola, está aí?" Sim, estava e quando terminei de falar, depois de uma breve pausa que me pareceu eterna, ela falou lentamente como se estivesse pensando muito no que estava dizendo:

— Não sei como interpretará o que direi, mas quero que pense que o que eu fiz, bem ou mal, foi porque desejo o melhor para você.

— A que se refere? — perguntei, nervosa, sem compreender nada.

— Começarei dizendo que a solução de se casar com esse homem me parece ser o mais certo a fazer, sobretudo pensando na sua filha. Além do mais, lhe dá total liberdade de fazer o que quiser. Se no futuro você se apaixonar, pode se casar com a pessoa que escolher. Mas já tem um tempo que quero contar uma coisa que está me queimando por dentro. Me falou muitas vezes de Pedro e comentou que ele não deveria se lembrar mais de você, que não passou de um passatempo para ele. Não é assim. Quando ficou sabendo que você esteve em Madrid, me ligou muitas vezes perguntando por você. Eu me irritei com ele e lhe disse que o que tinha que fazer era dar conta da sua mulher e que deixasse você em paz, pois já a fizera sofrer demais. Nunca falei para ele da gravidez. Como não conseguiu seu endereço comigo, veio até San Juan. Achava que você já estava aqui. Ligou do hotel e me disse: "Diga a Valéria que estou no mesmo hotel e no mesmo quarto e que a espero." Achei mais conveniente falar com ele pessoalmente, para convencê-lo de que não insistisse mais. O *conciérge* lhe comunicou que uma senhorita desejava falar com ele e Pedro acreditou que era você, conforme me disse depois. Fui ao seu quarto, dei umas batidas na porta e ao abrir ficou decepcionado com a minha presença. Disse a ele que tinha feito a viagem em vão, que você não havia voltado e que vivia com uma família que a amava muito. Insistiu, uma e outra vez em que lhe desse o seu endereço ou o número do seu telefone:

"Preciso falar com ela." Quis cumprimentar Luís e jantamos juntos naquela noite. Depois, me entregou o vestido com o que tinha feito o seu retrato. Partiu no dia seguinte. Não soube mais dele.

Lembrei-me das suas últimas palavras no dia em que nos despedimos: "Voltarei a este hotel, a este quarto, escutarei umas batidas na porta e ao abrir... você estará aí! Será como se o tempo não tivesse passado."

— Mas, Lola, por que me conta tudo isso agora? Por que não me disse antes para que eu decidisse o que fazer?

— Luís me disse o mesmo. "Quem somos nós para governar a vida dela. Valéria deve saber que ele esteve aqui." Mas eu estava muito magoada pela sua gravidez, pela sua situação, por tudo o que estava sofrendo. Já tinha um lar. Você me contava como Carlos e Sara a tratavam bem. O que Pedro poderia fazer? Por favor, tente compreender e não fique zangada comigo.

— Não estou zangada, mas o que não consigo entender é porque está me contando isso agora. Teria sido melhor ficar calada para sempre.

— Está a ponto de tomar uma importante decisão e acho que deve levar em conta todas as consequências.

— Se tivesse me contado isso antes, eu teria corrido para os braços dele sem pensar duas vezes. Agora já passou tempo demais. Tem Laura, que completa minha vida, e minha filha. Tudo mudou muito. Eu mudei, minha situação. Gosto da casa, do meu quarto, do jardim... Não! Não quero renunciar a tudo isso. Passou muito tempo também para Pedro. Quem sabe um dia pelos acasos da vida... — lembrei da exposição que Pilar viu em Madrid — ...nos encontraremos e, ao nos cumprimentar, percebamos os loucos que fomos, nos amando apaixonadamente sem ter direito a isso. Minha decisão está tomada. Me casarei com José Luís. Cuidarei das meninas e renunciarei a tudo o que relacionado ao amor porque nesse momento de confusão, no qual minha cabeça se debate em um mar de dúvidas, tenho algo muito claro: nunca poderei amar alguém como amei Pedro.

— Uma última coisa — a voz de Lola parecia mais sossegada do que no início. Ela tinha tirado um peso das costas com sua confissão. No entanto, eu, naquele instante, ainda que não dissesse nada, sentia-me como se tivesse levado uma surra. — Tinha reservado uma surpresa para você: me caso no sábado, dia vinte e nove deste mês, e vamos a Tenerife na lua de mel. O que acha?

— Parabéns, irmã. Fico muito feliz por vocês — respondi com bastante entusiasmo. — Ainda bem que tinha uma notícia boa para me dar. Então, tentarei marcar meu casamento para quando estiver aqui. Muitos beijos para todos, depois me diga o dia de sua chegada.

Desliguei e fiquei ali parada, olhando para o telefone, culpando-o pelas notícias inesperadas que tive que escutar. Lola tinha me escondido algo que não lhe pertencia. Ela se casava com o homem que queria e eu tinha que fazer um casamento de conveniência, sem vontade, sem ilusão e sobretudo sem amor. Contudo, o pior para mim era que todos pensavam no quão sortuda eu era em poder solucionar meus problemas com tanta facilidade. Alguém pensou nos meus desejos?

Nem mesmo minha irmã! Ela fez o que quis sem levar em conta que se tratava da minha vida, da minha felicidade, do meu amor. Podia estar com o homem amado e ser uma mulher imensamente feliz ao lado do pai da minha filha. Ele estaria entusiasmado com a chegada de uma filha. Mas não, em vez disso, casaria-me com um homem que não amaria nunca. Que maneira de desperdiçar minha vida! E minha irmã me conta agora porque sabe do carinho que tenho por Laura, o qual me prende a ela. Agora sabe ser tarde demais. Não, não! Lola nessa situação não se comportou bem. Falei com ela muitas vezes nesse mês e nada me dissera sobre Pedro, nem mesmo falara seu nome. Por que fizera aquilo comigo? Como não me contou? Para que me dizer isso agora?

Estava refletindo, olhando para o jardim pela janela, e não me dei conta que José Luís havia entrado no escritório.

— Já se decidiu?

Não era o melhor momento para fazer tal pergunta.

— E você em relação a eu levar Laura? — falei secamente e até com desprezo.

— Sim. Não quero que minha filha saia dessa casa. Se a ama tanto terá que se sacrificar.

Aquilo me parecia um desafio para ver quem cederia. Ainda estava triste com a informação que Lola me dera sobre Pedro, por isso minhas palavras eram azedas e desagradáveis.

Estranhei o interesse repentino em reter Laura ao seu lado. Qualquer um poderia pensar que desejava me reter também. Contudo, eu sabia que não era essa a razão. Eu não significava nada para ele, apenas entendia sua filha e tinha carinho por ela, até o ponto de renunciar à minha felicidade que, como Lola acabava de me confessar, possivelmente estava ao meu alcance. Havia outro interesse que eu não conseguia ver? Tiveram que passar quatro anos para descobrir a verdade da necessidade de me reter ao seu lado! Como era óbvio! Chamaram à porta, sem que nenhum de nós tivéssemos respondido um ao outro. Era Francisco, o mordomo.

— A sra. González e a sra. Campillo estão no salão — anunciou.

— Desceremos agora — respondeu José Luís. Então, dirigindo-se a mim em um tom mais amável, continuou:

— Veja, o casamento que ofereço não é grande coisa. Pode ser que com o tempo encontre o homem de sua vida e saiba que, quando isso acontecer, terá liberdade para refazer a sua vida sentimental com quem quiser. Enquanto isso, não lhe faltará nada. Terá um marido. Em troca, sua filha será minha e levará meu sobrenome, será irmã de Laura para todos os efeitos. Acho que não será ruim. Gostaria que me desse uma resposta para poder dizer a Imaculada e Pilar.

— Aceito. — Foi minha breve resposta. Não pude dizer mais nada porque tinha os olhos cheios de lágrimas e não queria lhe dar o gosto de me ver chorar.

Descemos ao salão onde as duas amigas nos esperavam e comunicamos a notícia. Curiosamente nos deram os parabéns. "Parabéns por quê?" Ficamos em marcar a data do casamento assim que falasse com Lola e soubesse quando ela e Luís chegariam a Tenerife.

Pilar e Imaculada se foram em seguida. Então, soube que sua vinda se devia ao fato de intervir no caso de eu decidir ir embora.

— Nós a amamos e não a deixaremos ir embora. Por isso estamos aqui, para a amarrarmos caso seja necessário — disseram rindo.

Falei com Sara assim que soube a data da vinda dos recém-casados. Meu casamento ficou marcado para o dia quatro de fevereiro.

No dia dois, quarta-feira, fui com o motorista, Pablo, ao aeroporto. Minha família estava lá. A chegada de Lola e Luís fez com que eu voltasse às minhas raízes. Lembrei minha casa em San Juan, minha família e meus amigos. Os primeiros momentos, enquanto nos aproximávamos de casa, foram apenas perguntas. Como está papai e mamãe? E Raúl? Delfina está mais calma? Como está Manolita? Pouco a pouco, foram me colocando a par dos acontecimentos dos últimos meses. Raúl "quase" tinha uma namorada, uma boa menina, muito bonita, filha única de uma família muito boa. Delfina saía com um rapaz, mas papai dizia que ela era muito jovem para aquilo. Manolita se casaria com Jorge. Seu padrasto cumpria pena por agredir brutalmente a esposa.

Eles pensaram em se hospedar em um hotel, mas José Luís não permitiu e pediu para que o quarto que eu escolhesse fosse preparado para eles. Eu os acomodei no meu lugar preferido: o sótão. Mostrei a casa, menos os quartos que eu não havia visto, e a área de convidados. Então, demos uma volta no jardim.

— E este é o meu canto preferido, o Canto Azul. Eu o chamo assim porque o jardineiro deu um nome para cada lugar. Aqui é onde me refugio quando quero ficar sozinha com meus pensamentos. Sentem-se até que Laura desperte.

Nos sofás nos acomodamos e seguimos com nossas lembranças. Por volta das cinco horas, Laura acordou e Yaiza a levou para o jardim. Quando Lola e Luís a viram, aproximaram-se dela e a beijaram com carinho.

— Que bonita! Tem cara de anjinho. Ela se parece com quem? — perguntou Lola.

— Com a mãe. Na lareira do salão há um retrato de Candelária. Ela tem os mesmos olhos azuis e a mesma expressão de candura.

Laura tinha olhado com interesse inimaginável para aqueles desconhecidos. Aproximei-me dela.

— Veja, querida, são meus irmãos. Vieram de muito longe para ver você.

— Mas ela entende o que diz? — perguntou Luís com estranheza.

— Provavelmente não — respondi. — Mas tenho costume de falar com ela como se me entendesse e, até agora, tenho tido bons resultados. Quando cheguei aqui, ela não dirigia o olhar para nenhum lado, nem mostrava o mínimo interesse por qualquer coisa que a rodeava. Mudou muito. Agora, meu compromisso mais imediato é ensiná-la a andar.

— Ah! Estão aqui! — José Luís se aproximou de nós.

Tenho que reconhecer que, desde que os apresentei, havia se mostrado amável e até mesmo carinhoso com eles. A conversa na sobremesa foi sobre a Argentina e suas belezas paradisíacas. Segundo disse, havia estado com sua mulher fazia uns cinco anos no norte do país e tinha gostado muito. Reconheço que, em apenas algumas horas, havia falado mais com eles do que comigo em três meses. Por isso, quando ficamos sozinhos, tanto Lola quanto Luís se derretiam em elogios sobre como ele era agradável. "Quem dera eu o visse da mesma forma", pensei.

Na manhã do dia três de fevereiro chegaram Carlos e Sara. Fiquei tão alegre ao vê-los como quando vi meus irmãos. Sentia-me segura ao lado de Sara e o maior obstáculo era fácil de transpor tendo-a comigo. Sabia que vieram para me apoiar e me animar, já que não havia nada para festejar em tal casamento. Desejava que a pantomima do dia de amanhã passasse rápido. O casamento seria civil e totalmente familiar. Seria assistido somente por González, os Campillo, meus irmãos, Carlos e Sara. José Luís tinha falado com todos os empregados e lhes dito:

— A partir de amanhã, a srta. Valéria será a senhora da casa. Vamos nos casar. — Então, se dirigindo a Petra prosseguiu:

— Petra, sei que você coordena a casa muito bem, mas, a partir de amanhã, se a senhora quiser mudar alguma coisa, fará o que ela mandar.

Não houve nenhum comentário. Eles se limitaram a sorrir e fazer um movimento afirmativo com a cabeça. Somente Francisco, o mordomo, desejou felicidades em nome de todos.

Sara, antes de nos deitarmos pela noite, abordou-me no jardim. Havia me observado dede que chegou e sabia a luta interna que eu travava em meu coração.

— Um casamento assim não é o sonho de nenhuma mulher, mas com o tempo quem sabe vocês não se apaixonem e cheguem a ser muito felizes. — Eu a encarei com estranheza porque sabia muito bem que seu irmão não gostava muito de mim e, ao ver o movimento negativo da minha cabeça, continuou:

— De toda forma, encare isso como uma solução momentânea. Quando desejar e já não tiver problemas de extradição, peça a separação e pronto. Vamos! Alegre-se!

Foi uma tarde tensa e desagradável. Deitei-me cedo, mas não conseguia dormir. Dava voltas e mais voltas na cama e o sininho que levava em meu pescoço soava sem parar como que me trazendo lembranças nada oportunas. Pelas cinco horas, fui para o jardim, Estava uma madrugada cálida e serena. Não ventava e, no silêncio da noite, tudo parecia adquirir um toque mágico. O céu estava estrelado. Olhei para as diferentes constelações daquela estação, relembrando seus nomes. Procurei pela Estrela Polar. O norte. Como imaginei que todos estariam dormindo, sai de camisola e descalça. Percorri o pequeno espaço que me separava do Canto Azul e me sentei um pouco. Era onde me refugiava para pensar, fazer planos, lembrar-me da minha terra. Essa noite não podia pensar em nada.

Eu me sentia um robô dirigido à distância, sem cérebro e incapaz de atuar por mim mesma. Não sei por que me lembrei do jardineiro quando falou "da senhora" e o belo reflexo de seu corpo na água da piscina, olhei naquela direção e... Fiquei gelada! Ali estava o reflexo na água! Parei de repente e dei um passo para trás.

— Não se assuste. Sou eu. Também não consigo dormir. Quer conversar? — José Luís estava recostado em um dos sofás da piscina.

Reparei em minha pouca roupa e respondi um pouco atordoada:

— Só um momento, vestirei algo.

Entrei no meu quarto e coloquei um roupão. Saí de novo e me aproximei dele. Estava arrependida de ter sido tão rude e, naqueles momentos, tinha pena de José Luís, a mesma que sentia por mim mesma. Estava vestido. "Será que ainda não fora se deitar?"

— Sinto ter sido tão desagradável com você ontem, mas é que estou oprimida por tudo o que tenho que fazer contra a minha vontade — falei, ainda me aproximando. — De toda forma e para sua tranquilidade, não causarei o menor problema. Esse casamento é uma mentira e como tal teremos que encará-la. Nem a minha vida nem a sua mudarão em absoluto.

— Estou tranquilo, mas não pude deixar de pensar em Candelária. Fui muito feliz com ela. E depois da sua morte não faço mais nada além de andar às cegas. Mas quero que saiba que estou muito agradecido pelo que faz por Laura. Ela progredirá dia a dia. — Houve uma pausa longa que nenhum dos dois soube como preencher. Nossa conversa tinha acabado. — Agora creio que será melhor entrarmos. Você está com uma roupa muito leve. Melhor não arriscar que pegue um resfriado e amanhã no lugar de dizer "sim, aceito", espirre. — Se ele tentou fazer uma piada, não teve graça. Entramos.

Dormiria a noite toda no máximo quatro horas. Pela manhã, meu rosto e minhas olheiras me denunciaram. Quando Sara e Lola entraram no meu quarto e me viram, seus olhares eram tristes. Como mulheres, sabiam que um casamento assim não é desejado por ninguém e menos ainda por uma jovem que conheceu a felicidade de um amor verdadeiro. Eu não queria encará-las. Achava que se encontrasse seus olhos tristes me arrependeria do que faria e decidiria voltar para a Argentina com Lola e Luís. Portanto, dirigi-me até o armário e, com a mão tremendo, escolhi um dos vestidos ao acaso. Estava nervosa e a ponto de começar a chorar.

— Coloque este que fica muito bem em você — pediu Sara, trocando o vestido que eu havia escolhido. Depois, segurando-me pelos ombros e me olhando nos olhos tentou me animar:

— Ouça bem: já sei que isso está longe de parecer um sonho de amor, mas pense nisso como uma solução para o problema da extradição. Quando tiver conseguido a nacionalidade espanhola, vocês se separam e você vem viver comigo, ou continua aqui, ou volta para casa. Mas há algo que não pode fazer: cair na tristeza e muito menos em uma depressão. Antes disso, terá mil soluções. Sempre leve em conta de que estarei com os braços abertos para recebê-la. Minha casa é sua e você sabe disso. E agora repita comigo: "Eu faço isso para conseguir a nacionalidade espanhola, depois irei com Sara para Madrid."

Apesar das lágrimas que rolavam pelo meu rosto, ri enquanto repetia o que Sara me dizia e ,quando terminei, sentia-me melhor. Sara limpou minhas lágrimas com o dorso da mão e me beijou, enquanto Lola me olhava em silêncio. Sara era maravilhosa! No janelão que ligava o jardim com o quarto de Laura, ouviram-se uns golpes suaves. Era José que me trazia um belo ramo de rosas.

— Oh! José. Muito obrigada, mas não é o senhor que diz que não se devem cortar as rosas?

— Essas são da parte da antiga senhora, para lhe agradecer o que está fazendo por sua filha. Que tudo dê certo para a senhorita. Digo, senhora!

— Está vendo como todo mundo a adora? — comentou Sara com alegria.

Sim, isso era verdade. Todos os empregados foram sempre muito amáveis e educados. De agora em diante, seriam ainda mais, pois para eles o casamento era de verdade.

Coloquei o vestido que Sara me mostrara e descemos para o salão. Intimidavam-me os rituais matrimoniais pelos quais teria passaria antes que tudo terminasse. Já estavam no salão Jesus e Pilar. Esta se aproximou de mim e me deu um beijo.

— Podemos lhe desejar felicidade? — perguntou.

Não sei por que aquela interrogação me soou como uma zombaria. Pilar sempre havia me demonstrado um grande afeto. Havia me acompanhado em tantas tardes e me entretido com suas conversas amenas, que não conseguia compreender sua pergunta incongruente. Olhei para Sara como se estivesse buscando uma explicação e vi que a olhava com reprovação. Imediatamente percebeu sua gafe e se desculpou.

— Perdão, foi uma tolice minha. Mas você sabe muito bem que desejo sua felicidade acima de tudo. Está muito bonita.

"Outra tolice", pensei. "Não estou com uma cara boa, as olheiras estão fundas debaixo de meus olhos, estou grávida e minha barriga estraga qualquer vestido. Quanto a minha alegria, está a zero. Isso é estar bonita?"

Por sorte, José Luís desceu e fomos ao cartório. Mário e Imaculada já nos esperavam lá. José Luís, Lola, Sara e eu fomos de motorista. Luís foi com Jesus e Pilar. Sara foi a encarregada de começar uma conversa agradável. José Luís e eu não nos dirigimos uma palavra. Lola também não falou muito, parecia deslocada. "Logo me ocuparei dela", pensei, "agora não posso pensar em ninguém a não ser em mim mesma".

Graças a Deus a cerimônia foi bem rápida. Voltamos para casa e eu receberia uma surpresa com a qual não contava. Fui até o flamboyant para encontrar Laura, mas ela não estava ali. Eu a procurei no quarto. Também não estava lá.

— Onde está Laura? — perguntei assustada a Petra.

— No salão, senhora, está esperando você.

Sorri porque me pareceu um detalhe simpático. Era a primeira vez que a criança entrava no salão. Não sabia de quem tinha sido a ideia. Logo tive a resposta.

Fui ao salão e lá estava Laura, sentada ao lado da lareira, embaixo do retrato de sua mãe. Pareceu que se alegrava em me ver. Tinha um xale sobre os joelhos. Eu a beijei com ternura — era o melhor daquele casamento falso. Laura era mais minha do que antes. Afastei o xale porque não fazia frio e, sobre os joelhos dela, havia um pacotinho e uma carta. Olhei para trás de mim. Todos estavam em silêncio. "Estão conspirando", pensei, e abri a carta:

"Hoje sou feliz, mesmo que você não esteja. Sabe por quê? Porque você me pertence e eu pertenço a você um pouco mais que antes. Sinto somente por não saber expressar isso com palavras, mas procurarei aprender com sua ajuda e, quando aprender, a chamarei de mamãe se quiser. Mamãe e eu damos este presentinho a você, para que jamais nos deixe.

Te amo, Laura."

Quando terminei de ler a carta, já não enxergava nada. As lágrimas turvaram meus olhos e comecei a chorar. Entretanto, era um choro de alegria, pois, se algo valia à pena naquela casa, era o carinho daquela menina. Quando desembrulhei o pacotinho, apareceu um estojo com um anel dentro. Tinha um rubi rodeado de brilhantes.

— Nunca tive nada tão bonito! — disse, olhando para José Luís. — Muito obrigada.

Eu o coloquei e fui até ele, dando-lhe um beijo de agradecimento. Depois olhei para Laura, aproximei-me dela, girei sua cadeira na direção do retrato da sua mãe e disse, beijando-a:

— Eu nunca deixarei você, meu amor!

Sara tinha os olhos cheios de lágrimas. Lola também. Pilar tinha se virado para a janela, talvez para que não notássemos sua emoção, e os demais me olhavam sorridentes.

O almoço foi especial e conversamos animados até tarde. Laura ficou quase todo o tempo no meu colo. Fazia muito tempo que percebia o quanto lhe agradavam as demonstrações de carinho, e eu a enchia de carícias. Todavia, ao mesmo tempo ficava mais e mais escrava dela. Ninguém mais podia lhe dar de comer nem se aproximar a não ser eu. Yaiza era a única que dividia comigo as atenções da pequena e me substituía de vez em quando.

Certo dia, sua tia, que estava muito ressentida por não lhe contarem sobre o casamento, que para ela era de verdade, aproximou-se de Laura em um momento em que estava embaixo do flamboyant, com um bolo e, com um tapa, o jogou no chão. Procurou José Luís para dizer que eu estava transformando a menina em uma selvagem e que "se sua pobre irmã levantasse do túmulo"...

José Luís desceu com ela ao jardim e se dirigiu a mim:

— Por favor, Valéria. Você está transformando minha filha em uma selvagem, segundo "sua tia". — Ele enfatizou "sua tia" de uma maneira especial que quase comecei a rir. — Por favor, faça com que volte a ser civilizada como antes, isolada do mundo, sem reagir a nada, sem que caminhe ou fixe o olhar. Entende? Como era antes. Um galho solto do flamboyant.

A cólera da "cunhada" aumentava com as palavras do "meu marido". Não podia suportar que tivéssemos nos casado e que já não pudesse mandar naquela casa como antes.

Quando foi embora, extremamente indignada, a primeira coisa que José Luís me disse foi que não tinha obrigação nenhuma de suportar aquela mulher e que poderia lhe fechar a porta se eu assim desejasse.

Depois que Carlos, Sara e meus irmãos se foram, a vida na casa voltou a sua monotonia. José Luís com seus escritos ou suas viagens, cada vez mais longas, e eu com Laura, que me dava cada vez mais alegrias. Meus temores sobre aquele falso casamento haviam se dissipado e me sentia à vontade e relaxada desfrutando dos avanços da minha menina. As lembranças de Pedro e as confissões de Lola também tinham se convertido em uma agradável recordação do passado. Minha única preocupação era ter minha filha — ficaria fora de casa alguns dias e Laura não podia ficar sem me ver por muito tempo. Como farei quando chegar a hora? Quem cuidará dela quando eu estiver na clínica? Esse pensamento, junto ao fato de que não sabia como era um parto, atormentava-me durante as noites. Alguns dias, ligava para Sara porque assim que terminava de falar com ela minhas preocupações se esfumaçavam. Outros dias, vinha Pilar, cuja amizade eu apreciava muito. Com ela era diferente: éramos apenas amigas, enquanto que para Sara eu era como uma filha. Eu apreciava muito as suas visitas — o que me incomodava era quando se encontrava com José Luís, porque sempre se desentendiam e eu não sabia o que fazer. Algumas vezes, quando ele estava em casa, dizia a Pilar para não vir, mas era como se tivesse dito o contrário.

Laura e seus avanços me ocupavam. Já tinha força nas pernas, mas ainda não andava. Na piscina, divertia-se tanto que a deixava passar o máximo de tempo possível na água. Colocava muitos animais de plástico boiando para que ela pegasse um a um. Então, voltava a colocá-los na água e ela ia buscá-los outra vez. Saíamos quando achava que já estava bastante tempo dentro d'agua. Depois, fazia com que olhasse para os seus dedos e lhe dissesse "veja como estão enrugados" e ela sorria. Com aquele sorriso, abria-se um mundo de felicidade em mim. A academia estava cheia de aparelhos novos que usávamos todos os dias. Mesmo que às vezes ela se negasse a fazer alguns exercícios, no final acaba fazendo porque eu não permitia que fosse uma menina mimada.

Em uma manhã pedi a ajuda de Yaiza e de Nati, a mulher do cozinheiro, e lhes disse que a levassem "andando", cada uma segurando por um braço, até "o solar dos lagartos". Levei pão como havia visto José fazer.

— Veremos uns lagartos e lhes daremos comida — avisei a Laura. — Mas tem que ir andando porque senão os lagartos não saem.

Não andou, mas arrastou os pés — pelo menos se esforçou. Quando chegamos não havia lagarto algum. Comecei a lançar pedaços de pão e nada. "Onde estarão os malditos?", disse para mim. Quando começava a perder a esperança de ver pelo menos um, começaram a sair do seu esconderijo e, como se tivessem combinado, de repente se viam oito ou nove. Olhei para Laura: ela os observava fixamente, mas não expressava nada. Dei a ela um pedaço de pão para que o jogasse e o deixou cair no chão perto dos seus pés. Um lagarto veio comer, mas Yaiza e Nati se afastaram, gritando assustadas e arrastando Laura para trás delas. Então, a menina fez cara de susto. Eu as repreendi, apesar de não poder obrigá-las a gostar dos bichos. Decidi que na próxima vez faria aquilo com José. Não queria que Laura tivesse medo de nada.

No final de fevereiro, os dias eram ensolarados, mais quentes e a sombra do flamboyant era mais solicitada por todos. Laura ia pegando uma cor rosada em suas bochechas que não tinha quando a conheci. Dava longos passeios pelo jardim com ela em sua cadeira de rodas e o sol lhe proporcionava uma bela cor morena. O cabelo ficou mais claro.

Um dia pus um vestido rosa nela que havia sido presente de Sara e amarrei o cabelo com um grande laço branco. Então, lhe disse:

— Agora que está bonita farei um desenho seu.

Eu a sentei em seu lugar, onde a vira pela primeira vez e onde teria passado a sua vida se eu não aparecesse para salvá-la. Comprei um cavalete e tudo que era necessário para começar a pintar. Já era hora de voltar ao meu passatempo. Coloquei-me diante de Laura e a animei para que me olhasse.

— Olhe para mim e desenharei você bem bonita. Quando estiver terminado, mostrarei.

Comecei um retrato daquela pessoinha sem pensar em tirar grande coisa. Demorei vários dias e, ao terminar cada sessão, mostrava-lhe o que havia feito. Percebi que chamava sua atenção porque fixava seu olhar na tela e pensei que seria uma boa ideia colocar ela para pintar. Dei a ela meu pincel com tinta e uma tela em branco e a animei a fazer um risco. Ficou com o pincel na mão sem fazer movimento algum. Agarrei sua mão e a levei até a tela, traçando vários riscos de cores diferentes, então soltei. Pensando muito e bem lentamente, aproximou o pincel da tela e fez uma mancha.

— Muito bem, querida! Muito bem! De agora em diante seremos duas pintoras.

Comprei um cavalete para ela e nos dias seguintes não fazia outra coisa a não ser lhe dar pincéis com cores diferentes para que visse o efeito da cor sobre a tela. Assim aprendeu a distinguir as cores e a mostrar suas predileções por algumas, como acontecia com os sininhos. Gostava de um tom especial de vermelho e verde. Os azuis lhe desagradavam. Por quê? Quem sabe dizer! Seu retrato era sempre adiado porque era mais importante Laura se interessar por alguma coisa. Tínhamos os sinos que seguiam pendurados nos galhos do flamboyant e que soavam quando puxávamos as fitas coloridas, os animaizinhos flutuantes da piscina, os lagartos do "solar", a natação que era uma das coisas que mais gostava e a pintura, talvez? Entretanto, não andava nem falava. "Tenho que focar nisso", pensei. Decidi não lhe dar mais nada sem forçá-la a pedir.

— Quer ir para a piscina? — Olhava-me em silêncio. — Vamos, diga sim!

Repetia a pergunta e a resposta várias vezes, mas Laura não estava disposta a me satisfazer. Segui insistindo com monossílabos para que ficasse mais fácil para ela. Na verdade, eu me conformaria se dissesse "sim" ou "não", mas não havia jeito.

Um dia, estava lhe dando o almoço e esbarrei no copo, derramando o suco de laranja em cima de mim. Chamei Yaiza para que continuasse a lhe dar de comer enquanto eu me trocaria e, quando me levantei para ir, ouvi:

— Nãoooo!

Foi um som estranho, uma voz gutural e tremida, mas para mim soou como sinos celestiais. Yaiza me olhou com os olhos arregalados e lhe fiz um sinal para que não dissesse nada. Sentei-me de novo ao seu lado e continuei lhe dando de comer. A partir desse dia, o sim e o não foram fáceis de pronunciar. Contudo, era somente o início. Continuamos com a palavra papai. Depois mamãe. Para cada palavra eram dias de monólogo nos quais terminava com a boca seca, mas o que importava era o seu avanço, que não era pouco.

Certo dia estava sentada com ela no salão, lendo o jornal, e havia um anúncio: "Vendo filhotes de poodles. Preço a combinar"; e um telefone. Aquele anúncio me deu uma ideia: Laura brincava com bonecos e coisas inanimadas, mas como reagiria diante de algo que tivesse vida e que se movimentasse ao seu redor? Liguei e marquei uma visita para comprar um dos filhotes.

O dono era um menino de dez anos que me mostrou com orgulho três filhotinhos. Contei ao seu pai para que o queria e disse ao pequeno que não se preocupasse: "Minha menina cuidará muito bem dele e o amará muito." O pai olhou para ele e disse que o cachorrinho era para uma menina com problemas.

— Ela não tem a sorte de ser como você... Sente falta de um cachorro.

Pai e filho me olharam. Havia uma grande cumplicidade entre eles.

— Dou de presente para sua filha — foi a resposta do garoto.

Saí da casa emocionada e voltei poucos dias depois com um presente para aquele menino exemplar.

Cheguei em casa com aquela bolinha de pelo branco encaracolado. Tinha cara de inteligente e olhava com uns olhinhos vivazes semiescondidos entre os caracóis. Laura já estava debaixo da sombra do flamboyant — fazia bastante calor e ali estava bem fresquinho. De longe a vi brincando com os sininhos que pendiam da árvore. Quando ouviu meus passos, ficou me olhando e um leve sorriso de felicidade iluminou sua carinha.

— Veja o que trouxe! — falei.

Laura ficou olhando para o pacotinho que guardava entre meus braços e me contemplou enquanto o abria. O filhotinho, quando se viu livre, subiu pelo meu peito e com gemidos queixosos se aconchegou entre meus braços. Aproximei-me mais da menina que, em um primeiro momento, não parecia feliz com a presença do filhote. Eu o peguei em minhas mãos e o coloquei em seu colo. Laura o rejeitou drasticamente, empurrando-o com suas mãos até quase atirá-lo ao chão.

— Pobrezinho! Precisa de uma mamãe, e você não o quer. Veja como chora!

O filhotinho seguia se queixando e tremia. Olhava-nos com sua cara inteligente como se estivesse perguntando: "Será que não gostam de mim?" Voltei a pegá-lo e o acariciei. Voltei a colocá-lo no colo de Laura e coloquei sua mão na cabeça do cãozinho. Eu a deslizei uma e outra vez para que o animalzinho sentisse o carinho de Laura e se tornassem amigos. Foi quase toda a manhã nessa tarefa, como em quase todas as conquistas alcançadas com Laura.

A partir daquele momento não puderam mais ficar separados um do outro. Laura o procurava com o olhar e, quando o via ao seu lado, seus olhos se iluminavam. Quanto ao poodle, parecia que pensava que Laura era tão pequena e indefesa quanto ele e que seria melhor unirem suas forças. Por outro lado, ele era muito brincalhão e fazia a felicidade não só de Laura como também a minha e a de todos os funcionários. Até o jardineiro o tratava com simpatia, apesar de, em certa ocasião, ter saído para brincar e comido algumas mudas recém-plantadas. Petra usava sempre sobre seu uniforme um avental branco com um grande laço atrás. Uma das brincadeiras prediletas do poodle era agarrar com os dentes um dos extremos do laço e se pendurar por ele até o desfazer. A primeira gargalhada de Laura foi quando viu Yaiza rolar pelo chão porque o cão havia se enroscado entre seus pés e a fez perder o equilíbrio. Nesse dia, pensei: "Já temos uma criança em casa, que ri como qualquer outra." Com o cão, despertava-se na menina uma série de emoções que sabia exteriorizar e que a integravam ao nosso mundo: sorrisos, risadas, admiração, carinho... mas faltava uma que, ainda que denotasse tristeza, eu queria que externasse também: o choro. Não podia recorrer a repreensão para estimulá-lo. Crianças choram por coisas pequenas. Laura tinha que chorar para entrar definitivamente em nosso mundo.

Os dias se seguiram à chegada do cão e faltava lhe dar um nome. Foi uma tarefa difícil. Cada funcionário colaborou — inclusive o mordomo, que era o mais sério de todos — e fez sua lista particular. Pilar também e eu, claro. Surgiram nomes e mais nomes de cães, mas eu queria um que fosse fácil para Laura pronunciar. Ela contemplava a cena do "batismo" sem dizer nada, como de costume. Eu a olhei e pensei: "Sabe de tudo que estamos fazendo, mas não tem vontade de colaborar." Então, dirigi-me a ela e disse:

— Ele é seu e é você quem tem que escolher um nome. Vejamos... cão, cão, diga você, cão...

— Peeeeco... — As palavras saíram de seus lábios lentamente, mas saíram.

— Muito bemmmm!

Uma exclamação geral, em forma de um grito unânime, saiu de todos os que a rodeavam. Todos aplaudiram e riam. Laura acabava de dar um nome ao seu filhote. Chamaria-se Peco.

José Luís chegou naquele momento e ouviu a algazarra. Ao ver todos os empregados ao redor da menina e não em seus respectivos postos, perguntou intrigado:

— O que está acontecendo aqui? Estou perdendo alguma festa?

Os empregados se desculparam e fizeram menção de sair, mas ele os deteve.

— Não, não vão. Só perguntei o que está acontecendo.

Nervosos e emocionados ao mesmo tempo, explicaram que a menina escolhera o nome do cachorrinho. Eu, sorridente, olhei-o esperando ver o efeito positivo que aquela notícia poderia lhe causar, mas sequer ouviu o que lhe contavam porque não exteriorizou a mínima emoção. "Minha pobrezinha, que pai você tem!", pensei.

Com uma intervenção de Yaiza, as brincadeiras com Laura já não eram mais ela e eu, eu e ela, tínhamos agora um colaborador muito importante: Peco. Ele estava em todas. Bom, em quase todas, porque se jogar na piscina não era algo que ele gostasse muito. Ficava nos olhando da beirada e se queixava porque queria estar com Laura, mas ao mesmo tempo a quantidade de água lhe dava pânico. Às vezes entrava com ele à força na piscina porque, quando ficava na beirada uivando lastimoso, Laura queria sair da água antes de fazer todos os exercícios. Quando estava dentro d'água, ele se aproximava da menina, subia no seu ombro e, a cada vez que o colocava na água, outras tantas vezes ia para os ombros da menina. Acabei colocando-o para flutuar em uma tábua ao nosso lado para poder trabalhar mais à vontade.

Não o deixava entrar na academia porque se metia pelo meio dos aparelhos e tinha medo que se machucasse.

Graças a Peco, Laura se esforçava para dar alguns passos porque eu lhe dizia: "Veja como Peco corre. Vamos correr para ir atrás dele."

Praticamente pendurada em Yaiza, dava uns passos imprecisos, mas, pelo menos, tentava.

Todos os bonecos de pelúcia de Laura, que eram muitos, estavam danificados e com as "tripas para fora", como Yaiza dizia. Eram os brinquedos preferidos de Peco. Ele os tirava das mãos de Laura e, diante dela, os mordia e os levava para bem longe, desafiando a sua ama que o seguisse, para depois se aproximar de novo e saltar na frente dela com o boneco entre os dentes.

— Vamos, Laura, tem que tirar o boneco dele para que saiba que é tu. Está zombando de você, não está vendo?

Entretanto, para Laura dava no mesmo. Creio que pensava que seu melhor brinquedo era Peco e, por isso, podia quebrar quantos quisesse.

Com o filhote, os avanços da pequena eram notórios, ia exteriorizando uma série de emoções guardadas até então. Os primeiros sorrisos se tornaram gargalhadas. Ela ficava séria se seu cão fosse repreendido e acariciava sua cabeça quando ele subia em cima dela. O cão parece que entendia o seu papel naquela casa. Desde o primeiro dia, soube que teria que entreter Laura e, sobretudo, ajudá-la. Nunca se separavam e, se um saía antes que o outro para o jardim, procuravam-se até que se viam e se encontravam. Laura começou a deixar sua cadeira de rodas de lado e preferia estar sentada no chão para estar mais perto do filhote e poder brincar com ele. Havia sobre o chão um cobertor macio para não sofrer com a umidade da grama e ali eles ficavam brincando toda a manhã.

Então, um dia Peco ficou doente. Não sabia o que lhe acontecia, mas vomitava toda a comida e parou de comer. Deitado no cobertor ao lado da menina, não brincava nem se mexia. Tinha a cabeça apoiada entre as patas e os olhinhos vivazes meio fechados.

— Mas o que você tem? — perguntei, pegando-o. Laura me olhava e sua cara denotava preocupação e tristeza. Continuei:

— Está doentinho? — Observei as reações dela. — Não está pensando em morrer agora que o amamos? Olha para sua dona: está triste porque está doentinho. Vamos, fique bom!

Laura não pôde mais se conter. Começaram a lhe cair lágrimas dos seus belos olhos, seguidas de um choro copioso. Era o que faltava! Por fim, Laura chorava! "De agora em diante, não estimularei o seu choro, porque já sei que consegue."

O poodle curou-se com uma dieta imposta pelo veterinário — parece que mordera a grama, coisa que gostava muito, em algum lugar onde havia veneno para os caracóis e se intoxicou.

A primavera chegara cálida e generosa naquele ano. O jardim explodiu em uma gama de flores multicoloridas. As roseiras, algumas aromáticas, mostravam uma grande variedade de rosas, cada uma com seu nome cuidadosamente colocado por José. Assim que chegava pelas manhãs, fazia-me um ramalhete de rosas que eu colocava no vaso feio do meu quarto — uma vez que as flores estavam postas, o vaso mudava de aspecto e até se tornava bonito.

Os lagartos, que já estavam quase adestrados, vinham para comer quando nos ouviam. Pouco a pouco, eu os acostumei a sair dando umas batidinhas na parede com um pau ao mesmo tempo que lhes dava de comer. Então, dava o pau a Laura para que fosse ela que se encarregasse de chamá-los e alimentá-los.

Eu já estava no final da minha gravidez e minha preocupação maior não era ter que dar à luz, e sim o fato de ter que me ausentar de casa.

Laura estava tão acostumada comigo que parecia minha sombra. Tinha sempre que me ver, do contrário, ficava inquieta. Eu tinha medo de que, com minha ausência, sentisse insegurança. Yaiza colaborava comigo em tudo. Estava sempre atenta e eu havia depositado nela a responsabilidade de se ocupar da menina durante minha ausência. Também pedi a Petra que não a abandonasse. Tinha um medo enorme de que tudo o que conseguimos até ali, que já era muito, pudesse se perder de novo e tivesse que recomeçar do zero. Logo, quando eu regressasse, viria com minha filha. Como será que Laura a receberia? Até então ela não enfrentara nenhuma competição, tinha todos os mimos, todas as atenções para ela, mas depois...

O que mais me preocupava era que Laura ainda não andava. Dava uns passos curtos, desajeitados e imprecisos e se cansava logo. Eu já não tinha condições de colocá-la para andar. Yaiza a agarrava por debaixo dos braços para andarmos pelo jardim, mas a pobre garota se cansava — além daquilo não ser solução. Os exercícios com as barras eram diários e continuaram pelo tempo em que nos dedicamos; permanecia com os sininhos nos pés e, pelo som lhe agradar, agachava-se para mexer com eles.

Em primeiro de junho, sentia-me muito cansada e incapaz de entreter Laura. A única coisa que desejava era me deitar e dormir um pouco. Fiz com que Petra soubesse — olhou minha barriga e disse que a menina estava para chegar.

— A senhora está com o ventre muito baixo.

Fui para o meu quarto antigo do sótão para pegar roupas de antes da gravidez e peguei as coisas de higiene, as camisolas e a roupinha do meu bebê. Queria ter tudo à mão. Quando desci, a porta misteriosa estava aberta. Na verdade, tinha esquecido que ela existia pois não frequentava aquela parte da casa. Laura tinha me ocupado tanto que esqueci ter me intrigado um dia e desejado ver seu interior. Petra estava dando ordens a Nati para que a limpasse. Aproximei-me: nunca vi nada mais majestoso! As paredes estofadas em seda de uma cor azul pálida, o chão de mármore de Carrara, um grande tapete persa e o teto em marfim com arremates em gesso branco constituíam o marco que fazia ressaltar o magnífico dormitório composto por uma grande cama, duas mesinhas, uma penteadeira e um armário de cinco portas; tudo no estilo isabelino em marfim e ouro. Na penteadeira, um jogo de toalete de prata e vidro entalhado. Sobre as mesinhas, dois abajures de porcelana com tulipas encaracoladas e sobre a cabeceira uns quadros antigos, talvez da família de José Luís. Um arco fazia a comunicação do quarto com uma pequena galeria com uma rede também antiga e, em um canto, um vaso grande de ônix contendo flores secas. Duas poltronas Luís XV completavam o mobiliário.

— Gosta? — perguntou Petra.

— É uma maravilha de bom gosto e luxo — respondi com admiração.

— Bem, já que está aqui, venha, vou lhe mostrar o escritório da senhora. Quero dizer, da antiga senhora.

Entramos pela outra "porta fechada". Era uma sala não muito grande com as paredes estofadas em chita azul-celeste, o chão atapetado em azul-marinho, um sofá estofado com uma tela floreada sobre um fundo azul, uma mesa de centro quadrada, muitos quadros de tendência modernista — alguns muito bons —, um relógio de parede antigo, uma mesinha com fotos do casal e um abajur, uma poltrona de listras azuis e brancas e uma mesa de despacho com cadeira giratória. Tudo isso compunha o escritório da "antiga senhora". Eu o achei muito decorado, mas acolhedor. Comunicava-se com a varanda por uma porta lateral. Havia um livro sobre a mesa, um caderno, uma foto de José Luís e várias canetas e lápis. Sobre o sofá, várias almofadas desordenadas convidavam para o descanso.

— Está tudo como a senhora deixou — explicou Petra e, emocionada, continuou: — Um instante antes de ir para o hospital para ter Laura, ela se estendeu no sofá porque se sentia cansada e incômoda. Pobrezinha! Com a ilusão que veria a menina!

Olhei para o sofá e suas almofadas ainda pareciam ter a marca da sua cabeça. Um arrepio percorreu meu corpo. Petra percebeu.

— Não se preocupe, senhora. A senhora é muito mais forte que ela. Ela sempre foi delicada.

Saí daqueles aposentos com a estranha sensação de ter visitado um túmulo. Laura estava no salão porque o dia amanhecera desagradável e chovia um pouco. A temperatura, contudo, era alta. Aproximei-me do retrato de Candelária e o encarei. Era como se aqueles olhos, tão parecidos com os da filha, tivessem piscado em cumplicidade. Bem baixinho para que a filha não me ouvisse, disse:

— Ajude-me, por favor. Tenho que cuidar da sua filha e da minha, não posso me encontrar com você. Tenho tanto medo!

Ouvi um pequeno ruído atrás de mim e me virei assustada. Era José Luís.

— Não se preocupe. O que aconteceu com Candelária foi um fato isolado, não é normal morrer no parto. Tudo ficará bem, você verá. Dentro de uns dias, estaremos celebrando e rindo desse momento. A única coisa que me desagrada é que será outra menina. Podia ser um menino... — tentou brincar.

— Nisso eu não mando. — Sorri, mas naquele momento tinha vontade de chorar. Olhei para Laura que nos observava e continuei:

— Para Laura é melhor uma menina para brincar.

— Quando quiser, eu a levo ao hospital. Assim, saberemos se a outra menina está para chegar ou não.

José Luís se aproximou, abraçou-me e me beijou com carinho. Era a primeira demonstração de ternura que tinha comigo desde que cheguei na sua casa. Pensei que lá no fundo também estivesse preocupado, ainda que não aparentasse.

Quando ele saiu do salão, aproximei-me de Laura. Eu a tirei da cadeira e a sentei no tapete. Peco não podia entrar na casa — tinha uma casinha feita para ele no jardim bem perto do flamboyant, mas naquele dia deixei que entrasse e ficasse ao lado de Laura para distraí-la. Quando o poodle entrou, foi diretamente para os braços da menina e começou a pular e brincar ao seu redor como se fizesse um século que não a via. O animalzinho sabia o seu dever: dedicar-se e entreter Laura durante minha ausência.

Fui ao jardim. Todas as plantas brilhavam com as gotas de chuva. O ar era limpo e respirei profundamente. José, ao me ver, aproximou-se de onde eu estava e, estendendo-me sua mão, disse:

— Ânimo, senhora! Tudo terá passado em um piscar de olhos e teremos a nova menina correndo pelo jardim.

Apertei aquela mão, calejada e fria, com emoção. É curioso que aquele homem, que vinha somente duas vezes por semana, tenha conversado mais comigo que o resto dos empregados da casa. Nossos passeios entre a variedade de plantas do jardim, percorrendo os diferentes cantinhos e suas conversas sobre floricultura, pragas, adubos e podas, eram amenos e instrutivos. Tinha aprendido com ele coisas que não se aprendem em qualquer tratado de botânica porque falava a experiência de toda uma vida voltada para jardinagem. Soube que a melhor forma de combater a mosca branca, uma praga muito comum em Porto da Cruz, consistia em lançar jatos de pressão de água onde o parasita se acumulava; que o oídio das roseiras era eliminado com enxofre; que a acidez do terreno influi na coloração das hortênsias; quais plantas são melhores para um jardim ornamental e como distribuí-las para criar belos recantos; quais plantas devem ser plantadas à luz do sol, a meio sol ou a sombra; ensinou-me a podar e enxertar. E ainda me mostrou alguns ninhos de passarinhos que guardava em segredo para que ninguém os machucasse! Por isso, ao apertar aquela mão trabalhada e áspera, compreendi o verdadeiro valor das pessoas. José me olhou. Queria me dizer algo mais:

— Quando voltar com a nova menina, terei uma surpresa preparada no Canto Azul. Creio que gostará.

— Tenho certeza que sim. Muito obrigada, José. Até a volta.

Na minha ausência, colocou ali um bonito vaso de porcelana azul com umas gardênias perfumadas.

Estava a ponto de começar a chorar. Eu via a sombra do passado sobre o ambiente diante do próximo nascimento. Todos sabiam que eu era forte, jovem, saudável, mas os quatro anos que se passaram não tinham apagado o tremendo impacto causado pela morte repentina de Candelária em todos da casa.

Disse a Laura que iria às compras.

— Comprarei para você uma menina para que brinque com você e com Peco.

Não sei se ouviu ou pressentiu algo porque começou a fazer beicinho e me estendeu os braços para que a levasse comigo. Nesse momento, José Luís entrou, chamou Petra e lhe pediu que a distraísse até que tivéssemos ido.

— Vamos — disse, segurando meu braço e me tirando do salão.

Já na clínica me disse que Sara chegaria em breve, pois a tinha chamado.

— Mas e se for um alarme falso?

— Petra me disse que já está na hora e ela entende dessas coisas. Além disso, Sara adora vir ao Porto. Se for um alarme falso, ela ficará encantada por fazer a viagem e ficar uns dias aqui.

— Se Pilar estivesse, não precisaríamos incomodar Sara. Mas ela foi para o sul, tem uma amiga lá e, quando Jesus tem um voo longo, fica com ela.

— Você acredita que Sara não viria com Pilar aqui? Ela não perde a oportunidade de estar ao lado da "sua menina" por nada do mundo.

O ginecologista chegou e me reconheceu. Eu estava com uma pequena dilatação e pediu que me preparassem um quarto.

Acomodaram-me e, apesar de falarem para me deitar, não o fiz. Fiquei sentada na poltrona do pequeno salão. Era alegre e acolhedor da maneira que um quarto de hospital pode ser. O sol começou a aparecer. José Luís disse que tinha que ir e fiquei sozinha. Na verdade, já tinha feito mais do que eu esperava dele. Tirei a roupinha da minha menina para tê-la preparada quando chegasse o momento. Não me deram nada para comer pois diziam ser o melhor antes do parto. Apesar do incômodo, tinha fome. Ou teria fome porque me proibiram de comer?

As enfermeiras entravam a cada hora para me perguntar como estava. Ao cabo de duas horas, o novo médico chegou, atendeu-me e escutou o coração do bebê. Batia perfeitamente. Isso se repetiu várias vezes, dava-me uma palmadinha no braço e saiu dizendo:

— Fique tranquila. Você e a menina estão bem.

Contudo, o tempo passava e a dilatação não aumentava — segundo uma enfermeira, isso acontecia com muitas mães.

— Assim que entram na clínica deixam de ter dores e é preciso lhes dar uma injeção para que a dilatação volte a aumentar.

Efetivamente eu era uma dessas: não me sentia nervosa, mas a cabeça não fazia mais do que dar voltas entre as novidades dos acontecimentos. Por um lado, desejava que tudo passasse o mais rápido possível; por outro, o assunto do parto e suas consequências. Pensava em Laura: "O que estará fazendo? Sentirá minha falta? Chorará e não lhe darão atenção?" E pensava em José Luís: "Estava ansioso para se liberar do compromisso e ir. Não esperou que Sara chegasse." Pensei na solidão tão grande que me rodeava e comecei a chorar. Ao me ver, uma das enfermeiras chamou o médico. Olhou-me novamente e, ao ver que a dilatação não aumentava, tomaram a decisão de me dar a tal injeção. Então começaram as dores fortes, seguidas umas das outras. Levaram-me para sala de parto. Uns empurrões, muita dor, muito suor e ouvi uma coisinha chorando.

— Tem muita saúde — disse o doutor. — As palmadas não são necessárias.

Entregou a menina para parteira e continuou cuidando de mim, que, naquele instante, tinha toda a atenção sobre minha filha. Parecia-me a menina mais linda do mundo — e normal. "Será boa para Laura", pensei.

E ali estava eu com minha filha e sozinha. Ninguém estava comigo. Sara não havia chegado, Pilar estava no sul e José Luís... tinha se livrado da carga pesada e desapareceu.

Quando nos levaram para o quarto, estava tão nervosa que comecei a tremer. Eles me deram um sedativo, levaram minha filha para a incubadora e, logo depois, adormeci.

Não sei quanto tempo se passou. Quando acordei, parecia que um rolo compressor tinha passado por cima de mim. Abri os olhos e tive a maior alegria da minha vida. Sara estava ali, olhando-me com um sorriso largo.

— Oi, valente! — aproximou-se me dando um beijo na testa.

— Sim, sim! Valente! Covarde valente! Não sabe o medo que senti. Já viu a menina?

— Sim, é uma fofa. Creio que se parecerá com a mãe, ainda que não tenha visto a cor dos seus olhos porque está adormecida.

Com Sara por perto, eu não tinha preocupações nem por mim nem por minha filha, nem por Laura. Ela resolveria tudo. Sabia o que precisava ser feito em cada momento. E o que mais eu poderia fazer? Transferir minha carga para Sara. Descansar nela minhas preocupações. Deixar que ela resolvesse meus problemas.

— Quando for para casa, veja se Laura não sente muito a minha falta. Ela deve comer bem, brincar com Peco. Se perceber que está triste, diga que fui buscar uma menina para brincar com ela. Minha filha está na incubadora?

Sara ordenou que não me preocupasse com nada nem com ninguém.

— Preocupe-se somente com você mesma. Agora você é a única que necessita de atenção. Todo mundo está bem. De acordo?

— E Carlos, como está?

— Suponho que bem. Quando José Luís me disse que você estava com dores e acreditava que o bebê estava a caminho, liguei para ele, mas não estava. Tentei no celular, que estava desligado, aí deixei uma mensagem. Fui para o aeroporto e me coloquei na lista de espera para pegar o primeiro voo e aqui estou! Assim que ouvir a mensagem, ele virá.

Efetivamente a ligação de Carlos não demorou muito. Encheu-nos de elogios, mas não era possível vir porque tinha um paciente em estado grave.

Na última hora da tarde, chegou para mim um grande ramo de rosas. Era de José Luís me parabenizando. Porém, onde ele estaria? Desapareceu assim que me deixou acomodada no quarto e nem sequer tinha visto a menina.

— Onde está o seu irmão? — perguntei intrigada a Sara.

— Não sei. Vim de Los Rodeos diretamente para cá. Liguei para casa e me disseram que não estava, que tinha ido com a senhora para a clínica. Ah! Por certo, Petra me pediu para dar parabéns. Não sabe como se alegrou de que tudo tenha corrido bem.

Seguia convencida de que o comportamento carinhoso e humano do "meu marido" umas horas antes era um fato isolado e seria estranho que voltasse a se repetir. Contudo, de qualquer forma, onde estaria ele? Não teria nem um pouco de curiosidade para ver a minha menina? De onde teria me mandado as flores?

Na tarde do dia seguinte, chegou Pilar, tão faladora como de costume, só que eu não tinha vontade de conversar como das outras vezes. Queria ficar tranquila, ou sozinha com Sara, que não se separava de mim em momento algum. Ela trazia a menina para mim nas horas em que tinha que amamentá-la, olhava-a com ternura, colocava-a sobre o ombro para que golfasse e a beijava com delicadeza antes de voltar a entregá-la para a enfermeira que a levaria de volta à incubadora.

Como Pilar ficou sabendo? Quando ficava no sul com sua amiga, desligava-se do Porto. Quando lhe perguntei, respondeu:

— Ah! Aqui as notícias voam. Tenho espiões por todas as partes. E José Luís? Já viu a menina? É um pacotinho rosa no seu bercinho!

Não lhe dei muita importância e agradeci suas palavras ternas, sua visita e seu presente, que consistia em um colar com a medalha da Virgem da Candelária.

Senti-me enjoada quando ela se foi, por isso Sara recebeu os demais amigos que iam chegando em uma salinha adjunta e só me viam quando iam embora. Meu quarto se encheu de flores. Quando a noite chegou e tudo se acalmou, estava muito agitada.

Deram-me um sedativo para que descansasse e dormi bem.

Quando o médico chegou pela manhã, perguntei quando poderia voltar para casa.

— Estamos tratando você tão mal que já quer nos ver pelas costas? — disse com simpatia.

— Não, por favor. É que Laura precisa de mim. Mesmo que digam que ela está bem, ficarei mais tranquila com ela do meu lado.

Sara tinha me perguntado se queria que a trouxesse para me ver.

— Não. Talvez não queira se separar de mim, e isso seria um problema. Já tenho bastante complicação agora e devo buscar uma forma de que não fique com ciúmes.

Passaram-se os três dias da clínica e chegou o momento de voltar para casa. Então, notei como me recusava a enfrentar os problemas com Laura, a responsabilidade de criar a minha filha com aquele homem, além do fato de viver debaixo do mesmo teto. Tudo se transformou em um mundo sombrio e amargo que nem a presença de Sara conseguia adoçar. Alguém já me havia falado da depressão pós-parto. Será que era isso o que estava acontecendo? Acreditava que era algo mais grave: meu egoísmo não estava de acordo com aquele altruísmo que deveria sentir como mãe. A recém-nascida acordava durante a noite para mamar e, enquanto lhe dava um peito, do outro jorrava um leite pastoso e quente que me molhava e manchava a camisola. Aquilo me deixava histérica ao ponto de indagar à parteira se não seria possível lhe dar mamadeira. Ficou escandalizada — talvez não tenha encontrado muitas mães que pedissem a mesma coisa.

— O que é isso? Dar mamadeira tendo um leite tão bom quanto o seu!

E havia Laura. Seus exercícios, sua natação, a série de atividades que tinha que fazer com ela. Se antes lhe dedicava toda a jornada, como ajeitaria tudo com as duas?

Cheguei em casa e fui diretamente para a cama. Sara estranhou minha conduta porque pensou que eu perguntaria por Laura e que gostaria de vê-la. Contudo, eu não queria ver ninguém, nem falar com ninguém. Fui para o meu quarto no sótão. Já não me pertencia nem era tão bonito quanto antes, mas ali estava mais afastada do resto da casa.

— Sara, por favor — pedi soluçando —, não quero ver ninguém, quero ficar sozinha. Se a menina tiver fome, dê a mamadeira e leve-a para longe, não quero nem ouvi-la chorar. Amanhã estarei mais disposta. Por favor, Sara, por favor! — Meu choro era patético.

— Vamos, minha menina! Está cansada e, depois que dormir um pouco, se sentirá melhor. Não se preocupe. Estarei aqui até que se sinta melhor. Se quiser vir para Madrid com Laura ou sem ela, vamos amanhã mesmo. Mas não se deixe levar por uma depressão, é o que sempre digo. Agora durma e verá como se sentirá melhor.

Ela me cobriu como se fosse uma criança e saiu do quarto. E a ouvi dar ordens a Petra para que não dissesse a Laura que eu estava ali. Um grande silêncio me envolveu. Não ouvia mais do que meu próprio choro. Logo eu adormeci.

Por sorte, aquela depressão durou pouco. Fiquei recolhida no sótão por três dias. Somente Sara tinha acesso ao meu quarto. Ela levava comida, conversava comigo e nunca mencionava nenhuma das meninas, nem eu perguntava por elas. Chegou o momento em que minha consciência começou a pesar. Foi o início de minha cura. Um dia, ao despertar, quis ir ao jardim. Laura estaria embaixo do flamboyant como sempre, como quando a conheci. Pensei nos avanços que havíamos conquistado juntas e temi que tivesse retrocedido por minha culpa. Então, pensei na minha filha e me arrependi de ter querido esquecê-la. Sentia-me com forças para poder enfrentar tudo o que viesse pela frente assim que abandonasse o sótão e, depois de me vestir e me arrumar, desci a escada para me confrontar com minha obrigação. O primeiro a me receber foi Peco, que começou a pular ao meu redor louco e feliz. Laura me olhou, sorriu e estendeu os braços para Yaiza, que estava ao seu lado. A garota a ajudou para que se pusesse de pé e me disse:

— Fique aí, senhora! Laura tem uma surpresa!

Laura deu uns passos desajeitados e lentos, mas por fim tinha a intenção de andar! Exagerei na surpresa e aplaudi a sua proeza. Estiveram ensaiando para me presentear quando eu voltasse. E eu metida na cama sem querer vê-la.

José Luís voltou depois de quatro dias da minha volta da clínica. Perguntou como eu estava, aproximou-se do berço, descobriu-a um pouco, olhou-a, disse que era muito bonita, voltou a cobri-la e sem dizer nada para Laura, que estava do nosso lado, saiu. Fui atrás dele e abordei um assunto que já fazia tempo que me preocupava:

— Olha, José Luís, quero pedir um favor. Já vê que faço tudo o que está ao meu alcance para recuperar Laura e, por sorte, temos conseguido muitos avanços, mas não acha que já é hora de deixar de considerá-la culpada pelo que aconteceu e começar a olhar a menina com um pouco de carinho? Ela é sua filha, não uma estranha que está acolhida em sua casa. Ainda que não acredite, ela percebe tudo. É uma menina sensível, que capta tanto o interior como o exterior das pessoas. Sabe o que esteve fazendo na minha ausência?

Contei-lhe o que aconteceu, mas ele não pareceu se impactar. Estávamos no escritório. Ele se aproximou da mesa, abriu uma gaveta, tirou um estojo e me entregou.

— Creio que a verdadeira heroína é você. Esse é o seu prêmio.

Imaginei que recebia uma joia cara e me senti comprada. Será que achava que com um presente mais ou menos caro estaria tudo resolvido? Levou-me para a clínica e me deixou lá sozinha, desapareceu sem que ninguém soubesse onde estava e aparece quatro dias depois como se nada tivesse acontecido. Olha um pouco para minha filha e não dá a menor atenção à dele. Ofendeu-me em pensar que com um presente estaria tudo resolvido.

— Sinto muito, não quero aceitar. De toda forma, muito obrigada.

Primeiro me olhou com espanto, com interrogação, e depois com desprezo. Meteu o estojo novamente na gaveta e disse:

— Alguma outra crítica ou já acabou?

Saí dali sem responder e com a sensação de ter piorado tudo. A única coisa que eu queria era que olhasse com carinho para sua filha porque achava que meu trabalho seria mais fácil se Laura se sentisse amada pelo pai. Ainda que já fosse tarde, pensei que deveria ter dito as coisas de outra maneira. Ser mais suave e menos arrogante. Sempre me acontecia a mesma coisa, falo antes de pensar os prós e os contras do que digo e, quando quero retificar, é tarde demais. Desci a escada e procurei pela minha salvação. "Ainda bem que ela está aqui", pensei.

Sara estava no quarto, bati na porta e entrei. Contei sobre a total falta de entendimento entre seu irmão e eu, o pouco caso que fazia da filha, suas contínuas escapadas dos problemas e minha recusa ao presente que quis me dar. Sara me escutava com atenção.

— Eu sei que nosso casamento é uma farsa para eu conseguir a nacionalidade espanhola, e estou agradecida de que se prestasse a isso. Também foi acordado que cada um seria livre para fazer o que quisesse. Isso não me importa. O que me importa é que seja tão pouco carinhoso com Laura. Quando está aqui, tenho que almoçar com ele e o faria de bom gosto caso se interessasse pelos avanços dela, mas o almoço transcorre sem que me dirija a palavra. Ainda agora quis me dar um presente e eu o recusei. Estou arrependida, porque acho que estraguei ainda mais a pouca comunicação que há entre nós.

— Quer que eu fale com ele?

— Para quê? O que você pode lhe dizer que eu não lhe tenha dito a um instante? É que eu precisava falar com alguém e por sorte você está aqui. Se estivesse sempre do meu lado, eu não teria problemas.

Sara me escutava com cara de preocupação. Ela adorava o irmão e me amava. Ela gostaria que tudo fosse harmônico entre nós dois e acho que pensava que um dia poderíamos nos apaixonar. O que lhe contei demonstrava que não somente não havia amor como também não havia o mínimo afeto por parte de ambos.

No batizado da minha filha Sara foi a madrinha. Quis colocar o seu nome porque era a pessoa que eu mais gostava e a que sempre me ajudava: Maria Sara. Entretanto, passei a chamá-la de Maria para diferenciar as pessoas e os nomes. Foi uma cerimônia muito familiar com a ausência de José Luís e de Jesus, que regressava nesse dia para minha terra. A grande surpresa foi a vinda de Carlos. Até Sara se surpreendeu porque achávamos que não conseguiria. Também vieram o casal Campillo e Pilar, que no dia seguinte iria para o sul. Depois fomos almoçar na "Casa Juan" em Matanza. É um restaurante alemão — cozinham muito bem e atendem com amabilidade.

Por sorte, recuperei-me rapidamente e, quando Sara e Carlos foram embora, depois de três dias do batizado, eu já estava sem depressão e com forças para retomar minhas obrigações.

— Ligue-me quando tiver a menor preocupação — disse Sara ao nos despedir. — Ah! E ligue para Lola; temos nos falado diariamente, mas estava preocupada. Ficará feliz em ouvir sua voz. Além disso, tem que te dar uma notícia.

A notícia era que Lola estava grávida. Fiquei muito feliz e, no meu interior, torci para que tudo corresse bem. Liguei também para os meus pais, que se alegraram muito. Meu pai me perguntou se Maria se parecia comigo ou com o pai. Para eles, seu pai era José Luís. "Se for parecida com a mãe será muito bonita porque você chamava a atenção desde pequena", foram as palavras da minha mãe. Meus pais se emocionaram diante da chegada da primeira neta.

Minha filha crescia forte e saudável e Laura, estimulada por "seu novo brinquedinho", parecia avançar mais rapidamente. Tivemos um pequeno problema: quando dava a chupeta para Maria, Laura queria também. Quando lhe dava a mamadeira, negava-se a tomar líquidos se não fosse pelo mesmo sistema. Tive que fazer com que Maria crescesse mais rápido para que Laura não adquirisse costumes de bebê. Todavia, não foi tudo ruim: com os primeiros passos de Maria, Laura se estimulou e se lançou a andar. Seus passos eram tão desajeitados como os da pequena, mas notava que iam se tornando paulatinamente mais precisos e seguros. Com Peco, tive que tomar precauções, porque o animalzinho lhes lambia o rosto em suas demonstrações afetivas. As duas o adoravam: Maria o chamava de "Peo" e eu ficava feliz quando Laura ria enquanto a corrigia: "Peco, Peco."

A maior surpresa que tive foi num dia em que fui pintar. Havia estendido no chão uma toalha de praia e as duas meninas brincavam com Peco. A cena me pareceu tão bonita que tirei uma foto deles. Então, coloquei o cavalete que comprei em Santa Cruz e as tintas, e me propus a imortalizar aquela cena. Quando Laura me viu, quis pintar também e deixei que desse umas pinceladas. Em um instante, a tela em branco havia se convertido em um arco-íris de cores. Uma reação muito diferente daquela outra vez em que foi necessário que eu a ajudasse. A partir daquele momento, eu a colocava ao meu lado e a encorajava enquanto ia borrando pequenas telas. O manejo dos pincéis lhe deu a desenvoltura com as mãos que não tinha até então.

Os banhos na piscina seguiam sendo seu esporte preferido — e o mais odiado por Peco.

— Vamos, preguiçoso! — Eu o repreendia, e Laura repetia minhas palavras.

No dia cinco de agosto, estávamos em um desses banhos, rindo e brincando, quando se aproximou o mordomo com o telefone:

— É da sua casa, senhora.

Aquela chamada inesperada me deixou alerta. Talvez fosse isso o que chamam transmissão de pensamento. Saí da água e peguei o aparelho.

— Sinto em ter que te dar tão má notícia, irmã, mas preciso dizer que papai faleceu faz duas horas. — A voz de Raúl soava distante e acreditei estar ouvindo mal.

— Raúl, não escutei bem. Disse que papai...

Sim, tinha escutado bem. Meu pai morreu. Segundo me disseram depois, o internaram no dia seguinte de ter falado comigo. Seu câncer havia se expandido e não tinha solução. Quando falou comigo, ele já sabia, mas não quis me dizer nada para que desfrutasse as meninas sem preocupações. "Bravo, papai! Se algumas vezes não concordei com seu modo de agir, agora reconheço sua coragem diante da morte e me descubro diante de ti! Sinto não ter estado ao seu lado nesses últimos dias."

Desliguei o telefone e fiquei meio atordoada. Não queria nem podia chorar. Pelo que me lembrava, era uma pessoa muito forte, nunca ficava doente. Como podia estar morto?

José Luís estava no escritório. Fui lhe dar a notícia.

— Gostaria de mandar rezar uma missa na capela de Santo Amaro.

— Claro, eu me encarregarei. Não sabe o quanto lamento. Quer ir para sua casa? Se for por causa das meninas, não se preocupe, cuidaremos delas. Já viu que Laura sobreviveu na sua ausência.

Ele se aproximou de mim e me abraçou. Foi quando comecei a chorar, por meu pai morto, pelos momentos amargos que minha família passava, por meu afastamento, por minha conduta com José Luís... Que sei eu! O caso é que me abracei a ele porque eram os únicos braços que se ofereceram a mim naquele triste momento.

Já mais calma, separamo-nos, agradeci e disse que precisava falar com ele.

— Sente-se — disse ele, aproximando-me do sofá. — Diga-me o que quer?

— Precisa me perdoar por ter sido rude quando me deu aquele presente. Eu estava passando por um mau momento e a única coisa que queria era que fosse mais carinhoso com Laura, mas não soube dizer. Digo as coisas sem pensar e logo depois me arrependo.

— Demorou vários meses para se arrepender — comentou, rindo. — Quanto a Laura, acha que não amo minha filha? O que acontece é que não sou beijoqueiro... cada pessoa é como é.

— Me preocupa que, dentro de pouco tempo, minha filha começará a fazer graça e que todo mundo fixe as atenções nela, deixando Laura um pouco de lado. O pior que poderia acontecer é existir ciúmes entre as duas. Por isso, nós que estamos próximos devemos ter muito cuidado ao repartir os beijos e rir das graças.

— Uma das coisas que mais gosto em você é a paciência com que lida com Laura. Você a ama como se fosse sua, não é?

— Ela é minha, José Luís. A Laura que conheci, inexpressiva e ausente, já não existe. Essa Laura que caminha, fala, ri, brinca... é obra minha e a amo.

Seguimos falando um bom tempo e chegamos à conclusão de que ele nunca mais entraria em casa sem dar um beijo em Laura e festejar algum dos seus avanços.

O mês de agosto transcorreu com calor, mas com dias nublados. A "pança de burra", como chamam em Tenerife a nuvem que forma uma auréola ao redor de Teide, acompanhou-nos por quase todo o mês. Também tivemos o Siroco, ou o vento do Saara, e uma semana com um calor sufocante — a areia do deserto vinha junto e afetava as vias respiratórias de muita gente. Por sorte, as meninas não notaram seus efeitos. Uma grande praga de gafanhotos invadiu a ilha, e nosso jardim foi afetado por tais insetos vorazes. José os combatia com inseticidas e eu tinha que multiplicar a vigilância de Peco para que não voltasse a se intoxicar ao morder a erva.

— Veja, senhora, esses malditos comem até pela noite — dizia o jardineiro me mostrando os caules sem folhas. Estranhei o fato de que, antes de jogar o inseticida, todos os dias matava muitos gafanhotos e os guardava em um saco. Quando lhe perguntei, me explicou:

— Estes são para alimentar os lagartos. Precisa ver como ficam felizes com o menu.

Laura ia comigo para ver a festa dos lagartos. Assim que José terminava sua matança, chamava-nos e ficávamos vendo como repartiam a comida e como brigavam pelo mesmo bocado.

José queria que a menina jogasse a comida aos lagartos gulosos e, quando colocava um punhado de gafanhotos mortos na mão dela, Laura estremecia. Porém, logo se acostumou e adquiriu o costume de alimentar os lagartos.

José chegou a ser para ela um grande amigo com quem ia de mãos dadas aos caminhos diferentes do jardim. Ele ia falando sem parar e a pequena prestava atenção, ainda que eu não soubesse até que ponto ela compreendia o que escutava.

Na volta do passeio, José se aproximava do berço de Maria e dizia:

— E minha rosinha? — Ele a observava um tempinho e, colocando os dedos na boca, atirava-lhe um "beijo voador", como ele dizia. Que ótima pessoa!

Outra das coisas que agradecia do fundo da minha alma eram as visitas assíduas de Pilar. Desde que Maria nasceu eram muito mais frequentes, parecia que tinha pego um carinho especial por minha filha e era raro o dia em que não nos visitava. Viajava menos nas ausências do seu marido e, quando o fazia, não demorava para voltar.

A verdade era que Maria era uma menina como aquelas que apareciam em novelas. Cabelo preto, extraordinária vitalidade e os olhos alegres e vivazes eram seu principal atrativo. Era só lhe fazer qualquer careta que sua resposta era um sorriso largo. Eu aumentava os cuidados para evitar ciúmes e sempre que trocava suas fraldas ou lhe dava comida, chamava Laura e pedia sua colaboração:

— Me ajude, Laura, temos que trocar a sua menina. Veja como está.

Assim, encarava como algo seu. Como Peco e eu.

Em relação a José Luís, cada dia o notava mais atraído pela pequena. Ele se aproximava do berço assim que chegava em casa e fazia caretas para ouvir sua risada, mas, depois da nossa última conversa, havia mudado muito em relação a Laura. Ele se aproximava dela e a beijava. Eu queria que Laura fosse ao encontro dele, mas era algo difícil de conseguir — algumas vezes a levava pela mão e juntas íamos recebê-lo, o que o deixava feliz.

Ficara em casa por vários meses. Suas escapadas, que sempre pensei que fossem para os braços de alguma mulher, diminuíam e ficava mais tempo em casa.

Pilar me perguntava se as coisas melhoraram entre nós. Dizia-me o muito que se alegrava de que fosse assim e parecia decepcionada quando lhe dizia que tudo seguia como tinha que ser.

— Pilar, quando me casei já sabia o casamento que me esperava e o aceitei assim. Não estou apaixonada por José Luís e só o fato de pensar em transar com ele me repulsa. Suponho que aconteça o mesmo com ele. Agora nos damos melhor. Ele é amável com as meninas, e sou grata, mas isso é tudo.

Agradecia o seu interesse por minha felicidade, apesar de me aborrecer com sua insistência.

— Não se preocupe — falei em certa ocasião. — Sou feliz assim. Estou entregue às minhas meninas e, se o homem da minha vida aparecer, coisa que acho difícil já que não saio de casa, você será a primeira a saber.

Maria entreabriu os olhos.

— Mamãe, estamos chegando?

— Não, meu bem, ainda falta muito... Durma.

— Estou com muita sede — disse com os olhos meio fechados.

Chamei a aeromoça e pedi um copo de água sem gelo. Maria bebeu com vontade a água e se aninhou de novo. Ajeitei o cobertor e o travesseiro e voltou a dormir. Eu a olhei. "Que carinha de anjo!" E pensar que depois que nasceu eu não queria nem vê-la porque a considerava um problema! O que seria da minha vida sem ela? Em sonhos, a ouvi dizer "papai".

Papai! Um dia teria que lhe confessar a verdade, mas esperaria que fosse maior o suficiente para que pudesse compreender.

Encostei-me no assento e segui com minhas recordações.

Dia doze de outubro, dia do santo de mesmo nome de Pilar, ela o celebrou como costumava fazer com todo o luxo. Ela e Jesus viviam em uma casa bonita, moderna, bem decorada, apesar de não ser muito do meu gosto. De cada viagem que o casal fazia, traziam algum detalhe para casa. Alguns quartos tinham se transformado em uma exposição de objetos variados. Pelo lado de trás do alegre chalé, havia um grande pátio decorado no estilo andaluz, e ali nos reunimos, vinte pessoas, para saborear um churrasco. "Ao estilo argentino", havia dito Pilar. Não posso dizer que estava ruim, mas gostaria que pudessem ter experimentado os que meu querido pai fazia. Esses sim eram churrascos bem-feitos.

Pilar tinha dito que almoçaríamos no pátio e que seria uma festa "campestre", por isso fomos todos com roupa informal. Eu me vestira com uma calça jeans branca, que já tinha antes da gravidez e ficava bem ajustada porque ganhei três quilos, e uma blusa florida. As outras mulheres também foram com traje esportivo, mas, quando Pilar apareceu, brilhava com um vestido azul-celeste de seda e um bonito colar de pérolas de duas voltas com um fecho de pérola australiana rodeada de brilhantes.

Algumas convidadas se sentiram traídas.

— Disse-nos que era um almoço informal e veja como ela está.

Eu não dei a menor importância. E mais, compreendi que tinha se arrumado tanto por ser a homenageada. Reparei foi no belo colar de pérolas. Pareceu-me excessivo para a ocasião. Foi recebendo os diversos presentes que lhe traziam. José Luís se encarregou do nosso presente e lhe entregou um estojo de joalheria. Ao abrir, Pilar se surpreendeu e eu também! Continha uns brincos de pérola australiana rodeada de brilhantes que faziam jogo com o fecho do colar. Eu reconhecia o estojo.

— Oh! Muito obrigada! — disse, emocionada enquanto lhe dava um beijo. — Mas como adivinhou que precisava de uns brincos que fizessem jogo com o colar? Que coincidência!

Era mesmo uma grande coincidência. Se todos não soubessem da antipatia que um tinha pelo outro, poderiam pensar outra coisa. O presente era muito caro e, além disso, combinar com o colar que acabava de estrear era um tanto estranho.

A festa foi muito divertida e já tarde nos despedimos e fomos embora. Pelo caminho, José Luís perguntou se eu havia gostado dos brincos, e falei que eram muito bonitos.

— Como você não os quis, em vez de jogá-los fora, percebi que o dia de Nuestra Señora del Pilar se aproximava e que Pilar comemoraria. Então, achei melhor dá-los para ela.

Não fiz comentário algum. Não quis lhe dar o gosto de retrucar nada, mas não me agradou o que dissera e menos ainda que os tivesse dado de presente a ela. Chegamos em silêncio em casa.

Maria já tinha quase sete meses e continuávamos ocupando os quartos dos convidados. Havia colocado o berço no meu quarto. Contudo, tinha a necessidade de torná-la independente, pois as crianças precisam dormir sozinhas. Se a colocasse no quarto de Laura, adjunto ao meu, correria o risco de que o choro de uma despertasse a outra. Também não dispunha de mais quartos intercomunicados. Além disso, se aproximavam as festas natalinas e vinham uns amigos da família, de Astúrias. Era um casal e seus filhos maiorzinhos. Pensei no sótão, mas também não havia espaço suficiente para ficarmos as três confortáveis. O ideal seria o quarto "fechado" que, com o escritório de Candelária e o que estava destinado a Laura mais a salinha adjunta, reunia o espaço necessário para estarmos bem. Era perfeito! Entretanto, como falaria com José Luís? O que ele acharia? Enfim, enfrentei a situação diretamente:

— José Luís — ele estava na biblioteca olhando para a piscina da janela. Ao me ouvir, virou-se. — Quero pedir um favor, mas peço que não leve a mal. Se não puder, só diga "não" e acabou.

— Está bem... diga-me o que quer.

— As meninas e eu estamos muito apertadas nos quartos de convidados que estamos ocupando agora, quero que Maria durma separada para que vá se costumando a ser independente. Pensei no sótão, que eu adoro, mas seria a mesma coisa, pois falta espaço... — Engoli a saliva antes de continuar:

— Por isso, pensei... se você acha...

— Se eu acho, digo mais, acredito que já é hora de que aquele quarto e o escritório sejam abertos. A única coisa que eu gostaria é que mudasse a decoração que têm agora. Tire as fotos, troque os vasos, cortinas, o que quiser, mas dê o seu toque pessoal. Confio em você porque tem bom gosto.

Foi uma grande surpresa para mim. Não esperava que fosse assim tão fácil. Eu o encarei sem saber o que dizer, aproximei-me dele e agradeci com um beijo.

— Não me agradeça. Na verdade, você acaba de dar uma solução a algo que me preocupava. Escuta. As pessoas que vêm nesse Natal são bons amigos, mas são muito fofoqueiros, desses que metem os narizes nos assuntos dos outros, e me interessa que acreditem que somos um casal normal. Estando você embaixo e eu em cima pensarão que há algo estranho. Assim, fica tudo resolvido, seu problema e o meu. Comece a trabalhar nas mudanças e mude de cômodos quando quiser. Ah! Sabia que está ficando muito bonita?

Era o primeiro elogio que recebia de José Luís, e fiquei ruborizada. Talvez fosse também a primeira vez que me olhava com atenção.

Assim que Pilar veio, expliquei as mudanças e ela se ofereceu para me ajudar. Parecia contrariada. Entretanto, eu sabia que tinha um grande carinho por Candelária e achei que se lembrasse dela ao remexer em suas coisas.

— O que eu mais estranho — falei — é o interesse que José Luís tem em que os convidados pensem que somos um casal de verdade.

— Ele tem razão. Eles são muito fofoqueiros, não sei nem como os receberá aqui. Eu não os suporto e não vou pôr os pés nessa casa enquanto estiverem aqui. E tampouco fale de nossa amizade. Se perguntarem, diga que não me conhece.

Pareceu-me que Pilar exagerava na antipatia, mas fez o que havia dito: nos dias que eles estavam, não a vi.

Esse casal, Antolín Salmerón e Beatriz, e seus filhos Silvia, de quinze anos, e Angel, de vinte, ocuparam o que havia sido meu quarto e o de Laura. Vieram carregados com produtos da terra: repolhos, favas e compango "para fazer um verdadeiro cozido asturiano". Uns chouriços um pouco picantes e muito bons. Carne seca de vaca e um bolo prenhado. Meu desconhecimento sobre a gastronomia asturiana era total. Fui descobrindo o que era cada coisa; o compango é morcilha, toucinho e chouriço, que se coloca na panela, com os repolhos, as favas e batatas. O bolo prenhado é um pão recheado de chouriço e toucinho intercalado. Eu nunca tinha provado nada tão gostoso na minha vida. Essas especialidades também eram uma festa para José Luís e, enquanto ele e eu desfrutávamos os produtos asturianos, a família Salmerón se entusiasmava com os pescados próprios da ilha — vieiras, peixe-escorpião vermelho, salmão, calunga, peixe-gato — e com os menus típicos: "batatas enrugadas com molho picante e verde", "coelho ao salmorejo", "cozido de agrião"...

Então não havia problemas: Tomás cozinhava para eles, enquanto José Luís e eu nos deliciávamos em honrar a terra asturiana.

Gostei deles. A menina era muito fofa, mas muito bobinha — às vezes, insuportável com as tolices que fazia. Eu me lembrava de Delfina, mas devia levar em conta sua pouca idade, assim como acontecia com minha irmã. O rapaz era extrovertido e simpático. Gostava de tudo e se divertia com os mínimos detalhes. E o casal? Eu os achei muito amáveis, apesar de serem mesmo um pouco intrometidos. Queriam saber de tudo e faziam perguntas, sem querer saber se estavam sendo indiscretos ou não.

O que mais estranhei foi uma conversa que ouvi sem querer entre o casal. Descia a escada que leva do salão para o jardim e eles estavam sentados no Canto Azul.

— Percebeu que Pilar não apareceu por aqui? — falou Beatriz.

— Nem creio que apareça. Não terá tanta cara de pau. O que acha da esposa de José Luís?

— Eu gosto dela, mas não me parecem muito apaixonados.

— Mulher, eles não ficarão se beijando na frente de todo mundo.

— Eu sei, mas me parece que há algo ainda do passado.

— Espero que não, pelo bem dela.

Já não queria continuar escutando porque não me parecia correto, e desci a escada fazendo barulho. Estava intrigada pelo misterioso passado do qual falavam, mas não era assunto meu. O que estava claro era que a antipatia de Pilar para com eles era recíproca. "Por que teria 'cara de pau' de frequentar a casa? Será que havia tido alguma rinha grave com José Luís e por isso sempre estavam em desacordo? Que passado era esse?", foram perguntas sem resposta que me fiz.

— Oi! Esse cantinho é bem agradável, não é? — pareceram um pouco espantados.

— Oi! Sim, é bastante agradável. Bom, qualquer lugar desse precioso jardim é uma delícia. Ficamos muito felizes com a mudança de Laura. Segundo nos disse seu marido, ela se deve a você.

Nesse momento, José Luís se aproximou, fui até ele e o abracei pela cintura.

— Bom, é que meu marido me ama muito e tudo o que acontece de bom acredita que é obra minha, mas Laura é a verdadeira autora da própria evolução.

Notei a estranheza de José Luís diante da minha aproximação inesperada, mas me acompanhou. Ele me apertou contra ele, beijou-me nos lábios e disse, enquanto eu ficava vermelha como um tomate:

— O melhor que pude fazer nessa vida foi me casar com Valéria. Quando um homem está sozinho, não faz nada a não ser tolices. Tive muita sorte de encontrar essa joia. Minha vida agora é um refúgio de paz.

Quando ficamos sozinhos, quis esclarecer a minha conduta ao abraçá-lo daquele jeito e lhe contei o que tinha ouvido. Se eu esperava uma explicação sobre aquela incógnita do seu passado, ficaria na vontade, pois não fez comentário algum.

O melhor daquelas festas como sempre era a chegada de Carlos e Sara.

Como meu corpo tinha recuperado a silhueta normal, queria comprar roupas para mim. José Luís estava me dizendo todos os dias:

— Compre roupas novas. Para as pessoas, você é minha mulher e tem que estar muito bem-vestida. Os trajes que veste não são muito elegantes e ficam muito justos. Pegue este cartão. Gaste no que quiser, vestidos, sapatos, bolsas. Suponho que Sara indicou as lojas de Santa Cruz onde há vestidos de marca, bonitos e elegantes.

— Sim. Fui a várias com ela, mas são muito caras. Não sou consumidora de marcas caras. Se um vestido me cai bem, compro sem olhar quem é o estilista.

— Compre roupas! — disse secamente. — A calça que você vestiu na comemoração de Pilar é boa para ganhar elogios, mas não para parecer uma esposa recatada. Teremos que sair mais de uma vez com os asturianos e ela, ainda que viva em Oviedo, é uma mulher de aldeia, dá para ver pelo jeito que se veste.

Fiquei incomodada com a forma como me disse tudo aquilo e fiz o que pediu. Fui com Pablo a Santa Cruz e percorri as lojas de moda e sapatarias que havia visto com Sara. Paguei no cartão sem dó e comprei vários modelos, combinando cintos, bolsas e sapatos. Quando me vi novamente no carro a caminho do Porto, pesava-me a consciência pelo muito que tinha gastado. "Ele foi o culpado por falar como se eu me vestisse para chamar à atenção. Além disso, o que lhe faz supor que eu não tenho bom gosto?"

Chegamos na hora do almoço. Levei os pacotes para o meu quarto, deixei-os em cima da cama e fui para sala de jantar. A janela estava aberta e chegava o aroma de jasmim do jardim.

— Comprou coisa bonitas, senhora? — perguntou a fiel governanta.

— Creio que sim. Logo lhe mostrarei. Onde está Yaiza?

— Ajudando na cozinha. Nati está se sentindo um pouco mal e pediu a Yaiza que ajudasse Tomás. As meninas comeram bem. Dentro de um instante, Yaiza vai pô-las para dormir. A senhora fique tranquila.

Os asturianos e José Luís estavam no bar da piscina tomando um drinque. Fui para lá. Tinha mudado o modelo de "mau gosto" com o qual saí de casa por um dos que havia comprado. Era estampado e muito alegre, ajustado na cintura, com saia plissada, decote em canoa e sem mangas. Chegava sedenta e pedi a Francisco que me preparasse um suco de laranja-natal. O mordomo o preparava com sua fórmula secreta guardada a sete chaves, coisa que muito irritava Tomás.

— Eu lhe dei minhas receitas e ele não me diz o que põe no suco — dizia zangado.

Eu me sentei debaixo do arco das roseiras. Estava bem confortável ali e me deitei no sofá. A água da piscina estava parada e refletia as plantas da beirada. Sempre que me sentava ali não podia evitar de pensar em Candelária. Quantas vezes haveria ela sentado no mesmo lugar que eu estava!

— Foi às compras? — A voz de Beatriz me tirou dos meus pensamentos. Observei que me olhava de cima a baixo.

— Sim, estive em Santa Cruz.

— Se tivesse me falado, teria ido contigo. — Seguiam os seus olhares descarados.

— Saí muito cedo, por isso não chamei ninguém.

— Nem seu marido? — disse rindo. Pareceu-me uma pergunta tola e sem propósito.

José Luís parecia falar com Antolín, mas na verdade prestava atenção na nossa conversa. Ele se virou para nós duas e respondeu secamente, como só ele sabia fazer:

— A que vem isso, Beatriz? Cada um de nós sabe muito bem o que o outro faz. Eu sabia que ela estava na capital. Mas não daria a importância que você dá se houvesse ido sem me dizer.

Não entendi nada: nem a pergunta de Beatriz, nem a importância que José Luís deu, nem o sorriso zombador do casal asturiano. Por sorte, veio Francisco para me dizer que o almoço estava pronto. Sentamos à mesa e notei certa tensão no ar. Falamos das plantas, da paisagem, do tempo, então os dois homens se engajaram em uma conversa que começou com política e terminou com assuntos de futebol. Beatriz de vez em quando comentava algo e, de forma bastante chula, chamava de filhos da puta os jogadores de futebol que não lhe agradavam e de gostosos os seus favoritos. Eu me mantinha em silêncio por dois motivos: porque não sabia nada de futebol e porque não me agradava em nada aquela maneira de falar. Uma das vezes, olhei para José Luís. Tinha cara de também não estar gostando. O almoço terminou e Luís propôs que tomássemos café no jardim.

— Vamos mudar de assunto — disse, olhando para mim e, em seguida, para Beatriz:

— Minha mulher está assustada com seu linguajar — voltou a me olhar —, não é, amor?

Beatriz ficou de pé, extremamente irritada. Todos nos levantamos. Fomos para o jardim. Notei que a coisa não ficaria por aí e temi presenciar uma discussão — o que aconteceu. Beatriz era uma pessoa rancorosa e, quando se incomodava, arquivava em sua memória para preparar sua vingança cedo ou tarde. Ela não podia deixar passar — logo partiriam e aquilo não poderia ficar assim. Encarou José Luís para perguntar:

— Faz muito tempo que não comprará selos em Santa Cruz? Ou não os coleciona mais?

José Luís a olhou como se quisesse matá-la, enquanto Antolín repreendia a esposa:

— Beatriz, o que é isso?

Eu estava fora do jogo — não entendia o que estava acontecendo. Por que o fato de perguntar por uns selos? Qual a importância? Olhei para José Luís. Estava me observando.

— Se quiser se retirar —disse-me —, pode ir. As meninas dão muito trabalho e tem que descansar um pouco.

Ele me deu um beijo na bochecha, despedi-me de todos e fui. Da janela do meu novo dormitório olhei para baixo. Estavam discutindo, mas eu não conseguia ouvir o que diziam. Deitei na cama intrigada, perguntando-me se Sara ou Pilar saberiam algo sobre aquela misteriosa discussão. Perguntaria para a primeira que visse. Não! Não! Creio que não deva fazer isso. É José Luís que me dirá o que estava acontecendo... Se quiser!

Depois daquele incidente, decidiram partir sem esperar pelo Natal. No dia seguinte, Beatriz me procurou. Por sorte eu estava na piscina com as crianças, desculpei-me por não poder sair e não perguntei por que estavam indo tão rápido. Antolín também se aproximou e, mais cordial que ela, pediu-me que desculpasse sua esposa.

— Sinto muito pelo que aconteceu. Minha mulher não é uma má pessoa, mas tem a língua muito grande. Muitas vezes me deixa mal com meus amigos. Se despeça de José Luís por nós e agradeça pela hospitalidade.

Soube então que José Luís havia saído muito cedo de casa. Seria para não vê-lo? Sabia que tinham ido embora? "Perguntarei quando voltar." Contudo, a volta foi depois de três dias da partida dos asturianos e já não tinha sentido algum. Deu um beijo nas crianças e não perguntou nada. Por isso, mantive-me em silêncio.

As festas natalinas foram como nos outros anos para todos, menos para mim. Agora tinha duas meninas e fiquei com elas. Os amigos que nos rodeavam eram de toda a confiança e não precisava dissimular com eles.

A chegada de Sara foi minha maior alegria, como sempre. Gostou muito de que dormisse no quarto "fechado". Mostrei-lhe as mudanças, na verdade, muito poucas, que fiz seguindo os desejos de José Luís. Laura dormia no seu quarto e Maria na salinha adjunta. Do meu quarto, tomava conta dos dormitórios das meninas, e todas tinham privacidade. Eu usaria o escritório de Candelária como sala de leitura. Tinha muita luz e, com uma pequena mudança, livrando-o de algumas quinquilharias, ficaria muito bom. Por enquanto, ficou como estava. Na primeira hora da manhã ou pela última da noite, enquanto as meninas dormiam, metia-me na banheira de hidromassagem e ficava ali por um tempo. Saía tão revigorada que me sentia outra.

O tempo passava, Laura imitando a pequena evoluía que dava gosto e Maria, que antes de completar um ano já andava, era inteligente e ensinava à irmã.

Quando José Luís chegava, Maria era a primeira a ir ao seu encontro. Ela o chamava de "papi" porque ele queria assim. Por outro lado, Laura ficava para trás e eu tinha que levá-la pela mão até seu pai para que ganhasse um beijo.

Eram evidentes as diferenças entre as duas: Maria era temperamental, alegre, simpática, brincalhona, adorava aquele que acreditava ser seu pai, com uma forte personalidade, apesar da pouca idade. Laura era tranquila, séria, pouco afetiva com seu pai, um tanto apática e pouco faladora.

E Peco? Peco ocupava um lugar muito importante na casa. Brincava com as crianças, recebia a mim ou a José Luís com pulos de alegria, mordia algumas plantas — para o desgosto de José, que não lidava muito bem com isso —, puxava a saia de Petra, pegava os bonecos de pelúcia das meninas... Enfim, onde ele estivesse, estava formada a confusão. Todavia, como fez bem a Laura quando chegou em casa ainda filhotinho!

Um dia, estávamos Sara e eu ao entardecer, depois de as meninas deitarem, sentadas no tapete do salão "do modo antigo", como dizia ela. Era uma dessas tardes que não queria que acabasse. Cálida, com perfume de jasmim, silenciosa, e nós duas uma de frente para a outra, olhando-nos, risonhas. Então, contei o episódio dos asturianos com José Luís e o muito que estranhei a reação tão rude do seu irmão.

— Imagine como foi grave a coisa, porque no dia seguinte foram todos embora. José Luís bem cedo e eles um pouco mais tarde.

— Bem, querida. Me deixa intrigada. Não tenho nem a mais remota ideia ao que se referiam com a coleção de selos. Por que não perguntou a José Luís?

Em janeiro, pouco depois do Dia de Reis, o telefone tocou. Era Luís, que me dava uma notícia feliz da Argentina:

— Lola deu à luz. É um menino muito bonito. Os dois estão muito bem e estamos todos muito felizes.

Disse tudo de uma só vez, sem me dar opção de lhe parabenizar. Estava feliz e nervoso, suas palavras se atropelando. "Que inveja", pensei. Se eu tivesse tido um marido que se alegrasse tanto com a menina, provavelmente não teria tido depressão.

Quando se calou para respirar, disse-lhe o muito que me alegrava e lamentei que meu pai não estivesse vivo.

— Um beijo muito forte para os três e diga a Lola o muito que me alegro! Quando tiverem uma foto, me mandem para poder babar meu sobrinho.

Luís não quis me dizer que Lola tivera que fazer cesariana. Fiquei sabendo quando ela já estava em casa.

— Foi muito ruim —contou-me —, mas valeu à pena. É um pouco chorão porque está sempre com fome. Luís me ajuda muito e está como louco com seu herdeiro, como ele chama.

Quanta felicidade! Tudo, no final das contas, estava indo bem na minha vida. José Luís era cada vez mais amável comigo e com as meninas. Não me faltava mais nada naquela casa, que já considerava minha. Podia fazer e dispor do que eu quisesse e dispunha de muito mais dinheiro do eu necessitava. Meu vestuário era quase igual ao de Sara. Pilar me dizia quão bonita eu estava e reparava no como José Luís me olhava.

— Eu creio que está se apaixonando por você. Não percebe como a olha quando está arrumada? Além do mais, vocês dormem tão próximos que não posso acreditar que não aconteceu nada.

Chegou a me incomodar tanta insistência sobre aquele assunto e um dia respondi, irritada:

— Pilar, não sei o que você pensa nem me importa. Está tocando em um assunto que não interessa a você. Será que será tão intrometida quanto Beatriz, a quem tanto critica?

— Me perdoe, mas quero que vocês sejam felizes. É só isso, não queria importunar nem quero que se irrite comigo. Não voltarei a tocar no assunto.

Arrependi-me de ter sido tão rude. Em um tom mais suave e de desculpa, disse:

— Não me irrito, mas incomoda escutar as mesmas perguntas sobre o mesmo assunto. Não estamos apaixonados, apesar de você dizer que ele me olha. Talvez me olhe para reparar nos defeitos...

Não voltou a me dizer mais nada sobre o assunto, mas nos observava com curiosidade quando falávamos um com o outro.

O tempo ia passando. Lola e eu, mães de família. Delfina trabalhava em uma loja de informática. Papai tinha que estar vivo para ver isso, apesar dos seus medos e suas dúvidas, suas filhas conseguiram encontrar a felicidade. Quanto a Raúl, o menos preocupante por ser homem (como meus pais diziam), não trabalhava, cada dia tinha uma namorada diferente e não sabia o que fazer com o seu futuro.

E aquele ano chegou ao fim.

Quando nos despedimos daquele ano, desejamos paz, amor e felicidade como fazíamos sempre. Todavia, o ano que começava tinha muitas surpresas preparadas para mim. Estava longe de imaginar, enquanto brindava alegremente, que meu destino reservaria uma mudança tão brusca, que me levaria de volta à minha Argentina.

As meninas estavam tão bem e eu havia começado a ter uma vida normal. Fazia compras, ia ao salão de beleza, visitava Pilar ou Imaculada. Contudo, não descuidava das minhas meninas, pois os momentos que passava com elas eram os melhores do dia.

No novo dormitório, sentia-me bem à vontade. Era imponente e acolhedor. Muitas vezes, pensava nas noites de amor que o casal teria passado ali e sentia falta de não ter o mesmo. Entretanto, com quem? Nunca pensei em José Luís como uma hipótese, apesar das insinuações de Pilar. Eu sonhava com um homem à minha medida e por quem eu estivesse muito apaixonada, como havia estado por Pedro. O que teria acontecido com ele? Onde estaria? "Se soubesse a filha tão encantadora que tem!"

Maria tinha puxado muitas coisas do pai: os olhos, muitas expressões, o caráter aberto e sagaz e, sobretudo, a paixão pela pintura. Sua maior distração era se colocar diante do cavalete e pintar qualquer coisa, da sua maneira. Uma árvore, uma rosa, Peco, papai, mamãe. Era o tipo de rabiscos que faz os pais babarem. Era atirada e superava qualquer obstáculo. Já Laura sempre precisava ser estimulada pela irmã. Também se colocava diante do cavalete, mas tudo lhe parecia difícil e suas pinturas eram muito inferiores as de Maria. Porém, quando me mostravam os desenhos, elogiava tanto os de uma como os da outra.

No Dia dos Pais, sempre faziam um desenho de José Luís e ele babava.

— Como minhas meninas sabem pintar tão bonito? — dizia enquanto as abraçava.

Laura ia ao seu encontro quando chegava de viagem. José Luís sempre trazia alguma surpresa para elas, coisa que não me agradava muito, pois não queria que fossem crianças interesseiras nem que corressem até ele somente para ver qual era o presente da vez. Todavia, ainda que o dissesse várias vezes, não me dava importância.

— Está com ciúmes, hein? — perguntou-me uma vez.

Os primeiros meses do novo ano foram de mau tempo em geral. As temperaturas baixaram mais do que o normal em Tenerife: algumas noites chegou-se aos treze graus. O Teide estava coberto pela neve, mas quase não se podia ver porque estava repleto de nuvens escuras. Quando as nuvens se dissipavam, ele reaparecia majestoso, todo branco e refletindo os raios do sol.

Em uma manhã ao me levantar, aproximei-me da janela que dava para o sul. Ele estava ali, esperando que o contemplássemos com seu traje branco e uma coroa de nuvens em sua base. Quanta beleza! Quase chorei de emoção. O toque do meu telefone particular rompeu o encanto daquele momento. Era José Luís. Estava a dois dias fora e não sabia e nem soube de onde ligava.

— Olhe para o sul e veja o Teide.

— Sim, era isso mesmo o que estava fazendo quando me ligou — respondi, intrigada com a ligação.

— Agora, pense em algo bom que deseje para toda a humanidade e algo também para nossas filhas e para nossa vida em comum. Pense!

— Sim, pensarei! — respondi e acrescentei:

— Quando volta pra casa?

Estranhei minha pergunta. O que estava acontecendo? Nunca havia me importado se estava em casa ou viajando. Então, de onde vinha ela? Seriam os efeitos do Teide que me enfeitiçaram? Enquanto eu me fazia essa série de questionamentos, escutei do outro lado do fio telefônico:

— Breve, muito em breve. Estou ansioso pra te ver.

Pilar teria razão? Quanto aos seus sentimentos eu não sabia, mas o que sentia eu por ele? Claro que já não era a rejeição dos primeiros dias. Creio que também não era amor. Carinho? Sim, carinho. Contudo, por que tenho tanta vontade de tê-lo aqui? Chegaríamos em algum momento a ser um casal normal? A ideia já não me parecia tão descabida como há algum tempo.

— Mami, mami! — As crianças ouviram o telefone e logo vieram de camisolas ver se era o papai. Que graciosas! Pareciam uns fantasminhas de pés descalços que faziam com que minha vida fosse imensamente feliz. Eu as abracei e as levei para olhar pela janela:

— Vejam quanta neve tem o Teide! Se forem boazinhas, eu as levarei às Cañadas para brincarem e jogarmos bolas de neve.

— E podemos fazer bonecos de neve como os dos contos? — quis saber Maria, ansiosa.

Ri. O único contato que tinham com a neve era quando acariciavam as páginas de algum conto que a trazia desenhada. Propus levá-las para vê-la de perto, uma coisa muito difícil em Tenerife, e que pudessem perceber com suas mãozinhas o contato frio da neve.

Procurei a roupa mais quente que pude encontrar para que não sentissem frio, mas não havia grande coisa. Nem cachecol, nem luvas, nem botas entre as roupas de inverno. Eu as agasalhei com um casaco grosso, jaqueta e calças compridas. Disse a Pablo que nos preparasse o carro grande porque era o único que tinha calefação, e para lá fomos. As meninas estavam loucas de alegria. Era a primeira vez que brincariam com a neve e talvez a única em muitos anos. Para mim era normal. Em San Juan sempre tínhamos mais do que desejávamos.

— Aqui, senhora — explicou Pablo —, é raro ver neve. Às vezes, neva no Teide, mas não nas Cañadas. Hoje teremos sorte porque caiu uma boa nevasca.

Conforme nos aproximávamos das Cañadas, aumentava a quantidade de gente que tinha tido a mesma ideia que eu. A estrada em zigue-zague ia se enchendo de veículos que circulavam muito devagar para contemplar a paisagem insólita. Os rapazes deslizavam em algumas encostas sobre um plástico. Outros levaram uma tábua, onde vários subiam e se atiravam pela costa abaixo até tropeçar em um monte de neve que servia de parapeito. O teleférico não funcionava porque ventava muito. Eu sentia calafrios somente ao olhar para a neve, relembrava os longos e inóspitos invernos de San Juan e aquele frio penetrante que transpassava a roupa aumentando os desejos de chegar no calorzinho do lar.

Continuamos até o Vale de Ucanca procurando um lugar onde tivesse menos gente, mas como tinha pouca neve voltamos.

— Podemos parar aqui para as meninas saírem um pouco — falou Pablo e as elas aplaudiram felizes, porque por fim tocariam a neve.

Pensei que estivesse fazendo um frio horroroso, e abriguei as meninas o quanto pude, mas me surpreendi ao ver que a temperatura era agradável. O sol esquentava o suficiente para suprir o efeito da nevada. Pablo se encarregou de fazer com que as meninas se divertissem e ele também. Era um espetáculo ver aquele homem maduro e sério atirar bolas de neve e correr atrás ou na frente das crianças. Ouvia satisfeita aquela mistura de risadas infantis e a voz grave de Pablo que não se cansava de brincar com elas. De vez em quando, uma escorregava pela encosta e Pablo acudia solícito para ajudá-la a se levantar, mas eu o repreendia.

— Não, deixe que se levante sozinha. Os escorregões fazem parte do jogo.

Na hora de voltar, ninguém estava satisfeito.

— Um pouquinho mais, mamãe!

— Amanhã, voltaremos. Agora não chorem se as mãos doerem, hein?

Quando entramos no carro, Pablo esfregou as mãos com força antes de pegar no volante, aumentou a calefação e esperou uns minutos. As meninas, com os narizinhos vermelhos, deram-me suas mãos para que as massageasse.

— Quando eu tinha a idade de vocês — contei — e nevava em minha terra, íamos meus irmãos e eu brincar com a neve. Minha mãe nos dizia, como eu a vocês: "Quando as mãos começarem a doer, não chorem." Ao chegar em casa, depois de ter brincado com a neve pela manhã toda, nosso sangue começava a reagir e a dor que sentíamos era insuportável. Chorávamos, mas não dizíamos nada. Só pensávamos: "Amanhã não brincarei com a neve." Mas, no dia seguinte, ao despertar, olhávamos pela janela e o branco da nova nevada noturna era como um chamado. Uma atração mais forte que a nossa vontade nos lançava para a rua outra vez. Passávamos o inverno entre brincadeiras e risos na neve, dor nas mãos e nos pés ao chegar em casa e lágrimas contidas para evitar uma repreensão.

— Faz muito frio em San Juan? — perguntou Maria.

As duas meninas me olhavam com interesse esperando minha resposta.

— Sim, muito. Temos temperaturas que aqui não se viram ainda. E na Península também faz muito frio. Lá o Natal tem neve. Quando montamos o presépio, jogamos farinha por cima para simulá-la — contei, relembrando o que ajudei Sara a montar em casa.

— Então, o menino Jesus não estará nu — comentou Laura, preocupada.

Pablo olhou pelo retrovisor com estranheza por ouvir o raciocínio lógico daquela que até bem pouco tempo não sabia falar.

Chegamos em casa na hora do almoço e surpresa! José Luís já estava lá. Saiu para nos receber. Petra lhe dissera onde estávamos. As meninas, ao vê-lo, correram para se pendurar nele — melhor dizendo, Maria se pendurou e Laura se aproximou. Contaram o muito que se divertiram e que a mamãe tinha dito que amanhã voltariam.

— Aaahhh! Pois amanhã eu também quero ir. Me levam?

A alegria das pequenas foi imensa assim como minha estranheza. Seria verdade ou estaria dizendo por dizer? Contudo, "o que o homem propõe..." Não pudemos ir porque Laura amanheceu um pouco resfriada e febril.

José Luís levou Maria para dar uma volta e fiquei com Laura. Até então, nunca havia dedicado tanto tempo a nenhuma das meninas. Não havia dúvida. Algo estava mudando.

Não demoraria muito tempo em comprovar que todo aquele cuidado era apenas uma miragem.

VII

O CANTO AZUL

O NATAL DE 1996 FOI MENOS AGRADÁVEL para mim do que outros. Era a primeira vez que Sara não viria, e aquilo foi um golpe duro para mim, que esperava o ano todo por sua chegada. O motivo? Calos tinha pegado uma gripe que tinha deixado meia Madrid de cama.

— Quando ele se recuperar, passaremos aí — disse minha amiga. Contudo, ele demorou tanto em se reestabelecer que as datas festivas passaram e eles não vieram. Eu ligava para eles diariamente para ter notícias e conversar um pouco com Sara. Acabei por perder a esperança de vê-los.

— Quando ficar bom, terá muito trabalho atrasado e os doentes estarão esperando impacientes — dizia Sara.

Os últimos dias de 1996 e os primeiros de janeiro de 1997 foram de chuva e extremamente desagradáveis. Os moradores de Tenerife se abrigavam e epidemias de gripe se espalhavam. Em mais de três anos na ilha, nunca tinha visto temperaturas tão baixas e tantos dias de chuva seguidos. José, o jardineiro, era um dos poucos que se alegrava porque as plantas cresciam belas com pouco trabalho. Sentia somente pelas roseiras.

— Tanta água estraga as rosas — dizia. Vivia com sua mãe em uma casa baixa e dispunha de uma pequena horta onde cultivava batatas, pimentões, alfaces e outras hortaliças.

No dia dois de janeiro, a mãe dele ligou para nos dizer que ele tinha levado um tombo e teria que engessar a perna. A pobre mulher estava muito nervosa. O único dinheiro que entrava na sua casa era o que José ganhava. Eu a acalmei como pude e pela tarde fui à clínica para vê-lo. Sua mãe, uma mulher bondosa de uns setenta anos, levantou-se ao me ver.

— Mas José! Começou a se dedicar a fazer patinação artística? — brinquei ao vê-lo.

— Veja a senhora. “Para o cachorro fraco tudo se torna pulga.”

Comecei a rir, pois nunca tinha ouvido aquele ditado. Estava em uma sala ínfima com outros pacientes e todas as pessoas que haviam ido visitá-los. Fazia calor e o ambiente estava cheio com tanta gente ali. A mãe de José me ofereceu a única cadeira que havia, onde estava sentada, mas a recusei. Notei que as conversas se interrompiam diante da minha presença e relembrei o fim do ano quando brindei com os empregados da casa. Tinha a mesma sensação de estar atrapalhando.

— Como isso aconteceu, José?

— Foi azar. Estava na horta e, como choveu muito, escorreguei ao descer uma encosta e caí de mau jeito. Amanhã farão uma radiografia para ver se é uma fratura ou somente uma distensão.

— Pois tomara que seja uma distensão. De toda forma, não se preocupe. Direi a Pablo que trate bem do jardim e cuidarei para que Tomás e Nati não ampliem mais a horta.

Fiquei por apenas quinze minutos. Sua mãe me acompanhou até a porta e lhe disse que havia gente demais em um quarto tão pequeno.

— Os doentes precisam de tranquilidade.

— Eu sei, senhora, mas o que posso fazer? São visitas de outros enfermos.

Saí dali pensando que José merecia algo melhor. Falaria com José Luís. Eu o encontrei em seu quarto preparando a pequena mala que sempre levava nas viagens.

— Vai viajar? — perguntei com estranheza porque eram sete horas e nessa época já tinha anoitecido.

— Sim, mas por pouco tempo. Quer alguma coisa?

— José caiu e está imobilizado no hospital. Amanhã farão uma radiografia. Mas o que queria dizer é que fui vê-lo e está em um quarto muito pequeno com outros dois pacientes. Hoje havia tanta gente que não se podia respirar e...

— E você quer que o coloquemos em um quarto melhor. Acertei?

— A verdade é que José merece. Não acha? É uma boa pessoa e temos um jardim lindo, que chama a atenção.

— Por que me pergunta o que você pode fazer sem minha autorização? Não precisa me pedir permissão para que paguemos por um quarto para José. Pode pagar! Eu não tenho tempo e, além disso, fico feliz que tenha pensado nisso.

Deu-me um beijo e se foi. Saiu tão apressado que não se lembrou de se despedir das meninas. Todavia, onde iria àquela hora, com tanta pressa e tão de repente? Outra coisa que eu estranhava era que nunca levava Pablo quando ia nessas viagens repentinas. Ainda que estivesse no "contrato" que cada um é livre para fazer o que quisesse "sem contar com a opinião do outro", não podia evitar o desejo de que passasse mais tempo em casa.

Fui ao seu escritório e procurei na lista o telefone do hospital onde José estava. Informaram-me que o único quarto que estava disponível era uma suíte.

— É ótimo. O quarto é composto por uma cama para o acompanhante, um banheiro muito grande e uma salinha de estar. E tem ar-condicionado. Mas é um pouco caro — explicou a enfermeira.

"Talvez seja a única oportunidade que o pobre José e sua mãe tenham de desfrutar uma suíte", pensei.

— Bem, não importa. Sou a sra. de Olivera. — Era a primeira vez que usava meu nome de casada e me pareceu esquisito. — Amanhã, irei a clínica para formalizar a solicitação, mas quero que transfiram o paciente de...

Dei as informações sobre o paciente que tinham que transferir para esse "quarto de luxo" e pedi que o fizessem imediatamente.

— Sua mãe é muito idosa e é difícil para ela se locomover. É conveniente que passe à noite com seu filho.

Quando desliguei o telefone, sentia a satisfação que proporcionavam as boas ações. Parecia que estava vendo mãe e filho desfrutando aquela comodidade. Teria gostado de ver seu espanto quando os transferissem e de contemplar a cara de satisfação da mãe anciã e do bom José.

Logo, pensei em José Luís. Por que eu precisava dele naquela noite? Nunca me importei se viajava ou se ficava. Que mudança era essa que estava acontecendo comigo? "Ligarei para Pilar para conversar um pouco. Ela me distrairá."

Pilar não estava em casa. A empregada me disse que viajara no dia anterior. Que azar!

No sábado, José Luís retornou. Só estivera fora dois dias e trazia os presentes para o Dia de Reis para as meninas e para mim, mas os deixou na mala do carro para que não víssemos.

As duas pediram uma bicicleta — o que ele atendeu.

Havia trazido um colar e uns brincos formando um conjunto para mim parecidos aos que eu tinha recusado há um tempo e que ele dera a Pilar. Estava emocionada e agradeci de coração. Meus presentes para as meninas foram uma carteira de escola que colocamos na casinha de Laura, no andar de cima. Além da carteira, comprei um grande quadro-negro que coloquei em uma parede, um mapa da Espanha bem simples, outro da ilha de Tenerife e outro da Argentina. No quarto menor, coloquei uma série de jogos educativos. Daria as aulas depois do exercício na piscina. A academia ficaria relegada a um segundo plano já que não era tão importante desde o momento em que Laura caminhava bem. Já tinha traçado meu plano de educação: tudo seria muito simples no começo, para entrar pouco a pouco no mundo do conhecimento. Maria era menor, só que mais esperta que Laura — por isso ajustaria os ensinamentos à capacidade de Laura.

Não sabia o que comprar para José Luís. Acredito que para qualquer esposa seria fácil encontrar algo apropriado, mas, tendo em conta nossa pouca comunicação, estava em Maya, onde há de tudo, sem me decidir.

— É para seu marido? Então é fácil. — Foi o comentário da atendente estranhando minha dúvida.

Por fim, depois de pensar muito, levei um alfinete de gravata e abotoaduras combinando, com a convicção de que teria, de ambas as coisas, uma grande variedade. Seria um conjunto a mais!

Também comprei algo para cada um dos empregados. Essa tarefa era de José Luís, mas, quando nos casamos, avisou-me que a transferiria para mim, porque era um incômodo para ele pensar todo ano o que comprar.

* * *

A Festa de Reis não era celebrada nessa casa até eu chegar. Pensei que, ainda que Laura não se desse conta, era uma festa muito bonita e onde houvesse uma criança deveria ter presentes. Nos primeiros anos, efetivamente, Laura não olhava para o boneco novo que lhe colocávamos sobre os joelhos. Agora, três anos depois, entendia tudo e festejava. Por isso, quando as meninas viram a bicicleta, ficaram muito alegres. Em seguida, quiseram estrear o brinquedo novo e se alternavam nela. Mesmo tendo duas rodinhas laterais, quando minhas forças acabaram ainda não tinha conseguido que nenhuma das duas se mantivesse ereta. Fiquei tão cansada de segurá-las para que mantivessem o equilíbrio, que na hora do almoço só queria descansar.

— Que surra te deram! — disse José Luís, solícito. — Descanse porque jantaremos fora com Jesus e Pilar e depois dançaremos.

— Não sabia disso. Que pena que Carlos e Sara não vieram esse ano! Sinto falta deles!

— Não se preocupe que assim que puder Sara virá. Como que minha irmã ficará sem dar uma volta por Tenerife?

Os últimos acontecimentos estavam me unindo cada vez mais ao "meu marido". O desapego que sentia por ele até bem pouco tempo ia se transformando em um desejo de vê-lo em casa. Antes, quando fazia suas viagens, era como um alívio. Sua presença me oprimia. No entanto, ultimamente, quando partia, eu ficava com uma espécie de vazio e desejava o seu retorno. Sara estava a par do nosso afastamento e eu lhe contava o quanto estávamos mudando, sabia que ouvir aquilo a alegrava muito. Sempre tive uma confiança total nela — o que eu lhe contava ficava entre nós. Também confiava em Pilar e desabafava com ela contando meus problemas, mas nunca do mesmo modo. Além disso, uma coisa que me incomodava em Pilar era essa ansiedade em me jogar nos braços de José Luís.

— É que quero ver você feliz! — dizia. Porém, eu nunca compreendia por que se metia em um assunto íntimo demais que não deveria lhe importar.

Quando José Luís me disse que jantaríamos com eles, fiquei feliz. Tinha muita vontade de uma noite para mim. Há quanto tempo não dançava? Nem me lembrava! Estrearia o colar e os brincos. Quando Pilar os visse, ela diria maliciosa: "Que presentinho, hein?" Mas eu riria sem dizer nada. A noite era minha. Ele me levaria para jantar e para dançar. Era uma atenção que me enchia de alegria.

Liguei para Sara para lhe contar.

— E depois seu irmão disse que dançaremos. Não sei se ainda lembro como se faz.

Ouvi o riso de Sara. Era espontâneo e sincero, como tudo o que vinha dela.

— Vai se divertir muito e não sabe o quanto fico feliz. Ainda mais com Pilar do lado, com certeza, não se entediará.

— Me entediar, não. O pior será se ela e José Luís começarem uma de suas discussões.

— Já sabe que não deve dar importância. Faça como Jesus, que fica imparcial diante das suas opiniões tão diferentes.

— Sim. Tem razão. Carlos já está bem? Quando vocês vêm?

— Logo. Assim que houver um feriado. Acho que não poderemos ir até março. No final do mês, para a Semana Santa.

— Não vêm para o carnaval?

— Já sabe que essas datas não agradam Carlos. Bom, vá se arrumar e fique bem bonita. Que José Luís fique de boca aberta.

Rimos e, assim que desliguei o telefone, comecei a pensar no que vestiria para deixar José Luís "de boca aberta". "É importante que esteja o mais bonita possível."

Parei na frente ao espelho. Estava satisfeita com meu corpo. Minhas medidas haviam aumentado alguns centímetros com a maternidade. Menos a cintura, que seguia com sessenta centímetros. O contorno do peito estava com noventa e cinco centímetros e o pior: o quadril chegava aos cem. Tinha que começar um regime ou fazer exercício para reduzir esses centímetros a mais. Na verdade, até agora não tinha reparado em mim, pois não fazia outra coisa a não ser cuidar das meninas, mas se começássemos a sair juntos... José Luís era muito perfeccionista e eu não podia desapontá-lo. Coloquei sobre a cama vários modelos recém-comprados. Eu os olhei e, enquanto me maquilava, pensei em qual seria o mais apropriado para a ocasião. Teria posto um lindo vestido de tule azul-marinho, mas deveria levar em conta que naquela época do ano as noites eram mais frescas e o tule não era o mais lógico. Gostei de um traje de casaco de pano preto com lapela de cetim e abotoadura cruzada. Por baixo, vestia uma blusa de seda cor de mel para poder tirar o casaco se fizesse calor no restaurante ou dançando. Os sapatos de couro preto combinavam com a bolsa. Terminei de me arrumar colocando o colar e os brincos. Olhei-me no espelho e gostei. Faltava a opinião de José Luís, que esperava no salão com um traje azul-marinho, uma camisa azul-celeste, gravata cinza e seu perfume tão marcante.

Conforme eu descia a escada, ficou me olhando de cima a baixo. Esperei que dissesse algo, mas, salvo aquele olhar inquisitivo, não saía palavra nenhuma de sua boca. Quando cheguei até ele, agarrou-me pelo braço e me conduziu até a porta sem deixar de me olhar. Tive que incitá-lo a falar.

— Por favor, não me olhe assim. Diga alguma coisa.

— É que você me deixou mudo. Mas onde tinha metido esse corpo? Nossa! Como me vangloriarei de minha mulher!

Senti-me lisonjeada. Na verdade, precisava que, depois de tanto tempo, alguém reparasse em mim. Que me olhasse com admiração e me dissesse coisas bonitas aos ouvidos. Que mulher não gosta de ser admirada?

Já no carro, antes de ligar o motor, olhou-me e voltou a dizer:

— Sim, sim, senhor. Está linda!

Ri e pensei que teríamos uma noite boa e divertida. Jantamos no restaurante do "El Lago". As mesas estavam dispostas ao ar livre ao redor da pista de dança. Havíamos marcado com Pilar e Jesus de nos encontrarmos ali. Quando chegamos, eles já nos esperavam. Pilar estava muito bonita com um vestido vermelho, sapatos, bolsa e um xale de seda pretos. Usava uma belíssima gargantilha de ouro e uns anéis grandes. Sentamos e pedimos o jantar. Eu me sentia tão feliz. Era minha primeira saída em casal com eles e tinha muita expectativa. Pilar repassou cada parte da minha anatomia, mas não houve nenhum comentário de sua parte. Jesus, muito amável, assobiou ao me ver.

— Eeeehhhh! Que mudança!

— Obrigada — disse, e me virei para Pilar. — Está belíssima. O vermelho cai muito bem em você.

Nem mesmo nesse momento disse algo, ainda que por educação. Era uma nova face dela que eu desconhecia por completo. Com os amigos acontece isso: ainda que pensemos que os conhecemos completamente, acabamos tendo surpresas inesperadas.

A melodia da música incitava a dança, que foi o que fizemos uma vez terminado o jantar: dançamos, conversamos, rimos. As brincadeiras e piadas se repetiam e mesmo quando estávamos dançando zombávamos uns dos outros.

— Agora — disse Pilar —, que tal uma troca de casal? Você dança com Jesus e eu com José Luís.

— Com a condição de que não briguem. — Foi o comentário de Jesus para seguir o jogo.

Perto da meia-noite, propuseram ir ao cassino. Todos concordaram, menos eu. Não gosto de tal programa, mas eu não iria contra a maioria.

As mesas de jogo estavam cheias de gente. Pilar e Jesus logo acharam vaga em uma. José Luís me olhou.

— Onde quer jogar? — perguntou.

— Não, não quero jogar. Não gosto de jogo e as pessoas que se viciam nele e arruínam suas famílias me dão pena. No cassino de San Juan, houve mais de um suicídio por conta do maldito jogo.

— Na verdade, eu também não sou fã. Sempre que venho é com eles, que se encantam com a aventura do azar. Vamos tomar algo no bar enquanto eles perdem umas notas. Depois damos uma volta para que veja os diferentes jogos daqui e, se até lá, não tiverem se cansado nos despedimos e vamos.

Assim o fizemos e por volta de uma e meia os procuramos e nos despedimos deles.

— Está com pressa, hein, espertinho? — comentou Jesus, com malícia.

Chegamos em casa e, antes de entrar cada um em seu quarto, ele segurou minha mão e me perguntou:

— Como você passou a noite?

— Bem, muito bem. Foi uma noite única.

— Que bom — disse enquanto me beijava nos lábios. — Até amanhã. Durma bem.

— Igualmente — respondi, sentindo que a noite acabara.

Entrei no meu quarto e fui ver as meninas, que dormiam tranquilamente. Logo comecei a me demaquilar, tomei um banho e vesti a camisola e, quando ia deitar, umas batidas suaves na porta chamaram minha atenção. Eu a abri achando que seria Yaiza, que vinha ver as meninas. José Luís estava na porta com uma garrafa de champanhe na mão e duas taças. Vestia um roupão de seda cor borgonha.

— Pensei — disse levantando as taças — que como é a nossa primeira saída noturna, é uma pena que termine tão cedo. Venha ao solário. Tomaremos uma taça à luz da lua cheia e brindaremos para que isso se repita mais vezes.

Coloquei um roupão e o segui. Era uma noite dessas que deixam lembranças. Pelo menos, para mim. A lua iluminava as plantas do jardim reservando alguns cantos na escuridão, dando esse toque de mistério que tanto gosta o ser humano quando não se pode enxergar tudo com clareza. Não fazia frio nem ventava. Estava bom ali, nós dois sozinhos, percebendo o perfume das plantas. José Luís serviu o champanhe, aproximou-se e colocou sua taça junto da minha.

— Para que essa noite não seja "única", como você diz, e sim que se repita muitas vezes e... —aproximou-se tanto que tive medo que notasse as batidas do meu coração — ...que nossa separação se reduza a zero. Creio que os dois desejam isso, não?

Não pude responder, pois as palavras não saíram. Estava emocionada porque pressentia o que aconteceria. Bebemos um gole do champanhe. Ele tirou a taça de minhas mãos, a deixou sobre a mesa e, me abraçando, me beijou com paixão. Foi um beijo longo e apertado. Todo meu corpo estava esmagado contra o seu e, através da pouca roupa que nos separava, notei sua excitação. Deixei-me arrastar por aquele remoinho de paixão, como o tinha naquelas outras duas vezes com Pedro. "Mas agora com o meu marido."

Mesmo que o correto fosse não fazer comparações, não pude evitar relembrar daqueles momentos em que havia me entregado ao homem amado. E concluí que o comportamento deles era muito parecido. Apesar da nossa excitação, José Luís foi aos poucos me levando ao seu terreno com carícias e beijos apaixonados e, quando soube que estava entregue à sua vontade, com um "vamos para minha cama" tomou o que queria sem pressa, com educação, doçura e cuidado para não me machucar.

Depois, seguimos abraçados e nos beijando. Senti-me imensamente feliz.

— Quanto tempo perdemos! Não acha? — comentou enquanto brincava com o meu cabelo.

— Até bem pouco tempo não nos entendíamos — respondi, rindo.

— Isso acabou — assegurou, beijando-me novamente. — Essa será nossa noite de núpcias. Finja que acabamos de nos casar.

Foi uma noite de amor de verdade, de planos, de perfeito entendimento. As palavras deram vez ao amor novamente. Quando começava a clarear o dia, adormecemos. Não importava a hora que era!

Também não sei quando senti um beijo em minha bochecha e percebi o cheiro de sabonete e sua colônia. Então, cobriu-me e disse "dorme, querida" e ouvi a porta do quarto se abrir e se fechar. Disse a Yaiza:

— Leve as meninas para o jardim para que não façam barulho. A patroa dorme.

Embrulhei-me nos lençóis e adormeci outra vez.

Quando acordei, o sol entrava pela janela. Olhei no relógio.

— Oh! Meu Deus! Meio-dia!

Fui ao meu quarto, tomei um banho rápido e, sem me maquilar, fui ao jardim. A pobre Yaiza estava cansada de dar voltas com as "ciclistas" e viu o céu se abrindo quando eu apareci.

— O patrão está lá em cima? — perguntei.

— Não, senhora. Saiu faz muito tempo.

Não sabia onde poderia ter ido e não quis perguntar a Yaiza se levava a mala de viagem. "Outra viagem não!" Voltei ao quarto dele e olhei dentro do armário... "Ufa, aqui está a mala. Logo estará de volta."

Chegou na hora do almoço e me entregou um buquê de rosas e um presente.

— Como José não nos deixa cortar nossas próprias flores, tenho que gastar dinheiro e comprar no florista.

Abri o presente. Era uma aliança com a inscrição: "Como hoje, sempre. J.L.O. 6-1-97."

Nos dias seguintes, tudo andava extraordinariamente bem. Ele não dava suas "escapadas" e passava o dia metido em seu escritório terminando sua novela. De vez em quando, descia para ver o que fazíamos e brincava um pouco com as meninas. Na hora do banho de piscina, nadou conosco, participando das nossas brincadeiras. Éramos uma família feliz. Pela noite, umas batidinhas na porta do meu quarto indicavam sua presença. Dormíamos na cama que em outro tempo havia compartilhado com sua esposa anterior. Contudo, aquilo ficara distante, tão distante como meu passado. José Luís ocupava por inteiro o meu coração e, quando pensava em Pedro, parecia que nunca havia existido.

Essa harmonia, esse paraíso de felicidade, era bom demais para durar muito. Um dia, estava na casinha dando a primeira aula para as crianças quando chegou Francisco com o telefone sem fio.

— É a sra. González.

— Pilar, o que me conta?

— Oi! O que está fazendo?

— Estou com as meninas brincando de escola.

— Dê um beijinho nelas. E agora preste atenção. — A voz de Pilar parecia emocionada. — Se lembra de uma exposição que vi a última vez que estive em Madrid, e que gostei muito?

Como esquecer! A taça até caiu das minhas mãos quando contou. Menos mal que a única pessoa que notou meu nervosismo fora Sara. Entretanto, com Pilar tinha que andar pisando em ovos. Ela era sagaz e eu tinha que fingir, por isso, respondi:

— Não... Não lembro...

— Sim, mulher. Um pintor galego, muito bom. Mas, quando vi sua exposição, já tinha vendido tudo. Não se lembra de que comentei que não havia visto ainda pinturas que me impactassem tanto?

— Creio que me lembro de algo, mas... por que me diz isso? Por fim, conseguiu comprar uma de suas obras?

— Leoviño, Pedro Leoviño. — Colocou grande ênfase ao me lembrar do nome. — Ainda não, mas estou perto. Falei com o pintor naquela ocasião e lhe pedi que, quando expusesse novamente, onde fosse, que me avisasse. Pois veja que sorte! Sabe onde expõe?

Comecei a tremer. Sabia o quanto Pilar era mimada e teimosa e que quando tinha vontade de alguma coisa, não parava até que o conseguisse. Não lhe importa a distância que tenha que percorrer contanto que alcance a realização de seu desejo de uma vez. Porém, suas últimas palavras me encheram de preocupação, pois imaginei que a exposição fosse perto. Não havia espaço para o passado na minha felicidade atual. Demorei anos para chegar onde estava agora e nada nem ninguém importunaria minha vida. Com temor de escutar a resposta, perguntei:

— Onde?

— No Cassino de Santa Cruz. Veja só, eu pensava ir onde fosse e vem a domicílio. Inaugura hoje, às oito. Nos encontramos a que horas? Parece bom às sete e meia?

— Então, acho que não posso ir. As crianças...

— Val! As crianças! Fica Yaiza com elas, que não é a primeira vez.

— Não sei se José Luís tem algum plano. Ouvi ele dizer alguma coisa ontem. Perguntarei e, dependendo, aviso você, certo? De toda maneira, vá você. Não queremos que aconteça como da outra vez e fique sem o quadro.

— Mas o que você tem? Não compreendo que tenhamos ido a todas as mostras de pintores medíocres que expuseram em Santa Cruz, e agora, que estou dizendo que é algo único, põe mil desculpas para não ir. Além disso, você entende disso e pode me assessorar.

Não sabia o que dizer e fiquei sem argumentos. Pilar tinha razão. Em nossas tardes em Santa Cruz, procurávamos as salas de arte com exposição e íamos em todas. Ela não era pintora nem aficionada, mas uma grande colecionadora, que tinha um marido que lhe fazia todas as vontades. E assim decorava as paredes da casa com quadros. Aquela ratoeira em que me via presa havia me causado um mal humor ao ponto de me zangar com Maria, que veio me perguntar algo:

— Deixe-me. Não vê que estou falando ao telefone?

Do outro lado da linha, não se ouvia nada. Depois de uns segundos em que procurei me serenar um pouco, respondi a Pilar:

— Ouça, ligo daqui a pouco, certo?

— Certo — disse secamente, com a estranheza refletida em suas palavras. — Mas, se me diz o que houve, talvez eu possa ajudar. Nunca ouvi você falar assim com nenhuma das meninas.

Desliguei o telefone e fui para o jardim. Chamei a Yaiza para que ficasse com as meninas.

— Ela está ajudando na cozinha — respondeu Petra.

— Para ajudar na cozinha há Nati — gritei, zangada. — Que venha imediatamente porque preciso dela.

Havia dito aquilo muito alto. Nunca Petra ou outra pessoa na casa tinha me visto tão alterada e notei que ficava me olhando sem compreender meu mau humor. Yaiza veio correndo e lhe dei instruções para que olhasse as meninas. Eu precisava pensar e me refugiei no Canto Azul. Como podia ser tão desgraçada? Será que as coisas tinham que acontecer fora do tempo? Quando eu teria dado qualquer coisa para poder me encontrar com Pedro, ele desapareceu. Agora que sua lembrança estava quase esquecida e já não precisava nem desejava sua presença, reaparecia de improviso. Pedro não era nada mais do que um passado longínquo somente lembrado pela presença de Maria. Maria! E se ficasse sabendo que sua filha existia e quisesse conhecê-la? Estava envolvida naqueles pensamentos quando vi que José Luís se aproximava. Sentou-se ao meu lado e me passou carinhosamente um braço pelos ombros.

— O que você tem? É a primeira vez que ouço você gritar e não quero que perca a compostura. Por que está tão alterada? A culpa disso é minha, ou dos empregados, ou foram as meninas?

— Não, não. De modo algum. Me perdoe. Foi só um momento, perdi a calma, mas não voltará a se repetir.

— Bom, pois agora me diga o que está acontecendo. Sou todo ouvidos.

Olhei para ele. Estava na expectativa e eu não sabia como começar. Engoli em seco e comecei a falar, gaguejando:

— Preciso da sua ajuda. Pilar quer que eu vá com ela a Santa Cruz para ver uma exposição de pintura e não quero ir.

— E?

— E que não quero ir, já disse.

— Uma pergunta mais direta: por que não quer ir?

— Porque não tenho vontade. Nem sempre preciso fazer o que ela quer e quando ela quer, não?

— Tudo bem. Mas o que não entendo é o motivo. Estava sempre disposta a lhe acompanhar e agora, de repente, diz que não tem vontade. Que não tenha vontade de sair com Pilar, eu posso entender, mas uma exposição de pintura! É difícil de acreditar. Que ajuda posso dar se você não me diz o que acontece? Teve algum desentendimento com ela?

Como lidaria José Luís com a notícia era algo que me assustava. Nunca havia me perguntado sobre o meu passado. Quando nasceu Maria, reconheceu-a como sua e como sua a tratava. Por isso, remexer no passado para lhe dizer as razões pelas que me negava ir à exposição era como remexer a lama e ter que respirar seu cheiro ruim. De toda forma, era melhor ser sincera com ele do que contar a verdade para Pilar. Eu o encarei, com valentia e ao mesmo tempo com pena de perder em um instante a felicidade que começava a desfrutar. Também me entristecia lhe dar um desgosto.

— O pintor é Pedro Leoviño — disse, esperando sua reação.

— Bem e?

— Ele... é... o pai de Maria.

Ficou me olhando por um tempo. Logo se levantou, acendeu um cigarro e o fumou enquanto andava de um lado para o outro. Quanto tempo passou sem que nenhum dos dois falasse? Não sei. Depois, atirou o cigarro com raiva, pisou nele e me olhou. Desejei que aquele olhar fosse de raiva ou de desprezo. Seria lógico. Mas era mais de pena e aquilo me desmoronou. Tampei meu rosto com as mãos e comecei a chorar. Ouvi seus passos se afastando para o salão e, quando consegui me acalmar um pouco e tirei as mãos do rosto, estava sozinha. Se tivesse me insultado, se tivesse se zangado, não me sentiria tão desgraçada como me senti com o silêncio que seguiu a minha confissão. Foi se refugiar em seu escritório. Disse a Yaiza que desse de comer às meninas e que se ocupasse delas. Ordenei ao mordomo que, se a sra. González chamasse por telefone, dissesse que eu estava indisposta.

Sentei no sofá do gabinete e pedi a Deus com todas as minhas forças que me ajudasse a sair daquilo e, sobretudo, que meu marido não se distanciasse de mim como antes. "Me ajude, meu Deus, a conservar a felicidade que mal comecei a saborear."

A porta do gabinete se abriu: era José Luís. Parecia muito cansado. Sentou-se ao meu lado e começou a falar devagar como se tivesse dificuldade em pronunciar as palavras:

— Vamos lá. Pilar acaba de me ligar para perguntar o que está acontecendo e prestei a ajuda que me pediu. Disse que depois do almoço você se sentiu indisposta, mas que a acompanharia em uma outra oportunidade. Ela comprará um quadro essa tarde, mas quer voltar com você um outro dia. Recomendo que não lhe diga nada sobre seu passado e, se não quiser ir, a próxima desculpa você quem dará. Viajarei e demorarei a voltar. Preciso clarear as ideias. Isso é algo que todos já sabíamos. Você chegou aqui grávida e alguém teria que ser o pai, mas, por respeito, tinha esquecido. Quero a Maria como minha filha desde o primeiro instante em que veio ao mundo. Dei meu sobrenome a ela e sou chamado de papai. Não suporto que apareça agora um indivíduo qualquer e você me diga que ele é o pai.

— Por favor, me escute — supliquei entre lágrimas. — Eu o tinha esquecido assim como você. Isso foi para mim uma surpresa extremamente desagradável e inoportuna. Parece que o destino joga sempre contra mim. Quero que saiba que amo você e que fui a mulher mais feliz na face da terra esses dias. Ele não significa nada na minha vida.

— Se isso é verdade, se já o havia esquecido, se não significa nada na tua vida porque esse medo de enfrentar cara a cara esse sujeito? O que parece é que tem medo de remexer as cinzas e comprovar que ainda guardam fogo.

— Está errado.

— Vamos parar por aqui — disse secamente. — Quando nos casamos, uma das coisas que ficou bem clara é que cada um era livre para se apaixonar por quem quisesse, e o outro não teria direito a criticar. Por isso, peço desculpas por meu comportamento anterior, é a sua vida. Você é livre para fazer com ela o que quiser.

Deu meia-volta e se afastou, fechando a porta. Não saí o dia inteiro. Já de tarde fui ver as meninas, que vieram até mim para me perguntar se já estava melhor. José Luís lhes disse que me deixassem descansar porque não estava me sentindo bem. Recomendou a Petra que me obrigasse a comer alguma coisa. Talvez não estivesse tudo perdido!

Passou uma semana e ele não retornou. Pilar insistiu em que fôssemos ver a exposição. "O que acontece é que você tem medo de remexer as cinzas e comprovar que ainda guardam fogo."

Aquelas palavras do meu marido foram as que me levaram até a exposição. Mesmo estando segura do que fazia, ainda tinha que me convencer que não sentia nada por Pedro. Que nosso amor fazia parte de um passado enterrado há tempos.

Não tinha vontade de dirigir e pedi a Pablo que nos levasse.

Havia bastante gente na sala. Eu o procurei com o olhar e ali estava ele, conversando com um senhor. Pilar me pegou pela mão e me conduziu até ele.

— Veja, Pedro, essa é a amiga de quem te falei.

Virou-se e ficou perplexo ao me ver. Eu lhe estendi a mão ao mesmo tempo que dizia:

— Muito prazer. Pilar me falou tanto da sua pintura que, se não venho ela se zangaria.

— É um prazer conhecer uma amiga de Pilar e, segundo me disse, também é pintora.

— Não, não. Somente uma aficionada.

A conversa era desajeitada e os nervos estavam me traindo. Ainda bem que Pilar, desculpando-se, levou-me ao outro lado da sala para que visse o quadro que adquirira. Continuamos vendo todas as pinturas e pressentia que Pedro nos seguia com o olhar. Talvez esperasse que nossos olhos se cruzassem, mas tive bastante cuidado para que isso não acontecesse. Então, ele se aproximou de nós e me olhando disse:

— Onde mora Pilar?

— Perto — respondi sem dar mais explicações.

— Vivo em Porto da Cruz — interveio Pilar.

— Muito bonito lá. Estive no sábado com minha esposa e almoçamos muito bem e a um ótimo preço em um restaurante perto dos lagos Martiánez. Não lembro como se chama.

Fiquei boquiaberta. Sua esposa? Será que a paralítica tinha se curado? Não dizia a bruxa da sua mãe que era irreversível? E, se não se havia curado, teria morrido? Nesse caso, teria se casado novamente? Ou será que a havia mandado passear e teria se unido a outra? Nunca ficaria sabendo por que não voltaria a vê-lo. Contudo, sua vida me importava? Fiquei pensando sem me responder. Nesse momento, lembrei-me de José Luís e o muito que o amava. "Farei tudo o que puder para reconquistá-lo. Contarei que vim à exposição, como um desafio para me convencer de que Pedro já não ocupava nenhum lugar em meu coração, direi o muito que o amo, assim como as meninas e a minha vida atual."

Pilar estava entretida falando com uns amigos e foi lhes mostrar o seu quadro, momento que Pedro aproveitou para se aproximar de mim. Estava envelhecido e não parecia muito feliz.

— O mundo é um lugar pequeno às vezes, e grande em outras. Quando se quer encontrar alguém, não há como fazê-lo. Isso aconteceu comigo em relação a você. Sua irmã se encarregou de fazer o mundo imenso e desagradável.

— Fez pelo meu bem.

— Não minta. Tenho certeza de que estava tão infeliz quanto eu. Mas "o que dirão' era mais importante do que a felicidade da sua irmã.

— Isso já ficou no passado e não há por que relembrá-lo. Eu estou casada e feliz, e você já era casado.

— Aquilo acabou. Meu pai me contou sobre o encontro de vocês e o comportamento da minha mãe, então briguei com ela. Desde então, tenho uma companheira que vive comigo e de vez em quando vou à Galícia. Pelo "o que dirão". Faço justamente o que eles não queriam que fizesse. É a minha pequena vingança por se intrometerem na minha vida.

Pilar chegou e a conversa foi interrompida. Vi que olhava para o meu decote e sorria:

— Que pingente tão original! — disse, apontando para o sininho. Eu o levava sempre. Nunca o tirei, ainda mais desde que Laura demonstrou interesse pelo seu som. Era como se fosse parte de mim, mas já não tinha o significado de antes.

Saí dali triste, mas ao mesmo tempo livre de um peso. Agora sabia o que queria e o que precisava. Pedro foi muito importante em uma etapa da minha vida, mas não tinha valor algum agora. Nem sequer como pai de Maria, porque o verdadeiro era José Luís. Pedro não sabia de sua existência.

Estava desejando voltar ao meu lar, para José Luís. "Que regresse logo. Preciso dele!"

Entretanto, não voltou. Demorou mais de uma semana. Quando Pablo me disse que o patrão tinha ligado para que fosse buscá-lo no aeroporto, uma mistura de alegria e inquietação se apoderou de mim. Chegaria meio-dia ao aeroporto, portanto almoçaríamos juntos.

Porém, não foi assim. Esperei sua chegada inutilmente. Pablo veio sozinho, e a explicação que deu foi: "O patrão tinha algo para fazer em Santa Cruz e ficou lá."

— Mas como não o esperou?

— Eu o levei do aeroporto a Santa Cruz e me ordenou que viesse porque levaria uns dias para resolver um assunto. Não sei mais, senhora.

Passaram-se dois longos dias e, por fim, voltou para casa. Eu estava na casinha. Quando as meninas ouviram seu assobio (sempre as chamava assim), saíram correndo pela pradaria. Maria se jogou em seus braços e o encheu de beijos e Laura, empurrada por mim, como sempre, fez o mesmo. Com uma em cada braço, dirigiu-se até a piscina, deixou-as de pé e as aproximou de dois grandes pacotes que estavam no chão.

— Cada uma abre um — falou. Logo me olhou e como se acabasse de me ver, disse:

— Oi — e me deu um beijo no rosto.

As meninas abriram os pacotes e apareceram dois burrinhos infláveis para jogar na piscina.

— Enche, papi — pediu Maria. Depois olhando para mim, disse:

— Mamãe, vamos pra piscina agora?

— Coloquem os maiôs.

— Papai, entra na piscina com a gente? — perguntou Maria agarrando sua mão.

— Sim, claro. Eu também quero brincar com os burrinhos.

— Venha, mamãe, depressa.

— Não, hoje não vou para piscina.

Coloquei o maiô nelas e ordenei que esperassem seu pai para entrarem na água. Chegou José Luís e mergulhou.

— Aaahhh! Que boa está! Vamos, atrasadas, estou esperando.

Mergulharam cada uma agarrada ao pescoço de seu burro. Depois o montavam, caíam, riam, voltavam a montar, voltavam a cair muitas vezes, ajudadas por José Luís que parecia estar se divertindo como elas. Era um espetáculo ver os três.

Sentei-me no "sofá de Candelária" e os contemplei. Peguei a máquina fotográfica e eternizei o momento, para conservar no álbum de fotos. Meus pensamentos, minhas esperanças e meus desejos seguiam na mesma direção.

O banho durou uma hora. Para elas, foi curto. Era hora do almoço.

— Quero que, de agora em diante, se acostumem a se sentar conosco. — Foi a inesperada proposta de José Luís. Talvez para não ficar a sós comigo. Então, olhando para as pequenas, seguiu:

— Hein? Querem almoçar conosco?

Que pergunta! As duas aceitaram encantadas. Já tínhamos feito isso com Laura, mas como algumas vezes não queria comer, voltou a almoçar sozinha.

Não precisava ser muito inteligente para saber que as coisas não estavam como antes. Melhor dizendo, estavam como antes, mas não como nos últimos e felizes dias. Ele não tinha nada para dizer e me mantive calada, ainda que contra os meus desejos. A conversa durante o almoço era levada pelas meninas com alguma intervenção de José Luís. Eu não tinha ou não sabia o que dizer.

Quando chegou a hora de dormir, não ouvi batidinhas. Nem essa noite nem nas seguintes. O feitiço tinha se quebrado e a carruagem havia se convertido novamente em abóbora.

Passaram-se os dias. Ele voltou às suas viagens misteriosas e eu a distrair minhas dores com as meninas. No dia dezenove de março, Dia dos Pais na Espanha, dei-lhes a tarefa de fazerem um desenho para o seu pai. Laura pintou um quadro com muitas flores. Maria fez um desenho de um cavalo. Segurando a mão delas, escrevemos o que cada uma me disse. Maria: "A meu papaizinho, que amo muito." Laura: "Felicidades a papai e um beijo." Por minha conta, comprei um frasco da sua colônia.

Não pudemos dar os presentes porque ele não voltou para casa nesse dia. As meninas ficaram decepcionadas. Eu, aborrecida.

Chegou no dia seguinte, mas não comentei nada. As meninas foram as encarregadas de fazer as repreensões.

— Oh! Perdoem, meus amores. Eu esqueci. Celebraremos hoje. Vejamos o que fizeram.

As crianças logo esquecem. Quem dera os adultos fossem assim. Entregaram os trabalhos com essa ilusão que somente desfrutamos na infância e ele se emocionou. Era a primeira vez que recebia um trabalho feito por elas com tanto amor. Eu pensava em não lhe dar o perfume, mas Maria, a fofoqueira de sempre, disse:

— Mamãe te comprou uma colônia.

— Sim? E onde está?

Os três ficaram me olhando. Titubeei um minuto. Entrei em casa e saí com o frasco de Paco Rabanne. Ao pegá-lo de minhas mãos, segurou-as contra o frasco e me disse:

— Obrigado, é meu perfume favorito e já estava precisando. Onde quer almoçar hoje?

— Em nenhum lugar — respondi secamente. — O menu já está preparado em casa e a mesa posta. O Dia dos Pais foi ontem.

— Bom, então deixemos para outro dia.

Falava quase diariamente com Sara. Estava contando os dias que faltavam para que viessem. Ela estava a par de tudo o que havia acontecido. Sua chegada talvez colocasse um pouco de harmonia entre nós. Ficara tão feliz quando lhe contara o quão bem estava nossa relação! Ultimamente, Pilar ia pouco lá em casa. Contudo, um dia ligou nos convidando para ver o quadro adquirido.

— Eu já o vi — falei.

— Mas José Luís não, nem os Campillo. Assim os convido para lanchar uma tarde. Estou tão feliz que quero que meus amigos também o admirem. Que acha de amanhã, sábado?

— Espere, passarei para José Luís.

Estava no escritório e lhe entreguei o telefone.

— Pilar quer falar com você.

Ele deve ter estranhado e até ficou um pouco sem jeito. Pegou o telefone sem deixar de me olhar.

— Diga, Pilar.

— Valéria está ficando muito estranha. Não sei se lhe fiz alguma coisa que a aborreceu, porque está sempre rejeitando minhas propostas. Creio que antes estava mais à vontade comigo.

— São crises, mas não têm maior importância. Diga-me, o que deseja?

— Que venham lanchar nesse sábado para que vejam o quadro que comprei. Também virão Imaculada e Mário. Esse dia está bom para vocês?

— Sim, perfeito.

Eles se despediram e ele desligou. Depois, olhou-me e com uma cara extremamente desagradável, disse:

— Será que você não pode se comportar? Pilar está pensando que fez algo e que está zangada com ela. Não creio que os demais tenham culpa dos seus erros. No sábado iremos e fará o favor de se demonstrar amável.

Estive a ponto de responder que iria se me desse vontade e me comportaria como eu quisesse, mas me calei. Depois de um momento de silêncio embaraçoso, contei que tinha ido à exposição com Pilar, mas sem dar maiores explicações. Ele pareceu não me ouvir. Dei meia-volta e fui embora. "As coisas não podiam estar piores", pensei. No sábado me convenci. Podiam piorar, sim!

Apesar das duras palavras de José Luís, tinha que lhe dar a razão. Estava me comportando de uma maneira mesquinha com Pilar porque, no fundo, a considerava culpada de ter alterado a paz do meu lar. Fui disposta a mudar de atitude.

Fomos quase os últimos a chegar. Havia mais gente do que ela havia anunciado. Fomos apresentados e nos acomodamos onde nos indicou. O salão da casa dos González era muito espaçoso, mas era tão cheio de recordações de viagens que parecia menor. Tinha preparado uns canapés que a empregada oferecia em uma bandeja e sobre a mesa de centro estava a bebida de Jesus.

Alguém perguntou onde estava o quadro:

— Estou ansioso para ver essa obra de arte.

Até se permitiram fazer piadas pesadas:

— Tenha cuidado, Jesus, que acho que se apaixonou pelo pintor.

Os demais entoavam estas e outras piadas, mas nem José Luís nem eu ríamos delas. O pior veio quando Pilar, colocando-se de pé e com grande ênfase, anunciou:

— Reservo para vocês uma grande surpresa: o quadro ainda não está aqui. Pedro Leoviño o trará em pessoa.

Olhei para José Luís e nossos olhares se encontraram. Vi na sua cara um sorriso sarcástico que parecia me dizer: "O que fará agora? Sair correndo?" Eu enfrentei aquela zombaria com a maior integridade, mas meu desespero e constrangimento estavam a ponto de me jogar em uma situação muito ruim. Sentia-me como o náufrago que nada desesperado para não se afogar, sem encontrar um porto seguro onde se agarrar.

Pedro chegou pouco depois de nós. Ao entrar, ficou um pouco confuso em ver tanta gente. Foi apresentado a todos. Não perdi nenhum detalhe de quando chegou a vez de José Luís. Apertaram-se as mãos e disse que estava ansioso para ver a obra da qual Pilar tanto falava. Pedro foi até o quadro, cuidadosamente embrulhado e o descobriu. Como era de se esperar, todos foram somente elogios. Representava um bosque perto de um penhasco. Entre as árvores, uma menina loira tinha em suas mãos um buquê de violetas. Ao fundo, havia uma colina turva contra o céu e sobre ela um túmulo com uma cruz simples. À direita se via um mar enfurecido entre as árvores do bosque. O título do quadro era: "São para mamãe".

José Luís se aproximou do quadro. Talvez lhe trouxesse recordações? Depois de um tempo de contemplação, disse com sinceridade:

— É um quadro maravilhoso! Pilar tinha razão. Sua pintura é impactante.

Pedro trazia também um pacote pequeno e começou a abri-lo:

— Me alegro que goste, porque trago um pequeno presente para sua esposa, se me permite. No outro dia, quando foi com Pilar, me dei conta de que é uma grande entendida, ainda que se diga apenas "aficionada. Eu o pintei nesses dias enquanto durou a exposição e ainda não secou o suficiente. Pensei em deixar com Pilar mas já que estão aqui...

— Claro que permito. Suponho que ela ficará encantada. Não, meu amor?

Pegou-me pela cintura e me aproximou do quadro. Sabia que sua atitude não era mais do que um teatrinho porque aquele presente lhe aborrecera muito. Olhei para o quadro. Era uma réplica, em formato pequeno, do que me dera em San Juan! A mesma jovem na praia com os pés descalços, o vestido e o cabelo ao vento.

— Não, não posso aceitá-lo — disse resolutamente. — Em outra ocasião, compraremos um, mas não posso aceitar que me dê de presente. É muito bonito.

— Aceite-o. Não é de bom tom recusar um presente que é oferecido de coração — disse José Luís e olhando para Pedro. — Não é?

Notei que Pedro ficava um pouco intrigado com as palavras do meu marido e o olhou insistentemente, como que querendo mergulhar em seu íntimo e saber até onde estaria sabendo do nosso passado. Como a situação se prolongava demais, José Luís pegou o quadro e disse:

— Como pode ver, minha mulher é muito tímida. Por isso, o aceito eu e o deixarei de legado para minhas filhas. Muito obrigado em nome de todos.

— Vocês têm filhos? — perguntou Pedro.

— Sim, duas meninas uma de seis anos e outra com quase três.

— Bem, assim já tem o presente de aniversário. Quando é?

Sabia perfeitamente qual era o interesse de Pedro em saber a idade de Maria. José Luís também, mas estava despeitado e disposto a me fazer passar por um momento ruim. Parecia se divertir com seu jogo de palavras, que estava desconcertando a Pedro e alterando cada vez mais meus nervos. Foi Pilar que respondeu:

— No dia três de junho. É uma menina encantadora. Bem, as duas são. O que acontece é que Maria é tão esperta. E com o tempo talvez lhe faça concorrência porque não sabe o interesse que tem pela pintura.

— Está no sangue — interveio José Luís com sarcasmo, olhando primeiro para mim e logo para Pedro. Deixou passar um breve espaço de tempo para acrescentar:

— Sua mãe também é pintora "aficionada".

Todos aqueles dardos venenosos somente eram visíveis para nós três. Os demais estavam distraídos e não perceberam nada. Uma das pessoas perguntou:

— Pedro, é certa a fama de boêmios que os artistas têm?

— Eu não me considero boêmio. Gosto de uma vida simples, um lar, filhos.

— É casado?

Como em toda reunião, sempre há algum indiscreto. Levou um tempo para pensar antes de responder:

— É uma longa história.

— É difícil chegar à fama? Quero dizer, foi difícil para você?

— Não. Comecei a pintar aos dezoito anos. Em minha primeira exposição, vendi a metade das minhas obras enquanto meus colegas vendiam três, quatro quadros. Nisso, tenho sido afortunado. Me conectei bem com o público.

— A fama traz felicidade? — a pergunta veio de uma mulher que até agora estava calada e observando com atenção.

— Não. A felicidade é algo que passa uma vez na vida. Se a deixar escapar, pode-se dizer que você perdeu o trem.

— Se considera um homem feliz? — Foi a pergunta de outra.

— E você? — respondeu Pedro, um pouco aborrecido com tanta pergunta.

— Que planos tem para o futuro? Quero dizer, onde será a próxima exposição? — perguntou Pilar, talvez querendo desviar o sentido daquele improvisado e indiscreto interrogatório.

— Nunca faço planos para o futuro porque quando os fiz me dei mal. Depois de cada exposição, pego uns dias para descansar. Logo, volto a pintar e, quando tenho obras suficientes, procuro uma sala que seja do meu agrado.

— Antes de vir para cá, onde expôs?

— Na Argentina. Foi há uns dois anos em Buenos Aires. Depois, tirei um ano sabático em que apenas pintei.

— Valéria é argentina — comentou Pilar entusiasmada apontando para mim.

Pedro me encarou. A duras penas, consegui manter seu olhar, mas tinha que resistir porque José Luís não perdia um detalhe.

— Ah! Sim? De que lugar?

— De San Juan. — Notei que minha voz tremia e olhei para o meu marido. Estava muito sério.

— Em Mendoza e San Juan há um vinho muito bom — comentou Pedro. — Pelo menos, tem a fama. — Logo voltou a olhar para o sininho. Foi uma olhada rápida, mas intensa. Se soubesse que o encontraria novamente o teria tirado. Porém, ali estava, no meu pescoço, trazendo as lembranças do passado.

— Me perdoem — disse para terminar. — Estou muito à vontade na companhia de vocês, mas tenho que ir. Amanhã por essas horas estarei em Madrid e ainda não preparei a bagagem. Pilar e Jesus, foi um verdadeiro prazer conhecer vocês e seus amigos. Os canários são muito acolhedores.

— Muito obrigado pelo quadro — disse José Luís enquanto lhe apertava a mão.

— Sim, muito obrigada — repeti.

Ao lhe estender a mão, notei seu aperto forte. Sabíamos que talvez nunca nos veríamos de novo. Pilar pediu desculpas por aquele interrogatório.

— Sinto muito. Não queria submeter você a essa "roda de imprensa".

Os demais também se desculparam.

— Fiquei encantado. Repito que levo uma agradável recordação de Tenerife. Talvez volte um dia e então tenha mais tempo.

Jesus e Pilar o acompanharam até o carro.

No salão, eram só comentários. Somente José Luís e eu permanecemos em silêncio. Senti um grande alívio quando Pedro se foi. Já podia relaxar. Agora minha missão era a de recuperar José Luís.

Não falamos nada a caminho de casa. Havíamos ido com Pablo e não era o momento para conversar. Ao chegar em casa, fomos para o andar de cima. Entrei no quarto e comecei a tirar a roupa. Retirei a maquiagem e ia me deitar, mas estava angustiada por não esclarecer as coisas. Fui ao quarto de José Luís. Ele estava sentado na poltrona sem sequer ter tirado a roupa.

— Eu gostaria de conversar um pouco. Não podemos jogar fora uma felicidade que estávamos construindo depois de tanto tempo. Fui com Pilar à exposição para comprovar o que você havia me dito, para saber se entre as cinzas do passado ainda haveria alguma brasa. Sou sincera com você, se houvesse alguma brasa, eu não estaria agora sofrendo ao seu lado. Hoje voltei a vê-lo. Não sei se acreditará em mim, mas aquilo faz parte de um passado que já não significa nada. Por favor, acredite. Te amo e preciso que confie em mim. Amanhã... — não pude terminar. Levantou uma mão para me mandar calar.

— Que palavra bonita! Amanhã! — Ficou de pé. — É o que eu estava pensando. Amanhã será outro dia. Hoje já tive o bastante. Durma bem.

Deu-me um beijo que mais parecia um empurrão e me conduziu até a porta me levando pelo braço. Fechou-a quase em cima de mim.

Não houve amanhã. Quando me levantei, já tinha ido. Liguei para Pilar para lhe agradecer pela noite e a empregada me comunicou que tinha partido com sua amiga do sul.

No dia vinte e quatro, vieram Carlos e Sara para passar a Semana Santa. Foi uma felicidade para mim. Sara sempre levantava meu ânimo. Fui ao aeroporto buscá-los, o voo atrasou um pouco. Eu os abracei com tanta alegria como a que sentimos quando aparece o sol depois de uns dias nublados.

— Veio sozinha? — perguntou Sara com estranheza.

— Sim. José Luís está viajando e levou Pablo.

— Então, está na ilha?

— Sim, suponho que sim. Ele sabia que vocês viriam, por isso não creio que demore a voltar.

— Como estão as meninas? Laura com seus progressos? — interrogou Carlos.

— Está cada dia melhor. Quando a vi pela primeira vez, nunca achei que fosse tirar tanto dela. A verdade é que Maria nos fez muito bem. Laura repara muito em sua irmã e se apoia nela. Além disso, Maria muitas das vezes se faz de professora e lhe ensina as coisas. Os melhores momentos do dia são os que passo com elas. Estão bastante mudadas.

Nessas idades, o crescimento se nota dia a dia. Eu percebo nos vestidos, no calçado.

Falei das meninas porque percebi que algo acontecia entre eles. Estranhava que estivessem tristes porque eram um casal exemplar, nunca os vira discutir. Contudo, não tinha dúvidas de que algo estava acontecendo.

Por sorte, quando chegamos em casa, José Luís já estava e os dois irmãos se abraçaram. Inclusive, naquele abraço, havia algo que não era como das outras vezes. O rosto de Sara escondia algo que a mantinha muito preocupada.

Depois do almoço, que as crianças se encarregaram de amenizar, passamos para o salão para tomar café. Sara subiu um instante para o quarto — momento em que Carlos aproveitou para falar conosco:

— Não sei como está a relação de vocês agora, mas peço que tentem dissimular na frente de Sara. Não quero que tenha desgostos. Procurem passar esses dias felizes porque quando voltarmos para Madrid terá que ser operada. Ela está com um tumor na mama e terá que fazer uma mastectomia. Como podem imaginar, está muito preocupada e eu também.

A triste notícia anulou nossos problemas matrimoniais. Eram amenidades ao lado do que acabávamos de ouvir. José Luís e eu nos olhamos sem saber o que dizer, as lágrimas rolando pelo meu rosto. "Meu Deus, até quando me fará sofrer?" Nossas diferenças conjugais foram adiadas porque tínhamos que unir esforços para fazer Sara feliz.

— Claro, ela não pode saber que contei. Quando ela desejar, falará com vocês sobre o assunto.

— Não se preocupe conosco — disse José Luís e dirigindo-se a mim. — Sabemos ser muito discretos quando queremos. Não é, querida?

Sara descia e todos ficamos em silêncio. Servimos o café e começamos a fazer planos para passar uma boa semana. Entretanto, Sara não era boba. Inesperadamente abordou o assunto.

— Já sabem, não?

Seu irmão a abraçou e tratou de tirar a importância da cirurgia.

— Olha, irmãzinha. Hoje em dia, e isso Carlos sabe melhor que eu, há tantos avanços em todos os campos da medicina que as tragédias de antes são como passeio agora. Tiram um seio e, antes de sair da sala de operação, já fazem uma cirurgia estética e você sai como entrou.

Sara começou a chorar. Nunca a vi tão abatida. Era sempre tão animada que não entrava na minha cabeça vê-la daquele jeito.

— Não se preocupe. Já é hora de fazer algo por você. No domingo quando voltarem a Madrid, eu irei também e estarei ao seu lado todo o tempo.

— Não quero que deixe as meninas sozinhas. Estão muito acostumadas com você.

— As meninas já são grandinhas e Laura, que inspira mais cuidados, já raciocina com lógica. Com Yaiza e Petra estarão muito bem-cuidadas. Comprarei a passagem essa tarde.

— Não sabe a alegria que você me dá. É que não gostaria que Carlos ficasse sozinho se me acontecer alguma coisa.

— O que diz? — José Luís abraçou a irmã. Notava-se nele uma grande tensão emocional. — Em primeiro lugar, não acontecerá nada e, em segundo lugar, Carlos estará acompanhado de Valéria e de mim, que estarei lá quando a operação for feita. E agora não quero ver lágrimas nesses olhos tão bonitos. — José Luís limpou com seu dedo indicador as lágrimas que corriam pelas bochechas de Sara ao mesmo tempo que dizia:

— Você lembra do que dizia aquela babá que tínhamos quando pequenos e que nos provocava tanta risada? — Ela assentiu, rindo, e seu irmão continuou, imitando uma voz feminina: — "Eu não choro para que os olhos não fiquem como uma esquina mijada."

Todos começamos a rir e Sara, entre lágrimas, gargalhava. Passamos os dias daquela semana recordando anedotas da nossa infância e não paramos de rir.

Eu preparei uma bagagem leve e dei instruções a Petra e a Yaiza para que as meninas não notassem minha ausência. José, desde o acidente, vinha de vez em quando, mas como não podia fazer muita coisa — realizava, na verdade, visitas de inspeção e dava ordens ao seu substituto —, poderia dedicar um tempinho de atenção para as pequenas.

— Não tenha medo, patroa. Eu me sentarei com elas e lhes mostrarei livros de plantas e de animais. As crianças gostam disso.

José Luís nos levou ao aeroporto. Carlos, emocionado, deu-lhe um forte abraço e ouvi-lo dizer "Obrigado por tudo". Sara o abraçou e brincou.

— Talvez na próxima vez que nos virmos terei que dizer para não me apertar tanto porque amassará meu silicone.

Todavia, José Luís foi incapaz de sorrir, tinha os olhos cheios de lágrimas. Achei que fosse um dever meu me aproximar e lhe dar um abraço. Reteve-me um tempo em seus braços e depois me beijou nos lábios.

— Cuide dela, por favor. E não se preocupe com as meninas. Todos cuidaremos delas.

Já passando pelo portão de embarque, despedimo-nos novamente. Depois ele se perdeu na multidão. Não senti pena em ter que me separar dele por uma temporada. Talvez aquela trégua fosse positiva.

Fiquei pensando que era tão terno e carinhoso quando queria. Por que se demonstrava tão desagradável outras vezes?

Veio a Madrid no dia da cirurgia para animar a irmã e, sobretudo, a Carlos, que desmoronou por completo. No dia seguinte, foi embora ao saber que tudo ficaria bem.

VIII
AS RAVINAS FALAM

A CIRURGIA DE SARA FOI UM SUCESSO. Extirparam toda a área afetada pelo câncer e o cirurgião disse a Carlos que não se preocupasse porque havia ficado "totalmente limpa".

— Carlos. Você é da área e sabe que, depois de uma intervenção cirúrgica, positiva como esta, é a paciente que tem que colocar os cinco sentidos em sua recuperação. Vejo Sara com a moral pelo chão sem fazer nada para melhorar.

E era verdade. Sara estava passando por uma forte depressão. Eu sabia perfeitamente o que era isso e que não há nada que ajude a sair dela. Comecei a pensar como eu tinha saído da minha pós-parto, mas não encontrei uma razão aparente.

Todos os dias, ligávamos para Tenerife para falar com as meninas e ver como estavam. Sara ria com as histórias delas, sobretudo com Maria, que se mostrava extremamente carinhosa com ela e lhe dizia: "Tia Sara fica boa logo." Quase sempre a voz de José Luís lhes dizia o que tinham que falar.

Entretanto, quando desligávamos o telefone, afundava-se novamente em seu pessimismo.

— Logo mandarão você para casa — falei um dia. — Aí você ficará mais animada. Os hospitais não são um lugar apropriado para levantar o ânimo.

— Quanto estou fazendo você sofrer! Não é, querida? Você passou por isso e sabe que só o tempo pode resolver. Mas é que eu me vejo mutilada! Não posso suportar! O que Carlos pensará? Como gostará de mim assim?

Nunca tinha visto Sara chorar tão inconsolavelmente. Eu achava que as lágrimas não foram feitas para os seus olhos, mas, naquela ocasião, seu choro era comovedor. Eu a abracei enquanto pedia forças e sabedoria para encontrar uma fórmula mágica que a ajudasse a sair daquele poço sombrio em que estava metida.

— Vamos! Vamos! Não diga isso. Não está mutilada. Reconstruíram seu seio. Sei que agora é impossível, mas tem que pensar na parte positiva: não ficou nada do câncer, seu seio está como antes e, dentro de pouco tempo, rirá por ter sido tão boba em pensar que Carlos fosse repudiar você. Sabe aquele medo de que algo saísse mal? Quando seu amigo veio e disse que tudo estava bem, eu queria que visse como Carlos se abraçava a mim chorando de alegria. Você se importaria se ele de repente ficasse corcunda? Ou que lhe tirassem você sabe o quê?

Começou a rir e eu também. "Já era hora de quebrar essa maldição", pensei. Depois, aproveitando que a via reanimada, conversamos sobre tudo um pouco e, para distraí-la, contei sobre a chegada de Pedro a Tenerife, sobre o quadro de Pilar. Calei-me a respeito de José Luís estar novamente afastado de mim. Também sabia que lhe agradaria saber que Pedro não significava mais nada e que a única coisa que eu queria agora era estar no meu lar com as minhas meninas e o meu marido. E era a pura verdade.

Quando Carlos passou para nos ver, estávamos muito animadas rindo porque eu contava tudo de um jeito um tanto jocoso.

— Que animação neste quarto! Não sentem vergonha de rirem dessa maneira? Ei! Nos hospitais todos são obrigados a se queixar de alguma coisa: Ai! Ai! Ai! Não rá-rá-rá!

Foi até ela e a beijou na testa, depois nas bochechas e logo nos lábios.

— Como está minha princesa?

Carlos era um homem terno e sensível; virtudes que pareciam estar em conflito com sua profissão. Muitas vezes dizia que se alguma vez tivesse que operar alguém da sua família, que não contassem com ele: "Eu a porei nas mãos do melhor cirurgião, mas não assistirei a cirurgia." E foi justamente o que tinha feito.

Trazia um buquê de rosas alaranjadas, que eram as preferidas de Sara. Tirou uma e a deu para mim dizendo:

— Esta é para a enfermeira mais bonita do mundo. — E voltou a olhar Sara. — Tenho que confessar uma coisa: se eu tivesse uma enfermeira assim na minha equipe, não sei, não sei. Nossa relação correria perigo.

— Se sua infidelidade for com ela, não me importo — respondeu Sara rindo.

Estive com eles pouco tempo. Com a desculpa de estirar as pernas, saí um pouco para deixá-los a sós. Fui à cantina e tomei uma cerveja. A conversa com Sara havia me deixado com a boca seca. Quando subi, Carlos saía.

— Como ela está? — perguntei.

— Graças a você a vejo mais animada. Tenho certeza que você tinha que vir para Espanha apenas para fazer o bem à família Olivera. Primeiro Laura, e agora sua tia. Que Deus a abençoe!

Deu-me um beijo emocionado e se foi.

Entrei no quarto. Sara estava com os olhos fechados e imaginei que quisesse descansar. Sentei-me na poltrona ao seu lado e comecei a ler uma revista que Carlos havia trazido. As tardes se tornavam longas e monótonas. Perto das cinco, traziam o café com biscoitos, depois o jantar, às oito. Mais tarde todo o desfile das enfermeiras com o termômetro, a pressão, a medicação e, quando passava da meia-noite, a última enfermeira nos dizia:

— Bom, que passem bem a noite e já sabem: se precisarem de alguma coisa é só tocar a campainha.

Nós nos olhávamos e dizíamos:

— Enfim sós — e ríamos.

Todavia, às sete e meia da manhã começava tudo outra vez, o ininterrupto desfile.

— Quando nos derem alta — disse a Sara um dia —, dançarei um tango para você. Ou melhor, a dança tradicional das Ilhas Canárias, a isa, que é o que tenho que dançar agora.

— E eu um chotis — respondeu rindo, referindo-se à dança popular em Madrid.

Esse dia esperado chegou depois de uma semana de operada. Nenhum ponto infeccionou nem teve a menor complicação. Isso a deixou um pouco mais animada.

Tinha certeza de que, uma vez que estivesse em casa, tudo melhoraria. Equivoquei-me por completo. Estava tão triste que não havia maneira de levantar seu ânimo. Liguei para José Luís e pedi que viesse para ver se sua chegada a reanimava.

Pareceu uma boa ideia a Carlos. No dia da sua chegada, Carlos não podia ir a Barajas porque tinha uma cirurgia para fazer. Eu também não podia porque acompanharia Sara. Mandou o motorista buscá-lo.

José Luís vinha preparado. Sabia o que sua irmã precisava, conhecia-a muito bem e a entendia melhor que ninguém. Seu papel foi fundamental. Eu via com prazer e com profunda admiração o modo como tirava sua irmã daquele buraco sem fundo. Sara lhe obedecia melhor que a nós dois, fazia o que ele dizia e ria das suas graças. Tive pena de Carlos, porque ficava relegado a um segundo plano diante da chegada do irmão adorado. José Luís percebia tudo e por isso, no dia anterior à sua partida, falou com Carlos:

— Sara e eu sempre fomos muito unidos, você sabe. Desde que éramos pequenos, ela fazia tudo o que eu mandava, porque eu era o mais velho e muito mandão. Por isso, agora está esperando minhas ordens — brincou —, e pobre dela se não obedecer!

— Por favor, José Luís. O que eu mais quero nesse mundo é vê-la bem, que volte a ser o que era e que deixe esse pessimismo para trás. Não sabe o quanto agradeço a você, aos dois, pela ajuda.

— Nós dois a amamos muito. É normal que a ame, é minha irmã. Mas no que me consta, Valéria a adora.

— Sim, é verdade — admiti comovida.

Os dois dias com meu marido passaram rápido demais. Sentia-me amparada tendo ele do meu lado. Carlos ligava constantemente por telefone, mas estava a maior parte do tempo na clínica. Eu tinha esgotado todos os meios que considerava infalíveis para reanimá-la e a chegada do irmão trouxe um ar fresco que fez bem a todos. No tempo que nos acompanhou, eu e ele não trocamos mais do que quatro palavras seguidas, mas isso não importava. Sara se animava aos poucos e isso era o mais importante.

— Assim que tiver a alta definitiva, vai lá pra casa. Você verá como lá a restauraremos completamente. Carlos pode ir nos fins de semana. Entre as meninas, os lagartos, as discussões dos jardineiros, o cachorro, aquilo é uma casa de loucos! De verdade, estão todos "pirados"! Não terá tempo para pensar em si mesma. Só conseguirá pensar se sairá viva rodeada de tantas "loucuras".

Demos gargalhadas. Por isso, José Luís continuou exagerando as coisas cotidianas:

— Deixaram a pobre Yaiza transtornada. No outro dia, pediu dispensa, ameaçando-me com uma greve de braços caídos. Imaginem! Imaginem se lhe podem cair mais os braços do que já lhe caem normalmente!

E os lagartos? Um dia, as meninas me disseram para ir com elas lhes dar de comer, com a pouca graça que me fazem esses bichos! Porque as condenadas, como não tem força para atirar o pão, o mais longe que conseguiam era que chegasse debaixo dos seus pés, me mandavam atirar a comida para aqueles bichos e aí vocês podem imaginar... Eu em cima de uma pedra, rodeado de lagartos e as meninas dizendo: "Desce daí, papai, não farão nada, nós te defenderemos" e me chamando de "covardão". Que vergonha!

Não conhecia essa veia cômica de José Luís. Era agradável ver Sara rir com suas piadas. "Por que não era sempre simpático assim?" No dia seguinte foi embora.

Depois de uma semana em casa lhe fizeram uma última revisão e estava tão bem que lhe disseram que poderia voltar à vida normal.

— Posso ir para Tenerife? — perguntou ao cirurgião.

— Se Carlos autorizar, por mim não há inconveniente — respondeu, dando-lhe um carinhoso belisco na bochecha.

Já no dia seguinte preparávamos a bagagem. Carlos se alegrou por duas razões: porque a via muito animada e porque tinha seus pacientes meio abandonados.

— Irei nos fins de semana — disse.

Por fim, em casa! As meninas vieram correndo até nós. Que saudade de estar com elas!

Em meados de maio, Sara estava totalmente reestabelecida e sem sintomas de depressão. Decidiu que já era hora de voltar para junto do marido.

— Coitado, o abandonei — dizia.

Carlos veio buscá-la e, apesar de querermos que ficassem para o aniversário de Maria, decidiram partir.

— É muito tempo e tenho muito trabalho. Entende, não é? — Claro que eu entendia.

Com a alegria de vê-la reestabelecida e forte, todos voltamos à normalidade. José Luís, suas viagens e sua pouca comunicação comigo. Eu, cuidando das meninas. José, nas suas tarefas, pois já havia tirado o gesso.

A primavera nos trouxe esses dias próprios de Tenerife de sol intenso e as plantas brotavam com força, oferecendo o esplendor do seu colorido. José dizia com entusiasmo:

— Veja como elas brotam.

Os passarinhos começavam os seus jogos de amor e no flamboyant uns melros fizeram ninho. As meninas cresciam e até Peco estava maior. Aquele filhotinho brincalhão e travesso que escondia as botas de trabalho de José, os bonecos de pelúcia das meninas e que se pendurava nas saias de Petra, havia se convertido em um cãozinho formal e educado, para todos menos para José. Desde o primeiro momento não se deram muito bem. Ia atrás dele somente para escavar o que o pobre plantava ou enterrava. Colocava as botas de trabalho no lugar mais alto para que Peco não as alcançasse. José lhe sacudia quando desenterrava os bulbos e brigava constantemente com ele. O cachorro se vingava latindo para ele assim que o via.

Era dia três de junho, o terceiro aniversário da minha filha. Eu não disse nada a José Luís. Preparei uma pequena festa infantil para as meninas e os amiguinhos, filhos dos nossos amigos. Por educação, chamei a tia de Laura, que me pediu permissão para trazer os filhos de uma amiga. Também vieram nossos amigos mais íntimos. Pedi a todos que não trouxessem presentes. Fazia o mesmo pedido nos aniversários de Laura.

— Não quero que as meninas sejam interesseiras. Quando convidarem alguém que o façam pela amizade não pelo que possam trazer.

José Luís me compreendia perfeitamente e concordava comigo. A festa foi preparada no pátio atrás da casa, e enfeitamos com bolas de encher e guirlandas. As crianças passaram a tarde comendo, brincando, aborrecendo-se, arrumando confusão e até brigando.

Quando todos se foram foi como se estivesse no céu. Que paz! José Luís, trancado em seu escritório escrevendo, não desceu a tarde toda. "Se alguém perguntar por mim, diga que estou viajando", falara.

Quando percebeu que estava tudo em silêncio, desceu, pegou Maria nos braços, beijou-a repetidas vezes e a colocou no chão.

— Então, três anos hein? Que grandona! E o que posso dar de presente para essa grandona? Vejamos se penso em alguma coisa.

Começou a procurar nos bolsos e nós três olhávamos intrigadas para ele. Por fim, tirou uma chave dourada:

— Olha! Uma chave! De onde será?!

Saiu ao jardim seguido por nós, subiu até a casinha de Laura, empurrou a porta da academia e, diante dos nossos olhos, havia uma preciosa casinha de bonecas. Maria deu um grito, abriu a porta com a chave dourada e se meteu dentro. Naturalmente os aparelhos da academia haviam sido movidos para um lado, porque a casinha de bonecas ocupava muito espaço. Laura também cabia dentro ainda que com dificuldades.

— Amanhã a montaremos no jardim para que possam brincar melhor. Hoje a guardei aqui porque, com tantas crianças... Agora, peça a mamãe que amanhã não dê aula e que deixe vocês brincarem todo o dia.

Já não havia quem as tirasse de dentro da casinha de bonecas e as deixamos brincar ali um pouco. Jantaram e se deitaram mais tarde do que de costume. Alegrava-me vê-las assim tão felizes. Quando iam se deitar, perguntei a Maria:

— Agradeceu ao papai?

Saiu correndo, sentou-se em seus joelhos e lhe encheu de beijos: "Obrigada, papaizinho, gostei muito."

A casa de bonecas foi a novidade que fez a felicidade das pequenas por alguns dias. José Luís a montou, com a ajuda de Pablo, perto da outra casinha, mas na parte baixa da encosta, à sombra de uma figueira. Não queriam outra coisa a não ser ir para a casinha, para onde levaram todas as suas bonecas. Entretanto, também tinham um sério problema. Peco também queria entrar e brincar com elas. Cada boneca que via, ele levava para fora. Entrava na pequena cozinha e pensava: "Quantas coisas! Posso pular entre todas elas." Não demorou muito para que as futuras donas de casa percebessem que para ter as coisas em ordem não poderiam deixar o cachorrinho entrar. Fechavam a porta e o deixavam do lado de fora, uivando choroso. O pior de tudo era que a casinha, que era uma graça, tinha janelas por onde o pobre cão as via sem poder estar com elas. Do seu mundo canino, não conseguia compreender por que o afastavam. Ele só queria brincar!

A casinha deixou de ser novidade depois de uns dias e a bicicleta voltou a ser o brinquedo mais querido. Maria logo caminharia sem as rodinhas laterais e Laura movimentava bem os pés, mas ainda estava insegura. Por isso, Yaiza e eu levávamos umas boas "surras" tentando ensiná-la.

Íamos ao parque ao lado de casa porque era asfaltado e mais fácil de rodar por ali do que pela terra ou pela grama do jardim.

Em certa ocasião, passava um pastor pelas ravinas próximas. Muitas cabras levavam chocalhos e Laura, que sempre gostou do som, quis vê-las. Eu as levei até a beira da ravina e as subi em uma pedra. Segurando-as com força, aproximei-as da beirada. No fundo da ravina, ia um bom rebanho de cabras e o som dos seus chocalhos se multiplicavam entre as encostas. A partir desse dia, sempre que o rebanho passava deixávamos as bicicletas no chão e corríamos com elas para verem as cabras e escutarem o som de seus chocalhos.

Os meses de julho e agosto passaram em um sopro. Agosto nos presenteou com aquilo que chamamos de "barriga de burro". Uma nuvem que se põe ao redor do Teide e encobre o sol. Setembro foi mais ensolarado, com temperaturas ideais como sempre naquela ilha paradisíaca: vinte e cinco ou vinte e oito graus.

Entre José Luís e eu tudo continuava igual. Nem amor nem ódio, indiferença. Comunicávamo-nos o necessário. Resumindo: de volta ao início. Aqueles dias em que fizemos um ensaio de matrimônio feliz deram lugar a uma espécie de amizade sem compromisso, cujos únicos laços de união eram as meninas.

Sara estava muito bem, e todas as conferências que lhe fizeram deram excelentes resultados. Pilar seguia vindo, conversando comigo e discutindo com José Luís como sempre. Fazia muito tempo que não me perguntava como estava nossa relação e eu agradecia por isso. Na verdade, não comentava nada a respeito, nem com Sara. O que poderia ser? Sempre a mesma coisa?

As meninas com suas brincadeiras na casinha de bonecas, as bicicletas, os banhos de piscina e os jogos educativos absorviam toda minha energia.

A cada fim de verão, tínhamos o costume de nos reunir os três casais mais amigos e fazer uma festa em uma das casas. Este ano, era a nossa vez. José Luís achou melhor fazer no dia dez de setembro, pois sua novela havia sido premiada e queria celebrar com mais gente. Convidou outras pessoas, algumas desconhecidas para mim. Críticos, editores, outros escritores... No total nos reunimos umas trinta e cinco pessoas. A festa foi no salão, ainda que muitos, com suas bebidas, fossem para o jardim. Encarreguei-me de deixá-lo em penumbra para que fosse o mais acolhedor e íntimo possível.

Pilar nos emprestou sua empregada para que ajudasse Francisco no serviço. Também o motorista de Imaculada ajudou, passando as bandejas com as diferentes especialidades que Tomás, Nati e Yaiza prepararam. Petra foi de grande ajuda pois era a encarregada de supervisionar tudo e de repartir o trabalho para que tudo desse certo. As meninas ficaram entre os mais velhos, com grandes recomendações da minha parte de como teriam que se comportar.

— Como já são mocinhas — exagerei —, sempre que tivermos uma festa, estarão nela. Quero que, quando essas pessoas forem embora, digam que minhas meninas são muito educadas e simpáticas. Se perguntarem, respondam com a boca e não digam "sim" ou "não" com a cabeça, porque isso fazem os burrinhos. E agradeçam se disserem que estão bonitas. E quando eu mandar vocês irem para cama, façam sem reclamar.

As duas me ouviram com atenção. Era um acontecimento novo para elas e esperavam ansiosas. Todos os que vieram conheciam Laura e sabiam do seu problema, por isso estranhavam ao ver a mudança na menina. De todas as maneiras, sempre ficava muito grudada em Maria e atuava com demasiada timidez. Maria era o oposto: falava pelos cotovelos e logo ganhou a simpatia de todos. Também tinha a vantagem de ser a caçula e por isso as pessoas achavam mais graça. Enquanto elas estiveram no salão, eu estava observando o seu comportamento, mas logo relaxei ao ver o êxito do meu experimento. Para José Luís pareceu uma boa ideia a minha intenção de introduzir as meninas em nossas festas.

— Faça o que quiser, mas acho que são pequenas demais para que fiquem uma tarde inteira entre adultos.

— Pequena é Maria, mas Laura fará oito anos. O tempo passa rápido e, antes de nos darmos conta, teremos uma mocinha em casa.

Por volta das oito, começou a refrescar e as pessoas se refugiaram no salão, onde continuava a festa. Nessa hora, chamei Yaiza e pedi que colocasse as meninas para dormir. Sentia-me orgulhosa delas e, antes de lhes dar um beijo, disse que haviam se comportado muito bem.

Não sei por quê, mas me sentia feliz naquela tarde. Os convidados eram pessoas muito amáveis. Minhas amigas me ajudaram o quanto puderam e tudo foi perfeito. Entretanto, o ambiente estava carregado da fumaça dos cigarros e meus olhos ardiam.

Fui para o jardim, onde já não havia ninguém — todos estavam no salão. Precisava saborear aquele momento em solidão e me refugiei no Canto Azul. Estava escuro. Eu me sentei no sofá e olhei para cima. O céu estava cheio de estrelas. Os pontos estelares luminosos pontuavam a abóboda celestial. A noite canariense estava esplêndida. Não ventava e a temperatura era deliciosa. Uma estrela cadente traçou seu rastro luminoso no céu. "Tem que fazer um pedido", dizia minha amiga Manolita. "O que posso pedir se já tenho tudo? Ah, sim! Que José Luís volte para mim."

Alguém abriu a porta do salão e um feixe de luz iluminou as sebes. Ouvi uns passos descendo a escada e lamentei minha solidão chegar ao fim. "Quem poderia ser?", perguntei-me.

Era José Luís. Descia devagar e olhava para trás. Eu estranhei, mas, quando eu o vi fazendo sinais para alguém que descia atrás dele, fiquei intrigada e na expectativa. Ouvi um barulho de salto feminino. A sombra me escondia e algo me dizia que deveria permanecer em silêncio no meu esconderijo. "Pilar!" Sim, Pilar descia para se encontrar com ele e, diante do meu espanto, fundiram-se em um abraço enquanto seus lábios se juntavam em um beijo que não tinha fim. Não queria acreditar naquilo que meus olhos estavam vendo. Diante de mim se desenvolveu uma cena amorosa, quase erótica, que durou uma eternidade. As mãos de José Luís percorriam o corpo de Pilar sem que ela, cada vez mais abraçada a ele, esquivasse. Ofegavam e, com palavras entrecortadas, sussurravam o muito que se desejavam.

— Faz tanto tempo que não vem ao apartamento que já nem sei como é o seu amor — dizia Pilar, suplicante. — Ou será que já não me quer?

— Não seja boba. Claro que quero, mas andei muito ocupado acabando a novela. Podemos nos ver amanhã?

— Claro que sim. Mas amanhã Jesus está em casa. Viaja na segunda.

— Então, segunda. Eu espero.

— Às vezes me dá medo de que nos descubram e tenhamos que terminar nossa relação. Ainda bem que todos acham que não nos damos bem.

Voltaram a se fundir em outra série de beijos e abraços. Eu quase não respirava para que não percebessem a minha presença. As batidas do meu coração vinham até a garganta e temia que ouvissem de onde estavam.

— Quero tanto você! — sussurrava Pilar, apertando-se contra ele. — Houve momentos em que tive medo de que você e Valéria fizessem amor. Depois do parto, começou a se arrumar mais, ficar mais bonita e eu morria de ciúmes só em pensar que você pudesse desejá-la, e ela a você.

— Não seja boba. Entre Valéria e eu não há nada, nem houve, nem haverá. Ela vive para as meninas. Não há lugar para mais ninguém no seu coração. Talvez algum dia apareça um homem de quem ela goste e me peça a separação. Esse foi o trato quando nos casamos. É assim que é. Então, pode ficar tranquila.

Eu os estava observando contra a luz, suas silhuetas recortadas contra a claridade do céu, e cheguei a pensar que não era verdade aquela cena. "É coisa da minha imaginação!" "Não pode ser real." "Mas se Jesus e José

Luís são tão amigos! Como pode estar conquistando a mulher do outro e encontrando-a às escondidas em um ninho de amor?". Perguntava-me onde seria aquele apartamento de que falavam.

Estive a ponto de sair das sombras para que soubessem que tinham sido descobertos e abortar seus amores ilícitos. No entanto, havia algo que me paralisava. Algo que me mantinha grudada no sofá, oculta, ansiosa, nervosa e enojada, diante da cena implausível que estava acontecendo diante de mim.

De repente, um novo feixe de luz os iluminou e os surpreendeu em pleno abraço. A porta do salão havia sido aberta. Os dois deram um salto para se separarem. Era Jesus que também saía para respirar um ar fresco.

— O que estão fazendo aí? — perguntou com estranheza.

Pensei que era uma pena que uma pessoa tão boa como aquele homem suspeitasse de algo e sofresse como eu estava sofrendo: "Não, ele não merece. É uma pessoa entregue aos caprichos da mulher, não pode saber que ela o trai quando sai de viagem. E com seu melhor amigo! Se eu me aproximar agora, minha presença apagaria qualquer dúvida."

Decidi sair das sombras para tranquilizar Jesus e para me dar o gosto de ver como os amantes se assustariam.

— Desça, Jesus — disse por fim. — Estamos todos: só faltava você.

Vi a surpresa dos pecadores e adivinhei, sem olhá-los, o sobressalto dos seus corações ao me ver sair do meu esconderijo. Até acho que ouvi o ritmo acelerado e descompassado deles. Essa era a minha revanche!

Jesus pareceu satisfeito ao ver que eu também estava.

— Ah! Você também está — disse, começando a descer até nós. Eu os olhei com insistência e arrogância. Estavam tão nervosos que Pilar começou a tremer.

— O que você tem? — perguntei, descarada. — Frio? Parece que está tremendo.

— Sim, vou para dentro. Está fresco aqui.

Sua voz me soou tão estranha que não parecia dela. Olhei então para José Luís.

— Não me diga que você também sente frio?

Contudo, ele me respondeu diferente e quase me desafiando.

— Não, não sinto. Estou muito bem.

Fiquei um pouco mais para fingir diante de Jesus e logo subi para o salão. Olhei para Pilar, que não foi capaz de sustentar meu olhar e baixou a cabeça. Que cínica! Quanta falsidade ao meu redor! A que eu achava que era minha amiga fingia amizade para saber se eu dormia ou não com o seu amante. Agora compreendia o seu interesse em nosso casamento. Eu seria a capa perfeita para que pudessem seguir com seus encontros. Uma pergunta flutuava em minha cabeça. Eles seguiriam com suas escapadas amorosas ou, ao se verem descobertos, teriam que terminar com medo de que eu descobrisse o apartamento misterioso? Passaram-se os minutos. A festa continuava para todos menos para mim e muito menos para os dois amantes. Quando vi José Luís entrar no salão, senti repulsa daquele homem que uns minutos antes me parecia interessante e agradável. Eu o encarei como fiz com Pilar, mas ele sustentou o olhar descaradamente. Lá pela meia-noite, os primeiros convidados começaram a ir embora. Jesus e Pilar também se despediram porque "ela se sentia mal".

— Já lhe disse que pegou frio no jardim — disse seu marido, inocente.

— Deve ser isso — acrescentei eu. — Já lhe advertira que entrasse, mas ela preferia ficar com José Luís... — esperei um pouco antes de continuar: — ...discutindo.

Vi como ela se sobressaltava e ficava pálida. "Chegou minha vez. Pagará por ter mentindo e me traído."

O salão foi ficando vazio, até não haver mais ninguém. Ficamos sozinhos eu e José Luís. Comecei a subir a escada para o meu quarto.

— Espere — disse ele, colocando-se do meu lado. — Temos que conversar.

— Eu não tenho nada para dizer. Apenas que é tarde demais e estou cansada. Foram muitas emoções para um dia só.

— Espero na biblioteca — insistiu.

Não lhe dei atenção. Entrei no meu quarto, troquei-me, tirei a maquiagem como fazia sempre e me deitei. Depois de um tempo, soaram umas batidas na porta. Mesmo sem que eu respondesse, entrou.

— Temos que conversar, preciso esclarecer algumas coisas.

— E eu repito que não tenho nada para falar nem a esclarecer. Assim, agradeceria que saísse do meu quarto e me deixasse dormir.

— Dormirá tanto quanto eu, ou seja, nada. Por isso não me ponha desculpa. O que você viu hoje...

Não o deixei terminar. Não estava disposta a escutar qualquer mentira para justificar o injustificável. Precisava urgentemente perdê-lo de vista porque só a sua presença me enojava.

— Não quero que me diga nada porque tudo o que disser só servirá para que eu sinta cada vez mais nojo de você. Você e sua amante são dois indesejáveis. Você, por trair seu melhor amigo, e a outra porque se fazia minha amiga para me vigiar com falsidades e mentiras. Faça o favor de sair do meu quarto, não quero vê-lo nunca mais.

— Antes, você me escutará querendo ou não.

Aquela imposição foi a gota d'água que encheu o vaso. Sentei-me na cama e, a ponto de lhe dar uma bofetada, disse com a mais absoluta amargura:

— Ou seja, tenho que ouvir agora, sendo que me expulsou do seu quarto faz poucos meses quando queria explicar que meu passado não significava mais nada, que o amava e era feliz em meu lar. Você me escutou? Então, fora daqui agora. Não me faça gritar.

Ficou me olhando um tempo e voltei a repetir, a beira da histeria:

— Vai! Agora mesmo e para sempre! Não se aproxime de mim nunca mais, nem sequer para fingir diante das pessoas e das crianças.

Saiu. E sozinha na escuridão apertei os punhos contra o rosto e desabafei chorando.

Foram os dias mais amargos da minha vida. Não cabia na minha cabeça tudo o que tinha presenciado. Algumas vezes até teria achado ser mentira se não fosse por eu e José Luís não nos dirigirmos a palavra. Aborrecia-me que Maria o chamasse de papai e corresse até ele para beijá-lo e abraçá-lo. Até cheguei a segurá-la pelo braço mais de uma vez, mas ela protestava e corria para os braços do homem que estava destroçando a vida da sua mãe. "Quando for maior lhe direi toda a verdade. Tem que saber que ele não é seu pai."

Claro que Pilar nunca mais apareceu. Algumas vezes, duvidava de que seguissem o romance. Todavia, cada vez que José Luís saía de casa, eu imaginava que estariam juntos. Isso fazia com que minha aversão a ele fosse aumentando. Ele passava do meu lado sem falar comigo e eu como se nem o visse. Nossas vidas seguiam caminhos divergentes e a cada dia estávamos mais afastados um do outro. A separação era necessária. Tinha tomado uma decisão e fui falar com ele:

— Quero o divórcio. Não aguento nem mais um minuto aqui.

Tinha entrado no escritório sem bater e sem cumprimentar. Ele levantou a vista de um novo manuscrito e me olhou por um tempo como se não tivesse ouvido direito. Tirou o maço de tabaco com uma parcimônia que estava atacando meus nervos e acendeu um cigarro. Depois de dar duas tragadas, abordou o assunto da separação sem estranheza, como se estivesse esperando.

— Vai com o pintor? Acredita que vai querer você de volta?

— Minha vida nunca importou. Não venha agora dizer que está preocupado com o meu futuro. Vou embora e não tenho que dar explicações.

— Sim, você sempre faz o que quer, mas, quanto à separação, seguiremos como estamos. As crianças ainda são muito pequenas e não compreenderão. Não quero que cresçam com traumas.

Pensei em Laura, no quão solitária era quando a conheci, e me deu vontade de lhe gritar na cara o pouco que havia se preocupado antes pelos traumas de abandono que sua filha poderia ter. Contudo, não quis colocar as meninas naquele assunto desagradável.

Pela noite, quando as meninas se deitaram, tranquei-me no quarto e me aproximei da janela. O vento envolvia o barulho do mar que chegava a mim ao longo das ravinas. Era o som bronco e sombrio que ouvia pela primeira vez. Era o diálogo das ravinas de que José tinha falado. As ravinas falam! Relembrei o que dizia a mãe do jardineiro: "Quando falam as ravinas, sempre vem alguma desgraça."

Não sei por que um calafrio sacudiu meu corpo e entrei, fechando a janela. Seguia ouvindo da cama. Demorei muito, mas por fim adormeci. Pela manhã, só ouvi o canto dos canários que se aninhavam nas árvores do jardim. A ravina estava em silêncio.

Era segunda, dezoito de dezembro de 1997. Nunca esquecerei essa data.

Depois de me arrumar, vesti as meninas, que demoraram a acordar. Tomamos o café e fomos para o "solar dos lagartos". Como sempre, levávamos a comida deles. Não sabia se José Luís estava ou não em casa. Já tinha deixado de me preocupar com suas viagens. Fui com as meninas para o parque com as bicicletas. Yaiza nos acompanhava. Cada uma atendia a uma menina e tudo ia normalmente. Entretanto, a tragédia se precipitou tão rapidamente que quase não me dou conta de como foi. Lembro que entrei em casa porque o mordomo me havia comunicado que me chamavam ao telefone. Quando ia sair novamente, José Luís saiu atrás de mim para me perguntar quando teríamos um momento para conversar.

— Não podemos tomar decisões nesse momento, nem você nem eu. Temos que refletir e... — Não terminou de falar, por causa dos gritos de Yaiza.

— Socorro! Alguém me ajude! A menina! A menina!

Corremos para fora de casa em direção ao parque. Francisco havia saído mais rápido que nós e o vimos correr para a ravina. Maria estava perto da parede do nosso jardim, com o terror refletido em sua carinha. Francisco deslizou pela encosta da ravina seguido por José Luís e, quando me aproximei, no fundo da ravina jazia inerte o corpo de Laura. Ao lado de sua cabecinha, via-se uma poça de sangue. José Luís a tomou nos braços e ouvi que dizia a Francisco:

— Sobe e leva a patroa para dentro para que não a veja. Diga a Pablo que prepare o carro rapidamente.

Todavia, eu já tinha visto. Ainda a vejo. E vejo José Luís subindo a encosta com ela nos braços, tentando reanimá-la inutilmente.

Um rebanho de cabras passava fazendo seus chocalhos soarem. Era a explicação do que aconteceu. Laura quis ver as cabras e se aproximou, como tinha feito tantas vezes comigo. Perdeu o equilíbrio e se precipitou no vazio. Não era muito alto e teria sobrevivido se não fosse pela pedra na qual bateu a cabeça. "As ravinas haviam falado e nos trouxeram aquela terrível desgraça."

Lembro as horas que seguiram como um pesadelo. Não queria comer, não queria ver ninguém. Tranquei-me no quarto e a única coisa que eu fazia era chorar sem parar pela morte da pequena. E a série de críticas que nos fazemos quando um ente querido vai embora. "Se não tivesse atendido o telefone", "Se não tivesse me ocupado com José Luís..."

Sentia-me culpada por não acompanhar as meninas o tempo todo.

No dia seguinte, durante o enterro, tive do meu lado a única pessoa que tinha acesso a mim: Sara. Em seu semblante, refletia-se uma grande tristeza, mas ela ainda tinha ânimo para tentar me trazer de volta à vida.

— Você não pode se fechar nessa desgraça porque Maria está aí e precisa de você. Ela está muito assustada. Por isso, você seguirá adiante e na frente dela será forte para que ela possa esquecer. É pequena demais para que um drama assim a marque para sempre.

Sara tinha razão. Não tinha visto minha filha, ainda que soubesse que perguntava por mim. Saí acompanhada por Sara e não via Maria em nenhum lugar. Sara me levou até os aposentos dos empregados.

— Está com Petra — disse. — Mandamos Yaiza uns dias para casa, porque está muito abalada. Petra, minha flor, foi a única que não desmoronou nessa casa. Que grande mulher! Qualquer um poderia dizer que a morte de Laura não lhe importou, mas sei o muito que está sofrendo pela menina e por você.

Quando minha filha me viu, veio correndo ao meu encontro. Eu a abracei por um longo tempo e, quando nos separamos, olhou-me com olhos assustados que me comoveram.

— Agora já não verá mais Laura, mas ela segue entre nós. Sabe onde está? — Minha voz se quebrou.

— Onde? — perguntou Maria e começou a chorar.

— Está no céu — disse, apontando o dedo para cima. — Lembra aquele dia que estávamos deitadas no jardim olhando as estrelas?

— Sim — respondeu, chorosa.

— E lembra o que eu disse? — perguntei enquanto secava suas lágrimas.

— Sim. Que no céu cada uma tinha uma estrela e que algum dia iríamos querer ir até ela.

— Exato. E que quando uma de nós três fosse até sua estrela, as demais não precisariam ficar tristes. Então, Laura está lá, com a sua estrela.

— E quando voltará?

— Não, não voltará. Ficará no céu com a estrela. Já sabe, não precisamos ficar tristes. Lembra?

— Com quem vou brincar agora? —Maria seguia inconsolável.

— Com Peco. Ele também amava Laura e não chora.

Pareceu ficar um pouco mais tranquila. Começaram a chegar as pessoas mais próximas que haviam assistido ao enterro. Todos menos Pilar. Jesus a desculpou:

— Está tão abalada!

Olhei para José Luís. Estava muito abatido e senti muita pena dele. Meus olhos se encheram de lágrimas ao vê-lo com aquela aparência de cansaço e tristeza. Olhou-me, dirigiu-se a mim e me abraçou. Um abraço prolongado e terno que chegava em um momento ruim. Depois, pegou Maria nos braços e a beijou com amor. A menina colocou seus braços ao redor do pescoço dele e juntou a sua bochecha com a dele. Pude ver como as lágrimas escorriam pelo rosto de José Luís.

— Não chora, papai. A mamãe me disse que não precisamos ficar tristes porque Laura está no céu junto com sua estrela. Esta noite olharemos para o céu e a veremos. Não é, mamãe?

Aproximei-me deles e nos fundimos no mesmo abraço. Logo fui ao jardim e me sentei no meu sofá do Canto Azul.

Por quanto tempo fiquei ali? Não sei. Porém, quando entrei em casa tinha tomado uma decisão.

Procurei por Maria e José Luís e os encontrei juntos no escritório. Ela estava sentada no colo dele que lhe falava com imenso carinho. Doía-me interromper uma cena tão terna, mas não tinha outra solução. Entrei no escritório no momento em que José Luís perguntava a ela:

— Você gosta tanto assim de cavalos?

— Sim, muito. Quando for grande, me compra um?

— Tudo o que quiser, querida. E compararemos uma casa de campo com muito terreno para que você possa montar e passear com o cavalo.

— O cavalo tem que ser branco, com o rabo muito longo e vai se chamar... Como será?

— Isso não importa. Depois, você escolhe o nome.

— Que bom, papai! Quero ser grande logo.

Eu me sentei no sofá ao lado deles e não sabia como falar o que tinha decidido. Temia, sobretudo, a reação de Maria.

— Mamãe, ouviu? Quando eu for maior, papai vai comprar um cavalo.

— Muito bem. — Foi minha resposta sem a menor ilusão. — Agora preciso que me escutem. Acho que já faz muito tempo que não vejo minha família e quero ir para a Argentina.

— E quando voltará, mamãe?

Ao ouvir a pergunta de Maria, fiquei sem saber como continuar. “Ela não me entendeu. Virá comigo.” Retomei as forças e fui direta ao assunto:

— Você vem comigo. Minha família não conhece você e deseja te ver. Sua única avó está lá. Não quer vê-la?

Esperei um tempo e vi como a menina se apertava contra José Luís. Percebi que teria que enfrentar um sério problema. Ele estava ansioso. Olhava para mim, olhava para Maria. Por fim, a menina perguntou ao pai:

— Também vem, papai?

José Luís fez que não com a cabeça. Sem deixar minha filha reagir, segui:

— Vamos você e eu. Você vai gostar. A Argentina tem coisas muito bonitas. Além disso é a terra da mamãe. Não quer ver as coisas bonitas que há lá?

— Não quero deixar o papai sozinho. Olha, mamãe, vai você e nós esperamos aqui.

— Não — respondi, desesperada. — Você vem comigo. Não quer deixar o papai sozinho. A mim sim?

José Luís estava calado, mas por fim resolveu falar:

— Compreendo que você sofreu muito e precisa se distrair um pouco. O que aconteceu a Laura nos pegou de surpresa e é um golpe duro demais. Vá uma temporada com sua família e volte quando quiser. Mais para frente podemos ir os três para que conheçam a menina. Deixe Maria aqui. Ela não tem vontade de ir e eu também preciso dela.

— Por favor — segui suplicante. — Não faça as coisas ficarem mais difíceis. Você está rodeado dos seus parentes, de suas amizades e de... "do que precisa" — enfatizei as palavras. — Eu não tenho nada mais do que minha filha e uns desejos incontroláveis de fugir dessa casa. Vou para a minha, com a minha família, e levo minha filha porque ninguém precisa dela mais do que eu. O que você precisa tem aí pertinho.

José Luís me olhou por um longo tempo. Depois, olhou para Maria e lhe disse que fosse perguntar a Pablo se havia lavado o carro. A menina saiu. Voltou a me olhar, dessa vez seu olhar era autoritário.

— Você está vendo que Maria não quer ir. Ela prefere ficar. Pressinto que a necessidade imperiosa de ir para a Argentina se deva ao fato de que quer fugir, não dessa casa, e sim de mim. Acertei?

— Sim, acertou em cheio. Minha missão aqui terminou por desgraça. Eu estava em Tenerife por Laura. Você não me deixava levá-la, e isso me amarrou esse tempo todo ao seu lado. Mas Laura já não precisa mais de mim — minha voz quase sumiu. — Por isso, vou embora e levo minha filha.

— Mesmo que seja contra sua vontade?

— Mesmo assim. Eu vou e ela vem comigo. Peço que não se coloque no meio. Meu coração nesse momento é de pedra.

Maria voltou e nos calamos. Sempre foi uma menina muito esperta e percebeu que acontecia alguma coisa. Olhou-me, depois para José Luís, e disse:

— Ficaremos pouco tempo na Argentina, não é, mamãe?

— Pode ser. Talvez ao chegar lá você não queira mais voltar. Estou certa de que você gostará muito.

— Mas... e papai?

— Papai sabe se cuidar sozinho. Não se preocupe.

— Papai estará esperando por vocês — interveio José Luís, pegando-a emocionado.

A cena me enterneceu, mas meu coração havia endurecido com tanto sofrimento. Olhei para outra direção para não vê-los abraçados.

Os preparativos da viagem foram rápidos. Queria encurtar o tempo o máximo possível porque temia por Maria e seus grandes desejos de não sair da única casa que havia conhecido desde que nasceu. Compreendia que tinha sido feliz ali, não lhe faltava nada. Todavia, meu caso não era o mesmo. Tinha dedicado minha vida a Laura, cuidei dela mais do que da minha própria filha porque precisava de cuidados e uma atenção muito especiais. Pouco a pouco, tirei-a daquele isolamento e, quando tudo parecia me sorrir, quando parecia que minha vida tinha por fim um sentido, meu castelo de cartas desmoronou e se espalhou pelo chão como se houvesse tido um terremoto. Primeiro, foi a exposição de Pedro e meu encontro com ele. Depois a cena amorosa e inesperada no jardim entre os que pareciam tão inimigos e que se revelaram uns grandíssimos hipócritas. Contudo, o pior de tudo foi a repentina morte de Laura. "Morreria se tivesse que ficar aqui mais um dia", pensei relembrando tudo aquilo.

Falei com Sara, que já sabia da minha partida. Ela e Carlos tinham vindo quando ficaram sabendo do acidente de Laura e pensavam em ficar até janeiro. Sara sabia que sua presença nos faria muito bem para suportar aqueles dias. Com tanta confusão e tristeza, pensava não ser o melhor momento de dizer que eu estava de partida. No entanto, nada me disse para me fazer desistir. Quando falei com ela, escutou em silêncio e, ainda que eu não esperasse seu apoio, da sua boca não saíram palavras nem a favor nem contra.

— Sara — disse —, já tenho a passagem para o dia vinte e dois. Depois de amanhã, por essas horas, estarei voltando para minha casa e...

— Eu achava que sua casa fosse aqui. — Sara me encarou e me fez abaixar a cabeça.

— Bom, quero dizer para a Argentina. Agora, sou espanhola e gostei de viver entre vocês. Quero dizer, entre vocês não. Gostei muito de conhecer você e agradeço todo o carinho que sempre demonstrou comigo. Sentirei muito sua falta e ligarei sempre. Se essa desgraça não houvesse acontecido, eu seguiria aqui para sempre. Mas a morte de Laura me descontrolou. Sinto tanto a falta dela que não posso suportar ficar aqui. Só desejo que me compreenda e que não pense que sou uma egoísta por partir agora. Fazia muito tempo que desejava viajar com as meninas para minha casa, para que meus familiares e amigos as conhecessem. Estou muito cansada e preciso de uma mudança de ares. Por favor! Sara, fale alguma coisa!

— Quer que eu diga que está fazendo o certo?

— Acha que não? Que não é o melhor momento? Que seu irmão me quer tanto que não viverá sem mim? Pois está errada. Ele não precisa de mim para nada. Já tem quem o console faz muito tempo.

— Sei a que se refere. Meu irmão me contou o que aconteceu na outra noite e também foi uma surpresa desagradável para mim. Eu o censurei por sua conduta. Nunca pude imaginar algo assim. Pobre Jesus! Ele acredita na amizade deles. Se soubesse... Mas, se servir de ajuda, direi que José Luís está muito arrependido e me disse que gostaria de falar com você e que você não quer escutá-lo.

— Que fale com sua consciência. A mim não tem que dar explicações.

Sara me olhava com um quê de estranha, aborrecida e triste. Pela primeira vez desde que a conhecia, parecia que censurava tudo que eu fazia e dizia. Era óbvio que não queria que eu fosse embora, mas podia pensar um pouco em tudo o que eu havia aguentado ao lado de seu irmão. Sem Laura, não tinha por que continuar suportando suas humilhações. As datas natalinas se aproximavam, e não mudei o dia da minha partida. Comigo por perto ou não, estariam igualmente tristes e eu precisava esquecer, distrair a cabeça se fosse capaz, afastar-me de Tenerife. Por uma temporada ou para sempre. Nem eu mesma sabia naquele momento.

No dia vinte e dois, por volta das quatro da tarde, pegávamos o avião para Madrid. Teríamos que passar a noite ali para pegar o voo da Aerolíneas Argentinas que nos levaria para Eceiza, o aeroporto internacional de Buenos Aires, depois de onze horas de voo. Uma viagem longa e cansativa que desejava muito fazer. Havia avisado a Lola o que acontecera com Laura e, pelo outro lado da linha, ouvi seus soluços. Depois, falei sobre o meu desejo de voltar para casa e me disse um "fico feliz" que me soou distante e frio. Logo acrescentou:

— Bom, mamãe ficará feliz ao ver você e conhecer a pequena. Direi agora mesmo. Estaremos no aeroporto esperando por vocês, me dê o número do voo.

O pior foi separar Maria de José Luís. A menina se abraçou ao pai e gritava como uma possuída quando a arranquei dos seus braços. Todo mundo ficou nos olhando no aeroporto de "Los Rodeos". Corri até o controle policial como se estivesse fugindo de algo, enquanto Maria estendia os braços para trás gritando:

— Papaizinho, vem... Não vá! Quero ficar com papai...

Parecia um rapto e os policiais ficaram olhando até que me afastei com ela nos braços. Houve um momento em que me deu vontade de deixá-la e viajar sozinha. Olhei através do vidro. Ainda estavam ali. Sara secava as lágrimas. Carlos a consolava e José Luís levantou a mão para me dizer adeus e nos jogar um beijo. Então, percebi que não havia me despedido dele. Estava com uma feição amargurada que não me comoveu. Por sorte, Maria não o vira, mas chorou por um bom tempo.

Quando comecei a me acalmar, minha consciência pesou. Eu estava lhes causando muita dor e, ainda que eu também estivesse ferida, poderia ter agido de outro modo. De uma forma menos dolorosa para todos, mas era tarde demais para pensar agora! Poderia ter falado com ele, deixar que se explicasse; mas por outro lado o que poderia me dizer? O que vi, aqueles beijos, aquele comportamento sujo e imoral... Que desculpa poderia ter? Era demais para perdoar e esquecer. A solução era o que eu estava fazendo: ir embora.

Pouco a pouco, Maria ia se acalmando. Comprei-lhe um boneco de pelúcia que primeiro recusou com um tapa, mas não demorou em pegá-lo nos braços. No entanto, não foi possível que se esquecesse de Tenerife, nem da sua casa, nem do seu papai. A cada passo me perguntava se voltaríamos logo. Quando anunciaram a saída do voo, voltou a soluçar e as lágrimas rolaram pelo seu rosto. Pensei que amava mais a ele do que a mim. "Se tivesse partido sozinha não teria me dedicado nenhuma lágrima", concluí.

Durante o voo, ela dormiu. Quando anunciaram a chegada em Madrid, despertei-a e voltou a lembrar do seu pai e a chorar. Eu a distraí como pude e lhe disse que Madrid era uma cidade muito grande e que dormiríamos em um hotel muito bom.

— O que vai querer jantar?

— Nada — Foi sua resposta cortante.

Ela queria me aborrecer durante a viagem, mas eu pensava que, uma vez com o carinho da minha família, logo se esqueceria de Tenerife. "As crianças pequenas esquecem rápido", pensei. No entanto, Maria nunca foi uma criança pequena. Eu a fiz crescer rápido demais porque precisava que me ajudasse com Laura. Ela, com cinco anos a menos, tinha que ser a mais madura e ensinar a sua irmã a rir, a falar, a brincar. Agora não podia torná-la pequena para minha conveniência. Maria pensava como uma menina de quase dez anos, apesar de ter somente três.

Passei uma noite inquieta. Temi que o telefone tocasse e fosse José Luís, mas não aconteceu. Talvez tenha pensado que seria melhor não fazer com que Maria chorasse outra vez ou esperasse pela minha ligação.

Na manhã seguinte, já no aeroporto, propus-me a ligar para ele e lhe dizer que havíamos chegado bem a Madrid e que Maria estava mais tranquila. Dirigi-me a uma cabine, coloquei as moedas, disquei o número e, antes que alguém respondesse, desliguei.

— Está ligando para quem, mamãe? Para o papai?

— Sim, mas não está — menti.

As longas horas da viagem para minha terra foram cansativas. Mal dormi e só queria chegar. A impaciência me consumia. Ainda bem que a menina dormiu durante quase todo o trajeto. Quando anunciaram que apertássemos os cintos, despertei-a:

— Chegamos, querida.

— Em San Juan? — perguntou sonolenta.

— Não, em San Juan chegaremos em breve. Agora estamos em Buenos Aires, a capital da Argentina.

— Buenos Aires é bonita? — Foi sua pergunta sem nenhum entusiasmo.

Não chorou ao acordar e isso era uma vitória. Também não perguntou por "papai". Considerei-me com sorte. "Esquecerá antes do que eu imaginei."

— Sim, muito bonito — respondi sorridente. — Um dia viremos de San Juan e vamos passear pela capital juntas. Quer?

— Não — Foi sua breve resposta.

Ainda não podia comemorar.

Chegamos à minha cidade, onde fazia um calor asfixiante. Estavam Lola e Luís com seu pequeno Raúl. Maria não se comportou e, ainda que não fizesse mais do que a desculpar dizendo "Está cansada, mas não é assim. Amanhã estará melhor", a verdade é que a teria enforcado. Não deu nenhum beijo, nem deixou que lhe dessem. Não respondeu a nada do que lhe perguntavam e virava-se caso alguém quisesse lhe fazer algum carinho. Uma verdadeira exibição de má educação!

Chegamos na casa da minha mãe. Eu teria gostado de ir com Lola para recordar os velhos tempos, mas nada estava do jeito que eu deixara. O casal Lola-Luís seguia unido, mas já não havia aquela simbiose de antes. Agora era um casal normal, com um filho normal que precisavam deixar na creche antes de irem trabalhar. Chegavam cansados e o menino parecia um problema que precisavam cuidar. Ainda que chegassem em casa com vontade de se deitar no sofá, ver televisão e esticar as pernas na poltrona, tinham que dar banho nele, dar-lhe o jantar, brincar um pouco e colocá-lo para dormir. A casa não tinha a aparência de organização e limpeza de outros tempos. Agora era descuidada e com brinquedos por todas as partes. Lola tinha um aspecto de cansada e Luís mostrava umas entradas cheias de cabelos brancos.

E os demais? Minha mãe, pessimista por natureza, com o passar dos anos e a ausência do papai, transformou-se em uma mulher amargurada. Mal demonstrou alegria ao me ver e, quando a abracei, não notei que seus braços correspondessem ao meu, sincero e carinhoso. Raúl foi afetuoso no aeroporto, e seus beijos foram o melhor da jornada. Faltava Delfina, que não havia chegado do trabalho. Estava trabalhando em uma empresa de informática e tinha um bom salário. Quanto à situação econômica e política da minha nação, era um desastre. Com uma inflação brutal, os argentinos mal viviam. As melhores famílias estavam arruinadas.

— Lembra sua amiga, Ana Torres? — perguntou Lola. Lembrava-me perfeitamente e recordava seu pomposo e sonhado aniversário. Agora, a família tinha o suficiente para ir vivendo. Ana havia se casado com menos de dezenove anos com um americano rico, vinte anos mais velho do que ela, para fugir da pobreza em sua casa. Vivia no Colorado, onde seu marido tinha uma grande fazenda.

— E Manolita? — perguntei. Ela se casou com Jorge grávida, como era de se supor.

— Qualquer dia a verá. Assim que souber que está aqui, virá correndo.

Delfina chegou, a superficial, a mimada, a menina boba da casa. Estava mudada. Ao me ver, fez como se não estivesse sabendo da minha chegada.

— Oh! Que surpresa! Como está? Esta é a sua filha?

Maria seguia malcriada, mas a repreendi. Para quê? Todos já haviam formado uma ideia da menina mimada e mal-educada. As desculpas eram inúteis.

Meu quarto de solteira havia sido ocupado por Delfina. Raúl continuava no seu. Minha mãe mudou, ou fizeram com que mudasse quando papai morreu, para o que fora de Lola. Assim, ficavam vazios o que fora de Delfina e o de casal, muito distantes um do outro.

— Onde minha filha e eu dormiremos? — perguntei.

— Tem o nosso quarto — respondeu mamãe. — É o que Lola preparou.

— Mas é que Maria está acostumada a dormir sozinha e não quero que perca o costume.

— Então, que durma ela no pequeno — propôs Delfina.

— Estará muito longe de mim. Não posso percorrer a casa inteira caso desperte pela noite.

Aí, começou o primeiro problema. Eu, injustamente, exigia meu quarto. Não tinha vontade de dormir na cama dos meus pais. Delfina não queria ceder meu antigo quarto e voltar para o seu, menor. Mamãe, como sempre, ficava a favor da sua caçula. Lola e Luís que estavam presentes não me deram a razão.

— Por favor, Valéria — disse Lola suplicante. — Durma hoje na de casal. Que façam a cama para Maria no quarto pequeno e amanhã veremos como arrumamos tudo. Mas temos que ir pegar nosso filho.

— Não se preocupe. Você já fez o bastante. Talvez eu tenha sido injusta. Nem Maria nem eu nos comportamos bem ao chegarmos. Procuraremos melhorar essa péssima primeira impressão.

Acomodei Maria na cama, mas, acostumadas a dormir separadas, uma estranhou a outra e não dormimos quase nada a noite toda. Ela não fazia mais do que dar voltas e voltas, atravessava-se na cama e, apesar do seu pequeno volume, ocupava quase todo o espaço. O tremendo calor era outro problema que não estávamos acostumadas. Pelas sete da manhã, ouvi Delfina se levantar para trabalhar. Entrou no banheiro adjunto ao meu quarto. Escutei o barulho do chuveiro, fui seguindo seus passos com o ouvido. Escutei como entrava na cozinha, como preparava seu café da manhã e saía em silêncio, fechando a porta da rua. Estava bonita. Talvez estivesse um pouco cheinha, mas o aumento de peso lhe favorecia. Era uma bela moça. Pensei como tinha me comportado mal com ela e esperei sua volta para fazer as pazes e lhe pedir perdão.

Tanto Maria como eu havíamos caído naquela casa como familiares incômodos que só aparecem para importunar. Pela manhã, a cara da minha mãe me fez compreender aquilo. E para mim tanto a casa quanto a família haviam passado por uma mudança tão grande que eram como estranhos. "Não haveria alguém em San Juan que fosse como antes?" As mesmas calçadas, tão limpas e brilhantes de antes, agora estavam descuidadas. Na minha rua, havia uma espécie de competição e cada dona de casa limpava a calçada, ficando em frente à porta para se assegurar que estivesse mais brilhante que a da vizinha. Foi uma cadeia de acontecimentos. Não havia dinheiro, não se tinha nem o mínimo para se levar uma vida digna, o bom humor acabou junto com a economia, e também a limpeza, as relações entre amigos e amor à família. Cada um olhava para os próprios problemas sem levar em consideração os dos demais. Aquelas reuniões familiares na casa de uns e de outros, aqueles almoços, aqueles aniversários, tudo havia ficado no esquecimento.

IX
NA ARGENTINA

As festas natalinas se aproximavam e temia que não se compraria nem se faria nada de extraordinário. Então, no dia de Natal não haveria presentes. Eu estava acostumada na Espanha a celebrar o Dia de Reis, mas aqui era o Papai Noel quem os trazia.

Levantei com cuidado pela cama para não acordar minha filha, que dormia profundamente, e a olhei: aquela carinha de anjo com o suor molhando seu cabelo me encheu de pena. Eu a trouxera à força, tirando-a do "paraíso" para metê-la naquele forno onde não teria nada com o que estava acostumada. "Não tenho o perdão de Deus!" O quarto antigo de Delfina dava para o norte e pensei que ali estaria mais fresquinho. Deixaria as portas abertas e assim a escutaria caso despertasse.

Fui ao pátio para ver se estava um pouco mais fresco, mas até ali tinha aquele mormaço quente e pegajoso. Eu relembrava aqueles verões de San Juan, secos e calorosos, mas o pátio da minha casa, a essa hora, recém-regado, ficava um pouco fresco. Então, por que agora não estava? Será que nem isso é como antes, ou será que eu havia voltado muito mal-acostumada? Em Tenerife, nunca fazia nem frio nem calor. "O que faço aqui? Por que vim?" Se as ravinas não tivessem falado, continuaria lá. Laura não teria morrido. Maria não teria chorado tanto e eu... Eu estaria onde deveria. Não teria marido, mas por acaso tenho aqui?

Enquanto pensava, Maria apareceu de repente no pátio. Vinha descalça, só de calcinha e o cabelo empapado em suor. Ela se aproximou de mim e, lançando-me os braços ao pescoço, suplicou:

— Mamãe, por favor, vamos sair daqui. Quero o papai. Faz muito calor.

— Você viu a vovó? — perguntei para distraí-la.

— Na cozinha há uma senhora que disse que você estava aqui.

"A senhora" era minha mãe. Foi tudo o que disse à menina. Não perguntou se queria tomar café, ou se gostava de estar aqui, ou se havia dormido bem. "Sua mãe está no pátio."

— Pois essa é a vovó. Vamos vê-la. Tem fome?

— Não, não quero tomar café nessa casa.

— Olha, Maria — Eu a peguei pelos braços, agachei para ficar na sua altura e falei muito séria:

— Passaremos muito tempo aqui. Essa é a casa da mamãe antes de ir para a Espanha. É a minha família, aqui estão os meus amigos. Tem que se comportar bem com as pessoas que cumprimentem a mamãe, porque se não for educada dirão que você é uma menina boba. Você não vai querer que digam uma coisa assim de você, não é?

Não me respondeu. Tinha a testa franzida, mas eu sabia que havia me escutado e assimilado o meu conselho.

Entramos na cozinha onde minha mãe carregava uma bandeja de bolinhos. Ao entrar, olhou-nos e continuou o que fazia.

— Você deu bom-dia pra vovó? — perguntei a Maria que fez que não com a cabeça. — Anda, dê-lhe um beijo.

Minha mãe tinha se virado para receber o beijo e Maria, depois de um empurrão meu, aproximou-se dela e a beijou. Foi o início de uma grande harmonia entre as duas. Desde esse momento foi minha mãe a pessoa que mais se apegou à pequena e compreendi, ao vê-la, que estava lhe faltando carinho.

Enquanto a avó e a neta conversavam, fui para o quarto e tirei a mala dos presentes que trazia para todos. Fiquei olhando para eles e vi que nenhum era apropriado paras as necessidades que havia naquela casa. Uma máquina fotográfica para Delfina, um relógio para Raúl, um rádio para minha mãe, um colar de pérolas para Lola, outro relógio para Luís. "Melhor seriam vestidos, sapatos, casacos, inclusive comida ou dinheiro. Irei às compras essa tarde. Este Natal será melhor do que estão imaginando."

Ao longo do dia, as coisas se viam de outra maneira e pensei que, assim que Maria se acalmasse, tudo andaria bem. Pela tarde liguei para José Luís de um telefone público. Não quis ligar de casa para que a menina não percebesse. Seriam oito da noite na Espanha.

José Luís atendeu discretamente:

— Oi! — saudei — Como está?

— Achei que tivesse se esquecido de mim. Estou esperando a ligação desde que você saiu de casa — disse com voz preocupada. — Como foi a viagem?

— Bem, chegamos muito cansadas mas bem. Estou ligando da rua porque Maria ainda não se ambientou ao novo lar e não queria que ficasse nervosa. Amanhã ou depois ela também falará com você.

Houve uma longa pausa e, depois de pensar um tempo, voltei a falar:

— Ouça. Desculpe-me por não ter me despedido de você. Com a pirraça que Maria fazia, não me dei conta até que já estivéssemos embarcando.

Foi difícil falar aqui, mas, depois de dizer aquelas palavras, já não me ocorria mais nada. Foi ele quem falou:

— Sinto muito a falta de vocês. A casa ficou vazia. Como está sua família? Dê a Lola e Luís um abraço por mim.

— Darei. Quanto à minha família passaram poucos anos, mas parece que foi um século. Estão todos muito mudados e a situação na Argentina anda muito mal. Faz um calor insuportável, ou talvez estejamos acostumadas ao clima de Tenerife e não estamos aguentando muito bem. Maria sua o dia todo e...

— Quando vocês voltam? — disse de repente, sem deixar que terminasse de falar.

— Acabei de chegar! Ainda não vi quase ninguém da minha família, nem meus amigos, e já me pergunta quando voltarei. Além disso, não sei o que farei. Bom, as moedas estão acabando. Amanhã, Maria fala com você.

— Me diga para onde tenho que mandar o dinheiro. Abra uma conta em um banco e me diga amanhã, pra fazer as transferências.

— Não se preocupe, por enquanto não precisamos de nada. Bem, adeus.

— Até amanhã! Um beijo para as duas e saudações para a sua família.

Desliguei o telefone e fiquei pensativa. Acontecia uma coisa estranha comigo: por telefone e à distância sua voz me soava cálida e fazia meu coração vibrar. Mas mal acabara de deixá-lo. Enquanto voltava para casa, pensava feliz que no dia seguinte o ouviria novamente, mas vinha a lembrança de Pilar e o romance deles e odiava os dois.

Quando cheguei em casa, encontrei-me com uma agradável surpresa: Raúl falava com Maria, enquanto Delfina, minha mãe, e uma amiga dela escutavam as explicações da menina com a boca aberta. Riam com ela e Maria também parecia estar se divertindo.

— Então, em Tenerife você tem lagartos, canários, um cão, muitas flores... e o que mais?

— Quando for maior, papai comprará um cavalo para mim. Mas ainda não sei o nome que darei. Papai disse que pensaremos depois.

— Você gosta de montar a cavalo? — perguntou Delfina.

— Não sei montar. Quando tiver o meu cavalo, papai me ensinará.

— Um amigo meu tem um pônei. Quer que lhe pergunte se deixa você montar nele? — Raúl olhava com carinho para Maria esperando sua resposta.

Nesse momento, entrei e os cumprimentei. Maria veio correndo para mim e perguntou nervosa:

— Mami, mami, vai me deixar montar no pônei?

— E se você cair?

— Não, terei cuidadinho. Além disso, tio Raúl estará comigo, não é?

Olhou para Raúl esperando sua aprovação. Era inteligente até para conseguir o que queria e tinha conseguido — montaria o pônei.

Já de noitinha, recebi a visita de Manolita. Fiquei muito contente. Nos abraçamos com grande carinho. Estava um pouco mais gorda, e também bonita. Os anos haviam passado, mas a ela fizeram muito bem. Tinha uma doçura da qual carecia antes e não ria de qualquer coisa como fazia em nossos anos de solteiras. Estava muito mais centrada, mais mulher, uma autêntica dona de casa e mãe de família. Assim que a vi pensei em como iria bem o seu casamento. Curioso! Não é? Quem me diria que aquele fanfarrão do Jorge fosse se casar e fazer a mulher feliz?

Tinha um grande desejo de falar com ela sem interrupções e a sós, por isso marcamos de nos ver no dia seguinte. Falar com Manolita seria para mim como retroceder quatro anos. Voltarmos a estar solteiras, relembrar aquela época e pouco a pouco nos introduzir no presente. Esquecer ainda que fosse por algumas horas o presente supunha agarrar um pouco a felicidade, deixar de lado meus problemas atuais e sonhar com tudo o que pude ter tido e não consegui. Claro que não faria uma confissão a Manolita, como também não faria a ninguém da minha família nem mesmo a Lola. Eu tinha vindo para a Argentina para que conhecessem Maria e para esquecer, dentro do possível, a tragédia da perda de Laura. Nada mais.

Pela manhã, perguntei a Maria se queria falar com seu pai. Quase não pude terminar a frase e saiu correndo para o telefone. Ela me pediu, nervosa, que digitasse o número. Do outro lado do telefone, escutou-se a voz de Francisco.

— Francisco, diga a papai que atenda o telefone.

Enquanto José Luís atendia, vi como os olhos da pequena ficavam marejados. "Creio que nunca o esquecerá. Será difícil para mim mantê-la aqui", pensei. De repente, deu um pulo ao mesmo tempo que dizia:

— Papaizinho, papaizinho. Te amo muito. Por que não vem nos ver?

— Oi, meu amor! Eu não posso ir, filha. Diga a mamãe que voltem logo. Não sabe o quanto preciso de você. Está tudo bem?

— Não, faz muito calor. As pessoas falam muito estranho. Papai, tio Raúl vai me levar para montar num pônei. Diz que assim aprendo a montar para quando tiver o cavalo grande.

— Tenha cuidado, não vá cair.

— Não, tio Raúl estará comigo porque diz que os pôneis às vezes mordem.

Do outro lado do telefone pude ouvir uma gargalhada. Seguiram com seu diálogo e ouvi que lhe perguntava:

— Mamãe está aí? Então diga para ela falar comigo.

Maria me entregou o telefone, mas ficou do meu lado.

— Oi! Como está? — perguntei.

— Levando. Diga a Raúl para ter cuidado com a menina. Os pôneis são animais traiçoeiros.

— Não se preocupe. Raúl adora Maria e cuidará dela.

— Já visitou muitos amigos?

— Não, não tive tempo, mas vi minha melhor amiga. Ontem veio aqui em casa e fiquei muito feliz. Combinei de lanchar com ela hoje para conversar.

— Você ficará aborrecida se eu ligar todos os dias para saber como estão?

— Não, claro que não. Por que ficaria? Diga a Maria e perceberá o desgosto que lhe dará... Até amanhã, Maria voltará a falar com você.

Entreguei o telefone para minha filha, que estava quase tirando-o das minhas mãos. Eu a observei e vi a ilusão refletida no seu rosto enquanto José Luís lhe dizia que ligaria todos os dias. "Nem todos os pôneis do mundo, nem o quanto tenha aqui de bom e divertido conseguiriam arrancar seu pai da cabeça. Não conseguirei que se acostume a viver sem ele."

À tarde, fui para a cafeteria do centro, onde tinha combinado com minha amiga, enquanto Maria e Raúl praticariam equitação com o pônei. Combinamos às oito da noite. Em San Juan, no verão, ninguém saía de casa antes daquela hora. As ruas se convertem em fornos. O ar queima a pele, e o asfalto refrata os raios do sol. Aconteciam muitos casos de desmaios na rua produzidos pelo intenso calor. Nos meses de verão na minha cidade, a vida consiste em se levantar cedo, lavar o pátio, estender o toldo, vestir-se com roupa fresquinha de algodão, tomar banho duas, três, quatro vezes ao dia, almoçar comidas leves e refrescantes e tirar um bom cochilo. Pelas sete ou oito da noite que começava a atividade. As calçadas se enchem de gente que vão aos bares, ao cinema ou simplesmente passeiam. Diante das portas se formam grupos de vizinhos que conversam animadamente. Em algumas casas, como acontecia na minha, se prepara o churrasco. Isso ia até altas horas da noite, melhor dizendo, até de madrugada. Todos nos deitávamos tarde, mesmo tendo que madrugar para ir ao trabalho porque, até que começasse a correr um pouco de ar, não se podia dormir com tanto calor. Parecia impossível aguentar essas temperaturas até que o vento zonda soprava. Então, era muito pior porque aquele vento reduzia a umidade do ar a zero. Com o calor e a secura, umas pessoas ficavam histéricas, outras adoeciam, outras tinham enxaquecas que perturbavam profundamente. Enfim, era um caos.

Quando cheguei, Manolita já estava me esperando. Fui até ela sorridente e nos abraçamos. É curioso: antes sempre a tinha considerado louca e não a respeitava muito, apesar de sermos tão boas amigas. No entanto, agora era digna da minha mais sincera admiração e respeito. Até na sua forma de vestir tinha melhorado notavelmente — estava com um vestido de seda que lhe favorecia muito, verde-pistache, de alças com as costas nuas; umas sandálias pretas de meio salto; e um colar de azeviche com brincos combinando. Havia se maquiado discretamente e seus olhos tinham um brilho especial que relacionei ao nosso encontro.

— Faz muito tempo que chegou? — perguntei.

— Não, quase chegamos juntas. O que quer beber?

— Com esse calor, um refresco ou um sorvete. Me recomende você o que é mais gostoso e refrescante.

— Pois aqui tem uma boa variedade de sorvetes italianos que são ainda mais apetitosos. Só tem um inconveniente...

— Engordam! — dissemos ao mesmo tempo. Então, Manolita acrescentou com bom humor:

— Mas um dia é um dia. Nem sempre você se encontra com uma velha e extraordinária amiga.

Pedimos a mesma coisa para as duas: sorvete de pistache e morango. Enquanto saboreamos, começamos a relembrar nossos anos de solteirice com simpáticas anedotas da época. A Argentina era tão diferente das minhas lembranças, as pessoas tão diferentes!

— Você lembra do dia que, se não fosse por você, matava meu padrasto? — comentou Manolita de repente, ficando muito séria.

Claro que lembrava, mas não respondi. Não queria que aqueles dias tão amargos do passado voltassem e por esse motivo não havia perguntado por sua mãe nem por ele. No entanto, minha amiga queria levar a conversa adiante:

— Teria sido uma pena se tivesse feito aquilo. Sabia que acabou na cadeia? — Mesmo sabendo me calei, e ela seguiu relembrando:

— Pois sim. Minha própria mãe o denunciou: um dia quase a matou com uma surra que lhe deu e, incentivada por mim, fez uma denúncia contra ele. Uma associação de mulheres maltratadas se interessou pelo assunto e está todo corroído e doente apodrecendo na cadeia. Não sei na Espanha, mas aqui há uma série de associações de mulheres para nos defender desses selvagens que funcionam muito bem.

— E sua mãe? Como está? — perguntei, para que mudasse o assunto que era tão desagradável para as duas, sobretudo para ela.

— Muito mal. Tem um câncer de mama e não puderam operar porque está muito avançado. Ela não sabe. Ficou internada e a levaram para o centro cirúrgico... ela acha que foi operada, mas na verdade não fizeram nada. O cirurgião nos disse que já estava bastante avançado.

— Não sabe o quanto sinto.

— São coisas que acontecem. Mas não viemos aqui para ficarmos tristes. Conte-me da sua vida. Como conheceu o seu marido? Como ele é? Tem alguma foto dele?

Tratei de fazer um resumo de minha vida desde que saí da Argentina, com um relato semiverdadeiro, ocultando o que eu não queria que soubesse e falseando um pouco a realidade. Quando terminei, senti-me mal.

Manolita sempre tinha sido uma amiga sincera e leal, eu estava mentindo descaradamente, coisa que sempre odiei. Estive a ponto de lhe confessar que meu casamento era um contrato, que Maria não era filha de José Luís, que voltei para minha terra porque não podia aguentá-lo um dia a mais, mas não o fiz. Em meu relato, minha vida era uma espécie de novela romântica. Conheci José Luís por essas coisas fortuitas que ocorrem na vida.

— Ao chegar em Madrid, tive a desgraça de cair e fui levada a um hospital. O médico que me atendeu me apresentou à sua esposa, que foi minha protetora por simpatia para com o povo argentino e nos demos muito bem. Ela me levou para sua casa e no Natal fomos a Tenerife, onde me apresentou ao seu irmão. Ele era viúvo e tinha uma menina autista a quem me afeiçoei assim que cheguei. Laura e eu nos tornamos boas amigas e, o que ninguém havia conseguido em quatro anos, eu estava conseguindo em poucos dias. Foi assim que me tornei dona daquela casa. Ele não queria me perder por nada do mundo e eu gostava daquele ambiente e do luxo. Nos casamos e Maria veio tão rápido que quase nos deixou mal perante a sociedade. O resto já deve saber por Lola, mas a vida dá uns golpes inesperados e me deu um forte demais com a morte de Laura.

Nesse momento do relato, minha voz sumiu. Eu não podia me lembrar de Laura sem sentir uma vontade enorme de chorar. Meus olhos se encheram de lágrimas e não quis seguir. Manolita me acariciou as mãos e me olhou, emocionada.

— De agora em diante apenas falaremos sobre coisas boas. Sabia que nos casamos porque eu já estava grávida?

Novamente menti, porque já sabia, mas disse que não.

— Então. Sempre pensei que ele me deixaria se eu ficasse grávida e, no entanto, me arrisquei. Você sabe que nunca dei a mesma importância que você às relações íntimas entre namorados e estava tão apaixonada por ele que aceitava todos os seus pedidos. Quando lhe disse que teríamos um bebê, reagiu de maneira oposta a que eu pensava. Ficou feliz e contou em casa. Também não levaram a coisa pelo lado ruim, só disseram a ele que teria que arcar com as suas responsabilidades. Minha mãe, no entanto, zangou-se muito. Quando vieram seus pais para marcar a data do casamento, ela foi desagradável com Jorge, comigo e até foi grossa com meus futuros sogros. Mas, quando o menino nasceu, tudo foi esquecido e agora somos muito felizes.

Escutei o relato da minha amiga com verdadeira satisfação. No entanto, não podia tirar da minha mente que o que ela tinha esteve a ponto de ser meu. Acho que nós não somos donos do nosso destino. Simplesmente, ao nascer, mostram-nos o caminho e nos ensinam a dar os primeiros passos para caminhar por ele. O resto é uma sucessão de acontecimentos e seguimos como o que somos: uns robôs dirigidos à distância por forças poderosas que chamamos de "destino". Por que não casei como Jorge? Porque tinha uma moral tão rígida que me zanguei com ele quando me propôs dormirmos juntos. Contudo, o que aconteceu com minha moral pouco tempo depois? Minhas convicções e minha honestidade foram ladeira abaixo com um estrangeiro, um desconhecido do qual não sabia nada além do nome como pintor famoso. Primeiro, tive mil escrúpulos com meu namorado e logo me entreguei a um homem casado. De todos os meus sonhos, quantos se realizaram? Eu queria ter um lar, com um marido, filhos, fazer o meu papel de dona de casa e isso teria me feito feliz. Manolita sonhava em sair da Argentina, casar-se com um estrangeiro e viver em outro país.

O que aconteceu com nossos destinos? Quem trocou os papéis? Com certeza, não fomos nós. Consolou-me ver minha amiga tão feliz enquanto me contava os acontecimentos. Ela havia sofrido muito com o padrasto e merecia a felicidade que eu via em seus olhos.

A tarde passou tão rápido que, quando nos demos conta, eram onze da noite. Tirei o telefone para avisar em casa que já voltava e o entreguei a Manolita para que ligasse para Jorge, ao mesmo tempo que lhe mandava saudações. Ela falou se desculpando por demorar tanto e lhe deu meus cumprimentos.

— Toma — disse me devolvendo o telefone. — Ele quer falar com você.

— Como está, Jorge? Não brigue com ela pela demora, a culpa é minha.

— "Claro que não. Mas que surpresa tivemos com sua vinda! Veio para ficar muito tempo?"

— Então, ainda não sei. Sua esposa contará por que estou aqui. Falamos tanto que o tempo passou rápido.

— "E suponho que ainda não terminaram com todas as fofocas. Certo?"

— Certo. Deixamos uma boa dose para um outro dia — respondi rindo.

— Está tão bonita como sempre, não? Tenho vontade de ver você, então, da próxima vez que marcarem, eu me convido. Além disso tem que conhecer nosso filho.

— Sim, também acho. Nós nos veremos mais de uma vez e conhecerei ele.

— Um beijo e até logo —despediu-se, carinhoso.

O encontro com minha amiga me deixou otimista. Quando cheguei em casa, Maria ainda estava acordada.

— Não foi se deitar — disse mamãe — porque queria contar sobre o pônei.

— Mami, mami. Se visse que bonito é o pônei do Alfredo! Eu o montei sozinha e ele não me jogou no chão nem me mordeu.

— Ou seja, você se divertiu muito com tio Raúl.

— Oh! Sim. Ficamos lá a tarde toda e me deram lanche. Alfredo e Carolina são muito simpáticos. Disseram que querem que passemos uma tarde por lá para lanchar.

— Bom, bom, agora tem que dormir. Amanhã é Natal e temos que ajudar a vovó a preparar o almoço. E, se não dormir bem, estará cansada e não terá forças pra nada. Vá se despedir de todos e já para a cama.

Maria obedeceu e se deitou. A ceia da véspera de Natal na minha casa nunca foi celebrada em grande estilo. O forte das festas era o Natal e a noite de fim de ano. Todavia, dessa vez eu trazia costumes da Espanha e na ceia tivemos manjares fora do comum. Na verdade, tínhamos uma ceia fria porque os jovens saíam para passear e voltavam tarde. Era a única data em todo o ano que meu pai não estipulava hora para chegar. Uma coisa que trouxe da Espanha e que fez a felicidade de todos foram os torrões de todos os tipos. Para a ceia, havia comprado tudo aquilo que sabia que não comiam por causa do preço. Eu podia me permitir, graças ao meu marido. O desprezado. "Não sinta falta de nada", disse quando decidi deixá-lo. "Peça-me o dinheiro que precisar e diga-me para que conta mando." Que pena que nosso matrimônio não funcionava como nossa questão econômica!

— Deveria ter ligado para casa — lembrei de repente no meio da ceia.

Raúl colocou a mão na testa.

— Ah! Esqueci, seu marido ligou pelas sete para desejar feliz Natal. Falou com Maria. Não sei o que disse, mas quando a menina desligou começou a chorar.

— Ela adora o pai, isso é visível, e sente falta dele. — Foi o comentário da minha mãe, censurando-me por tê-lo deixado sozinho.

— Preferia que não tivesse vindo, mãe? — disse desafiante.

— Por que ele não veio? O que faz lá sozinho? Não teria sido mais lógico que viajassem os dois juntos? Suponho que estejam sofrendo igual à morte da menina ou, em todo caso, ele mais porque era o pai. Então, não entendo que tenha ficado sozinho enquanto você se distrai com seus amigos.

— Você sempre pôs sua submissão a papai diante de todos nós. Ele era o único que importava na vida. Os filhos são acidentes que vêm sem que ninguém os chame, mas o marido... Ah, o marido! Ele é o único que importa! E agora há outro marido que nem sequer conhece, mas que merece todo o seu respeito pelo simples fato de o ser.

Não pude continuar com meu discurso porque minha mãe começou a chorar. Olhei para os meus irmãos, que ouviam em silêncio. Contudo, o que significava aquele silêncio? Estariam me dando a razão ou, pelo contrário, achavam que não a tinha? Levantei-me e fui para o lado da minha mãe, coloquei meu braço por seu ombro, beijei-a e disse ternamente:

— Não se preocupe com José Luís, mamãe. Ele sabe se cuidar sozinho. Perdoe se fui grossa, mas não censure mais minha conduta sem saber da minha vida, nem o porquê faço as coisas. Garanto que não estou sendo injusta. Papai sempre dizia que cada um colhe o que planta. Se lembra?

Assentiu com a cabeça. Enxuguei suas lágrimas e voltei a beijá-la. Raúl deu um novo rumo àquela cena.

— Vamos, é Natal. Vamos abrir o champanhe que minha irmã trouxe e os torrões espanhóis.

A ceia se prolongou com uma longa conversa até às quatro da manhã. Minha mãe foi se deitar às duas, e fiquei com Raúl e Delfina. Nunca tínhamos falado tanto. Quando nos despedimos para dormir, confesso que me sentia um pouco enjoada. Bebi sem me preocupar com a quantidade e também não me importava o torpor que o excesso de bebida me proporcionava. "Nunca tinha me embriagado, mas é assim, tudo tem uma primeira vez", disse aos meus irmãos com a língua enrolada enquanto eles riam a gargalhadas.

Amanheceu o dia de Natal caloroso e úmido. Não se notava nem pela manhã uma mínima brisa de ar que refrescasse o pátio da minha casa.

Parecia uma sauna. Acordei tarde e como era de se esperar com uma boa ressaca. Raúl e Delfina, mais acostumados, já haviam se levantado e estavam entretendo Maria para que eu não despertasse. Minha mãe preparava um assado no forno e empanadas — creio que foi o cheiro delas que me despertou. Lola, Luís e o filho vinham almoçar conosco. Fui para o pátio e levei uma bofetada de calor em cheio no rosto. Maria, ao me ver, veio correndo me chamando de "dorminhoca".

Ajudei mamãe na cozinha. Delfina, Raúl e Maria prepararam a mesa. No Natal sempre se usava a toalha de linho bordada a mão pela avó de mamãe. Agradava-me o típico odor que tinha ao tirá-la do baú e sacudi-la, além d as marcas das dobras que foram feitas no ano anterior. Também a louça e os copos não eram os de uso diário. No aparador da sala de jantar, guardavam-se as que se colocavam quando tínhamos convidados. Levantei um copo e, olhando-o contra a luz, perguntei:

— Quanto tempo faz que não vem ninguém almoçar aqui em casa?

— Uma eternidade! — respondeu Delfina, nostálgica. — Primeiro porque papai morreu e, agora, porque não temos dinheiro. O caso é que a casa está morrendo de monotonia. Não vem ninguém, não vamos a lugar algum, não há celebrações, não há dinheiro.

Minha irmã me deu pena. Compreendi que, para uma jovem como ela, viver em nossa casa era lamentável. Uma irmã casada e com suas ocupações, outra na Espanha e uma mãe sempre depressiva. Estava muito sozinha. Trazia uma pilha de pratos que começou a colocar na mesa. Eu a segurei pelos ombros e perguntei:

— Você se tornou uma moça muito linda... não tem namorado?

— Não — percebi que estava um pouco constrangida. — Comecei a sair com um rapaz, mas era muito simples e infantil. Cansei dele. Agora saio com um homem bem mais velho, vinte e dois anos, que me dá medo pela pouca experiência que tenho comparada com a dele.

— É uma diferença de idade muito grande, mas você gosta dele? — quis saber, interessada.

— Sim, muito. Já o apresentarei e assim poderá me dar a sua opinião.

— Está bem, mas já adianto que, se você está apaixonada por ele e for correspondida, deve seguir adiante. A felicidade passa uma vez na vida e, se a deixar, talvez não volte a ter a oportunidade de encontrá-la novamente.

— Valéria —disse-me de repente —, você é feliz?

— Por que pergunta? — Havia me feito a pergunta tão inesperadamente que precisava de tempo para responder.

— Porque mamãe diz que você deve ter problemas já que veio sozinha. Ela acha que as coisas não estão boas entre vocês.

— Mamãe gosta sempre de meter o nariz onde não é chamada. Meu marido não veio porque trabalha, já disse várias vezes, mas parece que ela deseja que as coisas sejam de outro jeito.

— Eu queria que você fosse muito feliz —disse-me com ternura.

Era perceptível que minha família estava muito diferente do que quando parti. Raúl com sua seriedade de homem maduro. A única que não havia mudado era mamãe — por desgraça continuava igual, sempre pessimista e depressiva, o que se agravou com a morte de papai.

O almoço foi animado e tratamos de falar sobre coisas agradáveis, mas também não podia faltar o assunto político que tanto estava mudando a nação.

Antes de chegar a sobremesa, o telefone tocou. Mamãe, que estava mais perto, atendeu.

— Oi, José Luís! Sim, estamos terminando. Que pena que não esteja aqui também! Sim, passo para ela. Um abraço, filho, e feliz Natal.

Entregou-me o telefone e com voz de autoritária ordenou:

— Diga a ele que venha, mesmo que por poucos dias.

Olhei para minha mãe quase que com raiva. "Será que não aprenderá a não se meter em meus assuntos?"

— Feliz Natal. Como você está?

— Não tão bem quanto você, mas sigo vivo. Como foi com sua amiga? Voltou muito tarde?

— É uma amiga de toda a vida e relembramos tempos passados. Cheguei um pouco tarde, mas em minha casa nunca se celebrou a véspera de Natal como na Espanha. E como não tinha nada melhor para fazer... Carlos e Sara continuam em casa?

— Sim, eles me dão vida. Fomos jantar na casa dos Campillo, e se comportaram muito bem procurando nos distrair para que não pensássemos.

— Me alegro em saber. Dê um beijo muito forte em todos, sobretudo em Carlos e Sara.

— Estão do meu lado. Depois de falar com Maria, passo para eles para que se falem um pouco. Ela está aí?

— Grudada em mim, puxando o telefone. Vou te passar. Um beijo.

Não sei se ele me disse algo ou não, porque Maria havia se apoderado do telefone.

— Papai, te amo muito e quero estar com você — dirigindo-se a mim. — Mamãe, papai quer saber quando voltamos para casa... — pelo telefone — sim, papai. Tio Raúl, vovó, logo todos os demais.

A conversação de Maria era todo um poema de gestos e diálogo fluido. As perguntas e respostas se sucediam ininterruptamente. Sua cara expressava a emoção que sentia cada vez que falava com José Luís. Quando começavam a se falar, tinha eu que intervir para cortar o diálogo interminável. Tirei o telefone de Maria e disse brincando:

— Garanto que não lhe dei língua para jantar.

— Falar com minha filha é o momento mais feliz do dia — disse, emocionado. — Sara falará agora.

A voz de Sara era como sempre cálida, mas notei um pouco de frieza em seu cumprimento. Ou seria minha consciência pesada? Conversamos um pouco e logo Carlos veio falar. Quando desliguei o telefone, fiquei um tempo sem voltar para a mesa porque tinha os olhos cheios de lágrimas. Maria lhes contou tudo o que o pai tinha dito e assim ninguém reparou em mim, nem em minha emoção.

O filho de Lola, Luisinho, ficou um pouco chato. Seus dois aninhos não lhe permitiam transnoitar e tinha sono. Quando deu meia-noite foram embora. Fiquei pensando que se minha mãe fosse uma avó carinhosa teria preparado acomodação para seus filhos e o neto. Como? De algum jeito. É uma noite só no ano, a casa é grande. Delfina e Maria poderiam dormir juntas. Lola e Luís na cama de casal onde eu dormia. Ru na que Maria ocupava. Poderíamos ter arrumado! Porém, minha mãe sempre foi acomodada. Ninguém mais que papai a fazia alterar seus costumes. Depois de Lola e Luís irem, fiz um leve comentário a respeito, mas não pude continuar porque minha mãe se levantou da mesa e, desejando-nos sonhos felizes, foi dormir. Olhamo-nos. Foi Raúl quem começou a falar:

— Não perca tempo, Valéria, não conseguirá mudá-la.

Os dias passavam muito rápido. Manolita e eu continuávamos com nossos encontros. Lola e Luís, agoniados com o pequeno Luisinho e o trabalho no banco. Sua vida financeira pelo menos era boa. Pelas manhãs, enquanto estavam no trabalho, vinha uma empregada para arrumar a casa e cuidar do pequeno. Então, ela o deixava na creche onde seus pais o buscavam pela tarde.

— Você não pode sair do trabalho para não se sentir escravizada? — perguntei um dia a Lola.

— Não sabemos onde isso tudo chegará aqui na Argentina. Nossos salários são bons, mas já não temos grandes luxos. Hoje em dia, ter um bom trabalho como o nosso é uma loteria, e não se pode abandonar, porque não poderá voltar. A inflação é grande, a vida se coloca em um nível que poucos podem alcançar. Nosso filho terá que estudar... Não, não posso largar meu emprego.

Já não quis lhe dizer o quanto ela estava acabada e quanto estavam mudados desde a última vez que nos vimos. Eram recém-casados, em sua viagem de lua de mel por Tenerife, os donos do mundo, respirando felicidade, sempre alegres, sempre rindo.

Contudo, com Manolita era outra coisa. Ela passava por um bom momento e sua felicidade era contagiante. Um dia, encontrei com sua mãe na rua. Eu não a havia visto. Alguém me chamava e, ao olhar, encontrei-me com quase uma desconhecida. Ela estava muito envelhecida. Eu me dirigi a ela e a abracei com força.

— Como está? Manolita me disse que está doente.

— Estou muito mal, filha, é a verdade.

— Vamos, temos que nos animar — falei.

Afastou-me dela para me ver melhor e acrescentou:

— Você sim está bonita. É notável que o casamento lhe fez bem. E a propósito, como está sua irmã? A pobre, quanto sofreu!

Entretanto, a que irmã se referia? Quem havia sofrido sem que eu soubesse? Gostaria de ter respondido, mas não podia.

— A que irmã se refere? Delfina?

— Como a que irmã? Você não sabe? Falou tanto com a minha filha e ela não te contou?

Incomodava-me a maneira impertinente com que me dizia alguma coisa que eu nem sequer suspeitava sobre a minha família, mas não tinha jeito, era escutá-la ou fingir saber do que se tratava. Isso era arriscado e optei por confessar minha ignorância sobre o assunto.

— Lola, a pobre... Tanta luta para se casar com o primo e os homens... você sabe, é melhor deixar para lá. Foi se envolver com a secretária e...

— Ah! Era isso — disse, no ápice do cinismo. — A senhora me assustou. Isso foram só fofocas das pessoas. São um casal muito feliz, têm um filho precioso e se amam. Não vejo problema, nem há vítima alguma. Lola mesma me contou.

— Pois estiveram a ponto de se separar — enfatizou a intrometida, disposta a me amargar o dia.

— Nada disso. Se amam como no primeiro dia.

Faltou-me pouco para ser grossa. Achei que, se agisse com diplomacia, minhas palavras teriam mais efeito. Corri para casa para perguntar à minha mãe sobre o assunto, mas, como sempre, disse que aquele problema não era seu.

— Já sabe que não queríamos o casamento. Foi ela quem se empenhou em se casar com Luís, por isso que...

Eu a deixei com as palavras na boca. Não podia ouvir uma mãe jogando terra sobre a desgraça da filha. Pensei em falar com Lola. Cara a cara, como tínhamos falado sempre. Todavia, por outro lado, não queria falar sobre um assunto que para ela, logicamente, seria muito doloroso.

Fui convidada por Manolita para tomar um café em sua casa.

— Jorge quer ver você. Virá mais cedo do campo. Traga sua filha também. A babá se encarregará de cuidar deles. Espero às seis?

— Prefiro ir um pouco antes de Jorge chegar. Tenho que perguntar uma coisa e preciso que estejamos sozinhas.

— Já sei o que me perguntará, minha mãe fala demais. Nunca soube o que é discrição. Precisa perdoá-la, me zanguei muito com ela quando me contou.

Cheguei às cinco em ponto, toquei a campainha e saiu uma babá uniformizada. Muito sorridente, ela nos recebeu e Manolita apareceu imediatamente. Vestia uma saia preta e um suéter muito justo de cor lilás, colar de pérolas e sapatos baixos. Chamou a babá, que levou Maria ao "quarto das crianças". Vivia em uma bonita casa, bem no centro e luxuosa, rodeada por um grande jardim. Passamos ao salão amplo com vários ambientes. Estava decorado com bom gosto e seus móveis, estofados e cortinas, eram muito bonitos. sentamo-nos em um canto do qual se via parte do jardim.

— Daqui a pouco mostro a casa — disse. — Agora, diga o que quer beber?

— Por hora, nada. Prefiro que me diga o que aconteceu com Lola e Luís.

— Olha, sinto em dar essa má notícia. Quem dera que você tivesse ido embora sem saber disso, mas sempre há alguém como minha mãe que tem que se meter no que não lhe diz respeito.

— Bom, a verdade é que, se há algo, prefiro saber. Me conte.

— Parece que Luís se envolveu com a secretária. Lola ficou sabendo por uma dessas "amigas", que só querem ver o sangue correr. Um dia, quando ela terminou seu trabalho, foi ao escritório de Luís e, sem que a anunciassem, entrou de surpresa e os pegou, agarrados. Houve um reboliço no banco. Transferiram a secretária e Luís esteve a ponto de perder a esposa. Acho que o menino salvou o casamento. Mas não sei como estão as coisas entre eles.

Não sabia como reagir nem o que dizer. O caso era tão familiar para mim que não podia suportar. Odiei meu primo e me compadeci da minha irmã. Sabia pelo que ela tinha passado ou estava passando e tomei a decisão de falar com ela. Depois de falar com Manolita, quis ir para casa. Não tinha humor para continuar ali, nem vontade de ver Jorge. Sentia-me desgraçada por minha irmã e por mim. Minha amiga percebeu meu estado e me pediu que esquecesse daquilo:

— Nunca teria contado. São coisas que acontecem e peço a Deus que não se repitam conosco. Por sorte, não sabemos o que é isso. Mas Lola é forte. Pelo menos não se separaram e parece que as águas voltaram ao seu curso.

— Não, as águas não voltaram ao seu curso. Eu notava minha irmã diferente, mas não sabia qual era o motivo. Agora que sei, devo ajudá-la.

Jorge chegou, saudou-me com um beijo efusivo e me pediu que o perdoasse porque trocaria de roupa. Depois que seus pais morreram, ele se encarregou do rancho, propriedade que agora era dele e da sua única irmã. Tinham não sei quantas cabeças de gado, pastos, vinhedos e terras. Seu cunhado ajudava na administração da propriedade e as duas famílias viviam com uma economia mais do que boa.

Lanchamos e relembramos os velhos tempos. Jorge não se referiu em nenhum momento àquela nossa época de namoro, o que agradeci. Porém, Manolita tocou no assunto:

— Eu tenho que ser agradecida a você porque, se não o tivesse deixado, eu não teria casado com ele.

Todos rimos, mesmo sem achar graça. Foi o único momento em que me lembrei da Manolita bobona e simples de antes.

O tempo passou e, quando íamos embora, a campainha tocou.

— Agora chega o nada pontual — disse Jorge.

— Quem? — perguntou minha amiga.

— Espera.

Abriu-se a porta do salão e apareceu um homem de uns trinta anos. Tinha estatura mediana, muito sorridente e o rosto vermelho. Ele se aproximou de mim dizendo:

— Por fim, nos vemos! Tão bonita como sempre. Não mudou nada. Sabia que você foi o meu amor impossível?

— Pois isso sim me é estranho, porque acabamos de nos conhecer... — disse rindo.

— Você quer dizer que acaba de me conhecer. Eu a conheço faz muito tempo, desde que saía com esse aqui — disse, apontando com o dedo polegar para Jorge. — Eu a olhava e dizia a ele que, se brigassem algum dia, me dissesse para eu poder tentar algo.

Ri da primeira vez, mas depois tudo o que dizia me parecia de mal gosto e comecei a ficar séria. Ele pareceu não se dar conta e continuou:

— Mas quando terminaram eu estava nos Estados Unidos aperfeiçoando meu inglês e quando voltei você já havia ido para a Espanha. Depois ninguém soube me dar seu endereço, e logo soube que tinha casado e aqui estou! Solteiro e esperando que fique viúva.

Devia estar escrito na minha cara o quanto me desagradava aquele homem, porque Jorge lhe chamou a atenção:

— Está bem, entendemos. Não percebe que está falando com uma senhora casada e respeitável. Suas brincadeiras estão passando do limite. Convidei você porque me dizia que queria ser apresentado. Pois já a conheceu. Agora, mude o assunto ou saia, o que preferir.

— Perdão, não quis incomodar — disse, um pouco inquieto. Ficou por mais meia hora e logo se despediu, pedindo-me perdão outra vez por sua impertinência, e foi embora.

Enquanto isso, Maria nem se lembrava de mim. A babá contou histórias para as meninas enquanto lanchavam e se ocupou tanto que, quando lhe disse que íamos, suplicou-me para que a deixasse mais um pouco. O filho de Manolita nos olhava com uns olhos pretos bonitos e brilhantes. Era muito lindo!

— Viremos outro dia, tudo bem? — disse a Maria para que não fizesse birra.

Deixei passar vários dias antes de falar com Lola. Queria ter a certeza de encontrar as palavras certas para consolá-la. Se lhe dissesse que me acontecera a mesma coisa, longe de poder animá-la, acrescentaria mais dor ao que já sentia. Então, falaria com meu primo para tentarem ter a cumplicidade de antes.

A oportunidade surgiu por acaso em um dia quando ia ao shopping. Alguém me assobiou e, ao me virar, encontrei Luís, que tinha saído para tomar café. Eles sempre iam juntos, então aquilo já demonstrava que as coisas estavam piores do que eu imaginava porque não se incomodavam nem em manter as aparências.

— Oi, Luís! Vai tomar café? E Lola não descerá?

— Ela sai mais tarde. Venha, vamos nessa cafeteria.

Disse, apontando para uma que ficava ali perto. Aceitei, pois pensei que seria uma boa oportunidade para falar com ele. Por sorte, não havia quase ninguém, pelo menos não conhecidos. Escolheu uma mesa em um cantinho, um pouco afastada da entrada, e imaginei que ele queria falar sem ser incomodado. A cafeteria estava com uma temperatura agradável graças à refrigeração.

— Aqui está bom? — disse enquanto puxava uma cadeira para mim.

— Sim, perfeito.

O garçom se aproximou e pedi um refresco. Luís tomou um pingado e comeu um bolo. Trocamos umas frases de assuntos triviais e em seguida foi direto ao ponto.

— Valéria, é possível que alguém tenha falado sobre o problema que eu e Lola tivemos. As pessoas adoram meter o nariz onde não são chamadas e, sabendo que já se encontrou com Manolita...

— Sim, me falaram e não foi Manolita — interrompi. — Tenho que dizer que em um primeiro momento não acreditei, mas aí, então, me confirmaram.

— Então, quero que saiba o que aconteceu de verdade, porque as pessoas falam e não sabem o que dizem. Garanto que o que direi é a mais pura verdade. Você me conhece, não sou desses que fazem e se escondem. Se faço uma coisa, tenho coragem para assumi-la.

Tomou um gole de café. Eu, um pouco do refresco. Fazia muito calor como sempre. Eram dez da manhã e estavam previstos quarenta graus para o meio-dia. Ele me encarou e pude observar em sua cara que o que me contaria era muito desagradável para ele.

— No ano passado — começou brincando com a xícara —, veio uma datilógrafa chilena que ficaria aqui por um ano. O diretor a designou como minha secretária, pois parece que era amigo do seu pai e este lhe havia falado para que cuidasse da sua filha. Como a moça era muito bonita, todos no banco começaram a fazer piadinhas pesadas. Ela, que sabia que era atraente, mexia com todo mundo. Era jovem e com a cabeça vazia... Talvez por essa razão os temores do seu pai não fossem infundados. Um dia, mandei colocar uns documentos na estante e ela me disse que não alcançava. Eu me aproximei para ajudá-la e, de repente, virou-se para mim, me agarrou pelo pescoço e me beijou nos lábios. Tentei afastá-la, mas era tarde. A porta se abriu e ali estava com os olhos arregalados Clara, a secretária do diretor, que me trazia um recado dele. Tentei explicar o que tinha acontecido, mas ela saiu correndo. Não quis escutar minhas explicações, nem Lola. Eu me vi vítima de uma cilada e ninguém pensou que eu poderia não ter culpa alguma. Então, vieram as deturpações da realidade: "Creio que os pegaram na cama"; "Ele estava forçando a moça quando Clara entrou"; "Pobre moça, tropeçar com um depravado!"; "Imagine se fica grávida."

Quando chegou nesse ponto a voz dele embargou. Coloquei minhas mãos sobre as dele e as apertei para que continuasse. Engoliu em seco.

— Os que mais me atacaram foram os sem-vergonhas que teriam se atirado nela com gosto. O único que acreditou em mim foi o diretor, porque a tinha convidado para almoçar em sua casa um dia e ela passou o dia todo dando em cima dele. "Minha mulher falou que não voltasse a convidá-la, que não queria revê-la", me contou. Mas tudo isso não seria nada se Lola tivesse acreditado em mim e me apoiado. A partir daquele dia, passou a dormir em outro quarto e não consegue falar sobre o assunto. Disse que passa muita vergonha cada vez que encontra com algum conhecido e que não me perdoa. Prefere acreditar no que dizem do que no seu marido. Se não fosse pelo menino, creio que teria me deixado.

— Falarei com ela. É uma pena viver em um lugar como San Juan. É muito pequeno e as pessoas são muito desocupadas. Tudo vira fofoca. Nessa cidade, qualquer um se asfixia nesses dias. Vai saber o que estão falando da minha vinda sem meu marido. Mas não ligo, não penso em lhes dar explicações, que pensem o que quiserem.

Terminamos nossa bebida e Luís olhou para o relógio.

— Tenho que ir. Por favor, fale com Lola. Esse pesadelo precisa acabar, que volte para mim, que tudo seja como antes. Eu a amo como no primeiro dia e não suporto essa situação.

— Se puder, irei nesse fim de semana. Ligarei primeiro. Irei com Maria e, para poder falar com ela, quando eu chegar, você pega as crianças e leva os dois para darem uma volta. Combinado?

— Combinado, priminha, e muito obrigado. — Deu-me um beijo e brincou. — Vejamos se há alguma fofoqueira por aqui que comece a dizer que já estou beijando outra.

Rimos enquanto saíamos para a rua. Um calor sufocante subia pelo asfalto e nos surpreendeu. Fiz as compras rapidamente e voltei para casa antes do calor do meio-dia me pegar.

Maria se refrescava em uma pequena piscina inflável que Raúl comprara para ela. Ele a colocou no pátio e, ainda que não pudesse nadar, pelo menos se molhava e brincava com prazer.

— Papai ligou? — perguntei, dando um beijo nela.

— Sim e me perguntou onde você estava. Eu disse que tinha saído para fazer compras. Papai perguntou se precisava de alguma coisa e eu disse que não. Me pediu que desse beijos em vocês e mandei pra ele muitos beijos por telefone. Amanhã, vai ligar mais cedo pra falar com você. Disse que precisa de nós e eu disse que voltaremos logo para ficar com ele. Está sozinho porque tia Sara foi embora já faz muito tempo.

Maria falou tudo de uma vez, sem fazer nenhuma pausa e sem deixar de brincar com os bonecos de borracha que flutuavam ao seu redor na pequena piscina. Fiquei olhando para ela... Quem teria dito que voltaríamos em breve? Eu achava que já estava feliz ali e, no entanto, a sombra de José Luís não se afastava dela nem um instante. O fato de ligar diariamente não permitia que a menina fosse pouco a pouco se esquecendo de sua antiga casa e se acostumasse à atual. Raúl supria em parte o carinho do seu pai, mas não era o suficiente. Ela estava em San Juan "passeando". Estávamos de visita para ver a vovó e o resto da família, em alguns dias voltaríamos a Tenerife. Porém, eu já pensava diferente e todo o meu empenho era para que fosse se acostumando a viver na Argentina. Se José Luís não ligasse diariamente seria mais fácil para conseguir meus propósitos, mas como lhe dizer isso?

Vinha carregada de sacolas e muito suada. Deixei parte delas na cozinha e fui para o meu quarto tomar um banho. A água fresquinha correu pelo meu corpo e, sem saber o motivo, relembrei os poucos dias que José Luís e eu tínhamos nos comportado como um casal de verdade. Foi bonito e emocionante, mas... durou tão pouco! Molhei o cabelo e, enquanto a água caía pelo meu rosto, senti vontade de chorar. Minhas lágrimas se juntavam com as gotas d'água. Quando acabei de tomar banho e tinha me secado, aproximei-me do telefone e liguei para ele. Era uma da tarde na Argentina, então, seriam quatro ou cinco horas a mais na Espanha.

— Oi, José Luís!

— Que surpresa agradável! O que aconteceu?

— Maria disse que você ligou e como não estava... ela já me disse que está bem.

— E você, como está? Agradeço por ter ligado.

— Eu, bem. Fui fazer umas compras para minha família. Aqui há muita necessidade de tudo e tenho que ajudá-los financeiramente.

— Faz muito bem. Compre para eles tudo o que quiser. Ainda não me mandou um número de conta para eu enviar o dinheiro. Não quero que falte nada a você, a Maria ou aos seus familiares.

— Muito obrigada. Por hora não preciso de nada. Me basta o que trouxe. De toda forma, quero começar a trabalhar, mesmo que não esteja fácil encontrar emprego.

— Você diz isso para me mortificar, não é?

— Não entendo, por que diz isso? — Estava cansada de saber o que queria dizer, mas não estava disposta a viver para sempre do dinheiro dele. Por outro lado, queria que percebesse que eu pretendia ter minha independência.

Houve uns minutos de silêncio antes de falar:

— Quando tocou o telefone e ouvi sua voz senti uma imensa alegria. O fato de querer falar comigo voluntariamente é uma surpresa a que não estou acostumado. Mas o que acontece é que sempre, de uma maneia ou de outra, acabamos estragando as coisas. Agora me diz que quer encontrar um emprego mesmo quando tem como viver tranquila. Isso é razoável?

— Acho que sim... De toda forma, não quero estragar nada. Eu também queria falar com você e escutar sua voz. Cheguei faz um instante e pensei em você. Isso é tudo.

— Valéria, amo você! Quando pensar em mim, lembre-se disso também. E pense também que tudo o que é meu é seu. Você não precisa trabalhar a não ser que pretenda me causar um desgosto. E... preciso de você.

Sua voz soou triste e não soube o que responder. Se ele esperava que lhe dissesse que eu também o amava, teve uma decepção. Depois de desligar o telefone, ponderei se não fui covarde. Por que não lhe disse a verdade?

Que estava recordando com nostalgia os poucos dias em que fomos marido e mulher? Que, naquele momento, desejaria voltar atrás e ter o mesmo que naqueles dias felizes? Mas não, essa minha teimosia era a herança que o meu pai me deixara: nunca dava o braço a torcer porque considerava uma humilhação. Por que faço o que critiquei no papai tantas vezes?

Os meses foram passando e eu não pensava em voltar para a Espanha. Pelo contrário, queria ficar com minha filha para sempre na Argentina. Cada vez que a possibilidade de voltar com ele passava pela minha cabeça, vinham as imagens que vi naquela noite do Canto Azul e me tirava qualquer intenção de vê-lo. Relembrava tudo como se acabasse de acontecer, escutava as palavras de amor que trocaram, seus abraços obscenos, as respirações ofegantes e aquele manuseio impuro. Logo me alegrava quando relembrava o susto que deram ao serem descobertos. Seus olhos assustados, seus rostos congelados pelo temor de que eu contasse tudo a Jesus, o desaparecimento de Pilar. Como se escondia a sem-vergonha! Nem sequer no enterro de Laura ela foi! E o marido dizendo a todos que não tinha ido porque estava muito abalada! Inocente e cego!

"Como terei vontade de voltar?" Porque, além de tudo, estava a ausência de Laura. Não queria lembrar que já não podia vê-la. Estando aqui, um lugar onde nunca estive com ela e nada me lembrava dela, tinha dias que não recordava que estava morta. No entanto, sabia que assim que colocasse os pés em Porto da Cruz meu primeiro pensamento seria minha pequena.

"Não, não, não... não voltarei para a Espanha." O problema era Maria. Ela nunca se esquecia de José Luís. Suas ligações faziam com que lembrasse todo o tempo de que queria voltar. Eu a via feliz. Já não era a criança teimosa e mal-educada que chegara no primeiro dia. Agora era simpática com todo mundo, comunicativa e carinhosa. Raúl era seu preferido — acho que, de algum modo, encontrou um substituto para José Luís. Meu irmão só trabalhava pelas manhãs e a levava para passear todas as tardes; ela ia encantada. Quando voltavam passava as horas contando tudo o que haviam feito e estava sempre entusiasmada, mas chegava a hora da ligação e não tinha quem a desgrudasse do telefone.

Em uma manhã, a ligação não chegou e Maria não quis sair de casa até que eu disse para ela mesma telefonar. Liguei para o número de casa e passei o aparelho para ela. Na verdade, eu também estava estranhando e temia que houvesse acontecido alguma coisa. O mordomo atendeu.

— Francisco, diga ao papai para atender.

— Oi, bonita! Seu papai não está em casa.

Ao ver a cara de decepção dela, peguei o telefone e perguntei:

— Francisco, estão todos bem?

— Olá, senhora. Sim, estamos todos bem, e vocês?

— Muito bem. E José Luís não está? Sabe onde foi ou se voltará mais tarde? Maria esperava sua ligação e estranhamos não ter ligado.

— Não sei, senhora. Levou o carro grande e Pablo. Creio que iam para o sul.

Perguntei por todos e desliguei. Consolei Maria, que estava chorosa e me deu vontade de lhe dizer: "Não chore por ele, nem é seu pai, não merece suas lágrimas porque nem ligou hoje. Deve estar com a outra e não se lembrou de você." Era óbvio que tinha se encontrado com Pilar no ninho de amor deles. A única coisa que não encaixava era o motorista estar com ele. Sempre que ia para esse apartamento, ia sozinho, porque testemunhas atrapalhavam.

Fiquei com a raiva de saber que aquilo não havia terminado. Tudo estava como deixei. Seguiam se vendo. Pilar diria a seus amigos que passaria uns dias com uma amiga do sul, como dizia para mim. Jesus deveria estar viajando. Pobre idiota!

Maquiei-me bem, coloquei um vestido bonito e fui dar uma volta. Era dez da noite. No momento em que saía pela porta, Delfina entrou.

— Vem comigo tomar um refresco na Praça de Maio? — convidei sem deixá-la entrar.

— Ótimo, mas deixa eu me vestir melhor. Você está muito bonita, não quero que leve todas as cantadas.

Rimos. Entrou em casa e, enquanto se arrumava, fiquei pensando em José Luís. Se havia alguma possibilidade de eu voltar, acabou de cair por terra. Delfina pouco demorou. Colocou um vestido de verão, de tecido barato e mal confeccionado, que não realçava em quase nada sua bela figura. Eu a olhei e, agarrando-a pela cintura, falei:

— Iremos às compras no sábado. Quero te dar um belo vestido.

— Oh! Irmã. Agradeço muito. A verdade é que não tenho muito o que vestir.

Antes de sair, pedi a minha mãe que desse o jantar a Maria e que a pusesse para dormir.

— Pode fazer isso, mamãe?

— Sim, filha. Fará bem a Delfina sair um pouco. Ultimamente tem ficado muito em casa. Divirtam-se.

Estranhei a preocupação da minha mãe com Delfina e seus desejos de que nos divertíssemos. Comentei com minha irmã.

— Sim, é verdade. Saio pouco. Pode-se dizer que vou ao trabalho e de lá para casa.

— E por que isso? — perguntei.

— Vamos nos sentar em algum lugar e conto. Faz muito tempo que queria falar com Lola, mas ela já tem problemas demais para se ocupar com os meus. Que bom que você está aqui. Por sorte, não tem problemas. Seu marido a ama, senão não ligaria todos os dias.

Quão pouco sabia Delfina sobre a minha vida! Não sei por que sempre sou eu a que tem que ouvir os problemas alheios e calar os próprios. No entanto, Delfina estava passando por algo que a inquietava e eu, como irmã mais velha, tinha que tentar ajudar ou aconselhar. A Praça de Maio estava entupida de gente. Era o lugar mais fresquinho de toda San Juan. Sentamos do lado de fora de um bar e, depois de pedir um refresco para ela e uma cerveja para mim, fiquei esperando suas confissões. Delfina sorriu, tomou um gole, deixou o copo sobre a mesa, tirou um maço e acendeu um cigarro, deu uma tragada saboreando o fumo.

— Não sabia que fumava.

— Faz pouco tempo. Comecei um dia, quase por brincadeira e agora não consigo parar. É como um escudo atrás do qual escondo minhas preocupações.

— Que preocupações? Dezoito anos, bonita, um rosto lindo, um trabalho, que problema se pode ter com tudo isso? — indaguei para ver se relaxava um pouco. Eu a notava tensa e nervosa.

— Valéria, estou apaixonada — disse isso de uma maneira como se soltasse uma carga pesada.

— Bom. Diria que você é muito jovem para começar a se sentir assim, mas é bonito se apaixonar. Ainda que gere sofrimentos, também dá satisfações. Mas há algo mais, não?

— Sim, há muito mais. — Tomou outro gole, deu outra tragada no cigarro, respirou fundo e continuou:

— Me apaixonei por um homem de quarenta anos. Ele é viúvo há dez e tem dois filhos mais velhos que eu, um de dezenove e o outro de vinte. Acho que você me compreende.

Era demais. Nunca pude imaginar que uma criança como minha irmã, que podia ter o rapaz que quisesse, fosse se apaixonar por um coroa. José Luís era mais velho que eu vinte anos, por isso Delfina achou que eu entenderia. Ela não sabia como nem porque me casei com ele. Pensei um tempo, sem assimilar o que acabava de ouvir. Com dois filhos mais velhos que ela! Qualquer um deles era melhor partido para ela. Eu a olhei fixamente:

— Mas quem é? Como se apaixonou por ele? O que dizem os filhos?

— Me deu aulas de informática e é o dono da empresa onde trabalho. No começo, o via como chefe e ele a mim como uma funcionária. Mas depois sua secretária foi viver em Mendoza e me colocou no lugar, com aumento de salário. Aí tudo começou. Pouco a pouco fomos nos apaixonando. Quanto aos seus filhos, ainda não sabem. Também trabalham no negócio e o pior é que um deles, Enrique, o primogênito, anda atrás de mim e creio que se apaixonou.

— Acho que isso faz mais sentido. Mas não acha que talvez seja um capricho passageiro? Foi seu professor, o via como superior, e ele… isso é o que eu gostaria de saber! O que ele sente de verdade. Você é maravilhosa para qualquer um. Para um homem mais velho, ainda mais.

— Me respeita muito, não quero que pense mal. Preciso da sua ajuda para falar com os filhos dele, com ele e com quem mais for preciso para que não tenhamos que nos esconder de todo mundo como se estivéssemos fazendo algo errado.

Olhei para minha irmã. Vi no seu rosto bonito uma expressão de dor que me comoveu. Ela estava apaixonada por aquele homem, tinha problemas com seus filhos e temia que as pessoas falassem demais em uma cidade pequena como San Juan. Contudo, o que poderia lhe dizer de algo tão inesperado? Como a aconselharia sem conhecer os propósitos desse homem? Como lhe prometer ajuda com algo que, em um primeiro momento, eu não concordava?

Delfina só fumava — dava longos tragos e lançava a fumaça ao mesmo tempo pelo nariz e pela boca. As mãos tremiam e a imagem da minha irmã mais nova que tinha diante de mim não me agradava nem um pouco. Em um ato de ira, que não pude dominar, agarrei o cigarro de suas mãos e o apaguei com raiva no cinzeiro ao mesmo tempo que lhe dizia:

— Mas por que fuma agora se sabe que não faz bem? É a maneira que encontrou para se suicidar?

Delfina me olhou com estranheza. Talvez esperasse outra reação da minha parte. Depois de uns minutos de silêncio, disse-lhe em um tom mais amistoso:

— Veja, deixe-me pensar. Também tenho que ajudar Lola. Às vezes, me arrependo de ter voltado. Não tenho mais do que problemas aqui, que somados aos meus, estão fazendo a minha vida impossível. Amanhã voltaremos a falar do assunto. Certo?

Delfina não respondeu. Demoramos um pouco para terminar nossas bebidas e ir embora. Fizemos o caminho para casa quase que em silêncio.

No dia seguinte pela manhã, depois de ela ir para o trabalho, liguei para o seu chefe para lhe pedir um encontro.

— Sou irmã de Delfina e gostaria de falar com o senhor.

Houve uma longa espera antes de me responder.

— Tudo bem. Como imagino que não queira que ela esteja aqui, venha pelas dez da manhã que é a hora que os funcionários saem para tomar café.

— Estarei aí.

Sua voz me soou jovial e não pareceu desagradável a ideia de falar com uma irmã de Delfina. Pelo contrário, acho que queria tirar uma preocupação das costas.

Às dez horas em ponto entrei no escritório. Esperava-me na entrada, cumprimentou-me e me conduziu até sua sala. Era um homem alto, bem-apessoado e não aparentava a idade que tinha. Sua mão era cálida e segura e seus olhos sorriam para mim. Quanto mais segurança via nele, mais eu enfraquecia. Sentamos e fui direto ao assunto:

— Minha irmã me disse que vocês estão apaixonados e, levando em conta que Delfina só tem dezoito anos, me parece um absurdo que tenha se apaixonado por um homem mais velho. Na minha casa não sobra dinheiro e penso que ela não se apaixonou pelo senhor, e sim pela posição econômica da qual poderá desfrutar caso se casem. Por isso, peço que não cause sofrimento e que a deixe buscar um rapaz mais novo. Ela acha que está muito apaixonada, mas tenho certeza de que é uma ilusão. Não pode se apaixonar por um homem com idade para ser seu pai.

Olhava-me com um sorriso zombeteiro. Estava cansado de saber que dominava a situação. Comecei a ficar nervosa, e ele cada vez mais sereno. Chegou um momento que me arrependi de estar ali. Tirou um maço, ofereceu um cigarro, que recusei, e o acendeu com muita calma. Estava me tirando do sério. Por fim se dignou a falar:

— Estou de acordo de que poderia ser pai dela, tenho dois filhos que são mais velhos que ela. Mas o que faz supor que não será feliz a meu lado? A diferença de idade? Amo a sua irmã e espero que compreenda isso. Fui o primeiro a pensar que foi uma loucura que nos apaixonássemos e que ela teria todas as oportunidades que quisesse para encontrar um rapaz da sua idade. Sei que as pessoas comentarão, mas se acostumarão a nos ver juntos. Só pedimos que nos deixem viver nossa vida com tranquilidade. Por outro lado, não creio que sua irmã veja em mim mais do que uma posição econômica. Mas, se assim fosse, estaria agradecido pelos momentos de felicidade que estou passando e passarei em sua companhia.

Estava falando com a maior calma do mundo. Deu-se um descanso como que se me dissesse algo que não achava oportuno. Deu uns tragos no cigarro e continuou sem me dar condição de tomar a palavra:

— Segundo, sei que você se casou com um homem de quarenta anos e é feliz. Ou não?

Olhava-me com desafio esperando por minha resposta. Mantive seu olhar bem séria. Não me agradou que tomasse o meu casamento como exemplo, senti vontade de dizer "Se minha irmã terá a felicidade que tenho, já pode se despedir da ideia de se casar com ela", mas me contive.

— Chamarei de você, como faz comigo — disse; contestou-me com um "claro" no mesmo tom autoritário de antes. Continuei:

— Meu casamento não tem nada a ver com isso, começando pelo fato de eu ser oito anos mais velha que Delfina. Meu marido é mais velho que eu vinte anos, tem agora quarenta e seis anos. Vim falar com você porque quero que minha irmã não sofra as consequências de um capricho que pode ser passageiro. E, além disso, segundo ela mesma me contou, um dos seus filhos está atrás dela. O que ele pensará quando lhe contarem que estão apaixonados? Seus filhos aprovarão? Não acha que...?

Não pude continuar. Levantou-se aborrecido com o assunto que abordei. Aquilo me colocou em alerta. Se seus filhos eram tão importantes para terminar com sua tranquilidade daquele jeito, que lugar ocuparia Delfina em sua família? Levantei também. Eu queria ir embora dali e, encarando-o, terminei por dizer:

— Sabe o que penso? —olhou-me intrigado. — Que Delfina é menos importante na sua vida que seus filhos e, se for assim, deve terminar com ela e deixá-la livre para ele.

— Não se trata de quem é mais importante ou menos. Meus filhos são muito importantes na minha vida. Desde que a mãe deles morreu nos unimos cada dia mais. Eles me ajudam no negócio, sempre me apoiam e me amam. A opinião deles é muito importante para mim, mas, caso se opusessem ao nosso casamento... — ficou pensando —...sentiria muito porque seria a primeira vez que não estaríamos de acordo. Delfina se fez imprescindível para minha felicidade, sem ela eu não saberia como seguir adiante.

— Pois então é necessário que conte aos seus filhos o que está acontecendo entre vocês de uma vez por todas. Minha irmã está se sentindo muito mal em ter que se esconder deles e das pessoas como se estivesse fazendo algo errado. Ela quer sair na rua do seu lado, com todos sabendo que vocês se amam.

— Hoje mesmo falarei com meus filhos e nosso amor se tornará público como me pede.

Ficou sério e compreendi que temia pela reação deles. Olhei no relógio. O tempo do café já estava quase terminando e Delfina logo chegaria. Aproximei-me da porta ao mesmo tempo que dizia:

— Já estou indo. Espero que perdoe minha intromissão, mas antes de ir, direi uma última coisa: estou casada com um quarentão como você, mas a felicidade é algo que desconheço. Por isso, tenho tanto medo da relação de vocês. Quero que fique entre nós: meu marido está apaixonado pela mulher de um amigo dele. Sabe o que é estar casada com um homem mais velho e infiel? — fiz um gesto depreciativo. — Como vai saber?!

— Sinto muito e agradeço a confiança que demonstrou ao me contar. Mas não sou desses. Se me caso, é para ser fiel à minha esposa. Gostaria que ficasse tranquila e tivesse seu apoio. Contar para os meus filhos é algo que me assusta e gostaria que você estivesse do nosso lado, isto me ajudaria muito.

— Se não há outra solução, contem comigo.

Estendi a mão, mas ele colocou as dele sobre meus ombros e me deu um beijo na bochecha. Abriu a porta para mim e disse:

— Até logo! Assim que o disser aos meus filhos, aceitem ou não, prepararemos o casamento. Por isso, em breve irei na sua casa para pedir a mão de Delfina. Gostei da nossa conversa.

Saí. O sol esquentava muito. Estaríamos perto dos quarenta graus. Fui pelas calçadas descuidadas procurando a sombra das árvores, pensando em nossa conversa e chegando à conclusão de que poderiam ser felizes. "Se diz que será fiel, como não serão felizes? Eu não seria feliz se José Luís o fosse? Quanto a parte econômica, sim! É muito importante se levantar pela manhã e não ter que pensar em comprar o mais barato para comer!"

Perto de casa, alguém me chamou — era Manolita que tinha vindo ver sua mãe. Convidou-me para almoçar no domingo, mas me desculpei:

— Sinto muito, mas não posso. Marquei com Lola e passarei o dia com eles. Como está sua mãe?

— Por isso, vim. Ontem passou o dia pior e é tão teimosa que não quer vir para minha casa. Poderia cuidar melhor dela, mas não quer incomodar e não se dá conta de que o fato de eu vir aqui me irrita mais do que se ficasse conosco em casa. O que fazer?! Quando envelhecem, ficam mais cheios de manias.

— Aceito seu convite para o próximo domingo — disse ao nos despedirmos.

— Perfeito, mas não se esqueça.

Quando Delfina chegou em casa, olhou-me com mais cumplicidade e supus que já soubesse sobre minha conversa com seu amado. Curioso é que falei com ele e nem sabia o seu nome. Depois soube que era Enrique, assim como o filho mais velho. Sentamos para almoçar. Minha mãe ficou sozinha com Maria toda a manhã e o menu não era grande coisa, então se desculpou:

— Desculpem, mas não sabia o que cozinhar e fiz um "puchero".

Raúl, que chegava nesse momento, protestou da mesma forma que Delfina.

— Mas, mamãe! Com o calor que faz!

Eu, no entanto, nunca protestava pela comida. Para mim, não me importava o que era posto na mesa: poderia gostar mais ou menos, pois para mim, que nunca fui de cozinhar, era muito mérito a tarefa da cozinheira e por isso tinha grande respeito. Por isso, não comentava nada, a não ser quando estava muito boa. Em Tenerife pode-se dizer que Tomás preparava os menus pensando em mim porque o felicitava sempre o quão bem cozinhava, e nunca lhe criticava se algo estava menos apetitoso.

— Obrigado, senhora — dizia. — Não sabe o quanto agradeço por gostar da minha comida. Estou acostumado a ninguém dizer nada.

Nesse caso, minha mãe não lembrou que este prato era apropriado para os meses de agosto ou setembro, quando as nevadas faziam sua aparição e o frio piorava. Com esse tempo, chegar em casa e sentir o cheirinho de um saboroso "puchero" era a melhor coisa do dia.

A única que parecia não se afetar com o calor era a minha filha. Suas únicas preocupações eram: pelas manhãs esperar a ligação de "papi" e pelas tardes ir com seu tio "ver o pônei" ou ao parque. Como nenhuma das duas coisas lhe faltavam, não demonstrava mais necessidades. Comia com vontade e dormia sem que o calor lhe incomodasse. No pátio, tinha a piscininha inflável onde brincava a maior parte da manhã. Quando chegamos, estava desconcertada e se irritava por tudo. Ela grudava em mim e não me deixava nem pelo sol nem pela sombra. Contudo, acostumou-se e isso foi muito bom para eu poder me locomover sem ter que levá-la sempre comigo. De vez em quando, ela me lembrava de algo que gostava, como ir ao cinema, ou comprar um vestido ou ver a tia Lola. Isso foi o que fez nesse dia durante o almoço:

— Mami, nesse domingo almoçaremos com tia Lola, se lembra?

— Sim, querida, não esqueci.

— Sua mãe só se esquece de esperar o telefonema do seu marido... nunca está quando ele liga.

Minha mãe tinha falado e o havia feito do seu jeito: ferindo e irritando. Entretanto, eu não tinha vontade de criar polêmica e não respondi. Olhei para Delfina e disse:

— Lembre-se que vamos às compras. Sairemos por volta das seis e meia.

— Morrerão de calor — disse Raúl.

— Sim, pensei nisso... mas compraremos roupas e sapatos e isso leva tempo.

— Eu também vou, mamãe — disse Maria já que o assunto a atraía.

— Não — Raúl se aproximou dela e lhe disse a meia-voz:

— Deixe-as sozinhas; você e eu vamos para a casa de uma amiga minha que tem duas meninas da sua idade, e você se divertirá.

Agradeci ao meu irmão que a levasse porque ela acabaria nos atrapalhando. Ir de loja em loja já é cansativo para uma pessoa adulta, para uma criança pequena é ainda mais.

Às sete horas, estávamos em "Ragazza". Ali poderíamos encontrar algo bonito, e também sapatos e bolsas. Sempre gostei muito de combinar as coisas.

Começou um desfile de moda onde a única modelo era minha irmã. Tudo que provava lhe caía bem e eu estava disposta a comprar várias peças para ela. Ela se conformava com um modelo só, mas ao final lhe comprei três: um de verão para a manhã, de fundo branco com flores de cores chamativas; outro mais sofisticado para a tarde, em azul-turquesa com um amplo decote, meia manga e saia rodada; e o último de festa, de renda preta, borda de cetim, com as costas nuas e manga três-quartos. Uns sapatos pretos e marfim, com bolsas combinando, completaram a compra. Desfrutei vendo a minha bela irmã se transformar em uma autêntica princesa e pensei que era uma pena que fosse um velho babão que teria o prazer da sua companhia. Delfina não sabia como me agradecer, estava feliz e a cada modelo que experimentava pensava se ele gostaria ou não. Ao final. disse:

— Obrigada, Valéria. Não sabe o quão feliz estou. Quando Enrique me vir, nem me reconhecerá!

— Você está linda. Tudo lhe cai muito bem. Agora só falta um colar para usar à noite.

Dirigimo-nos à Praça de Maio, que já começava a encher de gente, e nos sentamos um pouco para descansar e tomar um refrigerante.

— Se importa se nos sentarmos naquela varanda? —disse apontando para a que estava do outro lado da praça.

— Para mim tanto faz, você gosta mais daquela?

— Não, é que Enrique me disse que nos esperaria ali.

Não queria vê-lo naquele momento; preferia estar sozinha com Delfina e fiquei aborrecida de que não tivesse me perguntado antes de marcar com ele.

Quando chegamos, ele já nos esperava em uma mesa. Apesar de o sol já ter se posto há um bom tempo, fazia calor. Ao nos ver, levantou-se e nos saudou com um beijo. Deixamos as sacolas de lado e nos recostamos na cadeira. Delfina estava feliz e eu me sentia como uma alcoviteira, apoiando um amor que quase parecia ilegal.

— Mas quantas coisas compraram! — comentou, olhando para as sacolas que ocupavam nossos braços. Devem estar sedentas e cansadas, não?

— Sedentas sim, mas cansada... Você sabe o que uma mulher é capaz de aguentar quando se trata de comprar vestidinhos — respondi, rindo.

— Agora que reparei mais em você: parece muito com Delfina. A outra irmã também?

— Não, Lola puxou mais o papai, ainda que também nos achem muito parecidas. Nós duas nos assemelhamos mais à mamãe, e obrigada por me dizer que pareço com Delfina. Quisera eu! — disse, convencida de que minha irmã era muito mais bonita.

— Sério, vocês são lindas. Ela mais menina e você mais mulher, mas iguaizinhas em beleza. Se tivessem o mesmo penteado e estivessem com o mesmo vestido, provavelmente as confundiriam.

— Está me elogiando para que interceda por vocês... pois não precisa disso, não sei se faço bem ou mal, mas contem com minha ajuda. Se quiser — disse olhando para Delfina, sem dar importância aos comentários aos elogios de Enrique —, esta noite o diremos em casa.

— Você diz, combinado?

Delfina temia enfrentar a situação. É possível que, se papai vivesse, não teria se apaixonado por Enrique porque o temor da reação dele teria matado qualquer sinal de paixão antes que começasse. Papai não vivia mais entre nós, mas ficara Raúl no seu lugar — era onze anos mais velho que ela e, com a morte do nosso pai, foi ele quem tomou as rédeas do lar. Minha mãe não dava medo em ninguém, nunca lhe tivemos grande respeito, talvez porque víamos que não era capaz de resolver nada por si mesma sem contar com a opinião do marido. Não me importava ser eu a responsável por falar, mas me perguntei se Enrique já tinha falado com a família. Como ele tocou no assunto, perguntei:

— Falou com seus filhos? O que disseram? — dessa vez quem demonstrou serenidade fui eu e quem ficou sem jeito foi ele.

— Sim. Falei com eles à noite.

— E?

— E nada vai mudará. No começo, demorará para se acostumarem com a ideia. Mas com o tempo...

— Então, acho — propus, um pouco incomodada por suas escassas explicações —, que é melhor esperar antes de dar a notícia em casa.

— Esperar o quê? — Enrique, desafiante, franzindo a testa, encarou-me.

— Que seus filhos estejam de acordo ou pelo menos se resignem. Não darei um desgosto à minha família para nada. Porque está claro que se seus filhos não aprovarem, você não seguirá adiante.

Delfina nos olhava com cara de assustada, mas não dizia nada. Era uma pena terminar aquela tarde daquele jeito, depois de termos começado tão bem. Todavia, a culpa foi dela, não tinha que ter marcado com ele.

Enrique me olhava como em nosso primeiro encontro quando mencionei seus filhos, e também se deu um tempo para poder continuar:

— Achei que tivesse ficado claro que Delfina é o mais importante para mim e não penso em perdê-la. Meus filhos terão que aceitá-la ou sairão de casa. São maiores de idade para tomar a decisão que mais lhes convêm. Meu casamento é algo que os pegou de surpresa e ainda mais quando disse quem era a minha escolhida. Mas isso não muda nada. Disse isso a eles e digo a você. Estou disposto a falar com sua família para formalizar nossa relação. Também estou cansado de nos esconder e quero me sentar com ela em uma varanda, como agora, sem temer os outros.

Não tinha vontade de seguir com aquele assunto e cortei drasticamente:

— Está tarde e Maria não deve ter jantado ainda. Temos que ir.

Fiquei de pé e olhei para Delfina, que seguia sentada. Enrique também se levantou e a pegou carinhosamente pelo braço:

— Não se preocupe, meu bem, não acontecerá nada enquanto nos amarmos.

Comecei a recolher as sacolas, mas Enrique me deteve:

— Onde pensa que vai com tudo isso? Meu carro está aqui perto. Esperem um momento que levo vocês para casa.

Entrou na cafeteria, pagou a conta e foi na direção de onde o havia deixado. Fiquei olhando como se afastava. Era mesmo um homem muito atraente e não aparentava a idade que tinha. Apesar de não ter sido um encontro agradável, fiquei com a sensação de lhe ter certo apreço. Concluí que me agradaria muito que entrasse na família.

Ele chegou com o carro e nos levou para casa. Ajudou-nos a descer e, ao nos despedirmos, deu um beijo em Delfina e segurou minhas mãos entre as suas para me dizer com um sorriso triste.

— Terá que se resignar em ser minha cunhada.

— E espero que seja para o bem.

Entramos em casa. Ninguém percebeu quem nos trouxe e por isso não houve perguntas. Maria já estava deitada. Fui com cuidado vê-la e dormia profundamente. Os outros nos esperavam para jantar. Quando nos sentamos, Delfina não podia dissimular seu nervosismo. Ela me olhava suplicante para que desse a notícia, não podia suportar nem mais um dia aquela incerteza, não tinha apetite e mal comeu.

— Mas o que você tem? — perguntou Raúl. — Nem que estivesse apaixonada. Sempre gostou muito do guisado da mamãe.

Era verdade: quando mamãe fazia guisado, todos festejávamos e não ficava nada nos pratos. Mas Delfina não conseguia comer e eu era a única que poderia lhe devolver o apetite, por isso, e aproveitando a deixa de Raúl, disse:

— Então, meu irmão, você acertou: Delfina está apaixonada. Conheço o seu amor e posso dizer que me agrada muito. É um pouco velho para ela, mas já sabem: o amor pode tudo.

— É jovem demais para essas coisas. — Foi o comentário de Raúl, um pouco inquieto e acrescentou se dirigindo a ela:

— Como é que não disse nada? A coisa é tão vergonhosa assim?

— Não, Raúl, não tire conclusões apressadas, como fazia papai. Ela não disse por que nessa casa as mulheres sempre foram muito sozinhas: Lola ficou só quando quis se casar com Luís e eu sempre estive só também, e o mais lamentável é que continuo assim. Vocês perguntaram alguma vez como foi minha vida na Espanha? Não, mamãe me censura por eu não estar em casa quando meu marido liga. E você me perguntou se sou feliz? Agora, acontece o mesmo com Delfina. Ela também estava só, mas cheguei e quero ajudá-la a encontrar a felicidade. O que fazemos nessa vida se não nos importarmos em ser felizes?

— Está bem, está bem. Sou muito mais liberal do que papai, portanto, diga de uma vez quem é.

— Delfina — falei, olhando para minha irmã que parecia um animalzinho assustado. — Fale.

— É... meu chefe... O dono da empresa na qual trabalho.

As palavras lhe saíam entrecortadas e me deu pena o tremor em sua voz. Brincava com o guardanapo e esperou temerosa olhando do meu irmão para mamãe e dela para ele.

— É uma brincadeira, não é? — disse Raúl, incrédulo. — Não está falando daquele coroa com dois filhos mais velhos que você?

— Sim, é dele que está falando — intervi. — E aquele velho tem quarenta anos. Meu marido tem quarenta e seis. Portanto, estou casada com outro ancião — Olhei para minha mãe. — No entanto, minha mãe gosta dele mesmo sem conhecê-lo, e não gosta nada que eu não esteja em casa todas as manhãs esperando a sua ligação. Não é, mãe? Porque se um é bem visto, não sei o porquê de o outro não ser. Ah! Na próxima semana, vou convidá-lo para vir almoçar. Assim vocês poderão se conhecer.

Mamãe e Raúl se olharam. É curioso como o dinheiro muda tudo. Faz quatro anos, quando eu vivia com eles e tinha um salário miserável de bibliotecária, não podia nem responder. Minha palavra era a última que se ouvia em casa. Agora, sou eu quem compro presentes, pago a comida... em uma palavra, disponho do dinheiro, e minha voz era escutada e minhas decisões não eram refutadas!

Delfina me olhou e vi nos seus olhos um grande agradecimento. Tinha lhe preparado o terreno ainda que nem eu mesma estivesse de acordo com o namoro.

Com o mês de abril, as temperaturas começaram a ficar mais agradáveis. Já refrescava um pouco pela primeira hora da manhã e pelas tardes.

No domingo, fui com Maria almoçar na casa de Lola e Luís. Desejava de coração poder fazer alguma coisa por eles. Precisava vê-los unidos como quando eram namorados e brigaram com toda a família para que consentissem com o casamento. Luís estava desejando que o mal-entendido se dissipasse e voltasse às boas com sua esposa, mas Lola, convencida de que havia acontecido alguma coisa entre ele e a desavergonhada, não queria saber de nada.

Cheguei cedo, como combinado com meu primo, para poder falar com a minha irmã a sós:

— Olá, vim cedo para ajudar. Luís, como os homens e as crianças atrapalham, vão para o parque duas horinhas e assim nós trabalhamos mais tranquilas.

— Vamos, Maria — disse Luís, que levava o pequeno nos braços. — Não nos querem por aqui.

Ouvimos fechar a porta e, dirigindo-me a Lola, disse enquanto a abraçava:

— Enfim, sós! Como em nossos melhores tempos!

— Sim — respondeu com desânimo. — Só que aqueles tempos não poderão voltar nunca mais. Daria qualquer coisa para isso.

— Para quê? E voltar a brigar com toda a família para que os deixassem em paz com o amor de vocês?

A conversa permeava um caminho conveniente para mim. Esperei a resposta da minha irmã que não se fez esperar.

— Garanto que agora não haveria polêmica. Tanta briga! Que idiota!

Eu não fingiria que não sabia de nada, portanto fui direta e sincera ao dizer:

— Sei do que está falando, mas perdoe, irmãzinha, que não lhe dê razão. Me parece uma loucura que uma pessoa tão inteligente como você se deixe levar por fofocas. Por que não deixou que seu marido se explicasse? Por que não falou com o chefe dele, que foi quem contratou aquela louca? Sabia que ela também se insinuou para ele quando a convidou para almoçar em casa e sua mulher o proibiu de voltar a chamá-la?

Minha irmã me olhava estranhando o que lhe contava. E eu me desesperava ao pensar que não fizera outra coisa a não ser se fechar e acreditar em todos menos naqueles que deveriam verdadeiramente escutar e crer. Minhas palavras a faziam pensar e segui insistindo:

— Outro dia, encontrei-me com Luís, ele deve ter comentado. Olha, Lola, desde que veio viver nesse apartamento, temos estado muito unidas, contamos tudo para outra e temos nos ajudado e compreendido. Mas agora encontrei uma estranha, estúpida que acredita em tudo o que as "boas amigas" dizem, e não foi capaz de dar a oportunidade ao marido de explicar o que aconteceu de verdade. — Como ela não dizia nada, continuei:

— Por quê? Sabe o que aconteceu?

Lola negou, estava bastante abalada por causa das minhas palavras e até diria que arrependida do seu comportamento com Luís.

— Pois a muito sem-vergonha se jogou nos braços de Luís de repente, sem lhe dar tempo de reagir. Nessa hora, entrou a secretária do diretor e os viu assim. E aí você sabe o resto. O mais triste é que tenha sido o próprio diretor o único quem acreditou nele, quando tinha que ter sido você, que é a pessoa que melhor o conhece.

Seguimos falando, mas percebi que Lola mudara e eu tinha certeza de que, assim que fosse embora com Maria, eles fariam as pazes entre lágrimas e beijos.

Os filhos de Enrique, ainda que não aceitassem a decisão do pai e considerassem Delfina como alguém que estava roubando o lugar da sua mãe, pouco a pouco, como todos nós, acostumavam-se à ideia de que aquele casamento aconteceria. O casal, no entanto, pouco saía em público porque não queriam comentários até que estivessem casados. Cada vez que saíam, chamavam-me, queriam minha companhia para calar as fofocas das pessoas, coisa que não me agradava por várias razões: uma, porque eles deveriam enfrentar sozinhos a situação e outra, porque me parecia ver em Enrique certas manifestações estranhas para comigo. Conforme nos conhecíamos mais, mais afeto sentíamos um pelo outro. Tudo nele me agradava e pensava que minha irmã tinha muita sorte. Por que eu não tenho algo assim? "Se José Luís se parecesse um pouco, amasse-me outro tanto e fosse fiel... Para que pensar em coisas impossíveis?"

Um dia, quis comprar um vestido para Delfina e ela quis porque quis que Enrique nos acompanhasse.

Experimentou vários trajes e, como sempre, parecia uma modelo. Por fim, se decidiu por um conjunto de casaco malva, de saia estreita e botões e golas pretas. Era realmente bonito e elegante.

— Por que não compra para você um igual? — propôs Enrique. — Eu sempre gostei de ver irmãs com vestidos iguais. Seria engraçado ver vocês duas.

— Sim, sim! Eu também gostaria, e sairíamos juntas — disse Delfina com entusiasmo.

Mesmo não precisando de roupa, também gostara muito daquele modelo. Vesti um tamanho a mais que Delfina e ficou como uma luva. Olhei no espelho. Enrique tinha razão: Delfina e eu, com os trajes iguais, parecíamos muito uma com a outra. Fomos ao salão onde Enrique nos esperava e ficou extasiado nos olhando. Colocou-se entre as duas e, pegando-nos pela cintura, disse:

— Não me gabarei pouco de vocês, garotas!

Tirei o talão de cheques para pagar as roupas.

— O senhor já pagou —avisou-me a atendente.

Antes que pudesse protestar, Enrique colocou um dedo nos meus lábios dizendo:

— Por favor, não se zangue. Foi um prazer poder dar este presente.

Depois passou o braço pela minha cintura e me apertou contra ele. Foi só uma demonstração de afeto ou algo mais? Não soube como interpretar, mas aquela noite meus pensamentos estavam nele. Volta e meia tinha que afastá-lo da minha mente, e outras tantas vezes sua lembrança voltava para mim, carregado de fantasias que me enchiam de emoções inconfessáveis. Estava submetida a um celibato que não fazia jus à minha natureza de mulher jovem. Precisava amar e ser amada. No entanto, por que Enrique? Era o namorado da minha irmã mais nova, com que direito eu poderia me interpor no meio dos dois? "Será que sempre terei que me apaixonar pelos impossíveis?"

Nos dias seguintes, quando me chamaram para sair, sempre tinha uma desculpa preparada. Não podia alimentar aqueles sentimentos e a única forma de acabar com eles era não nos vendo. Delfina insistia porque nunca suspeitaria que sua irmã fosse capaz de uma coisa assim. Sua inocência chegava ao meu coração, e eu maldizia o momento em que fora até a empresa pedir explicações sobre seus planos com minha irmã.

— Enrique me pergunta por que não sai mais conosco, quer saber se a aborreceu de alguma maneira — falou Delfina, intrigada.

— Não, meu bem, por que me aborreceria? Me divirto muito com vocês, mas quero que se acostumem a sair sozinhos.

O dia escolhido para convidar Enrique e seus filhos para almoçar em casa foi quatro de maio, um domingo. Era um dia agradável, apesar de estar acabando o outono. Por isso preparamos a mesa no pátio, que era o lugar onde podíamos armar a mesa grande. Também viriam Lola e Luís com o pequeno — a situação entre eles, por sorte, havia se normalizado. Ajudei mamãe a preparar o almoço. Coloquei um bonito arranjo de flores e coloquei a mesa com esmero. Por volta do meio-dia já estava tudo pronto. Lola chegou muito cedo e foi bom porque Luís se ocupou de Luisinho e Maria, dando-lhes o almoço antes que chegassem os demais. Delfina tinha marcado e chegariam todos juntos a uma da tarde.

Enquanto isso e vendo que já estava tudo em ordem, sentamos um pouco na cozinha para conversar. Ao mesmo tempo veio Luís, que já havia colocado o pequeno e Maria para dormir.

Tocou o telefone e pensei que seriam eles para nos avisar sobre algum atraso. Atendi:

— Oi! Que estranho você atender? Como está?

— Oi! José Luís, ligou mais tarde hoje.

— Sim, liguei mais tarde para ver se a encontraria em casa. Já faz um tempo que não nos falamos e mesmo que Maria me conte tudo eu gosto de escutar a sua voz. O que conta de novo?

— Então, nesse momento, estamos esperando o namorado de Delfina que virá com os filhos para almoçar e conhecer minha família.

— Você já o conhece?

— Sim, sou a única.

— E gostou dele?

José Luís não podia imaginar que sua inocente pergunta havia batido bem na ferida.

— É viúvo e tem dois filhos. É mais velho que ela vinte e dois anos — expliquei para não responder diretamente.

— É uma diferença grande de idade, não?

— Eles se amam, creio que é o mais importante.

Houve um silêncio curto. Não sei o que ele estaria pensando, mas eu comparava seus quarenta e seis anos com os quarenta de Enrique e relembrei, uma vez mais, sua infidelidade. "Como pode ele falar de diferença de idade?"

— Bom — disse —, terá que me perdoar, porque já estão para chegar. Contarei tudo amanhã.

— Espere um momento. Queria dizer que mandarei duas passagens de avião para julho. Nessas datas faz frio aí e Maria estará melhor aqui. Peço que venha ainda que só durante os meses de inverno, e se desejar, depois pode voltar. Mas pelo menos as vejo.

Fiquei sem palavras. Como faria uma coisa assim sem me consultar? Estava a ponto de me zangar com ele quando bateram na porta.

— Olha, tenho que desligar, chegaram. Quanto às passagens, falaremos. Só peço para que não diga nada a Maria porque ficará insuportável. Eu vou pensar e falaremos sobre isso. Até amanhã!

Desliguei e me virei para a porta. Raúl foi abrir. Depois das apresentações, acomodamo-nos à mesa. Seus filhos eram tão altos quanto Enrique, uns rapazes tão bem-apessoados como o pai, mas muito mais sérios. Era notável que estavam ali por educação, não por desejo. O mais velho era o que gostava de Delfina e teve que sofrer o duro golpe de a mulher dos seus sonhos se casar com seu pai. Nenhum dos dois falou muito durante o almoço, respondiam com monossílabos quando lhes perguntava alguma coisa, e observei que Enrique não estava satisfeito com a conduta deles. Como o almoço se prolongou e começou a esfriar, decidimos tomar o café no salão.

Em várias ocasiões durante o almoço tropecei com o olhar de Enrique. Era um olhar insinuante, profundo, carregado de paixão, que me fazia estremecer. Rebelava-me contra aquele sentimento e, quanto mais eu o queria afogar, com mais força se apoderava de mim. Ao entrar no salão, armou para vir atrás de mim e, colocando a mão na minha cintura, sussurrou:

— Você me deixa louco!

Por sorte, Maria despertou e, desculpando-me, saí dali. Vesti minha filha e perguntei se gostaria de passear. Aceitou encantada. Vesti também Luisinho. Correndo o risco de passar por mal-educada, despedi-me de todos e levei as crianças "para que não incomodassem". Luís se levantou para ir no meu lugar, mas não permiti:

— Antes foi você. Agora é a minha vez de ser a babá — disse rindo e fui.

Quando já estava na rua, amaldiçoei meu destino porque sempre tinha que me colocar em ciladas. Se havia deixado Pedro para não causar sofrimento a uma desconhecida, como eu não renunciaria a Enrique, já que prejudicaria minha própria irmã? Caminhei com as crianças sem rumo fixo. Quase não percebi que levava Luisinho nos meus braços e Maria ao meu lado.

— Mami! O parque está ali! — disse ela, apontando a direção e estranhando que eu não soubesse ir.

— Sim, meu amor, estava distraída.

Demoramos o suficiente para chegar quando Enrique e seus filhos já tivessem ido embora. Todos estranharam a nossa demora e Luís já ia sair à nossa procura.

— Estavam se divertindo tanto que me deu pena trazê-los de volta. — Foi minha desculpa e, ao olhar para Lola, seu olhar demonstrava incredulidade. Tinha medo dela, nada lhe escapava e talvez tenha interceptado algum olhar. Se fosse assim não demoraria a falar comigo.

Pela manhã, tocou o telefone e corri para atender caso fosse José Luís. Não queria que comentasse com Maria sobre as passagens. Nunca tive a intenção de voltar e agora menos ainda. Tinha que lhe dizer que havia se antecipado aos meus desejos e que quando as passagens chegassem eu as devolveria em alguma agência de viagens.

Contudo, era Lola, ligara do trabalho.

— O que você tem para fazer essa manhã — perguntou.

— Nada de concreto, por quê?

— Quer vir tomar café comigo? Espero no lugar de sempre. Não, o de sempre não. Melhor irmos a outro lugar. Venha me buscar no banco e de lá decidimos.

— A hora de sempre?

— Sim, às dez.

Quando desliguei, pensei em levar Maria comigo. Na frente da criança não me faria perguntas que, de momento, não queria responder. Tocou o telefone novamente e atendi:

— Ah! Venha sozinha. Tenho que falar contigo... — A voz de Lola soava autoritária.

Talvez fosse melhor assim. Falando com ela minha sanidade voltaria e minhas dúvidas se dissolveriam como um sorvete ao sol. E Lola era compreensiva, mas poderia compreender o meu desejo pelo namorado da nossa irmã?

Cheguei ao mesmo tempo que ela descia no elevador. Fomos a uma cafeteria um pouco afastada do banco onde os outros funcionários iam. Sentamos em uma mesa redonda, uma de frente para a outra. Pedimos dois descafeinados com leite e ela um bolo. Então, olhou-me fixamente e falou do jeito dela: discretamente, sem rodeios, com sinceridade e me olhando nos olhos.

— Provavelmente sabe o que direi, ou melhor, perguntar. — Fez uma pausa esperando uma resposta, mas como eu não disse nada, continuou:

— Ontem várias vezes vi Enrique olhando para você de uma forma que não deixa dúvidas. Ele está apaixonado por você, e não por Delfina. Até Luís, que é um distraído, percebeu e comentou comigo. Ele a seguia com o olhar descaradamente toda vez que você se levantava da mesa. Isto me preocupa até um certo ponto, porque acho que você não sente nada por ele além do carinho que se pode ter por um cunhado, portanto não há perigo… Mas aí vem a minha pergunta. O que sente por ele? Se apaixonou? Se esqueceu que é uma mulher casada e que pode destruir a vida da sua irmã?

— Não é uma pergunta — disse nervosa para ganhar tempo e me acalmar um pouco. —, são muitas perguntas.

— Mas todas podem ter uma só resposta. Se apaixonou por ele?

Olhei para Lola. Com seu olhar estava me fazendo um sem fim de críticas. Demorei um pouco para responder, mas ela já dava por entendido de que a resposta era afirmativa. Tomou um gole de café, o bolo estava intacto. Ela me olhou e, diante das poucas explicações que dei sobre o assunto, seguiu:

— Suponho já ter feito planos, vejamos: dirá tudo a Delfina e destroçará a sua vida; depois ligará para José Luís e dirá: "Veja, não me espere mais porque nunca mais voltará a me ver. Roubei o namorado da minha irmã e você tem que me dar a separação". E para as pessoas que a olharem com desprezo dirá: "São coisas do coração."

— Já chega — intervi, zangada. — Não sei como aconteceu, é tudo o que tenho para dizer. Talvez por ter acompanhado eles tantas vezes. Não procuramos por isso, mas surgiu sem que nos déssemos conta. Não falamos sobre nossos respectivos sentimentos e não acontecerá nada. Mas o que mais me dói é a dureza das suas palavras. Achei que fosse sua irmã preferida, agora vejo que não é assim. Não se preocupe porque no que diz respeito a mim não haverá mais problemas familiares.

— Perdão, Valéria. Tem razão, fui muito dura. Talvez ainda esteja sensibilizada pelo que me aconteceu e...

— Com você não aconteceu nada além do que disse a sua imaginação! — falei, extremamente alterada e aborrecida. — Sempre teve um monte de preconceitos. Poderia descer do seu pedestal e se colocar à altura dos pobres mortais pecadores uma vez?

Ela ficou perplexa e se recostou no respaldo do assento. Voltou a se colocar reta, tomou rápido o café até o final, olhou-me, mirou o relógio e disse:

— Não gosto desse homem, nem para Delfina, nem para você, nem para ninguém. Tem algo que o faz desagradável. Me dá pena dos seus filhos e sinto que nossa irmã tenha caído em suas garras. Agora tenho que ir, terminou o meu tempo. Direi uma última coisa: tenha muito cuidado e não caia nas garras dele como ela. Temo que a veremos sofrer e, se não mudar de atitude, você também.

Fui para casa. A repreensão de Lola havia causado um efeito em mim, mas seguia sentindo o mesmo por Enrique e não via em seu comportamento nada reprovável. Que me seguia com o olhar? Agradava-me. Eram aqueles olhares profundos e penetrantes, que diziam tudo sem dizer nada. Eu tinha que perdoar Lola: foi grossa porque já sofrera demais e pensava que todos os homens eram iguais. "Quando veem uns rabos de saia ficam cegos", dizia convencida.

Eu, no entanto, procurei não voltar a sair com eles e quando Delfina me perguntava os motivos para não os acompanhar, dizia:

— Veja, meu bem, não é nada divertido estar entre vocês. Já são namorados oficialmente, podem sair sozinhos sem minha companhia. Assim, quando casarem, terei que acompanhá-los até na "lua de mel".

Contudo, nas poucas vezes que coincidimos, seus olhares eram tão significativos como sempre e minhas noites, turbulentas e agitadas, tratando de lutar contra o destino que, uma vez mais, colocava em meu caminho um amor impróprio.

No dia três de junho era o quarto aniversário de Maria. Quando a olhava, parecia impossível que fosse tão inteligente. Na Argentina, fazia amigos com extrema facilidade e Raúl a levava para passear com um prazer do qual não se privava, todas as tardes. Em certa ocasião, eu disse:

— Mas, Raúl, você deve ter alguma namorada por aí. Deixe Maria aqui, ela só vai atrapalhar.

— Por nada no mundo! Não sabe o que conquisto com essa menina! Na realidade, quem paquera é ela e eu me aproveito — brincou meu irmão.

Maria adorava seu tio e me alegrava vê-los tão unidos. Celebramos seu aniversário em um restaurante porque queríamos lhe fazer uma surpresa. Enchemos o local de bolas coloridas e serpentinas. Convidamos toda a família, além de Enrique e seus filhos. Não nos víamos há dias e desejava que estivesse ali com todos nós. O pior é que também estava Lola. "Tenho que ter cuidado."

Os presentes chegavam, apesar de, seguindo meu costume, não queria que lhe dessem nada. Via-se pela qualidade dos presentes a situação pela qual nossos amigos e familiares estavam passando.

A festa transcorreu bem — até os filhos de Enrique estavam simpáticos com Maria e brincaram e fizeram piadas com ela. O maior, para aborrecer seu pai, se aproximou de mim e disse bem alto para que todos o ouvissem:

— Valéria, tenho o prazer de pedir a mão dessa linda criatura, para me casar com ela quando tiver dezoito anos. É a última moda, não sabia?

Olhou para o seu pai com arrogância. Enrique também lhe encarava muito sério, mas não disse nada. Seu irmão se aproximou e lhe passou o braço por cima dos ombros demonstrando concordar com ele.

— Irmão, você é valente.

Foi o único momento tenso de toda a noite e, por sorte, não passou disso. Imagino que, ao chegar em casa, o pai não tenha se conformado em ficar calado. Quando decidimos partir e fomos buscar os casacos, Enrique se aproximou para me ajudar e me sussurrou ao ouvido:

— Quero você! Preciso vê-la a sós. Ligue amanhã para o meu escritório.

Olhei para Lola, que nos observava descaradamente.

À noite, enquanto todos dormiam, eu pensava nele no meu quarto, mas sabia que não devia ceder aos desejos de nos vermos a sós. Se Lola não suspeitasse de nada... Todavia, se até Luís havia estranhado a forma como me olhava. Quanto tempo levaria para que os outros também percebessem? "Por que isso teve que acontecer? Por quê?" Era a eterna pergunta que me fazia sem encontrar resposta.

No dia vinte e dois de junho, chegou a carta de José Luís com as passagens. Tinham a data que ele disse: vinte de julho. Eu as olhei com raiva. "Mas quem ele acha que é para ordenar que eu volte? Ele que espere eu decidir retornar, e que se conforme em me ver em.... novembro? Veremos. Porém, por enquanto mudarei as passagens para novembro ou dezembro."

Queria ir à Defunta Corrêa. Continuava sem acreditar em seus milagres, mas me lembrei da história das "feiticeiras" galegas que Pedro me contou e, além de ver nossa plaquinha, visitaria a cova de Deolinda Corrêa. Do pedido de Pedro, o que ficava? Será o nosso amor eterno como ele pediu? Voltaria para os seus braços se a inválida não estivesse no meio? Não mais. Passou — tempo demais e aconteceram muitas coisas. Continuava me lembrando dele de vez em quando, principalmente quando nossa filha me lançava um olhar parecido ao dele, mas meus sentimentos amorosos iam agora em outra direção.

Ainda estava com aquela carta nas mãos quando Maria chegou para me lembrar que fomos convidadas para jantar na fazenda dos seus amigos Alfredo e Carolina, os donos do pônei.

— Meus amigos querem conhecer você e nos chamaram para jantar com eles essa noite.

— Mas, meu amor, temos que comprar uns bombons e um ramo de flores. Tome café e vamos, está bem?

Maria tinha duas grandes paixões em sua curta vida: seu pai e ir comigo às compras. Quando saíamos juntas, perguntava sempre sua opinião sobre o que ia querer.

— Olha, linda, o que você acha? Você gosta? —perguntava e imediatamente sem lhe dar tempo para responder, seguia:

— Não sei o que fazer. Acho bonito e de bom gosto. Ficará muito bem no salão, não acha?

Maria não tinha outro remédio a não ser aceitar, mas ficava sempre feliz porque "eu duvidava e ela me ajudava a escolher". Ao chegar em casa, dizia a todos: "Vejam o que compramos. Eu disse à mamãe que ficaria muito bem no salão."

Arrumamo-nos e fomos para o centro. Maria ia de mãos dadas comigo dando pulos ao meu lado. Ficava feliz e me sentia orgulhosa do seu comportamento e de como era feminina. Eu a olhei de cima a baixo: o cabelo castanho como o de Pedro, preso com um grande laço; uma camisa e calça comprida porque já se notava o ar fresquinho pelas manhãs; aquele corpinho miúdo mas bem proporcional e seus pulos de menina feliz, comoveram-me. "Procurarei me comportar bem para que sua mãe não ouça nada que a envergonhe", pensei enquanto apertava sua mãozinha pequena. Ela levantou a vista, e eu sorri. Então, pensei em José Luís e me senti mal privando-o da companhia desse anjo. Mais adiante falarei sobre as passagens, quando tiver mudado a data.

Chegamos a uma bombonière e só haviam caixas comuns e pouco vistosas com bombons de baixa qualidade. Decidi por uns caramelos seletos que vinham em um recipiente de vidro trabalhado. Entretanto, antes perguntei à minha assessora:

— Você gosta desse? Os caramelos também são muito bons. Está bom para você?

— Sim, mami, eu também gostei muito.

— Levarei estes aqui, minha filha gostou — disse para a atendente. — E, por favor, embrulhe para presente.

Antes de voltarmos para a rua, convidei-a para um pastel — era gulosa e o devorou em um minuto. Depois, fomos a uma floricultura. Lá, deixei escolher as flores porque, graças a José e seus ensinamentos, ela tinha bom gosto. Olhou umas rosas que estavam metidas em um copo com água e, apontando para elas, disse:

— Veja, mamãe, ainda bem que José não está aqui.

— Sim, daria um ataque se visse tantas rosas cortadas.

Nós duas rimos. Maria tinha uma risada contagiante e nas bochechas apareciam duas covinhas muito engraçadas — "outra herança de Pedro". Conforme crescia e seus traços mudavam, parecia-se cada vez mais com seu pai verdadeiro. De mim, pode-se dizer que só tinha puxado a cor dos olhos e a teimosia.

Escolhemos umas rosas salmão. "Porque já estavam cortadas", e uns cravos brancos, "porque éramos espanholas". Informamos o endereço que Raúl nos havia dado, pedimos para que as entregassem e fomos. Era meio-dia e meia e eu estava com minha filha. Desde que chegamos aqui fazia muito tempo que não desfrutava um tempo com ela. E hoje queria lhe dedicar todo o tempo, queria estar sozinha com Maria, falar com ela, perguntar as coisas. Tinha que saber se estava tão desejosa de voltar para

Tenerife como nos primeiros dias ou se ela gostava de estar em San Juan. Havia agido por conta própria sem perguntar sua opinião — talvez fosse um bom momento para falar sobre as passagens. Eu a olhei. Ela estava me contando algo, mas eu não a escutava.

— Maria, posso fazer uma proposta?

— Sim, mami — respondeu. Mirou-me com seus olhos redondos e brilhantes e esperou ansiosa pelas minhas palavras.

— Já que estamos aqui, as duas juntas e sozinhas, o que você acha de irmos almoçar em um bom restaurante?

— Sim, mami! — aceitou feliz. — Mas teremos que avisar a vovó para que não espere.

Isso era algo que me enchia de admiração e satisfação: nunca se esquecia dos outros, mesmo quando lhe apresentavam uma oportunidade de passar um tempo agradável.

Ligamos para minha mãe para lhe dizer que não nos esperassem. Então, perguntei o que tinha vontade de comer.

— O que você quiser.

Fomos a um restaurante onde havia uma boa cozinha e que estava perto de casa. Havia pouca gente e nos sentamos em uma mesa ao lado da janela. O garçom chegou e nos entregou o menu. Abri o meu e como não seria surpresa, Maria fazia o mesmo. Tampei meu rosto com o menu para que não me visse rir. O garçom não percebeu e se aproximou muito sorridente.

— As senhoras já escolheram? — olhou para Maria. — Recomendo para a senhorita um prato de massa muito gostoso e depois um bife à milanesa. Gostaria?

— Então... — respondeu Maria com toda a naturalidade. — A massa sim, mas o bife vou trocar. Não tem empanadas argentinas?

— Claro que sim e, se não tivéssemos, faríamos para a senhorita.

Fiz o meu pedido e quando o garçom se foi Maria começou a rir e me disse:

— Reparou, mamãe? Me chamou de senhorita! Não se deu conta de que sou uma criança.

Terminamos o almoço com o garçom, a dona do restaurante e seu marido sentados à nossa mesa e conversando entusiasmados com Maria. Contou-lhes toda a sua vida: sobre seu pai; seu jardim em Tenerife; sua irmã Laura. Então, lembrei-me de quando Raúl dizia que paquerava muito com sua sobrinha. Ao sairmos, deram a ela uma cuia para o mate, para que tivesse uma lembrança da Argentina.

Chegamos em casa lá pelas três da tarde. Como era de se esperar, José Luís havia ligado duas vezes.

— Ligue para o papai, linda. Depois eu falo.

Maria correu para o telefone. Estava feliz por nossa "fugida" e tinha que contar para ele.

— E tinham rosas cortadas, mamãe disse que se José as visse teria um ataque. Depois fomos a um restaurante de uns senhores muito simpáticos e me deram uma cuia de mate. Você vai ver, é muito bonita e…

— Já está bem, meu amor. — Peguei o telefone. — Se deixar, ela fica duas horas contando coisas — comentei com José Luís.

— Não importa. Prefiro isso a não falar nada ou tão pouco como você. Gostaria que fizesse como ela, que me contasse muitas coisas, o que faz todos os dias, onde vai, com que amigos tem se encontrado.

— Minha vida está muito sem graça, não há grandes coisas para contar. Como você está?

— Bem e esperando que venha no mês que vem.

— Sobre isso falaremos, quando chegar a carta — menti para não ter que lhe dizer que mudaria a data. Eu não estava preparada para viajar em julho e não sabia se estaria depois.

— Não chegou ainda? Que estranho!

— O correio demora a chegar aqui.

— Sim, mas a mandei com urgência já tem doze dias. Já tinha que estar aí.

— De toda forma, não acredito que viajemos em julho, porque…

— Aonde mamãe? — Maria estava do meu lado e ficou alerta. Sua vontade de voltar continuava tão viva como no início.

Quando desliguei o telefone, tive que inventar uma mentira e enganar a minha filha era algo que eu odiava.

— Papai disse para fazermos uma viagem pela Argentina para nos divertirmos, mas esqueceu que em julho aqui faz frio.

* * *

De noite, fomos com Raúl jantar na fazenda dos seus amigos, onde estava o querido pônei "da Maria". Pelo caminho, não deixou de falar:

— Vai ver, mamãe. Agora me deixe montar. No começo não me deixava, mas agora somos muito amigos. Não é, tio Raúl?

Chegamos e Maria saiu do carro segurando os caramelos e entrou diretamente na casa, saindo depois nos braços de Alfredo. Era um homem corpulento e minha filha, em seus braços, não parecia mais do que um mosquito. Vestia jeans e camisa xadrez. Logo saiu sua esposa, Carolina, que também não estava arrumada. Senti-me ridícula com todo meu traje azul-marinho, minha blusa de seda e meu colar e brincos de pérolas australianas. Os dois tinham um sorriso franco e eram dessas pessoas com as quais você simpatiza desde o primeiro momento. Eu me inquietei porque Maria não descia dos braços daquele "gigante", mas Alfredo me tranquilizou:

— É um prazer para mim, gostaria de ter uma neta assim, mas, como não tenho, quando Raúl nos traz a sua filha, é uma festa. Adoramos tê-la aqui. É um encanto de criatura e muito bem-educada.

Agradeceram pelos caramelos e pelas flores, então entramos. A recepção era muito grande e dela saía uma escada larga de madeira que se ligava ao segundo andar. Entramos na sala de estar, uma sala grande e acolhedora. Havia uma lareira em um canto onde queimava uma lenha acesa.

— Aqui, no campo, acendemos a lareira porque faz mais frio do que na cidade — explicou Carolina. A verdade é que eu agradecia aquele calorzinho envolvente. Antes de nos sentarmos quis me mostrar a casa. — Era uma antiga casa somente de trabalho. Eu a herdei dos meus pais junto com as terras que a rodeiam. Outro dia vocês vêm almoçar e passearemos pelo campo no jipe.

— É muito grande?

— Não, dividi para alugar uma parte da fazenda que herdei e ficamos com o que podíamos cuidar. Ficamos com três mil hectares pelo lado do rio, e o restante arrendamos. Se tivéssemos tido filhos homens, não a tínhamos dividido, mas só com Sandra... E ela não gosta do campo.

— Que idade tem? — perguntei interessada.

— Vinte anos. Se pelo menos se casasse de uma vez, mas os rapazes vivem muito bem e não querem complicações.

— Talvez seja porque ainda não chegou aquele que lhe agrade. Quando aparecer, se apaixonará e então você ficará muito triste porque irá embora para viver com o marido — disse rindo.

— Isso costuma acontecer, mas eu quero que se case e que fique aqui. A casa é muito grande e já separei uma parte para que estejamos juntos, porém separados. compreende?

Continuamos o passeio, cada sala tinha uma história da sua infância, juventude, e dos seus pais. Colocava o coração em cada explicação e me dei conta de que aquele casarão guardava as lembranças de toda uma vida. Ela me mostrou, com um agrado especial, a parte que se destinava à residência do futuro casal.

— Quando meus pais eram vivos — relembrou com um doce sorriso —, esta parte se tornou a nossa residência. Com várias alterações que Sandra fez e decorado ao seu gosto, demos-lhe de presente para que comece a se apegar, já que viverá aqui e é onde seus filhos serão criados. Por hora segue grudada em nós! — continuou, entre irritada e satisfeita.

O que mais reparei foi no mobiliário de toda a casa, sóbrio e antigo, e comentei:

— Compramos alguns dos móveis há pouco tempo, mas a maioria são dos meus avós ou tataravós... não sei! Veja, por exemplo, este retrato. — E apontou um de cor sépia que estava pendurado em uma das paredes de uma pequena salinha. — Sei que é de um antepassado, mas não sei nem como se chamava nem que parentesco tenho com ele. Meu pai também não soube dizer, nem meu avô. Eu sempre o achei parecido com este, mas, quando lhe dizia isso, se zangava porque assegurava, muito metido, ser mais bonito. E a verdade era, ainda que eu o adorasse, feio como um raio.

Começamos a rir. Do andar de baixo, ouvimos umas vozes pedindo que voltássemos.

— Vamos, meninas. Continuem depois, vamos comer, pois estamos com fome.

— Sandra já chegou? — perguntou Carolina, aparecendo no vão da escada.

— Sim, mamãe, e, como o papai, estou faminta.

Estava curiosa, queria conhecer Sandra. Pensei que, como Raúl ia com tanta frequência àquela casa, poderia estar interessado na moça: acudiu a nosso encontro e nos encontramos na metade da escada. A primeira impressão foi muito agradável e, à medida que a fui conhecendo, minha simpatia por ela aumentava. Não é que fosse muito bonita: baixa, cara redonda, sem maquiagem e um pouco desajeitada no andar, mas sua simpatia era envolvente e supria sua falta de beleza. Respirava felicidade e era um pouco infantil e muito brincalhona, e Maria a adorava.

A mesa estava preparada com bom gosto e elegância. Os copos eram, segundo explicou Sandra, da sua avó.

— Comprou tudo na viagem de lua de mel pela Itália. Quando mamãe se casou ela lhe deu de presente e, quando eu me casar, espero que me dê também — brincou, piscando-me um olho.

Os talheres de prata estavam um pouco desgastados pelo uso. A toalha, de linho com um bordado trabalhoso, havia pertencido à avó de Carolina.

— Ela a bordou enquanto o meu avô fazia uma viagem a passeio que quase lhe custou o casamento — explicou Carolina.

Sentaram à direita de Alfredo. À sua esquerda, estava a pequena Maria sobre um monte de almofadas para que ficasse na altura da mesa com comodidade. Raúl ocupava à direita de Carolina e do outro lado, Sandra. Percebia-se que vinham de uma conceituada família onde estavam acostumados a receber os convidados, pela correta colocação da mesa e dos convidados.

Olhei para o meu irmão e para Sandra: eram um belo casal. Raúl também era brincalhão e levava a vida de maneira leve. Durante o jantar, não pararam de implicar um com o outro e de rir. "Acho que há algo mais aqui", pensei, contente. A caminho de casa, depois de uma noite inesquecível, perguntei:

— Você gosta de Sandra? — Sem esperar pela sua resposta, falei:

— Eu gostei dela. Achei-a muito simpática e capaz de fazer qualquer um feliz.

— Não prossiga, casamenteira. Não gaste mais saliva para que eu me anime porque já estou bastante. Gosto tanto dela que talvez me case.

— De verdade?

— Assim que acertarmos umas coisas, decidiremos se iremos continuar ou não.

— Mas que coisas? Se vocês se gostam, será fácil superar qualquer obstáculo.

— Não é tão fácil: ela gosta de viver na cidade e o campo me fascina. Seus pais estão esperando que alguém a convença que viva ali, e estou tentando. Eles até concordaram em lhe comprar um apartamento em San Juan ou Mendoza para que vá nos fins de semana se quiser, mas avisei que, se fizessem isso, não iria mais um dia para a fazenda. Ela se zangou comigo e ontem me disse que não quer falar em se casar com "um cara que a enterrará para sempre no campo".

— Bem, isso são bravatas que se dizem, mas acho que, se estiver apaixonada por você, mudará de opinião. Os pais dela sabem sobre vocês?

— Ela me proibiu de lhes dizer algo. Parece que gostam muito de mim, porque adoro ir lá e percorro as terras com Alfredo, além de me interessar pelos campos, pela plantação e tudo isso. E eu, na verdade, amo-a demais.

— Você acredita na Defunta Corrêa? — perguntei de repente. Raúl me olhou estranhando a indagação.

— O quê? Será que me dirá que você agora acredita e lhe pedirá um milagre para que ela mude sua maneira de pensar e acabe por se render à vida no campo? Pois acredito que não exista um milagre tão efetivo.

Nós rimos. Ao chegar em casa, as luzes estavam apagadas e deduzimos que todos tinham se deitado. Era perto das duas da madrugada. Entramos sem fazer ruído e cada um foi para o seu quarto. Vesti o pijama em Maria e a cobri antes de ir para o meu.

— Anda, bichinho! — disse, fazendo cosquinhas nela. — Que horas são essas para se deitar, hein, senhorita?

Riu e, ao lhe dar um beijo, jogou seus bracinhos no meu pescoço.

Ainda demorei para me deitar. Pensava no bonito que seria se Raúl e Sandra se casassem. Seria o mais agraciado pelo destino porque faziam um belo par. "Eu pedirei amanhã a Defunta." Deitei-me e logo adormeci.

Levantei-me antes que Maria despertasse. Hoje não a queria levar comigo porque pensava em mudar a data das passagens para o final de dezembro. Guardei a carta de José Luís na carteira. Não podia deixar em casa para não correr o risco de alguém lê-la. Saí rapidamente e pedi à minha mãe que olhasse Maria. Ninguém sabia que iria a Vallecito. Somente avisei Delfina porque queria que eu a acompanhasse com Enrique para tomar um drinque.

— Não, sinto muito, mas tenho outros planos. Quero ir a Vallecito.

— Por que não espera o domingo e nós a levamos?

— Não, é um lugar que tenho vontade de ir sozinha. Faz tempo que coloquei uma placa e quero ver se ainda está lá.

Por fim, consegui convencê-la e foi trabalhar.

Fui até uma agência de viagens, perto de casa, e consultei os voos para o fim do ano. O que mais me agradou foi o voo para o dia vinte e dois de dezembro. Nessa data estaria fazendo um ano de nossa chegada. Poderíamos ficar na Espanha até os primeiros dias de janeiro, depois do Dia de Reis voltaríamos para San Juan. Dessa vez talvez para sempre.

Guardei as passagens feliz com a troca. Segui para o ponto de táxi mais próximo e fui para Vallecito. Dessa vez, confiaria a Deolinda Corrêa meus problemas e pediria sua ajuda.

Cheguei em Vallecito. Corria um ar um pouco frio. Despachei o táxi e subi a gola do casaco. Primeiro, fui ver a plaquinha que Pedro colocou, mesmo sabendo de cabeça tudo o que estava escrito: "Te pedimos que, aconteça o que acontecer, nosso amor seja eterno." Fiquei um tempo olhando e relembrando o pouco do milagre que se realizou naquela ocasião. Nada saiu como eu planejara.

Subi a escada que conduz à cova de Deolinda. Era estranho não ter ninguém ali além de mim. À meia-voz disse:

— Defunta Corrêa, faz quase cinco anos que estive aqui. Naquela época não acreditava em seus milagres. Você me castigou tornando impossível a felicidade ao lado do homem que amava. Desde então, não sei o significado do amor. Agora me apaixonei outra vez e é um amor impossível. Por isso, estou aqui. Preciso que me ajude a encontrar uma solução. Todos acreditam em seus milagres. Rogo que me consiga a felicidade sem prejudicar minha irmã. Ficarei eternamente agradecida.

Olhei em todas as direções. Continuava sozinha. Tirei da minha carteira um frasco de água que levava e o deixei sobre o seu túmulo. Descendo os degraus, olhei para a igreja. "Que curioso ver um templo pagão ao lado de outro religioso."

— Já terminou?

Virei-me sobressaltada ao ouvir aquela voz. Era o mais inesperado que poderia me acontecer. Enrique estava ali.

— Mas o que você está fazendo aqui? — perguntei, nervosa.

— Delfina me disse que viria e eu queria acompanhar você. Levei um tempo esperando.

— Minha irmã sabe que veio?

— Não, eu disse que tinha coisas para fazer e que não poderia chegar antes do fechamento.

— Isso é loucura. Temos que deixar de bancar os idiotas. Já somos crescidinhos para brincar com fogo. — Sentia-me incomodada e nervosa.

— O amor é muito bonito, ainda que corramos o risco de nos queimar.

— Você já tem amor o da minha irmã. E não penso em desgraçar a vida dela por um capricho passageiro. Por isso, é melhor parar com os olharezinhos com duplo sentido e os sussurros ao ouvido de palavras amorosas. De agora em diante, nos comportaremos como o que somos: dois adultos com bom senso. — Quis demonstrar retidão, mas meu nervosismo me denunciava.

— Então, me dê um beijo de despedida.

— Deixe de bobeira! Não é uma despedida, só não quero magoar Delfina. Ela está muito apaixonada e você devia pensar na sorte que tem em se casar com uma mulher como ela.

— Pensava tudo isso até que a irmã mais velha dela apareceu e me dei conta que é tão bonita e tão admirável quanto ela, só que muito mais desejável porque é mais mulher.

Comecei a descer os degraus. Aquilo, longe de terminar, estava se complicando mais e mais, e eu não queria mostrar fraqueza. "Se fraquejar, estou perdida. Terminarei nos seus braços beijando-o apaixonadamente."

— Voltemos para casa —disse-lhe.

Chegamos no seu carro, abriu a porta e entrei. Ele entrou no lado do motorista.

— Vamos por um caminho afastado para não encontrarmos com ninguém — disse e arrancou.

Gostei da ideia. Parecia que minhas palavras o fizeram refletir e se preocupava para que ninguém nos visse juntos. O caminho que pegamos era desconhecido para mim. Sempre havia chegado a Vallecito por Caucete.

— Não conheço esse caminho... passa por onde?

Olhou-me de modo zombeteiro, mas não respondeu. A estrada era de cascalho e se encaminhava para uma pequena montanha. Comecei a ficar nervosa, sem saber o motivo.

— Mas que caminho é este e onde dará? — interroguei, alterada.

— Esse caminho conduz ao paraíso — respondeu, parando o carro. Ele se aproximou de mim, beijou-me e me abraçou descarregando uma paixão selvagem. Tentei empurrá-lo, mas não pude afastá-lo de mim. Continuou me beijando, enchendo minha cara e meus lábios de uma saliva viscosa que me revolvia o estômago.

— Me solta, imbecil! — gritei, quase histérica.

Dei-lhe um tremendo empurrão e consegui me soltar. Abri a porta e saí. Ele também saiu, com uma das mãos segurou meus braços rentes às minhas costas e com a outra começou a levantar minha saia. Vi seus olhos injetados de sangue, suas narinas dilatadas e, com a voz entrecortada pelo desejo, encheu meus ouvidos das palavras mais vulgares que eu jamais ouvira. Sentia-me perdida.

— Mas o que pretende? Está louco? Me deixe, por favor!

Minhas súplicas não eram ouvidas. Estava cego e tinha um objetivo do qual ninguém o faria desistir. Estava esmagada contra o carro e meus pulsos doíam com aquela terrível pressão. Sentia-me tão indefesa como um cordeiro na boca de um lobo.

Ele baixou o zíper da calça e, quando vi seu membro viril ereto, desejoso de prazer, percebi que seria violentada por aquele selvagem.

Ele se afastou um pouco para me despir da única roupa íntima que me restava e instintivamente levantei o joelho para dar um tremendo golpe em suas partes excitadas, fazendo-o rolar pelo chão, retorcido de dor. Corri para o carro e arranquei enquanto ele tentava inutilmente se levantar.

— Vou deixá-lo em Vallecito — gritei, afastando-me.

— Volte, sua puta! Não me deixe aqui jogado!

Contudo, continuei a toda velocidade, olhando para trás porque ainda temia que conseguisse me alcançar.

Quase não enxergava a estrada, pois as lágrimas atrapalhavam minha visão. Nunca pude imaginar o que acabara de me acontecer. No entanto, com que tipo de selvagem minha irmã se casaria? Tinha que falar com ela.

Cheguei em Vallecito, deixei o carro e peguei um táxi para voltar para casa. Após entrar, olhei para a cova da Defunta Corrêa. "Obrigada. Eu pedi uma solução e, mesmo que sendo traumática, apareceu. Eu o repudio tanto quanto me atraía antes. Agora peço que ilumine a minha irmã e que descubra quem esse idiota é antes de se casar com ele."

O caminho parecia longo demais. Queria estar em casa, ao lado da minha mãe, da minha filha e dos meus irmãos. Todavia, antes precisava me acalmar. Lembrei que havia mudado a data das passagens. "Que estúpida! Amanhã voltarei lá e iremos o quanto antes. Maria ficará muito feliz e José Luís..."

— José Luís! — sussurrei entre soluços.

Relembrei aquela semana em que fomos marido e mulher. Sua delicadeza, sua educação, e como me fizera feliz, sem me forçar, sem atropelar os acontecimentos. Ele me conduziu com doçura, fazendo com que o desejasse. Pedro tinha sido igual. "Nunca imaginei que pudesse existir um ser tão primitivo como esse!"

Senti-me suja. Precisava tomar um banho, mas onde? Em casa estariam todos me esperando para almoçar. Eles me veriam ao entrar com o rímel borrado e despenteada. O que diria?

Por sorte, estavam todos no pátio. Eu os cumprimentei da entrada e fui direto para o banho. Maria vinha correndo para mim.

— Espere um pouco, filha. Já saio para fazer uma surpresa para você.

Maria ficou na porta do banheiro como um cãozinho fiel esperando o dono. Tomei uma ducha rápida e me perfumei, tudo me cheirava a suor e saliva daquele indivíduo. Consegui me acalmar e saí.

— Mami, cadê a surpresa? — disse Maria olhando para minhas mãos.

— Não trouxe nada. A surpresa é uma carta do papai com duas passagens para que voltemos a vê-lo. Quer ir para Tenerife?

Como era de se esperar, Maria ficou louca de alegria. Dava pulos e disse a todos que veria seu papai. Raúl ficou sério, minha mãe me olhou com estranheza e Delfina se entristeceu.

— Vamos! Quando viemos, todos sabiam que algum dia teríamos que voltar — disse para que me compreendessem.

— Mas é que nos conta assim? Tão de repente? Nos pegou de surpresa — disse Raúl. — O que farei agora sem minha fiel escudeira?

— E quando vão? — perguntou minha mãe, a única que não parecia muito afetada com nossa partida.

— Irei à agência esta tarde e depois digo.

Sentamos à mesa, mas fui incapaz de comer. Usei a desculpa de que o drinque que tomara tinha me tirado o apetite.

Por volta das cinco da tarde, estava novamente na agência e me olharam com estranheza quando lhes pedi que vissem qual era a data mais próxima para viajar para a Espanha.

— Mas a senhora não veio esta manhã para adiar a sua volta? — perguntou uma funcionária, surpreendida.

— Sim, mas aconteceu algo que requer minha presença na Espanha antes do previsto.

— Aqui há um voo para o fim do mês. Para o dia vinte e sete. É muito perto ou lhe convém?

— O vinte e sete? É dia...

— No próximo sábado. Hoje é vinte e três, assim tem quatro dias para se preparar. — A funcionária, muito sorridente, esperou minha resposta.

— Perfeito! Está perfeito.

Fui diretamente para a casa de Lola. Não pensava em lhe contar a verdade porque ela contaria a Luís e meu primo era bem capaz de enfrentar aquele sem-vergonha e lhe pedir explicações. Eu tinha toda a culpa e não podia envolver ninguém da minha família. Pensava em lhe dizer que partia de repente porque senti necessidade de estar com meu marido e para evitar males maiores. Assim fiz, ela me compreendeu e aprovou minha decisão. Entretanto, ao mesmo tempo estranhou minha pressa repentina.

— Sentirei saudades, mas é o melhor que pode fazer, por Delfina, por José Luís e por você mesma.

— Cuide de Delfina. Que não se precipite. Acho que terá problemas com os filhos porque não aceitam o casamento. Ela é muito jovem e seria uma pena que estivesse ligada a um homem que...

— Que o quê? — Lola pareceu ler meu íntimo.

— Bom, nada. — Não pude resistir ao seu olhar e baixei os olhos. — Que é muito velho para ela.

Parece que a conversa terminou ali. Eu não queria que se prolongasse mais e disse a Lola que tinha pressa para contar aos demais. Na porta, abraçou-me forte, com os olhos cheios de lágrimas.

— Não agradeci por solucionar meu problema e fazer com que a felicidade voltasse para o meu lar. Talvez por isso desejo que volte para o seu marido e encontre com ele o que não encontrará com nenhum outro. José Luís é uma pessoa muito boa. Você esteve entregue a Laura e não se ocupou em absoluto dos seus sentimentos. Mas, se você se empenhar, ele será só seu e de ninguém mais. Veja como ele ama Maria que nem é sua filha. Está claro que vocês precisam um do outro.

Emocionei-me ao ouvir as palavras da minha irmã e saí com a certeza de que ela estava certa. "Se eu tiver um pouco de tato não será difícil conquistá-lo. Nem Pilar nem ninguém o tirará de mim. Mas ele tem que colaborar e me demonstrar amor e respeito."

Quando cheguei em casa, todos, menos Maria, tinham se reunido na cozinha. Delfina estava falando e parecia muito triste. Os outros a escutavam em silêncio, muito sérios. Ao me ver, Delfina começou a chorar e tapou seu rosto com as mãos. Meu sangue gelou!

— O que está acontecendo? — perguntei disposta a enfrentar o que viesse.

— Parece que Enrique sofreu um acidente — respondeu Raúl.

— Que tipo de acidente? — Eu estava assustada. Lembrava que o deixei estirado no chão se retorcendo de dor, em um lugar solitário e sem carro, e me perguntava qual o dano que minha joelhada causara.

Olhei para todos, esperando uma resposta — aquela espera me pareceu interminável. Por fim Raúl seguiu:

— Caiu de uma escada e feriu suas partes íntimas. Está internado e não sabem se terão que lhe amputar os testículos.

Comecei a tremer e provavelmente estava pálida, mas, por sorte ninguém reparava em mim. Engoli em seco, respirei profundamente e me sentei ao lado da minha mãe. Brinquei com um copo que havia em cima da mesa para que ninguém notasse o tremor das minhas mãos. Delfina seguia choramingando e eu era incapaz de encontrar palavras para consolá-la porque no fundo pensava que, se aquele indivíduo ficasse semicastrado, não teria vontade de violentar mais ninguém. No entanto, estava arrependida, com um golpe mais fraco teria conseguido escapar sem lhe causar o mesmo dano. Delfina, chorando, levantou os olhos e ficou me olhando:

— Você precisa vir comigo. Está muito deprimido e sei que você o animará — pediu, suplicante.

— Não posso, Delfina. Vim dizer que vou para Espanha nesse sábado. José Luís me enviou as passagens e precisa de nós.

— Como você vai embora agora? Quando mais preciso de você!

Delfina se aproximou de mim e se agachou ao meu lado. Agarrou-me pelas mãos, seus olhos estavam vermelhos de chorar. Pedia uma e outra vez que a ajudasse, e eu não podia. Como lhe dizer que não queria vê-lo, nem lembrar o seu nome, nem que o havia conhecido e menos ainda pensar que algum dia poderá ser meu cunhado? Os quatro dias que faltavam pareceriam uma eternidade.

— Verei se tenho tempo — disse para que se tranquilizasse, mas sabia que não iria.

Delfina não conseguiu comer nada e minha mãe parece que também ficou afetada porque foi com ela para o quarto consolá-la. Raúl e eu nos sentamos à mesa e começamos a jantar.

— Você acredita no lance da escada? — perguntou ele, de repente.

— Por quê? Você não acredita? — Nervosa, eu brincava com a colher no prato.

— De jeito nenhum — disse, convencido. E continuou: — Quando você cai por uma escada é muito difícil que seja atingido naquele lugar. Pode machucar o traseiro, as costas, a cabeça, as pernas, mas o que está entre estas? Impossível!

Eu o encarei. O que estava acontecendo? Podia ter ficado com a dúvida, mas não. Minha curiosidade era superior à prudência — queria saber o que meu irmão pensava e perguntei:

— Então, como acha que isso aconteceu? — Esperei ansiosa e impaciente pela sua resposta.

Remexeu a comida no prato, levou uma colherada à boca, mastigou com paciência como se fosse difícil me responder e disse:

— Acho que há alguma coisa que Enrique quer esconder, mas tem pouca imaginação. Que idiotice essa a da escada!

— E o que supõe que queira esconder? — Segui, cínica, para saber tudo o que Raúl pensava a respeito.

— O fato de inventar uma desculpa tão estúpida que somente os inocentes como vocês acreditariam. Verá quando contarmos a Luís. Também não lhe parecerá lógico um golpe como esse ao cair da escada.

Levantei para recolher a mesa. Não tinha mais vontade de seguir com aquela conversa e tinha medo de que meu irmão sagaz acertasse o alvo.

Lola e Luís vieram pela tarde do dia seguinte, porque já estavam sabendo. Queriam tranquilizar Delfina, ainda que isso fosse impossível.

Vi que Raúl chamava Luís a um canto e lhe falava. Luís o escutava com um sorriso zombeteiro. Continuavam falando animadamente, longe de nós. Delfina queria ir ao hospital e perguntou se alguém a acompanharia. Olhou para mim, mas dei uma desculpa:

— Sinto muito, meu bem, mas tenho que preparar a mala de Maria. Restam poucos dias!

— Eu vou com você, filha.

Todos nós estranhamos. Minha mãe se preocupava com uma filha! Achávamos que aquele casamento lhe desagradava e, no entanto, veria o futuro e indesejado genro.

Eram sete da noite quando se foram. Eu e Lola preparamos o lanche e comemos. Aquele respiro me vinha bem a calhar. Fiz um sanduíche para Maria, que estava distraída brincando no pátio e não queria entrar. Sentamos no salão.

Como me sentia bem com meus irmãos! Primeiro a conversa versou sobre minha ida repentina. Depois, fizemos comentários sobre nossos bons vinhos e a competição com os de Mendoza e San Luís; e acabou no assunto que, por várias razões, agora preocupava a todos.

— Viu, Valéria? Luís também não acredita nessa história da escada — disse Raúl se dirigindo a mim.

— Nem eu — apontou Lola. — Bom, não é que não acredite, é que me parece impossível levar um golpe desses, entre as pernas, em uma queda de escada. Se fosse montando a cavalo, ou uma moto ou em bici...

— Caramba! Ainda bem que uma das minhas irmãs é um pouco inteligente. E que opinião tem sobre o que pode ter sido? — indagou Raúl, rindo e brincando, enquanto me olhava com sarcasmo.

— Não, eu não acho nada. Só digo que parece estranho. Será que vocês pensaram em algo esquisito?

— Concordamos que não pode ter levado o golpe durante a queda de uma escada nem a pau — opinou Luís.

— Então?

Lola estava curiosa para saber a opinião de Raúl e Luís e não fazia mais do que perguntar. Olhou para mim e estranhou me ver tão calada.

— Não a intriga, Valéria, saber o que a mente fértil desses dois imaginam? — disse rindo.

— De verdade, não. Acho que estamos dando importância demais. Só sinto pelo mau momento pelo qual Delfina está passando. Nunca acreditei que o quisesse tanto... Como é tão jovem, pensei que seria um capricho passageiro. Mas...

— Mas está levando muito a sério — afirmou com pena Raúl. — Muito mais sério do que todos nós desejamos. — Dirigindo-se a Luís, continuou:

— O que acha? Vamos vê-lo amanhã? Quando estiver sozinho.

— Olha, podemos ir na hora do café. Delfina sai mais tarde e não terá tempo de ir pela manhã.

— Eu também posso ir — disse Lola.

— Não, vai em outra hora. Vamos sozinhos para ver se tiramos a coisa a limpo.

— Ah! Valéria, quase me esqueci: quando Alfredo e Carolina ficaram sabendo que vocês vão embora, me disseram que querem fazer um almoço de despedida. Falei que minha família também tinha pensado nisso e disseram que há espaço para todos nós almoçarmos na fazenda. Que convidemos os amigos que quisermos.

— São muito amáveis, mas não sei se será o momento mais apropriado para festas… pode ser ruim para Delfina.

— É um almoço de despedida, não uma festa. Já aceitei para depois de amanhã, sexta.

Raúl tinha se tornado muito autoritário depois da morte de papai. Vê-se que, ao tomar as rédeas da casa, também copiou alguns costumes dele. Maria entrou toda molhada porque estava brincando de casinha e, segundo contou, lavou a louça da comida. Vinha gelada pois o frio já surgia em San Juan. Dei-lhe um banho quente e lhe vesti uma roupa mais ainda. Era forte e não se resfriava com facilidade, mas espirrou duas vezes e achei não ser o momento mais apropriado para ficar doente. A viagem não podia ser adiada de forma alguma.

— Se ficar doentinha — falei, de brincadeira —, não poderemos ir para casa.

"Para casa!" Sempre dizia para Tenerife ou para Espanha, mas dessa vez me saiu um "para casa" porque nunca até aquele momento havia desejado tanto estar lá. Entretanto, eu desejava mesmo ir ou só estava fugindo dos últimos acontecimentos? Não soube como me responder ainda que estivesse claro que queria sair da Argentina.

Na quinta-feira, último dia livre em San Juan, queria comprar várias coisas para levar para Tenerife e pedi a ajuda de Lola.

— Estou um pouco confusa porque muitos comércios mudaram e não sei onde comprar o melhor pimentão, cuias de prata e algumas coisinhas para levar de presente — disse por telefone. — Se puder me acompanhar seria bom para mim e depois comeríamos todos em casa.

— Sim, claro que posso. Além disso, já estávamos pensando em ficar um pouco mais com vocês, daqui a pouco irão embora novamente e quem sabe por quanto tempo…

Eu também não sabia — talvez para sempre? Ficaria o resto da minha vida ao lado de José Luís? Seria uma ida de uns meses? Preferia não pensar nisso. Que o destino fosse traçando meu caminho. Para que fazer planos se nada saía como eu planejava?

Pela manhã, eu e Maria saímos para comprar um presente para José Luís. Era muito difícil acertar algo apropriado e que ele gostasse. Eu o conhecia tão pouco! Deixei que Maria decidisse por mim. Ela escolheria e o entregaria — assim ele ficaria feliz, independente do que fosse.

Ela teria enchido as malas com coisas para o pai, gostava de tudo e queria todos.

— Não, não, meu amor. Temos que levar muitas coisas, por isso deve escolher algo que não ocupe muito espaço.

No final, compramos um cinturão e uma cuia de prata. Eu relembrei a coleção de bengalas que tinha dos seus antepassados e vi uma muito bonita, de madeira de ceibo com o punho de prata, e a comprei. Continuamos com compras para os familiares e amigos mais chegados e por volta do meio-dia estávamos muito cansadas. Como sairia novamente pela tarde com Lola, achei que o melhor seria voltar para casa, almoçar e descansar, especialmente por Maria. Quando saímos, deu pulinhos agarrada à minha mão, como costumava fazer quando estava feliz, mas já a algum tempo andava devagar e, mesmo não se queixando, sabia que havíamos dado voltas demais para uma menina tão pequena.

— Vamos para casa, filha?

— Como quiser, mami. Não estou cansada.

Realmente era um encanto de menina.

Olhei para ela, aninhada ao meu lado naquela viagem tão longa de San Juan para Tenerife, adormecida, com sua cara de anjo que todas as crianças têm quando estão dormindo. Não fez birra durante toda a viagem, e meu coração ficou aquecido. Enquanto Laura vivia, quase não tinha reparado nela, no seu modo de ser, de pensar, em sua vitalidade, no seu coração generoso, na sua sensibilidade. Foi um ponto muito importante na recuperação dela. Peco e Maria tinham conseguido transformar Laura em uma menina quase normal, que se divertia, interagia, falava, sorria. Por que teve que partir? O que faria quando chegasse e ela não estivesse lá? Quando eu vir seu quarto vazio. E a sombra do flamboyant sem ninguém embaixo dela. Não, não posso pensar nisso!

Prefiro pensar nos últimos instantes que passei em San Juan com minha família e meus amigos.

O dia tinha ficado muito frio e desagradável. Parecia que ia chover e ventar. O céu estava coberto por nuvens escuras e o sol límpido havia dado lugar a uma escuridão precoce. O frio se fazia sentir e já fazia tempo que se ligava a calefação na casa. O pátio, o lugar preferido de Maria para brincar, estava deserto durante todo o dia. A piscina inflável, guardada entre pó de talco até... até quando?

Chegamos cansadas, famintas e com frio. A primeira pessoa que encontramos em casa foi Delfina, que acabara de chegar do trabalho e queria almoçar logo para ir ao hospital ver Enrique.

— Mamãe me disse que Alfredo e Carolina darão uma festa de despedida para você. É verdade?

Pareceu que não dizia aquilo com uma boa cara e tratei de suavizar a opinião que poderia ter sobre "a festa, pois para ela não fazia sentido já que seu "amor" e ela estavam passando por um mau momento.

— Me ofereceram um almoço de despedida, não uma festa. E como entenderá, não posso negar a grande amabilidade deles. Só posso ficar agradecida. Como está Enrique? — perguntei sem interesse, para mudar de assunto.

— Não o vi ainda. Vou agora, depois do almoço. Quanto ao convite de Alfredo e Carolina, perguntei só para saber se ficaria triste por eu não ir. Estou muito preocupada e prefiro ficar ao lado dele... Está muito mal.

Abraçou-me a mim e começou a chorar enquanto me dizia o quanto me amava e sentia por não poder desfrutar minha companhia até o último instante.

Minha irmã não sabia e nunca saberia o quanto me senti mal naquele momento. O remorso de saber que era eu, a quem ela abraçava, a única culpada de todos os seus sofrimentos, a que esteve a ponto de se apaixonar por seu namorado e a que foi incapaz de enfrentar os fatos. Eu a afastei e enxuguei suas lágrimas.

— Não se preocupe, tudo ficará bem.

Talvez Delfina precisasse de mais palavras de consolo, mais conversa, algo que a animasse e a distraísse, mas fui incapaz de continuar escutando suas lamentações.

— Anda, vamos almoçar — falei. — Não está com fome? Quer vir com Lola e comigo às compras mais tarde? Assim você se distrai um pouco...

— E depois irão comigo ver Enrique?

Já era tarde para retificar, por vezes dizemos as coisas sem pensar e não podemos voltar atrás. Foi isso o que aconteceu comigo nessa ocasião. Rapidamente, busquei uma solução que me tirasse daquele apuro. Não queria ver Enrique. Tinha me proposto partir sem me despedir dele e esquecer por completo a sua existência, mas estava em uma rua sem saída. Por que lhe propus que viesse conosco? Como dizer que não quero ir ao hospital?

— Tenho muitas coisas para fazer, e talvez fique tarde demais, além de muitas compras e pouco tempo. Melhor outro dia, de acordo?

Olhando para o seu rosto, tive a certeza de que não estava. Então, decidiu não ir conosco.

— Vou para o hospital. Se não estou do seu lado quando está mal, que tipo de esposa serei?

"Que pena que uma criatura assim se case com alguém indesejável." Não pude evitar sentir rancor por ele e pena de Delfina.

Lola me ligou pelas quatro para nos encontrarmos na Praça de Maio, que ficava na metade do caminho. Aqueci-me com cachecol e luvas e sai para o frio. Maria, mesmo não querendo, ficou em casa "acompanhando a vovó".

Fiz o resto das compras, graças à minha irmã, antes do que pensava. Estava desejando voltar ao calorzinho do lar... os quatro anos que passei em Tenerife me tornaram muito friorenta. Lá as temperaturas nunca são tão baixas.

Lola e eu entramos na cozinha para terminar de preparar o lanche. Foi quando lembrei que Raúl e Luís tinham ficado de ver Enrique pela manhã. No entanto, não queria perguntar a Lola. Ela me diria.

Levamos os canapés, empanadas e uma tortilha para a mesa e trouxemos a bebida antes de sair da cozinha. Lola me segurou pelo braço e disse:

— Raúl e Luís estiveram com Enrique essa manhã. Sabe o que ele disse sobre o acidente?

Olhei para Lola. A expressão em seu rosto me indicava que sabia de alguma coisa, mas até que ponto? Enrique teria sido capaz de dizer a verdade? Impossível. No entanto, minha irmã estava ali me olhando de maneira desafiadora como se estivesse me intimidando. Enfrentei aquele olhar e respondi:

— Não tenho curiosidade alguma, mas, como parece que me criticará, diga o que deseja.

— Não o farei. Minhas críticas são para a distância, para o tempo que passa e muda as pessoas. Eu e você tínhamos muita confiança antes, contávamos tudo. Agora já não a temos. Nem eu tinha contado sobre o meu desgosto com Luís nem você me contou o que aconteceu com Enrique em Vallecito.

— Não contei com medo de que Luís e Raúl ficassem sabendo e fossem tirar satisfações com aquele imbecil.

— Pois já sabem e querem falar com você. Como Delfina chegará daqui a pouco e mamãe e Maria estão na sala de jantar, pedirei que venham para ajudá-la com a bebida. Fique aqui esperando.

Lola se dispunha a sair, mas eu a retive:

— Espere um instante, está dizendo que querem falar comigo? Por quê? Será que levarei a culpa pelo que aconteceu?

— Não fique nervosa. Espere por eles.

Lola saiu e eu não desejava ter que falar sobre o assunto, ainda mais com dois homens, mas foi inevitável. Entraram e me explicaram a pena que lhes deu em vê-lo tão abatido e tão arrependido:

— Mal entramos e, sem que lhe perguntássemos nada — explicou Luís —, disse que queria falar e confessou que não tinha caído de uma escada. Contou tudo o que aconteceu: "é uma mulher muito bonita e desejável", disse. "Ainda que isso não justifique minha conduta, me senti muito atraído por ela. Nas últimas vezes que nos vimos, quanto mais olhava para ela, mais a desejava. Acho que ela percebia e acreditei que também sentisse algo por mim. Por isso, fui a Vallecito. Eu lhe pedi um beijo e ela recusou. Aquilo me tirou do sério e não me contive. Me comportei como um canalha e estou arrependido. O que me aconteceu foi merecido. Ela se defendeu como pôde e não tenho como criticar. A única coisa que gostaria de saber é se me perdoou. E, por favor, me perdoem vocês também e que Delfina não fique sabendo disso. Queria pedir perdão a Valéria... Delfina me disse que ela vai embora. Talvez seja eu o culpado, que me venha ver e falarei com ela. Digam-lhe que estou muito arrependido."

Enquanto Luís falava, Raúl ficou calado, olhando para mim. Depois disse:

— Creio que deveria vê-lo. Não gosto desse cara... e cada vez menos, ainda mais depois disso. Mas ao pecador arrependido há de se dar uma chance. Senti pena dele hoje quando saímos dali.

— Pois — respondi, zangada quase gritando —, sinto discordar de vocês e suas penas, porque não penso em vê-lo nem escutar o quanto está arrependido. Seria incapaz de tê-lo diante dos meus olhos e menos ainda de ter que escutar desculpas de algo que não pretendo perdoar.

— Pense bem e amanhã, se decidir outra coisa, um de nós a acompanha.

— Mas — disse entre os dentes, mastigando as palavras — será que não entra na cabeça de vocês que não quero vê-lo nunca mais? Como preciso dizer as coisas para que entendam?

— Bom, não se zangue conosco — disse Luís, colocando uma mão no meu ombro. — Faça o que achar conveniente.

— Não sei se é o mais conveniente. — Afastei com raiva sua mão. — Mas sei que não tenho a menor vontade. Irei embora com muito prazer sem vê-lo.

Sentamos para lanchar. Delfina chegou pouco depois. Vinha sorridente e todos ficamos esperando as boas notícias que a faziam sorrir.

— Trago boas notícias. Enrique está melhor e já não precisa fazer a cirurgia. O médico disse que dentro de dois a três dias estará em casa.

Todos comemoraram a notícia menos eu, não porque não me alegrava por sua melhora, mas porque estava aborrecida diante da insistência de Raúl e Luís de que eu era obrigada a perdoá-lo e visitá-lo. Pensavam como homens e nunca poderiam se colocar no meu lugar.

Sentamos à mesa. Estava sem apetite e tinha uma ideia fixa: ir embora, ir embora, ir embora! A conversa estava muito animada. Delfina, feliz pela melhora do namorado; os dois homens também estavam mais tranquilos, pois sabiam a verdade sobre o acidente e o fato de que estivera a ponto de me violar não tinha importância — o relevante era que não precisa fazer mais a cirurgia e que tinha se desculpado; agora eu era a única que não se comportava bem.

Minha ira chegou a um ponto tão elevado, que ficando de pé, disse diante assombro de todos:

— Vão me desculpar, mas não estou sem fome e vou para o meu quarto. Maria, suba quando terminar.

Dei meia-volta e fui para a escada que dá acesso ao andar de cima enquanto todos me olhavam. Antes de começar a subir Delfina me chamou:

— Valéria, verá Enrique amanhã? Ele me disse que quer se despedir de você e…

— Não! Como terei que dizer as coisas? Não tenho tempo. Amanhã almoçaremos com os amigos de Raúl e ainda tenho muitas coisas para fazer.

Meu tom foi desagradável. Todos haviam parado e, depois de olhar para cada um deles desafiadoramente, comecei a subir a escada. Ao chegar no meu quarto, fechei a porta com uma batida forte.

Depois, como sempre acontece, senti a consciência pesada porque minha irmã pagava pelas ofensas dos demais. "Oh! Meu Deus! Por que não fui mais amável com ela? Pobrezinha!"

Apareci no vão da escada e a chamei:

— Perdão, Delfina. Farei o que puder para ir só um instante. Está bem?

— Sim, e obrigada. — Delfina estava a ponto de começar a chorar.

Joguei-me na cama e pensei no quanto estava desejosa de ir para Tenerife. Como se pode mudar tanto em tão pouco tempo? Umas batidas suaves na porta me tiraram dos meus pensamentos. Já sabia quem estava do outro lado.

— Entre — disse sem me mexer.

— Talvez, de todos nessa casa, seja eu a única que compreendo. Se tivesse acontecido o mesmo comigo, creio que seria incapaz de voltar a olhar na cara do sujeito. Sei que irá por Delfina, mas, ainda assim, se desistir quero que saiba que estou do seu lado.

— Então, por que não abriu a boca até agora? — protestei, sentando-me na cama. — Luís e Raúl se comoveram com o arrependimento de... daquele verme. Você tinha que ter dito algo a meu favor. Me apoiar quando dizia que não queria vê-lo.

— É um tema delicado demais — respondeu Lola. — De um lado, está você e o que esteve a ponto de acontecer e, de outro, um homem que quase fica "aleijado", ainda que merecesse. É uma coisa traumática para qualquer um. E ele é o namorado da nossa irmã.

— Diga-me uma coisa com toda a sinceridade.

Lola ficou me olhando, intrigada. Continuei:

— Em algum momento, você pensou que o que me aconteceu foi culpa minha de alguma maneira? Em outras palavras, que preparei o terreno para que ele avançasse?

Lola ficou me olhando e demorou para responder. Notei que queria medir suas palavras e não gostei da sua atitude. Estava me arrependendo de ter feito aquela pergunta quando respondeu:

— Não é que tenha preparado o terreno, nem que seja culpada. Mas interceptei mais de um olhar entre vocês que falavam de amor. Recorde-se que perguntei o que estava acontecendo e lembrei que era o namorado de Delfina. Você mesma me disse que sentia atração por ele.

— Uma coisa é ter atração e outra é se deixar violentar. — Foi o argumento que expus em minha defesa muito aborrecida.

— Sei disso, e sei que teria sido incapaz de fazer mal a Delfina. Mas, respondendo à sua pergunta, direi que, ainda que se sentissem atraídos um pelo outro, não justificaria em absoluto a conduta irracional dele, encontrando você em um lugar onde havia ido sozinha e a levando por um caminho isolado para colocar seus planos em prática. Pisou na sua honra e na de toda a família. Eu me zanguei com Luís e Raúl quando acreditaram tão rapidamente no seu arrependimento.

As palavras de Lola eram sinceras e tinha toda a razão, mas não pudemos seguir falando. Maria tinha acabado de jantar e estava com sono.

Na sexta-feira, vinte e seis de junho, amanhecera um sol esplêndido, mas fazia muito frio. Alfredo e Carolina tinham servido o almoço fora, no jardim, por isso agasalhei bem Maria e a mim também. Bem de manhã era provável que não superássemos os oito graus.

Quando chegamos à fazenda, encontramos uma grande surpresa: tinham convidado cinquenta pessoas — toda minha família e meus amigos, além de muitas que não conhecíamos e que vieram para se despedir de nós. Esta é uma das coisas que tem na minha pátria e não vira na Espanha: esses eventos numerosos para se despedir de uma pessoa. Até Manolita com seu marido e filho tinham ido à festa. Todavia, como ficaram sabendo quais eram as pessoas mais próximas de mim? Acho que contaram com a assessoria de Raúl. Que extraordinária amabilidade a daquele casal!

Conforme o dia avançava, a temperatura subia. O sol esquentava e a grande mesa foi colocada em uma parte abrigada do jardim. Os abundantes, deliciosos e diferentes pratos foram desaparecendo, assim como o bom vinho de San Juan. Além do típico churrasco, fizeram outro assado no couro com um dos animais da fazenda. Apesar de ser argentina, ainda não havia provado desse tipo e gostei muito. As empanadas, as berinjelas em conserva, e não sei quantos pratos típicos e deliciosos.

A pequena Maria era o centro das atenções. Seu caráter extrovertido divertia as pessoas, todos muito carinhosos, Ela se comportava como se os conhecesse a vida toda. Eu me sentia orgulhosa.

Ao terminar o almoço, que durou umas três horas, vi como Raúl e Sandra caminhavam para o rio. Iam de mãos dadas e isso me fez supor que tinham feito as pazes. Alegrava-me vê-los juntos. Olhei para Carolina — ela também os seguia com o olhar e demostrava uma cara feliz.

A sobremesa foi animada e os grupos diferentes que se formaram riam e brincavam, sinal inequívoco de que se divertiam.

De repente, sobressaltei-me ao ver Sandra vindo correndo extremamente alterada.

— Papai! Papai! Venha rápido! Estrela está parindo! — gritou quase sem fôlego.

— Está sozinha? — perguntou Alfredo, ficando de pé em um pulo.

— Não, Raúl está com ela para tranquilizá-la.

Eles se desculparam e foram correndo para os estábulos. Carolina explicou que era a égua de Sandra e que tinha uns partos muito difíceis:

— No ano passado, perdeu a cria e esteve a ponto de morrer também. Por isso se alteram tanto. Minha filha adora aquela égua.

Maria escutava, com olhos arregalados de medo. Conhecia Estrela e sabia que tinha dificuldades em trazer "o seu filhinho". Perguntou nervosa:

— Carolina, vai acontecerá nada com Estrela, não é?

— Não, meu amor. Quer ver como seu filhinho nasce? Estrela gostará que você esteja presente.

Maria não pensou duas vezes. Saiu correndo para a quadra e Carolina e eu a seguimos. Fiquei pensando se não seria uma impressão muito forte para uma menina tão nova, porque o único ser que vira nascer até então eram as plantas no jardim de casa. Contudo, não disse nada, pois tanto Alfredo como Carolina achavam aquilo muito natural. Quando chegamos, a cena era comovente: Sandra e Maria falavam com a égua, acariciando sua cabeça com ternura, enquanto Alfredo e Raúl estavam cuidando do potrinho que já apontava a cabeça. Algumas contrações e meio potro saiu envolto na placenta. Estrela fez um esforço, mas ficou com as patas flexionadas e apoiadas no chão. Os dois homens puxaram o potrinho até tirá-lo completamente. Estrela se levantou, Sandra afastou Maria. Quando olharam para trás e viram o pequeno recém-nascido no chão, foram correndo até ele para vê-lo mais de perto. E aquele ser cambaleante se aproximou de sua mãe que o olhava e o lambia, satisfeita. Maria não perdia um detalhe. O que pensaria sobre o mistério da vida que acabara de presenciar?

Fui até ela, que olhou para mim, para a égua e para sua cria. Passou o olhar por todos os que estavam ali e um suspiro fundo saiu do seu peito infantil. Estava emocionada!

O potro nos presenteou com uma série de piruetas para conseguir se manter em pé e que nos fizeram rir. Todavia, Maria não ria, as patas do potrinho se dobravam quando tentava se levantar e ele caía de novo no chão.

— Por que ninguém o ajuda? — disse minha filha desesperada, passando os olhos por todos os que riam.

No entanto, o potro logo se orientou para as tetas da mãe e começou a mamar. Sandra se aproximou do pai e cochichou algo em seu ouvido.

— Bem, Maria — disse ele —, para que você não se esqueça de nós e volte logo a nos ver, Sandra me disse que lhe dá o potro de presente. É seu e, quando voltar, poderá montá-lo.

— Para mim? Mamãe, mamãe! Me deram de presente! É meu, é meu! Voltaremos logo, não é?

— Você agradeceu? — perguntei, rindo.

Todos riam ao ver a alegria dela e fiquei pensando no quão volúvel somos nessa idade. Tenho certeza de que agora trocaria ver seu pai para estar ao lado do potro. Naturalmente, não perguntei e preferi ficar com a dúvida.

Às oito horas da noite, começou a parte menos agradável: as despedidas. Carolina e Alfredo prometeram nos fazer uma visita em Porto da Cruz, e Sandra e Raúl também falaram que iriam.

— Na minha casa há lugar para todos — disse contente. — E meu marido gostará de conhecê-los.

Ainda restava uma parte muito mais desagradável: tinha dito a Delfina que veria Enrique. Não tinha a menor vontade, mas não teve jeito. Lola se ofereceu para me acompanhar e eu agradeci. Assim a situação seria menos tensa.

Quando chegamos, estava terminando de jantar. Ao nos ver, sorriu, afastou a bandeja e ajeitou a gola do avental.

— Perdoem por minha aparência e por recebê-las assim.

— É normal, não se preocupe — respondeu Lola, estendendo a mão, que ele apertou entre as suas. Em seguida, cumprimentou-me. Eu havia permanecido calada.

— Delfina nos disse que está melhor e que logo terá alta — disse para não continuar quieta.

— Sim, já estou bem. Por mim, eu já teria ido, mas os médicos... sabem como são. Como foi a festa? Gostaria de ir, mas...

— Muito boa, não foi, Valéria? — respondeu Lola. Eu havia voltado ao silêncio.

— Sim, fantástica. Uma festa para me lembrar pelo resto da minha vida. Sempre há pessoas que se importam em fazer nossa vida feliz.

— Uma pá de cal e outra de areia não? — respondeu Enrique, muito sério.

Não quis responder. Delfina não se deu conta do significado daquelas palavras, mas Lola sim.

— Vai nos perdoar, mas estamos muito cansadas e amanhã tenho um monte de coisas para fazer. Nos alegramos de que esteja recuperado, por você e por nossa irmã. Ela ficou muito mal estes dias. Delfina, você vem conosco ou ficará mais um pouco?

— Melhor ir com vocês. Logo ficará muito tarde e não gosto que vá sozinha. — Ele olhou para Delfina e continuou:

— Se arrume um pouco, está muito pálida.

Delfina entrou no banheiro para se arrumar e ele aproveitou esse momento para se dirigir a mim à meia-voz. Lola, do nosso lado, fez como se estivesse lendo uma revista:

— Por desgraça eu não posso apagar o passado, como seria o meu desejo. Mas peço que me perdoe e que não me julgue por aquele momento que nem eu mesmo consigo explicar. Sei que a ofendi e lhe peço perdão, mas o que mais me preocupa é que vá embora por minha culpa. Você nunca desejou ir. Não o faça! Prometo que não voltarei a faltar com o respeito de maneira alguma. Se ficar…

— Por favor! Não continue! — Não pude suportar continuar ali por mais tempo. Já tinha escutado demais e minha paciência havia se esgotado. — Vou para junto do meu marido que é onde eu sempre deveria estar. É uma pessoa educada, carinhosa, atenciosa. Tem tudo o que uma mulher sonha. Já vi minha família, já passou o luto pela morte de Laura e agora chegou o momento de voltar para o lado dele. Está decidido.

Por sorte, a conversa terminou. Delfina saiu, despedimo-nos dele e fomos embora. Lola lhe deu um beijo na bochecha e estendi a mão para apertar a sua, suada, que me deu nojo.

Já na rua, me vi livre daquele pesadelo, não voltaria a vê-lo nunca mais. “Tomara que Delfina não se case com ele.”

Em casa, quase não fiz nada do que precisava. O dia tinha sido de muitas emoções e me sentia tão cansada que quis me deitar e levantar cedo.

Prefiro não me lembrar da despedida. Nunca gostei delas, mas nessa ocasião com mais razão. Quando voltasse, se voltasse algum dia, minha mãe estaria viva? Já não vi papai com vida. Maria seria maior e eu, mais velha. Como a vida, que em quatro anos nos tinha mudado tanto, nos deixaria? Queria levar a lembrança do que encontrei e do que desejei encontrar, mas que havia desaparecido. Recordar uma Argentina que estava muito longe daquela da minha juventude. No último dia de almoço, tirei muitas fotos. Seria capaz de olhar para elas quando estivesse na Espanha, tão longe da minha nação, dos meus parentes e amigos, dos lugares queridos da minha San Juan, por onde corri quando menina e por onde passeei mais velha? No aeroporto, ficaram meus familiares e amigos chorando por nossa partida. Deixei ali meu coração. Quase sem olhar para eles, disse "até a volta!", mesmo achando que nunca mais retornaria. E aquele sabor agridoce da despedida foi se transformando em esperança de encontrar a felicidade ao lado de José Luís, meu marido. Do alto, olhei para a cidade de San Juan, que se perdia sob um mar de nuvens. Depois, nada mais que lembranças — umas boas, outras desagradáveis, umas alegres, outras tristes. Momentos que fariam parte da minha vida, entre a minha gente, durante seis meses.

X
A ÚLTIMA VIAGEM

Quando a aeromoça informou nossa chegada ao aeroporto de Madrid Barajas, sentia-me tão cansada, parecia que havia levado uma surra. Tirei o espelho de mão e me olhei. "Que desastre, ainda bem que ninguém está nos esperando."

— Apertem os cintos e coloquem o encosto dos assentos na posição vertical.

Maria se sentou com olhinhos meio fechados e o cabelo revolto. Em um lado de sua carinha a marca de uma dobra da almofada.

— Já chegamos, mami? — perguntou, procurando a janela.

— Sim, chegamos em Madrid. Agora teremos que esperar para pegar o voo para Tenerife e logo mais, em duas horas e meia, estaremos em casa!

— Ufa! Quanto falta! — protestou com desagrado. — E não veremos papai aqui?

— Não, papai nos espera em Tenerife porque eu não lhe disse qual era o número desse voo. Só o de Tenerife. Agora vamos tomar alguma coisa. Está com fome?

— Não, quero chegar em casa e ver o papai.

Fomos direto para a sala VIP, para matar o tempo que nos faltava até o outro voo, e ali comemos uma besteira porque nenhuma das duas estava com fome. Nesse voo nos trataram muito bem. Eu não precisava de mais nada a não ser uma cama confortável, em um lugar silencioso e tranquilo; "em casa". Maria, apesar de passar quase todo o voo dormindo, tinha cara de cansada. "É uma viagem muito longa para uma pequenininha assim", pensei, olhando para minha filha com pena. Acomodamo-nos nas poltronas da sala e eu estava prestes a dormir quando anunciaram o voo para Tenerife.

Arrumei-me um pouco para esconder meu cansaço com a maquiagem e pegamos o voo que nos levaria para junto de José Luís. José Luís! Não tinha pensado nele durante a viagem. Estaria contando os minutos que faltavam para nos ver... ou para ver Maria? Seria verdade que sua relação com Pilar havia acabado, ou teria dito aquilo apenas para que voltássemos? "Logo saberei."

O voo saiu pontualmente. Mais uma vez acomodadas no avião, o sono me pegou. Depois de tantas horas de vigília, meus olhos se fechavam. Eu me deixei levar por aquele torpor e adormeci.

— Em alguns minutos, chegaremos ao aeroporto de Los Rodeos, onde a temperatura é de vinte e dois graus. Pedimos que apertem seus cintos e coloquem o encosto dos assentos na posição vertical. O comandante Ramírez e toda a tripulação agradecem que tenham voado conosco e esperamos voltar a tê-los a bordo.

Abri os olhos. Não era possível! Quase não descansei nada — o voo pareceu tão curto e eu tinha tanto sono!

Maria, pelo contrário, estava muito alerta. Começou a ficar nervosa diante da ideia de ver o pai. Recolhemos a bagagem e, ao sair, alguém me perguntou a hora. Foi quando me dei conta de que ainda não havia mudado o fuso horário, de tão imersa que estive nas minhas recordações.

Entre a grande quantidade de pessoas que ali estavam esperando o desembarque, não estavam José Luís, Sara nem Carlos. Ninguém! "Sara e Carlos não teriam regressado de viagem" pensei. "Mas o que acontece com José Luís? E o motorista?"

De repente vi um senhor, desconhecido, com um cartaz com meu nome. Aproximei-me dele assustada. "Alguma coisa estava acontecendo."

— É a senhora Olivera? — interrogou, enquanto olhava para Maria e fazia um sinal para as pessoas ao seu lado.

— Sim, o que está acontecendo?

— Tem que me acompanhar — respondeu secamente e dirigindo-se à agente: — Leve a menina.

— Mas pode me dizer o que está acontecendo? Onde está o meu marido?

— Seu marido amanheceu morto ontem por volta das quatro da tarde. Sou policial — disse, tirando o distintivo.

Foi tão forte a emoção que tive que me apoiar na parede para não cair no chão. Enquanto isso, Maria se afastava de mim de mãos dadas com a agente.

— Um minuto! — gritei, desesperada. — Onde estão levando a minha filha?

— A agente González a distrairá e cuidará bem dela. Não se preocupe com sua filha. González sabe o que tem que fazer.

— Mas por que estão nos separando? Onde estão levando a minha filha? Por que me prendem?

— Temos que levá-la à delegacia para dar um depoimento. Compreenderá que, depois de uma morte tão estranha e repentina, acreditamos que não tenha sido natural. Segundo a autópsia, ele foi assassinado. Se a senhora provar que não tem nada a ver com isso, poderá nos dar alguma pista de quem pode ter feito.

— Mas — perguntei com grande assombro — como tenho algo a ver com isso se acabo de chegar da Argentina? Por favor, pode me dizer como aconteceu?

— Ah! Não sabe? — Colocava ênfase e uma grande desconfiança em suas palavras.

— Suplico-lhe que, enquanto sua escassa inteligência não veja claramente, não me incrimine por algo que não tenho o menor conhecimento até o exato momento. Acabo de chegar de uma longa viagem, no lugar do meu marido, encontro o senhor, que me comunica a sua morte. Ainda não sei nem de que, nem como, nem quando, nem onde. Nada! Não sei nada! Com que direito me separam da minha filha? Exijo que me leve agora para onde ela está.

— Me perdoe, senhora, sinto lhe dizer que não está em condições de exigir nada. Verá sua filha em pouco tempo. Antes terá que vir comigo até a delegacia para prestar depoimento e depois eu mesmo a levarei até ela. Ou prefere que ela saiba que sua mãe pode estar envolvida na morte do pai?

— Mas isso é uma loucura! Meu Deus!

— Por hora, é melhor que ligue para o seu advogado.

— Eu não tenho advogado, nem preciso de um. Não fiz nada.

A caminho da delegacia foi me contando o que segundo ele eu deveria saber:

— Uma voz feminina teria ligado para uma ambulância para que recolhessem um doente em um apartamento na rua "tal" de Porto Santiago. Quando a ambulância chegou, encontraram a porta aberta e um homem morto estendido na cama, seminu e com sinais de ter sofrido uma parada cardíaca. Depois a autópsia revelou que havia sido envenenado. Ao indagar quem era, perguntaram por sua esposa. Sua esposa estava na

Argentina, mas que coincidência! Vinha em um voo para Tenerife, apesar de ter ido embora há seis meses e disse para todo mundo que não pensava em voltar. Logo, comprovou-se que fazia pouco tempo que o sr. Olivera tinha modificado seu testamento e colocado todos os seus bens no nome da mulher e da filha. A esposa poderia ter dirigido a operação da Argentina. Todos sabem a situação difícil que os argentinos estão passando e lhe seria muito fácil encontrar alguém que, por dinheiro, se prestasse a fazer o trabalho sujo. Assim, ela viria como se não soubesse de nada, e desfrutaria a grande fortuna com a filha.

E aqui estava o policial perspicaz, disposto a provar minha culpa e jogar meus projetos por terra.

— Perdoe que lhe diga que o senhor está louco! — disse eu, desesperada.

Ele me olhou como que dizendo "vai querer enganar a mim!". Não me incomodei mais com aquele "gênio", que provavelmente esperava e precisava de uma promoção. Talvez Carlos e Sara já tenham chegado de viagem e esclareceriam as coisas. Também havia os criados: Petra, Francisco, Yaiza, José... Todos falariam a meu favor.

Quando chegamos à delegacia de Santa Cruz, sentei-me em um banco e pouco a pouco fui me dando conta do pesadelo que estava vivendo.

Estava esgotada, cansada demais para pensar com clareza. Tudo parecia surreal. Talvez tivesse que chorar pela morte inesperada de José Luís, mas as lágrimas não surgiam em meus olhos. Não aceitava a realidade e esperava o momento de me reunir com a minha filha para saber se já estava sabendo da morte do pai. Tinha que vê-la ainda que fosse só um instante. Teriam lhe dito?

— Quero ver minha filha agora mesmo! — gritei, histérica. — Não podem me prender aqui por mais tempo!

— Acalme-se, será só um momento — falava o delegado, bem mais amável que o policial que me trouxe. — Tem que depor e depois a levaremos a Porto da Cruz.

Eles me fizeram uma série de perguntas que respondia mecanicamente, quase uma zumbi. Estava cansada, sonolenta e era incapaz de raciocinar — se tivessem me dito que se eu me declarasse culpada me deixariam ir embora, eu o teria feito.

— Posso fazer uma ligação para minha casa? Por favor! — supliquei, angustiada.

— Sim, lógico.

Deu-me o telefone e liguei para casa. Francisco atendeu e sem perder tempo lhe perguntei se os Ramos Olivera tinham regressado bem de viagem. "Sim, estavam ali, mas não atendiam ao telefone. Sara! Minha querida Sara, estava me dando as costas. Como podia ela acreditar que eu tivesse alguma coisa a ver com a morte do irmão?"

Ao me ver tão agitada, o delegado, que se comportava de forma mais humana comigo, disse:

— Eu aconselho que ligue para um advogado de confiança. Sendo culpada ou inocente, sua situação é comprometedora. Todos os serventes da sua casa disseram: "O senhor lhe pedia que voltasse para casa, mas ela não queria, pensava em ficar para sempre na Argentina." Sua cunhada: "Ela nunca quis o meu irmão, não tinham vida matrimonial." Vários de seus amigos em comum o defenderam e se colocaram contra você. O policial que a trouxe do aeroporto disse que, na retirada das bagagens, falou com um homem e que achava que era seu cúmplice.

— Isto sim é o cúmulo! — disse, furiosa, colocando as mãos na cabeça. — Esse policial tem uma mente muito fértil e inventa coisas. Eu não falei com ninguém, nem ninguém falou comigo. Mas o que é isso? Um linchamento?

— Pérez, venha um instante — chamou o delegado. — A senhora diz que ela não falou com ninguém no aeroporto.

Naquele momento, lembrei que alguém tinha me perguntado as horas e que eu disse ainda estar com o fuso horário argentino. Parece que aquilo ficou esclarecido, mas havia as declarações feitas pelos amigos, pela criadagem e por Sara! Sempre havia sido como uma mãe para mim. O que estava acontecendo? Eu adorava o irmão dela e sua morte repentina a poderia ter transtornado, mas como me culpar me conhecendo como tal? Então me lembrei de Jesus e Pilar. Também teriam sido interrogados? Perguntei ao delegado.

— Suponho que sim. Interrogaram todos os amigos.

— Me disseram que uma mulher ligou para a ambulância... Sabem quem é essa mulher? Não poderia ter sido ela quem o envenenara? Não poderia ser uma amante ciumenta ou algo assim? O que lhes faz supor que eu tenha algo a ver com isso?

Fazia as perguntas para eles e para mim mesma. Ainda que eu tivesse uma resposta que não me deixava dúvidas. Se tivesse morrido de um ataque do coração, estava tudo muito claro, mas o que não encaixava na história era o veneno. Pilar e ele teriam marcado de se encontrar no seu ninho de amor, ele infartou enquanto transavam e morreu. Ela chamou a ambulância caso ainda houvesse como salvá-lo e desapareceu sem que ninguém soubesse quem era. Contudo, o veneno... Não, apesar de eu a odiar muito, não a considerava capaz de envenenar o seu amante. A voz do delegado me tirou dos meus pensamentos.

— Parece que está pensando em alguma coisa e, seja o que for, deve dizê-lo. Por duas razões: a mais importante para dissipar todas as dúvidas que há sobre a senhora, e a outra para colaborar com a justiça.

— Ou seja, porque a polícia não tem nada e para satisfazer a família Olivera por ser tão conhecida, acusam a esposa ausente, sem ter mais provas do que as que querem inventar. Me engano?

— Totalmente, senhora. — Muito sério, o delegado se levantou de seu assento e se dirigiu a mim. Apontando-me o dedo indicador prosseguiu:

— As únicas suspeitas que temos recaem sobre a esposa que foi sem intenção de voltar e que convenceu, não sabemos com que artimanhas, o seu marido para que fizesse um testamento a seu favor. Logo o resto fica claro: da Argentina pagou um matador para que envenenasse o sr. Olivera com a ajuda de alguma pessoa próxima a ele e, enquanto faziam amor, colocava veneno na bebida. Sem dar tempo do cadáver esfriar, a esposa vem e, sem derramar uma só lágrima pela morte do marido, se faz de vítima e começa a insultar e chamar os policiais que a levam para depor de loucos e ignorantes... Eu estou enganado agora?

Ficou me olhando muito de perto e diante de todas aquelas hipóteses falsas não soube o que responder. Ele, ao ver meu silêncio, deve ter achado que tinha acertado no alvo e continuou:

— Se não é assim, diga-me o que a trouxe agora, se sua intenção não era a de voltar.

— Sim, não pensava em voltar, pois éramos um casal desunido. Mas há quinze dias recebi uma carta do meu marido com duas passagens de avião para que voltássemos. Ele adorava a filha e me pareceu cruel privá-lo tanto tempo da companhia de Maria. Por outro lado, a pequena também o adora e achei lógico fazer uma viagem para que se vissem e ver se as coisas entre nós melhoravam. Talvez ficasse em Tenerife. Se quiser posso lhe mostrar a carta.

— Isso seria ótimo. Mudaria muito a situação.

Procurei no bolso de mão e não estava ali. Abri todos os zíperes... Nada! Mas onde a coloquei? Comecei a procurar nos bolsinhos do casaco enquanto Pérez começava a fazer uma careta zombeteira. Acreditava sem dúvidas que eu inventara a carta.

— Estava aqui. Deve ter caído no avião quando sai. Por favor! Precisa acreditar em mim. Juro pela minha filha que não estou mentindo.

Comecei a chorar inconsolavelmente e vi o policial Pérez sair da sala. O delegado não dizia nada. Naquela delegacia, só se ouviam os meus soluços entrecortados.

Pouco tempo depois, Pérez entrou de novo e, olhando para o delegado, fez um gesto negativo com a cabeça.

— Sinto muito, senhora — disse ele com pesar. — Sua menina nega que havia uma carta. É isso, Pérez?

— Efetivamente. A pequena disse que não viu carta alguma. Quando lhe perguntamos por que voltaram, respondeu: "Mamãe disse que tinha uma surpresa para mim e eram as passagens para vir." Perguntamos se seu papai queria que viessem e nos disse: "Sim, me dizia por telefone, mas mamãe não queria."

Pérez estava satisfeito com seus interrogatórios e as respostas obtidas. Ele não podia se enganar — desde o primeiro momento me considerou culpada e tinha que ser assim. Por outro lado, o destino estava jogando novamente contra mim. Então, pensei que aquele apartamento era compartilhado por José Luís com outra pessoa. Eu sabia quem era e, se cabeças teriam que rolar, deveria dizer tudo. Se eu era suspeita, Pilar seria ainda mais quando descobrissem seu romance com José Luís? Pedi ao delegado para falar com ele a sós, e ele mandou o policial sair.

— Antes que comece a falar, tenho que dizer que tudo o que me disser pode ser usado contra a senhora. Por isso, se preferir esperaremos um advogado para que fale com ele.

— Já lhe disse antes e repito agora: não tenho nada a esconder porque sou inocente. Antes me criticou porque não chorei quando me disseram que meu marido havia sido encontrado morto em um apartamento no sul. Agora vou dizer o porquê. Meu marido tinha uma amante, e esse era o motivo para não termos uma vida normal de casados. A morte de Laura, combinada a isso, foram os motivos de eu ir embora para minha terra, para ficar com minha família. Ele me assegurava na carta, e eu juro mais uma vez que esta carta existe, que aquele romance havia terminado e que seríamos um casal feliz com Maria, a quem adorava. Por telefone, me disse que mandaria passagens para que não lhe desse mais desculpas e voltasse. Minha filha estava louca para ver o pai e decidi voltar. Ao chegar, me deparo com a mentira sobre seu romance haver terminado! Esse apartamento onde foi encontrado era seu ninho de amor com essa mulher. Como choraria por uma pessoa que me fizera voltar com mentiras e falsas promessas?

— Quem é essa mulher? A senhora a conhece?

— Sim, eu a conheço. Trata-se da esposa de um amigo íntimo. Naturalmente, o marido não sabe de nada. Descobri tudo quando vi os dois se beijando e marcando de se ver no apartamento. Foi um banho de água fria impossível de superar. Depois, Laura, a filha do meu marido a quem eu adorava, morreu em um acidente terrível... por ela, eu ainda ficava aqui. Por isso, quando ela morreu, me considerei livre para ir e não pensava em voltar.

— Tem que nos dar o nome dessa mulher. Não encontramos nada estranho no comportamento das esposas dos amigos mais íntimos. Talvez nos tenha escapado algum.

— Não tem outra solução? Pense que pode desfazer um casamento. Repito que o marido acredita que tem uma mulher excelente e fiel.

— Não tem outra solução. Pode ser que saia algo mais importante por aí.

Pensei por alguns segundos. Lembrei o quão agradável Jesus havia sido comigo a todo momento. O carinhoso que era com seu amigo traidor e o feliz que demonstrava ser com sua esposa. Tudo se desmoronaria quando eu dissesse um nome. No entanto, se fizesse silêncio, seguiriam me acusando sem piedade. Estava perdida. Todo mundo havia se voltado contra mim e a polícia queria um culpado, não importando quem fosse. Por que eu não mostrei a carta a Maria? Ah, tinha uma boa razão, mas as coisas foram se enrolando e agora estava em um beco sem saída. Nada que eu disser será considerado como verdade. E a carta? Onde estaria a maldita? Convenci-me de que não teria outra solução. Eram os González ou Maria e eu. Era a desgraça de Jesus ou a minha liberdade. Antes de responder, pedi para ver minha filha. Contudo, o delegado, que parecia adivinhar meus pensamentos, desejava minha confissão mais do que qualquer coisa. Até cheguei a pensar que acreditava que eu era inocente.

— Assim que nos disser o nome dessa mulher, a deixaremos ir para casa. — Ao ver que eu duvidava, acrescentou: — Sempre cumpro minhas promessas.

— Essa é a esposa de Jesus González, piloto de avião e amigo íntimo da família. Ela se chama Pilar e vivem em...

— Eu sei onde vivem, falaremos novamente com ela. Agora, a levaremos para casa. Amanhã terá que voltar.

— Então, prefiro não ir para casa enquanto não se esclarecer tudo. Não suportarei a presença dos empregados que tentaram me arruinar. Ficarei em um hotel em Santa Cruz.

— Em qual?

— Não sei, no Mencey, se houver quartos. Peço que me leve onde está minha filha.

O delegado chamou pelo interfone e pediu que trouxessem Maria. Quando a menina entrou, vi pela sua expressão que não havia se dado conta da tragédia que sua mãe vivia. Tinham lhe comprado um boneco de pelúcia e entre uma pergunta e outra lhe deram todos os tipos de guloseimas. Vinha contente.

— Já vamos para casa? — perguntou, abraçando-se a mim.

— Não, meu amor, hoje dormiremos em um hotel muito bonito.

— Então, quando veremos o papai?

A policial que tinha ficado com Maria e o delegado se remexeram nos assentos inquietos.

— Não poderá ver o papai, filha. Ele está com a Laura.

— E está em uma estrela de onde nos vê? — perguntou Maria, começando a chorar.

— Sim e já sabe o que temos que fazer.

— Não precisamos chorar porque eles nos verão e ficarão tristes. Mas quero ficar com o papai. Ele quer ficar comigo.

A pequena desatou a chorar. Era um choro entrecortado pela angústia de ver como sua maior ilusão tinha sido desfeita de repente. As lágrimas da menina eram contagiantes e eu também irrompi em um choro descontrolado. Era tensão demais e aquelas lágrimas eram necessárias. Não sei como pude aguentar até esse momento.

— Vamos, vamos! Agora, descansem. Amanhã todos veremos as coisas com mais clareza. Faremos uma visita à senhora Pilar González e veremos o que nos conta. O que lhe agradeceria é que não saísse por muito tempo do hotel para estar disponível quando a chamarmos.

Levaram-nos até o Mencey e pedi um quarto duplo tranquilo. Precisava descansar e dormir mais do que qualquer outra coisa. Deram-me um na parte dos fundos. Era amplo e silencioso.

Descemos para jantar e depois de ver um pouco de TV, deitamos. Apesar do cansaço, demorei muito a dormir. Meus nervos estavam tão alterados que rolei continuamente e não encontrava a posição correta para ficar confortável e dormir. Ouvi dar meia-noite, uma, duas da manhã... creio que por fim adormeci.

Pela manhã, ao despertar, não lembrava a angústia do dia anterior. Quando me dei conta de tudo o que tinha acontecido, pensei: "Já devem ter falado com Pilar e saberão que era ela quem estava com José Luís no apartamento." Lembrei da carta. Poderia me salvar de possíveis acusações e fui procurar por ela nas malas, mesmo sabendo que não poderia estar em nenhuma das duas, porque eu estava com ela no voo. Eu a li no avião. Chamei Maria que, feliz, dormia sem preocupação alguma. Arrumamo-nos e pedi o café. Sentia, mais do que uma fome qualquer, uma necessidade atípica de comer algo. Quase me doía o estômago de tão vazio que estava.

Os bolos e o café cheiroso me reanimaram, até vi os acontecimentos com otimismo. "Hoje será resolvida a incógnita e pedirão desculpas pelos transtornos que me causaram."

Liguei para o delegado Alvarado para perguntar se teriam falado com Pilar.

— Ia ligar nesse instante. Marcamos com a senhora González aqui, por isso gostaria que a senhora viesse na mesma hora, isto é, às dez da manhã. Um carro com a tenente irá buscá-la para tomar conta da sua filha, como ontem. Chegarão por volta das nove e meia. Esteja pronta. Ao meio-dia tenho que sair para Gran Canaria e não gostaria de perder o voo.

— Não se preocupe. Estaremos esperando na recepção.

Não sei o motivo, mas a voz do delegado me soou menos afetuosa do que ontem. Tive o pressentimento de que algo não se deu como eu esperava. O que poderia ser? Se falaram com Pilar, teriam que perceber que ela teria muito a declarar e que, com certeza, seria ela a mulher que ligou para a emergência.

Na hora marcada, o carro da polícia chegou. Senti vergonha que alguém me visse nele. A tenente começou a falar com Maria, que ficou tão contente como se a conhecesse desde sempre.

— Vai me contar mais histórias? — perguntou para a tenente assim que a viu.

— Sim, minha querida. Contarei histórias e a levarei ao parque para que brinque com as outras crianças.

Por este lado, não tinha do que criticar os policiais que nos traziam e levavam de um lado para o outro. Cuidavam de Maria e eu podia ficar tranquila e passar os maus momentos sozinha.

Chegamos à delegacia e Maria, dando-me um beijo, afastou-se de mim, acompanhada da nova amiga.

Ao entrar na sala do delegado, tive uma grande surpresa: não estava só Pilar ali, mas Jesus também. Os dois me olharam muito sérios e nem sequer se levantaram quando entrei. Sentei-me na cadeira oferecida pelo delegado e esperei que alguém quebrasse o silêncio. Diante da minha estranheza, foi Jesus o primeiro a falar:

— Sempre tive um grande apreço por você e Pilar a considerava uma boa amiga, mas, como pode dizer isso dela e do pobre José Luís? Não posso acreditar em algo assim vindo de você!

— E você, o que acha? Pode dizer aqui diante de mim que estou mentindo? — disse ficando de pé, encarando Pilar.

— A primeira coisa que tem que fazer é não perder o controle, senhora —repreendeu-me com calma o delegado.

— Perdão, é que me sinto vítima de uma cilada. Gostaria que essa mulher me dissesse olhando nos meus olhos que estou mentindo. Gostaria que jurasse que não conhecia o apartamento onde seu amante foi encontrado!

Pilar começou a chorar e tampou o rosto com as mãos. Jesus a acariciou e me fulminou com o olhar.

— Viu o que fez? Está feliz? Senhor delegado, conheço minha mulher e sei que jamais seria infiel. Mas não entendo por que uma pessoa que consideramos boa amiga pode lhe imputar algo assim.

— Muito fácil, Jesus. Porque é verdade. — Minha resposta tinha a serenidade da pessoa que se via perdida. — Eu os vi em uma noite se abraçando e se beijando apaixonadamente. Marcaram o encontro no apartamento do sul. Mas já vejo que tudo está inexoravelmente contra mim. Por quê? Não sei. Só sei que fazia falta uma vítima e cheguei no momento oportuno para ser imolada. Tinha uma carta de José Luís que perdi. Tenho a mulher que ligou pelo telefone e que foi a que esteve com ele e sabe o que aconteceu — apontei para Pilar —, mas até seu marido a defende. Quem me defenderá?

— Desde o primeiro momento lhe disse que ligasse para um advogado e a senhora não quis. Ele é quem tem que lhe defender. — O delegado, ficando de pé, deu por terminado o interrogatório e se dispunha a partir.

— Sim, o farei. Enquanto isso…

— Sinto muito, teremos que retê-la na delegacia.

— Mas minha filha? O que dirão a ela?

— Não se preocupe. A sra. Ramos ligou e virá por ela. A menina vai para sua casa e será bem cuidada.

Virei de costas para que ninguém percebesse que meus olhos se enchiam de lágrimas. Ouvi como Jesus e Pilar se despediam do delegado e a porta se fechando atrás deles. Então, o delegado se aproximou de mim e, dando um tapinha nas minhas costas, disse:

— Desculpe. Tenho que sair. Ligue para o seu advogado. Pense se há algo mais para sua defesa, porque do contrário estará bem encrencada.

Fiquei sozinha e sem saber o que fazer. Esperei que voltasse a tenente com Maria, mas veio sozinha.

— E minha filha? — perguntei, alterada.

— Não me deixaram trazê-la. Sua cunhada a levou. — Ela me olhou com tristeza e se aproximou para me abraçar, enquanto dizia: — Não se preocupe. Eu pressinto que a senhora é inocente. Se fosse culpada, já teria pedido um advogado sem falar nada, mas, desde o primeiro momento, disse que não precisava porque não tinha nada a esconder. No entanto, essa sra. González… não abriu a boca até que estivesse diante do advogado, e lhe direi mais. Quis falar a sós, sem seu marido. Tenho um olfato especial e detectei alguma coisa que não gostei! A senhora tem uma foto dela? Eu, extraoficialmente, posso ir ao apartamento e perguntar ao porteiro do condomínio se viu essa senhora mais vezes. É algo que o delegado deveria ter pensado.

— Seria de grande ajuda! — falei, entusiasmada. — Não tenho nenhuma foto aqui, mas na minha casa há várias de excursões que fizemos com vários casais. Se puder ligar para minha cunhada, direi que procure alguma onde ela apareça bem.

— Não é necessário. Falarei com ela e pedirei. Vou mantê-la informada.

Não encontrava palavras para agradecer. Era a única pessoa que não duvidava da minha inocência e já era motivo suficiente para eu estar agradecida. Confiava que Sara não colocasse nenhuma objeção e lhe entregasse as fotos em que Pilar pudesse ser vista mais detalhadamente.

Não foi só isso que a tenente fez. Ela se encarregou de mim e conseguiu que eu dormisse na sua casa em vez de na delegacia.

— Sob a minha responsabilidade — disse ao delegado. — Estará sob a minha custódia.

No caminho, foi me contando um pouco da sua vida e conseguiu me distrair das minhas preocupações.

— Até uns doze anos atrás, minha mãe vivia comigo. Sou filha única e, quando meu pai morreu, ficou muito deprimida. Somos madrilenhos, mas fui transferida há dez anos para Tenerife e gostei tanto das pessoas, do clima, das paisagens e de tudo, que fiquei. Meus pais vinham de vez em quando e, ainda que no início não se resignassem em me ter longe, pouco a pouco foram tomando o gostinho pelas viagens e a cada momento os tinha mais por aqui. Assim minha juventude passou, esperando por suas chegadas e sem querer ter mais amores que o que tinha pelos meus progenitores. Mas não os tenho mais, e percebo que desperdicei a minha vida. Sinto-me muito sozinha. Sem marido, sem filhos. Sozinha! Entrego-me ao trabalho e parece que o faço bem porque fui condecorada duas vezes, mas isso não me preenche.

— Ainda é muito jovem. Além de ser atraente, nada está perdido. Talvez não tenha aparecido o homem certo.

Riu. Aproximou o carro da calçada e parou.

— Chegamos. A propósito, me chamo Mônica e prefiro que nos tratemos sem formalidades, o que acha?

— Perfeito. Valéria.

Entramos no edifício e subimos de elevador até o quarto andar. Era um edifício de construção moderna em uma área alegre. Seu apartamento, não muito grande, estava mobiliado com simplicidade, mas se respirava conforto e bom gosto. Tinha dois dormitórios, um salão amplo, uma pequena cozinha e um banheiro com ducha. Havia uma varanda ampla, de onde se via o mar e a cordilheira de Anaga. Depois de me mostrar o apartamento, virou-se para ver o que eu achava.

— É muito alegre e está decorado com muito bom gosto. Agrada-me, e não sabe o quanto lhe agradeço por me deixar participar da sua intimidade.

— Para mim, é uma sorte ter amigos com quem falar. Não precisa agradecer nada. A única coisa que desejo é poder provar a sua inocência e que possa ir para sua casa desfrutar sua filha. Foi um azar o que aconteceu com o seu marido, mas digo o mesmo que você me disse: ainda é muito jovem e poderá refazer sua vida.

Ocupei o quarto que tinha sido dos seus pais, mas consegui dormir pouco. Em vez de ter um sono reparador, tive um pesadelo onde vários juízes me chamavam de assassina e me condenavam à prisão perpétua, enquanto Pilar ria de mim descaradamente. Pela manhã, umas batidas leves na porta me acordaram. Mônica já tinha se arrumado e tomado café.

— Vou trabalhar. Meu turno é somente pela manhã. Falarei com o delegado para que me dê permissão para buscar as fotos e, caso não me autorize, irei por minha conta durante a tarde. Não saia de casa, para eu não ter que levá-la para a delegacia.

— Não se preocupe, estarei aqui.

— Na geladeira tem presunto, vários embutidos, queijo e leite. Deixei café pronto e sobre a mesa há biscoitos. Sirva-se à vontade. Está em casa.

— Muito obrigada. É muito amável. Quando isso acabar, celebraremos em grande estilo.

Dedicou-me um sorriso e com a mão me deu adeus e foi trabalhar.

Tomei o café na varanda. O sol já esquentava a essas horas matinais e era agradável ficar embaixo do toldo. Chegava uma brisa muito reconfortante do mar até mim. Pensei na minha filha. Teria perguntado por mim? Tranquilizava-me que estivesse com Sara, sabia que com ela não lhe faltaria carinho e atenção. Além disso, dentro de pouco tempo tudo ficaria esclarecido e eu voltaria para casa. Mônica era um encanto e tive sorte de tê-la conhecido. Relembrei o primeiro dia. Quando levou Maria, eu quase a odiei. Depois me pareceu mais simpática ao ver como cuidava da menina e como ela ia satisfeita ao seu lado.

Mal tinha tomado café e o telefone tocou:

— Se arrume rapidamente, buscarei você. — A voz de Mônica estava muito alterada e, mesmo sem ter mais explicações, temi por algo ruim.

Vesti-me e esperei sua chegada com a alma em pedaços. Quando chegou, disse que o delegado se zangara porque não a levei comigo, e disse: "Fiz uma coisa que não devia, deixando-a dormir na sua casa, e a senhora deveria supor que ela deveria estar presa até que se demonstre inocente, se é que conseguirá, por isso traga-a imediatamente".

— Mas não se preocupe, não demoraremos em saber a verdade e então riremos do mundo.

Mônica era mais otimista que eu. Enquanto estive na sua casa, senti-me protegida, mas ao voltar para a delegacia, detida como uma bandida, o mundo caiu em cima de mim. Por outro lado, sentia muito pela bronca que minha protetora havia levado. Por isso fiz com que soubesse.

— Não se preocupe. O delegado é assim e todos o conhecemos bem. Parece um cavalo desbocado quando se zanga, mas depois é uma boa pessoa. Esta tarde, buscarei as fotos e vou ao apartamento perguntar ao porteiro. Tenho certeza que me dará boas notícias. Assim que demonstrarmos que Pilar esteve ali mais de uma vez, teremos vencido a partida, porque ela disse em suas declarações que não conhece esse apartamento.

Chegamos à delegacia e fui levada até a cela para começar minha condenação. Por não ter feito nada! Colocaram-me em uma sozinha, onde havia uma cama, uma pia e um pequeno banheiro que também era uma ducha.

As horas passavam devagar, lentas demais para minha impaciência. Não quis almoçar. Tudo me dava nojo. A funcionária que trouxe a comida me olhou displicente ao ver que não tinha nem provado e disse, gesticulando:

— Todas as senhorinhas chegam muito orgulhosas e acabam comendo e bebendo como as demais. Dentro de uns dias já me dirá se gosta da comida.

Deitei-me, tampei os olhos com o braço e comecei a chorar. Era um choro copioso e silencioso que queimava minhas bochechas. Pouco a pouco, fui me tranquilizando e adormeci. Não sei quanto tempo teria passado quando fui despertada me assustando com uns golpes brutos nas barras da cela e a voz grossa da guardiã:

— Tem visita.

Conduziu-me a outra sala e me perguntava se seria Mônica com boas notícias. Era Sara. Mesmo estando muito séria, fiquei muito feliz.

— Sara! Que alegria em ver você! Como está Maria?

— Maria está bem. Vim trazer coisas de cuidado pessoal, imagino que não tenha nem sabão.

— Sim. Agradeço muito! Sara, o que acha? Acredita que fui capaz de uma barbaridade dessas?

Necessitava saber a opinião dela. Ela sempre tinha acreditado em mim e agora precisava mais do que nunca.

— O que acho não importa. Importa que você consiga se defender, o que não fez até agora.

— Mas… Sara, você me conhece. Sei o quanto amava seu irmão, mas acha mesmo que sou uma assassina?

— Por desgraça, todas as provas estão contra você. Até sua família na Argentina diz que você preparou a viagem de improviso, que nunca a ouviram comentar que voltaria até quatro dias antes da sua partida.

— Sara, tudo o que eu contar, você não acreditará, não é? Nem que seu irmão tinha me mandado as passagens.

— Disso eu não sei. Você disse que tem uma carta que não mostra. Eu sou testemunha das vezes que José Luís suplicou por telefone que voltasse. Ele esteve muito mal depois que vocês foram embora e caiu em depressão. Todos nós voltamos para ficar com ele. Todos menos sua esposa. O que quer que pensemos?

Sara também não acreditava na minha inocência. Ela se levantou para ir e a retive para avisar que Mônica buscaria algumas fotos em que Pilar aparecesse.

— Temos uma do ano passado, onde está em primeiro plano e ela aparece muito bem. Dê para ela, por favor — supliquei.

— Um conselho: — Foi sua curta e desagradável resposta. — não siga por esse caminho. Quer culpar Pilar por uns abraços que você viu em uma noite e você está se complicando. Ela tem muito boa reputação e muitos amigos que a defenderão. De toda forma, darei a foto para a tenente. Quando quiser que traga Maria, me diga. Ficarei em Tenerife até que acabe o julgamento. Depois levarei Maria comigo para Madrid e fecharemos a casa daqui.

Vi como Sara se afastava e me conduziram novamente à cela. Todas as minhas esperanças estavam colocadas naquelas fotos e em como Mônica poderia usá-las.

A tarde passou devagar. Olhei para a bolsa que Sara trouxe: sabonete, colônia, creme para o rosto, gel de banho, xampu... Não faltava quase nada. Eu a fechei e coloquei em uma estante que havia em um canto.

Por volta das seis, veio meu advogado. Tive que lhe contar a razão do meu rápido retorno para Tenerife, mas não pareceu dar muita importância, como se aquilo não tivesse relação e não servisse para preparar minha defesa. Deixou-me cheia de dúvidas sobre sua eficácia. "Estou nas mãos de Deus", pensei com desespero.

Às oito, chegou Mônica, entrou diretamente na cela e sua cara me deixou ansiosa.

— O que aconteceu? — perguntei, impaciente.

— O pior.

— Sara não deu as fotos?

— Sim. Sara se comportou muito bem. Creio que deseja que você prove sua inocência.

— Então?

— Fui ao apartamento com as fotos e a autorização dada pelo delegado, que consegui a duras penas: "Seus companheiros já estão investigando", disse-me, "a senhora não tem que intervir". Mas pedi que me deixasse ir sozinha ao apartamento para perguntar ao porteiro se conhecia a senhora da foto e, depois de pensar um pouco, cedeu. Tive que prometer que logo me esqueceria do assunto.

— Então, o que disse o porteiro?

— O porteiro morreu em um acidente faz duas semanas. Agora há um novo que não sabe de nada e disse que ainda não conhece bem os vizinhos. Não se pode dizer que seja uma pessoa íntegra...

— E o que faço agora?

Meu desespero chegou a um limite que era difícil de superar. Mônica me olhou angustiada. Confiamos muito naquelas pesquisas e vimos como se derrubavam nossos argumentos para preparar minha defesa. Houve um grande silêncio que foi quebrado por ela.

— Eu só consigo pensar em uma solução.

— Qual? — perguntei impaciente.

— A fuga...

— Como? Quer que eu fuja daqui? É muito otimista!

— Amanhã é o enterro do seu marido. Peça autorização para assistir e não creio que o neguem. Ligarei para Sara para que leve Maria. Direi que é plausível que fiquem um tempinho mais juntas antes de se despedirem e ninguém se oporá. Eu não estarei de serviço e, por isso, irei à paisana. Quando todos estiverem concentrados no morto, irei para o meu carro e o porei em marcha. Você diz a Maria que vá se encontrar comigo sem chamar atenção, que lhe darei uma coisa e, quando a menina estiver no carro, você virá correndo e nos afastaremos a toda velocidade. Como haverá muita aglomeração de veículos, antes de os policiais conseguirem sair já estaremos chegando a Los Rodeos.

— Mas ali terei que esperar um voo e, mesmo que o pudesse pegar, para onde iria? Pense que, se isso der errado, estarei muito mais perdida do que já estou.

— Em Los Rodeos, um bom amigo meu nos esperará com seu avião particular, pois me deve muitos favores.

— E depois? Para onde vou?

— Para Barajas. Lá encontrará um homem com óculos escuros e um cravo vermelho na lapela. Foi a primeira coisa que me ocorreu, este homem, desconhecido para mim, tem um avião particular e a levará para um lugar seguro.

— Mas isso é uma aventura. Tenho medo de onde posso me meter e no que envolverei a minha filha.

— Não correrá perigo algum a não ser que nos peguem antes de voar, coisa que não acredito que aconteça.

— Mas isso já está preparado?

— Por que você acha que cheguei tão tarde? Quando vi que as fotos não seriam de grande ajuda, comecei a maquinar e tenho tudo pronto.

— O que acontecerá a você por me ajudar?

— A mim, nada. Direi que, quando eu estava indo embora, você chegou ao carro e me ameaçou para que a levasse para o aeroporto. Como tenho um histórico fabuloso, ninguém duvidará de que digo a verdade.

— Tomara que tudo saia como planejado! — Tinha grandes temores de que algo falhasse.

— Se fizer as coisas como disse, nada falhará. Ah! Esteja onde estiver, não pense em se comunicar comigo. Nos despediremos agora. Amanhã serei sua refém e a odiarei por ter me ameaçado de morte.

Ficou de pé e eu a imitei, olhamo-nos e nos abraçamos. Quando nos separamos, nós duas tínhamos os olhos cheios de lágrimas. Chamou a guarda para que abrisse a cela e saiu sem me olhar. Minhas mãos tremiam e um suor frio cobriu minha testa. Trouxeram-me o jantar e, para não zangar a guarda, comi algo.

— Eu te disse que acabaria sendo menos fina — comentou com sua voz bronca e saiu de novo pela porta da minha cela.

Apesar do meu nervosismo, dormi muito bem. Pela manhã, tomei um banho e me arrumei para o enterro.

Levaram-me diretamente para o cemitério. Ao sair do carro da polícia, olhei ao redor, os carros particulares estavam amontoados quase sem ordem, pois eram muitas as pessoas que assistiam ao enterro. Aquilo me favorecia, mas faltavam mais carros para que obstruíssem a passagem do veículo da polícia que me trouxe. Estive mais concentrada nisso do que em observar as pessoas que iam chegando e que me olhavam com certo desprezo. Sara chegou. E Maria? Ah, estava lá. Se não a trouxesse, todo o plano teria ido por terra, pois sem minha filha fugiria.

Maria, assim que me viu, veio para mim e nos abraçamos. Estranhei que não fizesse perguntas. O que terão dito sobre sua mãe? Ficou ao meu lado, agarrada à minha mão. Chegou o caixão e começou o enterro. Mônica estava na minha frente do outro lado da cova, e, em um determinado momento foi andando para trás, indo para o carro. Quando a vi entrar, aproximei-me de Maria.

— Mônica disse que trouxe uma coisa e que está no carro dela. Vá ver..

— Agora, mamãe? Vamos esperar que acabe aqui — disse, apontando com seu dedo para a cova.

— Vá agora mesmo! — ordenei, zangada. Não havia tempo a perder. — Mônica está partindo. Vá para o seu carro.

Maria me olhou com estranheza pela forma brusca que falei com ela. Contudo, não sabia que a minha liberdade estava em jogo e não havia décimos de segundo a perder. Todos estavam com os olhos no caixão. Sara chorava, desconsolada, e Carlos lhe consolava. Era o momento. Eu me virei para correr até o carro, mas alguém percebeu e me reteve pelo braço. Forcei para me livrar daquela mão que me apertava e que ia jogar minha liberdade fora, mas não pude. A ponto de desmaiar, ouvi uma voz:

— Senhora, senhora! Estamos chegando!

Abri os olhos: a cara sorridente da aeromoça do voo me olhava e sua mão repousava sobre o meu braço. Maria ria ao meu lado.

— Que sonho, hein? —disse-me a simpática aeromoça — Achei que não conseguiria despertá-la.

— Oh! Estava sonhando... Como é maravilhoso acordar!

— Aperte o cinto e retorne ao seu encosto — ordenou com simpatia. — Alegro-me que tenha tido sonhos felizes.

"Sim, Sim! Sonhos felizes! Duas horas e meia de um autêntico calvário."

Olhei pela janela. O avião tinha sobrevoado a ilha e se aproximava do mar, em direção a Gran Canaria, para girar em cima do oceano, tomar a direção correta e entrar na pista. Santa Cruz, Radazul, Candelária... o Teide e a descida para a pista de pouso. "Que pesadelo mais idiota!" Desejei como nunca ver Jose Luís e abraçá-lo. Ouvir seu coração bater, chegar em casa, ver a todos os empregados e me esquecer daquele terrível sonho.

— Papai, papai!

Os gritos de Maria me tiraram dos meus pensamentos e olhei na direção em que ela corria. Para ela, com os braços abertos, chegava seu pai.

Ele a levantou do chão e se fundiram em um abraço apertado. Uni-me a eles e nos abraçamos. Sentia-me feliz.

No caminho de casa, fui me colocando a par de algumas mudanças:

— Yaiza não quis voltar, ficou muito abalada com a morte de Laura e teve que se cuidar com um psiquiatra, para que cuidasse do complexo de culpa que tinha. A mãe de José morreu e o pobre vivia sozinho. A nova empregada se chamava Dely e era muito gentil, mas Petra não gosta muito dela, dizia ser muito distraída.

— E Peco? Lembra de mim? — perguntou Maria com interesse.

— Peco? Pois ele está fazendo companhia a José. Depois que vocês partiram, ficou tão triste que não queria comer nem brincar. José o levou para mudar de ares e para que esquecesse suas donas.

— Agora ele o trará de volta, papai?

— Façamos algo melhor, se papai aceitar. — Foi minha proposta. — Como José ficou sozinho, pode vir morar lá em casa. Creio que ele gostará.

— Ele vai adorar! E não me pergunte o que quero ou não quero. Você é a dona da casa e esteve muito tempo de férias. — Olhou-me, sorridente. — As coisas de casa e da criadagem são com você.

No caminho de casa, Maria se sentou no colo de José Luís e se apertou contra ele. Formavam um par que já ninguém poderia separar de novo.

José Luís e eu nos olhamos fixamente. Uma pergunta e uma resposta flutuavam entre nós.

— Foram viver em Madrid — disse, adivinhando a pergunta e acrescentou: — Desde aquela noite, não houve mais nada.

Olhei para frente: o majestoso Teide se mostrava altivo sem sua coroa de nuvens.

O Porto da Cruz refletia em um mar tranquilo. O sol iluminava todo o Vale da Orotava. "Um dia perfeito!"

Chegamos em casa.

O flamboyant mostrava a beleza da sua extensa copa, misturando os diferentes tons de verde de suas folhas com o vermelho forte de suas flores espetaculares.

Laura não estava sob sua sombra.

Acariciei o sininho que ainda estava pendurado no meu pescoço. Eu o tirei e o pendurei em um dos galhos.

Uma suave brisa o fez tocar… Ou não foi a brisa?